KNAUR

Im Knaur Taschenbuch Verlag sind bereits folgende Bücher der Autorin erschienen:

Die Wundärztin
Hexengold
Bernsteinerbe
Gold und Stein
Der Sommer der Freiheit

Über die Autorin:

Heidi Rehn wurde 1966 in Koblenz/Rhein geboren und wuchs in einer Kleinstadt am Mittelrhein auf. Zum Studium der Germanistik, Geschichte, BWL und der Kommunikationswissenschaften kam sie nach München. Nach dem Magisterexamen war sie zunächst als Dozentin an der Ludwig-Maximilians-Universität München, anschließend als PR-Beraterin in einer Agentur tätig. Inzwischen arbeitet sie als freie Journalistin und Autorin. Zusammen mit ihrer Familie lebt sie mitten in München.

Nach ihren erfolgreichen historischen Romanen betrat sie mit ihrem letzten Roman *Der Sommer der Freiheit* inhaltliches Neuland. Die Zeit Anfang des 20. Jahrhunderts in Deutschland ist ihr ein besonderes Anliegen. 2014 wurde sie mit dem »Goldenen Homer« für den besten historischen Gesellschaftsroman ausgezeichnet.

Heidi Rehn

Tanz des Vergessens

ROMAN

KNAUR

Besuchen Sie uns im Internet:
www.knaur.de

FSC
www.fsc.org
MIX
Papier aus verantwortungsvollen Quellen
FSC® C083411

Originalausgabe Juli 2015
Knaur Taschenbuch

Redaktion: Regine Weisbrod
Umschlaggestaltung: ZERO Werbeagentur, München
Umschlagabbildung: © Mohamad Itani / Trevillion Images
Vignette: Shutterstock / Woodhouse
Satz: Adobe InDesign im Verlag, Michaela Lichtblau
Druck und Bindung: CPI books GmbH, Leck
ISBN 978-3-426-51591-4

2 4 5 3 1

Für Eva und Jonas

Die Erinnerungen verschönern das Leben,
aber das Vergessen allein macht es erträglich.
(Honoré de Balzac, 1799–1850)

Glücklich ist, wer vergisst, was doch nicht zu ändern ist.
(aus der Operette »Die Fledermaus« von Johann Strauss, 1874)

Die kleinen Freuden aufpicken, bis das große Glück kommt.
Und wenn es nicht kommt, dann hat man wenigstens
die »kleinen Glücke« gehabt.
(Theodor Fontane, 1819–1898)

1

So also fühlte sich das Glück an. Lou hatte es geschafft. Die Dämonen waren besiegt, sie war zurück auf der Sonnenseite des Lebens. Endlich konnte sie vergessen. Von hinten schlang Curd ihr die Arme um die Taille, schmiegte sich eng gegen ihren Rücken und bettete das Kinn auf ihre Schulter. Ihm war in den letzten Wochen gelungen, worum sie monatelang verzweifelt gekämpft hatte: ihr wieder ein Lachen aufs Gesicht zu zaubern und das lähmende Schuldgefühl niederzuringen. Ein warmer Sonnenstrahl kitzelte sie auf der Nasenspitze. Dennoch wollte sie die Augen nicht öffnen. So groß ihr Glück im Kleinen gerade war, so wenig waren die Umstände im Großen derzeit dafür bereit.

Obwohl der Mai längst begonnen hatte, fegte seit Tagen Schneeregen durch die Stadt. Das passte zwar bestens zu den chaotischen Zuständen, die seit der Ermordung Kurt Eisners und der Ausrufung der zweiten Räterepublik in der bayerischen Hauptstadt herrschten, zum ersten Nachkriegsfrühling passte das allerdings ebenso wenig wie zu ihren Hochzeitsplänen. Seit letztem Mittwoch ging wegen des Generalstreiks gar nichts mehr, seit Donnerstag tobte der Kampf der Weißgardisten gegen die Spartakisten offen in der Stadt. Freikorpsverbände und Truppen der Reichswehr hatten einen undurchlässigen Ring um München geschlossen. Der Zugverkehr war unterbrochen, die Telefonleitungen gekappt. Kein halbwegs vernünftiger Mensch wagte sich mehr vor die Tür. Im Zweifelsfall genügte ein falsches Wort, um auf offener Straße standrechtlich erschossen zu werden. Unter diesen Umständen zum Standesamt zu gehen wäre Wahnsinn. Dabei riskierte man, zur Witwe zu werden, noch ehe der Bund fürs Leben offiziell besiegelt war. Wie viel klüger war es dagegen, sich den lieben langen Tag mit seinem Liebsten im Bett zu verkriechen und einzig der Liebe zu frönen! Das ging auch ohne Trauschein.

In Lous Bauch rumorte es. Mit ihren achtzehneinhalb Jahren war ihr der Hunger in allen Varianten vertraut. Ihre Erinnerungen reichten kaum mehr in die Jahre vor dem Krieg zurück, als noch goldene Zeiten und Überfluss geherrscht hatten. Der frühe Tod der Eltern und der überstürzte Weggang aus ihrer Heimatstadt Augsburg im letzten Herbst hatten sie ohnehin in unsichere Verhältnisse gestürzt. Curd ging es mit seinen gerade vierundzwanzig Jahren kaum besser, zumal er einige davon in den Schützengräben verbracht hatte. Lou fiel ein hervorragendes Mittel ein, um die Leere im Bauch für eine Weile zu vergessen. Sie rollte sich zurück auf den Rücken, tastete mit dem Fuß nach Curds Bein und rieb die Hüfte aufreizend an seiner. Statt ihr Begehren zu erwidern, erhob er sich aus dem Bett.

»Was ist?« Sie setzte sich auf, fuhr sich mit beiden Händen durch die kastanienfarbenen, kinnlangen Haare und blinzelte in die blendende Helligkeit. Curd stand vor dem brusthohen Gaubenfenster des engen Mansardenzimmers und versuchte, einen Blick auf die Straße zu erhaschen. Im gleißenden Sonnenschein schimmerte sein nackter, ausgemergelter Leib jungfräulich weiß. Markant unterteilten die eckigen Kniegelenke die langen Beine. Die Pobacken hatten jegliche Rundung verloren, auf dem Rücken zeichneten sich die einzelnen Wirbel spitz ab. Der Anblick dauerte Lou. Entschlossen schlug sie die Decke zurück, schwang die Beine über die Bettkante und begann, den Refrain von Walter Kollos Lied *Ach Jott, wat sind die Männer dumm* zu summen, um Curds Aufmerksamkeit auf sich zu lenken. Statt sich umzudrehen, presste er die Nase jedoch nur fester gegen die Fensterscheibe.

»Hörst du das?« Mit erhobenem Zeigefinger wandte er sich nach einer gefühlten Ewigkeit wieder um.

»Da ist nichts.« Bedauernd zuckte sie mit den Schultern.

»Genau das ist es ja!« Curd kam zu ihr zurück und strahlte sie an. Seine grünbraunen Augen sprühten vor Übermut. »Da ist nichts mehr zu hören. Kein Schuss, kein Knall, kein gar nichts. Nicht einmal die Kirchenglocken läuten. Dabei ist Sonntag und außerdem der vierte Tag, an dem die Weißen versuchen, die Roten niederzuknüppeln und die Stadt zurückzuerobern.«

»Aber das heißt …«, setzte Lou an, um sofort von ihm unterbrochen zu werden: »Das heißt, es wird nicht mehr geschossen und gekämpft. Es ist vorbei, Lou! Wir können wieder auf die Straße. Lass uns feiern! Ich brauche frische Luft. Wir könnten zur Isar gehen oder in den Englischen Garten. Beim Monopteros lässt es sich wunderbar auf der Wiese tanzen.«

Neckend begann er zu singen: *»Links geht der Ferdinand und rechts Luise …«*

»Du sollst mich nicht Luise nennen!« Sie griff nach dem Kopfkissen, um ihm den Mund zu stopfen.

»Ist ja gut, mein Luischen, ich hör schon auf.« Frech grinsend wehrte er den Angriff ab. »Judith hat recht: Du bist eine richtig verruchte Lou, natürlich mit o und u. Wenn du nur nicht so viele Männer verschlingst wie deine berühmte Namensvetterin Lou-Andreas Salomé!«

»Lass dich überraschen.« Sie wollte ihn küssen, er aber wich ihr von neuem im letzten Moment aus.

»Wir müssen raus! Nach dem entsetzlichen Grau der letzten Tage ist mir nach frischem Grün. Bestimmt trauen sich auch die Spatzen wieder an die Luft. Lang schon habe ich keinen Vogel mehr zwitschern hören. Das Knurren unserer Mägen und das Schießen der Gewehre haben alles andere übertönt. Ach, ich freue mich so, dass es endlich vorbei ist.«

»Ist es dir völlig egal, wer gesiegt hat?« Sie musterte sein bartloses, fein gezeichnetes Gesicht, das durch die eingefallenen Wangen noch vornehmer wirkte. »Wer weiß, was uns blüht, wenn die Freikorpsler die Räteregierung zerschlagen haben?«

»Wir sind Theaterleute. Was kümmert uns die Politik? Als Österreicher muss ich mich sowieso nicht entscheiden. Ich wüsste auch gar nicht, wie. Nach den Erfahrungen der letzten Jahre habe ich keine Lust mehr, mich auf eine bestimmte Seite zu schlagen. Egal, ob die Weißgardisten oder die Spartakisten gesiegt haben: Hauptsache, sie hören auf, wild um sich zu schießen! Lass uns den Frühlingstag genießen und unsere Liebe leben. Ab sofort sind wir nur noch glücklich!« Voller Übermut lief er zum Grammophon in der gegenüberliegenden Zimmerecke, wählte eine Platte aus, legte sie vorsichtig auf die Drehscheibe, kurbelte das Gerät an und setzte die Nadel auf. Erst drang nur Knistern und Rauschen an ihre Ohren, bis sich eine fröhliche Walzermelodie herauskristallisierte und das Orchester zu Paul Linckes *O Frühling, wie bist du schön* anhob. Sogleich begann Curd durch die enge

Mansarde zu tanzen und die Melodie mitzusummen. Am Bett angelangt, verneigte er sich vor ihr. Lächelnd reichte sie ihm die Hand, erhob sich und folgte ihm ebenso splitterfasernackt wie er im Rausch des Dreivierteltakts durch die winzige Wohnung.

»Statt zum Englischen Garten könnten wir auch zum Marienplatz gehen und uns umhören, wann die Ämter wieder öffnen«, schlug sie vor, sobald er sie in einer schwungvollen Pirouette um die eigene Achse gewirbelt und exakt mit dem Schlussakkord zum Stehen gebracht hatte. »Dann können wir endlich beim Standesamt das Aufgebot bestellen. Verlobt sind wir lang genug. Jetzt wird geheiratet.«

»Du gibst wohl nie auf.« Er versetzte ihr einen kecken Nasenstüber.

»Ich erinnere dich nur an dein Versprechen.«

»Zuerst müssen wir etwas in den Magen kriegen, sonst schaffen wir den weiten Weg zum Standesamt nie, geschweige denn den zum Traualtar. Ich sterbe vor Hunger. Lass uns zum Theater in die Augustenstraße gehen. Theres Thalhammer hat mir letztens gesteckt, bei ihrem Bruder auf dem Land könne sie noch Speck und Rüben auftreiben. Wenn wir Glück haben, hat sie schon …«

»Gib zu, du kriegst kalte Füße«, unterbrach sie ihn.

»Natürlich kriege ich die. Ist das ein Wunder bei einer so zielstrebigen Braut wie dir?« Er versiegelte ihr mit einem langen Kuss den Mund.

»Um das Ganze zu beschleunigen, gehst du am besten allein in die Augustenstraße«, bestimmte sie, sobald er von ihr abließ. »Falckenberg schuldet dir noch den Lohn für deine letzten Entwürfe. Er soll dir gleich einen ganzen Sack Rüben dafür geben, schließlich hast du ihm die Skizzen für die neuen

Bühnenbilder schon letzte Woche geliefert. Pasetti muss nie so lang auf seine Bezahlung warten.«

»Der ist auch fest bei den Kammerspielen angestellt.«

»Und er hat keine ungeduldige Verlobte zu Hause, die schnellstmöglich mit ihm zum Standesamt will.«

»Vielleicht ist das das Geheimnis seines Erfolgs.«

»Warte nur!« Spielerisch versetzte sie ihm eine Ohrfeige.

Im Treppenhaus erklangen fröhliche Stimmen, Schritte näherten sich der Wohnungstür. Judith und Max! Ehe Lou nach dem Hemd über der Stuhllehne greifen konnte, um ihre Blöße notdürftig zu bedecken, war Curd in seine Hosen gestiegen und halb nackt zur Tür geeilt. Erfreut riss er sie auf. »Hereinspaziert, meine Lieben! Wie schön, dass ihr euch auch wieder einmal hertraut.«

»Wir kommen wohl zu früh?«, stellte Max mit einem amüsierten Blick auf Curds unbekleideten Oberkörper und Lous nackten Leib fest, als er hinter Judith die Mansarde betrat. Eilig riss Lou sich wenigstens das Hemd vor die Brust und spürte voller Entsetzen, wie heiß ihre Wangen glühten. Ungeniert betrachtete Max sie. »Bleib so. In diesen trübseligen Zeiten bietest du einen wunderbar erfrischenden Anblick.«

»Der aber nicht dir gebührt.« Schützend breitete Curd die Arme vor ihr aus.

»Gib dir keine Mühe. Mit der schönen Lou kommst du leider nicht im Geringsten mit.« Judith trat vor die Kommode, öffnete eine der Schubladen und kramte ein frisches Hemd heraus, das sie ihm reichte.

»Zu Befehl, Oberst Lichtblau!« Er salutierte und streifte es gehorsam über. Dabei gewährte er Max erneut freie Sicht auf Lou. Grinsend lehnte der sich mit vor der Brust verschränkten Armen ans Bettende. »Mein alter Freund Curd hat wirklich Geschmack. Schade nur, dass er bei Lou schneller war als ich. Eigentlich fällt es mir schwer, ihm den Triumph zu gönnen. Trotz der schmächtigen Brust und der spitzen Beckenknochen muss er etwas haben, was ich nicht habe. Verrätst du es mir, Lou? Am besten unterhalten wir beide uns bei einem Tänzchen über die nicht vorhandenen Vorzüge meines angeblich besten Freundes.«

Er suchte eine Platte heraus, tauschte sie gegen den Walzer von vorhin und setzte das Grammophon in Bewegung. Artig verbeugte er sich erst vor Judith, dann vor Curd, um zuletzt Lou aufzufordern. Das Leuchten in seinen Augen gefiel ihr. Rasch zog sie das viel zu große Herrenhemd über und ergriff die dargebotene Hand.

Sobald sie Wange an Wange die ersten Schritte zu Walter Kollos Rheinländer *Komm, hilf mir mal die Rolle drehn* gesetzt hatten, hielt es auch Judith und Curd nicht mehr auf ihren Plätzen. Wie so oft in den letzten Wochen durchschritten sie alle vier zum Takt der Musik die kleine Wohnung, vollführten im Flur und in der Küche die erforderlichen Drehungen, tanzten zurück ins Vorderzimmer, stampften kräftiger als nötig mit den Füßen auf.

»Eure armen Nachbarn!«, mahnte Judith, als die Platte zu Ende war und sie außer Puste stehen blieben.

»Außer der Gruberin aus dem ersten Stock ist mir bislang noch keine der Herrschaften untergekommen, und die wohnt weit genug weg«, stellte Lou fest. Das Tanzen hatte sie erhitzt, das dünne Hemd klebte ihr auf der Haut. In dem Aufzug so nah bei Max zu stehen verunsicherte sie. Rasch flüchtete sie zu Curd.

»War ich ein so schlechter Tänzer, dass du vor mir wegrennst?« Max grinste.

»Sei ein guter Verlierer und trag es mit Fassung. Schließlich bin ich auch noch da.« Judith nahm seinen Kopf in beide Hände und gab ihm einen langen Kuss auf den Mund. Zunächst schien er protestieren zu wollen, dann ergab er sich seinem Schicksal.

»Genug!«, konstatierte sie schließlich. »Zeit, sich dem Alltag zu stellen.«

Rasch hatte sie auch für Lou frische Wäsche aus der Kommode gefischt und reichte sie ihr. Enttäuscht verzogen die beiden Männer das Gesicht. Sie waren nicht nur gleich alt, sondern auch gleich groß und von verblüffend ähnlicher Statur. Lediglich die Haarfarbe unterschied sie. Von weitem gingen sie deshalb oft als Zwillinge durch, was sie gern nutzten, um Verwirrung zu stiften.

»Du könntest etwas Sinnvolles tun und in der Küche Essbares auftreiben, Max. Lou dabei zuzugucken, wie sie sich anzieht, macht leider nicht satt.«

Energisch drängte Judith ihn zur Tür, kam schnell wieder zurück und sah nun ihrerseits Lou ebenso interessiert beim Anziehen zu wie Curd. Aus der kleinen Küche drangen das Klappern von Topfdeckeln und das Zuschlagen von Schranktüren. Ausnahmsweise schien Max Judiths Anweisung widerspruchslos zu befolgen. Curd lehnte sich lässig an den Türrahmen, Judith schmunzelte, allerdings war Lou sich nicht sicher, ob über Max' vergebliche Suche oder über sie. Die drei Wiener Freunde umfing die beneidenswerte Vertrautheit, die Lou seit der ersten Begegnung in Bann gezogen hatte, ihr aber zugleich das Gefühl verlieh, niemals so ganz zu dem Kleeblatt dazuzugehören. Eifersucht beschlich sie. Mühsam rang sie sie nieder. Die Freundschaft zwischen den dreien war etwas ganz Eigenes und hatte mit Curds Liebe zu ihr nichts zu tun.

»Hier ist leider nichts.« Max kehrte in dem Moment aus der Küche zurück, als sie sich das dünne Wollkleid überstreifte, das Judith vom Haken neben der Tür genommen und ihr gereicht hatte. »Dafür habe ich das hier gefunden.«

Er schwenkte einen Rucksack in der Luft.

»Gib her!« Lou entriss ihn ihm energisch. Behutsam strich sie die Verschlusslasche glatt. Darauf hatte sie eine Applikation aus bunten Leder- und Stoffresten begonnen.

»Der sieht wunderschön aus. Was hast du damit vor?«

Neugierig besah sich Judith den Rucksack, auch Curd und Max betrachteten ihn interessiert. Eigentlich war es ein altes Stück aus abgewetztem Leder und zerschlissenem Kattun, das vermutlich einmal zart lindgrün eingefärbt gewesen war, nun aber speckig braun glänzte. Allein die Verschlusslasche hob sich dank des bunten Mosaiks auffällig ab.

Lou war es peinlich, wie aufmerksam die anderen die halbfertige Arbeit musterten. Rasch presste sie sich den Rucksack gegen die Brust. »Den will ich der Thalhammerin zum Tausch anbieten. Vielleicht kann sie uns dafür ein dickes Fresspaket besorgen.«

»Das muss aber ein sehr, sehr dickes Fresspaket sein.« Judiths Stimme verriet aufrichtige Bewunderung. »Hoffentlich weiß die Gute das Kunstwerk zu schätzen.«

»Ach, das ist doch nichts Besonderes«, wehrte Lou ab.

»Doch, das ist etwas ganz Besonderes«, widersprach Max.

»Ich habe dir gleich gesagt, dass du eine Künstlerin bist«, pflichtete Judith bei. »Als Aushilfsnäherin verkaufst du dich bei den Kammerspielen viel zu billig. Bist du nicht gelernte Täschnerin?«

»Was nutzt die hehre Kunst, wenn man nichts zu beißen hat?« Curd legte besitzergreifend den Arm um Lous Schultern. »Ich finde es eine hervorragende Idee, der Thalhammerin den Rucksack anzubieten. Dafür wird sie uns bei ihrer Verwandtschaft auf dem Land eine ordentliche Portion Eier, Speck und Würste organisieren. Und wir können uns endlich einmal wieder ordentlich satt essen.«

»Am besten bringen wir ihn heute Nachmittag zu ihrer Wohnung in die Heßstraße«, schlug Lou vor. »Es muss ja nicht gleich jeder im Theater sehen, was wir ihr …«

»Wie immer hast du recht.« Stolz sah Curd seine Freunde an, bevor er sie auf die Stirn küsste. »Ich schlage vor, wir drei kümmern uns jetzt um einige Bissen Brot für dich als Stärkung. Sonst kannst du vor lauter Hunger am Ende die Nadel nicht mehr halten, und der Rucksack wird nie fertig. Am Nachmittag gehen wir dann zur Thalhammerin, um sie mit dem Prachtstück zu überraschen.«

Er küsste Lou noch einmal auf die Wange, bevor er die letzten Knöpfe an seinem Hemd schloss, den Kragen um den Hals befestigte und die Hosenträger über die Schultern zog. Max nutzte die Gelegenheit, um Lou noch einmal zu umarmen und zu küssen. Sie fasste es als Scherz auf und ging lachend darauf ein. Triumphierend grinste Max Curd an.

»Beeilt euch lieber«, mahnte Lou. »Mein Magen hängt schon bis zum Boden durch. Bekomme ich nicht bald was zwischen die Zähne, kann ich den Rucksack tatsächlich nicht mehr fertignähen, und dann wird das nichts mit den Eiern und dem Speck vom Land. Weder für mich noch für Curd, und für euch zwei sowieso nicht.«

»Habe ich es nicht gewusst?« Wieder strahlte Curd übers ganze Gesicht. »Meine Lou ist einfach eine Wucht. Lasst uns losziehen und ihr schnell etwas zu essen besorgen. Wir müssen sie bei Laune halten, damit sie fleißig arbeiten kann.«

Entschlossen drängte er Judith und Max zur Tür. Als die beiden schon im Treppenhaus waren, kehrte er noch einmal um und verabschiedete sich von Lou mit einem neuerlichen Kuss. Trotz der aufgestauten Wärme in dem kleinen Dachzimmer fröstelte es sie. Sie klammerte sich an ihn.

»So wird das nie was mit dem Sattwerden.« Sanft schob er sie fort. »Dabei weißt du doch, dass du mich mit leerem Bauch nie zum Standesamt kriegst.«

»Hau endlich ab, du Schlawiner!« Ein dicker Kloß im Hals erschwerte ihr das Reden. Sie brachte es kaum fertig, ihm nachzusehen, wie er Stufe für Stufe hinter den anderen die ausgetretene Holztreppe nach unten stieg. Genau dasselbe hatte sie schon einmal erlebt. Auch den Bruder hatte sie an jenem verhängnisvollen Tag im März letzten Jahres nach lustigem Herumalbern allein in die Stadt geschickt, um Essen aufzutreiben, während sie noch etwas Dringendes erledigen wollte. Und dann war er unter die Elektrische geraten.

2

Bevor Lou mit der Arbeit begann, hielt sie den Rucksack noch einmal in die Höhe und musterte ihn. Judith hatte recht: Der sollte dem gutmütigen Landei von Thalhammerin aus der Theatergarderobe mindestens ein ganzes Huhn nebst einem Korb Eier und einiger weiterer Kostbarkeiten wert sein. Das würde eine Weile vorhalten. Danach wurde es allerdings eng. Die Schallplatten und das rote Koffergrammophon würde Curd niemals hergeben. Alles andere, was sich zum Tauschen eignete, war längst fort. Lediglich das, was sie auf dem Leib trugen, sowie mehrere Garnituren Unterwäsche nebst etwas Oberkleidung zum Wechseln und die Winterjacken besaßen sie noch. Und natürlich sich selbst, wie Curd in solchen Momenten schelmisch grinsend festzustellen pflegte, um sie voller Gier aufs Bett zu werfen. Die letzte Nacht kam ihr in den Sinn, und gleich stieg die vertraute Hitze in ihr auf. Curd lachte und liebte einfach alle Sorgen weg. Auch seine Freunde Judith und Max verstanden sich aufs Vergnügen, trotz der schrecklichen Kriegsjahre, die ihre Jugend überschattet hatten.

Kaum dachte sie an die beiden, wurde ihr erneut heiß. Vorhin, lediglich mit einem dünnen Hemd bekleidet, eng mit Max getanzt zu haben beunruhigte sie. So sollte sie nur empfinden, wenn Curd sie in den Armen hielt. Mit ihm war sie seit Februar verlobt, ihm hatte sie ewige Liebe geschworen. Genug! Bevor sie sich in verbotenen Träumereien erging, sollte sie sich lieber beeilen, um der Thalhammerin am Nachmittag den fertigen Rucksack bringen zu können. Dann hätten sie wenigstens etwas zu essen. War der Generalstreik erst einmal beendet und der Terror vorbei, bliebe Curd keine Ausrede mehr. Dann musste er mit ihr zum Standesamt, und damit hatte auch die Verwirrung mit Max ein Ende.

Von neuem betrachtete Lou den halbfertigen Rucksack. Es gab noch viel zu tun. Sie rückte den Schemel vors offene Fenster, um die warme Frühlingsluft zu genießen. Zaghaftes Vogelgezwitscher drang an ihr Ohr. Endlich hielten die wahren Frühlingsboten Einzug in der Stadt. Munter summte sie *Im Prater blüh'n wieder die Bäume* von Robert Stolz, einen von Curds Lieblingswalzern, griff nach der Nähahle, fädelte einen langen, gewachsten Leinfaden ein und begann mit der Arbeit.

Wie lang sie, tief über das Leder gebeugt, dagesessen und die Ahle mit aller Kraft durch die vorgestochenen Löcher in das dicke Leder geführt hatte, hätte Lou nicht zu sagen vermocht. War sie einmal in die Arbeit vertieft, vergaß sie darüber Raum und Zeit, nahm nur noch wahr, was unter ihren Händen entstand. Der intensive Geruch des Leders betäubte ihr die Sinne. Irgendwann aber schmerzten nicht nur die von rissiger Hornhaut überzogenen Fingerkuppen, auch der Rücken tat ihr weh. Sie richtete sich auf und streckte sich.

Ihr Blick fiel auf den wolkenlosen Himmel. Kaum zu glauben, dass am Tag zuvor noch Schnee gefallen war. In der letzten Aprilwoche war der Winter zurückgekehrt und hatte den in der Stadt herrschenden Ausnahmezustand durch heftiges Schneetreiben und eisige Kälte noch verschlimmert. Plötzlich fror Lou und hauchte sich in die kalten Hände. Die Sonne war um die westlich der Kaulbachstraße gelegene Häuserzeile gewandert, im Schatten wurde es rasch wieder empfindlich kühl. Lou schloss das Fenster.

Mittag musste vorüber sein. Wo Curd und die anderen nur steckten? Hätten sie den direkten Weg zur Augustenstraße genommen, hätten sie längst zurück sein müssen, selbst wenn sie sich mit Falckenberg auf eine längere Diskussion über die ausstehende Bezahlung eingelassen hatten. Lou wurde blümerant. Mit einem unheilvollen Rumoren meldete sich ihr leerer Magen. Dringend brauchte sie etwas zu essen. Sie sank zurück auf den Schemel, lauschte von neuem nach draußen.

Außer dem Vogelzwitschern war es nach wie vor ungewöhnlich still. Die Glocken von Sankt Ludwig läuteten immer noch nicht, ebenso wenig waren allerdings auch Schüsse zu vernehmen. Dafür drangen erstmals seit langem wieder menschliche Stimmen herauf, und zwar nicht als verzweifelte Schreie oder bellende Befehle, sondern eher so, als unterhielten sich Passanten in ganz normaler Lautstärke. Lou schöpfte Hoffnung. Vielleicht waren das die drei Wiener Freunde, die sich auf der Straße mit anderen über das Geschehen austauschten. Bestimmt erklangen bald ihre Schritte auf der Treppe, und Curd stürmte mit einem dicken Pack Essen in die Wohnung. Lous Finger zitterten, als sie die Ahle wieder aufnahm. Unter Mühen konzentrierte sie sich auf eine der letzten Nähte. Bald wäre der Rucksack fertig, Curd und die anderen kämen nach Hause und sie kochten gemeinsam. Für einen Moment schloss sie die Augen und meinte schon, den Geruch von frisch geschmortem Kohl oder Rüben in der Nase zu haben. Ihr lief das Wasser im Mund zusammen.

Unter ihren geschickten Fingern nahm der neue alte Rucksack schnell Gestalt an. Es fehlte lediglich noch eine kleine

Stickerei, dann war das gute Stück fertig. Geschafft! Stolz verknotete Lou das Garn, versorgte die Enden und schnitt den Faden ab. Sie stemmte die Hände in den schmerzenden Rücken und sah wieder zum Fenster hinaus. Dünne Schleierwolken zogen über das blaue Firmament. Auf dem Dachfirst der gegenüberliegenden Häuser schimmerte die Sonne. Es war Nachmittag! Und von Curd und den beiden anderen noch immer keine Spur.

Beunruhigt hängte Lou den Rucksack über den Bettpfosten und räumte das Werkzeug zusammen. Sie sollte zur Gruberin hinuntergehen. Gegen das Versprechen, ihr die Stiefel auszubessern, teilte die bestimmt ein Stück Brot mit ihr und versorgte sie mit Neuigkeiten. Gewiss war ihr Mann schon beim ersten Morgengrauen in der Stadt gewesen. Seit Tagen spielte Ludwig Gruber mit dem Gedanken, sich dem Freikorps anzuschließen. Solange allerdings nicht sicher war, wer letztlich die Oberhand gewann, die Weißen oder die Roten, zögerte er noch und schlich jeden Morgen um fünf nach Ende der nächtlichen Ausgangssperre aus dem Haus, um die aktuelle Lage abzuschätzen. Wenn einer also wusste, was die anhaltende Stille in den Straßen zu bedeuten hatte, dann die Gruberin. Lou ordnete sich das Haar, schnappte sich noch die Strickjacke sowie den rotgemusterten Schal vom Haken und verließ die Mansarde.

Auf dem Weg nach unten begann ihr Herz heftiger zu schlagen. Insgeheim fürchtete sie sich ein wenig vor der Gruberin. Ihr Gatte arbeitete in einem der Ministerien in der Ludwigstraße. Zwar schien er lediglich eine einfache Position zu bekleiden – Lou vermutete Schreiber oder Pedell oder dergleichen –, dennoch machte die Gruberin großes Gewese darum. Wahrscheinlich hielt sie Curd, Lou und die beiden anderen schon ihrer Tätigkeit beim Theater wegen für Revoluzzer, noch dazu, wo sie nicht verheiratet waren. Dass Curd wie seine Freunde gebürtiger Wiener und nach wie vor österreichischer Staatsangehöriger war, musste ihr noch verdächtiger erscheinen. Ganz schlimm würde es wohl, wenn sie erst erführe, dass er und Max schon ein knappes Jahr vor Kriegsende die Front verlassen und beim Burgtheater in Wien angefangen hatten. Von dort waren sie im letzten Herbst an die Kammerspiele nach München gewechselt. Wenigstens stammte Lou aus einer gutbürgerlichen bayerischen Familie und verstand sich aufs Lederhandwerk.

»Frau … äh … Fräulein …« Wie so oft geriet die stämmige Nachbarin mit dem strengen Dutt und dem aufgedunsenen Gesicht bei der Suche nach der richtigen Anrede erst einmal ins Stottern. »Wenn das mal keine Überraschung ist.«

Neugierig glitt ihr Blick über Lous zierliche Gestalt. Die Gruberin war gut einen Kopf größer und mindestens doppelt so breit. Fahrig strich sie sich die vom Kochen feuchten, stark geröteten Finger an der Schürze ab und hieß Lou in den dämmrigen Wohnungsflur eintreten. Aus der Küche zog ein verführerischer Geruch nach Suppe in den Flur.

»War Ihr Mann heute schon in der Stadt?«, erkundigte sich Lou vorsichtig. »Weiß er vielleicht, was die plötzliche Stille bedeutet? Sind die Kämpfe vorbei?«

»Is was passiert? Ganz blass schauen S' aus.«

»Mein Verlobter ist in der Früh zum Theater in die Augustenstraße.« Nervös krallte Lou die Finger in den Stoff ihres Kleides. »Seine beiden Freunde sind mit. Eigentlich hätten sie schon längst zurück sein müssen. Weil Ihr Mann doch oft nachschauen geht, wie es draußen steht, dachte ich …«

»Jessesmaria!« Die Gruberin schlug sich die Hand vor den Mund. »Kommen S' erst einmal mit. Der Ludwig soll's Ihnen selbst erzählen.« Beim Betreten der Küche nahmen der Suppengeruch wie der Kochdunst Lou zunächst den Atem. Das Fenster war geschlossen. Dick schlug sich der Dampf an den Scheiben nieder. Der Ehemann der Gruberin hockte am hinteren Tischende, flankiert von dem halbwüchsigen Sohn Sepp und der zwölfjährigen Tochter Marie. Trotz der Nachmittagsstunde standen randvolle Teller vor ihnen. Auch der Bierkrug fehlte nicht. Neugierig blickten sie ihr entgegen. Lou nickte ihnen scheu zu.

»Setzen S' Eahna und essen S' erst einmal was. Ausschaun tun S', als könnten S' gut was vertragen.« Die Gruberin drückte sie auf den freien Stuhl und reichte ihr einen Löffel. Mit dem fleischigen Kinn wies sie aufmunternd zu einem Suppenteller, aus dem sie offenbar selbst hatte essen wollen. »Langen S' ruhig zu. Wenn Ihnen der Bauch zwischen den Knien hängt, werden Sie's wohl kaum schaffen, nach Ihrem Verlobten zu suchen. Mein Ludwig geht nachher mit. Nicht, dass Ihnen auch noch was passiert.«

Lou erschrak. Was sollte das heißen? Bevor die Gruberin sie beruhigen konnte, fragte ihr Mann erstaunt: »Was tu ich nachher?«

Die Gruberin winkte ab und erklärte wichtigtuerisch: »Einem Freikorps hat er sich angeschlossen, gleich heut in der Früh. Genau so, wie's in dem Aufruf vom Ministerium heißt, dass man's tun soll, um den Roten endgültig den Garaus zu machen. Schauen S' nur die weiße Binde an seinem Arm. Das heißt, dass er jetzt zu den Regierungstruppen gehört. Schaut gut aus, was?«

»Also haben die Weißen gesiegt?«, hakte Lou leise nach, woraufhin die Gruberin bestätigend nickte.

»Das rote Gesindel ham s' gestern Nacht niedergerungen. Fünfzig von den Spartakisten ham s' draußen in Stadelheim erschossen, heißt's. Am Stachus und am Stiglmaierplatz sollen s' noch mehr derwischt ham. Dem Herrgott sei Dank! Damit ist der rote Spuk vorbei. Aber ausschauen tut's in der Stadt, als wär Krieg gewesen. Allein gehen S' da besser ned naus. Grad ned als junges Fräulein. Der Ludwig kommt mit. Der weiß, wie er mit die Leut zu reden hat.«

So hungrig Lou eben noch gewesen war, hatten ihr jetzt die Schilderungen der Gruberin den Appetit verdorben. Auf einen Schlag waren die düsteren Ahnungen wieder da. Sie hatte Karl geliebt und allein fortgehen lassen, sie liebte Curd und war am Morgen nicht mitgegangen. So durfte sie das Schicksal nicht herausfordern.

»Gemma.« Ludwig Gruber zwängte den dicken Leib zwischen Stuhl und Tischkante hervor, trank das Bier im Stehen und wischte sich den Mund. Ein Teil des Schaums blieb in seinem Bart hängen. Barsch wies er die Tochter an: »Hol mir mei Jackn!«

Noch während er sich hineinhelfen ließ, fragte er Lou: »Wo wollen S' überhaupt hin?«

»Na zum Theater«, mischte sich die Gruberin ein und zupfte den weißen Stoffstreifen zurecht, der ihn auch an der Jacke als treuen Regierungsanhänger auswies. »Dort wird der Herr Verlobte mit den andern beim Bier ratschen, wie ihr Mannsleut's gern tut, während wir Weibsleut daheim vergehn vor Angst.«

»Aber Curd hat mir …«, widersprach Lou zaghaft, doch von neuem kam ihr die Gruberin zuvor. »Gehen S' nur zu mit meinem Ludwig. Wenn der Herr Verlobte mit seine Freund' derweil hier auftaucht, sag ich ihm Bescheid, wo S' hin san.«

»Bleima da ned besser glei da und warten, bis s' eh widdakomma?« Ludwig Gruber schaute verständnislos zwischen seiner Frau und Lou hin und her.

»Schmarrn!«, erwiderte die Gruberin, reichte ihm seinen Hut und drängte ihn hinaus. »Siehst's doch, wie's ihr pressiert. Jetzt geh schon zu!«

»Danke« war alles, was Lou herausbrachte, bevor sie dem Mann mit der weißen Binde der Freikorpsler am Arm folgte.

Schweigend marschierte Ludwig Gruber durch die sonnigen Straßen der Maxvorstadt. Er hatte den typisch männlichen, weit ausholenden Schritt, der keine Rücksicht auf Begleiterinnen mit kürzeren Beinen nahm. Lou musste sich anstrengen, um sein Tempo zu halten. Bald stand ihr der Schweiß auf der Stirn. Selbst das dünne Wollkleid wie auch die Jacke waren ihr rasch zu warm, vom Wollschal ganz zu schweigen.

Ein aufdringlicher Geruch nach Verbranntem und Schießpulver hing über der Stadt. Auf der Ludwigstraße mit ihren beeindruckenden Regierungsgebäuden flanierten überraschend viele Münchner. So ängstlich sie sich in den letzten Tagen in die Häuser verkrochen hatten, so selbstbewusst zogen jetzt ganze Familien im besten Sonntagsstaat umher, um sich die Bescherung draußen anzusehen. Da die Elektrische nach wie vor nicht fuhr und auch kaum Autos oder Droschken unterwegs waren, stand ihnen die gesamte Straßenbreite zur Verfügung. Mit hochgereckten Köpfen, selbstbewusst durchgestreckten Rücken und weit ausholenden Schritten taten die braven Bürger, als hätten sie von Anfang an gewusst, wie der Kampf um die bayerische Hauptstadt ausgehen würde. Frisch gestärkt blitzten die weißen Binden an den linken Oberarmen.

Die meisten zog es zur Feldherrnhalle. Dort waren nach wie vor Barrikaden aus Fuhrwerken, Fässern und Steinen aufgeschichtet, streng bewacht von schwerbewaffneten Truppen, die ganz sicherlich nicht zu den Spartakisten gehörten. Über die gesamte Ludwigstraße lagen wild zerstreut umgekippte Karren sowie Reste von Fässern und Holzbalken. Leere Patronenhülsen auf dem Trottoir, Einschusslöcher an den Fassaden und zerschossene Fensterscheiben in den Häusern zeugten von den Gefechten, die hier getobt hatten. Sichtlich beeindruckt, begutachteten die Flaneure die Kampfspuren, nickten einander einvernehmlich zu und zollten den Weißgardisten beflissen Respekt.

An der Ecke zur Theresienstraße wies eine aus Holzkisten aufgeschichtete Straßensperre darauf hin, dass man nur auf Geheiß der Freikorpsler seines Wegs ziehen durfte. Gruber schien die Wachposten zu kennen. Leutselig scherzte er im Vorbeigehen mit ihnen, dennoch bedachten sie Lou mit einem misstrauischen Blick. In der schnurgeraden, nach Westen verlaufenden Theresienstraße verflüchtigten sich die Schaulustigen. Das *Café Stefanie* an der Ecke zur Amalienstraße, seit Jahrzehnten Treffpunkt der Boheme, war seit Tagen geschlossen.

Je näher Lou und Gruber der Türkenkaserne kamen, desto öfter fuhren offene Lastwagen an ihnen vorbei, auf denen Soldaten mit Gewehren hockten. Lou wurde unbehaglich, Gruber aber schenkte den Truppen keinerlei Beachtung, weil er sich mit der weißen Armbinde auf derselben Seite wusste wie sie. Im letzten November noch hatten die meisten Münchner wie auch die Soldaten auf Seiten Kurt Eisners und der Roten gestanden, die die bayerische Republik ausgerufen hatten. In den letzten Wochen aber hatte sich die Revolution verselbständigt, bis die Radikalen die Oberhand gewonnen und mit ihrer Politik viele ihrer früheren Befürworter verschreckt hatten. Lou und ihre Freunde waren allerdings wie die meisten

Theaterleute viel zu sehr mit sich selbst beschäftigt gewesen, um das mitzuverfolgen. Das rächte sich jetzt wohl.

Endlich erreichten sie die Augustenstraße. Lou atmete auf, als sie das vertraute vierstöckige Gebäude erblickte, an dessen Mittelgiebel die Aufschrift »Kammerspiele« prangte. Von außen sah das Haus so friedlich aus wie eh und je, nicht eine Fensterscheibe schien zu Bruch gegangen zu sein.

»Ab hier komme ich allein klar.«

»San S' sicher?«

»Ich will Sie nicht länger aufhalten.« Sie versuchte sich an einem Lächeln. »Hier ist ja auch alles ruhig.«

Nach einem prüfenden Blick erst zum Theater, dann zu ihr ließ Gruber es bewenden und tippte zum Abschied kurz an seinen Hut. Lou sah ihm nach, bis er um die Ecke zur Theresienstraße verschwunden war.

Niemand schenkte ihr Beachtung, als sie durch die schmucklose Kassenhalle in das Foyer im ersten Stock des Vorderhauses ging. Dort befand sich der mit weißem Holz ausgekleidete Erfrischungsraum, von dem aus der Balkon des Zuschauersaals betreten werden konnte. Tagsüber nutzten die Schauspieler, Bühnenarbeiter und Theaterbediensteten ihn als Aufenthaltsraum.

Wie erwartet hockten mehr als ein Dutzend Künstler in einer der abgeteilten Nischen vor den riesigen Doppelfenstern zusammen. Soweit Lou es zunächst erkennen konnte, waren es überwiegend Männer. Ihre breiten Rücken auf den schlichten Holzbänken dicht aneinander, hatten sie die Köpfe eng zusammengesteckt. Lou fasste sich ein Herz und fragte mitten in die Ausführungen eines der Männer hinein: »Sind Curd und seine Freunde hier gewesen?«

Einen Moment stutzte der Redner, auch die anderen brauchten etwas, bis sie die Frage verstanden hatten.

»Hat einer von euch sie heute schon gesehen?« Ihr Blick streifte die Anwesenden. Jetzt erst erkannte sie gleich links Traudl Wallner, die etwa vierzigjährige Souffleuse mit dem gemütlichen Vollmondgesicht und dem üppigen Dutt, auf der anderen Seite den aus Petersburg stammenden Bühnenbildner Leo Pasetti mit seinem wirren schwarzen Haar und dem nicht weniger wirren schwarzen Bart sowie das von nächtlichen Schreibstunden übermüdete Antlitz von Alfred Neumann, dem zweiten Dramaturgen, der ebenso alt war wie Curd und Max, im Gegensatz zu ihnen aber eine Festanstellung hatte. Die anderen Gesichter verschwammen vor ihrem Blick, der von aufsteigenden Tränen verschleiert wurde. Traudl fasste sie am Arm und zog sie auf die Bank.

»Curd war nur kurz hier«, hörte sie Pasetti in seiner harten Aussprache mit dem rollenden R erklären. Seine dunklen Augen starrten sie an, die Flügel seiner breiten Nase bebten. Rote Adern durchzogen die Haut, aus den Nasenlöchern ragten schwarze Haare. »Er wollte Geld oder Essen oder Lebensmittelkarten. Aber Falckenberg war nicht da, deshalb ist Curd gleich wieder fort.«

»Und Max? War der nicht dabei? Oder Judith? Ihr kennt doch auch Judith Lichtblau, die für Wiener Zeitungen schreibt.« Bang sah Lou in die Runde, meinte, ihr Herz zerspränge ihr, so heftig raste es auf einmal wieder.

»Stimmt, Max und Judith waren auch dabei«, sagte Neumann.

»Bestimmt versuchen sie, woanders was zu essen aufzutreiben«, ergänzte Traudl. »Die drei stecken doch immer zusammen. Unser Wiener Kleeblatt ist eben unzertrennlich.«

Kaum hatte sie das gesagt, merkte sie, dass Lou das falsch verstehen konnte, und fügte rasch hinzu: »Musst dir nichts dabei denken. Die drei hecken sicher aus, wo sie am ehesten einen fetten Braten herbekommen. Wirst schon sehen: Bestimmt werden sie dich nachher damit überraschen.«

Als wäre das das Stichwort gewesen, tauchte aus der leeren Garderobe Theres Thalhammer auf. »Wo gibt's heut einen fetten Braten?«

Die Runde brach in schallendes Gelächter aus, auch Theres stimmte vergnügt mit ein.

»Ach, Reserl«, erklang vom anderen Ende der Bank der volltönende Bass des Bühnenarbeiters Leonhard. Aus dem vom Alkohol aufgedunsenen und von Sommersprossen besprenkelten Gesicht leuchteten die hellen Augen. »Wenn du's nicht weißt, wer dann?«

Statt einer Antwort schenkte sie ihm nur ihr breites Grinsen. Jeder am Tisch hatte bereits seine Geschäfte mit der Garderobiere gemacht.

»Hätt mich auch gewundert«, gab sie endlich lachend zurück. »Schweine zum Schlachten gäb's derzeit zwar genug in der Stadt, aber die richtigen scheinen s' noch ned derwischt zu ham.«

»Wisst ihr's schon?«, erklang im selben Moment eine sich vor Aufregung überschlagende Stimme von der Treppe her. Ein leichter französischer Akzent war erkennbar.

Alle fuhren herum. Am obersten Treppenabsatz tauchte Richard Lönsheim auf, Kunststudent aus dem elsässischen Straßburg, der inzwischen öfter an den Kammerspielen als im Malsaal der Akademie anzutreffen war. Sein Gesicht glühte, so schnell musste er nicht nur die Treppen heraufgestürmt, sondern vorher schon durch die Straßen gerannt sein. Bevor er weitersprach, beugte er den Oberkörper nach vorn, um Luft zu schöpfen. Die anderen wurden unruhig. Pasetti trommelte mit den Fingern auf die Tischplatte, Neumann murmelte etwas vor sich hin. Traudl Wallner schnaufte, als suchte sie nach dem passenden Stichwort, um Richard zum Reden zu bringen. Lediglich die Thalhammerin behielt die Ruhe: »Wenn du's nicht gleich verrätst, werden wir's wohl nie erfahren.«

»Der Curd ist tot!«, stieß Richard im Aufrichten aus.

Für einen Moment kehrte unheilvolle Stille ein. Dann erklangen langsame, sehr verhaltene Schritte auf der Treppe. Fassungslos starrte Lou dorthin, ahnte dennoch, wer da noch kommen und Richards grausame Worte bestätigen würde.

Tatsächlich tauchten erst Judith und dann Max hinter dem Kunststudenten auf, blankes Entsetzen auf den Gesichtern.

Da erst begriff Lou.

»Nein!«, gellte ihr Schrei durch den Erfrischungsraum.

Judith, Max und Richard sahen sie an. Als sich ihre Blicke trafen, war Lou, als umklammerte eine eisige Hand ihr Herz.

Curd war tot. Und sie hatte ihn gehen lassen. Allein. Genau wie damals Karl. Die Dämonen in ihrem Kopf erwachten.

3

Ein weiterer Tag, der eigentlich viel zu schön war, um in Trauer zu versinken. Lou meinte ganz deutlich zu hören, wie Curd das zu ihr sagte oder vielmehr sagen würde, stünde er jetzt neben ihr auf dem Ostfriedhof. Trotz der Sommerhitze überlief sie ein kalter Schauer. Fröstelnd rieb sie sich die Arme und machte einen Schritt in den wärmenden Sonnenstrahl, der die Grabreihen und Marterln in verschwenderisch goldenes Licht tauchte. Wie jeden Tag seit Curds Tod vor dreieinhalb Monaten besuchte sie auch an diesem Augustvormittag sein Grab, legte einen Strauß selbstgepflückter Margeriten darauf und starrte das schlichte Holzkreuz an.

»Curd Walther«, verkündeten die goldgelben Lettern, *»17.3.1895 Wien – 4.5.1919 München«*. Noch immer sträubte sich alles in ihr, das zu begreifen. Nach allem, was er in den letzten Jahren seines viel zu kurzen Lebens durchlitten hatte, war es einfach unfassbar, dass er am ersten schönen Nachkriegsfrühlingstag mitten in München von einer verirrten Kugel niedergestreckt worden war. Lou stierte so gebannt auf die Inschrift, als könnte sie das Geschehene dadurch ungeschehen machen und Curd zu sich ins Leben zurückholen.

Je länger sie so dastand und die einzelnen Buchstaben fixierte, umso mehr verschwammen sie ihr vor Augen. Die Erinnerung an den letzten Walzer mit Curd übermannte sie. Die

Melodie schwirrte ihr durch den Kopf, bis die Buchstaben auf dem Kreuz unruhig auf und ab zu tanzen begannen. Schon meinte sie, Curds Hand auf dem Rücken zu spüren, ihn auffordernd zwinkern zu sehen. Sie warf den Rucksack beiseite und tanzte einfach los. Zunächst nur verhalten auf der Stelle, dann etwas mutiger. Schließlich fühlte sie sich vom Fußende des Grabs fortgerissen und schwebte ausgelassen um das Geviert herum. Dabei sang sie leise den Refrain *»Das ist die Liebe, die dumme Liebe …«* aus Kálmáns Operette *Die Csárdásfürstin,* die Curd über alles geliebt hatte.

Mit jedem Takt wurden ihre Schritte sicherer, die dunklen Schatten verblassten. Zum ersten Mal konnte sie ohne Schuldgefühle an Curd denken. Nah sah sie sein geliebtes Gesicht vor sich, spürte seinen Atem auf den Wangen, schmeckte seine Lippen auf dem Mund. Es war, als führte er sie tatsächlich zum Walzer umher. Sie wiegte sich im Dreivierteltakt, der Strohhut rutschte zu Boden. Gleichgültig ließ sie ihn liegen und wirbelte ein-, zweimal um die eigene Achse, drehte sich in die andere Richtung, tanzte weiter. Schwungvoll flog der hellblaue Plisseerock auf.

»Oh, là, là, mein Fräulein, warum tanzen Sie so allein?« Wie aus dem Nichts tauchte Max neben ihr auf sowie einige Schritte hinter ihm Judith. Ehe sie ihn bewusst wahrnahm, fasste er sie um die Taille und wirbelte mit ihr um Curds Grab, als befänden sie sich nicht auf dem Friedhof, sondern auf dem Tanzparkett.

Zweimal schon waren sie um das kleine Geviert getanzt, da mischte sich eine dunkle Frauenstimme unter ihr Singen, und Lou erspähte aus dem Augenwinkel, wie Judith sich ebenfalls anschickte, um das Grab zu tanzen.

»Glaubt ma's? Tanzen am helllichten Tag mitten aufm Friedhof wild umeinander. Dass ihr euch ned schamt, elendes

Gschwerl! Wenn das unser Herrgott sieht. Oder der Herr Pfarrer«, krächzte eine Altweiberstimme erbost.

»Ganz recht. Das sieht er besser nicht«, rief Max der Alten zu. »Am Ende würde der Herr Pfarrer noch mittanzen wollen, so, wie man es in Russland bei Beerdigungen tut.«

Schon begann er, wie ein Kosak loszulegen und dazu laut in die Hände zu klatschen. Entrüstet schnappte die in tiefstes Schwarz gekleidete Alte nach Luft, schüttelte so heftig den Kopf, dass ihr altmodischer Kapotthut auf die Nase rutschte. »Das ist doch ... Rotes Gesindel! Verdorbenes Pack! Ausmerzen sollt ma euch, diesmal aber wirklich!« Wütend drehte sie sich um und watschelte zwischen den Grabfeldern dem Ausgang zu. Dabei schimpfte sie weiter vor sich hin, fügte den einen oder anderen Fluch hinzu, der dem Pfarrer besser auch nicht zu Ohren kam. Lou begann zu glucksen. Sie wollte es nicht, aber sie musste einfach laut lachen. Sie bückte sich nach dem Strohhut, setzte ihn auf und ging zum Fußende des Grabes zurück. Eine angenehme Ruhe erfüllte sie. »Curd hätte seinen Spaß gehabt.«

»Das denke ich auch.« Max kam zu ihr, nahm seinen Hut vom Kopf und betrachtete das Holzkreuz.

»Er hat einfach viel zu gern gelebt, um eine lange Trauerzeit zu wollen.« Auch Judith stellte sich zu ihnen. Wie selbstverständlich fasste sie Lou an der Hand, ebenso reichte Max ihr von der anderen Seite seine.

Lou schloss die Augen, streckte das Gesicht der wärmenden Sonne entgegen und malte sich aus, welchen Anblick sie drei vor dem schlichten Grab boten. Da war zum einen die elegante Judith, deren Aufmachung selbst an diesem heißen Hochsommertag perfekt durchkombiniert war. Die weiße Bluse mit dem großen Schalkragen passte hervorragend zu dem knöchellangen Faltenrock aus himmelblauem Taft. Auf dem Kopf trug sie einen maisgelben Strohhut, der genau den richtigen Kontrast zu dem schwarzen Bubikopf und den cremefarbenen Spangenschuhen bildete. Mit dem Sommeranzug aus leichter, heller Wolle, dem Seidenhemd und dem statt einer Krawatte locker um den Hals geschlungenen Schal sowie den feinen dunkelbraunen Budapestern schien Max rein äußerlich die Kriegsfolgen ebenso überwunden zu haben wie Judith. Lediglich Lou stach in ihrer langweilig geschnittenen, ärmellosen Tunika mit der schlichten weißen Kordel als Gürtel, dem wadenlangen Plisseerock sowie den abgetragenen Halbschuhen aus dem Trio heraus. Curd hätte das nichts ausgemacht. Anders als seine beiden Freunde hatte er nicht viel Wert auf Äußerlichkeiten gelegt. Sogar im abgetragenen Anzug aus Kaiserzeiten hatte er noch schick gewirkt. Nun stiegen doch wieder bittere Tränen in ihr auf. Verlegen strich sie sich das kinnlange kastanienfarbene Haar aus dem runden Gesicht, sah von neuem auf das Kreuz.

»Nie haben wir einen Sommer miteinander gehabt. Keine einzige laue Sommernacht an der Isar war Curd und mir vergönnt. Unser erstes gemeinsames Frühlingserwachen war zugleich auch schon unser letztes. Ausgerechnet am selben Tag hat es ihn …« Ein heftiges Schluchzen übermannte sie. Judith und Max legten ihr von beiden Seiten die Arme um die Schultern, hielten sie fest.

»Stell dir einfach vor, er würde den Sommer jetzt hier mit dir genießen«, raunte Max ihr zu. »Der Platz unter den schattigen Bäumen hätte ihm bestimmt gefallen. Er liebte die Natur und war gern im Grünen. Nirgendwo sonst hätte er für alle Ewigkeiten ruhen wollen.«

»Bestimmt hat er nicht so früh im Leben schon hier landen wollen«, empörte sich Lou.

»Leider war er zur falschen Zeit am falschen Ort«, bemühte sich Judith, die Wogen zu glätten.

»Ausgerechnet, als er uns am meisten gebraucht hat, haben wir versagt«, ergänzte Max heiser.

»Was hättet ihr auch gegen eine irregeleitete Pistolenkugel ausrichten wollen?«, entgegnete Lou. »Ich allein bin schuld. Nie im Leben hätte ich ihn an jenem Morgen fortlassen dürfen. Wäre er bei mir geblieben, bis ich den Rucksack fertiggehabt hätte, wäre jetzt alles gut.«

»Hör auf, dir Vorwürfe zu machen.« Judith nahm sie in die Arme, wiegte sie zärtlich wie ein kleines Kind. »Niemand von uns trägt Schuld an Curds Tod. Es war ein tragisches Unglück. Die verirrte Kugel hätte genauso gut jeden anderen von uns erwischen können, wenn nicht am Stiglmaierplatz, dann sonst wo in der Stadt. In jenen Tagen war einfach keiner seines Lebens sicher.«

»Wer weiß, warum das alles geschehen ist?«, gab Max zu bedenken. »Curd hat immer daran geglaubt, dass alles im Leben einen höheren Sinn hat und wie im Theater auf ein vorherbestimmtes Ende zuläuft.«

»Warum sagst du das so? Du bist der Dramaturg, und er war der Bühnenbildner«, erwiderte Lou, wenig überzeugt von seinen Worten.

»Vor allem hätte er darauf bestanden, dass wir ebenso wie er unseren Rollen treu bleiben und uns auch ohne ihn weiter an unserem Dasein erfreuen«, überging Judith den Einwand.

»Er hat uns angehalten, für den Rest unseres Lebens fröhlich zu sein, gerade nach dem, was wir in den letzten Jahren erlebt haben.« Das Glitzern in Max' graublauen Augen verriet, wie schwer es ihm trotz Judiths Beistand fiel, die gebotene Zuversicht auszustrahlen. Hastig setzte er den Hut wieder auf und wandte sich ab.

Im Halbschatten der Hutkrempe traten die Linien von Stirn, Nase und Kinn markant hervor, der feingeschwungene Mund unter dem schmalen Oberlippenbart wurde leicht betont. Lou verlor sich in dem Anblick, der sie so sehr an Curd erinnerte. Nicht nur im Äußeren, auch im Wesen hatten sie vieles gemeinsam, nach allem, was gewesen war – vor allem den Übermut, die Lust am Leben.

Max ging in die Knie, betrachtete gedankenverloren die Gänseblümchen, die Männertreu und den Klee, der üppig auf dem Grab wucherte. Seine Finger strichen über das Grün, zupften zielsicher ein Kleeblatt heraus und reichten es Lou im Aufrichten. »Ein kleiner Gruß von Curd.«

»Danke.« Gerührt wollte sie es sich ins Haar stecken. Auf halber Strecke hielt sie inne, betrachtete es. Es hatte drei Blätter, wie üblich. Ein dicker Kloß steckte ihr im Hals. Kleeblätter bestanden nun einmal fast immer aus drei Blättern. Ein viertes war eine seltene Laune der Natur. So war auch das »Wiener Kleeblatt« Curd, Max und Judith längst vollzählig gewesen, bevor sie als Vierte dazugestoßen war. Die Versuchung war groß gewesen, das als besonderes Zeichen zu verstehen. Es hatte nicht funktioniert. Die Liebe zwischen Curd und ihr hatte die Freundschaft der drei letztlich auf eine harte Probe gestellt. Auch sie war sich viel zu oft ihrer wahren Gefühle nicht sicher gewesen. Gerade Max hatte sie verwirrt. Dabei war er Curds bester Freund. Niemals durfte er an Curds Stelle treten. Noch dazu, da sie schuld an Curds sinnlosem Tod war, wie sie überhaupt anscheinend allen männlichen Wesen, die sie liebte, Unheil brachte. Deshalb konnte sie jetzt auch nicht so tun, als bestünde das Kleeblatt weiter. Sie musste Max vor sich schützen. Mit zitternden Fingern gab sie Judith das Kleeblatt. »Zu dir passt es besser.«

»So ein Unsinn!« Judith weigerte sich, es zu nehmen. Erst auf Lous flehentliches Nicken hin steckte sie es sich ins oberste Knopfloch ihrer Bluse.

»Ihr seid das Wiener Kleeblatt, nicht ich. Künftig muss ich auf eigenen Beinen stehen«, sagte Lou. »Deshalb werde ich mich nach einer Arbeit als Täschnerin umsehen. Das wird mir helfen zu vergessen.«

»Vielleicht hast du recht«, stimmte Max zögernd zu. »Wieder in deinem erlernten Beruf zu arbeiten wird dir gewiss guttun.« Sie sah ihm an, wie stark es in ihm arbeitete. Er hatte genau verstanden, worum es ihr eigentlich ging. »Falls du etwas brauchst, sind wir immer für dich da. Curd wäre stolz auf dich.«

»Und auch auf euch«, erwiderte sie und fiel ihm um den Hals. Überrascht ließ er es geschehen, gestand sich sogar einen innigen Kuss mit ihr zu, den auch sie weitaus mehr genoss, als sie zugeben wollte.

»Dann sehen wir uns nachher nicht mehr im Theater?«, erkundigte sich Judith.

»Ich werde mich noch persönlich von Traudl, Theres und den anderen verabschieden«, erklärte Lou. »Zuerst aber suche ich mir in der Stadt etwas Neues. Bislang haben sie mir beim Theater doch nur aus Mitleid weiter etwas zum Ausbessern gegeben.«

»Ich wünsche dir viel Glück. Bestimmt wirst du schnell etwas finden.« Ein letztes Mal warf Max ihr einen sehnsüchtigen Blick zu, dann zog er sich den Hut in gewohnter Manier schräg in die Stirn, schob die Hände in die Hosentaschen und schlenderte davon.

Judith raunte ihm nur »Männer!« nach, bevor sie sich Lou noch einmal zuwandte: »Ich verstehe dich sehr gut. Doch vergiss nicht, dass Curd in meinen Armen lag, als er seine letzten Atemzüge tat. Hoch und heilig habe ich ihm versprochen, auf dich aufzupassen. So schnell wirst du mich nicht los.«

Ehe Lou widersprechen konnte, zog sie sie an sich und küsste sie auf den Mund. Erst wollte Lou aufbegehren, dann ließ sie es geschehen, bis Judith sich Kleidung und Hut richtete und Max zum Ausgang folgte.

»Du hast dir also gewünscht, dass Judith künftig weiter auf mich aufpasst«, sprach Lou leise, als sie sich zum Grab umdrehte. »Dabei hat sie nicht einmal dich vor dem Schlimmsten bewahren können.«

Sie rückte den Strauß Margeriten zurecht, den sie auf dem Grab abgelegt hatte. Verstohlen blinzelte sie auf das Grab zur Rechten. Äußerst feudal mit hellem Marmor eingefasst, wurde es am Kopfende feierlich von einem trauernden Engel bewacht. Zu allem Überfluss stand ein üppiger Strauß frischer Rosen darauf. Im Handumdrehen stibitzte Lou eine der langstieligen Rosen aus der Vase und drapierte sie quer über den Margeriten. Das dunkle Rot machte sich bestens auf dem makellosen Weiß.

»Wenigstens auf dem Friedhof dürfen die Roten noch über die Weißen triumphieren«, murmelte sie. Von neuem meinte sie, Curd vergnügt lachen zu hören. »Das gefällt dir wohl genauso gut wie das Tanzen! Das war noch nicht der letzte Walzer für dich. Ich werde weiter für dich tanzen. Bis in alle Ewigkeit. Versprochen.«

4

Die nächsten Tage besuchte Lou immer zuerst Curds Grab auf dem Ostfriedhof, bevor sie sich auf Arbeitssuche in die Stadt begab. Die Täschnereien in Schwabing und der Maxvorstadt hatte sie bereits erfolglos abgeklappert. An diesem Tag war die Gegend zwischen Sendlinger Tor und Marienplatz an der Reihe.

Sie saß in der Tram vom Nockherberg in die Innenstadt und sah ziellos nach draußen.

Nach dem Queren der Isar über die Reichenbachbrücke zuckelte der weiß-blaue Waggon der Siebener aufreizend langsam durch die Isarvorstadt. Fuhrwerke, Autos und Radler versperrten den Weg, ebenso kreuzten Fußgänger die Straße, ohne auf die Elektrische zu achten. Seit mehr als einer Woche war das Standrecht aufgehoben. Die willkürlichen Verhaftungsaktionen und die offenen Gefangenentransporte mitten durch die Stadt gehörten damit der Vergangenheit an. Neuerdings waren jedoch überall die bis zu den Zähnen bewaffneten Einwohnerwehren zu beobachten. Trotzdem kehrte allmählich so etwas wie Alltag ein. Die Barrikaden waren weggeräumt, die Bretter von den Schaufenstern verschwunden und die Läden wieder geöffnet. Die Auslagen aber blieben karg. Zwar besserte sich die Versorgungslage mit jedem Tag, die hohen Preise aber kürten selbst einfachste Lebensmittel wie Brot, Butter, Käse oder gar verschrumpelte Äpfel aus dem letzten Winter zu Luxuswaren. Alles in allem keine gute Zeit, um auf Stellungssuche zu gehen, erst recht nicht für eine alleinstehende junge Frau.

Auf einmal fiel Lou der Brief wieder ein. Den hätte sie fast vergessen, dabei war ihr die Gruberin am Morgen extra noch bis zur Haustür nachgerannt, um ihn ihr zu geben. Der Postbote hatte den Weg in den dritten Stock wieder einmal gescheut. Zwischen Notizheften, Ledereteuis und Brieftaschen, die sie als Muster ihres Könnens in den Rucksack gesteckt hatte, zog Lou den Brief heraus und betrachtete ihn. Marke und Stempel stammten aus Wien. In akkurater Schrift waren auf der Vorderseite ihre Anschrift sowie ihr Name vermerkt, wobei »Lou« in ihren Taufnamen »Louise« zurückverwandelt war, fälschlicherweise allerdings mit ou. Die Absenderadresse von Curds Vater auf der Rückseite verriet seine angesehene Position in der Donaumetropole, residierte er doch innerhalb des Wiener Gürtels. Wie hatte Curd es gehasst, überall nur »der Sohn des erfolgreichen Architekten Walther« zu sein! Ihr zitterten die Finger, als sie das Kuvert öffnete und den Briefbogen auseinanderfaltete.

Die ersten Zeilen überflog sie beschämt. Nicht zu Unrecht warf Walther senior ihr vor, sich nicht längst bei ihm gemeldet und ihn über die genaueren Umstände von Curds Ableben in Kenntnis gesetzt zu haben. Statt des geringsten Anflugs von Bedauern, weil sie den Liebsten verloren hatte, erging er sich in Vorwürfen, dass »Curd noch immer nicht anständig begraben« sei, und verlangte die sofortige Überführung des Leichnams nach Wien, »damit der arme Junge nicht für alle Ewigkeit in fremder Erde fern der Heimat ruhen« müsse. In Lou regte sich Empörung. »Der arme Junge« hatte sich »fern der Heimat« viel wohler gefühlt als im Dunstkreis seines erfolgreichen Architektenvaters! Der hatte sich nämlich halsstarrig geweigert, zu akzeptieren, dass Curd lieber Bühnenbilder fürs Theater als herrschaftliche Stadtpalais für gelangweilte Ehefrauen gutbetuchter Honoratioren entwerfen wollte. Verärgert las sie den Brief noch einmal. Warum verlor Curds Vater kein Wort über ihre Verlobung, hatte keine Silbe des Mitleids für sie, die Curd geliebt und fast geheiratet hatte? Stattdessen gab es nur den brüsken Hinweis, er werde baldmöglichst »das Nötige für eine anständige Bestattung in Wien« veranlassen. Dabei war Curd längst anständig beerdigt! Jeden Tag besuchte sie sein Grab, legte frische Blumen darauf, tanzte für und weinte bitterlich um ihn. Niemals würde sie zulassen, dass man ihr nach dem lebenden nun auch den toten Curd entriss!

Wütend zerknüllte sie den Brief. Dabei kam ihr ein verstörender Gedanke: Curds Vater wusste gar nichts von der Verlobung! Deshalb erwähnte er sie mit keinem Wort. Warum hatte Curd ihm von ihr erzählt, die Verlobung aber verschwiegen? Hatte er sich für sie geschämt? Dann hätte er seinem Vater besser gar nichts von ihr gesagt.

Tränenverschleiert schweifte ihr Blick nach draußen. Hinter den in der Mittagssonne spiegelnden Fensterscheiben zogen die letzten Häuser der Müllerstraße vorbei. Mühsam quälte sich die Tram den Anstieg zum Sendlinger-Tor-Platz hinauf, bog scheppernd in die Haltestelle vor dem Kiosk ein. Hastig stopfte Lou den Brief in den Rucksack und drängte als eine der Ersten unter lautstarkem Protest des Schaffners aus dem Waggon, stürmte blindlings quer über den Platz durch das trutzige rote Backsteintor Richtung Marienplatz.

Das Laufen tat gut. Nach einer Weile wurde Lou ruhiger und schlenderte bald langsam die Sendlinger Straße auf der

Suche nach einem Lederwarengeschäft entlang, das ihr Theres Thalhammer empfohlen hatte. Inständig sehnte sie sich danach, frisch gegerbtes Leder in Händen zu kneten, seinen derben Geruch einzuatmen, sich die Finger an den harten Stücken aufzureiben und eine knifflige Naht auszuführen. Vor allem aber wollte sie endlich wieder einen angemessenen Lohn für ihre Arbeit. Kurz hinter der Asamkirche fand sie das Geschäft auf der linken Seite. Sie blieb stehen, richtete ihr Kleid und zupfte sich das Haar unter dem Hut zurecht. Erst dann drückte sie die Klinke. Die Ladenglocke bimmelte schrill.

»Grüß Gott!«, rief sie in das Halbdunkel des Ladens. Im staubigen Sonnenstrahl, der durch den schmalen Schacht der Schaufensterrückwand hereinfiel, nahmen die in den Regalen lagernden Taschen und Mappen Konturen an. In einem Glaskasten auf der Ladentheke fanden sich Geldbörsen, Brieftaschen und Geldkatzen, auf dem Boden reihten sich Koffer und Gepäckstücke aneinander. Lederjacken, -wämser und -hosen hingen in großer Auswahl auf einer Kleiderstange. Lou strich über die einzelnen Stücke und genoss es, das angerauhte Leder unter den Fingerkuppen zu spüren.

»Was kann ich für Sie tun?« Aus der Tür hinter der Ladentheke tauchte ein weißhaariger, freundlich aussehender älterer Herr auf. Vor wenigen Jahren noch hätte man ihn um seine Ähnlichkeit mit dem Prinzregenten beneidet, inzwischen wirkte er damit reichlich aus der Zeit gefallen.

»Gelernte Täschnerin bin ich. Meine Eltern haben ein Geschäft am Mittleren Lech in Augsburg gehabt und ich …«

»Und jetzt wollen S' ausgerechnet bei mir eine Anstellung?«, unterbrach er sie in seinem milden Münchnerisch und ließ seine wachen, dunklen Augen an ihr herunterwandern.

»Die Zeiten san schlecht. Ledersachen anfertigen lasst kaum einer mehr, auch mit dem Kaufen halten sich die Leut zurück. Kei Wunder, wo scho ein Laib Brot ein halbes Vermögen kost'.«

»Deshalb werden sie besonders viel zum Ausbessern bringen.« Mit erhobenem Kinn hielt Lou dem Blick des Lederwarenhändlers stand, der ungeachtet der revolutionären Stürme der letzten Monate auf dem Türschild stolz mit »Nepomuk Prantl. Königlich-bayerischer Hoflieferant« firmierte.

»Da ham S' recht. Zum Ausbessern bringen s' grad vui her.« Ihre prompte Erwiderung schien ihm zu gefallen. »Darauf muss sich einer aber gut verstehen, sonst sieht er die Kundschaft nimmer mehr, erst recht nicht, wann's wieder bessere Zeiten gibt.«

»Vielleicht sollte ich Ihnen einmal zeigen, was ich kann?«

Überrascht zögerte er einen Moment, dann verzog sich sein Mund zu einem amüsierten Schmunzeln. »Auf'n Mund gefallen scheinen S' jedenfalls ned. Kommen S' mit.«

Er winkte sie zur Hintertür.

Die Werkstatt entsprach ihrer Erwartung. Durch ein schmales Hinterhoffenster fiel gerade so viel Licht, dass an der davorstehenden Schusternähmaschine gearbeitet werden konnte. Es war eine Adler mit dem typischen vorkragenden Näharm, einer tiefen Ausbuchtung unter dem Nähfuß und einer schmalen Auflage. Links davon erblickte Lou ein Nähross, auf dem eine Kiste mit Ahlen unterschiedlichster Größe und Ausführung stand, sowie auf dem Wandbord darüber mehrere Nähkolben. Ebenso fanden sich dort einige größere Spulen mit verschiedenfarbigen, gewachsten Garnen. Rechts über Eck zur Nähmaschine türmten sich auf einem Tisch Jacken, Westen, Hosen, Hosenträger und Gürtel. Sogar ein Paar

Stiefel war darunter. An der Nähmaschine lag eine an der Seite halb aufgerissene Aktentasche, die Prantl dilettantisch zu flicken versucht hatte, wie die schiefe Naht und der mehrfach falsch verknotete Faden offenbarten. Lou hatte den richtigen Riecher gehabt. Zwar musste in den Werkzeugen erst einmal Ordnung geschaffen werden, zumindest aber schien alles vorhanden, was eine Täschnerin zum Arbeiten brauchte. Und genau die fehlte, wie deutlich zu sehen war. Sie stellte den Rucksack ab, setzte sich auf den Schemel vor der Maschine und prüfte Fadenstärke und Nadel. Dann richtete sie die Mappe auf dem Stichfeld unter dem Nähfuß schnurgerade aus. Behutsam begann sie das Pedal zu treten.

Das vertraute Surren der Nähmaschine klang ihr wie Musik in den Ohren. Viel zu schnell war die Naht geschlossen. Lou zog die Tasche unter dem Nähfuß heraus, schnitt Ober- und Unterfaden ab, versorgte die Enden und reichte Prantl die fertige Mappe. Zufrieden begutachtete er sie. Als Nächstes suchte Lou sich eine schwierigere Arbeit und griff nach einem Wams aus hellgrün eingefärbtem Veloursleder, dessen Knopflöcher eingerissen waren. Flink hatte sie auch das wieder gerichtet.

»Verstehen tun S' sich tatsächlich gut aufs Handwerk.« Prantl nahm auch die ausgebesserte Weste nickend entgegen. »Nur wegen dem Lohn müss' ma reden. Grad is's ganz schwierig. Selbst wann S' vorn im Geschäft noch als Ladnerin mit anpacken, werd' ich Sie kaum zahlen können.«

»Zahlen kann einer seine Angestellten in solch einem Geschäft immer kaum, das weiß ich von meinem Vater«, erwiderte Lou. »Gerade jetzt nach dem Krieg muss jeder sein Geld zusammenhalten. Sie haben gesehen, was ich kann, und ich sehe, was Sie brauchen: jemanden, der sich aufs Ausbessern und Umändern versteht. Damit werden Sie bald genug verdienen, um mich zu bezahlen. Manch einer legt vielleicht eher einen Schinken oder stellt einen prall gefüllten Korb Eier und Käse neben die Kasse, aber auch das ist ein guter Lohn. In jedem Fall wird es sich herumsprechen, dass die Leute ihre Sachen zum Richten zu Ihnen bringen können.« Von neuem brummte Prantl nur.

»Und wenn es wieder aufwärtsgeht, kommen die Leute erst recht zu Ihnen, um sich was Neues nähen zu lassen«, setzte Lou nach.

»Ich mach Ihnen einen Vorschlag.« Umständlich verschränkte er die Hände hinter dem Rücken. »Solang noch ned klar is, ob's tatsächlich aufgeht mit Ihnen, so lang zahl ich Ihnen nur das, was S' tatsächlich an zusätzlichem Geld für mich bringen.«

»Aber dann sitze ich hier und warte …«, platzte sie voreilig heraus. Am Ende lief es doch wieder auf das hinaus, was sie beim Theater bekommen hatte: Almosen.

»Schade.« Sie erhob sich, warf einen bedauernden Blick auf den Berg Reparaturaufträge. »Die Arbeit hätten Sie da, und bestimmt würde es bald mehr. Aber wenn Sie nicht wollen, dann spreche ich eben beim Nächsten vor. Lederwarenhändler gibt es mehr als genug. Eine gelernte Täschnerin, die sich aufs Ausbessern versteht, können die derzeit alle gut gebrauchen.«

Das widersprach zwar ihrer Erfahrung der letzten Tage, aber das musste sie ihm nicht auf die Nase binden.

»Also gut«, lenkte Prantl ein. »Anscheinend wollen S' unbedingt bei mir arbeiten. Besser is's, ned, dass S' sich gezwungen sehen, ausgerechnet zum Grünspan in der Isarvorstadt …«

»Was haben Sie gegen den? Ein anständiger Geschäftsmann ist er, wie man hört«, warf Lou ein.

»Aber ein Jud is' er trotzdem«, knurrte er. »Probier ma's halt für eine Woch', und dann schau' ma weiter. Von mir aus können S' gleich anfangen.«

Er hielt ihr die von Altersflecken übersäte, aber ungewöhnlich gepflegte Hand hin.

»Wenn Sie mir den Nachmittag extra zahlen und noch ein Butterbrot bringen, bin ich einverstanden.«

Darauf brummte er wieder etwas Unverständliches und verließ die Werkstatt. Sie setzte sich auf den Schemel und griff nach einem Gürtel, an dem sich die beiden Lederschichten voneinander gelöst hatten. Aus einer Kiste mit Garnen kramte sie die passende Farbe und Spule heraus, fädelte Ober- und Unterfaden ein und legte los.

Das Rattern der Nähmaschine und das Dahinsausen des Gürtels unter dem Stichfeld hellten ihre Stimmung auf. Wie hatte sie das vermisst! Ihr war zum Singen. Rasch trat sie schneller aufs Pedal, fügte gleich noch eine zweite Naht auf dem Gürtel hinzu. Dabei brausten auch die Gedanken emsig dahin. Leise trällerte sie *»Im Prater blüh'n wieder die Bäume«*. Schneller als gedacht war der Gürtel fertig, und sie suchte nach der nächsten Aufgabe, fand sie in einer kurzen Kinderlederhose aus weichem Glattleder, an der der Latz zu flicken war, und machte weiter.

»Hier ham S' Ihre Brotzeit.«

Verwundert sah sie auf. Prantl hatte ihr eine trockene Scheibe Brot, Käse und einen Radi gebracht. Das Bier im Steinkrug war zwar schal, trotzdem freute es sie, dass er auch daran gedacht hatte. Bevor sie sich bedanken konnte, war er wieder verschwunden. Sie legte die fertige Hose beiseite, wischte sich die Hände ab und stürzte sich aufs Essen. Als sie den Krug an die Lippen hob, wanderte ihr Blick zum Fenster hinaus. Der Hof war eng, nur spärliches Licht fiel herein. Bedrohlich nah rückten die benachbarten Gebäude heran. Eine grobgemauerte Brandwand trennte das Geviert vom Nachbargrundstück. Lehnte Lou sich ein Stück nach vorn, erhaschte sie oberhalb der Mauern ein winziges Stück blauen Himmels.

Zwei etwa achtjährige Mädchen tollten in dem Hof mit ihren Reifen herum. Ihr fröhliches Lachen hallte zwischen den Mauern wider. Lou beobachtete sie, bis das Schrillen der Ladenglocke und Prantls knurrende Stimme sie aufhorchen ließen. Noch ehe sie feststellen konnte, warum er grantig auf die kräftige Frauenstimme reagierte, rauschte jemand ins Hinterzimmer.

»Ich fass es nicht! Hast du tatsächlich wieder eine Dumme gefunden, die sich für einen Hungerlohn bei dir abrackert.«

In der offenen Tür stand eine großgewachsene, üppig gebaute Frau mit kupferrotem Haar, rundem Gesicht sowie einer erstaunlich runden Nase und starrte Lou an. Als sich ihre Blicke trafen, verzogen sich die knallrot geschminkten Lippen zu einem Grinsen. Zwar ärgerte sich Lou über die unverschämte Äußerung, dennoch musste sie ebenfalls grinsen.

»Könnte aber auch sein, dass der Alte sich da gewaltig geirrt hat«, setzte die Fremde leise nach. »Zumindest hat er Ihnen was zu essen und zu trinken hingestellt. Das hat bislang noch keine geschafft. Ich bin übrigens Frida Prantl, die Schwiegertochter und stolze Mutter von der kleinen Blonden im Hof.«

»Ich bin Lou Seybold, die neue Hilfe hier im Geschäft.«

»Sie haben wohl gerade erst angefangen.« Frida deutete zum Tisch mit der Kleidung. »Doch für heute ist Feierabend.

Am besten kommen Sie gleich mit Franzi und mir mit, sonst lässt der Alte Sie bis zum Sanktnimmerleinstag schuften, vor allem nach der Brotzeit.«

Flugs öffnete sie das Fenster und rief nach Franzi. Dann packte sie Lou am Arm, griff sich den Rucksack und zog sie mit in den Laden.

»Wir gehen«, rief sie Prantl zu. »Deine neue Sklavin nehme ich mit. Morgen kommt sie wieder. Aber nur so lang, wie ich sehe, dass du sie gut behandelst. Denk dran: Ich habe ein Auge drauf!«

Zu Lous Verwunderung widersprach Prantl nicht, sondern drückte das kleine blonde Mädchen, das durch die Vordertür in den Laden sprang, fest an sich und strich ihr zärtlich übers Haar. Willig ließ sie es geschehen, hängte sich an Frida und verließ mit ihr das Geschäft.

»Bis morgen«, verabschiedete sich Lou und folgte ihnen.

»Pfüa Gott«, knurrte er und schloss den Laden hinter ihr ab.

Als wäre es das Selbstverständlichste auf der Welt, hakte Frida Lou draußen unter. »Mein Schwiegervater ist ein alter Grattler. Bei dem musst du von Anfang an sagen, wo es langgeht, sonst gehst du unter.«

Lou fühlte sich von der Wolke aus süßlichem Parfum und Zigarettenrauch, die Frida umgab, zunächst so benommen, dass sie keinen Mucks sagte. Bei jedem anderen wäre ihr die ungebetene Vertraulichkeit übel aufgestoßen, an Frida aber gefiel sie ihr. Auch die achtjährige Franzi, die auf ihren dünnen, schlaksigen Beinen in dem verschmutzten Matrosenkleid neben ihnen herhüpfte, schien sie auf Anhieb ins Herz geschlossen zu haben. An der nächsten Ecke schob sie ihre kleine Hand in Lous und strahlte sie von unten herauf aus dunklen Augen an.

»Ich weiß schon lang, wo der Barthel den Most holt«, plapperte Frida weiter und überquerte die Straße knapp vor einer von hinten heranrauschenden Tram. Im letzten Moment bremste der Fahrer und ließ verärgert die Signalglocke schrillen. Frida scherte sich nicht darum, sondern winkte Lou und Franzi ungeduldig zu sich herüber. Der Geschäftsschluss spülte eine Horde Menschen aus dem Kaufhaus Rosipal in die Rosenstraße. Lou, Franzi und Frida wurden auseinandergerissen. Erst kurz vor dem Marienplatz fanden sie sich wieder.

»Als mein armer Franz gleich im zweiten Kriegsjahr im Feld geblieben ist, hat sein Vater versucht, die Kleine und mich unterzubuttern. Aber nicht mit mir, sag ich dir!« Unwillkürlich blieb Frida stehen, stampfte mit dem Fuß auf. »Ich bin eine echte Berliner Göre! Wenn er mir dummkommt, kriegt er die Kleine nicht mehr zu Gesicht. Seit der Franz tot ist, wäre das das Schlimmste für ihn. Ein warnendes Wort von mir genügt, und Prantl frisst mir aus der Hand.«

Zwischen Fußgängern, Fuhrwerken, Autodroschken und Trambahnen, die ungeachtet des wild pfeifenden Schupos den Platz um die Mariensäule kreuzten, wurde es noch schwieriger, beieinanderzubleiben. Franzis Finger umklammerten Lous Hand. Vom Turm des Alten Peters schlug es sechs. Für Lou wurde es Zeit, zur Tram in die Weinstraße zu gehen, Franzi aber zog sie in die entgegengesetzte Richtung. Erst an der Ecke zur Sparkassenstraße blieben sie stehen.

»Wo wohnst du eigentlich?«, wollte Frida wissen.

»In der Kaulbachstraße. Deshalb muss ich zurück zur Zehner.«

»Das ist bei der Universität, oder?« Frida stemmte die Hände auf die Hüften. »Du suchst nicht zufällig was, das näher zur Sendlinger Straße liegt? Ich hätte nämlich ein Zimmer zu vermieten. Wir wohnen in der Aventinstraße beim Isartor. Es ist nicht groß, aber dafür auch nicht teuer.«

»Viel Platz brauche ich nicht. Ich schaue es mir gern einmal an«, erwiderte Lou, der der Gedanke gefiel, ab sofort nicht nur der Almosenflickerei in den Kammerspielen, sondern auch der von Erinnerungen belasteten Wohnung in der Kaulbachstraße zu entrinnen.

»Praktischer wäre es für dich außerdem. Und für mich übrigens auch.« Als Lou fragend die Augenbrauen hochzog, fügte Frida hinzu: »Du könntest abends bei meinem Schwiegervater pünktlich Schluss machen, weil Franzi mit dir nach Hause ginge. Damit würde ich mir den Umweg von meiner Arbeit über die Sendlinger Straße sparen.«

»Und du könntest dem Alten besser aus dem Weg gehen«, ergänzte Lou.

»Ich sehe schon, wir verstehen uns.« Frida grinste.

»Bitte, bitte, du musst bei uns einziehen!« Flehentlich reckte Franzi die gefalteten Hände in die Höhe.

»Schauen wir mal.« Lou erschrak vor der eigenen Courage. Was tat sie da? Sie kannte Frida kaum, hatte bei Prantl erst am Nachmittag zu arbeiten begonnen. Dennoch spürte sie, dass sie das Richtige tat. »Kann ich mir das Zimmer gleich ansehen?«

»Gern!« Frida lachte, Franzi klatschte Beifall.

Dieses Mal war es Lou, die sich als Erste bei der anderen einhakte. Vergnügt spazierten sie das Tal hinunter zum Isartor.

5

Der Anblick der ausgetretenen Treppenstufen im Mietshaus an der Kaulbachstraße dauerte Judith. Unzählige Male war sie im letzten Jahr bis zur winzigen Mansarde unterm Dach emporgestiegen. Das an diesem Samstag zum letzten Mal zu tun schmerzte. Damit verschwand Curd noch ein Stück weiter aus ihrem Leben. Niemals hätte sie sich träumen lassen, den Freund so früh und auf eine so unsinnige Weise zu verlieren wie an jenem Frühlingssonntag im Mai, als er mitten auf dem Stiglmaierplatz von einem Querschläger niedergestreckt worden war. Zeit ihres Lebens würde sie daran denken, wie erstaunt er sie angesehen hatte, während seine grünbraunen Augen für immer brachen. Ebenso wenig wie sie hatte er fassen wollen, dass sein Leben damit schon zu Ende war. Auf dem Absatz zwischen erstem und zweitem Stock blieb sie stehen. Tränen rannen ihr über die Wangen. Ausgerechnet in diesem Moment öffnete sich die Wohnungstür der Gruberin.

»Grüß Gott, Fräulein Lichtblau. Lang waren S' schon nimmer da. Sicher gehen S' nauf zum Fräulein Seybold. Grad schad is's, dass s' fortzieht. Abba verstehen kamma's gut. Für einen allein ist's Juchhe zu teuer, und außerdem steckt's voller Erinnerungen an den Herrn Verlobten. Was für ein Unglück, so jung sterben zu müssen! Und dann auch noch so tragisch.

Grad in der Früh noch hab ich zu meinem Ludwig gesagt, was er für ein Glück gehabt hat, heil davongekommen zu sein. Gar ned vorstellen mag ma sich's, was einem alles hätt passieren können. Braucht einer nur zur falschen Zeit am falschen Ort …«

»Solang man sich vorher rechtzeitig weggeduckt und nachher im passenden Moment mit der weißen Binde am Arm wieder aufgetaucht ist, ist doch alles gutgegangen.«

Die Gruberin warf Judith einen vernichtenden Blick zu, rieb sich die Unterarme und brummte halblaut, aber laut genug, dass Judith es noch hörte: »Das arme Fräulein Seybold. Seine Freunde kann sich einer halt ned immer aussuchen.«

Die Gruberin schüttelte den Kopf und wandte sich zum Gehen, dann aber drehte sie sich doch noch einmal um. »Sagen S' dem Fräulein, wenn s' Hilf' braucht, soll s' läuten. Mein Ludwig packt gern mit an. Sie kann ja nichts dafür, dass ausgerechnet Sie sich ihre Freundin nennen. Im Stich lassen tuma s' trotzdem ned.«

Damit verschwand sie in der Wohnung. Judith atmete auf. Langsam stieg sie die Stufen bis zur Mansarde hoch.

»Du allein?«, begrüßte Lou sie auf ihr Klopfen hin überrascht und sah suchend an ihr vorbei ins Treppenhaus.

»Max ist verreist.«

»Was?«

Tröstend tätschelte Judith Lou die Wange. »Völlig überraschend hat er ein Angebot aus Hamburg erhalten. Ihm ist kaum Zeit geblieben, den Koffer zu packen. Bestimmt meldet er sich demnächst bei dir.«

Sanft schob sie Lou beiseite und trat in den winzigen Flur. Sie ahnte, warum Max vermieden hatte, sich von Lou zu verabschieden. Seit Curds Tod fürchtete er sich vor seinen Gefühlen. Lou schien es ähnlich zu gehen. Mehr als einmal war Judith aufgefallen, von welcher Leidenschaft die beiden ergriffen wurden, wenn sie vermeintlich kameradschaftlich miteinander plänkelten.

»Du hast ja schon alles gepackt.« Sie sah sich um. Auf einmal wirkte die Dachwohnung beklemmend. Leer ragten die Schubladen aus Kommode und Nachtkasten, weit standen die Türen des ausgeräumten Schranks offen. Trotz des geöffneten Fensters staute sich die Schwüle unter der Schräge.

»Ist das alles?«, fragte sie und zeigte auf die spärlichen Gepäckstücke. Auch wenn ihr klar war, wie wenig Lou ihr Eigen nannte, war sie überrascht, wie leicht die Habseligkeiten in den Lederkoffer passten, der, nur zu etwa zwei Dritteln gefüllt, auf der abgeräumten Bettstatt lag. Obenauf entdeckte sie eine gerahmte Fotografie von Curd, die er Lou im Februar zur Verlobung geschenkt hatte. Für alle Zeiten würde er so jung bleiben und so zuversichtlich in die Welt schauen wie auf dem Bild.

Lou bemerkte ihren Blick und warf mit einem entschlossenen »Ja!« den Kofferdeckel zu. Judiths Augen wanderten weiter zu den drei Büchern sowie der Kladde mit Skizzen von Taschen, die Lou in den letzten Monaten entworfen hatte. Rasch stopfte Lou die in den Rucksack zu den Werkzeugen und Garnen. Als sie die Lasche schloss, sprangen Judith die aufwendigen Applikationen aus bunten Lederresten darauf ins Auge. Auf einmal stand ihr jener Morgen, an dem Lou daran gearbeitet hatte, klar vor Augen. Es war Curds letzter Morgen gewesen.

»Du hast ihn doch noch fertiggemacht«, stellte sie mit belegter Stimme fest. Achtlos warf sie den Hut aufs Bett, zupfte sich die gehäkelten Handschuhe von den Fingern und nahm den Rucksack in die Hände, um die aufwendige Applikation zu begutachten. Der schlicht gehaltene Rucksack wurde dadurch zu etwas ganz Besonderem.

»Der ist wirklich großartig. Du bist eine echte Künstlerin.«

»Das glaub ich nicht«, widersprach Lou und nahm ihn ihr aus der Hand, um ihn in den Flur zu stellen.

»Mit solchen Sachen kannst du eine Menge Geld verdienen. Es gibt wieder genug Leute, die für schöne Dinge gutes Geld zahlen. Wenn du magst, frag ich ein bisschen herum. Auch die Thalhammerin weiß bestimmt …«

»Gib dir keine Mühe«, unterbrach Lou sie. »Den Rucksack gebe ich nicht her. Ich werde auch keine anderen Rucksäcke mehr nähen. Da hängen zu viele Erinnerungen dran. Außerdem bin ich diese Mitleidsaufträge leid.«

»Wie du meinst.« Enttäuscht musterte sie Lous Gesicht. Es strahlte das gewisse Etwas aus, was nicht nur an der kecken Stupsnase und den lustigen Sommersprossen lag. Schon bei ihrer ersten Begegnung hatte Judith verstanden, was dem lebenslustigen Curd an der jungen Täschnerin so gut gefallen hatte und wohl auch Max nach wie vor in Verzückung versetzte.

»Ich bin gespannt auf dein neues Zimmer«, wechselte sie das Thema.

»Es ist nichts Besonderes. Meine Vermieterin ist Kriegerwitwe und braucht das Geld, um die Wohnung behalten zu können.«

Lou ging zum Fußende des Bettes, wo sich Curds Sachen stapelten. Seine Kleidung hatte Judith auf Lous Bitte kurz nach seinem Tod in die geflochtene Koffertruhe einsortiert, mit der er einst aus Wien angereist war. Auf dem geschlossenen Deckel thronten das praktische Reisegrammophon und die Schallplatten, auf dem Boden davor türmten sich Bücher und Notizhefte.

»Was wird damit?«

»Das nehme ich mit«, erklärte Lou. »Beim Hören seiner Musik wird Curd für mich lebendig. Es kommt mir immer so vor, als würde er dann wieder mit mir tanzen.«

»Ein schöner Traum.« Judith besah sich das rote Koffergrammophon und die Kiste mit den Platten. Sie mussten ein Vermögen gekostet haben. Dennoch wäre Curd nie auf die Idee gekommen, sie gegen Essen einzutauschen, selbst als er vor Hunger nicht mehr ein noch aus gewusst hatte. Von neuem wurde Judith das Herz schwer. »Die Musik war sein Ein und Alles.« Sie schluckte. »Hat Curds Vater dir eigentlich auch geschrieben?«, erkundigte sie sich nach einer Weile möglichst beiläufig.

»Dir etwa auch?« Lou trat vor das Fenster und sah kurz hinaus, bevor sie sich wieder zu ihr umdrehte. »Letzte Woche kam sein Brief. Er will Curds Sarg nach Wien holen. Von unserer Verlobung scheint er nichts zu wissen. Die hat Curd ihm wohl verschwiegen. Ein Wunder, dass Curd ihm überhaupt meinen Namen genannt hat.«

»Das wird seinen Grund gehabt haben.« Judith rief sich Curds alten Herrn in Erinnerung. »Sein Vater ist ein Ekel. Bei unserem Abschied aus Wien im letzten Kriegssommer habe ich ihn aus nächster Nähe erlebt. Als Curd ihm eröffnet hat, nach der Entlassung aus der Armee nicht in sein Architekturbüro einzutreten, sondern als Bühnenbildner an ein Münchner Theater zu gehen, ist er vor Wut explodiert. Viel hätte nicht gefehlt, und er hätte dafür gesorgt, dass sein einziger ihm noch verbliebener Sohn kurz vor Kriegsende doch wieder an die Front zurückgemusst hätte. Dabei ist Curd nicht von ungefähr nach zwei alptraumhaften Jahren im Feld als nicht mehr kriegstauglich eingestuft worden. Obendrein sind

Curds ältere Brüder beide kurz hintereinander schon 1915 gefallen.«

Doch nicht nur deswegen mochte Judith den alten Walther nicht. Eigentlich hatte sie ihn noch nie gemocht. Die Heirat von Curd und Lou, einer einfachen Täschnerin aus Augsburg, hätte er mit allen Mitteln zu verhindern gewusst. Curd hatte einmal so etwas angedeutet. Das aber verschwieg sie Lou lieber.

»Nach seinem Weggang aus Wien hat Curd kaum mehr Kontakt zu ihm gehabt«, erklärte sie stattdessen.

»Seltsam, dass er mir trotzdem geschrieben hat.«

»Dass er Curds Sarg nach Wien holen will, ist absurd.« Judith fasste Lou an den Händen. »Max und ich werden alles tun, um das zu verhindern. Als Curds beste Freunde wissen wir, was er sich gewünscht hätte, und das war bestimmt kein Grab nach dem Gusto seines Vaters.«

»Aber er ist und bleibt sein Vater. Bestimmt hat er schon alles Notwendige veranlasst.« Lou klang verzweifelt.

»Mach dir keine Gedanken.« Judith strich ihr tröstend über die Wange. »Du kennst die bayerische Bürokratie. Das kann dauern. Zumal man hier in München derzeit andere Sorgen hat als die Überführung der sterblichen Überreste österreichischer Staatsbürger in ihre Heimat. Am Ende ist es Curds Vater sowieso zu teuer. Der berühmte Herr Architekt schaut nämlich sehr aufs Geld.«

»Wenn es am Ende doch wirklich am Geld scheitern würde!« Lou seufzte, betrachtete Curds magere Hinterlassenschaft.

»Geh, du Tschapperl«, versuchte Judith die Freundin aufzumuntern. »Das wird sich schon richten. Vergiss den blöden Brief. Wenn du umziehst, findet er dich eh nicht mehr.«

»Und was ist mit dir und Max?«

»Curd war unser bester Freund. Wir wissen, wie sehr er dich geliebt hat. Deshalb lieben auch wir dich und werden niemals zulassen, dass man dir sein Grab wegnimmt.«

»Danke.« Verlegen senkte Lou den Blick.

»Wir mögen dich übrigens nicht allein Curd zuliebe.« Judith nahm Lou in die Arme und genoss es, den Duft aus ihren Haaren einzuatmen, die Wärme ihres zierlichen Körpers zu spüren. Kurz schloss sie die Augen, versank in einem verführerischen Traum.

Zu ihrer Enttäuschung ging Lou plötzlich auf Abstand, tat beschäftigt, indem sie die ausgeräumten Schubladen inspizierte.

»Lass uns die Sachen nach unten tragen«, schlug Judith vor. »Ich habe eine Autodroschke bestellt. Bestimmt wartet sie schon.«

»Das ist sehr nett von dir.« Dankbar lächelte Lou sie an, bückte sich nach dem Koffer. Dann fiel ihr Blick auf Curds Sachen. »Das schaffen wir nicht allein. Am besten, ich frag die Gruberin, ob ihr Mann uns mit dem Koffer und den Platten hilft. Das Grammophon nehme ich selbst.«

Die von Judith bestellte Kraftdroschke chauffierte sie wenig später an den Prachtbauten der Maxvorstadt und den feudalen Mietshäusern des Lehels vorbei in die Isarvorstadt. Kurz hinter der Zweibrückenstraße war auch dieses Viertel zunächst noch einigermaßen gutbürgerlich geprägt, bevor es nach Süden hin seiner buntgemischten Bevölkerung aus den verschiedensten Nationen und den ostjüdischen Flüchtlingen Rechnung trug.

»Da wären wir«, verkündete Lou kurz vor der Ecke der Aventin- zur Klenzestraße und hieß den Fahrer anhalten. Neugierig sah Judith aus dem Wagenfenster auf ein mehrstöckiges Gebäude an der linken Straßenseite. Wie in dem erst wenige Jahrzehnte alten Viertel üblich, war die Fassade betont schlicht gehalten und fügte sich bestens in die Reihe der Nachbarhäuser ein. An den großen Gaubenfenstern im Dachgeschoss war zu erkennen, dass der kostbare Wohnraum bis in jede Ecke genutzt wurde.

Während Lou aus dem Auto kletterte, entlohnte Judith den Fahrer, überzeugte ihn allerdings noch mittels eines üppigen Trinkgelds, das Gepäck ins Haus zu tragen.

»Wir müssen in den dritten Stock«, verriet Lou im Treppenhaus. Wie in den meisten Münchner Häusern gab es keinen Aufzug. Der Chauffeur schob sich die Mütze in den Nacken und schnitt eine Grimasse.

»Ich spendier Ihnen eine Halbe extra«, munterte Judith ihn auf, woraufhin er sich laut schnaufend mit der geflochtenen Koffertruhe und der Kiste mit den Büchern und Platten obenauf in Bewegung setzte. Dicht hintereinander stiegen sie die knarrenden Holzstufen hinauf, Judith mit Lous angenehm leichtem Koffer, Lou mit dem roten Koffergrammophon.

»Herzlich willkommen!«, flötete es ihnen entgegen, als ihnen nur noch eine halbe Treppe bis zur dritten Etage fehlte. Die Erscheinung vor der halboffenen Wohnungstür raubte Judith im ersten Moment den Atem, im nächsten war sie einfach nur amüsiert. Die von Lou beiläufig als »Kriegerwitwe« titulierte Frau entpuppte sich als der Inbegriff dessen, was Judith mit der leicht verrufenen Isarvorstadt in Verbindung brachte. Die Witwe mochte knapp über dreißig sein, was im Halbdunkel des Treppenhauses und dank der starken Schminke nicht eindeutig festzustellen war. Kupferfarbene Locken, die vermutlich genauso wenig echt waren wie die dicken Ringe an den fleischigen Fingern, ergossen sich wasserfallartig auf die Schultern. Aus einem runden, von einer etwas zu dicken Nase beherrschten Gesicht blickten auffallend helle Augen heraus. Ansatzweise nur waren Kinn und Hals voneinander getrennt. Insgesamt besaß ihre Figur etwas Barockes, was durch einen asiatisch inspirierten Morgenrock aus dunkelroter Seide, den sie flüchtig über ein zartrosa Negligé geworfen hatte, mehr betont als verhüllt wurde. Aufreizend postierte sie das eine Bein vor das andere. Ein Streifen nackter Haut blitzte am prallen Oberschenkel auf. Lässig stützte sie die linke Hand in die Seite. Dem Chauffeur stand der Mund offen. Judith befürchtete, der schwere Koffer könnte ihm mitsamt den kostbaren Platten und Büchern aus den Händen fallen. Fürsorglich bedeutete sie ihm, das Gepäck abzustellen, doch nicht einmal dazu war er in der Lage, so sehr hypnotisierte ihn der Anblick der Witwe.

Lous neue Zimmerwirtin badete sich in der Bewunderung, wie eine galante Bewegung mit den Hüften verriet. Langsam führte sie eine elfenbeinerne Zigarettenspitze an den knallrot geschminkten Mund, inhalierte tief und kniff die Augen zusammen, bevor sie den Rauch in die staubige Treppenhausluft stieß. Sie wechselte die Zigarettenspitze in die linke Hand und schaute die Besucher einen nach dem anderen ungeniert lange an. Schließlich blieben ihre hellgrauen, mit viel zu viel schwarzem Kajal betonten Augen auf Judith hängen. Die vollen Lippen verzogen sich zu einem breiten Schmunzeln. »Ich bin Frida Prantl, die neue Vermieterin Ihrer Freundin. Nur herein in die gute Stube.«

Im Wohnungsflur war es noch enger als im Treppenhaus. Sosehr Frida sich darum bemühte, Judith nahezukommen, so betont hielt Judith sie auf Abstand. Ungeduldig brummte der Chauffeur etwas, sowohl vom Gepäck wie auch vom Anblick der Vermieterin immer stärker ins Schwitzen gebracht.

»Stellen Sie die Sachen bei der Garderobe ab.« Frida zückte aus dem tief fallenden Ausschnitt ihres Negligés ein Portemonnaie. Mit spitzen Fingern steckte sie dem perplexen Mann eine große Münze zu.

»Danke«, krächzte er, vergaß das von Judith in Aussicht gestellte Bier und stürzte die Treppe hinunter, als wäre der Leibhaftige hinter ihm her.

»Was stehen wir uns im Flur die Füße platt? Im Salon ist es viel gemütlicher.« Frida trippelte auf ihren rosa Plüschpantoffeln zur ersten Tür rechts.

Dichter Zigarrendunst vernebelte ihnen beim Eintreten die Sicht. Frida beeilte sich, die schweren roten Samtvorhänge aufzuziehen und eines der Fenster aufzustoßen. Der Himmel hatte sich bedrohlich verfinstert. Gewitterschwüle drang herein, dennoch lichtete sich der Rauch schnell. Der »Salon«, wie Frida ihr über zwei Fensterbreiten zur Straße liegendes Wohnzimmer großspurig nannte, entpuppte sich als genau das, was Judith nach der Vorstellung im Treppenhaus erwartet hatte: eine Mischung aus Spießbürgertum und Nacheifern der Vorkriegsboheme. Bis unter die Decke reichten die wuchtigen, üppig gedrechselten Möbel aus der Prinzregentenzeit. Chinesisch aussehende Vasen und Bilder versuchten dem Ganzen mit den asiatisch gemusterten Stofftapeten einen Anflug von Weltläufigkeit zu verleihen. Das aber scheiterte an den dicken Biedermeierteppichen mit einfallslosem Blumenmuster. Qualmende Räucherstäbchen auf dem Stutzflügel verbreiteten süßlichen Moschusduft, der sich über den kalten Zigarrenrauch legte.

Zielstrebig ging Frida zu dem roten Kanapee in der entgegengesetzten Ecke. Der Aschenbecher auf dem runden Tisch quoll über, die Bleikristallgläser waren dagegen leer. In der geschliffenen Karaffe schimmerte ein letzter grünlicher Schluck und verriet, was da konsumiert worden war: Absinth. Sobald Frida Judiths Blick gewahrte, lächelte sie entschuldigend und griff nach den Gläsern. »Ich hole uns etwas zu trinken.«

»Ein sehr geselliges Heim für eine trauernde Kriegerwitwe«, stellte Judith fest, sobald sie verschwunden war. »Langweilen wirst du dich bei ihr ganz sicher nicht.«

Wie selbstverständlich fanden sie sich beide vor dem Vertiko wieder und inspizierten die Bücher, die sich auf dem Regalbrett über dem wuchtigen Möbel aneinanderreihten. Allzu deutlich zeigte sich in der Auswahl Fridas Vorliebe für das Seichte: ein bisschen zu viel Eugenie Marlitt, Rosalie Goldstein und Hedwig Courths-Mahler statt wirklich Neuem. Vergebens suchte Judith im Salon nach der Fotografie eines jungen Mannes in Uniform, dessen schwarzer Trauerflor den tapferen Heldentod pries. Fridas verstorbener Soldatengemahl schien spurlos aus ihrem Alltag verbannt.

»Ich frage mich, wo Franzi steckt.«

»Franzi?«, echote Judith verwirrt.

»Fridas kleine Tochter.«

»Frida hat ein Kind?« Judith wollte es nicht fassen. Wenn eins weder zu Frida noch zu dieser Wohnung passte, dann war das ein Kind. »Bist du sicher?«

»Klar. Künftig geht sie abends vom Laden ihres Großvaters in der Sendlinger Straße mit mir nach Hause.«

»Was hast du mit ihrem Großvater zu schaffen?«

»Ihm gehört das Lederwarengeschäft, in dem ich seit letzter Woche arbeite. Franzi geht nach der Schule dorthin, weil Frida dann noch in der Arbeit ist.«

»Was sie arbeitet, ist wohl klar.« Judith hatte Lou kaum zugehört, sondern zeigte auf den übervollen Aschenbecher und die Räucherstäbchen. »Bei solcher Arbeit sollte man Kinder wirklich nicht im Haus haben.«

»Ich glaube, du täuschst dich«, widersprach Lou.

»Habt ihr es euch gemütlich gemacht?« Mit einem Tablett vor der Brust schwebte Frida wieder herein und ließ sich nicht anmerken, wie viel sie von der Unterhaltung gehört hatte. Beflissen stellte sie das Tablett auf den Tisch vor dem Kanapee. Die Absinthgläser hatte sie gegen randvoll gefüllte Sektkelche getauscht. Als sie Lous verdutzten Blick bemerkte, reichte sie ihr lächelnd den ersten.

»Wir haben da noch etwas nachzuholen.« Sie wartete Lous Zustimmung gar nicht erst ab, sondern küsste sie gleich mitten auf den Mund.

»Deine Freunde sind auch meine Freunde, deshalb lasst uns auf deinen Einzug anstoßen und die lästigen Förmlichkeiten begraben. Ich bin Frida. Zum Wohl!«

Auch bei Judith überging sie das Zuprosten und nahm sie stattdessen ebenfalls sofort in die Arme, um ihr die Lippen fest auf den Mund zu pressen. Zu Judiths Überraschung stieß sie dabei sogar fordernd mit der Zunge in ihren Mund und schmiegte sich verführerisch eng an ihre Hüften. Überrumpelt von der unerwarteten Leidenschaft, versank Judith in dem Kuss.

»Auf eine aufregende Zukunft«, raunte Frida ihr ins Ohr und hob das Glas.

»Auf uns!« Nach außen ruhig, innerlich aufgewühlt, stieß Judith mit ihr an.

»Ich bringe meine Sachen in mein Zimmer.« Lou hatte es auf einmal eilig. »Vielleicht kann Franzi mir beim Auspacken helfen. Wo steckt sie überhaupt?«

»Bei der Göd auf dem Land. Sie hat doch Ferien«, säuselte Frida und machte keine Anstalten, sie aufzuhalten.

»Dann packe ich eben allein aus.« Achselzuckend ging Lou hinaus.

»Du hast ein Kind?«, erkundigte sich Judith überflüssigerweise noch einmal.

»Ein Mädchen, Franzi, eigentlich Franziska. Acht Jahre alt.«

»Und der Vater, also dein Mann, ist im Feld geblieben?«

»Ja.« Fridas Miene verschloss sich. Sie nahm einen letzten, kräftigen Zug aus dem Glas, stellte es auf den Tisch zurück und trat ans Fenster, gab vor, auf die Straße zu sehen und dort etwas aufmerksam zu beobachten.

»Franzi heißt sie gewiss nach deinem verstorbenen Mann. Wie praktisch für dich, dass sich dein Schwiegervater nach der Schule um sie kümmert. Dann kann sie nach den Ferien immer mit Lou nach Hause gehen, und du sparst dir den zusätzlichen Weg.«

Sie füllte die Gläser auf, damit sie von neuem anstoßen konnten, und reichte Frida eines mit einem verschmitzten Grinsen. »Auf unsere tapfere Lou, die dir in Zukunft beistehen wird.«

»Auf unsere allerliebste Freundin und gute Fee Lou«, pflichtete Frida bei.

»Du hast mich neugierig gemacht.« Judith stellte das Glas langsam auf den Tisch zurück. »Morgen werde ich Lou an ihrer neuen Arbeitsstelle besuchen. Einen Altmünchner Lederwarenhändler, der sich so rührend um sein Enkelkind kümmert, muss ich mir aus nächster Nähe anschauen. Ich schreibe für die Wiener *Arbeiter-Zeitung* Kolumnen über Münchens Gesellschaft. Das wäre ein gutes Thema. Bestimmt hat dein Schwiegervater Ähnlichkeit mit deinem Mann. Ein wahrer Kriegsheld muss der gewesen sein und ein Tausendsassa noch dazu. Wie sonst hätte er bei einer Frau wie dir Chancen haben können?«

»Franz war ein Prachtkerl«, erwiderte Frida. »Solche Burschen gibt es heute kaum mehr.«

»Davon musst du mir bei Gelegenheit mehr erzählen«, bat Judith. »Den einen oder anderen, der ihm nahekommt, wirst du wohl gefunden haben. Wäre auch schade, wenn du so jung schon dein Leben ausbrennen lässt wie ein Räucherstäbchen.« Sie nickte zum Klavier. »Wie gut, dass dein Schwiegervater da so verständnisvoll ist.«

»Wie kommst du darauf?«

»Warum sonst kümmert er sich um deine Tochter – doch deshalb, damit du hier ungestört Herrenbesuch empfangen kannst?«

Frida brauchte noch etwas, bis sie begriff, was Judith andeuten wollte. Erst sah sie sie entrüstet, dann eher mitleidig an, raffte sich den Morgenrock enger um die Brust. »Für so eine hältst du mich? Die arme, kleine Lou. Was wird sie bei mir demnächst wohl erleben?«

»Danke für den Sekt«, erwiderte Judith. Plötzlich wurde ihr blümerant. Vielleicht hatte sie Frida doch falsch eingeschätzt. »Ich schau mir Lous Zimmer an. Sicher braucht sie meine Hilfe.« Im Flur musste sie kurz überlegen, wo sich Lous neues Zuhause befinden mochte. Viel Auswahl blieb nicht, ohnehin stand die Tür zum Nebenzimmer des Salons einen Spalt offen. Ein kurzes Hineinspähen genügte, um das Tohuwabohu dahinter als Fridas Schlafzimmer zu identifizieren. Gleich daneben befand sich eine winzige Kammer, in der Franzi zu schlafen schien. Gegenüber ging es überraschenderweise in ein bescheidenes Bad mit Wanne und Wasserklosett, wie es in München selbst in guten Wohngegenden noch nicht selbstverständlich war, sowie rechts davon zur Küche.

Kurz entschlossen steuerte Judith die letzte Tür auf der Flurseite zum Hof an.

Lou stand am offenen Fenster, wirkte ganz versunken in die Aussicht auf den Hinterhof. Das Gewitter war ausgeblieben, das Gewölk am Himmel hatte sich aufgehellt. Ein sanfter, erfrischender Regen besprühte die roten Hausdächer. Aus den Töpfen, die auf den winzigen Küchenbalkons Ersatzbeete für Kräuter boten, roch es leicht erdig.

»Warum hast du es vorhin auf einmal so eilig mit dem Auspacken gehabt?« Judith trat näher zu Lou, um ebenfalls nach draußen zu schauen. Der Blick nach Süden reichte weit. Bei Föhn musste man die Berge sehen können.

»Für drei war nicht mehr ausreichend Luft im Salon.« Lou schlüpfte an ihr vorbei ins Zimmerinnere und begann, die Wäsche aus ihrem Koffer in die Kommode einzusortieren.

»Ausreichend Luft wirst du bei Frida künftig gut gebrauchen können«, erwiderte Judith und lehnte sich rücklings gegen die Fensterbank, verschränkte die Arme vor der Brust und musterte Lous neues Zuhause.

Das schmale Zimmer war spärlich eingerichtet. Außer der Kommode gab es lediglich ein Bett, einen Stuhl und einen Nachtkasten. Ein grober, buntgestreifter Vorleger bedeckte die blankgescheuerten Holzdielen. Unter der geringsten Bewegung knarrte der Fußboden. Wandschmuck fehlte. Stattdessen sorgte das ausgeblichene Blumenmuster der Tapete für Unruhe.

»Ich bin schon gespannt, wem von euch zuerst die Puste ausgeht.« Judith lächelte.

Unvermittelt hielt Lou im Einräumen inne. »Auf wen tippst du: auf Frida oder auf mich?«

»Noch stehen die Chancen für euch beide gleich.«

Lou bückte sich nach dem letzten Rest Wäsche im Koffer, dennoch war Judith das Schmunzeln auf ihrem Gesicht nicht entgangen. Sie wartete, bis die Strümpfe in der Kommode ihren Platz gefunden und Lou den Koffer unter dem Bett verstaut hatte. Als sie sich wieder aufrichtete, fragte Judith: »Wirst du mit Frida klarkommen?«

Einen Moment versanken ihre Blicke ineinander. In Lous Pupillen konnte Judith ihr eigenes Spiegelbild erkennen. Es fiel gerade wenig schmeichelhaft aus. Woher hatte sie nur den strengen Gouvernantenzug um den Mund? Curd und Max hatten sich oft darüber amüsiert.

»Das werde ich dir wohl erst sagen können, wenn ich einige Zeit hier verbracht habe.« Lous Stimme klang belustigt. »Ich halte dich auf dem Laufenden. Versprochen.«

»Das will ich hoffen.«

»Ich weiß ja, wo ich dich im Zweifelsfall finde: spätnachmittags im *Luitpold* in der Brienner Straße, damit du die illustren Herrschaften beobachten und in deinen Kolumnen über sie spotten kannst.«

»Fühl dich zum nächsten Kaffee eingeladen.«

»Gern.« Lou drehte sich wieder zur Kommode um und plazierte den Bilderrahmen mit Curds Foto gut sichtbar in der Mitte. Die gehäkelte Spitzendecke über der Holzplatte verlieh dem Arrangement eine gewisse Feierlichkeit. Curd wirkte auf einmal schrecklich erwachsen und leicht entrückt.

Einen Moment hingen Lous Augen gedankenverloren an dem Foto. Judith fürchtete bereits, die Freundin würde zu weinen beginnen, dann aber hatte sie sich wieder im Griff.

»Richte dich schon einmal darauf ein, dass ich zum Kaffee auch ein dickes Stück der berühmten Luitpoldtorte essen will«, verkündete sie unerwartet munter.

»Das lässt sich einrichten«, erwiderte Judith erleichtert.

Voller Zuversicht lief sie wenige Minuten später die Treppen nach unten. Das Knarren der ausgetretenen Stufen erinnerte an die Kaulbachstraße. Trotzdem wusste sie: Für Lou begann in diesem Haus ein neues Leben. Auch sie sollte mit den Erinnerungen abschließen und sich dem Kommenden entgegenwerfen.

6

Der Berg Arbeit wollte und wollte nicht schrumpfen. War eine Sache erledigt, brachte Prantl mindestens zwei neue nach. Lou fühlte sich wie Sisyphos. In den ersten Wochen hatte sie sich noch über das rege Bimmeln der Ladenglocke gefreut. Auch das eifrige Klingeln der Kasse war ihr wohltuende Musik in den Ohren gewesen, bewies es Prantl doch jedes Mal aufs Neue, wie richtig es gewesen war, sie einzustellen. Nahezu die halbe Altstadt, wenn nicht auch schon weite Teile der Isarvorstadt, ließ inzwischen Lederzeugs beim Prantl in der Sendlinger Straße flicken. Selbst in dem Büro in der Lindwurmstraße, in dem Frida arbeitete, handelte man ihn längst als Geheimtipp. Laut Judith war Prantl sogar schon im vornehmen *Café Luitpold* Thema. Dass das stimmte, erkannte Lou an den immer hochwertigeren Lederwaren, die neuerdings auf dem Tisch neben ihr landeten. Prantl verlor darüber kein lobendes Wort, trieb sie nur zu noch mehr Eile an, weil die vornehme Kundschaft noch ungeduldiger war als er.

Lou besah sich den riesigen Stapel auf dem Tisch. Eigentlich gefiel es ihr, Arbeit bis zum Umfallen zu haben. Über dem Rattern der Schusternähmaschine verstummten die Dämonen im Kopf, und sie konnte vergessen, was ihr in ihrem erst neunzehn Jahre währenden Leben schon an Unglück widerfahren war.

Dennoch war sie erschöpft. Sie hielt die Maschine an, massierte sich mit den Fingerspitzen die Schläfen. Das fleißige Treten des Pedals trainierte zwar die Muskeln an den Waden, doch das stundenlange, nach vorn gebeugte Sitzen auf dem niedrigen Schemel war eine Tortur. Ebenso anstrengend war es, rücklings auf dem Nähross zu hocken und mit der Ahle Löcher ins harte Leder zu stechen.

Sie sah auf den Hof hinaus. Dem Schneeregen zum Trotz hüpfte Franzi mit ihrer Freundin Lieserl in dem engen Geviert herum. Längst war der Herbst in die Stadt eingezogen. Lou hatte kaum etwas davon mitbekommen. Zwar schlang sie sich inzwischen morgens gegen die erste Kälte den roten Schal um den Hals, den Curd ihr einst geschenkt hatte, sonst aber verliefen ihre Tage einer wie der andere, egal, ob es September, Oktober, November oder eben gar schon Dezember war. Judith schimpfte, weil sie sich fast nur noch sonntags auf dem Friedhof trafen, um an Curds Grab zu tanzen.

»Lieserl!«, schallte es aus dem dritten Stock herunter. »Komm nauf!«

»I mag noch ned.«

»Geh zu! Zeit is!«

Widerstrebend folgte die Dunkelhaarige der Mutter. Kurz darauf schrillte die Ladenglocke. Franzis helles Stimmchen rief etwas zu Nepomuk Prantl, der mit dem gewohnten Brummen antwortete, dann stand die Kleine neben Lou im Hinterzimmer. Ihre geröteten Wangen und der rasche Atem brachten die Herbstkälte herein. Lou genoss die Frische, die den muffigen Geruch nach Leder, abgetragener Kleidung und Staub verdrängte.

»Gehen wir heim?«, fragte Franzi. »Ich mag auch einmal vor dem Dunkeln nach Hause kommen.«

»Gleich. Nur noch zwei, drei Sachen, dann können wir los.«

»Das sagst du jeden Tag, und dann schlafe ich doch wieder auf der Bank ein. Ich will aber auch einmal erst zu Hause im Bett einschlafen wie die anderen Kinder.«

»Ich beeile mich.«

»Die Mama hat mich immer viel früher abgeholt.«

»Deine Mutter arbeitet auch nicht so hart«, raunzte Prantl, der unbemerkt eingetreten war. Schnaufend warf er weitere Lederstücke auf den Stapel. »Das hat die Gerstlhuberin gebracht. Ihr Mann braucht seine Krachlederne am Freitagabend im *Hofbräuhaus*.«

Schon wollte er sich wieder in den Ladenraum verdrücken, da hielt Lou ihn fest. »Das geht beim besten Willen nicht.«

»Freitag hab ich zugesagt, Freitag is's fertig. Basta«, knurrte Prantl.

»Ich kann mir schon denken, was Sie Ihrer Kundschaft so alles zugesagt haben, wenn Sie den lieben, langen Tag nur vorn im Laden stehen und wichtigtun. Doch es geht trotzdem nicht«, beharrte Lou, erhob sich vom Schemel und stellte sich dicht vor den Ladeninhaber. Obwohl er für einen Mann seines Alters zierlich gewachsen war, musste sie den Blick ein wenig heben, um ihm in die Augen zu schauen. Von dem gütigen weißen Prinzregentenbart auf den Wangen hatte sie sich zum Glück nicht einwickeln lassen. Sie deutete zum Tisch mit den Flickereien.

»Sie sehen selbst, was sich da alles häuft. Ich habe nur zwei Hände und eine Nähmaschine und kann immer nur ein Stück nach dem anderen angehen. Wenn es gescheit werden soll, geht es nur in meinem Tempo. Alles andere wäre Glump.«

»Dann hören S' halt ned imma so früh auf am Abend. Schließlich zahl' ich Sie gut.«

»Was?« Lou lachte auf, obwohl ihr mit einem Mal zum Weinen zumute war. Eine unbändige Wut erfasste sie. Sie löste die zusammengeknoteten Bändel der Schürze und drückte sie Prantl in die Hand. »Für heute reicht's. Es ist spät. Komm, Franzi, wir gehen.« Die Achtjährige hatte den Zank zwischen dem geliebten Großvater und ihr mit weitaufgerissenen Augen verfolgt. Eingeschüchtert zog sie den Schulranzen an und griff nach Lous Hand. Lou nahm Mantel, Schal und Tasche, setzte sich den Hut auf den Kopf und ging mit dem Kind in den Laden. Lediglich an dem Stehpult, auf dem Prantls Bücher lagen, brannte noch eine Lampe. Der alte Geizkragen sparte an allem.

Sie hatten fast die Tür erreicht, da rief Prantl ihr nach: »Wenn S' jetzt gehen, brauchen S' morgen nimmer wiederkommen. Und ein Zeugnis kriegen S' auch ned.«

Lou hörte Franzi leise schluchzen. Beruhigend strich sie ihr über den Kopf. »Keine Angst. Du weißt doch, wie es ausgeht. Es ist ja nicht das erste Mal, dass ich mit deinem Opa zanke.« Aufmunternd klopfte sie ihr auf die Schulter, dann drehte sie sich noch einmal zu Prantl um. »Wie Sie wollen. Dann geben Sie mir bitte jetzt mein Geld für die Woche. Ab morgen müssen Sie dann allein klarkommen. Künftig wird es eben wieder länger dauern, bis alles geflickt und gerichtet ist. Der Gerstlhuber wird seine Krachlederne am Freitagabend ins *Hofbräuhaus* also ganz bestimmt nicht anziehen.«

»Aber …«, setzte Prantl an, doch Lou schüttelte den Kopf. »Bestimmt spricht es sich schnell herum, dass Sie wieder selbst an der Nähmaschine sitzen. Das wird Ihre Kundschaft freuen. Besonders schön haben Sie die Sachen ja nicht gerichtet. Zum Glück gibt es den Mandelbaum in der Klenzestraße und den Grünspan in der Corneliusstraße. Die haben mich schon gefragt, ob ich für sie arbeiten will. Sehr angenehme Herrschaften sind das. Zahlen tun sie außerdem noch gut. Und näher zur Aventinstraße wäre es sowieso.«

Prantl schwieg, hakte die Finger in die kleinen Taschen seines Wamses und tat unbeteiligt. Im schwachen Licht der Lampe war trotzdem deutlich zu erkennen, wie emsig es hinter seiner hohen Stirn arbeitete.

»Opa, bitte!« Franzi schmiegte sich an Lou, den Blick ängstlich auf den Alten gerichtet.

»Musst dich nicht fürchten. Kennst ihn doch«, wisperte Lou ihr zu, bevor sie Prantl fragte: »Was ist jetzt mit meinem Geld?«

Der weißbärtige Mann seufzte, kurbelte an der Kasse, bis die Lade aufsprang, und griff nach einem Bündel Geldscheinen. »Nehmen S' das extra und kommen S' morgen bitt' schön wieder.«

Seine Stimme wollte ihm kaum gehorchen. Die Hand, in der er das Geld hielt, zitterte. »Wissen tun S' doch ganz genau, wie sehr ich Sie brauch'. Und denken S' bitt' schön auch an das Kind. Meine Schwiegertochter bringt mir's nimmer, wenn s' bös auf mich is', und das wird s' sein, wenn S' jetzt so aus dem Laden gehen.«

»Dann geben Sie ihr in Zukunft halt keinen Anlass mehr, böse auf Sie zu sein«, entgegnete Lou ungerührt, während sie die Scheine zusammenrollte und in den Rucksack steckte. Die Scheine wurden zwar größer, zu kaufen aber gab es dafür immer weniger. »Guten Abend.«

Rasch fasste sie nach Franzis Hand und beeilte sich, aus dem Laden zu kommen. Von der Sendlinger Straße aus steuerte sie das Rosental an, um auf kürzestem Weg über den Viktualienmarkt in die Isarvorstadt zu gelangen.

Zumindest der Schneeregen hatte aufgehört. Das Straßenpflaster war allerdings noch glitschig. Dennoch hüpfte Franzi munter neben ihr her. Kinder konnten beneidenswert schnell vergessen. Erst am Reichenbachplatz verlangsamte sie ihr Tempo, schlenderte zu den Schaufenstern des Kaufhauses an der Ecke zur Rumfordstraße, einer Filiale von Hermann Tietz am Bahnhofsplatz. Lou ahnte, was kommen würde, gehörte dieser Halt doch zum täglichen Ritual ihres Heimwegs. Während Franzi wie zufällig den Schaukasten rechts neben der Eingangstür ansteuerte, tat sie, als bewunderte sie die beiden Karyatiden, die den Eckbalkon im ersten Stock stützten.

»Lou-u-u-?«, piepste es gedehnt.

»Wa-a-a-s?«, gab sie ebenso gedehnt zurück und musste an sich halten, um sich das Lachen zu verkneifen.

»Wenn der Großvater dir mal ganz, ganz viel Geld gibt und du noch was übrig hast von der Miete für die Mama, kaufst du mir dann die Haarspange da?« Franzi bohrte den Zeigefinger gegen die Scheibe. Ihr Atem beschlug das von Regentropfen besprenkelte Glas, so nah stand sie vor der Auslage, in der ein gutes Dutzend üppiger Haarschleifen aus Samt, Taft und Seide sowie mindestens ebenso viele Spangen mit Strass- und Glassteinen verschiedenster Couleur feilgeboten wurden.

»Welche wünscht sich das kleine Fräulein denn? Die rote oder die hellblaue?« Wie aus dem Nichts sprach eine Lou allzu vertraute Stimme das Mädchen an. Erschrocken umklammerte Lou Franzis Finger, bis das Kind vor Schmerz aufschrie.

»Max?«, fragte sie ungläubig und starrte zur Türnische, aus der sich eine schlanke, hochgewachsene Gestalt schälte.

Zuerst meinte sie, einer Verwechslung aufgesessen zu sein. Das konnte nicht Max sein. Der war doch in Hamburg. Alle zwei oder drei Wochen schickte er ihr einen nichtssagenden Kartengruß.

Die Kugellampe über dem Eingang warf einen langen Schatten über das Gesicht, zeichnete die Silhouette dagegen aufs schärfste nach. Das steigerte ihre Verwirrung noch. Wüsste sie Curd nicht schon seit einem halben Jahr auf dem Ostfriedhof, hätte sie jetzt glatt an ihrem Verstand gezweifelt und geglaubt, den toten Verlobten vor sich zu haben. Die Art aber, wie der Mann den Hut schief in die Stirn gezogen trug, zwischen den Lippen die obligatorische, rotglühende Zigarette, die Hände in den Tiefen der Manteltaschen vergraben, sprach ebenso eindeutig für Curds Freund Max wie seine Stimme. Lou wurden die Knie weich. Das unverhoffte Wiedersehen überrumpelte sie.

Langsam nahm er die Zigarette aus dem Mund, warf sie zu Boden und trat sie aus. Dabei musterte er sie ebenfalls sehr genau. »Lange nicht gesehen. Wie geht es dir, Lou? Hast du dich in deinem neuen Zuhause eingelebt?«

Das klang gerade so, als wären nur wenige Tage und nicht knapp vier Monate seit ihrer letzten Begegnung verstrichen. Wenn sie allerdings genau hinhörte, schwang in seinen Worten Unsicherheit mit. Das rührte sie.

»Wer ist der Mann?«, wisperte Franzi und schmiegte sich schutzsuchend an ihre Seite. Beruhigend legte Lou ihr den Arm um die Schultern und wisperte zurück: »Ein alter Freund«, bevor sie Max antwortete: »Alles bestens, danke. Ist deine Arbeit in Hamburg erledigt?«

»Erraten.« Jetzt, da er näher vor ihr stand, schien das Licht genau auf sein Gesicht, und sie konnte die glattrasierten Wangen wie auch den hellen, zarten Oberlippenbart gut erkennen. Seine graublauen Augen funkelten.

»Warum hast du nicht geschrieben, dass du kommst?«, entfuhr ihr schneller, als sie nachdenken konnte.

»Ich wollte dich überraschen. Judith hat mir gesagt, dass du früher oder später abends hier vorbeikommst«, fuhr er mit einem scheuen Lächeln auf den Lippen fort. Fröstelnd rieb er sich die Hände, hauchte warmen Atem hinein. »Wer ist denn die junge Dame an deiner Seite?«

»Das ist Franzi, die Tochter meiner Zimmerwirtin. Abends gehen wir zusammen nach Hause.«

»Freut mich, dich kennenzulernen, kleines Fräulein.« Er ging in die Hocke, um mit der Kleinen auf Augenhöhe zu sprechen. »Darf ich dir eine der Haarspangen aus dem Fenster schenken? Deine Mama hat sicher nichts dagegen. Du hörst ja, ich bin ein alter Freund von Lou.«

»Dann nehme ich die hellblaue mit der Samtschleife«, platzte Franzi heraus und eilte auf die Eingangstür zu, als fürchtete sie, er nähme sein Angebot sofort wieder zurück.

»Ich liebe Frauen, die wissen, was sie wollen.« Vergnügt zwinkerte Max Lou zu und ging mit der Kleinen in den Laden. Mit einigen Schritten Abstand folgte Lou.

Die beiden standen bereits an einem Verkaufstresen. Beflissen zog ein in dunklen Zwirn gewandeter Herr mittleren Alters eine Schublade auf und präsentierte ihnen eine noch größere Auswahl Spangen und Schleifen als im Schaukasten. Zielsicher wies Franzi dennoch auf exakt jene hin, die sie bereits seit Tagen im Vorbeigehen bewunderte. Der Verkäufer half ihr, sie sich ins Haar zu stecken. Franzi strahlte und konnte sich im Spiegel an ihrem eigenen Anblick kaum sattsehen. Beim Verlassen des Geschäfts weigerte sie sich, die Wollmütze darüberzuziehen. Nach einigen Überredungsversuchen gab Lou auf. »Hoffentlich fängst du dir in der nassen Kälte nichts. Eine Ohrenentzündung tut furchtbar weh.«

Sie brauchte gar nicht erst Franzis enttäuschtes Gesicht zu sehen, um diesen Satz sofort bitter zu bereuen. Auch Max verzog den Mund. Hastig bemühte sie sich um Schadensbegrenzung. »Ach, was soll's! Lass die Mütze unten. Wer sagt denn, dass du wirklich eine Ohrenentzündung bekommst? Und selbst wenn: Der Spaß, den du jetzt hast, macht es in jedem Fall wett. Den kann dir schließlich keiner nehmen, egal, was hinterher kommt.«

Erstaunt über ihren Sinneswandel, riss Franzi die Augen auf, Max grinste. »Ich hatte schon fast befürchtet, du wärst plötzlich vernünftig geworden.«

»Sollte ich das?« Auf einmal waren die letzten Monate wie weggewischt. Ihr wurde wunderbar leicht ums Herz. Fast meinte sie, das Glück wieder fassen zu können, das sie einst in den Stunden mit Curd und seinen beiden Wiener Freunden so ausgiebig genossen hatte. Die eisige Dezemberluft, die im Handumdrehen die Nasenspitzen und Ohrläppchen rot färbte, machte ihr ebenso wenig aus wie der achtjährigen Franzi. Die Wolken hatten sich verzogen. Sternenklar wölbte sich der Abendhimmel über der Stadt. Der milchige Lichtschein der Gaslaternen spiegelte sich auf der nassen Straße.

Voller Übermut hakte Lou sich bei Max unter. Franzi hüpfte einige Schritte voraus, nutzte jedes schwach erleuchtete Schaufenster, um sich und den neuen Haarschmuck darin ausgiebig zu bewundern. Passanten blieben stehen und lächelten, wenn sie Franzis leuchtende Kinderaugen erblickten. Selbst die Patrouille der Einwohnerwehr eingangs der Buttermelcherstraße verlor ihr finsteres Antlitz, als die Kleine ihr fröhlich entgegenhüpfte.

»Eigentlich hatte ich gehofft, dich gestern Abend schon im *Stefanie* in der Maxvorstadt zu treffen«, sagte Max unvermittelt. »Deine Arbeit hat dich wohl ganz in Beschlag genommen. Lass dich davon nicht auffressen. Du musst auch noch leben.«

»Keine Sorge«, erwiderte Lou und blieb stehen. Auch er hielt an. »Leben tue ich natürlich auch. Aber es macht mir Spaß, endlich wieder in meinem erlernten Beruf zu arbeiten. Manchmal wird es zwar etwas lang, weil Prantl mir so viel zu tun gibt, aber das habe ich gut im Griff.«

Max wollte etwas sagen, sie aber sprach schnell weiter: »Das hilft mir zu vergessen. Wenn die Nähmaschine rattert, ist das Musik in meinen Ohren. Dabei stelle ich mir vor, wie ich mit Curd getanzt habe. In Gedanken tanze ich nach wie vor jeden Tag und jede Stunde mit ihm. Immer und überall ist er bei mir, vor allem, wenn ich fröhlich bin.«

Ihr warmer Atem produzierte kleine Wolken in der kalten Luft. Einen Moment träumte sie ihnen nach, bis sie sich in der Dunkelheit auflösten. Behutsam nahm Max Lous Hand, hob sie an seine Lippen und küsste sie.

»Würdest du auch mit mir einmal wieder tanzen und fröhlich sein?« Auf seinem Antlitz lag ein scheues Lächeln.

»Warum nicht?« Ganz weit hinten in ihrem Kopf erklang Walzermusik. Je tiefer sie in Max' Augen versank, desto deutlicher hörte sie die. Die Erinnerung an Curd schob sich ihr vor Augen, schließlich sah Max ihm zum Verwechseln ähnlich. Die Gaslaternenbeleuchtung tat ein Übriges, sie in dem Trug zu bestärken, lag sein Gesicht doch von neuem ganz im Schatten. Vielleicht war es auch die Sehnsucht, einmal noch mit Curd zusammen zu sein. Es drängte sie zu Max hin. Schon umfasste er ihre Taille, zog sie eng an seine Brust und wollte sie küssen.

»Was tut ihr da mitten auf der Straße?« Franzi sprang heran. »Ihr dürft euch nicht küssen! Lous Verlobter ist tot. Sonntags tanzt sie immer an seinem Grab.«

Jäh war der Zauber verflogen. Lou erwachte. Franzi hatte recht. Vor ihr stand Max und nicht Curd. Sie durfte sich nicht täuschen lassen. Aus gutem Grund hatte sie sich im Sommer geschworen, Max aus dem Weg zu gehen.

Auch Max war plötzlich verlegen und verschränkte die Hände hinter dem Rücken, als gälte es, eine neuerliche Berührung mit ihr um jeden Preis zu verhindern.

»Hat mich gefreut, dich wiederzusehen.« Lou wollte nur noch weg. »Besser, wir lassen das mit dem Tanzen. So wie früher wird es ohnehin nie mehr.«

»Vielleicht.« Für einen Moment sah es so aus, als haderte er mit sich. »Leb wohl!«, sagte er schließlich leise, nahm Franzi auf den Arm, wirbelte sie zu ihrem größten Vergnügen einmal durch die Luft und hauchte ihr dann einen Kuss auf die Haarschleife. »Grüß mir deine Frau Mama unbekannterweise.«

Nachdem er sie abgesetzt hatte, tippte er sich knapp an die Hutkrempe und machte bereits den ersten Schritt zurück Richtung Reichenbachplatz, bevor er noch einmal innehielt und Lou ansah. »Falls dir doch einmal wieder zum Tanzen ist, also nicht nur in Gedanken oder auf dem Friedhof, sondern so richtig auf dem Parkett, gib mir Bescheid. Ich bin immer für dich da. Du weißt ja, wo du mich findest: im Theater.«

»Ich werde mich melden.«

»Hoffentlich.« Damit zog er den Hut ein Stück tiefer in die Stirn und ging.

»Einen netten alten Freund hast du«, stellte Franzi fest, als hätte sie ihre Empörung über den Kuss bereits vergessen. Behutsam schob sie ihre Hand in Lous und sah ihm ebenso schweigend nach wie sie. »Schade, dass ich deinen toten Curd nicht mehr kennenlernen kann. Der war bestimmt auch so lustig.«

»Er war sogar noch viel lustiger als Max. Mit ihm habe ich jeden Tag von früh bis spät gelacht.«

»Dann solltest du Max vielleicht doch öfter treffen.«

»Warum?« Verwundert sah Lou zu der Kleinen hinunter. In Franzis braunen Augen lag ein tiefer Ernst.

»Weil ihr euch gemeinsam noch besser an den großen Spaß erinnern könnt, den ihr mit Curd hattet, als jeder für sich allein.«

»Wie kommst du darauf?«

»Das habe ich eben gesehen, als ihr euch fast geküsst habt.«

Verlegen sah Lou die leerer werdende Straße hinunter. Bei einem Tandler zwei Häuser weiter wurde das Licht in den Auslagen gelöscht.

»Das ist doch auch ein bisschen wie mit meiner Haarspange und der Mütze«, plapperte Franzi weiter. »Wenn du mit Max Spaß haben kannst, solltest du dir den gönnen, auch wenn du nachher wieder traurig bist, weil er doch nicht ganz so lustig ist wie Curd. Wenigstens hast du dann aber für eine Weile richtigen Spaß gehabt und nicht immer nur daran gedacht, wie viel besser es früher mit Curd gewesen ist.«

»Das sagt sich so einfach. Max ist nicht Curd und wird auch niemals Curd sein. Um das zu vergessen, sehe ich ihn künftig besser nicht mehr.«

»Schade.« Franzi klang aufrichtig bedauernd. »Dabei kannst du so schön tanzen.«

»Das kann ich trotzdem.« Verwundert hörte Lou ihre eigenen Worte. »Nur eben nicht mit Max. Ich glaube, ich habe da so eine Idee. Komm, wir laufen ganz schnell nach Hause.«

Frida freute sich, als sie mit von der Kälte und vom Rennen geröteten Wangen früher als üblich in der Aventinstraße auftauchten. Noch an der Wohnungstür riss Lou sich den Hut vom Kopf und streifte sich die dicken Winterstiefel von den Füßen, warf den Mantel in ihrem Zimmer achtlos aufs Bett. Dann zog sie Curds rotes Koffergrammophon und die Kiste mit den Platten darunter hervor. Als sie zum Foto auf der Kommode sah, meinte sie, Curds Lächeln darauf wäre breiter geworden.

»Was tust du da?« Unerwartet stand Franzi vor ihr. Frida lehnte am Türstock.

»Wie wäre es mit einem flotten Onestepp, meine Damen?«, strahlte Lou die beiden an.

»Das lass ich mir doch nicht zweimal sagen.« Vergnügt klatschte Frida in die Hände. »Auf in den Salon! Das Parkett ist gleich bereit.«

Flugs eilte sie ins Wohnzimmer. Als Lou wenig später mit dem Grammophon und den Platten eintrat, hatte sie den Tisch beiseitegeschoben und den Teppich aufgerollt. Voller Vorfreude stellte Lou das Grammophon auf den Flügel, während Frida die Platten nach der passenden Musik durchforstete. Schnell hatte sie gefunden, was sie suchte, und reichte Lou eine der schwarzen Schellackplatten. Lou legte sie auf, kurbelte das Grammophon an und setzte die Nadel in die Rillen.

»Darf ich bitten, mein Fräulein?« Frida verbeugte sich. Galant reichte Lou ihr die Hand, um schwungvoll mit ihr durch den Salon zu wirbeln. Staunend verfolgte Franzi das Treiben von der Chaiselongue aus.

»Alles schreit hurra! Der Schiebermax ist da!« Übermütig stimmten Lou und Frida in den Liedtext ein. Wie im Rausch drehte und bewegte sich Lou, fühlte sich dabei ähnlich leicht wie sonntags beim Tanz um Curds Grab.

7

Schon eine gefühlte Ewigkeit stand Lou halbnackt vor dem Spiegel und probierte sich durch Abendkleider. Jedes Teil, das Frida ihr reichte, schien ihr schöner als das andere. Schon allein sich darin ausgiebig im Spiegel zu bewundern bereitete größtes Vergnügen.

»So etwas Wundervolles habe ich noch nie getragen.« Sie bewegte sich in einem knöchellangen Traum aus violettem Samt hin und her. Die weiten Ärmel waren aus gleichfarbigem Organza. Vorn am Hals hochgeschlossen, gewährte das Kleid dank eines großzügigen Wasserfallkragens im Rücken tiefste Einblicke. Für einen Moment sehnte sich Lou Curd herbei. Er hätte großen Spaß daran gehabt, sie in den Kleidern zu bewundern.

»Das Violett macht dich zu alt. Was hältst du von dem?« Frida hielt sich ein ärmelloses rotes Seidenkleid mit Fransen vor den Leib, schwang aufreizend die runden Hüften, drapierte die Haarpracht mit der freien Hand im Nacken üppig nach oben. Zufrieden musterte auch sie sich in dem mannshohen Spiegel, der zwischen den beiden Fenstern stand. Als Lou nicht antwortete, warf sie das Kleid achtlos zu den anderen und zupfte sich ein nachtblaues mit silbern funkelnden Steinchen über dem Busen zurecht. »Du hast recht. Das Rot ist zu alarmierend. Das hast du nicht nötig. Dann schon eher das hier.«

Als Lou danach greifen wollte, zog sie es unerwartet zurück. »Nein. Das ist viel zu langweilig für dich.«

»Nimm lieber das dunkelgrüne«, mischte Franzi sich ein. Gekonnt zog sie eines der unteren Stücke aus dem Stapel. Sie musste es kaum auseinanderfalten, da wusste Lou, dass es genau das war, was sie an diesem Abend tragen wollte. Ihre vom Arbeiten rauhen Finger strichen andächtig über den weich fließenden Seidenstoff. Es war schlicht geschnitten. Lediglich eine dezente Stickerei aus einer Handvoll Glasperlen umspielte den runden Halsausschnitt. Genau dadurch besaß es eine gewisse Raffinesse. Bestens würde es Lous knabenhafte Figur zur Geltung bringen.

»Ihr habt einen exzellenten Geschmack.« Frida nickte anerkennend erst zu Franzi, dann zu Lou. »Bestimmt finden wir noch die passenden Schuhe.«

Als wäre das eine Aufforderung, kroch Franzi unters Bett und schob einige Kartons heraus. Lou musste lachen. »Wo hast du das alles nur her?«

»Du meinst, weil die Klamotten nicht meine Größe haben?« Fridas Stimme klang hohl. Sie war halb in den Untiefen des Schrankes abgetaucht, um nach weiteren Schuhen zu kramen. Triumphierend hielt sie ein Paar Sandaletten aus tannengrünem Samt mit Goldeinfassungen in die Höhe. »Sie gehören einer guten Freundin, die sie bei mir untergestellt hat.«

»Darf ich das Kleid dann überhaupt anziehen?«

»Sollen die Schätze hier verstauben, bis sie aus der Mode sind?« Verständnislos sah Frida sie an. »Komm schon. Schlüpf ins Kleid und in die Schuhe. Wenn mich nicht alles täuscht, ist beides wie für dich gemacht.«

Nur zu gern gab Lou sich geschlagen und streifte das ärmellose, wadenlange Abendkleid über. Tatsächlich passte es wie angegossen. Als sie sich im Spiegel begutachtete, traten ihr Tränen in die Augen. Das Kleid hatte sie vollständig verwandelt. »Curd wären die Augen aus dem Kopf gefallen.«

»Nicht nur Curd«, stellte Frida klar. »Die Männer werden dir zu Füßen liegen. Apropos: Strümpfe suche ich dir auch noch raus, dann drücken die Schuhe weniger. Einen Büstenhalter brauchst du ja nicht. Dein Busen ist beneidenswert flach.«

Geschäftig machte sich Frida an der Kommode zu schaffen, Franzi half ihr beim Wühlen. Lous Augen wanderten durch das Zimmer. Für sie war es ein Wunder, wie Frida in dem Chaos überhaupt etwas fand. Über den offenen Schranktüren hingen Kleider und Mäntel, aus den halb herausgezogenen Schubladen quoll Wäsche. Schuhe lagen quer durchs ganze Zimmer verstreut, selbst auf dem Bett fanden sich welche. Lediglich auf der Frisierkommode herrschte penible Ordnung. Die unzähligen Cremetöpfe, Puderdosen, Parfumflakons, Bürsten und Haarspangen standen wie zum Appell streng aufgereiht nebeneinander.

Als sie beide eine halbe Stunde später perfekt geschminkt und angezogen vor Franzis kritischen Augen durch den Flur flanierten, fühlte Lou sich lebendig wie seit langem nicht mehr. Fast bildete sie sich ein, nicht die mondäne Frida, sondern Curd würde sie zum Ausführen unterhaken.

»Du siehst hinreißend aus. Dein Verlobter wäre stolz auf dich.« Als könnte Frida ihre Gedanken lesen, drückte sie sie fest an sich. »Es reicht, dass er so früh sterben musste. Jetzt musst du für ihn eure Jugend mitleben und genießen. Je ausgiebiger, desto besser.«

»Das hätte er wohl genauso gesagt«, stimmte Lou zu und dachte daran, wie lebenshungrig er gewesen war.

Frida griff sich die beiden pelzverbrämten Mäntel, die Franzi ihr reichte, setzte Lou zum Abschluss noch keck eine Aigrette aufs Haar und schob sie zur Wohnungstür hinaus.

»Schlaf gut, mein Augenstern.« Sie hauchte Franzi einen Luftkuss zu, bevor sie über die Treppe nach unten gingen.

»Bleibt die Kleine allein?«

»Das ist sie gewohnt«, erwiderte Frida, als sie auf der Straße ankamen. »Bevor du bei uns eingezogen bist, haben wir das gelegentlich auch schon so gehandhabt. Notfalls kann sie zur Pfanni aus dem ersten Stock. Die hat ihre Kammer direkt über uns im Juchhe. Falls der Alois bei ihr nächtigt, kann Franzi immer noch zur Rossmüllerin in der zweiten Etage. Die verwitwete Frau Hofrätin freut sich über Abendunterhaltung.«

Die Dezembernacht war eisig. Lou wickelte sich den dicken Mantel um den Leib. Dank des wärmenden, weichen Pelzkragens fühlte sie sich tatsächlich wie eine Königin. Frida schmunzelte. Seite an Seite liefen sie durch die nächtlichen Straßen Richtung Platzl.

»Hast du schon eine Idee, wo wir hingehen?«

»Natürlich. Allerdings brauchen wir dazu zwei Kavaliere. Ich weiß auch schon, wo wir die treffen.«

»Aber ich will nicht …«, versuchte Lou zu protestieren, doch Frida lachte sie aus. »Überlass das mir. Ich habe meine Erfahrungen und weiß, wie wir Frauen zu einem vergnüglichen Abend kommen. Keine Sorge«, verschwörerisch zwinkerte sie ihr zu, »es kostet dich weder dein sauer verdientes Geld noch deine an Curd verlorene Unschuld.«

Gerade passierten sie eine Gaslaterne, die Fridas sorgfältig geschminktes Gesicht mit dem knallroten, herzförmigen Kirschmund so grell ins Scheinwerferlicht setzte, als wäre sie ein Filmstar. Die dunkel umrandeten Augen erinnerten Lou an jenen Sonntag im August, als sie bei ihr eingezogen war. Das Diadem mit funkelnden Glassteinen in Fridas kupferfarben getöntem Haar deutete an, dass sie es nicht bei einem Besuch der Schwemme im *Hofbräuhaus* bewenden lassen wollte.

»Bist du schon einmal im Kabarett gewesen?«, erkundigte sich Frida, als sie die *Bonbonniere* in der Neuturmstraße erreichten und die Mäntel an der Garderobe abgaben. Lou kam nicht dazu, zu antworten. Die stickige, zigarrenrauch- und alkoholgeschwängerte Luft in dem vollbesetzten Saal verschlug ihr den Atem. Auf einer winzigen Bühne gaben ein langer, dünner und ein kleiner, dicker Mann ein Lied zum Besten. Es hatte etwas mit dem ins holländische Exil geflohenen Berliner Kaiser und dem im Chiemgau schmollenden bayerischen König zu tun, wie Lou flüchtig mitbekam. Der leiernde Vortrag wie auch der feine Spott über die verjagten Monarchen gefielen dem Publikum. Es gab immer wieder laute Lacher und am Ende der Darbietung überwältigenden Applaus.

»Den Weiß Ferdl im *Platzl* kann ich dir nach allem, was deinem armen Curd passiert ist, beim besten Willen nicht antun«, raunte Frida Lou ins Ohr. Unterdessen kreisten ihre Augen über die Menge, als suchte sie jemanden. »Ein großer Freund der Republik ist der gerade nicht zu nennen. Die letzten Monate müssen das reinste Paradies für ihn gewesen sein. Bestimmt hätte er gern eigenhändig zur Jagd auf die letzten Roten im Land geblasen.«

Energisch zupfte sie Lou am Arm, um sie zur linken Seite des schummrigen Saals zu dirigieren. »Das Programm hier dürfte eher nach deinem Geschmack sein. Hier kommt jeder auf seine Kosten, der Anfang Mai nicht sofort die weiße Binde am Arm getragen hat. Außerdem gibt es nachher Tanz. Die beiden Herren dort vorn werden dir gefallen. Du wirst es genießen, mit ihnen übers Parkett zu schweben.«

Zielsicher führte sie Lou zu einem Tisch in der Mitte der von rotem Stoff überzogenen Seitenwand, an dem zwei etwa vierzig bis fünfzig Jahre alte Herren in dunklem Abendanzug saßen. Ihre glattrasierten Gesichter hellten sich auf, sobald sie Frida und Lou entdeckten.

»Gnädige Frau, wie schön, Sie wiederzusehen.« Der Schlankere und Jüngere der beiden begrüßte Frida mit einem eleganten Handkuss, bevor er sich Lou zuwandte. Schon wollte sie die wenig ansehnliche Täschnerinnenhand vor ihm verbergen, da ergriff er sie lächelnd und hauchte einen galanten Kuss auf die rauhe Haut.

»Heute Abend sind Sie in außergewöhnlicher Begleitung, meine Teure«, stellte er zu Frida hin fest und verbeugte sich abermals vor Lou. »Gestatten, dass ich mich vorstelle. Hoffoldinger ist mein Name.«

Als er sich wieder aufrichtete, meinte sie in die faszinierendsten grauen Augen zu blicken, die sie je gesehen hatte. Überhaupt war er eine beeindruckende Erscheinung. In Toga und mit Lorbeerkranz auf dem schütteren hellen Haar wäre er glatt als Reinkarnation Cäsars durchgegangen.

Sein Begleiter brauchte etwas länger, bis er seinen stattlichen Bauch zwischen Tisch und Stuhl herausgezwängt hatte. In der linken Hand hielt er eine dicke Zigarre, an der rechten fehlte der Zeigefinger.

Als Frida ihm die Hand zum Kuss hinhielt, quollen seine runden Augen über vor Begeisterung. »Wie schön, Sie wiederzusehen, Teuerste.«

»Freut mich ebenfalls, lieber Kommerzienrat«, säuselte Frida. »Darf ich Ihnen meine Freundin Lou vorstellen?«

»Sie dürfen sogar sehr gern mit ihr bei uns am Tisch Platz nehmen«, erwiderte er und wies auf die freien Stühle.

»Darauf haben wir insgeheim gehofft.« Frida ließ sich von Hoffoldinger den Stuhl zurechtrücken, auch Lou war er behilflich. Als er links von ihr Platz nahm, gewahrte Lou nicht nur die charakteristische Habichtsnase, sondern auch eine langgezogene, noch recht frische Narbe an der rechten Schläfe. Wie schon der verlorene Finger seines Freundes musste auch das eine Kriegsverletzung sein. In Uniform war er gewiss der geborene Feldherr. Unvermittelt dachte Lou an ihren Bruder Karl. Der hatte in Uniform ebenfalls eine exzellente Figur abgegeben. Wäre er doch nur an der Front geblieben, dann hätte er sein Bein nicht verloren und besäße nach wie vor sein eindrucksvolles Auftreten.

Wie man mit weniger schlimmen Blessuren die Kriegserlebnisse rasch vergessen konnte, das bewiesen Hoffoldinger und der behäbige Kommerzienrat in den nächsten Stunden. Geld spielte bei ihnen keine Rolle, ebenso wenig die weiterhin angespannte Lage in der Stadt. Ihre Kleidung war vornehm, der Siegelring am gesunden Finger des Kommerzienrats dick und die Uhr an Hoffoldingers Handgelenk teuer. Auch die leiblichen Genüsse verachteten sie beide nicht, wie die Vielzahl bereits geleerter Teller und Gläser auf dem Tisch verrieten. Deutlich war ihnen anzusehen, wie sehr sie ihr Dasein im Hier und Jetzt zu schätzen wussten. Darin entpuppten sie sich als zwei Männer ganz nach Curds Geschmack.

»Bevorzugen die Damen Wein oder Champagner?«, erkundigte sich der Kommerzienrat und winkte dem Ober. »Ein kleiner Imbiss dürfte nicht schaden, vor allem, wenn es endlich einmal wieder alles gibt, was das Herz begehrt.«

Ohne ihre Wünsche abzuwarten, orderte er für sie alle, während Hoffoldinger sich interessiert an Lou wandte. »Sie sind zum ersten Mal in diesem Etablissement?«

»Bislang hat meine Freundin mehr in der Maxvorstadt bei den Herrschaften von den Kammerspielen verkehrt«, antwortete Frida für sie.

»Eine illustre Gesellschaft.« Hoffoldinger musterte Lou noch eine Spur neugieriger. »Dann sollten wir uns besonders anstrengen, Ihnen einen unvergesslichen Abend zu bescheren, liebes Fräulein Lou. Am besten zeigen wir Ihnen unsere schöne Stadt einmal von einer ganz neuen Seite.« Er reichte ihr einen der Sektkelche, die der Ober gerade gefüllt hatte. »Sie werden staunen, was es jenseits des *Schellingsalons*, der *Osteria Bavaria* und des guten, alten *Café Stefanie* noch gibt, um sich in München nach Herzenslust zu amüsieren.«

Unter begeistertem Applaus des Publikums hatte das leiernde Gesangsduo seinen Auftritt beendet. Die folgenden Darbietungen erhielten deutlich weniger Beachtung. An den meisten Tischen widmete man sich lieber den Getränken und vor allem den luxuriösen Speisen, die ein ganzes Bataillon befrackter Ober auf riesigen Tabletts durch das Gedränge balancierte.

Lous Augen wanderten staunend umher. Die Einrichtung machte dem Namen *Bonbonniere* alle Ehre. Die rotüberzogenen Wände wurden durch gelegentliche Goldstuckaturen unterbrochen, die den niedrigen Saal in kleine Separées teilten. Über der schwarzgetünchten Decke spannte sich kein nächtlicher Sternenhimmel, sondern ein Netz goldener Bonbons. Dazwischen hingen kleine weiße Kugellampen, die für milchiges, schummriges Licht sorgten. Auf den Tischen fanden sich die namensgebenden Bonbonnieren, in denen Kerzen brannten, über die Tischtücher zerstreut lagen Guaddln in buntglitzerndem Zellophanpapier. Die dicht gedrängt sitzenden Gäste trugen aufwendige Abendgarderobe. Die Damen waren sorgfältig geschminkt, die Herren rauchten dicke Zigarren. Kaum zu glauben, wie selbstverständlich man sich sechs Monate nach den schrecklichen Straßenkämpfen und ein gutes Jahr nach Kriegsende mitten in München wieder ins Vergnügen stürzte. Zwar war das Oktoberfest vor wenigen Wochen noch zu einem schlichten »Herbstfest« degradiert worden, ansonsten aber schienen die Amüsierbetriebe wieder Vorkriegsniveau erreicht zu haben.

»Zum Wohl!« Frida hielt ihr den Sektkelch unter die Nase und prostete ihr zu. Lou gab sich einen Ruck. »Vergessen« hieß das Zauberwort, das sie sich als Motto gewählt hatte. Curd hätte es nicht anders gewollt.

Der Ober servierte eine große Platte mit Köstlichkeiten, die Lou bislang nur vom Hörensagen kannte. Hoffoldinger ermutigte sie, sich an Lachs, Kaviar, Hummer, gefüllte Eier, Pasteten und feine Schinkenröllchen zu wagen. Auch Frida häufte sich ungeniert davon auf den Teller.

»Eine gute Grundlage ist wichtig, um die Nacht zu überstehen«, erklärte der Kommerzienrat und bediente sich ebenfalls reichlich. Lediglich Hoffoldinger hielt sich zurück.

Endlich war das Bühnenprogramm zu Ende, und die Kapelle spielte zum Tanz auf. Hoffoldinger erhob sich und verneigte sich vor Lou. »Darf ich bitten, gnädiges Fräulein?«

Zunächst erschrak sie, war es doch das erste Mal, dass sie mit einem Fremden tanzte. Mit weichen Knien folgte sie ihm aufs Parkett. »Leider bin ich etwas aus der Übung.«

»Das werden wir gleich haben.«

Er blieb charmant, obwohl sie ihm schon beim zweiten Schritt auf den teuren Lackschuh trat. Sacht wies er sie an, wie sie den Foxtrott zu tanzen hatte. Es dauerte nicht lang, dann hatte sie die Schrittfolge begriffen. Selbst die Drehung gelang wie von selbst. Zu ihrer Freude folgte als Nächstes ein Onestepp, den sie wie im Schlaf beherrschte. Auch der Rag gelang ihr auf Anhieb, dafür tat sie sich beim Tango etwas schwerer, hatte sie den mit Curd doch nur selten getanzt. Beim Beinekreuzen verhedderte sie sich derart, dass sie das Gleichgewicht verlor und Hoffoldinger sie auffangen musste.

»Was halten Sie von einer kurzen Pause? Ich muss unbedingt etwas trinken.«

Als läge es an ihm, verbeugte er sich entschuldigend und führte sie durch das Gewühl der tanzenden Paare zum Tisch zurück. Frida und der Kommerzienrat saßen bereits wieder dort, Frida leicht erhitzt, der Kommerzienrat sichtlich erschöpft. Trotzdem ließ er es sich nicht nehmen, Lou aufzufordern. Allerdings hielt er nur einen Foxtrott und einen langsamen Walzer durch, was ihr ganz recht war, denn auch sie lechzte nach einer Pause und, was sie sich allerdings kaum eingestehen wollte, nach Hoffoldingers Gesellschaft.

»Wie wäre es mit einem Ortswechsel?« Frida wedelte sich mit einem schwarzen Fächer Luft zu.

»Was halten Sie vom *Kolosseum*?«, ging Hoffoldinger sogleich auf ihren Wunsch ein.

Lou zuckte zusammen. Das war eines von Judiths liebsten Lokalen in der Isarvorstadt. Hoffentlich hatte sie sich an diesem Abend gegen die beliebten Box- und Ringkämpfe entschieden und war stattdessen in die *Blumensäle* oder ins *Apollotheater* gegangen. Seit Wochen lag sie Lou in den Ohren, das Vergessen nicht allein in der Arbeit zu suchen. Sollte sie davon Wind bekommen, dass Lou ihren Rat zwar beherzigt, sich aber mit Frida statt mit ihr zum ersten Mal ins nächtliche Vergnügen gestürzt hatte, wäre sie zu Tode beleidigt.

»Das *Kolosseum* wäre jetzt wirklich kolossal.« Frida leerte in einem Zug ihr Sektglas und stopfte sich die letzte Pastete in den Mund. Kauend wandte sie sich an den Kommerzienrat: »Letzte Woche schon haben Sie mir versprochen, mit mir dorthin zu gehen.«

»Ihr Wunsch ist mir Befehl, Teuerste.« So müde der übergewichtige Kommerzienrat vom Alkohol und Tanzen war, gab er sich größte Mühe, sich nichts anmerken zu lassen, und winkte dem Ober.

»Für heute Abend ist ein spektakulärer Boxkampf angekündigt. Den sollten wir keinesfalls verpassen.« Hoffoldinger war ebenfalls Feuer und Flamme. Lou wurde unruhig. Einen »spektakulären Boxkampf« würde Judith sich gewiss auch nicht entgehen lassen.

Nachdem der Kommerzienrat die Rechnung mit einem Bündel großer Scheine beglichen hatte, steckte er das Wechselgeld, ohne nachzuzählen, ein. Lou wurde schummrig, als sie seine prallgefüllte Brieftasche erspähte. Auch wenn der ewigen Teuerung wegen das Geld nur noch aus immer größeren Scheinen bestand, trug der Kommerzienrat für einen einzelnen Abend eine Summe spazieren, von der Menschen wie sie mehrere Monate ihr Dasein fristeten. Ihm schien das kaum bewusst zu sein, wie sie an der Höhe des Trinkgelds erkannte, das er unter einen der Teller klemmte.

»Nach dem *Kolosseum* fahren wir zur *Odeon Bar*, um uns die Wartezeit zu vertreiben, bis es um drei in der Früh den ersten Kaffee am Hauptbahnhof gibt«, fuhr er gut gelaunt fort. »Auf den will unsere verehrte Frau Frida sicher nicht verzichten, zumal es dort endlich wieder etwas gibt, was man guten Gewissens als Kaffee bezeichnen kann.«

»Und danach noch zum *Donisl* am Marienplatz«, rief Frida fröhlich. »Die frischen Weißwürste im ersten Morgengrauen schmecken doch immer am besten.«

Unternehmungslustig hakte sie den mindestens zwei Handbreit kleineren, über die Vertraulichkeit sichtlich erfreuten Kommerzienrat unter und schob ihn nach draußen. Hoffoldinger ließ Lou den Vortritt. Seinen Atem im Nacken zu spüren, seine Hand auf dem Rücken zu haben elektrisierte sie. Was ging da nur in ihr vor? Verwirrt beeilte sie sich, zu den anderen aufzuschließen.

Nach einer kurzen Droschkenfahrt durch die nächtliche Stadt erreichten sie das *Kolosseum*. Natürlich waren sie nicht die Einzigen, die den Boxkampf im ehemals größten Varietétheater Deutschlands sehen wollten. Als sie von der Fraunhofer- in die Jahnstraße einbogen, war die gewaltige Menschentraube vor dem Eingang bereits zu sehen. Unweit der Wartenden tummelte sich eine Handvoll Freiwillige der Einwohnerwehr, die inzwischen weitaus offener als die Schandis für Ruhe und Ordnung in der Stadt sorgten.

»Warten Sie hier.« Behende schlüpfte Hoffoldinger aus der Kraftdroschke, die schon an der Ecke zur Kolosseumstraße halten musste, weil sich die Wagen in Doppelreihen stauten.

Großzügig war der Eingangsbereich beleuchtet. Durch das Seitenfenster verfolgte Lou mit Herzklopfen, was sich vor den beiden Kassen tat. Insgeheim hielt sie nach Judith Ausschau, doch der schwarze Bubikopf war nirgends zu entdecken. Dafür kam Hoffoldinger überraschend schnell mit triumphierender Miene zurück. »Was halten Sie von einem Tisch auf der Galerie?«

»Sie führen meine Freundin und mich im *Kolosseum* auf die Galerie?« Frida tat entrüstet, verzog dann den Mund zu einem schelmischen Lächeln. »Was haben Sie mit uns vor?«

Für einen Moment war Hoffoldinger verwirrt, dann begriff er die Anspielung: »Die Zeiten der Kartendamen sind doch lang vorbei, verehrte Frau Frida. Inzwischen findet man auf der Galerie nur noch anständiges Publikum. Dafür verbürge ich mich.«

»Von dort oben sieht man außerdem bestens auf die Bühne«, beeilte sich der Kommerzienrat hinzuzufügen.

»Phantastisch!« Frida konnte es kaum abwarten, bis der Kommerzienrat die Tür geöffnet und ihr aus dem Wagen geholfen hatte. Voller Vorfreude eilte sie zum Eingang, achtete weder auf den einsetzenden Schneeregen noch darauf, ob die anderen ihr folgten. Drinnen schien sie sich auszukennen. Auf Anhieb fand sie den Weg nach oben. Lou blieb kaum Gelegenheit, das Interieur zu bewundern, war das Gedränge im Foyer doch noch größer als draußen.

Tatsächlich hatte Hoffoldinger nicht zu viel versprochen: Von ihrem Tisch auf dem Balkon besaß man einen hervorragenden Blick auf die Bühne, wo der Boxring aufgebaut war. Davor spielte die hauseigene Kapelle einen Walzer nach dem anderen, bis alle Plätze in dem riesigen Saal mit den archaischen Säulenarkaden besetzt waren. Als das Licht erlosch und die Bühne in grelles Scheinwerferlicht getaucht wurde, orderte der Kommerzienrat noch einmal Sekt und einen Imbiss.

Lou nutzte ihren Platz an der Brüstung, um sich die Gäste im Parkett genauer anzuschauen. Die Tische standen in langen Viererreihen und boten vier bis sechs Personen Platz. Es schienen Tausende zu sein, die gebannt nach vorn starrten. Lou gab die Suche nach Judith auf. Unter anschwellendem

Trommelwirbel traten zwei Frauen in Brokatmänteln ins Rampenlicht.

»Von wegen Frauen sind das schwache Geschlecht«, raunte Frida Lou ins Ohr. »Wahrscheinlich wird dieser Kampf *die* Attraktion des Abends. Das Aussehen der Frauen ist es jedenfalls schon.«

Noch während der Ansager die beiden Kontrahentinnen vorstellte, johlte das Publikum, manche pfiffen gar auf den Fingern, als wäre der Sieg bereits errungen. Selbst den Kommerzienrat und Hoffoldinger hielt es nicht auf ihren Plätzen. Stehend applaudierten sie, während sich die Sportlerinnen ihrer Mäntel entledigten und in kurzen Hosen und knappen Hemdchen den Ring bestiegen.

»Das liegt wohl eher an ihrem Sportanzug als an ihrem Boxstil«, erwiderte Lou, nachdem die beiden Frauen recht wahllos in verschiedene Richtungen getänzelt waren und nur einige halbherzige Schläge ausgetauscht hatten. Langsam wurden die Zuschauer unzufrieden. Es reichte eben doch nicht, zwei ansehnliche junge Damen in spärliche Kleidung zu stecken und ihnen dicke Boxhandschuhe überzustreifen. Letztlich ging der Kampf in Buhrufen unter und wurde abgebrochen.

»Hoffentlich hat der nächste Kampf mehr Esprit.« Hoffoldinger nahm wieder Platz, goss Lou und den anderen Sekt nach und deutete einladend auf die Platten mit belegten Broten. Sobald es im Ring weiterging, kehrte er an die Balustrade zurück und beobachtete gebannt, wie dieses Mal zwei muskulöse Männer die ersten Schläge austauschten.

Lou fand es aufregender, Hoffoldinger beim Zuschauen zu betrachten, als das Geschehen unten im Boxring zu verfolgen. Noch nie war ihr jemand mit einem solchen Charisma begegnet. Das lag nicht allein an seinem cäsarenhaften Aussehen.

Das dazu passende Gebaren musste ihm schon in die Wiege gelegt worden sein. Als er das Gesicht drehte, begegneten sich ihre Blicke. Das genügte, um Lou zu versichern, dass auch er sie nicht so schnell wieder ziehen lassen wollte.

»Auf Dauer ist so ein Kampf doch nicht so prickelnd«, verkündete Frida plötzlich so laut, dass sich nicht nur der Kommerzienrat und Hoffoldinger, sondern auch die Herrschaften an den benachbarten Tischen zu ihr umdrehten. Desinteressiert spießte sie mit der Gabel zwei Käsestücke von der nahezu leergeputzten Platte und trank ihr Glas aus.

»Sie langweilen sich, Teuerste«, stellte der Kommerzienrat enttäuscht fest.

»Es ist doch offensichtlich, wer gleich den Ring als Sieger verlässt«, erklärte Frida. »Man könnte glatt denken, das wäre vorher abgesprochen.«

»Das wäre Betrug!« Vor Empörung rötete sich das Gesicht des Kommerzienrats.

»Geschafft!«, verkündete unterdessen Hoffoldinger und kehrte zu ihnen zurück. »Dachte ich mir doch gleich, dass der Dünnere mehr Hirn im Kopf hat und die fehlende Kraft durch Taktik wettmacht. Wer zuerst zu Boden geht, muss eben noch lange nicht der Schwächere sein.«

Zufrieden rieb er sich die Hände, schaute erwartungsvoll in die Runde. Irritiert blickte Frida zwischen ihm und der Bühne hin und her. Unten im Saal war inzwischen ein überwältigender Jubel ausgebrochen. Abermals wurde geklatscht, gepfiffen und geschrien, um den unerwarteten Sieger zu feiern. Frida war wohl die Einzige, die den Ausgang des Kampfes als vorhersehbar empfunden hatte.

»Wir wollten doch noch in die *Odeon Bar.*« Eilig erhob sich Frida und zerrte Lou gleich mit sich. Die Herren folgten brav.

»Sollen wir nicht lieber nach Hause gehen?«, fragte Lou, als die Herren die Mäntel holten. »Franzi ist ganz allein.«

»So ein Unsinn! Jetzt geht der Spaß doch erst richtig los.« Frida eilte zum Kommerzienrat, damit er ihr in den Mantel helfen konnte.

»Sie werden sehen: Die grüne Fee wird unser aller Lebensgeister wieder wecken«, versprach Hoffoldinger und hielt Lou ebenfalls den Mantel hin. Einen Moment länger als nötig ruhten seine Hände auf ihren Schultern. Wieder spürte sie einen angenehmen Schauer.

In der *Odeon Bar* wurde Lou gewahr, wie viele Theaterleute dort verkehrten, die sie noch von früher kannte. Natürlich war das einerseits wenig überraschend, lag die Bar doch am Anfang der Brienner Straße und damit im Stammquartier dieser Kreise. Andererseits waren die Preise ähnlich wie schon in der *Bonbonniere* und im *Kolosseum* gesalzen, wie Lou bei einem flüchtigen Blick auf die Karte feststellte. Curd hätte sich das niemals leisten können. Und doch waren die Sitzplätze in den Nischen längst besetzt. Umso mehr Gäste drängten sich um den Tresen, der die zweite Längsseite einnahm. Weißgekleidete Barkeeper schüttelten silberne Cocktailshaker und füllten langstielige Gläser. Auf gläsernen Regalen reihten sich Flaschen verschiedenster Formen, Farben und Größen aneinander. Ein Klavierspieler klimperte an der Stirnseite des Raums gefällige Melodien, kaum beachtet von der Schar der rauchenden, trinkenden und schwatzenden Menge.

Während Lou die vielen schlechtgekleideten Künstler aus der Schwabinger Boheme unter den Gästen musterte, wurde ihr bald klar, wie ein Großteil von ihnen die Zeche beglich: Sie schmarotzten ebenso wie Frida und sie bei den Herrschaften in Smoking oder Frack. Gerade die jüngeren Maler mit dem langen, wallenden Haar und dem obligatorischen weißen Schal um den Hals standen bei den älteren, dick gepuderten Damen in glitzernden Abendkleidern hoch in der Gunst. Beglückt, die Aufmerksamkeit der verhinderten Genies für einige Nachtstunden gewonnen zu haben, zählten diese gar nicht erst nach, was letztlich alles auf ihre Kosten verzehrt und anderen Künstlerfreunden großzügig spendiert wurde.

Plötzlich stutzte Lou. Einen der lässigen Kavaliere in abgetragenen Anzügen kannte sie nur zu gut. Im selben Moment entdeckte auch er sie. Lou wandte sich rasch ab, hatte sie doch keine Lust, sich den bislang so vergnüglichen Abend durch die Begegnung mit Richard Lönsheim zu verderben. Der Akademiestudent, der ihr seinerzeit die Hiobsbotschaft von Curds Tod überbracht hatte, begriff und widmete sich umso aufmerksamer der kleinen, gedrungenen Dame in dem schreiend roten Kleid, die nur danach lechzte, von ihm über den Tisch gezogen zu werden.

»Unsere kleine Freundin ist mit den Gedanken mal wieder ganz woanders«, hörte Lou Fridas Stimme. »Dürfen wir auch ein wenig daran teilhaben?«

Schon spürte sie Fridas Ellbogen in der Seite und hörte sie ihr mahnend zuflüstern: »Denk daran, dass er zahlt, und sei ein bisschen netter zu ihm.«

»Es müssen aufregende Gedanken sein, die Sie gerade beschäftigen.« Hoffoldinger schien alles andere als verärgert. Dennoch wurde sie verlegen und versuchte das mit einer harmlosen Frage zu kaschieren. »Ob der Barkeeper wirklich alle Getränke kennt, die er mixt?«

Damit Hoffoldinger sie verstehen konnte, musste sie sich ein wenig recken, um ihm direkt ins Ohr zu sprechen. Das schien ihm ebenso zu gefallen wie die Gelegenheit, ihr dank der Frage seine Weltläufigkeit unter Beweis zu stellen. Sachverständig weihte er sie in die Geheimnisse von Wermut, schottischem und amerikanischem Whiskey sowie russischem Wodka ein, den es trotz der Jagd auf die Roten im Frühjahr nach wie vor im Angebot der *Odeon Bar* gab. Fasziniert hörte sie ihm zu.

Endlich war es an der Zeit für den von Frida schon in der *Bonbonniere* geforderten Kaffee im Hauptbahnhof. Beim Anblick der noch recht leeren Abfertigungshalle, durch die der Baulärm von den Flügelbahnhöfen wehte, wurde Lou wehmütig.

»Träumen Sie auch manchmal davon, in den nächstbesten Zug zu steigen und sich überraschen zu lassen, wo Sie am Ende landen?« Hoffoldinger legte ihr den Arm um die Schultern. Die Versuchung war groß, den müden Kopf an seine Schulter zu betten und die Augen zu schließen, noch dazu, da seine Frage eine verführerische Möglichkeit in sich trug. Um zu widerstehen, richtete sie sich mit einem Ruck auf. Ziellos wanderten ihre Augen durch das in wienerischem Stil eingerichtete Café vis-à-vis der Bahnsteigsperre.

»Die nächsten Jahre könnten Sie da noch eine böse Überraschung erleben«, merkte der Kommerzienrat amüsiert an. Der reichliche Alkoholgenuss der letzten Stunden hatte seine Nase anschwellen lassen, der Blick seiner hellen Augen war glasig. Die rechte Hand ohne Zeigefinger zitterte, als er die dampfende Tasse zum Mund hob. »Solange die beiden Flügelbahnhöfe für den Nahverkehr nicht fertig sind, kann es Ihnen passieren, dass Sie statt in Paris oder Budapest einfach nur am Starnberger See oder in Oberammergau landen. Die Regionalzüge fahren nämlich direkt neben den Fernzügen ab.«

»Sie sind immer gleich so vernünftig, lieber Kommerzienrat.« Frida stützte das Kinn auf die rechte Hand und legte ihm die linke sanft auf die breite Schulter.

»Das sollte einer wie ich, der sein Geld mit ehrlichem Handel verdient, wohl auch sein.« Auf einmal wirkte er völlig nüchtern, selbst sein Blick war absolut klar.

»Lassen Sie uns zum *Donisl* gehen«, beendete Hoffoldinger die Unterhaltung, als wäre sie ihm plötzlich unangenehm.

Als Lou in das lederne Polster auf der Rückbank der Kraftdroschke sank, musste sie trotz des gerade genossenen Bohnenkaffees ein herzhaftes Gähnen unterdrücken. Zugleich war sie hellwach, weil sie Hoffoldinger direkt neben sich spürte. Wie sehnte sie sich danach, in seinen Armen zu liegen! Gewissensbisse keimten in ihr. Durfte sie sich das wünschen, kaum mehr als ein halbes Jahr nach Curds Tod? Verwirrt richtete sie den Blick nach vorn, starrte zwischen dem gedrungenen Kommerzienrat und dem stiernackigen Chauffeur hinaus.

Noch war es dunkel vor den Scheiben. Der leichte Schneeregen war in ein dichtes Flockentreiben übergegangen. Die ersten Arbeiter und Angestellten trafen aus dem Umland mit den Frühzügen ein, ließen sich von der Elektrischen über die Viertel der Stadt verteilen. Der Trubel machte Lou schwindlig. Auf einmal wollte sie nur noch raus aus dem Wagen, weg von den fremden Leuten zurück in Curds Arme, um allein mit ihm Zeit und Raum zu vergessen. Das aber war vorbei.

Sie schloss die Augen, sah plötzlich Max vor sich, wie er sie letztens in der Buttermelcherstraße fast geküsst hätte. Wenn es doch wenigstens er gewesen wäre, mit dem sie sich letzte Nacht so ausgehungert nach Vergessen ins Vergnügen gestürzt hätte! Das aber hatte sie sich und ihm aus Rücksicht auf den toten Curd für immer verwehrt.

8

Wieder einmal okkupierten die Schachspieler die besten Tische am Fenster. Selbst in den frühen Nachmittagsstunden war das *Café Stefanie* brechend voll, auch wenn die Langschläfer um diese Zeit ihr spätes Frühstück bereits genossen und die ersten Nachtschwärmer noch nicht ihre Runde durch die Maxvorstadt und das nahe Schwabing begonnen hatten. Dennoch war Judith zuversichtlich, bald einen Platz zu finden.

Während sie wartete, schaute sie einem der Schachspieler über die Schulter. Sie verstand zwar nicht viel davon, meinte aber an den zahlreichen, von seinem Gegenspieler bereits geschlagenen Figuren ablesen zu können, wie aussichtslos seine Lage war. Trotzdem grübelte er angestrengt, wie das unvermeidliche Schachmatt doch noch abzuwenden wäre. Gelangweilt wanderte Judiths Blick weiter. Das *Stefanie* war ein Ecklokal mit großzügiger Fensterfront. Dunkelrote Samtvorhänge und goldene Troddeln im Empirestil atmeten den Staub der legendären Vergangenheit des »Café Größenwahn«, wie die skandalumwitterte Reventlow ihr Stammlokal einst tituliert hatte. Vom früheren Glanz war wenig übrig. Vor einem Dreivierteljahr noch hatten sich die Revolutionäre um Erich Mühsam, Ernst Toller und Gustav Landauer an den Marmortischen die Köpfe heiß diskutiert. Inzwischen dominierten die schweigsamen Denker die

Szene, die über all die Stunden am schwarz-weiß gewürfelten Spielbrett lediglich eine Melange und vielleicht noch eine der berühmten Hefeschnecken mit Rosinen konsumierten. Zu mehr reichte es bei ihnen angesichts der horrend gewordenen Preise einfach nicht. Die andächtige Stille, die in dem einst so quirligen Café herrschte, erschien Judith wie eine Vorahnung auf den endgültigen Tod der Boheme, der im nachrevolutionären München früher oder später eintreten musste.

Endlich tat sich etwas an einem der Tische unweit der hüfthohen Balustrade, die den Innenraum in zwei ungleiche Hälften teilte. Rasch eilte sie zu dem frei gewordenen Stuhl und hängte besitzergreifend den Mantel über die Lehne. Erst dann schenkte sie ihrem neuen Tischnachbarn Beachtung.

Er schien nicht einmal zu bemerken, dass sein Gegenüber gewechselt hatte. Das Einzige, was er von sich sehen ließ, waren unverschämt lange, lässig übereinandergeschlagene Beine sowie auffallend helle Hände, die die Zeitung wie einen Schutzschild vor das Gesicht hielten.

»Eine Melange und eine Schnecke«, rief Judith dem vorbeihastenden Ober den üblichen *Café Stefanie*-Imbiss zu. Kaum vernahm der Herr mit der Zeitung ihre Stimme, ließ er das Blatt sinken und strahlte sie an. Als sie in seine eisblauen Augen starrte, stockte ihr für einen Moment der Atem. Richard Lönsheim! Nie würde sie sein Gesicht vergessen, erinnerte es sie doch nur zu gut an einen der schrecklichsten Momente ihres Lebens.

»Habe ich mich doch nicht getäuscht«, tönte er, als hätte er eine Wette gewonnen. »Judith Lichtblau, wie sie leibt und lebt. Schön, dich einmal wiederzusehen.«

Sie zögerte, seine zum Gruß ausgestreckte Hand zu ergreifen. In den letzten Monaten war sie ihm aus dem Weg gegangen. Immerhin hatte er als Nächster nach Max und ihr von Curds Tod erfahren und die entsetzliche Nachricht gegen ihren Willen sofort in den Kammerspielen verbreitet. Sie zwang sich zu einem Lächeln. »Ich hatte dich gar nicht erkannt. Wie kommt es, dass du um diese Zeit hier bist?«

»Du meinst, ein Akademiestudent wie ich sollte entweder brav bei seinem Professor im Malsaal seine Stunden absitzen oder bei Pasetti in der Augustenstraße Geld verdienen, statt es mit Müßiggang im Café zu verprassen?«

»Treffender hätte ich es nicht formulieren können«, stimmte sie zu. Umständlich faltete er die *Münchner Neuesten Nachrichten* zusammen. Dabei sprangen ihr erneut seine gepflegten, sorgfältig manikürten Hände ins Auge. Die passten nicht zu ihm. Ein Maler oder Bühnenbildner hatte stets Farbreste unter den Nägeln sowie vom vielen Terpentin aufgerauhte, ausgetrocknete Haut.

Richard bemerkte ihr verwundertes Stirnrunzeln. Demonstrativ faltete er die gepflegten Hände in seinem Schoß. »Manchmal habe auch ich ein wenig Glück im Leben und stoße auf so etwas wie einen Schatz.«

»Gratuliere.«

»Danke.« Noch einmal änderte er seine Sitzhaltung, zupfte am Revers seines eleganten Jacketts. Bislang hatte Judith ihn nur in abgetragenen Vorkriegsanzügen aus zweiter, wenn nicht gar dritter Hand gekannt, die er wie all seine Kommilitonen bei einem mitleidigen jüdischen Tandler in der Baaderstraße zu erstehen pflegte. Sein weißes Hemd war ebenso neu und maßgeschneidert wie die beige Weste, das braunkarierte Jackett und die farblich darauf abgestimmten Knickerbocker. Dazu trug er die obligatorischen dunklen Wollstrümpfe und handgenähte englische Maßschuhe. Prüfend betrachtete sie sein Gesicht. Er war einige Jahre jünger als sie, die Haut noch jugendlich glatt und nur von spärlichem, hellem Bartwuchs bedeckt. Sein dichtes, blondes Haar war mit viel Pomade nach hinten gekämmt, was die abstehenden Ohren ungünstig betonte.

»Fertig?«, erkundigte er sich schmunzelnd. Sein stechender Blick ruhte gelassen auf ihr. Der Ober servierte den Kaffee und das Gebäck, Richard hielt ihn mit einem Wink fest. »Darf ich dich zur Feier des Tages auf einen Absinth einladen?«

»Dazu ist es mir noch zu früh.«

»Die disziplinierte Judith! Du kannst dich wohl niemals gehenlassen.«

»Das liegt einfach daran, dass ich im Gegensatz zu dir keinen Schatz gefunden habe und mir mein täglich Brot nach wie vor selbst verdienen muss.«

»Vielleicht solltest du deine Freundin Lou einmal um Rat bitten. Sie scheint sich inzwischen bestens darauf zu verstehen, wie man sich das Leben leichter machen kann.«

»Was?« Judith unterbrach das Rühren in der Kaffeetasse und sah ihn verständnislos an. Das Grinsen auf seinem Gesicht wurde breiter. Es gefiel ihm, etwas von Lou zu wissen, was sie nicht wusste.

»Hat sie dir noch gar nichts davon erzählt?« Er tat überrascht. Um sie noch etwas länger auf die Folter zu spannen, klopfte er die Außentaschen seines Jacketts nach Zigaretten ab und beschäftigte sich ausdauernd lange damit, erst ihr eine anzubieten und dann sich selbst eine anzuzünden. Dabei wusste er nur zu gut, dass sie nicht rauchte. Nach einem tiefen Zug kniff er genüsslich die Augen zusammen und blies kleine Rauchkringel in die Luft. Scheinbar gedankenverloren sah er dem flüchtigen Kunstwerk nach.

»Du warst lange nicht mehr in den Kammerspielen«, stellte er beiläufig fest, als wäre das Thema Lou beendet. »Hat dich jemand von dort vergrault? Oder weinst du deinem Busenfreund Max nach, der sich seit Monaten nicht zwischen Hamburg und München entscheiden kann?«

»Wahrscheinlich war ich genau dann dort, wenn du nicht da warst, was derzeit wohl keine große Kunst ist«, konterte sie gereizt.

»Eins zu null für dich.« Grinsend drückte er die Zigarette im Aschenbecher aus.

Der Ober brachte den Absinth. Für eine Weile versank Richard ganz im Anblick des grünen Getränks. »Inzwischen habe ich mir neue Einkunftsquellen erschlossen. Als lästiger kleiner Pinselschwinger, der nur malen darf, was der große Meister Pasetti ihm vorgibt, bin ich mir zu schade.«

»Freut mich zu hören, dass du deinen Preis inzwischen kennst. An Selbstbewusstsein hat es dir noch nie gemangelt.« Judith trank den Kaffee aus, bevor sie sich bequem auf dem Stuhl zurücklehnte und zu den Schachspielern sah. Der, dessen Partie vorhin schon fast verloren schien, trotzte seinem Kontrahenten weiterhin, was sie freute.

»Ich habe mich übrigens sehr gewundert, Lou letztens nachts in der *Odeon Bar* ohne dich getroffen zu haben«, kam Richard endlich auf ihr Thema zurück, sortierte mit einem beiläufigen Seufzer seine Beine neu und betrachtete die blankpolierten Schuhspitzen.

Natürlich hörte sie jede einzelne Silbe, dennoch tat sie ebenso gleichgültig wie er. Die Erwähnung der Bar, versehen mit dem Zusatz »nachts«, im Zusammenhang mit Lou versetzte sie allerdings in höchste Alarmbereitschaft.

»Als ich Lous Begleitung sah, war mir sofort klar, warum sie ohne dich unterwegs war.«

»So?«, entschlüpfte es ihr zu ihrem eigenen Verdruss vorschnell. Rasch rückte sie an den Tisch zurück, stach die Gabel entschlossen in das Hefegebäck, riss ein mundgerechtes Stück davon ab und schob es sich in den Mund. Angestrengt hielt sie sich zu gründlichem Kauen an. Erst als der letzte Bissen verzehrt, die Krümel aufgepickt und die Gabel akkurat auf den leeren Teller gelegt war, erlaubte sie sich, etwas zu erwidern. »Merkwürdig, wie genau du in dem schummrigen Licht der *Odeon Bar* gesehen haben willst, dass es wirklich Lou gewesen ist. Bei dem Betrieb, der dort herrscht, kann man sich gern einmal täuschen. Vor allem, wenn der Abend oder vielmehr die Nacht schon weit fortgeschritten und nicht das erste Glas Absinth die Kehle hinuntergeflossen ist. Die grüne Fee ist ja bekannt dafür, einem die schönsten Bilder vor Augen zu führen.«

Vorgeblich gelassen kramte sie in der Handtasche nach dem Geldbeutel, winkte dem Ober. Eigentlich hatte sie vorgehabt, ein, zwei ruhige Stunden im *Stefanie* mit intensiver Zeitungslektüre zu verbringen, jetzt aber wollte sie lieber ins *Luitpold*. Dort konnte sie in Ruhe darüber nachdenken, wie sie Lou über ihre nächtliche Tour befragen konnte, ohne dass die sich kontrolliert fühlte.

»Schön, dich getroffen zu haben«, stellte sie nach dem Bezahlen fest. »Leider muss ich gehen. Die Arbeit ruft.«

»Gib zu, es wurmt dich, dass deine kleine Freundin ohne dich unterwegs gewesen ist«, bohrte Richard weiter in der Wunde. »Noch dazu, wo sie von einer Frau mit wallendem kupferrotem Haar und sehr freizügigem Kleid begleitet wurde. Über deren Metier machen wir beide uns besser keine Illusionen, schließlich sind wir erwachsene Menschen.«

»Oh, das kann nur ihre Zimmerwirtin Frida Prantl gewesen sein«, lachte Judith eine Spur zu übertrieben auf und hoffte, Richard merkte das nicht.

»Eine anständige, überaus tapfere Kriegerwitwe aus soliden Verhältnissen«, setzte sie nach. »Wie gut, dass sie sich so um Lou kümmert. Ich habe zurzeit leider viel zu viel um die Ohren. Trotzdem sollte Lou sich vergnügen. Nur so wird sie auf andere Gedanken kommen. Sie ist ja noch so jung. Außerdem ist Curd schon ein halbes Jahr tot. Er hat das Leben geliebt und wäre der Letzte gewesen, der ewige Trauer von ihr verlangt hätte.«

Sie erhob sich, legte sich den Mantel um die Schultern und griff nach der Tasche. Im selben Moment umfasste Richard ihr Handgelenk und hielt sie fest.

»Lou war nicht allein mit der Frau«, fuhr er leise fort. »Da waren noch zwei ältere Herren. Selbst im schummrigen Licht der Bar waren ihnen die dicken Brieftaschen deutlich anzusehen. Wer weiß, was die ausgehungerte Kleine sonst noch an ihnen gefunden hat? Wie schade um Lou! Dabei wirst du der süßen Kleinen bestimmt geraten haben, der Männerwelt am besten ganz abzuschwören. Man kennt schließlich deine Vorlieben.«

Judith schnappte nach Luft. Mit seiner letzten Bemerkung war er eindeutig zu weit gegangen. Ehe sie sich entschließen konnte, was sie ihm zur Revanche an den Kopf werfen sollte, sah sie, wie er den Absinth plötzlich in einem Zug hinunterkippte. Mit unverhohlener Wut knallte er das geschliffene Glas auf die marmorne Tischplatte.

Judith konnte sich den jähen Sinneswandel zunächst nicht erklären. Eben noch hatte er sich ganz im Griff gehabt und sie an den äußersten Rand ihrer Geduld gebracht, nun war er es, der beinahe explodierte. Vorsichtig erkundigte sie sich: »Geht es dir gut, mein Lieber?«

Er antwortete nicht. Starr sah er an ihr vorbei zum Fenster. Neugierig folgte sie seinem Blick und erhaschte gerade noch das missbilligende Kopfschütteln einer älteren Dame in opulenter Pelzgarderobe, die sich ostentativ abwandte und eilig davontrippelte.

»Manche Schätze sind schneller wieder zerronnen, als einem lieb ist«, kommentierte Judith das Geschehen und wunderte sich, dass er tatenlos sitzen blieb, statt hinauszurennen und das Missverständnis aufzuklären. »Reicht es noch für deine Zeche, oder soll ich dir aushelfen? Mit ehrlicher Arbeit ist das Geldverdienen zwar äußerst mühsam und weniger vergnüglich, dafür aber weiß man immer, was man hat.«

Er winkte ab.

»Nicht aufgeben, mein Lieber. Du bist noch jung und stehst in der vollen Blüte deiner Kraft.« Zum Abschied tätschelte sie ihm die Schulter.

Der Nachmittag war noch nicht weit fortgeschritten, trotzdem dunkelte es bereits. Judith hob den Blick zum Himmel. Ob wieder mit Schnee zu rechnen war? Das Weiß der letzten Tage war merklich zusammengeschrumpft. Um die vorweihnachtliche Stimmung zu bewahren, wäre Nachschub bitter nötig. Frierend wickelte Judith sich in den dicken Mantel, schob die Hände mit den viel zu dünnen Lederhandschuhen in die Seitentaschen und beschleunigte der heimtückischen Glätte zum Trotz ihre Schritte. Wenn sie Glück hatte, fand sie im *Luitpold* tatsächlich ein wenig Ruhe, damit sie über Lou und ihre neuen Abenteuer nachdenken konnte. Auch für die nächste Kolumne der *Arbeiter-Zeitung* sollte ihr dringend etwas einfallen, sonst musste sie sich bald ähnlich wie Richard an gutbetuchte, ältere Herrschaften halten. Sie stutzte, als ihr klarwurde, dass sie damit ein amüsantes Thema gefunden hatte. Demnächst sollte sie sich die Nachtschwärmer in der *Odeon Bar* einmal genauer ansehen.

Zur Brienner Straße war es nicht weit. Der Weg führte an so idyllisch bezeichneten Ecken wie der Glückstraße sowie am Wittelsbacher Palais vorbei, vor dessen Eingangstoren sich eine unberührte, von Schnee sanft überzuckerte Wiese erstreckte. Der alte Glanz der Monarchen wirkte noch immer fort. Lediglich ein Eichhörnchen hatte auf dem Weiß respektlos seine Spuren hinterlassen.

»Ihr Platz ist leider schon belegt«, wurde Judith wenig später im *Luitpold* vom kahlen Herrn Ferdinand empfangen. Umsichtig half er ihr aus dem Mantel. Den kleinen Hut behielt sie wie immer auf. »Das Fräulein hat mir allerdings versichert, Sie hätten nichts dagegen, wenn es dort säße und auf Sie wartete.«

Kaum merklich verzog Herr Ferdinand das Gesicht. Ein gezielter Treffer aus einem amerikanischen Gewehr hatte ihn wenige Tage vor Kriegsende bei Sedan das linke Auge gekostet. Der gläserne Ersatz wirkte so echt, dass der Verlust auf den ersten Blick kaum zu erkennen war. Allerdings waren auch die Wange darunter sowie der Mundwinkel teilweise gelähmt, weshalb seine Mimik stark eingeschränkt war. Nur wer ihn gut kannte, wusste davon. Judith las eindeutig Unmut darauf ab. Das geheimnisvolle Fräulein fand also keineswegs seine Billigung, ebenso wenig die Tatsache, dass Judith mit ihr verkehrte. Lou konnte es also nicht sein. Die mochte Herr Ferdinand seit der ersten Begegnung. Neugierig folgte Judith ihm zu ihrem Platz am mittleren Fenster zur Brienner Straße. Stur schaute die Wartende nach draußen.

»Bitte schön.« Herr Ferdinand rückte Judith den Stuhl zurecht, bevor er sich mit der Frage »Wie üblich?« und ihrem Mantel über dem Arm zurückziehen wollte.

»Warten Sie«, hielt sie ihn zurück. »Wir gehen gleich wieder.«

Herrn Ferdinand verrutschte das Gesicht, dieses Mal so eindeutig, dass ihm jeder ansehen konnte, wie sehr ihm Judiths ungewohntes Verhalten gegen den Strich ging.

»Grüß Gott, Greta«, sagte Judith zu der Wartenden, die sie inzwischen erkannt hatte. Es kostete sie Mühe, ihre Verärgerung über das unerwartete Auftauchen der Freundin zurückzuhalten. »Lass uns zum Boxen fahren.«

Langsam drehte sich die Angesprochene um. »Eine gute Idee.«

Judith nahm Herrn Ferdinand den Mantel wieder ab und bat ihn, Gretas Überzieher zu holen. Beflissen verschwand er.

»Ich glaube, er mag mich nicht«, erklärte Greta, als sie kurz darauf dick verpackt auf der Straße standen.

»Was tust du überhaupt hier?«, ignorierte Judith die Bemerkung. »Ich habe dir doch gesagt, du sollst mich nicht …«

Weiter kam sie nicht. Direkt vor dem Eingang des *Luitpold* und damit gut sichtbar für alle Gäste, die im Café saßen, fiel Greta ihr um den Hals und presste ihr einen fordernden Kuss auf den Mund. Energisch schob Judith sie weg.

»Nicht hier«, zischte sie und sah aus dem Augenwinkel, wie Herr Ferdinand sie aus dem Innern des Cafés mit hochgezogener Braue beobachtete. Sie winkte ihm zu, woraufhin er sich zum ersten Mal, seit sie einander kannten, grußlos abwandte. »Lass uns die Tram vom Odeonsplatz nehmen.«

Ohne Gretas Zustimmung abzuwarten, rannte sie los. Inzwischen brannten die Gaslaternen.

Mit jedem Schritt, den sie sich vom Café entfernten, schmolz Judiths Ärger über Gretas unverhofftes Auftauchen weiter dahin. Sie hakte sie unter. Die Freundin roch betörend gut und fühlte sich wunderbar an. Von der Seite beäugte sie ihr fein gezeichnetes Gesicht mit dem leicht nach oben gebogenen Kinn. Die Stupsnase erinnerte sie an Lou, ansonsten hatten die beiden höchstens das Alter gemein. Gretas Augen standen leicht schräg, die Wangenknochen betonten die ovale Form des Kopfes. Unter der dunkelroten Toque lugten ihre schwarzen Locken heraus, die sie zu Judiths Leidwesen bis auf Kinnlänge gestutzt hatte.

Als spürte Greta ihren Blick, wandte sie den Kopf und sagte übermütig: »Was freue ich mich darauf, dir gleich ein paar ordentliche Schläge zu verpassen.«

»Hinterher musst du dann aber auch brav meine blauen Flecken versorgen.«

»Nur zu gern, wenn du darauf bestehst.«

Dieses Mal war es Judith, die die Jüngere ungeachtet der anderen Passanten zu sich heranzog und zärtlich küsste.

Dicht aneinandergeschmiegt erreichten sie die Haltestelle an der Ecke zur Ludwigstraße. Durch die breite Prachtstraße fegte ein kräftiger Wind. Zum Glück ließ der weiß-blaue Straßenbahnwagen nicht lang auf sich warten.

»Woher wusstest du, wo du mich findest?« Ganz selbstverständlich hatte Judith die Fahrscheine für sie beide gelöst, dafür hatte Greta bereits eine der hölzernen Sitzbänke besetzt.

Auch im Wagen war es unangenehm zugig. Schutzsuchend kuschelte sich Greta an Judiths Seite.

»Zumindest vom Theater hast du mir erzählt«, erwiderte Greta. »Auch wenn du mir deine Adresse verheimlicht hast, war es ein Leichtes, in der Augustenstraße mehr über dich zu erfahren.«

Judith erstarrte. Sie hatte Greta unterschätzt. Sie kannten sich zwar erst seit ein paar Tagen, aber Greta schnüffelte ihr bereits hinterher. Der Nachmittag war ihr auf einmal gründlich verdorben. Erst kam Richard mit den Neuigkeiten über Lou und nun Greta mit ihrer ungebremsten Neugier. Warum konnte nicht einfach alles so bleiben, wie es war?

Die Tram fuhr stockend durch den dichten Verkehr in der Theatinerstraße, bevor sie die ähnlich stark mit Autos, Fuhrwerken und Fußgängern vollgestopfte Sendlinger Straße entlangkroch. In den Läden wurden die Lampen gelöscht und die gusseisernen Gitter heruntergelassen.

»Du warst also bei den Kammerspielen?« Judith bemühte sich um einen beiläufigen Ton.

»Was ist dabei?«, mokierte sich Greta. »Du bist selbst schuld. Wenn du mir freiwillig nichts erzählst, muss ich eben fragen. Schämst du dich meinetwegen? Deine Freunde in den Kammerspielen haben jedenfalls nichts dabei gefunden, mit mir zu sprechen. Bereitwillig haben sie mir gesagt, dass du nachmittags meist im *Luitpold* hockst, Leute beobachtest und an deinen Artikeln schreibst.«

»Das hätte doch gereicht. Warum musstest du auch noch dorthin gehen? Du wusstest genau, dass ich heute Abend wieder zum …«

»Warum soll ich nicht in deinem Stammcafé auf dich warten? Oder gibt es noch etwas, was ich nicht wissen darf? Dieser einäugige Ober ist übrigens nur deshalb so grantig gewesen, weil er selbst sein gesundes Auge auf dich geworfen hat.«

»Genug! Ich will einfach nicht, dass du mir nachspionierst. Jede von uns hat ihr eigenes Leben. Darüber waren wir uns einig.«

»Schade nur, dass du genau über mich Bescheid weißt und ich fast gar nichts von dir erfahren habe. Fair ist das nicht.«

Die Tram zuckelte auf den Sendlinger-Tor-Platz. Greta rückte sich zurecht. Einen Moment fürchtete Judith, sie wollte aussteigen. Rasch griff sie nach ihrem Arm. »Du hast recht. Es war dumm von mir, dir so wenig zu erzählen. Ich dachte, es genügt dir zu wissen, wie sehr ich dich mag.«

»Dabei hast du bei dem wenigen sogar noch gelogen«, brauste Greta auf. »Du arbeitest gar nicht am Theater, sondern bist nur mit einem der Dramaturgen befreundet.«

»Ich habe bloß gesagt, dass ich oft dort bin und Falckenberg, Zoff, Neumann und all diese Leute kenne.«

»Das ist nicht das Gleiche. Du wolltest dich interessant für mich machen, weil ich als Schauspielerin gern …«

»Ich habe letztens schon mit Falckenberg geredet«, unterbrach Judith sie. »Hab noch ein wenig Geduld, dann darfst du bei ihm vorsprechen.«

»Das sagst du jetzt nur so.«

Auf Gretas Miene wechselten sich in rasantem Tempo Ärger, Angst und Hoffnung ab. Der Anblick versetzte Judith einen kleinen Stich. Greta war noch so jung und unbedarft, steckte noch voller Träume. Nur zu gut verstand sie, wie sehr sie sich an jede Möglichkeit klammerte, ihre Träume wahr werden zu lassen. Andererseits stieg die Angst in Judith auf, nur deshalb für sie interessant zu sein, weil sie Beziehungen zum Theater hatte. Als ihr das gestern in einem Nebensatz unabsichtlich herausgerutscht war, hatte sie gleich das Ärgste befürchtet und es andererseits auch genossen, dadurch in Gretas Achtung zu steigen. Dennoch wollte sie ihr Leben in der Isarvorstadt von dem in der Maxvorstadt strikt trennen. Die beiden Welten passten einfach nicht zusammen.

»Lass uns eine Runde boxen, dann geht es uns besser.«

Die Trainingshalle lag in einem Hinterhof in der Zenettistraße. In diesem Teil der Isarvorstadt bestimmte die Nähe zum Schlachthof das Leben. Der Südbahnhof und die Großmarkthalle waren ebenfalls nicht weit. Am Ende der Straße ragten rote, grob wirkende Backsteinmauern auf, die die weitläufigen Lagerhallen umgrenzten. Auch die Mietshäuser wirkten klobiger als in den anderen Gegenden der Stadt. Zwischen ihnen hing der verräterische Geruch nach Vieh und Eisenbahn. Selbst die Menschen, die draußen unterwegs waren, schienen ihn zu verströmen. Ihre Gesichter sahen verbraucht aus, die Kleidung war zerschlissen, der Gang von der harten Arbeit gebeugt und erschöpft. Das Sprachengemisch aus derbem Bairisch, Italienisch, Polnisch und Russisch verriet auch nach Jahren noch die Herkunft der meisten.

Als die beiden Frauen in kurzen Hosen und knappen Leibchen die kahle Trainingshalle betraten, herrschte dort bereits reger Betrieb. Im erst vor wenigen Monaten gegründeten *Boxklub Isarvorstadt* trainierten zwar hauptsächlich Männer unterschiedlichsten Alters und verschiedenster Milieus, doch auch dem steigenden Interesse der Frauen am Boxen wurde Rechnung getragen. In einer Ecke, die eigens mit einem provisorischen Sichtschutz aus Brettern und Leinwänden abgeschirmt war, durften sie nicht nur wie in anderen Frauenboxklubs auf Punchingbälle und Sandsäcke einschlagen, sondern sogar in einem eigenen Ring gegeneinander antreten.

Nackte Glühbirnen hingen von der grobverputzten Decke, über die kahle Rohre und Leitungen verliefen. Die Wände waren in der unteren Hälfte grau, in der oberen weiß getüncht. Einst war das Gebäude als Druckerei genutzt worden, was an den großen Fenstern wie auch an den Abdrücken der schweren Maschinen auf dem Boden noch zu erkennen war. Matten aus Stroh lagen aus, im seilumspannten Ring sogar in doppelter Lage, um den Sportlerinnen bei Stürzen üble Verletzungen zu ersparen.

Im Damenbereich trainierte an diesem Abend niemand, so dass Judith und Greta ausreichend Platz blieb, sich gründlich aufzuwärmen. Anschließend übten sie eine Weile an den Sandsäcken. Judith spürte, wie ihr mit jedem Schlag wohler wurde. Auch Greta schien ihre kleine Auseinandersetzung in der Tram wieder vergessen zu haben. Nathan Tausendschön, der selbsternannte Damentrainer des Klubs, beobachtete Judith einige Schläge lang aufmerksam, bevor er ihr Anweisungen zu besserer Schrittfolge und Armhaltung gab.

»Wenn Sie weiter so fleißig üben, haben Sie große Chancen, bald schon im Wettkampf anzutreten.« Anerkennend schnalzte er mit der Zunge.

»Oh Judith, das wäre phantastisch!« Greta stoppte ihren Sandsack und kam herüber. Sie war zwar etwas größer und schlanker als Judith, mühte sich aber weitaus verbissener als sie um die perfekte Haltung und die gezielten Treffer. Der große Erfolg ließ bei ihr noch auf sich warten.

Judith tat, als hätte sie weder ihre noch Tausendschöns Bemerkung gehört. Trotzig schlug sie weiter auf den Sandsack ein. Sie wollte nicht boxen, um öffentlich aufzutreten, sie wollte boxen, um gegen die schlimmen Erinnerungen aus dem Krieg anzukämpfen.

Tausendschön aber ließ nicht locker. Breitbeinig stellte er sich hin, verschränkte die Arme vor der Brust.

»Sogar Ihre Freundin hält das für eine tolle Idee. Wie wäre es mit einem ersten Versuch? Übernächsten Sonntag treten wir gegen den Boxverein aus der Auenstraße an. Darf ich auf Sie zählen?«

Statt zu antworten, schlug Judith umso kräftiger auf den Sandsack ein. Eine Gerade mit der Rechten, eine Gerade mit der Linken, zwei schnell aufeinanderfolgende Aufwärtshaken und dann das Ganze wieder von vorn. Dabei tänzelte sie nach rechts, nach links, auf der Stelle. Tausendschön schenkte sie keine Beachtung. Sie wusste, dass er sich getreu seinem Namen für unwiderstehlich hielt. Wie üblich trug er lediglich ein weißes Hemd, hatte statt der Krawatte ein dunkles Seidentuch lässig in den Kragen gesteckt, dazu eine in den Hüften von einem schmalen Ledergürtel gehaltene weite Hose aus beigefarbenem Wollstoff. Ganz im Stil der neuesten Mode hatte er das schwarze Haar stark pomadisiert nach hinten gekämmt und den Oberlippenbart dünn rasiert. Seine viel zu große Nase brachte das ansonsten symmetrische Gesicht gehörig aus der Façon.

Greta tat, als himmelte sie ihn an, vergewisserte sich jedoch mit einem knappen Blick zu Judith, dass sie den Spaß begriff. Nah rückte sie zu ihm hin, das eine Bein aufreizend nach vorn gestellt, die Hände mit den dicken Handschuhen auf die Hüften gestemmt und den Kopf leicht schräg geneigt. Der scheinbar arglose, in Wahrheit aber berechnende Blick, den sie ihm aus ihren Katzenaugen zuwarf, brachte Judith schier um den Verstand. Um nicht laut loszuprusten, wandte sie sich ab. Sie konnte sich auch so Tausendschöns selbstgefälliges Grinsen ausmalen. Übertrieben warf er sich in Positur, gab ganz den eleganten, alles wissenden und alles könnenden Boxtrainer.

»Lass uns in den Ring steigen«, rief Judith Greta zu.

Die Freundin seufzte übertrieben laut. Bevor sie zu dem von Seilen umzäunten Geviert ging, schenkte sie Tausendschön noch einen verzweifelten Augenaufschlag, nestelte ungeschickt mit dem dicken Handschuh am Ausschnitt ihres Leibchens. Aufmunternd tätschelte er ihr die Schulter, was ihr einen weiteren, übertrieben schmachtenden Seufzer entlockte.

»Eine gute Idee!«, pflichtete er Judith bei und raunte Greta ins Ohr: »Gib alles, was du kannst, Kleines!«

Judith hatte das gehört, ebenso sah sie, wie er Greta einen Klaps auf den Hintern versetzte. Die Freundin gluckste albern, doch Judith hörte heraus, wie falsch es war. Greta mochte keine Männer, genau wie sie. Erst recht keine Lackaffen wie Tausendschön.

Flink kletterte Judith zwischen den quer gespannten Seilen in den Ring. Um sich an den weicheren Boden zu gewöhnen, hüpfte sie auf der Stelle. Greta ließ sich aufreizend langsam von Tausendschön helfen, die letzten Vorbereitungen zu treffen. Mit einem vielsagenden Grinsen schlüpfte auch sie endlich zwischen den Seilen auf die Matten und hob angriffsbereit die Arme. »Auf geht's, Darling!«

Natürlich wusste Judith schon vor dem ersten Schlag, dass Greta keine ebenbürtige Gegnerin war. Sie bewegte sich einfach zu schlaksig und verlieh ihren Schlägen nicht genügend Kraft. Auf ihren kurzen, stämmigen Beinen war Judith weitaus geschmeidiger und flinker, parierte geschickt jeden Angriff mit einem Gegenangriff, ahnte eher als Greta selbst, was sie als Nächstes tun würde. Wohlüberlegt holte sie aus und ließ die Rechte nach vorn schnellen, traf Greta genau am Kinn. Einen Atemzug lang stutzte die Jüngere, riss die Augen weit auf und sackte in sich zusammen.

»Geschlagen!« Begeistert riss Tausendschön die Arme in die Luft.

Irritiert sah Judith erst zu ihm, dann zu Greta, wunderte sich, warum die Freundin reglos am Boden liegen blieb. So fest hatte sie doch gar nicht zugeschlagen. Langsam ging sie neben Greta in die Knie und band sich die Handschuhe auf, legte ihr sinnloserweise die Hand auf die Stirn. Sie fühlte sich kühl an. Judith probierte es mit sanften Ohrfeigen auf die Wangen. Die Augen geschlossen, rührte sich Greta immer noch nicht. Judith bekam es mit der Angst.

»Ich hole kaltes Wasser. Das hilft immer«, rief Tausendschön und verschwand in den Umkleideräumen.

Froh, ihn los zu sein, beugte sich Judith nah zu Greta hinunter, strich ihr sacht über die dunklen Locken, legte ihr die Hand auf die Wange. Ein kaum merkliches Zucken um Gretas Mundwinkel verriet, dass sie das genau mitbekam, die besorgten Berührungen regelrecht genoss. Sie war eben doch vor allem Schauspielerin.

»Du Biest!« Unwillkürlich küsste Judith sie auf den Mund. Greta zog sie mit den Armen zu sich herunter. Eng umschlungen küssten sie sich weiter. Der Streit war vergessen, ebenso die Angst, Greta würde sie nur ausnutzen. Im Boxklub waren sie einfach sie selbst, gehörten zusammen und durften das zeigen.

»Judith?« Erst als sie ihren Namen rufen hörte, erwachte sie aus dem Taumel. Jäh schreckte sie auf, sah in die Richtung, aus der sie die Stimme vernommen hatte. Völlig verdutzt starrte Lou ihr von der rechten Ecke des Rings entgegen.

»Was machst du hier?« Langsam rappelte Judith sich auf, ging zum Rand, wo Lou stand. Erst da entdeckte sie die Lederhandschuhe, die die Freundin in der Hand hielt. Offenbar hatte sie die für einen der Boxer ausgebessert und brachte sie in den Klub zurück.

»Du hast gar nicht erzählt, dass du boxt.« Lou klang gekränkt. Greta würdigte sie kaum eines Blickes. Ihr schien eher die Tatsache zu missfallen, Judith beim Boxen ertappt zu haben, als dass sie sich an dem Geplänkel zwischen Greta und ihr störte. Längst wusste Lou, wie Judith zu Frauen und Männern stand.

»Warum hätte ich das tun sollen?« In Judith regte sich ebenfalls Empörung. Richards Bemerkung vom Nachmittag kam ihr in den Sinn, und sie malte sich aus, wie sich Lou nachts zusammen mit Frida in Begleitung zweier älterer, reicher Herren vergnügte. »Du erzählst mir auch nicht alles.«

»Dann sind wir ja quitt.« Auf einmal grinste Lou.

Greta war ebenfalls aufgestanden, warf die Boxhandschuhe in die Ecke und stellte sich neben Judith, den Arm besitzergreifend um ihre Schultern gelegt. Judith umfasste ihre Taille, die Augen weiter fest auf Lou gerichtet, und fügte hinzu: »Schöne Grüße an Frida und weiterhin viel Spaß auf euren Ausflügen durchs Münchner Nachtleben.«

»Den werden wir haben!«, erwiderte Lou und wandte sich ab, um zum Trainingsbereich der Männer hinüberzugehen.

Judith folgte ihr mit dem Blick und registrierte dabei verwundert, wie plötzlich eine große Last von ihr abfiel. Lou kam auch ohne sie klar. Voller Übermut wirbelte sie Greta herum und presste ihr von neuem einen leidenschaftlichen Kuss auf den Mund. Tausendschöns entsetztes »Aber meine Damen!« überhörte sie. Er dankte es ihr, indem er den Eimer eiskalten Wassers schwungvoll über sie beide auskippte. Lachend warfen sich die Freundinnen einander in die Arme, gingen zu Boden und wälzten sich ausgelassen auf den Matten. Die knappen Sportdresses klebten pitschnass an ihren Leibern, die kühle Luft in der Halle machte sie frösteln. Das aber störte sie nicht im Geringsten.

9

Je weiter die Nacht vorrückte, desto ausgelassener wurde die Stimmung. Gerade tanzte wieder eine Polonaise quer durch den Raum. Lou war von der letzten Runde durch das weiträumige Atelier außer Puste und schlug die Aufforderung, sich einzureihen, erschöpft aus.

»Ich brauch eine kleine Pause«, rief sie einem Clown mit roter Pappnase zu. Theatralisch presste er sich die Hände aufs Herz, tat, als sackte er zu Tode betrübt zu Boden. Sie musste lachen.

Seit er einen Onestepp mit ihr getanzt hatte, rätselte sie, wer unter der Maske steckte. Wie im Rausch zogen die Gesichter der letzten Monate an ihr vorbei, beschleunigten, verzerrten sich, verschwammen schließlich zu einem einzigen Antlitz. Jäh zuckte sie zusammen, als ihr klarwurde, dass sie unter dem Clownsgesicht das ihres Bruders Karl zu sehen meinte. Viel zu lang hatte sie nicht mehr an ihn gedacht. Die Trauer um Curd hatte die Erinnerung an den durch ihre Schuld zum Krüppel Gewordenen völlig überschattet, die vergnügungssüchtige Zeit mit Frida ihn endgültig aus ihrem Gedächtnis verdrängt. Wirr wirbelten ihr die absurdesten Gedanken durch den Kopf. Plötzlich lechzte sie nach Ruhe. In dem mit Filmscheinwerfern grell ausgeleuchteten Atelier würde sie die schwerlich finden. Die eine Hälfte der kostümierten Narren berauschte sich an wilden Verrenkungen, die nur mit viel Phantasie noch als Tanzen zu der von alkoholgeschwängerten Gesängen übergrölten Grammophonmusik bezeichnet werden konnten, während die anderen sich lautstark unterhielten.

Lou lehnte sich an die Wand, ließ den Blick in die Nacht hinausgleiten.

Hinter dem in der Höhe über zwei Etagen, in der Breite über gut fünf Meter reichenden Nordfenster zeichnete sich der wolkenverhangene Himmel ab. Keines der anderen Häuser in der Schwabinger Elisabethstraße war ebenso hoch wie dieses. Die Dachfirste und Schornsteine ringsum bildeten schwarze Balken zu Lous Füßen. Grenzenlos dehnte sich der finstere Horizont darüber aus. In der düsteren Unendlichkeit wollte sie das ersehnte Vergessen finden. Vielleicht würde ihr dort die Schuld an Karls Unglück und Curds Tod endlich vergeben. Entsetzt schlug sie die Hände vors Gesicht. So durfte sie nicht denken! Um all das hinter sich zu lassen, hatte sie sich doch in den Trubel gestürzt. Curd hätte nichts anderes gewollt. Erschöpft schlenderte sie in den angrenzenden Salon hinüber.

Zu ihrer Überraschung herrschte dort nahezu wohltuende Beschaulichkeit. Musik wurde keine gespielt, die Gespräche fanden in einigermaßen zivilisierten Bahnen statt. Langsam verblassten die Erinnerungen an Karl und Curd wieder. Sie kam zu dem Schluss, dass der Clown mit der Halskrause Karl doch eigentlich nicht im Geringsten ähnelte. Nachdem sie den Minnesänger mit der Leier, der ihr vor einer halben Stunde ein herzzerreißendes Ständchen gebracht hatte, schon mit »Max« angeredet hatte, sollte sie mit Zuordnungen ohnehin vorsichtiger sein.

Bevor sie sich in Gedanken an Max verlor, die nicht weniger gefährlich für ihr Gemüt waren als jene an Karl und Curd, griff sie nach einem Krug Bier, der auf dem Büfett stand, und ließ den Blick über die bunte Menge wandern, die zwar weitaus ruhiger als jene ausgelassen Feiernden im Atelier wirkte, dennoch nicht weniger interessant schien.

Niemand war in dieser Nacht der, für den man ihn auf den ersten oder auch zweiten Blick hielt. Auch wenn die Kostümierung trotz des Mottos »Eine Reise um die Welt« weitaus einfacher und offenherziger ausfiel als die auf dem Atelierfest vor einer Woche in der Franz-Joseph-Straße, wo jeder eine venezianische Maske und aufwendige Robe hatte tragen müssen, legte man dennoch Wert darauf, seine Identität nicht so leicht preiszugeben. Lou lupfte den zarten Gazeschleier, den sie als waschechte Haremsdame vor dem Gesicht trug, und nahm einen Schluck aus dem Bierseidel.

»Ich bin erstaunt, schönes Fräulein. Bislang war ich überzeugt, im Harem herrsche striktes Alkoholverbot.« Ein Cäsar mit goldenem Lorbeerkranz auf dem markanten, von lichtem grauem Haar umsäumten Schädel stellte sich zu ihr und lächelte sie an. Die Narbe an der rechten Schläfe glänzte im Licht einer Lampe. Hoffoldinger! Erleichtert atmete Lou auf. In seiner Gegenwart fühlte sie sich sicher. Kein Clown oder Minnesänger würde es mehr wagen, sie zu belästigen.

»Wie schön, Sie zu treffen. Ich wusste nicht, dass Sie hier sein werden.«

»Umso schöner, dass mein Auftauchen Sie freut. Das lässt mich hoffen.«

Verlegen richtete sie ihr Augenmerk auf seine Verkleidung. Wie hätte er etwas anderes als den römischen Imperator darstellen können? Bei der Toga, die er sich übergeworfen hatte, handelte es sich natürlich nicht um eine Verlegenheitslösung aus zweckentfremdetem Bett- oder Tischtuch, wie Lou es an diesem Abend schon mehrfach entdeckt hatte. Stattdessen war sie fachmännisch angefertigt und mit dem obligatorischen breiten Goldband gesäumt. Auch die Ledersandalen, die an den nackten, pedikürten Männerfüßen sichtbar wurden und kreuzweise über die behaarten Waden bis zum Knie gebunden waren, wirkten echt. Lous Blick wanderte wieder zu Hoffoldingers von der großen Habichtsnase beherrschtem Gesicht. Die grauen Augen strahlten sie triumphierend an.

»Im Harem sind auch keine Männerbesuche erlaubt, erst recht nicht solche aus Rom.«

»Heute Abend vermischen sich Nationen, Kulturen und Epochen, ja sogar die Geschlechter. Da darf auch ein Cäsar eine Haremsdame ungestraft um den nächsten Tanz bitten.«

Galant verbeugte er sich. Sie zögerte einen Augenblick, dann vernahm sie die nebenan einsetzende Musik. Der wilde Trubel von vorhin war gezähmt. Auf einmal erschien ihr nichts reizvoller, als mit Cäsar den leidenschaftlichen Tango zu probieren, der aus dem Trichter drang. Dank Fridas eifriger Unterstützung hatte sie mittlerweile auch diese Lücke ihrer Tanzkunst geschlossen und beherrschte sämtliche Schrittfolgen und Drehungen. »Nur zu gern, mein Imperator.«

Im ausgeräumten Atelier versuchten sich Clowns und Dirndln, Zigeunerinnen und Matrosen, alte Griechen und mittelalterliche Burgherrinnen bereits in temperamentvollen Schrittfolgen. Cäsar alias Hoffoldinger bahnte Lou den Weg, um sie, im Stakkato des Zweivierteltakts nach vorn schreitend, sie von sich wegdrehend und zu sich heranziehend, durch die Menge zu dirigieren. Die Hüfte eng an ihre gepresst, die rechte Hand exakt in der Mitte ihrer Schulterblätter, die linke in ihrer rechten ruhend, erwies er sich als der beste Tanzpartner, den sie je gehabt hatte. Sogar Curd hätte mit ihm nicht mithalten können, schoss ihr durch den Kopf, als sie abrupt innehielten, das Gewicht auf ein Bein verlagerten, um mit dem zweiten eine ruckartige Bewegung in der Luft auszuführen und zugleich die Köpfe jäh hin- und herzurucken.

Einen Atemzug lang verharrten ihre Blicke ineinander. Lou wurde es heiß und kalt zugleich. Ehe sie wieder so recht zur Besinnung kam, führte er sie schon in die entgegengesetzte Richtung, streifte mit den Lippen kurz ihr durch die Luft schwingendes Haar. Gerade wollte sie sich näher zu ihm neigen, da versetzte er ihr entschlossen einen Stoß. Sie löste sich von ihm und wirbelte derart wild um die eigene Achse, dass sie über die eigenen Füße stolperte.

»Nanu, Lou, du auch hier?« Ein grüngekleideter Robin Hood mit einem noch grüneren Hut und einer langen Fasanenfeder fing sie auf.

»Max?« Erschrocken sah sie ihn an. Die graublauen Augen unter der schmalen Hutkrempe waren ihr bestens vertraut, ebenso der belustigte Zug um den Mund. Verlegen richtete sie ihr Kostüm aus dünnem weißem Seidenhemd und rosa Pluderhose. Beim Stolpern war ihr nackter Fuß aus einem der dunkelblauen Samtballerinas gerutscht. Unauffällig tastete sie mit dem Zeh nach dem guten Stück und schlüpfte wieder hinein.

»Geht es Ihnen gut, meine geheimnisvolle Schöne?« Hoffoldinger fasste sie besitzergreifend um die Hüfte. »Danke, dass Sie meiner Tanzpartnerin behilflich waren.«

Damit wollte er Lou wegziehen, sie aber blieb stehen. »Das ist ein alter Freund vom Theater.«

»Ich verstehe.« Sichtlich enttäuscht sah Hoffoldinger zwischen Max und ihr hin und her.

»Verzeihen Sie«, bat sie. Seine Gesellschaft gefiel ihr mehr denn je, andererseits wollte sie auch Max nicht brüskieren.

»*Mich* müssen Sie entschuldigen, Teuerste. Ich muss unbedingt etwas essen«, erlöste Hoffoldinger sie charmant aus dem Dilemma. »Versprechen Sie mir, keinesfalls ohne Abschied von hier zu verschwinden. Sie finden mich nebenan im Salon.«

Er hob ihre Hand an die Lippen und hauchte einen Kuss darauf. Benommen sah sie ihm nach, wie er sich hoch erhobenen Hauptes, dem echten Cäsar gleich, zwischen den Tanzenden hindurch in den angrenzenden Salon zurückzog.

»Das ist mal ein echter Cäsar!« Auch Max zeigte sich beeindruckt. »Den sollten wir im Auge behalten, falls Falckenberg und Zoff sich in absehbarer Zeit doch einmal zu einem Shakespeare-Klassiker durchringen. Mit der Moderne haben sie beim Münchner Publikum sowieso kein Glück.«

»Er ist aber kein Schauspieler«, gab Lou zu bedenken.

»Stimmt. Dazu war er zu gut kostümiert und zu wohlerzogen«, pflichtete er ihr bei, während er sich im weitläufigen Atelier umsah. »Wie komme ich nur darauf, heute Abend wären hier nur Theaterleute unterwegs? Anscheinend hat sich das bunte Volk aus der Isarvorstadt zum Feiern nach Schwabing aufgemacht.«

»Was bleibt einem übrig, wenn sonst nirgendwo ein Maskenball gefeiert wird? Im Deutschen Theater und in den Blumensälen gäbe es natürlich mehr Platz, aber da sind Kostümfeste nach wie vor unerwünscht. Also muss man mit den privaten Festivitäten vorliebnehmen, und die finden nun einmal vor allem in Schwabinger Ateliers statt.«

»Dann hat uns heute Abend ein glücklicher Zufall zusammengeführt.« Max schmunzelte. »Bis gestern war ich noch in

Hamburg. Wie gut, dass ich rechtzeitig zurückgekommen bin. Hier gibt es die faszinierendsten Verkleidungen. Das Theater ist nichts dagegen. Die Aphrodite dort hinten mit ihren flammend roten Haaren und den hellen Augen beispielsweise ist atemberaubend. Das Kostüm der Liebesgöttin erklärt sich bei ihr ganz von selbst, wie der verzückte Zeus an ihrer Seite beweist.«

Lou ahnte, von wem er sprach: Frida! Neugierig versuchte sie herauszufinden, wer der beleibte Gott war, der sich so eifrig um sie bemühte. Auch wenn er von weitem dem Kommerzienrat stark ähnelte, wusste Lou doch, dass er es nicht sein konnte. Das Haar war zu dunkel und üppig. Außerdem hatte sich der Kommerzienrat schon vor Tagen wegen dringender Geschäfte für diesen Abend entschuldigt, weshalb Frida und sie sich allein auf den Weg gemacht hatten. Deshalb erstaunte sie Hoffoldingers Auftauchen umso mehr, hatte sie den Kommerzienrat und ihn bislang doch immer nur zusammen erlebt. Um nicht gleich wieder nervös nach ihm Ausschau zu halten, konzentrierte sie sich auf Frida und deren unbekannten Kavalier im griechischen Göttervaterhabit.

»Achtung!« Energisch zog Max sie zu sich. Ein im Tango versunkenes Pärchen aus Schneewittchen und Pirat rempelte sie an. Max nutzte die Gelegenheit, sie länger als nötig festzuhalten. Wie er sie dabei ansah, regte sich die Versuchung in ihr, sich auf die Zehenspitzen zu stellen und ihn einfach zu küssen, um die oft vermisste Vertrautheit und das heimliche Verlangen vergangener Tage wieder aufzufrischen. Doch Max war nicht Curd und sollte niemals an seine Stelle treten. Hoffoldinger konnte ihr helfen, den Vorsatz umzusetzen. Sanft stieß sie Max von sich weg. »Wir stehen ungünstig. Lass uns nach nebenan gehen.«

Schon versuchte sie sich einen Weg in den Salon zu bahnen, in den Hoffoldinger verschwunden war. Allerdings startete in diesem Moment eine Française, jener legendäre Gruppentanz der rauschenden Münchner Vorkriegsfaschingsbälle, bei dem die Damen übermütig emporgehoben und wild umhergewirbelt wurden. Dazu requirierten die Tanzenden den gesamten Atelierraum und versperrten Lou den Weg. Statt in den rechten Salon, in dem die Bowle und vor allem der römische Imperator in Gestalt Hoffoldingers auf sie warteten, wurden Max und sie in die entgegengesetzte Richtung gedrängt. Wollten sie nicht gegen die deckenhohe Bücherwand gedrückt oder gezwungen werden, sich doch noch in die Tanzgruppe einzureihen, blieb ihnen nur die Flucht durch eine halbrunde Tür. Sie mündete in einen kurzen Flur, an dessen Ende ein dicker Vorhang den weiteren Weg versperrte. Max hob ihn beiseite.

Unerwartet fand Lou sich in einem kleinen Nebenraum wieder, der nur schwach von Kerzen beleuchtet war. Provisorisch waren sie auf den Holzdielen mit Wachs befestigt. Dazwischen lagen Matratzen und Kissen. Ein süßlicher Duft nach Moschus und Kräutern, die über einer Flamme in einer Schale auf dem Fensterbrett erhitzt wurden, erfüllte den Raum.

Lou brauchte eine Weile, bis sich ihre Augen an die veränderten Lichtverhältnisse gewöhnt hatten. Ein leiser Aufschrei entschlüpfte ihr. »Oh!« Sie schlug sich die Hand vor den Mund, wusste nicht so recht, wohin sie schauen und wie sie sich verhalten sollte. In der Kissenlandschaft lümmelten sich menschliche Körper, größtenteils eng ineinander verschlungen, so dass kaum zu erkennen war, zu wem welches Bein oder welcher Arm geschweige denn welcher Kopf gehörte.

Die spärlichen Kostüme an den Leibern waren größtenteils verrutscht. Viel helle, nackte Haut, mal mit stärkerem Haarwuchs, mal glattrasiert, kam darunter zum Vorschein. Die Gestalten hatten leidenschaftlich mit ihren engsten Nachbarn zu tun, wie die lustvollen Seufzer und das Stöhnen verrieten. Nur zwei am äußersten Rand der Matratzen schienen tief und fest zu schlafen.

»Geschockt?« Max grinste. »Dabei sollte man meinen, wer in der Nähe der Müllerstraße wohnt und im *Kolosseum* verkehrt, wäre einiges gewohnt.«

Er fasste sie an der Hand, um sie zur linken Seitenwand zu führen, da gab Lou ihm ein Zeichen, stehen zu bleiben. So wenig sie bei dem schummrigen Licht auch erkennen konnte, so sicher war sie sich trotzdem, einen ihr sehr vertrauten weiblichen Oberschenkel und daran anschließend einen halb entblößten Rücken zu entdecken. Das wollte sie genauer wissen. Verkeilt war der Rest des stämmig gebauten Frauenkörpers mit einer erheblich schlankeren, knabenhaft anmutenden, dank der Haartracht aber dennoch eindeutig weiblichen Person. Auch die meinte Lou schon einmal gesehen zu haben, wenn auch der dunkle Lockenschopf das Gesicht verdeckte.

»Oh!«, entfuhr es dieses Mal Max.

»Geschockt?«, ahmte Lou seinen amüsierten Tonfall von vorhin nach. »Dabei dachte ich, wer in Schwabing wohnt und beim Theater arbeitet, dem wäre gar nichts fremd.«

»Eins zu null für dich. Aber damit habe ich jetzt wirklich nicht gerechnet.«

Ehe sie so recht begriff, was er tat, ging er in die Knie, um sich zwischen zwei eifrig miteinander beschäftigten Körpern zu dem Paar durchzuzwängen, dessen eine Hälfte sie beide für Judith hielten. Ein Kopf schälte sich aus dem Gewusel von

Armen und Beinen heraus. Es war tatsächlich die Freundin aus dem einstigen Wiener Kleeblatt!

Den Oberkörper auf die angewinkelten Arme gestützt, richtete sie sich halb auf und sah Max schläfrig entgegen, drehte sich dann langsam zu Lou. Lou kroch ebenfalls zu ihr. Sofort war ihr klar, dass der eigenartige Blick der Freundin nicht allein der Müdigkeit geschuldet war. Ihre Pupillen waren stecknadelgroß. Außer zu der Bowle musste sie noch zu weiteren Rauschmitteln gegriffen haben. Lou schnupperte in die Luft, wandte den Kopf in die Richtung, aus der der Geruch herüberzog. Auf dem Boden vor dem Fenster qualmte es aus einem übervollen Aschenbecher, daneben stand eine Kerze, flankiert von eindeutigen Utensilien wie Löffel, Röhrchen und Stanniolpapier. Damit waren die letzten Zweifel beseitigt, was in dem Raum außer Batschari-Zigaretten aus Baden und Zigarren aus Kuba noch konsumiert wurde.

»Geht es dir gut?« Besorgt beugte sie sich zu der Freundin. Die neben ihr liegende Person mit den dunklen Locken fuhr auf. Als sie ihr das Gesicht zuwandte, wusste sie wieder, um wen es sich handelte: um Judiths Boxpartnerin aus der Zenettistraße.

»Hallo«, raunte sie und setzte sich auf. Auch sie schien unter Drogen zu stehen.

»Wir wollten euch nicht stören«, sagte Lou. »Komm, Max, wir gehen.«

Am Arm zerrte sie ihn nach oben.

»Wir kommen mit.«

Überraschend schnell rappelte Judith sich auf und raffte die im Eifer des Gefechts verlorene Kleidung an sich. Auch ihre Gefährtin machte sich nach einem vergeblichen Protest daran, ihr Kostüm wieder zu vervollständigen. Die übrigen Gestalten auf den Matratzen reagierten mit Brummen und Seufzen auf die Störung, einer schlug mit der Hand matt ins Leere.

Als sie in das überfüllte, von blecherner Grammophonmusik und schrillen Stimmen widerhallende Atelier zurückkehrte, wähnte Lou sich für einen Moment im Paradies. Zigarettendunst vernebelte zwar auch hier die Sicht, hinzu kamen der unerträgliche Lärm und das Gedränge. Allerdings handelte es sich nur um harmlosen Tabak, und niemand ging dem anderen so ostentativ an die Wäsche oder legte ihn gar vor aller Augen flach wie in dem kleinen Hinterzimmer. Frida scharwenzelte nach wie vor um den ihr ergebenen Zeus, der rotnasige Clown versuchte sein Glück bei einer kühnen Amazone, und der Minnesänger schmachtete eine rassige Spanierin an. Von Hoffoldinger fand sich dagegen nicht die geringste Spur. Rasch wollte Lou in den Salon gelangen, um dort nach ihm Ausschau zu halten.

»Warum so eilig, Liebes?«, hielt dieses Mal Judith sie zurück. Ihre Stimme klang schleppend. Es kostete sie offensichtlich Mühe, verständlich zu sprechen.

»Du stehst vollkommen neben dir.« Mitleidig betrachtete Lou sie. So hatte sie die disziplinierte Wienerin noch nie erlebt. Zumindest das Kostüm hatte sie schon wieder so weit hergestellt, dass man darin mit viel gutem Willen Reste von Kleopatra erahnen konnte. Das von Natur aus pechschwarze Haar taugte bestens dafür. Die Aufregungen im Nebenraum hatten ihrem dicken schwarzen Lidstrich allerdings heftig zugesetzt, ebenso waren die Lippen nur mehr sehr schwach rot geschminkt, dafür klebten eindeutige Farbspuren an Kinn und Wangen. Das nachtblaue Gewand mit der breiten Goldbordüre am Hals und der ebenfalls goldenen Kordel um die Taille saß allerdings wieder bestens.

»Soll Max dich nach Hause bringen?« Lou zupfte den Freund am Arm.

»Dazu ist es zu früh«, wehrte Judith ab. Zärtlich legte sie Lou den rechten Arm um die Schulter, winkte mit der linken Hand ihre Gefährtin heran und versuchte so deutlich wie möglich zu sprechen: »Ihr beide müsst euch unbedingt kennenlernen, meine Süßen. Bestimmt werdet ihr euch mögen. Ich habe euch jedenfalls ganz, ganz furchtbar lieb.«

Erst küsste sie die Schwarzgelockte, dann Lou mitten auf den Mund. Lou wurde das zu viel. Sie hielt nach Max Ausschau, der wie vom Erdboden verschluckt war. Stattdessen sah Frida zu ihr herüber. Sie winkte ihr. Aphrodite hakte Zeus unter, der ihr ähnlich wie der Kommerzienrat nur bis zur Nasenspitze reichte, und kam zu ihr. Als sie in Kleopatra Judith erkannte, wurde ihr Grinsen breiter.

»Wenn das mal keine Überraschung ist.«

Kaum vernahm Judith das, fiel der Kokainrausch von ihr ab. Unter verlegenem Lächeln nahm sie die Arme von Lou und der Schwarzgelockten und erwiderte, an Frida gewandt, mit rauher Stimme: »Das ist das Schöne an Kostümfesten. Man entdeckt die seltsamsten Gestalten und die unerwartetsten Gäste. Darf ich vorstellen? Das ist Gre…, Verzeihung, Gege Felln, eine Freundin aus meinem Sportklub, das sind meine Freundin Lou und ihre Zimmerwirtin Frida mitsamt dem Göttervater Zeus.«

Einen Moment verharrte ihr Blick auf Fridas Begleiter. Anscheinend versuchte sie ähnlich wie Lou vorhin, seine Identität herauszufinden. Er aber lächelte sie unverbindlich an und flüsterte Frida etwas ins Ohr, woraufhin die albern kicherte und ihn mit einem zweideutigen Augenaufschlag von ihnen wegzog. »Ihr entschuldigt uns. Wir haben zu tun.«

Vergnügt zwickte er sie in den Hintern, was ein neuerliches Gekicher auslöste. Lou sah ihnen nach, bis Fridas auffälliger Haarschopf in Richtung der halbrunden Türöffnung verschwand.

»Dann leisten wir dir wohl noch etwas Gesellschaft. Nicht, dass du dich einsam fühlst«, stellte Judith fest.

»Wie sollte ich? Hier ist doch genug los.« Lou bedauerte, wie schnell Judith wieder in ihre Lieblingsrolle als große Schwester schlüpfte. »Lasst euch nicht abhalten, euch zu amüsieren. Ich komme allein klar. Bei euch wäre ich doch nur das fünfte Rad am Wagen.«

»Da hörst du es«, wandte Judith sich an Gege. »Lou glaubt immer, überflüssig zu sein.«

»Wie schade«, stellte Gege fest. »Dabei bin ich so froh, dich kennenzulernen. Judith hat mir schon viel von dir erzählt.«

Ausgiebig musterte sie Lou. Lou tat es ihr ebenso ungeniert nach. Geges Kostüm verriet ihre Neigung, für Aufruhr zu sorgen. Das rote Taftkleid mit vielerlei Rüschen und schwarzen Stickereien gab reichlich nackte Haut preis. Um den Hals hatte sie ein buntes Tuch gebunden. Anscheinend markierte sie eine rassige Piratenbraut, allerdings wollten die langen, dünnen Arme und Beine wie auch die platte Knabenbrust nicht so recht dazu passen. In den dunklen Augen aber fand sich durchaus die nötige Verruchtheit, ebenso besaß der lässige Schwung, mit dem sie die Locken aus dem Gesicht strich, etwas beneidenswert Freches.

»Wie ich Judith kenne, weißt du schon alles über mich«, erwiderte Lou. »Unnötig, dich mit weiteren Details zu langweilen. Lass uns also lieber von dir reden. Seit wann boxt du?«

»Was höre ich da: Du boxt?« Wie aus dem Nichts tauchte Max wieder bei ihnen auf. Gege schien ihn jetzt erst so richtig wahrzunehmen. Lou beobachtete belustigt, wie sie ihre spärlichen weiblichen Reize besser zur Geltung bringen wollte. Schon raffte sie den Rock, beugte sich vor und tat, als müsste sie das Strumpfband richten. Wie zufällig verrutschte dabei der ohnehin schon weite Ausschnitt ihres Kleides und gewährte einen tiefen Einblick in ihr kaum vorhandenes Dekolleté. Durch einen kurzen Blick zu Max wusste Lou, dass auch er sich darüber köstlich amüsierte. Natürlich erregte sein maßgeschneidertes Robin-Hood-Gewand die weibliche Phantasie, insbesondere, da die roten Strumpfhosen seine wohlgeformten Beine bestens betonten und der schief ins Gesicht gezogene Hut seine Verwegenheit unterstrich.

»Ich boxe nicht nur«, erwiderte Gege, als sie sich wieder aufrichtete. »Außerdem bin ich Schauspielerin.«

»Greta Gegenfellner, wie Gege Felln eigentlich heißt, sucht gerade händeringend ein Engagement«, schaltete Judith sich ein.

»Dann sollten wir ihr doch einmal unter die Arme greifen«, erwiderte Max fröhlich. »Am besten mache ich sie gleich mit einigen Leuten aus der Augustenstraße bekannt. Dahinten sind die Herrschaften. Wie gut, dass du dich von dem grauenhaften Greta schon getrennt hast, Gege. Mit dem Namen würdest du wenig Furore machen.«

Nur zu gern ließ sie sich von ihm entführen. Judith schenkte sie nicht einmal mehr einen entschuldigenden Blick.

»Nicht ärgern«, tröstete Lou Judith. »Du weißt doch, wie Max ist. Wenn es ums Theater geht, ist er sofort Feuer und Flamme. Gege wird er dir ganz bestimmt nicht abspenstig machen. Sie ist doch gar nicht sein Typ.«

»Davon verstehst du nichts«, erklärte Judith brüsk und ließ sie einfach stehen, um den beiden zu folgen.

Kopfschüttelnd sah Lou ihr nach und fand sich im nächsten Moment von einer Gruppe ausgelassen zuckender Menschen umzingelt. Ein Indianer und ein Wikinger waren darunter, ebenso ein Mexikaner, eine schwarzgeschminkte Wilde aus dem Busch und zwei albern kichernde Chinesinnen. Zu der von neuem lauter werdenden Musik hüpften sie Ringelreihen um sie.

»Komm mit!«, rief der Indianer und zerrte sie am Arm.

»Tut mir leid, aber die Dame ist bereits vergeben.« Zu Lous Erleichterung rettete Hoffoldinger sie aus der Gewalt der Wilden. »Sie gestatten doch, Fräulein Lou?«

Aus dem Lautsprecher schallte ein Walzer. Erleichtert legte Lou ihrem Retter die Hand auf die Schulter und ließ sich von neuem von ihm übers Parkett führen.

Das Atelier hatte sich mittlerweile geleert. Nur noch eine Handvoll Paare gaben sich dem langsamen Tanz hin. Die anderen hatten sich entweder wie Frida und ihr Zeus in die schummrige Lasterhöhle verzogen oder erfrischten sich im benachbarten Salon mit Bier und Bowle, wohin auch die Wilden geflohen waren. Ein flüchtiger Blick aus dem hohen Atelierfenster bewies, dass sich das Schwarz der Nacht allmählich aufhellte. Weißwürste und Kaffee würden bald den krönenden Abschluss des rauschenden Festes einläuten.

»Wie schön, Sie wieder in Armen zu halten«, sagte Hoffoldinger. »Mir wurde das Warten auf Sie allmählich lang. Was halten Sie davon, wenn ich Sie gar nicht erst in Ihren Harem zurückkehren lasse, sondern auf eine kleine Erkundungstour durch das erwachende Schwabing mitnehme? Oder müssen Sie sich dazu erst von Ihrem Haremswächter beurlauben lassen?«

»Mein Wächter ist eher froh, wenn ich ihn nicht weiter behellige. Ich glaube, er oder vielmehr sie gibt sich gerade göttlichen Genüssen hin, bei denen sie nur ungern gestört wird.«

»Das verschweigen wir unserem lieben Kommerzienrat aber besser.« Hoffoldingers lebhafte graue Augen funkelten unwiderstehlich.

Als er ihr den Mantel um die Schulter legte und sie die Treppe zur Straße hinunterführte, durchzuckte sie einen Atemzug lang Erschrecken über ihr eigenes Verhalten. Auch wenn sie Hoffoldinger schon seit einigen Wochen kannte, wusste sie nach wie vor kaum etwas über ihn. Wie konnte sie nur so leichtfertig auf seine Ritterlichkeit vertrauen? Noch eine andere Furcht überkam sie. Sie mochte Hoffoldinger, genau wie Max. Deshalb war es an der Zeit, bei ihm ebenso auf Abstand zu gehen, wie sie sich das im letzten Sommer schon bei Max vorgenommen hatte. Nicht, dass ihnen ähnlich wie Curd oder Karl etwas Schlimmes zustieße. Beide hatte sie sehr geliebt und ihnen doch Unglück gebracht. Hoffoldinger wie auch Max musste sie davor bewahren.

Gerade als sie den Entschluss gefasst hatte, sich zu verabschieden und wieder nach oben ins Atelier zurückzukehren, trampelte eine Herde Indianer, Cowboys und Clowns die Stufen herunter, drängten Hoffoldinger und sie gegen die Wand. Als die letzten Wilden sie passiert hatten, nahm Hoffoldinger sie mit einem vergnügten Augenzwinkern an der Hand und zog sie mit sich. Wenig später fand sie sich neben ihm auf der ledernen Rückbank einer Kraftdroschke wieder und staunte, als er Sekt und zwei Kelche aus seinen Manteltaschen zauberte.

»Ich heiße übrigens Ernst«, sagte er, als er ihr eines der Gläser mit dem perlenden Schaumwein reichte. Sein Lächeln war stark genug, um auch noch die allerletzten Dämonen aus ihrem Kopf zu vertreiben. Hoffoldinger war ein echter Cäsar, dem sie sich getrost anvertrauen konnte. Außerdem war er alt und erfahren genug, um auf sich selbst aufzupassen. Ihm würde sie kein Unglück bringen. Die Gefahr, in ihm unverhofft Curd vor Augen zu haben oder gar das Andenken an ihn zu verletzen, bestand bei ihm ebenfalls nicht. Stattdessen konnte sie bei ihm Vergessen finden. Ihr wurde angenehm leicht ums Herz. Sie kürzte die förmliche Zeremonie ab und küsste ihn.

»Darf ich dich trotzdem weiter Fräulein Lou nennen?«, raunte er ihr ins Ohr.

»Du darfst fast alles auf der Welt«, erwiderte sie und lehnte den Kopf an seine Schulter, froh, endlich wieder zu wissen, was sie vom Leben wollte: es einfach zu leben und jeden schönen Moment in vollen Zügen zu genießen.

10

Lou hatte kaum die Augen geschlossen, da weckte das morgendliche Rumoren im Flur sie schon wieder auf. Enerviert zog sie sich das Kissen übers Ohr, drehte sich zur Wand und versuchte, wieder einzuschlafen. Sie fühlte sich unendlich müde und gleichzeitig schrecklich wach.

Wie so oft in den letzten Monaten war sie erst in den frühen Morgenstunden nach Hause gekommen. In den ersten Maitagen war ihr das wichtiger denn je. Nur im Dämmerzustand chronischer Übermüdung konnte sie den Anblick des aus allen Ecken sprießenden Frühlings und die damit verbundenen Erinnerungen an die schrecklichen Ereignisse vor einem Jahr aushalten.

Obwohl es bei der blutigen Niederschlagung der Räterepublik mehrere hundert unschuldige Opfer gegeben hatte, schien sie eine der wenigen zu sein, die noch daran dachten. Judith begleitete sie zwar nach wie vor zusammen mit Franzi sonntags auf den Friedhof, dennoch fühlte sie sich in ihrer Trauer um Curd reichlich alleingelassen. Zum Teil, das musste sie sich eingestehen, lag es auch daran, dass Max wieder in Hamburg war und zu Curds Todestag letzte Woche nicht einmal eine Karte geschickt hatte. Sosehr sie ihm aus dem Weg gehen wollte, hatte sie das doch verletzt. Hatte Max den Freund etwa schon vergessen, so wie man im restlichen München die Ereignisse von Anfang Mai letzten Jahres bereits vergessen hatte? Längst feierte man in der Stadt so ausgelassen wie eh und je das Bohemeleben oder vielmehr das, was nach dem Krieg davon übrig geblieben war.

Warum konnte sie nicht endlich auch ganz vergessen? Dank Ernst Hoffoldinger war sie in den letzten Wochen eigentlich schon ein gutes Stück weiter gewesen, sich ganz in Curds Sinn von neuem dem Leben und all seinen Vergnügungen zu öffnen. Auch wenn sie in Prantls Hinterzimmer beim eifrigen Treten des Pedals die Schusternähmaschine zum Glühen brachte, spürte sie wieder so etwas wie Freude am Leben. Die vergangenen Tage aber hatten sie zurückgeworfen. Wahrscheinlich lag es nicht allein an der Wiederkehr des Jahrestags. Auch der Schlafmangel zehrte an ihren Kräften und trug zu ihrem empfindlichen Zustand bei. Kaum vorstellbar, wieder einmal nach knapp einer Stunde im Bett aufstehen und sich ins Geschäft schleppen zu müssen. Bestimmt würde sie nachher über dem Flicken einer Lederhose einnicken. Es wäre nicht das erste Mal. Schon meinte sie zu spüren, wie der verärgerte Prinzregenten-Lederwarentandler sie an den Schultern wach rüttelte. Missmutig schlug sie mit der Hand nach ihm.

»Aufstehen, du alte Schlafmütze! Sonst schimpft dich der Großvater.« Franzi kicherte.

»Ist mir egal.« Lou kuschelte sich tiefer ins warme Federbett, kniff die Augen fest zu. Auf Zehenspitzen schlich das Mädchen zum Fenster und schob leise die Vorhänge zurück, um unter lautem Lachen die beiden Fensterflügel weit aufzureißen. »Schau nur, die Sonne lacht dich aus!«

Zwar lag das Fenster nach Süden und zeigte um diese frühe Stunde wenig von der angekündigten Pracht, doch der kühle

Lufthauch genügte, um Lou aufzuschrecken. Sie trug lediglich ein schlichtes Leinenunterhemd.

»Mach das Fenster zu!« Drohend hob sie das Kissen, um es auf Franzi zu werfen. Die aber duckte sich blitzschnell weg und hastete zum Fußende des Bettes, um mit einem Ruck das Federbett von Lous nackten Beinen zu zerren.

»Warte nur, du kleiner Giftzwerg!« Entschlossen sprang Lou auf, packte das Mädchen an den Armen, warf es aufs Bett und kitzelte es. Vor Vergnügen strampelte Franzi mit Armen und Beinen in der Luft und rief kichernd: »Aufhören! Nicht!«

»Genug, ihr zwei!« Unerwartet tauchte Frida auf. Die rote Mähne wallte auf ihre runden Schultern herab, der obligatorische dunkelrote Seidenmorgenrock war wie stets nur flüchtig über die üppigen Reize ihres barocken Körpers gebunden. Die dicken Ringe unter den hellen Augen verrieten, dass auch sie die Nacht kaum zum Schlafen genutzt hatte.

»Geh in die Küche und iss deine Brotzeit, kleines Fräulein«, wies sie Franzi an und versetzte ihr einen leichten Klaps auf den Hintern. Kaum war das Mädchen verschwunden, schloss sie die Tür und setzte sich neben Lou aufs Bett.

Lou rutschte zur Seite, gähnte herzhaft. Im Stillen verfluchte sie den Moment, in dem sie Judiths inständigem Drängen nachgegeben und am frühen Morgen noch mit zum *Donisl* gegangen war. So anregend dort die bunte Gesellschaft aus Nachtschwärmern, Studenten, Künstlern, auf wundersame Weise noch übrig gebliebenen Revolutionären und überzeugten Lederhosenträgern auch gewesen war, lagen einem die Weißwürste nach einer langen Nacht morgens schwer im Magen. Zu allem Überfluss meinte sie, auf einer der hinteren Bänke des rustikalen Gastraums Frida in Begleitung des

Kommerzienrats erspäht zu haben. Bestimmt hatten die beiden sie ebenfalls inmitten der Theater- und Zeitungsleute entdeckt. Wie sollte sie das erklären, nachdem sie wenige Stunden zuvor ihre Einladung ausgeschlagen hatte? Lou raufte sich das Haar. Nach der Vorstellung in den Kammerspielen wäre sie besser, wie ursprünglich geplant, brav nach Hause gegangen. Andererseits hätte sie es eine Woche nach Curds erstem Todestag nicht allein ausgehalten. Judith als treue Freundin in diesen Nächten bei sich zu wissen hatte gutgetan.

»Ihr wart also auch im *Donisl?*«, kam sie ohne Umschweife zum Thema, bevor Frida damit anfangen konnte.

»Das lässt sich kaum vermeiden«, erwiderte Frida. »Um diese frühe Stunde trifft sich da die halbe Stadt. Schade, dass deinen alten Freunden nichts Besseres eingefallen ist. Sonst haben sie sich da auch nicht blicken lassen, zumindest nicht um diese Uhrzeit.«

»Ihr hättet auch einmal woanders hingehen können.«

»Wer hätte ahnen können, wie schnell du von deiner Migräneattacke wieder genesen bist, mit der ich dich gestern Abend beim Kommerzienrat entschuldigt habe? Dabei wollte er dir so viel Gutes tun, während Hoffoldinger verreist ist. Ach, Lou, es ist einfach schlecht gelaufen.« Frida sah sie müde an. »Der Ärmste war am Boden zerstört, als er dich in Gesellschaft der Künstlergestalten erblickte. Ich habe zwar alles darangesetzt, ihn von euch abzulenken, aber es nutzte nichts. Wer weiß, was er seinem Freund erzählt? Angeblich soll der zur Schwermut neigen. Daran ist sicher der Granatsplitter in seinem Kopf schuld. Der ist vielleicht schon bis ins Hirn vorgedrungen. Willst du nicht doch ein wenig netter zu ihm sein, um ihm die womöglich nur kurze Zeit, die ihm auf Erden noch bleibt, zu versüßen? Seine Frau muss ein echter Drache sein. Deine Gesellschaft tut ihm sichtlich gut. Das sagt mir der Kommerzienrat jeden Tag, und es ist Hoffoldinger auch anzusehen. Mit dir an seiner Seite blüht er auf.«

»Ich werde es mir überlegen.« Es fiel Lou schwer, die Fassung zu wahren. Fridas Eintreten für den angeblich so armen Ernst war gar zu amüsant. Ob sie mit all ihrer Lebenserfahrung tatsächlich nicht das Geringste ahnte, wie weit ein ganz anderer Splitter in den letzten Wochen in Ernst Hoffoldingers Hirn vorgedrungen war? Mit dem Krieg und den darin abgefeuerten Granaten hatte der wenig zu tun, dafür umso mehr mit leidenschaftlichem Begehren. Auch ihr selbst tat das gut.

Mit einem Satz sprang sie vom Bett und kramte frische Wäsche aus der Kommode. Dabei streifte ihr Blick flüchtig Curds Foto. Einen Moment hielt sie inne. Ihr schlechtes Gewissen regte sich. Sie biss die Lippen aufeinander und beschäftigte sich umso aufmerksamer mit der Auswahl des richtigen Hemdchens.

»Ich dachte, du magst ihn wirklich. Er hat so viel für dich getan«, insistierte Frida.

»Das hat er alles freiwillig getan. Ich habe ihn zu nichts gezwungen«, entgegnete Lou eine Spur zu hastig und dachte dabei an ganz andere Dinge, die Ernst in den letzten Monaten für sie getan hatte. »Ich weiß seine Großzügigkeit sehr zu schätzen. Auch wenn er mich einige Male ausgeführt hat, bin und bleibe ich trotzdem ein freier Mensch und darf ausgehen, mit wem ich will. Dagegen hat er nicht das Geringste einzuwenden. Das ist allein eine Sache zwischen ihm und mir.«

»Dass er dich ›einige Male ausgeführt hat‹, ist leicht untertrieben, von den schönen Kleidern und Schuhen, die er dir geschenkt hat, ganz zu schweigen.« Frida nickte zum Stuhl, auf dem eines der besagten teuren Abendkleider hing. Auf dem Nachttisch lag die Uhr mit dem geschmackvollen, zierlichen Goldband und dem elfenbeinfarbenen Ziffernblatt.

Kaum bemerkte Lou den Blick, wurde ihr klar, wie Frida ihre Beziehung zu Ernst verstand. Das war ihr zu billig. Sie raffte das Kleid sowie die Schuhe und noch einige andere auf dem Boden herumliegende Teile zusammen, um sie Frida auf den Schoß zu werfen. »Magst du sie haben? Hoffoldinger weiß, dass er mich damit nicht kaufen kann. Wir stehen längst ganz anders zueinander.«

»Was sagst du da?« Verdutzt fing Frida die Sachen auf und begann mechanisch, sie zusammenzulegen. Darüber musste ihr klargeworden sein, worauf Lou anspielte. Ein schelmisches Lächeln trat auf ihr Gesicht. »Davon weiß ich ja noch gar nichts! Warum hast du mir das nicht schon eher gesagt? Das ist doch wundervoll. Komm, erzähl! Ich will alles wissen.«

»Es geht niemanden etwas an«, erwiderte Lou brüsk. Sie schämte sich auf einmal vor sich selbst. Curd war gerade einmal ein Jahr tot, und sie gab sich schon einem anderen hin. Auch wenn Ernst ein ganz besonderer Mensch war, der viel Rücksicht auf ihre Befindlichkeiten nahm, war das nicht in Ordnung. Wie konnte Frida das nur wundervoll finden?

»Alles ist gut, Liebes.« Gemächlich legte Frida die Klamotten beiseite und erhob sich, um sie zärtlich zu umarmen. »Ich weiß genau, wie dir zumute ist. Gerade, wenn sich der Kummer zum ersten Mal jährt, ist es besonders schlimm. Gesteh dir nur alles zu, was dir guttut. Das hilft. Vom ewigen Trauern wird dein Curd nicht mehr lebendig. Statt traurig zu sein, ihn schon ein Jahr verloren zu haben, solltest du stolz darauf sein, schon ein ganzes Jahr ohne ihn geschafft zu haben. Mit jedem weiteren wird es besser gehen, bis es eines Tages gar nicht mehr weh tut.«

»Es soll aber immer weh tun. Ich will ihn nie vergessen.«

»Das wirst du nicht. Trotzdem muss das Leben weitergehen. Freu dich, dass du lebendig bist. Das bist du Curd schuldig, schließlich musst du jetzt für ihn mitleben.« Aufmunternd klopfte sie ihr auf die Schulter.

Lou wischte sich die feuchten Wangen und krächzte nur ein heiseres »Danke!« heraus.

Sichtlich erleichtert lenkte Frida das Gespräch wieder auf Ernst. »Wie ist er denn so, wenn er nicht mit dem Kommerzienrat unterwegs ist? Bestimmt hat er ein großes Herz. Er ist ein sehr charmanter Herr. Wie ich dich beneide!«

Neckend zwickte Frida sie in die Wange. Lou wich zurück. So früh am Morgen und ganz ohne Schminke wirkte Frida um Jahre gealtert. Um die Mundwinkel gruben sich tiefe Falten ein, das fliehende Kinn wirkte konturlos.

»Dein Kommerzienrat ist auch ein echter Kavalier.«

»Leider gelegentlich ein viel zu echter«, erwiderte Frida mit einem zweideutigen Augenaufschlag.

»Ein Mann kann nie genug Kavalier sein.«

»Das denkst du in deinem jugendlichen Leichtsinn. Doch lass dir gesagt sein: In meinem Alter braucht eine Frau noch weitaus mehr. Seit Monaten leiste ich dem guten Kommerzienrat Gesellschaft, wenn er sich in Varietés, Kabaretts oder sonst wo vergnügt. Hin und wieder schenkt er mir ein neues Kleid, ein Paar Schuhe oder lädt mich zu einem Ausflug in die Berge ein. Wie es sich für eine anständige Kriegerwitwe gehört, bestehe ich natürlich darauf, dass er mich anschließend zu meiner entzückenden kleinen Tochter nach Hause bringt. Und stell dir vor: Er tut das tatsächlich und hat noch kein einziges Mal versucht, meine Zurückhaltung zu überwinden und mich trotzdem zu verführen! Dabei würde ich mich ihm nicht verweigern. Er müsste es einfach nur probieren. Eine Frau will doch erobert werden!«

»Du siehst nicht gerade so aus, als würdest du deswegen verzweifeln.« Lou konnte sich das Lachen kaum verkneifen.

»Soll ich wegen seiner vornehmen Zurückhaltung etwa dahinwelken wie eine Rose ohne Wasser?« Kurz hielt sie inne und schenkte Lou einen bedeutungsschwangeren Blick. »Zum Glück habe ich damals auf dem Atelierfest meinen Zeus kennengelernt. Der weiß, was eine Frau wie ich braucht. Gott, ist das ein Mann!«

Seufzend schlug sie sich die Hand auf die Brust.

»Aber du wirst doch nicht etwa …«, setzte Lou belustigt an, um sogleich von Frida laut auflachend unterbrochen zu werden. »Natürlich werde ich! Schließlich bin ich eine Frau in der Blüte meines Lebens. Ich habe auch Bedürfnisse, die befriedigt werden müssen. Nur weil mein armer Franz, Gott hab ihn selig, so früh im Feld geblieben ist, kann ich doch nicht aufhören zu leben. Niemals hätte er das von mir verlangt.«

»Weiß der Kommerzienrat eigentlich von Zeus oder Zeus vom Kommerzienrat?«

»Natürlich nicht. Man muss es den Männern nicht unnötig kompliziert machen. Glaub mir, jeder von beiden kommt bei mir auf seine Kosten.«

»Und du natürlich auch.«

»Ganz bestimmt.« Noch einmal zwinkerte Frida ihr verschwörerisch zu, dann versetzte sie Lou einen ebenso scherzhaften Klaps auf den Hintern wie vorhin Franzi. »Vergiss nie: Man muss das Leben genießen, solange es geht. Nach allem, was du mir von deinem Curd erzählt hast, würde der bestimmt ebenso denken. Hoffoldinger ist der Typ Mann, wie Frauen ihn sich erträumen: liebenswürdig, wohlerzogen, charmant und mit ausreichend Geld in der Brieftasche, um einem den einen oder anderen Wunsch jenseits der süßen Leidenschaft zu erfüllen. Dabei bleibt er stets unaufdringlich und fordert niemals zu viel. Zwar erscheint er mir etwas alt für dich, aber das ist deine Entscheidung. Verdirb dir bloß nicht voreilig allen Spaß am Leben, weil du anständig bleiben und dein Dasein der Trauer weihen willst. Anständig und traurig waren wir Frauen lang genug, dafür sind unsere Männer im Feld geblieben. Daraus sollten wir gelernt haben. Wer, wenn nicht wir selbst, schaut in Zukunft darauf, dass wir unseren Anteil vom Leben bekommen?«

»Lou, wo bleibst du?« Franzi riss die Tür auf und starrte sie beide erstaunt an. In ihrer altklugen Art wies sie die Frauen zurecht. »Es ist schon halb acht. Ihr seid ja immer noch nicht angezogen. Ich muss in die Schule. Euretwegen mag ich nicht nachsitzen oder eins mit dem Rohrstock überkriegen.«

»Ich beeil mich.« Lou hastete in das winzige Bad neben der Küche und ärgerte sich zum wiederholten Mal, wie wenig sie den Luxus einer eigenen Wanne nutzte. Wieder einmal mussten einige Spritzer eiskalten Wassers genügen. Rasch streifte sie die weiße Bluse und den dunkelgrauen Rock über, zog Strümpfe und Schuhe an. Die Haare kämmte sie mit den Händen durch. Mehr wäre für Prantls düsteres Hinterzimmer vergebene Liebesmüh.

Auf dem Weg zur Schule hüpfte Franzi vergnügt neben ihr her. Noch hing Frühdunst in der Luft. Das Blumenrondell in der Mitte des Gärtnerplatzes war von glitzerndem Tau besprenkelt. Die über den Dächern aufsteigende Maisonne verlieh ihm einen silbernen Glanz. Im Südosten ragte der Theaterbau mit den imposanten weißen Säulen auf. Wie von selbst kamen Lou bei seinem Anblick einige Schlager aus den Operetten in den Sinn, die sie dank Curds reichhaltiger Plattensammlung kannte. Viel zu lang schon hatte sie sein rotes Koffergrammophon nicht mehr unter dem Bett hervorgeholt. Sie musste an das Gespräch mit Frida denken. Man sollte das Leben wirklich dann genießen, wenn sich einem die Chance dazu bot. Verstohlen wischte sie sich die Augenwinkel. Ab sofort wollte sie sich Curd zuliebe wieder mehr am Duft der Blumen und an der Frühlingssonne freuen, die er nun schon im zweiten Jahr nicht mehr erlebte.

»Hörst du mir überhaupt zu?« Wütend zwickte Franzi sie in den Arm.

»Was fällt dir ein?« Verärgert ließ sie die Hand der fast Neunjährigen los und rieb sich die schmerzende Stelle.

»Was fällt dir ein, mir nicht zu antworten? Auch wenn du erwachsen bist, musst du dich trotzdem benehmen.«

»Kein Grund, mir weh zu tun.«

»Tut mir leid«, lenkte Franzi ein.

»Tut mir auch leid. Damit sind wir quitt. Frag doch einfach noch mal, dann kriegst du auch deine Antwort.«

»Ich wollte wissen, wann wir wieder zum Ostfriedhof fahren.«

»Nächsten Sonntag, so wie immer«, gab Lou zurück.

»Da kann ich leider nicht.«

»Wieso?«

»Die Mama hat gemeint, ich soll wieder zur Göd nach Murnau. Übermorgen ist Christi Himmelfahrt, da will sie mich hinbringen, und ich soll dann bis Sonntag bleiben.«

»Dann verpasst du am Freitag und Samstag ja die Schule.«

»Pst!« Verschwörerisch legte Franzi den Finger über die Lippen. »Da sagen wir, ich bin krank. Das haben wir letztes Jahr auch so gemacht. So kann ich ein paar Tage kleine Ferien machen und der Göd im Garten helfen. Und die Mama hat ein bisschen Luft, um sich um ihre Arbeit zu kümmern.«

»Am Feiertag?« Kaum war Lou das entschlüpft, ärgerte sie sich über sich. Wie töricht von ihr! Nach dem Gespräch von eben konnte sie sich denken, was Frida vorhatte: mit ihrem geheimnisvollen Zeus für ein paar Tage aus der Stadt zu verschwinden, während der Kommerzienrat aus lauter Anstand weiterhin nur im Geheimen von den Reizen der Kriegerwitwe träumte.

»Ach, jetzt fällt es mir wieder ein«, versuchte sie, den Fauxpas auszubügeln. »Vorhin hat sie mir gesagt, dass du zur Göd fährst. Dann tanzen wir eben eine Woche später um Curds Grab.«

»Aber du gehst am Sonntag trotzdem hin, versprochen?«

»Natürlich! Judith wird auch da sein, so wie jeden Sonntag.«

»Du weißt, wie wichtig mir das ist«, fuhr Franzi fort. »Solange es für meinen Papa kein Grab gibt, um das Mama und ich tanzen können, muss ich das an Curds Grab tun. Gib mir dein Ehrenwort, am Sonntag noch eine Runde extra für mich einzulegen, damit mein Papa weiß, dass ich ganz fest an ihn denke und ihn nie vergesse.«

»Ich schwöre es dir.« Feierlich hob Lou die rechte Hand. Die Ernsthaftigkeit, mit der das Kind an seinen Vater dachte, rührte sie. Dabei hatte sie kaum eigene Erinnerungen an ihn, war sie doch noch sehr klein gewesen, als er an die Front gemusst hatte.

»Da bist du ja endlich!«, rief ein etwa gleichaltriges Mädchen mit dunklen, langen Zöpfen, als sie das Schulhaus erreichten. »Wir kommen zu spät.«

»Pfüati!« Hastig riss Franzi sich los und hüpfte zu ihrer Kameradin, die wie sie über dem schlichten, kurzen Kattunkleid eine weiße Schürze trug. »Danke fürs Warten, Vroni. Jetzt bin ich wenigstens nicht die Einzige, die eins mit dem Rohrstock überkriegt.«

Trotz der Aussicht auf die schmerzhafte Strafe verschwanden die beiden mit seligem Lächeln im roten Backsteingebäude. Kaum schloss sich die dicke Eichenholztür hinter ihnen, hob das Achtuhrläuten an. Lou erschrak. Sie war auch zu spät dran. Zwar erwarteten sie bei Prantl keine Hiebe mit dem Rohrstock, trotzdem sollte sie sich beeilen.

Auf dem Viktualienmarkt war der Betrieb bereits in vollem Gang. Hart feilschten Marktweiber und Hausfrauen um die steigenden Preise. Um nicht zu hören, wie wenige Kartoffeln oder Brot sie sich für ihren kargen Lohn noch leisten konnte, rannte Lou schnell weiter. Zumindest bekam sie auf ihren nächtlichen Streifzügen ausreichend zu essen. Vom Alten Peter schlug es bereits viertel neun, als sie das Rosental erreichte.

»Welch große Ehre! Das gnädige Fräulein erscheint endlich auch zur Arbeit«, empfing Prantl sie wenig später sarkastisch in seinem Laden nahe der Asamkirche. »Ich hab schon befürchtet, Sie lassen's Herkommen heut ganz ausfallen. Wenn ich bitten darf, gnädiges Fräulein? Gehen S' nur zu an Ihren Platz.«

Grußlos lief Lou an ihm vorbei ins Hinterzimmer. Wie befürchtet türmte sich ein über Nacht immens gewachsener Berg Arbeit auf dem Tisch neben der Schusternähmaschine. Lou hängte die Strickjacke an den Nagel, stellte den Rucksack vor das Nähross und nahm auf dem Schemel Platz. Flink sortierte sie die auszubessernden Stücke. Sie sahen völlig anders aus als die üblichen. Das Leder war von anderer Färbung und Machart. Zudem waren weniger typisch bayerische Teile darunter. Prantl musste eine neue Klientel aufgetrieben haben.

»Wundern S' Ihnen ned, künftig flicken S' auch für den Grünspan aus der Corneliusstraße und den Mandelbaum aus der Klenzestraße mit.«

»Was?«, platzte Lou heraus. »Aber das ist …«

»Ganz recht«, fiel Prantl ihr triumphierend ins Wort. »Das is' famos. Im Prinzip ham S' mich selbst draufgebracht, bei den Herrschaften in der Isarvorstadt anzufragen. 's wär auch grad zu schad, wemma uns gegenseitig das Wasser abgraben täten. Also hamma beschlossen, künftig gemeinsame Sach' zu machen. Was auszubessern is', erledigen wir für die zwei ab sofort mit.«

»Sie meinen, *ich* erledige das für Sie alle drei mit.« Kaum schaffte Lou es, ihre Wut im Zaum zu halten.

»Regen S' Ihnen doch ned so auf, Fräulein Lou. San S' lieber froh, dass ich mich drum kümmer', dass genug Arbeit da is'. Wie sollt ich Sie sonst auch zahlen?«

»Wie großzügig von Ihnen! Künftig lassen Sie mich also für drei schuften, zahlen mir aber bestimmt nicht mehr als bisher. Wissen Sie was? Mir reicht's!«

Sie sprang auf, griff sich Rucksack und Jacke und wollte an Prantl vorbei zur Tür hinaus. Er aber hielt sie am Arm fest. »Überlegen S' Ihnen gut, was S' da tun. So einfach findet einer heut keine Arbeit. 's san viel zu viele, die was suchen.«

»Dann werden Sie sich ja leichttun, Ersatz für mich zu kriegen. Gerade jetzt, da Sie über Ihren eigenen Schatten gesprungen sind und sich mit den Kollegen aus der Isarvorstadt zusammengetan haben. Wie Sie das künftig allerdings mit Franzi und Ihrer Schwiegertochter regeln, wird sich zeigen.«

Einen Moment blitzte in seinen braunen Augen Erschrecken auf. Der weißgraue Prinzregentenbart zitterte. Rasch fasste er sich wieder. »Hören S' auf, mir zu drohen. Franzi kommt her zu mir, ob S' da hocken oder nicht. Meine Schwiegertochter is' schließlich drauf angewiesen, dass sich wer nach der Schul' um das Kind kümmert.«

»Dann halte ich Sie jetzt besser nicht länger auf. Schließlich haben Sie eine Menge zu tun, wenn Sie heute zugleich vorn im Laden stehen und hinten an der Nähmaschine ausbessern müssen. Ihre neuen Geschäftspartner legen gewiss Wert auf pünktliche Erledigung. Geben Sie mir bitte noch den Lohn für gestern, und dann sind Sie mich los.«

Erst als sie sich eine gute halbe Stunde später an Curds Grab auf dem Ostfriedhof wiederfand, kam sie zur Besinnung. Der kühle Wind, der der munteren Morgensonne gründlich ins Handwerk pfuschte, ließ sie frösteln. Hatte sie da eben tatsächlich ihre Anstellung bei Prantl hingeschmissen? Und das nur, weil er künftig auch die Aufträge von Mandelbaum und Grünspan annahm? Sie hätte einfach eine Lohnerhöhung fordern und nicht gleich alles hinwerfen sollen. Was sollte sie jetzt tun? In einem nämlich hatte der alte Grattler leider recht: Derzeit suchte jeder Arbeit. Sie hätte also froh sein müssen, bei ihm sogar in ihrem erlernten Handwerk arbeiten zu können.

»Ach, Curd«, entfuhr ihr. Wieder bohrten sich ihre Augen auf dem schlichten Holzkreuz fest, bis sich die Buchstaben zu rühren begannen und sich auch ihre Füße in Bewegung setzten. Bald hatte sie eine passende Melodie im Kopf, die sie um das Grab tanzen ließ. *»O Rose von Stambul, du allein sollst* *meine Scheherazade sein«*, sang sie leise. Sie schloss die Augen und gab sich ganz dem Tanzen hin.

»Was für eine wundervolle Idee, der Toten zu gedenken.«

Erst hörte sie gar nicht auf den Zuruf. Zu oft echauffierte sich jemand, wenn er sie um das Grab tanzen sah. Erst als ihr die Freundlichkeit des Gesagten bewusst wurde, hielt sie an und öffnete die Lider. Vor ihr stand ein Mann mittleren Alters von hagerer Statur und mit ausgezehrten Wangen. Die Nickelbrille auf der spitzen Nase war weit nach vorn gerutscht. So grau sein Antlitz schimmerte, so gepflegt war seine Kleidung. Die Hände hinter dem Rücken verschränkt, betrachtete er das Holzkreuz auf Curds Grab.

»Ihr Verlobter?«, fragte er. »Schlimm, wenn einem schon in so jungen Jahren ein lieber Mensch genommen wird.«

»Sie haben auch ein Grab hier?«

»Das meiner Frau. Sie hat es nicht ertragen, unseren Sohn an Kaiser und Vaterland zu verlieren. Leider hat er sich sogar freiwillig für den Irrsinn gemeldet. Als hätte es nicht gereicht, dass ich an die Front gemusst habe.«

»Wie furchtbar.«

Er nickte traurig.

»Wie wäre es mit einem Walzer?«, schlug sie vor und reichte ihm die Hand, intonierte dabei gleich ein weiteres Lied aus Leo Falls Operette *Die Rose von Stambul*. »Sie wissen ja: ›*Denn ein Walzer muss es sein*‹.«

»Ihr Herr Verlobter hätte nichts dagegen?« Er zögerte.

»Er hätte sich sogar gefreut. Ich hoffe, Ihrer Frau wäre es auch recht gewesen. Sicher haben Sie früher viel miteinander getanzt.«

Sie versuchten die ersten Schritte, bis er das Tanzen jäh abbrach. »Entschuldigen Sie. Ich würde so gern, aber es geht nicht. Jeden Tag versuche ich zu vergessen, aber leider gelingt es mir immer weniger.«

»So geht es uns allen. Wir alle werfen uns verzweifelt ins Leben, um zu vergessen, welches Glück uns der Tod von der Seite gerissen hat. Es gibt Tage, da gelingt es gut, und Tage, da gelingt es schlecht. Manchmal gelingt es überhaupt nicht.«

»Deshalb kommen Sie hierher und tanzen um das Grab?«

»Und deshalb gehe ich abends aus und tanze auf dem Parkett.«

»Sie sind sehr tapfer. Ihre Generation hat es arg getroffen. In so jungen Jahren so viel Leid ertragen zu müssen ist nicht einfach.«

»Letztlich ist es wohl nie einfach, ganz egal, in welchem Alter.«

»Das stimmt. Meine Frau hätte Ihre Mutter sein können und kam trotzdem nicht damit klar.«

»Für eine Mutter muss es besonders schlimm sein. Das eigene Kind ist ein Stück vom eigenen Herzen.«

»Einem Vater geht es nicht besser. Noch dazu, wenn er gerade sein eigenes Leben mehr schlecht als recht gerettet hat. Auf einen Schlag ganz ohne Familie dazustehen ist die Hölle.«

Die Lippen fest aufeinandergepresst, verlor sich sein Blick in der Ferne. »Es ist einfach zu viel«, sagte er leise. »Verzeihen Sie. Niemals hätte ich Sie bei Ihrer Andacht stören, noch weniger Sie mit meinen Geschichten belästigen dürfen. Nach dem schrecklichen Krieg und der sinnlosen Revolution versucht ein jeder zu vergessen, so gut er kann. Es gibt keinen Grund, andere mit seinem Unglück zu behelligen. Jeder hat selbst genug davon. Tanzen Sie bitte weiter. Das ist wundervoll. Ich beneide Ihren Verlobten, dass ihm das an seinem Grab geschieht. Sie sind eine tapfere junge Frau. Ihr Verlobter hat in seinem kurzen Leben großes Glück mit Ihnen gehabt.«

Er lupfte den Hut und eilte davon. Eine bleierne Müdigkeit erfasste Lou. Ehe sie sich so recht besann, sank sie zu Boden, bettete den Kopf ins weiche Gras und schlief mit dem zarten Duft der Veilchen in der Nase auf Curds Grab ein.

11

Als Lou die Augen öffnete, wähnte sie sich im Paradies. Vor ihr breitete sich ein majestätisches Panorama aus, wie geschaffen für einen Sonntagsausflug. Über das Wasser des langgestreckten Starnberger Sees zog das Sonnenlicht seine silberne Spur bis weit in den Süden, wo sich die Berge zu einer imposanten Kulisse aneinanderreihten. Auf den Wellen schaukelten Enten, Schwäne durchkreuzten die Reihen mit arrogant erhobenem Kopf. Lou jauchzte. Auch wenn Curd nicht mehr bei ihr war, war so etwas wie Glück doch wieder möglich. Verstohlen wischte sie sich eine Träne aus dem Augenwinkel.

»Das sind das Ettaler Manndl, das Wettersteingebirge mit der Zugspitze, das Karwendel, die Benediktenwand, der Kirchstein, die Brecherspitz und der Wendelstein.« Stolz wies Ernst mit dem ausgestreckten Zeigefinger von rechts nach links. »Gewaltig, nicht wahr, Fräulein Lou?«

»Wundervoll.« Ihr versagte die Stimme.

»Da kommt unser Schiff!« Energisch zog er sie zum Steg, den gerade ein weiß-blauer Dampfer ansteuerte. »Wir fahren nur ein kurzes Stück.«

Dass ein Mann seines Alters derart ausgelassen sein konnte, gefiel ihr. Auch ohne das Cäsarenkostüm wirkte er dank des gutsitzenden Anzugs aus feinem englischem Tuch, des passenden Huts und der handgenähten Schuhe würdevoll und erhaben. Zielsicher führte er sie auf dem Schiff nach vorn in den Bug. Sie genoss die bewundernden Blicke der Fahrgäste, die sie im Vorübergehen streiften. Ihr veilchenblaues Kostüm und die vanillefarbene Seidenbluse erwiesen sich als geradezu perfekt für den Ausflug. Der maisgelbe Sonnenhut setzte den richtigen Kontrast. Wie so vieles, was sie in den letzten Monaten trug, stammte auch das aus den Beständen von Fridas geheimnisumwitterter Freundin mit der zierlichen Figur, über die sie kein weiteres Wort verlor. Verschämt versteckte Lou die von der Arbeit mit gegerbtem Leder und spitzen Nadeln deutlich gezeichneten Hände. Die wollten nach wie vor so gar nicht zu ihrer feinen Kleidung passen.

»Hier vorn hat man die beste Aussicht«, verkündete Ernst. Aufgeregt wie ein kleiner Junge lehnte er sich über die Reling und sah zu, wie die Schiffsleute den letzten Gästen auf den Dampfer halfen, bevor sie die Leinen lösten. Zum Ablegen ließ der Kapitän ein ohrenbetäubendes Tuten ertönen. Ernst legte Lou den Arm um die Schultern.

»Dort rechts liegt Pöcking.« Mit der freien Hand wies er in die Landschaft. »Siehst du die prächtigen Villen? Die gehören allesamt im und nach dem Krieg reich gewordenen Münchnern. Die Einheimischen nennen den Ort deshalb schon ›Protzenhausen‹.«

Er schmunzelte. Lou hätte gern gewusst, warum er dort noch kein Haus besaß. Immerhin schien er selbst zu jenen Münchnern zu gehören. Obwohl sie ihn inzwischen schon ein halbes Jahr kannte, wusste sie kaum mehr über ihn als nach dem ersten Abend in der *Bonbonniere.* Selbst nach dem Faschingsfest im Februar, als er sie aus den Armen der Wilden in eine verschwiegene Pension am Englischen Garten gerettet hatte, die sie seither mit einer gewissen Regelmäßigkeit aufsuchten, schwieg er sich über seine Verhältnisse aus. Andererseits reichte es ihr, ihn bei sich zu haben. Seine Gegenwart bescherte ihr Momente der Unbeschwertheit, auf die sie kaum noch zu hoffen gewagt hatte.

»Schau aufs östliche Ufer«, lenkte er ihre Aufmerksamkeit in die andere Richtung. Aus dichtstehenden Bäumen ragte eine Handvoll Häuser heraus, ein kurzes Stück südwärts davon, ebenfalls von mächtigen Bäumen umgeben, schob sich ein zwei Stockwerke hohes Gebäude in den Blick. »Das ist Schloss Berg, das kleinste der königlichen Schlösser. Dort hat der Kini seine letzten Tage verbracht. Das Kreuz steht an der Stelle, wo er im Wasser mit seinem Doktor um sein Leben gerungen hat und dann mit ihm ertrunken ist.«

»Dann wurde er also umgebracht?« Erstaunt sah Lou ihn an.

»Wer kann das schon sagen?« Ernst zuckte die Schultern.

Der Dampfer steuerte einen Steg an. Ein halbes Dutzend Wanderer sah ihm erwartungsvoll entgegen.

»Weißt du eigentlich, dass du mich vorhin mit deinem unangekündigten Auftauchen wieder einmal gerettet hast?« Lou suchte Ernsts Blick. »Sonntags hätte ich nie und nimmer mit dir gerechnet.«

»Wilde wie im Fasching haben dich dieses Mal aber nicht umzingelt.« Er lächelte.

»Zu den Wilden gehöre ich dieses Mal selbst«, erwiderte sie. »Seit Donnerstag bin ich nämlich ganz allein. Frida ist bis heute Abend verreist. Das auszuhalten ist schlimmer, als im Fasching von Wilden umzingelt zu werden.«

»Wie schade, dass du mir erst jetzt davon erzählst. Ich hätte dich schon eher vor dir selbst retten können.«

»Dazu hätte ich deine Telefonnummer oder Adresse haben müssen. Solang immer nur du es bist, der mich bei Frida anruft, kann ich lediglich brav auf dich warten.«

»Verzeih. Es ist in der Tat mein Versäumnis. Bislang hast du nie erwähnt, wie allein du bist, sonst hätte ich mich doch weitaus früher mit dir …«

»Das bin ich sonst auch nicht«, beeilte sie sich zu versichern. »Nur die letzten Tage war ich einsam. Aber das war kein Vorwurf an dich. Ich weiß doch, wie beschäftigt du bist. Umso wichtiger ist es für mich, den heutigen Tag mit dir zu haben.«

»Die Freude ist ganz meinerseits. Komm, liebes Fräulein Lou, an der nächsten Station steigen wir aus.«

Der Dampfer hatte den See von neuem überquert. »Possenhofen«, verkündete der Kapitän durch den Lautsprecher. Kräftige Wellen schlugen gegen das Schiff, Gänse und Enten zogen schnatternd davon. Ein Schwanenpaar ließ sich aufreizend viel Zeit, den Weg zum Ufer freizugeben. Endlich legte das Schiff an, und sie konnten aussteigen.

»Von hier spazieren wir ein kurzes Stück am Ufer entlang. Und dann gibt es eine große Überraschung für dich.«

»Wie aufregend!«

Wie selbstverständlich fassten sie sich an den Händen und gingen los. Die anderen Fahrgäste, die ebenfalls in Possenhofen an Land gegangen waren, verloren sich bald in den weitläufigen Parkanlagen. Das flache Ufer war von mannshohen Seegräsern gesäumt. Munter summte und brummte es überall, emsig klopfte ein Specht gegen einen Stamm, immer wieder unterbrochen vom Lockruf einer Amsel und dem fröhlichen Zwitschern der Spatzen. Durch das Blätterdach der Bäume warf die Maisonne helle Lichtflecken auf die Wege. Nach einer halben Stunde erreichten sie Feldafing. Die Mitte des Dorfes wurde vom Hotel *Kaiserin Elisabeth* dominiert. Malerisch gruppierten sich die anderen Gebäude darum herum. Beim Anblick der Gasthäuser verspürte Lou Appetit. Es ging auf Mittag zu, wie das Kirchengeläut verriet. Ernst lenkte ihre Schritte jedoch an den einladenden Terrassen vorbei zum Seeufer, wo ein Ruderboot lag. Ein Fischer winkte ihnen mit dem Hut.

»Ist das die Überraschung?«, fragte Lou. »Rudern wir auf den See hinaus?«

»Wart's ab, mein Fräulein.« Auf Ernsts Cäsarengesicht trat ein jungenhaftes Strahlen.

»Großartig!« Entzückt fiel Lou ihm um den Hals.

Der Fischer verzog das sonnengebräunte Gesicht zu einem schmutzigen Grinsen. Galant half Ernst ihr ins schwankende Boot und folgte ihr mit einem flinken Sprung. Auf sein Nicken löste der Fischer die Leinen und stieß das Boot vom Kiesufer ab. Ernst griff nach den Riemen und ruderte los. Lou legte den Kopf in den Nacken, schmeckte die warme Maisonne auf den Lippen und fühlte sich auf einmal tatsächlich im Paradies.

»Wo fahren wir hin?«, erkundigte sie sich, während sie Ernst betrachtete, der sich als geschickter Ruderer erwies.

»Zur Roseninsel.«

Erstaunt schaute sie über die Schulter auf den See. Vom Land aus war ihr nicht bewusst gewesen, dass jener idyllische Fleck Erde eine vorgelagerte Insel darstellte. In der Mitte spitzte ein Turm heraus, ansonsten beherrschte ein buntblühender Rosengarten das Feld.

»Im Pavillon haben sich der Kini und seine Cousine Sissi in jungen Jahren heimlich getroffen«, erzählte Ernst. Ein schwärmerischer Ausdruck lag in seinen Augen. Schon landeten sie an der kleinen Insel. Er sprang aus dem Boot, zog es an Land und streckte ihr die Hand entgegen. Erst als er sich ins

Heck bückte, entdeckte sie den Picknickkorb. »Bei aller Romantik dürfen die leiblichen Genüsse nie zu kurz kommen.«

Über einen von Rosen gesäumten Weg führte er sie zu einem Pavillon an der Ostseite. Süßlicher Blumenduft hing darüber. Nicht weit entfernt ragte ein kleines Haus wie ein Märchenanwesen aus dem Rosengarten auf.

»Sind wir hier ganz allein?« Lou wagte kaum, laut zu sprechen, derart heilig schien ihr der Ort. Einen Atemzug lang bedauerte sie, nicht Curd statt Ernst dabeizuhaben. Verlegen verdrängte sie den Gedanken wieder.

»Ich hoffe, wir beide sind uns hier mehr als genug«, erwiderte Ernst augenzwinkernd und breitete inmitten einer von hüfthohen Hecken umrundeten Kuhle eine karierte Decke aus. Liebevoll arrangierte er Teller und Schüsseln, bevor er eine Flasche aus dem Korb holte, sie entkorkte und zwei Weinkelche füllte.

»Nimm Platz, liebes Fräulein Lou, und greif tüchtig zu. Zum Anschauen ist das alles zu schade.« Heißhungrig bediente sie sich, häufte Schinken, Hühnerkeule, Tomaten, Salat und Käse auf den Teller, drapierte den Spargel obenauf.

»Auf uns!« Er prostete ihr zu.

»Und auf dieses idyllische Fleckchen Erde, das uns heute ganz allein gehört«, erwiderte sie.

»Hast du keinen Hunger?«, erkundigte sie sich mit halbvollem Mund, als ihr auffiel, dass er gar nichts anrührte.

»Den stille ich gleich auf andere Weise.« Sie errötete, stellte den Teller beiseite und schlang ihm die Arme um den Hals.

Eng aneinandergeschmiegt saßen sie da und schauten auf den See. Dann nahm er ihr den Strohhut vom Kopf, strich ihr das Haar aus dem Gesicht und verschloss ihre Lippen mit einem leidenschaftlichen Kuss. Behutsam streifte er ihr die

Kleider vom Leib und bettete sie rücklings auf die Decke, bevor er sich selbst auszog.

Es war wie in einem süßen Traum. Über seinen Berührungen und Küssen entschwand sie der Gegenwart auf der kleinen Insel.

Später zupfte Ernst Rosenblätter und streute sie großzügig über ihren bloßen Leib. Es schien, als könnte er sich nicht sattsehen an ihrer weißen Haut, über die beim Aufkommen eines leichten Windes ein Frösteln verlief.

»Du bist ein ganz besonderes Juwel, Fräulein Lou.« Er hob ihre Hand an die Lippen, strich sanft über die rauhe Haut, küsste jede einzelne Schwiele daran.

»Und du bist ein ganz besonderer Feldherr.« Zärtlich berührte sie die Narbe an seiner rechten Schläfe.

Zu ihrem Bedauern hörte er auf, sie zu liebkosen. Stattdessen richtete er sich auf, zog die Knie vor die Brust und sah durch das lichte Gebüsch wieder aufs Wasser. In der Ferne tuckerte das Dampfschiff von Tutzing vorbei und brachte einige Ruder- und Segelboote ins Schwanken.

»Schade, dass uns Momente wie diese nur selten vergönnt sind«, sprach er mehr auf den See als zu ihr hin.

»In der Seltenheit liegt ihre Kostbarkeit.« Auch Lou setzte sich auf.

»Du weißt einfach immer aus allem das Beste zu machen.«

»Was bleibt mir übrig?«

»In deinen knapp zwanzig Jahren hast du wohl schon weitaus mehr ertragen als so manch andere, die doppelt so alt sind, und trotzdem bist du eine Schatzsucherin des Glücks geworden.«

Über seinen Worten rannen ihr Tränen aus den Augen. Zärtlich nahm er sie in die Arme. Sie klammerte sich an ihn.

In seiner Obhut wusste sie sich vor den bösen Geistern der Vergangenheit gefeit.

Viel zu schnell wanderte die Sonne weiter. Bald lag das verschwiegene Paradies ganz im Schatten. Lou und Ernst erwachten eng ineinander verschlungen, aber frierend. Rasch begannen sie sich anzukleiden.

»Wir müssen einen Weg finden, uns unser Glück öfter zu gönnen.« Ernst zog die Hosenträger über die Schultern.

»Wie willst du das anstellen?« Lou schloss den letzten Knopf an ihrer Bluse und kämmte das kinnlange Haar mit den Fingern. »Solang wir wenigstens einmal in der Woche eine Nacht in unserer kleinen Pension haben, sollten wir zufrieden sein.«

»Ich wüsste eine Möglichkeit, wie wir uns täglich sehen können. Dann müsstest du auch deine armen Hände beim Arbeiten nicht weiter so arg zurichten.«

»Willst du deine Frau fortjagen?«, überging Lou den Hinweis auf ihre zerstochenen Finger.

»Leider wird sie mich wohl gründlich ruinieren, sobald ich das versuche. Deshalb will ich ihr etwas verschaffen, wonach sie sich seit Jahren sehnt.«

»Und dafür würde sie dich gehen lassen?«

Er antwortete nicht sofort, sondern befestigte den Kragen am Hemd und band sich sorgfältig die Krawatte um.

»Was ist es? Kauf es, raub es, Hauptsache, sie bekommt es und du gehörst für immer mir«, flehte Lou.

»Bist du dir sicher?«

»Natürlich! Selbst wenn ich dafür mit dir ans andere Ende der Welt fliehen müsste, würde ich es tun.«

»Du bist ein Schatz!« Er nahm ihr Kinn in die Hände und küsste sie noch einmal.

»Jetzt sag endlich, was es ist«, forderte sie ihn auf, sobald er den Druck seiner Lippen auf den ihren lockerte.

»Hilde sehnt sich nach einem Kind.«

»Was?« Viel zu langsam begriff Lou die Bedeutung des Satzes. »Das heißt doch wohl, dass ihr euch erst recht nicht trennen werdet. Wenn sie schwanger ist, dann …«

»Hilde kann keine Kinder mehr haben. Vor vielen Jahren war sie schwanger, hat das Kind verloren und wäre dabei fast gestorben.«

»Das tut mir leid.« Das meinte Lou durchaus ehrlich. »Und wie willst du ihr dann ein Kind besorgen?«

»Wir werden eines adoptieren.«

»Damit gibt es doch erst recht keinen Platz mehr für uns in deinem Leben. Sobald Hilde und du gemeinsam für ein Kind sorgt, wirst du ganz darin aufgehen, Vater zu sein.«

»Das tue ich schon längst.«

»Heißt das, ihr habt schon ein Kind …« Ihr wurde eiskalt. »Sind wir also auf die Roseninsel gefahren, weil du mir jetzt sagen wirst, dass wir uns künftig nicht mehr treffen können?«

Da war es wieder, jenes hämische Auflachen der Dämonen in ihrem Kopf. Kaum meinte sie einmal, einen Zipfel vom Glück erwischt zu haben, tauchten die finsteren Gestalten auf und zerrten sie in den Abgrund zurück.

»Mein süßes Fräulein Lou!« Zu ihrem Ärger lachte Ernst.

»Weißt du, was du mir da antust?«

»Aber warum?«

»Das fragst du noch? Gerade hast du mir erzählt, dass du und deine Frau ein Kind zu euch nehmen werdet, was letztlich nichts anderes bedeutet, als dass wir uns künftig nicht mehr sehen können.«

»Nicht mehr so wie bislang, heimlich …«

»Was heißt das, ›nicht mehr so wie bislang‹? Wie denn überhaupt noch? Du musst dich doch um euer Kind kümmern.«

»Ebendarum.«

»Sieh der Wahrheit ins Gesicht.« Sie zwang sich, ruhig zu bleiben. »Zwischen uns ist es damit aus und vorbei. Deine Frau und du, ihr werdet ein Kind haben, und du wirst mich nicht mehr brauchen.«

»Du bist ein süßer kleiner Dummkopf, Fräulein Lou. Begreif doch, wie einfach es ist: Das Kind, um das Hilde und ich uns künftig sorgen werden, bist du!«

»Ich? Unsinn! Wie soll das gehen?«

»Ganz einfach: Wir nehmen dich als unsere Tochter bei uns auf. Du ziehst in unsere Villa in den Herzogpark. Damit bist du versorgt, musst nicht mehr arbeiten, und wir sind Tag und Nacht zusammen.«

»Das ist absurd! Niemals wird deine Frau das dulden.«

»Das wird sie, vertrau mir.«

»Deine Frau wünscht sich ein Kind, keine Rivalin um die Gunst ihres Mannes, noch dazu im eigenen Haus.«

»Es kommt ganz darauf an, wie man ihr das verkauft. Deshalb werde ich ihr sagen, du seist die Tochter eines Kameraden aus dem Feld, der mir damals, als ich den Splitter in den Kopf bekam, das Leben gerettet hat. Nach dem Krieg starb erst seine Frau an der Spanischen Grippe, vor kurzem er selbst an den Spätfolgen seiner Verwundung. Deshalb stündest du jetzt mutterseelenallein da. In einem Brief, der mir übrigens tatsächlich von jemandem vorliegt, hat er mir quasi als letzten Wunsch übermittelt, dich an Kindes statt bei mir aufzunehmen und für dich zu sorgen. Das ist genau das, was Hilde will. Sie liebt es, sich für die tapferen Soldaten des Vaterlands aufzuopfern. Die eigenen Kriegserfahrungen spielen da wohl auch mit hinein.« Er hielt inne. Lou meinte ihn leise seufzen zu hören, schon aber fuhr er fort: »Sie wird die verwaiste Tochter eines Kriegshelden auf Händen tragen und überall in ihrem Freundes- und Bekanntenkreis davon erzählen, um Bewunderung für ihre Selbstlosigkeit einzuheimsen.«

»Damit würden wir sie übel hintergehen.« Lou behagte der Gedanke ganz und gar nicht.

»Damit würden wir ihr vor allem helfen, ihren Großmut einmal mehr unter Beweis zu stellen«, erwiderte Ernst und fasste sie an den Händen, suchte ihren Blick. »Sie liebt es, anderen etwas Gutes zu tun. Das schenkt ihrem Leben Sinn. Außerdem hilft es ihr, den Schmerz zu verdrängen, keine eigenen Kinder haben zu können.«

»Ich bin fast zwanzig«, wagte Lou einen letzten Versuch.

»Ab sofort bist du erst achtzehn. Das verschafft uns weitere zwei Jahre. Danach werden wir sehen. In jedem Fall bist du auch jetzt noch nicht großjährig und brauchst einen gesetzlichen Vormund.«

»Lass mich darüber nachdenken.«

12

Lange hatte Judith an diesem Sonntagnachmittag an Curds Grab gestanden, sich an die gemeinsame Zeit erst in Wien und später in München erinnert. Natürlich auch an sein mutiges Eintreten im Krieg, als er sie ohne Rücksicht auf sein Leben aus den alptraumhaften Fängen eines weißhaarigen Lazarettarztes gerettet hatte. Während sie sich in den Gedanken verlor, verrann die Zeit. Erst als die schwarzgekleidete Witwe am Nachbargrab erschien und im Angesicht des weißen Marmorengels inbrünstig das Vaterunser zu beten begann, schreckte sie auf. Im selben Moment setzte an der nahen Friedhofshalle das Vesperläuten ein. Sobald der letzte Glockenschlag verklungen war, stand fest: An diesem Nachmittag würde Lou nicht mehr kommen. Das beunruhigte Judith. Zum ersten Mal tanzte die Freundin sonntags nicht um Curds Grab. Hoffentlich gab es dafür eine harmlose Erklärung. Judith hastete zum Ausgang, um mit der Siebener in die Stadt zu fahren. An der Baaderstraße stieg sie aus und lief in die Aventinstraße.

»Wieso bist du allein? Wo steckt Lou?« Es war nicht Judith, die das fragte, sondern Franzi. Mit mürrischem Gesicht hatte sie ihr die Tür geöffnet und sah sie vorwurfsvoll an. Aus dem Salon drang Tanzmusik. Offenbar gönnte sich Frida am helllichten Tag und im Beisein des Kindes Kavaliersbesuch.

»Ist sie nicht hier?« Sanft schob Judith die Kleine beiseite und eilte in Lous Zimmer am Ende des Flurs.

»Seid ihr nicht auf dem Friedhof gewesen?« Franzi folgte ihr. Die großen braunen Kinderaugen blickten erschreckt. »Dann hat heute niemand um Curds Grab getanzt! Dabei hat Lou mir fest versprochen, eine Runde extra zu drehen, weil ich nicht da sein konnte. Mein Papa muss doch wissen, dass ich immer …«

»Aber das weiß er doch!«, unterbrach Judith sie. »Ich habe eben für uns alle drei am Grab getanzt. Bestimmt war Lou schon heute früh da und unternimmt jetzt einen Ausflug. Nachher wird sie uns alles erklären. Wo bist du denn gewesen?«

»Ich war bei der Göd.«

»In Murnau?«

»Seit Donnerstag.« Franzi nickte gewichtig.

»Und deine Mutter?«

»Die war auch weg.«

»Die ganze Zeit? Das heißt, Lou war vier Tage allein in der Wohnung, und als ihr zurückkamt, war sie fort.« Und hat sich nicht bei mir gemeldet, fügte Judith im Stillen hinzu.

»Du bist doch ihre Freundin. Du hättest auf sie aufpassen müssen.«

Judith zuckte zusammen. Franzi hatte recht. Sie war Lous Freundin und hatte Curd versprochen, auf sie achtzugeben. Wie aber sollte sie das tun, wenn Lou sich ihr immer wieder unter durchsichtigen Vorwänden entzog?

»Bestimmt weiß deine Mutter mehr.« Judith wollte in den Salon gehen.

»Mama hat Besuch«, rief Franzi ihr überflüssigerweise nach, als sie, ohne anzuklopfen, die doppelflügelige Tür aufstieß.

»Judith! Welch Überraschung.« Mitten im Tanzen hielten Frida und ihr Gast inne. »Was kann ich für dich tun?«

»Wo ist Lou?« Judith schaute zu dem Mann an Fridas Seite, der eben noch recht vergnügt gewirkt hatte. Etwas an ihm irritierte sie. Er mochte im selben Alter wie Curd und Max sein, war jedoch nicht sonderlich groß, weshalb er vorhin an Fridas Brust so verkehrt gewirkt hatte. An seinen Gesichtszügen waren die Schrecken von der Front abzulesen. Darüber war sein ehemals blondes Haar aschfahl geworden, und die blauen Augen hatten ihren Glanz eingebüßt. Auch um den kleinen Mund lag ein trauriger Zug.

Mit einem Nicken grüßte er und ging, vielmehr schleppte sich zum Kanapee, zu dem Frida ihm vorausgegangen war, um sich darauf malerisch auszustrecken. Beim Laufen zog er ein Bein nach. Viel zu spät begriff Judith, dass es sich um ein Holzbein handelte. Umständlich setzte er sich hin, bis er den richtigen Winkel gefunden hatte, um die Prothese von sich zu strecken.

»Das ist Holz!« Lächelnd klopfte Frida auf das Bein. Zugleich zog sie genüsslich an der langen Zigarettenspitze, die sie sich unterdessen angezündet hatte. Aus schmalen Augenschlitzen lächelte sie Judith an. »Eine kleine Erinnerung an die ruhmreiche Kaiserzeit.«

Aus dem Grammophon auf dem Flügel knisterte Oskar Fetrás' *Mondnacht auf der Alster*. Verärgert fuhr Judith herum. Das war eine von Curds Platten, ebenso war es sein rotes Koffergrammophon, auf dem sie abgespielt wurde. Ihre Finger zitterten vor Empörung, als sie vor dem Grammophon stand und den Tonarm von der Platte hob. Jäh brach die Musik ab.

»Wo ist Lou?«, wiederholte sie ihre Frage, dieses Mal weitaus vorwurfsvoller als vorhin. »Was fällt dir ein, ihre Platten …«

»Bevor du dich aufregst, stelle ich dir lieber meinen Gast vor, denn anscheinend kennt ihr euch noch nicht«, warf Frida mit einem siegesgewissen Lächeln ein. »Das ist Karl Seybold, Lous Bruder aus Augsburg. Karl, das ist Judith Lichtblau, eine von Lous Bekannten aus der Stadt.«

Bewusst vermied sie die Bezeichnung »Freundin«. Offenbar hatte sie die allein für sich reserviert.

»Lous Bruder?« Neugierig betrachtete Judith den Fremden. Und nun begriff sie, was sie an ihm irritiert hatte: Um die Augen und die lange, schmale Nase lag sehr viel von dem, was sie aus Lous ovalem Mädchengesicht kannte. Wenn man wusste, dass sie Geschwister waren, wurde das offenkundig.

»Hat sie dir nie von ihm erzählt?« In Fridas Stimme lag Triumph. Würdevoll erhob sie sich vom Sofa, stellte sich so nah vor Judith, dass Karl deutlich sehen konnte, wie viel größer und stattlicher sie gebaut war, und blies ihr den Rauch aus der Zigarettenspitze ins Gesicht. »Karl ist hier, um sich nach dem Befinden seiner kleinen Schwester zu erkundigen. Seit Monaten hat sie sich nicht mehr bei ihm gemeldet. Bestimmt kannst auch du ihm einiges erzählen. Vor allem, dass er sich keine Sorgen zu machen braucht, auch wenn sie jetzt nicht mehr bei meinem Schwiegervater arbeitet und noch nicht weiß, wovon sie künftig ihre Miete zahlen soll.«

»Lou arbeitet nicht mehr bei Prantl? Seit wann? Und wovon lebt sie jetzt?«

»Hat sie dir das etwa auch noch nicht erzählt?« Fridas Stimme klang zuckersüß. Ihre hellen Augen verrieten jedoch, wie sehr sie es genoss, Judith diesen Stich ins Herz zu versetzen. »Vertraut sie dir wirklich so, wie man einer wahren Herzensfreundin traut? Mir hat sie das alles schon am letzten

Dienstag erzählt. Gemeinsam werden wir uns jetzt überlegen, woher sie künftig das Geld zum Leben nimmt.«

Das Rasseln des Schlüssels an der Wohnungstür schreckte sie auf. Wie auf Kommando eilten sie alle drei in den Flur. Karl blieb allein im Salon zurück.

»Wo bist du gewesen?« Aufgeregt stürzte sich Franzi auf Lou.

»Was starrt ihr mich so an? Habe ich etwas verbrochen?«

»Wir haben uns Sorgen gemacht«, begann Judith, während Frida dazwischenplärrte: »Du hast Besuch, meine Liebe. Du errätst nie, von wem.«

»Besuch? Ich?« Ungläubig schob Lou sie beiseite und ging in den Salon. Ihr spitzer Aufschrei verriet, wie wenig sie mit dem Auftauchen ihres Bruders gerechnet hatte.

»Komm wieder zu mir nach Hause, bitte!«, wiederholte Karl eine gute Stunde später mindestens schon zum fünften Mal. Er klang kläglich. Lou reagierte nicht, sondern sah angestrengt an ihm vorbei, dabei saßen sie sich an dem kleinen Tisch in der *Fränkischen Weinstube* genau gegenüber. Wäre das Licht in dem dämmrigen, von dunkel getäfelten Holzwänden beherrschten Lokal besser gewesen, hätten sie jede Regung auf dem Gesicht des anderen genau verfolgen können und darüber vielleicht ihre Furcht voreinander verloren. So aber kneteten sie beide nervös die Hände vor sich auf der Tischplatte und vermieden es geflissentlich, dem anderen zu nahe zu kommen oder ihn gar direkt anzusehen. Dennoch war zu spüren, wie sehr beide darauf lauerten, von dem anderen das erste Signal zur Versöhnung zu empfangen.

Trotz der angespannten Stimmung freute Judith sich über Lous Vertrauen, sie und nicht Frida zu dem Gespräch mitgenommen zu haben. Nach allem, was ihr die barocke Lebedame aus der Aventinstraße vorhin unter die Nase gerieben hatte, empfand sie das als kleinen Sieg. Gleich nach Lous Auftauchen waren sie vor Fridas Neugier aus der Wohnung in das Weinlokal in der Münzstraße geflohen.

»Was soll ich zu Hause?«, antwortete Lou endlich ihrem Bruder und holte Judith damit in die Gegenwart zurück. Karl wirkte auf dem Platz ihnen gegenüber regelrecht verloren, hatte er neben sich doch nur zwei leere Stühle, von denen gewiss kein Beistand zu erwarten war. Der Ober brachte den bestellten Wein sowie eine Schüssel mit sauren Zipfeln, die Judith vorsorglich geordert hatte. In der Stimmung, in der Lou sich befand, war zu viel Wein auf nüchternen Magen gar nicht gut. Noch dazu befürchtete Judith, dass nicht allein Karls unerwartetes Auftauchen sie derart aus dem Gleichgewicht gebracht hatte. Etwas musste sie bereits vor Betreten der Wohnung arg durcheinandergebracht haben.

»Wie haben Sie Lou eigentlich gefunden?«, erkundigte sie sich bei Karl. »Und warum kommen Sie ausgerechnet jetzt?«

»Du kannst ihn ruhig duzen«, raunte Lou ihr zu. »Ihr seid im gleichen Alter.«

»Nepomuk Prantl hat am Freitag bei mir im Geschäft angerufen«, begann Karl, nachdem er das erste Glas Wein in einem Zug geleert hatte. Es schien ihm gutzutun. Er hörte auf, sich die Finger zu kneten, setzte sich aufrechter hin und wagte sogar, Judith direkt anzusehen. Leider war das Licht zu schlecht, um den Ausdruck in seinen Augen bestimmen zu können. »Er wollte wissen, was sie jetzt macht, und dabei hat er erwähnt, dass sie bei seiner Schwiegertochter wohnt. Irgendwie hat es mir nicht gefallen, wie er über Lou geredet hat. Deshalb habe ich beschlossen, herzufahren und nach ihr zu sehen. Sie kann jederzeit nach Hause zurück. Schließlich haben wir das Geschäft von den Eltern gemeinsam geerbt. Sie hat es nicht nötig, sich von einem Schlawiner wie ihm knechten zu lassen.«

»Den Aufwand hättest du dir sparen können. Ich komme nicht mehr nach Augsburg zurück. Ich kann das einfach nicht.«

Aufgebracht sprang Lou auf. Scheppernd fiel der Stuhl zu Boden. Neugierig reckten die anderen Gäste die Hälse über die hüfthohen Trennwände zwischen den Tischen und starrten sie an. Judith legte Lou beschwichtigend die Hand auf den Arm, während der Kellner flugs den Stuhl wieder aufstellte.

»Alles wird wieder gut, mein liebes Tschapperl«, wisperte sie der Freundin zu, bevor sie, an sie beide gerichtet, bat: »Was ist los mit euch? Warum fürchtet ihr euch voreinander? Ich habe zwar keine Geschwister, trotzdem meine ich zu spüren, wie gern ihr euch habt. Am liebsten würdet ihr einander in die Arme fallen. Was hindert euch daran? Was auch immer es ist, ihr müsst darüber reden. Danach geht es euch bestimmt besser.«

Verlegen senkten beide die Köpfe, schwiegen. Einige Atemzüge lang zwang Judith sich zur Geduld. Als nichts kam, hakte sie nach. »Wenn ihr euch nichts mehr zu sagen habt, hätten wir uns den Gang hierher sparen können. Anschweigen könnt ihr euch auch bei Frida. Doch da du es warst, Lou, die mit Karl und mir allein sein wollte, und du, Karl, trotz deines Holzbeins den mühsamen Weg von Augsburg nach München auf dich genommen hast, denke ich, ihr habt euch wirklich noch etwas zu sagen. Aus irgendeinem Grund wollt ihr mich dabeihaben. Also los jetzt: Worum geht es? Hat es etwas mit Karls Verwundung zu tun?«

»Nein!«, rief Karl, um von Lou mit einem schrillen »Ja!« übertönt zu werden. Erschrocken sahen sie einander an.

»Also, was jetzt: nein oder ja?«, fragte Judith, froh, bereits im ersten Versuch den Nagel auf den Kopf getroffen zu haben.

»Ich bin schuld«, murmelte Lou kaum hörbar, während Karl sofort entrüstet »Wie kannst du das nur denken?« nachsetzte.

»Wieso solltest du an seiner Kriegsverletzung schuld sein?« Erstaunt schaute Judith die Jüngere an.

Seit Lou mit Frida und den Kavalieren ausging, hatte sie zugenommen. Die fülligeren Wangen standen ihr gut. Auf der Nase prangten lustige Sommersprossen. Umso mehr fiel ihr verzweifelter Blick auf. Lou biss sich auf die Lippen, musterte die Maserung des Holztisches. An dem Wein hatte sie nur genippt, die sauren Zipfel nicht angerührt. Aufmunternd schob Judith beides vor sie hin, hoffte, es möge eine ähnliche Wirkung bei ihr haben wie bei Karl, der nach dem ersten Glas und einer Wurst deutlich lockerer geworden war. Auch ihn ermunterte sie durch ein knappes Nicken, sich noch einmal aus dem Bocksbeutel nachzuschenken. Als er das zweite Glas geleert hatte und Lou weiter schwieg, fasste er sich ein Herz.

»Es ist keine Kriegsverletzung. Ich habe das Bein im Fronturlaub verloren. Ich bin unter die Elektrische geraten, weil ich …«

»Weil ich ihn losgeschickt habe, an meiner Stelle einen Gang zu erledigen. In der Zwischenzeit wollte ich noch eine absolut überflüssige Arbeit zu Ende bringen«, fuhr Lou hastig dazwischen. »Erinnerst du dich, Judith? Curd habe ich genau dasselbe angetan. Damals in Augsburg wollte ich eigentlich selbst zu dem Händler am Roten Tor gehen, um Nachschub für unser Lager abzuholen. An jenem Tag hatte es Unruhen in der Stadt gegeben. Das Brot war ausgegangen, obwohl noch viele mit ihren Marken vor den Läden anstanden. Wütend zogen die Leute deshalb durch die Straßen und haben randaliert und gebrüllt. Karl ist in seiner Uniform ins Gedränge geraten und genau in dem Moment zu Boden gestürzt, als die Elektrische um die Ecke bog. Hätte einer der Umstehenden ihn nicht im letzten Moment noch etwas weggezogen, wäre er wohl ganz überfahren worden.«

»Was vielleicht besser gewesen wäre«, warf Karl bitter ein.

Judith sah ihn an. Während Lous Schilderung hatte er erstaunlich ruhig dagesessen und geduldig zugehört. Nun beugte er sich vor und tastete nach Lous Hand. »Dich trifft keine Schuld. Du hättest nichts tun können, um das Unglück zu verhindern. In jedem Fall war das kein Grund, wegzurennen. Seit auch der Vater tot ist, haben wir doch nur noch uns.«

»Aber wie kannst du es noch mit mir aushalten? Wenn ich dich nicht gedrängt hätte, für mich zum Händler zu gehen, wärst du niemals unter die Tram geraten und hättest dein Bein nicht verloren.«

»Vielleicht hätte er dafür bei der Schlacht an der Marne seinen Kopf verloren«, warf Judith ein. An den verdutzten Gesichtern der beiden Geschwister las sie ab, dass keiner von ihnen diese Möglichkeit bislang je in Betracht gezogen hatte. »Hätte Karl nicht den Unfall gehabt, hätte er an die Front zurückgemusst. Ich weiß zwar nicht, in welchem Abschnitt er eingesetzt war, aber die letzten Offensiven im Westen waren mörderisch, ganz gleich, wo man stand. Stellt euch vor, was ihm dort alles hätte passieren können! So schlimm ein verlorenes Bein ist, hat ihm das möglicherweise das Leben gerettet.«

»So habe ich das noch nie gesehen«, bekannte Karl.

»So darfst du das auch nie sehen«, empörte sich Lou. »Genauso gut hättest du wie viele andere ohne Verwundung aus dem Krieg heimkehren können. So aber bist du völlig überflüssigerweise zum Krüppel geworden, weil du an dem Tag etwas erledigt hast, was meine Aufgabe gewesen wäre. Dich schauen die Leute jetzt schief an, von den jungen Frauen ganz zu schweigen. Sogar deine Pläne hast du deshalb aufgegeben. Oder hast du vergessen, dass du einmal Jura studieren und Anwalt werden wolltest? Jetzt hast du nur noch ein Bein, kannst schlecht laufen und bist ans Geschäft der Eltern festgenagelt.«

»Und du glaubst, durch dein Weglaufen ist für ihn alles besser geworden?« Judith rüttelte Lou am Arm. »Ihr belügt euch doch beide, weil es euch davor bewahrt, längst überfällige Entscheidungen zu treffen. Rechtsanwälte können sich auch mit einem Bein für die Gerechtigkeit einsetzen. Außerdem sind durch die zahlreichen Kriegsversehrten junge Frauen im ganzen Land daran gewöhnt, dass dem Liebsten etwas Körperliches fehlt. Solange man überhaupt noch ein männliches Wesen ergattert und an ihm die wichtigsten Teile zur Familiengründung vorhanden sind, kann man über fehlende Gliedmaßen getrost hinwegsehen.« Sowohl Lou wie auch ihr Bruder erröteten bis zum Haaransatz, was Judith ein amüsiertes Schmunzeln entlockte. Sie wartete geduldig, bis die Gesichtsfarbe der beiden wieder einigermaßen normal geworden war, dann fuhr sie fort: »Seid endlich ehrlich zueinander und vor allem zu euch selbst. Letztlich geht es doch nicht um Karls verlorenes Bein. Es ist das Geschäft eurer Eltern, das euch so belastet. Ihr wollt eigentlich beide anderswo eure Pläne verwirklichen, fürchtet euch aber davor, das zuzugeben, weil es das Erbe eurer Eltern ist, das ihr damit aufgebt. Dabei wäre das wahrscheinlich ganz in ihrem Sinn. Sie wollten gewiss, dass ihr glücklich seid und euer Leben so gestaltet, wie ihr das für richtig haltet.«

Zunächst schwiegen die Geschwister, hielten die Köpfe gesenkt. Als Erster hob Karl den Blick. »Du hast recht. Es ist wohl wirklich das Geschäft, das uns belastet. Kurz vor seinem Tod vor drei Jahren hat der Vater einmal selbst zu mir gesagt, wir müssten seinetwegen nicht in Augsburg bleiben. Er könnte es sogar gut verstehen, wenn wir fortgingen. Ich dachte allerdings, wenn ich den Laden schließe, hat Lou keinen Ort mehr, an den sie zurückkehren kann. Sie war doch gerade erst zwölf, als unsere Mutter gestorben ist, und dann hat es den Vater mitten im Krieg auch noch erwischt. Ich wollte den Laden behalten, damit sie nach den Eltern nicht auch noch ihr Zuhause verliert.«

»Dabei war ich diejenige, die von dort weggelaufen ist und dich im Stich gelassen hat«, entgegnete Lou. »Meinetwegen darfst du schon lange tun, was du willst.«

Über ihren Worten hatte Karl sich erhoben und war zu ihr gehumpelt. Sie sprang auf und fiel ihm in die Arme.

»Dann scheint das ja geklärt«, stellte Judith fest. »Ihr beide seid euch nichts schuldig. Jeder von euch kann tun und lassen, was er will, ohne dem anderen damit weh zu tun.«

Als Lou sich von ihrem Bruder abwandte und sie ansah, hatte Judith das Gefühl, ihr damit mehr als nur die Lösung im Verhältnis zu ihrem Bruder mit auf den Weg gegeben zu haben.

13

Der Wagen überquerte die Isar. Am liebsten hätte Lou die Tür aufgerissen und sich hinausgestürzt. Im eiskalten Fluss zu landen schien ihr mit einem Mal die weitaus bessere Alternative als das, was sie vorhatte. Sehnsüchtig blinzelte sie auf das im trägen Mittagssonnenlicht glitzernde Wasser. Wie hatte sie nur Ernsts abstrusen Adoptionsplänen zustimmen können? Letztlich lag es vor allem daran, dass sie sich nach der Aussprache mit Karl beweisen wollte, tatsächlich ganz allein im Leben klarzukommen. Karl sollte sich ihr gegenüber zu nichts mehr verpflichtet fühlen und endlich tun, was er schon immer hatte tun wollen: das Geschäft in Augsburg aufgeben und Jura studieren. Dazu wollte er nach Köln.

Was aber würde das für ein »Allein-Klarkommen« sein, wenn Lou künftig als Mündel unter Ernsts und seiner Frau Obhut lebte? Nach dem Streit mit Prantl hatte sie deshalb noch einige Tage lang vergeblich probiert, eine neue Stelle als Täschnerin zu finden. Selbst als Ladnerin hatte sie keinen Erfolg gehabt, und ihren reumütigen Versuch, zu Prantl zurückzukehren, hatte der nur mit einem höhnischen Lachen beantwortet. Zum einen hatte er für die Flickerei eine Lösung mit seinen beiden neuen Geschäftsfreunden aus der Isarvorstadt gefunden, und zum anderen hatte er Frida davon überzeugen können, seinem verstorbenen Sohn zu Ehren Franzi wenigstens zweimal pro Woche sehen zu dürfen. Das genügte ihm vorerst. Zu allem Überfluss war Frida von Amts wegen kurzfristig ein wohnungsloses Ehepaar zugewiesen worden. Die immer drängendere Wohnungsnot führte inzwischen zu Zwangseinquartierungen. Ein Einspruch mit dem Verweis auf Lou als Untermieterin des vierten Zimmers war mit dem Argument abgewiesen worden, Fridas Wohnung sei auch für fünf Personen mehr als groß genug. Lou wollte der Freundin nicht unnötig zur Last fallen, zumal sie das Geld für die Miete ja nicht aufbringen konnte. Als Ernsts Ziehtochter musste sie sich dagegen künftig weder um Geld noch um ausreichend Platz zum Wohnen sorgen. Sogar eine eigene Werkstatt wollte er ihr im Keller seiner Villa einrichten. Deshalb hatte sie sich letzten Endes entschlossen, auf sein Angebot einzugehen, und mit ihm gemeinsam die nötige Ausstattung für ihr Handwerk besorgt.

Der bevorstehenden ersten Begegnung mit Hilde sah Lou mit gemischten Gefühlen entgegen. Warum hatte Ernsts Frau sie in den vergangenen Wochen kein einziges Mal sehen und kennenlernen wollen? Das größte Rätsel blieb jedoch, warum sich Hilde überhaupt auf die Geschichte einließ. Die Sehnsucht nach einem eigenen Kind konnte sie wohl kaum dazu bewogen haben, eine fast erwachsene Frau bei sich aufzunehmen. Noch dazu, da sie das fadenscheinige Spiel mit dem Versprechen gegenüber dem toten Kriegskameraden gewiss auf Anhieb durchschaut hatte. Lechzte sie also tatsächlich so sehr nach gesellschaftlicher Anerkennung, indem sie das Ganze als selbstlose Wohltat darstellte?

Lous Blick schweifte über die am Wagen vorbeigleitenden Fassaden. Schon auf den ersten Blick war der Herzogpark eine ganz andere Welt als die Isarvorstadt. Zunächst säumten mehrstöckige Gründerzeithäuser die Straße, dann lockerte sich die Bebauung zunehmend auf, und in der Föhringer Allee breiteten Kastanien schattenspendend ihre Äste weit über die Straße. Die üppig wuchernden Gärten vor den Villen hatten kaum unter der seit Wochen herrschenden Dürre zu leiden. Fleißige Gärtner bewahrten die Pracht mit großzügigen Wasserspenden vor dem Vertrocknen. Auch den wenigen Menschen, die in dem Viertel zu Fuß unterwegs waren, schien die Sommerhitze nichts auszumachen. Wie aus dem Ei gepellt flanierten sie in eleganter, luftiger Kleidung am Isarufer entlang. Einzig die kiesbestreute Auffahrt staubte, als Ernst auf sie einbog und den Wagen in weitausholendem Schwung vor dem Portal eines zweistöckigen Hauses zum Stehen brachte.

Neugierig betrachtete Lou das Anwesen. Seine korngelb getünchte Fassade leuchtete im Licht der gleißenden Julisonne, dennoch wirkte es abweisend, was an den weit herausgezogenen Markisen und dem riesigen englischen Rasen um das Haus liegen mochte.

Wie von Geisterhand öffnete sich die schwere Eichenholztür zwischen den dicken Marmorsäulen, und eine hochgewachsene, auffallend blonde und auffallend milde lächelnde Frau Anfang vierzig trat heraus. Auf Anhieb fand Lou jedes Detail an Hilde bestätigt, das sie sich aus Ernsts dürftigen Hinweisen zusammengereimt hatte. Die Haltung wie auch die hochmütigen Gesichtszüge entsprachen dem, was Lou sich unter einer Tochter aus bestem westfälischem Gutsbesitzeradel vorstellte. Dazu passte die betont schlichte, aber sicherlich sehr teure und in jedem Fall der neuesten Mode entsprechende Kleidung. Selbst die Art, im Stehen einen Fuß leicht vor den anderen zu stellen und die Hände vor dem schlanken Leib zu falten, musste ein Resultat großbürgerlichklassenbewusster Erziehung sein.

Mit wachsender Beklemmung verharrte Lou, bis Ernst um den Adler herumgegangen war und ihr die Tür öffnete. Ihre Finger waren eiskalt, als sie ihm die Hand reichte. Er schien ihr unnahbarer und cäsarenhafter denn je. Nicht die geringste Regung verriet, was er über den Empfang dachte.

»Herzlich willkommen!«, flötete Hilde und verharrte reglos beim Eingang, bis Lou vor ihr stand. Sie überragte Lou um gut einen Kopf. In einer eleganten Bewegung reichte sie ihr huldvoll die Hand und sah von oben auf sie herunter. »Du bist also unsere liebe *Luise*.«

Den Lou so verhassten Taufnamen betonte sie genüsslich. Lou konzentrierte sich ganz darauf, dem Blick aus ihren stahlblauen Augen standzuhalten. Ausgiebig musterte Hilde sie, ohne sich anmerken zu lassen, was sie von dem himmelblauen Sommerkleid mit den sonnengelben Paspeln hielt, zu dem Frida ihr geraten hatte. »Wie schön, dass du künftig bei uns wohnst. Fühl dich ganz wie zu Hause, mein Kind.«

Sie machte einen Schritt beiseite, wies einladend zur Tür. Das Lächeln schien auf ihrem Gesicht festgefroren. Lou nickte und trat ein.

In der erfrischend kühlen Diele wartete die nächste Herausforderung: ein spindeldürres, mittelgroßes Dienstmädchen im schwarz-weißen Habit, das ihr alles andere als respektvoll entgegensah.

»Gib dem Gärtner Bescheid, Kathi. Er soll Luises Gepäck nach oben tragen«, wies Hilde sie im Vorbeigehen an. Dass sie dabei das Mädchen keines Blickes würdigte, schien diesem nur allzu natürlich. Dafür schenkte es Lou ein vernichtendes Aufschnauben.

Ehe Lou sich wundern konnte, warum Ernst in Gegenwart seiner Frau überhaupt nichts mehr sagte, fand sie sich bereits in einem riesigen Salon wieder, dessen Weitläufigkeit unter trutzigen Kirschholzmöbeln, dicken Teppichen, düsteren Gemälden sowie Regalen voller Zinngeschirr und Fayencen unterzugehen drohte. Ein über der Terrasse im ersten Stock des Hauses befindlicher Balkon spendete angenehmen Schatten vor den bodentiefen Fenstern.

»Den Lunch nehmen wir draußen«, erklärte Hilde von der offenen Terrassentür aus, bevor sie Ernst mehr befahl als fragte: »Du isst doch mit uns?«

Er antwortete ihr mit einem stummen Nicken und rückte bereits die Stühle am weißgedeckten Tisch zurecht. Lou begriff, dass Hilde weder von ihm noch von ihr eine Erwiderung erwartete. Am liebsten führte sie die Unterhaltung allein.

Auf der Tafel verrieten das weiß-blaue Meißener Geschirr wie auch das Silber mit dem Familienwappen am Griff und die gestärkten Damastservietten mit Hildes eingestickten Initialen ihre großbürgerliche Abstammung. Lous Finger zitterten, als sie nach dem Bleikristallglas griff, in das Kathi ihr kühlen Wein eingoss.

»Auf unsere kleine Familie!« Hilde hob das Glas, prostete erst Ernst am anderen Tischende und dann Lou zu ihrer Rechten zu. Das klang überraschend herzlich. Verwirrt sah Lou Hilde an, die ihr tatsächlich ermutigend zunickte.

Während Kathi Fleisch, Kartoffeln und Salat servierte, schwieg sie. Erst als das Mädchen im Innern des Hauses verschwunden war, wandte sie sich Lou wieder zu. »Du ahnst nicht, wie stolz ich bin, dich bei uns aufnehmen zu dürfen. Ernst hat mir so viel von deinem tapferen Vater erzählt, dass ich es kaum fassen kann, die Tochter eines solchen Mannes in meine Obhut nehmen zu dürfen. Auch wenn es nur für drei

Jahre ist, bis du volljährig wirst, werden wir die Zeit miteinander gut zu nutzen wissen. Mein Leben lang habe ich mir eine Tochter gewünscht.«

Noch einmal prostete sie ihr zu. Wieder wusste Lou nicht, wie sie das verstehen sollte. Glaubte Hilde das, was sie da sagte, oder spielte sie mit ihr? Sie warf einen fragenden Blick zu Ernst, der jedoch ganz ins Schneiden seines Koteletts vertieft war. Der Fortgang des Gesprächs bereitete ihr Sorgen. Was mochte er seiner Frau über den vermeintlichen Kriegskameraden erzählt haben, der angeblich ihr Vater war? Sie hätten ihre Lügengeschichte besser absprechen müssen, bevor sie sie Hilde präsentierten. Die aber schien glücklicherweise kein großes Interesse an weiteren Details zu haben. Stattdessen beschäftigte sie sich mit der Planung ihres weiteren Zusammenlebens.

»In der nächsten Zeit wird es vor allem darum gehen, dass du all das nachholen kannst, was ein junges Fräulein deines Alters in der Münchner Gesellschaft erleben sollte. Am Krankenbett deines Vaters bist du sicherlich zu nichts gekommen, noch dazu, da du so ganz ohne Mutter und weiblichen Beistand aufgewachsen bist.« Hilde schürzte gedankenverloren die Lippen, bevor sie munter hinzufügte: »Iss erst einmal tüchtig. Mir scheint, du könntest etwas mehr Speck auf den Rippen vertragen. Danach gehen wir einkaufen. Entschuldige meine Offenheit, aber deiner Garderobe müssen wir etwas Schliff verleihen. So ein alter, dahinsiechender Vater ist eben doch nicht der beste Ratgeber, wenn sich eine junge Frau deines Alters auf der Höhe der Zeit einzukleiden hat.«

Den letzten Satz hatte sie mehr an Ernst denn an Lou gerichtet. Lou meinte deutlichen Spott herauszuhören, als wüsste Hilde nur zu gut, wer ihr in den letzten Monaten großzügig

Kleider, Schuhe und Schmuck geschenkt hatte. Im nächsten Moment aber wirkte Hilde wieder so treuherzig, als würde sie ihrem Gatten nie und nimmer zutrauen, sie je zu hintergehen.

»Ich zeige dir dein Zimmer. Bestimmt bist du schon neugierig, wie du künftig unter unserem Dach wohnst«, erklärte sie, nachdem sie den Rest der Mahlzeit nur noch Belanglosigkeiten über das ungewöhnlich heiße, viel zu trockene Sommerwetter, die darüber ausgestorben wirkende Stadt wie auch die letzten, in ihren Augen misslungenen Opernaufführungen von sich gegeben hatte, die sie ohne Ernst hatte besuchen müssen. Ausnehmend lange tupfte sie sich die Mundwinkel, bis Ernst vom anderen Tischende zu ihr eilte, um ihr den Stuhl vom Tisch zu rücken. Sie bedachte ihn dafür mit einem knappen »Danke«.

»Ich fahre dann noch einmal in die Firma«, erklärte er lauernd, als hoffte er auf Widerspruch.

»Tu das«, erwiderte Hilde jedoch ungerührt, woraufhin er es plötzlich sehr eilig hatte zu verschwinden. Jäh fühlte Lou sich im Stich gelassen.

Unter Hildes Führung nahm sie das Innere der Villa in Augenschein, deren Erdgeschoss in ihren Augen viel zu dunkel und wenig elegant ausgestattet war. Im ersten Stock lichteten sich dagegen Mobiliar und Einrichtungsstil. Das galt vor allem für die Lou zur Verfügung stehenden Räume. Eines stand auf Anhieb fest: In der Villa im Herzogpark würde es ihr zumindest äußerlich an nichts fehlen. Allein das Bad war mehr als doppelt so groß wie ihr Zimmer bei Frida. In dem weißgekachelten Raum mit Fenster zur Schmalseite des Gartens standen ihr eine eigene Badewanne, ein großzügiges Waschbecken und ein von einer hüfthohen Wand diskret abgeschirmtes Klosett zur Verfügung. Das angrenzende Zimmer, dessen Ausmaß Fridas Salon um einige Quadratmeter übertraf, bestach durch seine geschmackvolle Möblierung im weiß-goldenen Louis-Quinze-Stil. Ein rotgepolsterter Stuhl vor der ausladenden Frisierkommode wie ein ebenfalls in Rottönen gehaltener flauschiger Teppich vor der Récamiere setzten dezente Akzente und korrespondierten mit dem goldgerahmten Blumenstillleben über dem breiten Bett. Die beiden doppelflügeligen, bodentiefen Fenster gingen auf einen Balkon, der zum östlichen Teil des Gartens zeigte. Schwere rote Samtvorhänge mit goldenen Troddeln umrahmten die Fenster.

»Gefällt es dir?«, erkundigte sich Hilde. Sie hatte sich am Kopfende der Récamiere postiert und sie keinen Moment aus den Augen gelassen. »Es war nicht ganz einfach, aus Ernsts mageren Beschreibungen deines bisherigen Daseins Rückschlüsse auf deinen Geschmack zu ziehen. Du weißt ja, wie Männer sind.« Sie lachte kurz auf. »Außerdem sind mir die Lebensumstände eines Militärs, wie dein Vater einer war, leider nicht vertraut. Ich wusste auch so gar nichts damit anzufangen, dass Ernst dir im Keller eine Art Schusterwerkstatt hat herrichten lassen.«

Sie beugte sich vor, tat, als müsste sie einen Fussel vom Polster der Récamiere entfernen, bevor sie den Kopf mit der kunstvoll aufgesteckten Frisur hob und Lou einfach nur anlächelte. Wieder wusste Lou nicht, wie sie das einschätzen sollte. War Hilde wirklich so naiv oder in Wahrheit weitaus durchtriebener, als sie sich vorstellen konnte?

»Ich nähe gern Taschen«, antwortete Lou vorsichtig. Als Tochter eines hochrangigen Militärs durfte sie schließlich weder gearbeitet noch eine handwerkliche Ausbildung absolviert haben.

»Dachte ich mir's doch«, erwiderte Hilde kopfschüttelnd. »Ernst hat wieder einmal maßlos übertrieben und eine professionelle Ausstattung besorgt. Auf welch absurde Ideen Männer kommen, wenn man ihnen gegenüber andeutet, gelegentlich etwas nähen oder sticken zu wollen! Wir können das ganze Zeug nachher vom Gärtner entsorgen lassen. Schließlich sollst du nicht befürchten, künftig ernsthaft bei uns arbeiten und Geld verdienen zu müssen.«

Erneut hielt sie inne, spitzte den Mund und hielt die kalten blauen Augen direkt auf Lou gerichtet. Verlegen wich Lou ihr aus. Es war falsch gewesen, Ernsts Plänen zuzustimmen. Wie sollte sie aus dieser Geschichte je heil herauskommen? Frida hatte vorausgesehen, dass das so enden würde. Trotzdem hatte sie ihr geraten, auf das Angebot einzugehen. »In Zeiten, in denen keiner mehr weiß, ob er sich morgen noch die Butter aufs Brot leisten kann, wäre es dumm, so etwas auszuschlagen. Ernst ist durch und durch ein Kavalier. Er wird seine Frau schon richtig instruiert haben. Noch dazu, da sie sich kaum die Blöße geben darf, den Eindruck zu erwecken, ihr Mann hätte sich mit ihrer Billigung seine Gespielin nach Hause geholt.« Allerdings hatte Frida das geraten, ohne auch nur im Geringsten zu ahnen, wie wenig Ernst zu Hause mit dem imposanten Cäsar gemein hatte, als der er in der Öffentlichkeit auftrat. Manche Bilder, die man sich von einem Menschen machte, erwiesen sich eben doch als Trug. Ein Blick hinter die Kulissen lohnte, wollte man das Schauspiel in all seinen Facetten durchschauen.

»Was willst du eigentlich mit diesem abscheulichen Monstrum?« Hilde deutete auf Curds rotes Koffergrammophon, das mitsamt der Plattenkiste auf der Kommode an der Stirnseite des Zimmers stand. Angewidert betrachtete sie es, blätterte mit spitzen Fingern die Platten durch. »Musik hören wir alle gemeinsam unten in der Bibliothek. Kathi soll das Ding mitsamt den Platten am besten gleich …«

»Nein!«, rief Lou entschlossen und riss ihr die Platten aus der Hand. »Das ist das Einzige, was mir als Erinnerung geblieben ist.«

Zum ersten Mal wirkte Hilde für einen Moment irritiert, was gewiss nicht nur daran lag, dass Lou es tatsächlich gewagt hatte, etwas zu sagen, sondern ihr gleich auch noch vehement zu widersprechen. Dann aber hatte sie sich wieder gefasst. »Wie du willst. Dann bleibt das Ding eben bei dir. Laute Musik und wildes Tanzen dulde ich allerdings nicht. Das ist ein anständiges Haus.«

»Daran habe ich nie gezweifelt«, entgegnete Lou. »Warum sonst hättest du dich damit einverstanden erklärt, die fast erwachsene Tochter eines Kriegskameraden deines Mannes bei euch einzuquartieren?«

14

Die Märzsonne blinzelte verlockend durch die halbgeöffneten Vorhänge ins Zimmer, dennoch verspürte Lou nicht die geringste Lust, aufzustehen und nach unten zu gehen. Zu deutlich hatte sie die Blicke vor Augen, mit denen Hilde wie auch das Hausmädchen Kathi sie zu mustern pflegten. Selbst ein Dreivierteljahr nach ihrem Einzug in der Villa im Herzogpark wusste sie noch immer nicht, was die beiden wirklich von ihr dachten. Lou war die absurde Komödie inzwischen unendlich leid. Der einzige Lichtblick war, dass es Ernst hin und wieder gelang, ihnen heimliche Besuche in der verschwiegenen Pension am Englischen Garten zu ermöglichen. Selbst die nächtlichen Vergnügungen mit Frida und dem Kommerzienrat fanden gelegentlich noch statt. Lou wunderte sich immer wieder, wie Ernst es einrichtete, sie dabei vor peinlichen Begegnungen mit Hildes großem Bekannten- und Freundeskreis zu bewahren. Wahrscheinlich lag es einfach daran, dass man in Hildes Kreisen andere Vergnügungen bevorzugte, wie ihr mehrwöchiger Aufenthalt in Garmisch im Februar bewiesen hatte. Ernst hatte Hilde dort lediglich an den Wochenenden besucht. Lou hatte sogar ganz in München bleiben dürfen und war überrascht gewesen, ausgerechnet zur Faschingszeit mit Ernst allein in der Stadt zu sein, zumal Kathi und die Köchin ebenfalls verreist waren. Ausgiebig hatten sie die Zeit genutzt, verschiedene Atelierfeste und Bälle zu besuchen. So manch spitze Bemerkung bei Tisch ließ Lou vermuten, Hilde hätte davon durchaus etwas mitbekommen. Dann aber war sie wieder so überzeugend dabei, Lou als arme Ziehtochter und sich selbst als fürsorgliche Retterin darzustellen, dass Lou doch wieder daran zweifelte, sie hätte alles entlarvt.

Ein letztes Mal wälzte sie sich im Bett. Am liebsten verkroch sie sich untertags über Stunden in der kleinen Werkstatt, die ihr trotz Hildes Lästern darüber nach wie vor im Souterrain zur Verfügung stand. Die intensive Arbeit mit hochwertigen Materialien sowie das Skizzieren neuer Taschen und Muster brachten sie auch in der Föhringer Allee stets schnell auf andere Gedanken. Das rege gesellschaftliche Leben, zu dem Hilde sie nötigte, bescherte ihr zudem die vielfältigsten Anregungen für neue Entwürfe. Am Abend beobachtete sie bei Empfängen, Konzerten oder im Theater mit größter Neugier, zu welchem Zweck Frauen welche Tasche wählten, um sich am Morgen danach zu überlegen, wie sie die gewonnenen Erkenntnisse in einer Eigenkreation phantasievoll weiterentwickeln konnte. Mit jedem neuen Entwurf wurde sie besser. Längst wagte sie sich nicht nur an neue Formen und Taschenarten, sondern probierte zusehends mutiger neue Stoffe und bestickten Stramin, bunte Perlen, Metallplättchen und dergleichen aus. Eines Tages würde sie der staunenden Welt eine revolutionär neue Taschenkollektion präsentieren.

Die Standuhr in der Diele schlug halb neun. Höchste Zeit, aufzustehen. Das morgendliche Frühstück im Gartenzimmer durfte sie keinesfalls schwänzen. Ihr Magen knurrte ohnehin bereits unmissverständlich. Danach ergab sich hoffentlich wieder die Gelegenheit, für den Rest des Tages in ihre eigene Welt im Keller zu entfliehen.

Lou robbte auf die Bettseite, auf der der Nachtkasten stand, kramte aus der oberen Schublade unter einer Lage feinster Seidentaschentücher das gerahmte Foto von Curd hervor, betrachtete es sehnsüchtig wie jeden Morgen. Für alle Ewigkeit würde er vierundzwanzig bleiben und mit diesem jugendlich-forschen Blick die Welt betrachten. Was er wohl dazu gesagt hätte, wie sie bei Ernst als wohlbehütete Tochter und Geliebte lebte? An dem Versteckspiel mit Hilde hätte er gewiss seinen Spaß gehabt. Lou konnte sich genau vorstellen, wie sie sich in dem wunderschönen Bett in dem herrlichen Zimmer über diese »besseren« Kreise amüsierten. Am liebsten würde sie gleich zu lästern beginnen! Zärtlich küsste sie das Glas. Da packte sie wie aus dem Nichts die lang verdrängte Trauer. Wäre er noch bei ihr, wäre sie allerdings niemals in der Föhringer Allee gelandet. Laut schluchzte sie auf. Um nicht in Verzweiflung zu versinken, verstaute sie das Bild rasch wieder in der Schublade, schwang die Beine aus dem Bett und lief ins Bad, ließ Wasser in die Wanne, schüttete großzügig von der Rosenessenz hinein.

Während sie auf dem Rand saß, die Hand in den warmen Strahl hielt, der aus dem Hahn strömte, versiegte die Trauer allmählich wieder. Der Luxus, den sie in Ernsts Villa genoss, hätte Curd ebenfalls großes Vergnügen bereitet. Es fehlte ihr an nichts. Die moderne Zentralheizung beispielsweise, die ihr gerade warme Füße bescherte, war eine der größten Wohltaten. Ein Blick aus dem Fenster auf die trotz bevorstehendem Frühlingsbeginn dickverschneite Winterlandschaft genügte, um sich glücklich zu schätzen, nicht mehr in dem zugigen, unbeheizten Zimmer bei Frida in der Isarvorstadt zu wohnen. Erleichtert tauchte sie in das duftende heiße Wasser ein, lehnte den Kopf zurück und malte sich aus, Curd käme von nebenan zu ihr herüber und sie beide schwelgten gemeinsam in all den Annehmlichkeiten, die das Leben im Herzogpark bot. Der Gedanke, ihn morgens mit Hilde und der missgelaunten Kathi am Frühstückstisch zu erleben, brachte sie zum Lachen. So, wie sie seit dem Mai 1919 für sie beide leben musste, so musste sie auch das, was das Leben an unerwartetem Luxus bot, für Curd mit auskosten.

Unschlüssig stand sie eine Viertelstunde später vor dem Kleiderschrank und strich mit den Fingern über die feinen Stoffe der Blusen, Kleider und Röcke. Hilde besaß einen hervorragenden Geschmack und beriet sie bei der Garderobe schon aus eigenem Interesse bestens, ohne je auch nur verschämt auf das Preisschild zu schielen. Lou zog eine helle Bluse sowie einen dunkelroten, wadenlangen Rock heraus, wählte dazu noch einen der hochmodernen Jumper aus weichem, champagnerfarbenem Kaschmir. Aus der Kommode nahm sie passende Seidenunterwäsche und Strümpfe, zog sich in Windeseile an und bürstete das handtuchtrockene Haar. Zuletzt schlüpfte sie in flache Slipper. Mit einem bunten Schal um den Hals ging sie nach unten.

»Hat unsere Prinzessin wohl geruht?«, begrüßte Hilde sie süßlich lächelnd im Gartenzimmer. Im offenen Kamin an der Stirnseite knisterte das Feuer und erfüllte den zum parkartigen Garten gelegenen Raum mit anheimelnder Wärme und einem zarten Duft. Hilde liebte es, Rosmarin und andere Kräuter zum Brennholz zu geben. Sie thronte auf ihrem Platz am linken Ende des ovalen Tisches, vor sich das unvermeidliche weiß-blaue Gedeck aus Meißener Porzellan. Die Krümelspuren auf dem berühmten Zwiebelmusterdekor verrieten, dass sie ihre helle Semmel mit Aufschnitt bereits verspeist hatte. Der Teerest in der großen Tasse musste darüber kalt und bitter geworden sein. Bei Lous Auftauchen pflegte sie Kathi zu bitten, starken Kaffee und ein genau dreieinhalb Minuten gekochtes Ei aufzutragen, nicht ohne den Hinweis, dass das Mädchen Lou das Gleiche servieren solle. An diesem Morgen aber war das dürre, Hilde in allem nacheifernde Mädchen wie vom Erdboden verschluckt.

»Suchst du etwas, mein Kind?«, erkundigte sich Hilde, während Lou ans Büfett trat, unschlüssig, ob das bedeutete, dass sie sich ihr Frühstück selbst zusammenstellen durfte, oder ob sie am Tisch Platz nehmen und geduldig Kathis Erscheinen abwarten sollte.

»Greif nur tüchtig zu. Du musst entsetzlich hungrig sein.« Plötzlich stand Hilde dicht hinter ihr und griff mit ihrer sorgfältig manikürten Hand nach der Gebäckzange. Das eingravierte Wappen auf dem schweren Silber bewies auch an diesem Stück, wer für die Ausstattung des gesamten Haushalts gesorgt hatte: Hildes begüterte westfälische Sippschaft. Ohne zu fragen, legte sie Lou ein helles Hefehörnchen auf den Teller, plazierte einige Scheiben Schinken und Schwarzgeräuchertes sowie einen tüchtigen Klecks Erdbeermarmelade daneben. Als Lou die Hand ausstreckte, um sich von dem dunklen Brot zu nehmen, hielt Hilde sie fest, betrachtete sie mit gerunzelter Stirn. »Die reinsten Arbeiterhände! Gegen diese Schwielen müssen wir etwas tun, Liebes. Ich habe dir doch gleich gesagt, bei uns verlangt niemand von dir, in der Werkstatt zu arbeiten. Nachher begleitest du mich zu meiner Kosmetikerin. Sie muss mal wieder ein Wunder vollbringen.«

Lou seufzte. Den dezenten Hinweis auf ihre vom jahrelangen Umgang mit rauhem Leder, Vorstechahlen und stumpfen, aber dennoch durchaus böse piksenden Sattlernadeln geschundenen Hände hörte sie nahezu jeden Tag. Auch wenn sie inzwischen weitaus öfter nur noch Entwürfe skizzierte, statt Ledertaschen zu nähen, blieben ihr die dicke Hornhaut an den Fingerkuppen, die schwarzen Ränder unter den kurzgeschnittenen, splitternden Nägeln sowie die viel zu trockene, stellenweise gelblich verfärbte Haut an den Händen wohl bis in alle Ewigkeit erhalten. Wie oft schon hatte sie sich dafür geschämt, wenn sie in einem eleganten Abendkleid neben Ernst und Hilde die Oper oder ein Konzert besuchte. Gerade in den Wintermonaten hatte Hilde sie nahezu jeden Abend zu irgendwelchen Darbietungen geschleppt und sie bei jeder sich bietenden Gelegenheit als ihre ganz private Kriegsbeute präsentiert. Hilde liebte es, sich in den bewundernden Blicken der anderen für ihre Selbstlosigkeit zu sonnen. Einzig das Theater, vor allem die Aufführungen der modernen Stücke in den Kammerspielen, hatte sie gemieden, so dass es Lou zumindest erspart geblieben war, an ihrer Seite alten Bekannten und vor allem dem spottenden Max und der scharfzüngigen Judith über den Weg zu laufen. Die hätten für Hilde nur Spott übrig gehabt.

»Heute dulde ich übrigens keine Ausrede«, fügte Hilde hinzu, nachdem sie sich selbst noch ein Hörnchen sowie etwas Butter und Honig genommen und wieder an den Tisch gesetzt hatte. »Wir sind zur Soiree bei Dombergs am Karolinenplatz eingeladen. Albert Domberg ist einer der wichtigsten Verleger der Stadt und verfügt über großen Einfluss in Wirtschaft und Politik. Seine Frau hat einige interessante junge Herren dazugebeten, von denen viel zu erwarten ist. Die musst du unbedingt kennenlernen. Sosehr ich mich über mein spätes Mutterglück freue, so ernsthaft sollten wir über deine weitere Zukunft nachdenken. Immerhin kommst du demnächst ins heiratsfähige Alter.«

Lou meinte, vor Schreck bliebe ihr der viel zu süße Hefeteig im Hals stecken. Krampfhaft schluckte sie.

»Du Ärmste!« Hilde klopfte ihr auf den Rücken. Dadurch geriet Lou erst recht in Panik. Verzweifelt nach Luft schnappend, fasste sie sich an den Hals, hustete und keuchte.

»Um Gottes willen!« Unerwartet stürzte Ernst ins Gartenzimmer und versuchte ebenfalls, ihr durch Klopfen auf den Rücken Erleichterung zu verschaffen.

»*Luise* hat sich lediglich verschluckt«, erklärte Hilde und betonte wieder, wie viel Wert sie auf Lous Taufnamen legte. Neugierig musterte sie ihren Gatten. »Was tust du hier um diese Zeit? Warum bist du nicht in der Druckerei?«

»Ich hatte in der Nähe zu tun und dachte, ich überrasche euch. Wo steckt Kathi? Gern hätte ich einen Kaffee.«

»Einen Kaffee zu Hause, mitten am Vormittag?« Hilde gab sich nicht die geringste Mühe, ihre Verärgerung zu kaschieren. »Da muss ich dich enttäuschen. Den gibt es heute nicht. Kathi habe ich mit einer dringenden Erledigung weggeschickt, und Kreszenz steckt mitten in den Vorbereitungen für das Essen, das wir am Samstag geben. Es wird immer schwieriger, selbst die simpelsten Zutaten aufzutreiben. Luise und ich begnügen uns deshalb brav mit bitterem Tee.«

Einen Moment stutzte Ernst. Insgeheim hoffte Lou, er würde wenigstens auf dem gewünschten Kaffee bestehen. Seine sonst so strahlenden grauen Augen wirkten fahl, um seine Mundwinkel zuckte es. Umständlich sah er auf seine Armbanduhr. »Auf den Tee verzichte ich besser. Es ist doch später, als ich dachte. Leider muss ich zurück ins Büro.«

Er hauchte seiner Gattin einen Kuss aufs streng zu einer Nackenrolle frisierte Haar, nickte Lou zu und eilte wieder nach draußen. Enttäuscht sah Lou ihm nach. In Hildes Dunstkreis schrumpfte der stolze Cäsar auf niedrigstes Legionärsniveau zusammen.

»Vergiss nicht, pünktlich um halb sieben hier zu sein«, rief Hilde ihm überflüssigerweise hinterher. Spätestens um fünf Minuten vor halb sieben würde er parat stehen, um sich unter ihrer Anleitung in Smoking oder Frack zu werfen und sie sogar bei der Auswahl des Einstecktuchs um Rat zu bitten.

»Und nun zu uns, meine Liebe«, wandte Hilde sich wieder honigsüß lächelnd an Lou. »Auch wir sollten aufbrechen. Wir haben eine Menge Arbeit vor uns, bis wir für den heutigen Abend präsentabel sind.«

Sie spitzte die Lippen, musterte Lou, verkniff sich aber den Zusatz, dass die Arbeit weniger an ihr als an Lou auszuführen war.

Statt den Rest des Tages in der Werkstatt über neuen Entwürfen für Abendtaschen zu sinnen, verbrachte Lou qualvolle Stunden erst unter der Fuchtel der ob des Zustands ihrer Hände und Fingernägel sichtlich verzweifelten Kosmetikerin und anschließend beim Friseur, beide ansässig im *Vier Jahreszeiten* in der Maximilianstraße. Zumindest Letzterer zeigte sich zufrieden mit ihr, besaß ihr kastanienbraunes Haar doch von Natur aus die ideale Form für den modischen Bubikopf.

»Eine Zuckerseite musst du schließlich haben«, stellte Hilde gönnerhaft fest, nachdem ihr blondes Haar im Nacken wie gewohnt eingerollt, an den Schläfen jedoch zu sanften Wellen onduliert worden war. Prüfend betrachtete sie sich von allen Seiten in dem Spiegel, den der Friseurmeister ihr höchstpersönlich hielt, und nickte zum Einverständnis. Sie wusste, wie bezaubernd sie ihrer vierzig Jahre zum Trotz immer noch aussah.

Das fanden auch die männlichen Gäste der Dombergs, kaum dass sie am Abend die klassizistische Villa nahe dem Karolinenplatz betraten. Es handelte sich um die übliche Runde der sogenannten besseren Gesellschaft der Stadt, vorrangig ältere Herren, die im Krieg zwar dank hoher militärischer Ränge oder großem wirtschaftlichem Einfluss nicht an der Front gekämpft, hinterher aber dennoch sofort den entscheidenden Grund für die vernichtende Niederlage des Kaiserreichs parat gehabt hatten. Das Chaos der Revolutionszeit hatten sie alle leidlich überstanden, um anschließend umso freudiger der strikt konservativen Regierung unter Gustav Ritter von Kahr und seiner Idee der »Ordnungszelle Bayern« zuzujubeln.

Die zugehörigen Damen schienen sich damit zu begnügen, den von den Männern erarbeiteten oder ererbten Reichtum angemessen zur Schau zu tragen und ansonsten auf jede Eigenständigkeit im Denken und Handeln zu verzichten. Ein Blick auf ihre einfallslosen Handtaschen bestätigte Lou diese Einschätzung. An den wohlgenährten Handgelenken baumelten nahezu ausnahmslos traditionell bestickte Pompadours oder silbern funkelnde Kettentaschen. Kein ausgefallenes Material, keine ungewöhnliche Form, nirgendwo auch nur der leiseste Versuch, sich vom bewährten Geschmack der Gleichgesinnten mit einem originellen Modell abzuheben.

Dank ihrer Größe und ihrer eleganten Erscheinung in einem schlicht geschnittenen, roséfarbenen Seidenkleid war Hilde auf Anhieb die ungekrönte Königin des Abends. Huldvoll ließ sie sich von befrackten Herren die Hand küssen. Die anwesenden Damen in nicht minder festlicher Abendgarderobe bedachte sie mit einem nachsichtigen Lächeln, während sie an Ernsts Seite durch die Räume stolzierte. Lou folgte den beiden dicht auf den Fersen.

Inzwischen hatten sie ihren gesellschaftlichen Auftritt zu dritt oft genug absolviert, so dass die meisten Anwesenden ausführlich über ihre Beziehung zueinander informiert waren. Neugierige Blicke trafen sie nur noch selten. Das war Lou recht, machte sie mit ihrer zierlichen Figur und dem zurückhaltenden Kleid aus dunkelrotem Samt doch deutlich weniger Staat als Hilde, die gemeinsam mit Ernsts Cäsarengestalt ein wahrlich majestätisches Auftreten besaß.

Nach dem Rundgang durch die festlich ausgeleuchteten Räume des Erdgeschosses kehrten sie in den Salon zurück, in dem ein Großteil der weiblichen Gäste auf zierlichen Empiresesseln beisammensaß und angeregt plauderte. Auf dem schwarzen Flügel ließ ein blasser Jüngling gefällig leise Töne ineinanderperlen. Niemand schenkte seiner Kunst sonderlich Beachtung. Das laute Knistern des Feuers im Marmorkamin drohte gar, sie zu übertönen. Lou warf einen kurzen Blick nach draußen. Der verschneite Garten war anheimelnd mit Fackeln erleuchtet. Das im Wind flackernde Licht zauberte bizarre Schatten auf das jungfräuliche Weiß, das von einer akkurat gestutzten Tannenhecke umrahmt wurde.

»Die liebe Familie Hoffoldinger! Es ist mir eine ganz besondere Freude, Sie heute Abend in meinem bescheidenen Heim willkommen zu heißen.« Mit ausgebreiteten Armen und einem zuvorkommenden Lächeln auf dem Vollmondgesicht trat die Gastgeberin Martha Domberg auf sie zu.

Hilde schürzte kaum merklich die Lippen, bevor sie sich anheischig machte, Marthas Herzlichkeit noch zu übertreffen. »Wir haben für diese zauberhafte Einladung zu danken, meine Teuerste. Ein Jammer, dass wir uns in den letzten Wochen so selten gesehen haben. Den ganzen Winter über eilt man von Verpflichtung zu Verpflichtung.«

»Ich hoffe, der heutige Abend ist für Sie mehr als nur ein lästiger Pflichttermin«, merkte Martha spitz an, bevor sie sich Lou zuwandte. »Wie schön, dass Sie Ihre reizende Ziehtochter mitgebracht haben. Ich verrate nicht zu viel, wenn ich behaupte, dass einige der jungen Herren nebenan im Billardsalon darauf brennen, ihre Bekanntschaft zu machen. Natürlich nur«, fügte sie mit süffisantem Unterton an Ernst gewandt hinzu, »wenn der verehrte Herr Papa damit einverstanden ist.«

Hell klirrte ihr Lachen durch den Raum. Hilde bedachte sie mit einem vernichtenden Blick. Martha ignorierte das, strich eine Strähne ihres silbernen, aufwendig toupierten Haars aus der Stirn und legte die kleinen Hände vor ihrem rundlichen Leib wie zum Gebet ineinander. Ihr nachtblaues Kleid aus schwerem Taft war raffiniert geschnitten, um sie nicht noch matronenhafter wirken zu lassen, als sie ohnehin schon war. Mit einer kaum merklichen Geste winkte sie Hilde näher zu sich heran und flüsterte ihr halblaut ins Ohr, so dass Lou sie gerade noch verstand: »Wir erwarten nachher einen ganz besonderen Gast. Bestimmt wird er Sie ebenso entzücken wie die anderen Damen und mich.«

»Haben Sie etwa Alfred Schuler noch einmal herbitten können?« Beim Aussprechen des Namens wurde Hildes Stimme andächtig. »Was für ein Phänomen! Seit Jahrzehnten hält er uns jetzt schon in Atem, und noch immer versteht er es, uns jedes Mal aufs Neue mit seinen Ideen zu faszinieren.«

»Das ist wahrlich ein Phänomen«, stimmte Ernst zu. Sowohl an seiner amüsierten Mimik wie an seinem Ton war zu erkennen, wie er zu dem angekündigten Auftritt stand.

»Einen Mann wie Sie muss Schuler doch regelrecht mitreißen.« Martha Domberg schien die spöttischen Zwischentöne nicht gespürt zu haben. »Ich verrate Ihnen nichts Neues, wenn ich Sie auf Ihre unglaubliche Ähnlichkeit mit Cäsar hinweise. Eigentlich müssten Sie und Schuler wahre Brüder im Geiste sein. Schuler kam selbst, wie wir wissen, aus vergangenen Zeiten zu uns. Er wird die Zeichen richtig deuten und sich sicherlich gern mit Ihnen austauschen.«

»Das haben die beiden bereits mehrfach getan«, merkte Hilde stolz an, woraufhin die Hausherrin verblüfft die Augenbrauen nach oben zog und säuerlich feststellte: »Ich hätte es wissen müssen.« Ein weiteres Mal erklang ihr helles Lachen, um die Verlegenheit zu überspielen. Übereifrig hakte sie sich bei Hilde unter und raunte ihr zu: »Um diesen Mann sind Sie wahrlich zu beneiden.«

»Sie sagen es.« Hilde schenkte ihr von neuem ein huldvolles Nicken, bevor sie Ernst zu Lous großer Überraschung vorschlug: »Willst du Luise nicht in den Billardsalon begleiten? Frau Domberg wird mich noch zu der einen oder anderen Dame führen, mit der wir etwas zu besprechen haben, bevor Schuler uns nachher mit seinem neuesten Gedankengut vertraut macht. Das wird euch beide nur langweilen.«

»Eine hervorragende Idee«, pflichtete Martha Domberg bei und zog sie zu dem Kreis vor dem Kamin.

Statt die Gelegenheit beim Schopf zu packen und sich abseits der steifen Gesellschaft einen vergnüglichen Abend in der nahen *Odeon Bar* oder im *Luitpold Tabarin* zu gönnen, führte Ernst Lou zu ihrem Verdruss tatsächlich zu der hungrigen Jünglingsmeute im Billardsalon. Das Schlimmste war, dass er nun selbst von diesem Schuler zu reden begann, ohne Lous Enttäuschung auch nur im Ansatz wahrzunehmen. »Leider weiß ich nur zu gut, was Schuler nachher über die antiken Urreligionen, den Untergang der römischen Kaiserzeit und das heilige Lebenselixier des Blutes von sich geben wird. Unglaublich, wie viele erwachsene Menschen sich für diese abstrusen Ideen immer noch begeistern lassen. Dabei hält er seit Jahren dieselbe Rede. Das eigentlich Faszinierende an ihm ist in meinen Augen weniger seine wirre Lehre als vielmehr sein Talent, erst die Schwabinger Boheme der Vorkriegsjahre und inzwischen die Damen der besseren Gesellschaft um sich zu scharen. Martha Domberg und Hilde sind leider nicht die Einzigen, die ihm aus der Hand fressen, vom bereitwilligen Öffnen der Geldbörsen ganz zu schweigen. Du musst dir nachher einmal anhören, wie das Schuler gelingt.«

»Hoffoldinger, Sie alter Schlawiner, wie lang haben wir uns nicht mehr gesehen?« Ein kahlköpfiger, älterer Herr kam freudestrahlend auf sie zu, tätschelte Ernst kameradschaftlich den Arm, bevor er sich mit einer übertrieben tiefen Verbeugung Lou vorstellte. »Gestatten, Emil Hombach. Mir gehören die knallroten Lieferwagen, die Sie hoffentlich jeden Tag in irgendeinem Winkel der Stadt entdecken. Unser Werbeslogan wird Ihnen gewiss schon aufgefallen sein: *Willst du die Sachen schnell verschicken, musst du nur gleich den Hombach bitten.*«

Sein Lachen dröhnte durch den ganzen Raum. Ernst rang sich ein Schmunzeln ab, schüttelte zugleich aber unauffällig den Kopf.

»Das Transportgewerbe steht vor einem enormen Aufschwung«, warf Hombach sich weiter in die Brust. »Wenn wir erst einmal die Schmach von Versailles hinter uns haben, kann uns nichts mehr aufhalten.«

Er verschränkte die kurzen Arme hinter dem Rücken, wodurch sein unübersehbarer Bauch weiter nach vorn ragte, und wippte auf den Fußspitzen. So versuchte er, zumindest ansatzweise an Ernsts Größe heranzureichen. »Sie sind ein echter Glückspilz, mein Lieber. Zum einen nennen Sie diese außergewöhnliche Frau Ihr Eigen, und dann fällt Ihnen auch noch dieses bezaubernde Geschöpf als Ziehtochter in den Schoß. Ich verrate Ihnen nicht zu viel, wenn ich behaupte, dass jeder von uns Männern hier im Saal seinem Kriegskameraden nur zu gern versprochen hätte, für ein solches Wesen bis in alle Ewigkeit zu sorgen. Sehen Sie sich die Menge der jungen Herren hier doch einmal genauer an. Nichts täten die Burschen lieber, als das Fräulein an Ihrer Seite vom Fleck weg zu heiraten. Mein Sohn ist übrigens auch darunter. Ich hoffe, Sie werden das gnädig bemerken.«

Im Billardsalon fand sich in der Tat eine größere Runde junger Herren. Lou genügte ein kurzer Blick, um zu sehen, wie wenig sie mit den ihr einst so vertrauten jungen Theaterleuten und Künstlern aus der Maxvorstadt gemein hatten. Das lag nicht allein an der exquisiten Kleidung, die die Herren als Sprösslinge aus gutbetuchten Kreisen auswies. Auch ihr Gebaren hob sich von dem ab, was sie von Männern des gleichen Alters wie Curd und Max gewohnt gewesen war. Ein besonders blasser, hochaufgeschossener Bursche bewies mit der schwarzen Augenklappe über dem rechten Auge, dass er trotz seiner Jugend bereits seine Pflicht fürs Vaterland getan hatte. Ebenso betonte ein rundlicher, rothaariger Altersgenosse durch das Nachziehen des linken Beines seine aufopferungsvolle Kriegsteilnahme. Auch ohne ihre Gespräche zu verstehen, meinte Lou allein an der bewusst aufrechten Haltung und der militärischen Gestik ablesen zu können, worum es dabei vor allem ging: um das Austauschen von heldenhaften Fronterlebnissen und um die Kritik an der ungeliebten Berliner Republik, die ihnen die erhoffte Würdigung dieser tapferen Taten angeblich vorenthielt. Selbst knapp drei Jahre nach Kriegsende war das erschreckenderweise nach wie vor das beherrschende Thema, während kaum mehr einer ein Wort über die Opfer des blutigen Frühlings 1919 verlor.

Auf Hombachs leises Räuspern eilte ein ähnlich beleibter und trotz seiner höchstens fünfundzwanzig Jahre schon mit auffällig schütterem Haar bedachter Mann herbei. Seine grauen Augen versteckten sich hinter dicken Brillengläsern, was sie ungewohnt klein wirken ließ. Etwas unsicher sah er zwischen seinem Vater sowie Ernst und Lou hin und her.

»Darf ich vorstellen, mein Sohn Edgar«, trompetete Hombach stolz und legte dem Burschen die Hand auf die Schulter. »Gerade hat er sein Studium der Ökonomie abgeschlossen, schon steht er mir in der Firma zur Seite. Über kurz oder lang kann ich ihm die Führung komplett überlassen, so erfolgreich hat er die ersten Geschäfte eingefädelt.«

»Papa«, mahnte Edgar. Das Lob seines Vaters machte ihn sichtlich verlegen. Kaum konnte er Lou und Ernst in die Augen schauen. Stattdessen inspizierte er die Spitzen seiner blankpolierten Herrenpumps, die unter blütenweißen Gamaschen hervorlugten und für seine eher bescheidene Körpergröße ungewöhnlich große Füße verrieten.

»Du hast mich doch eigens gebeten, dir Hoffoldinger und seine Ziehtochter vorzustellen«, merkte Hombach beleidigt an.

»Hoffoldinger?«, echote Edgar neugierig und blinzelte Ernst an. »Dann gehört Ihnen die Druckerei am Ostbahnhof?«

Lou war, als weckte diese Überlegung sein Interesse weitaus stärker als ihre Person. Sie atmete auf. Mit einem solchen Langweiler würde Ernst sie nie im Leben länger als nötig quälen. »So ist es. Seit mehreren Generationen befindet sie sich in Familienbesitz.«

»Ach ja?« Edgar war ein schlechter Schauspieler. Seine Fähigkeiten für eine leichte Konversation waren damit bereits erschöpft.

»Also, nun gib dir mal Mühe, zeig dich von deiner besten ...«, griff sein Vater ein, brach allerdings mitten im Satz ab, weil Edgar ihn am Arm fasste, um ihn auf das Geschehen im benachbarten Salon aufmerksam zu machen.

Plötzlich drängte es die Herren allesamt hinüber. Selbst die beiden Billardspieler unterbrachen ihre Partie und legten die Queues beiseite, um nach nebenan zu gehen. Ernst und Lou, die nahe beim Durchgang standen, wurden unsanft angerempelt. Edgar zog es grußlos von ihnen fort, obwohl sein Vater noch beherzt versuchte, ihn auf sein ungebührliches Verhalten aufmerksam zu machen.

»Verzeihen Sie«, setzte er an Edgars statt zu einer matten Entschuldigung an. Ernst aber winkte ab. »Lassen Sie gut sein. Mit einem echten ›Kosmiker‹ können wir es wohl einfach nicht aufnehmen.«

»Das sagen ausgerechnet Sie, dessen Ähnlichkeit mit ...«, setzte Hombach an, doch Ernst unterbrach ihn enerviert. »Sie ahnen nicht, wie oft ich mir das anhören muss. Leider bin ich Geschäftsmann und besitze nicht das geringste Talent, aus der Ähnlichkeit mit dem römischen Imperator einen geldwerten Vorteil zu ziehen.«

»Ich verstehe.« Hombach zwinkerte ihm vergnügt zu und schlug mit einer kleinen Verbeugung in Lous Richtung vor: »Hören wir uns also wieder einmal an, was Schuler uns zu sagen hat. Um bahnbrechend Neues wird es sich kaum handeln.«

Tatsächlich drängte Ernst Lou mit zurück in den Salon. »Du musst einmal sehen, was es heißt, Menschen in seinen Bann zu ziehen«, flüsterte er ihr zu, während sie sich einen Platz nahe an der Wand suchten. »Auch wenn wahrscheinlich kaum einer versteht, worum es Schuler in seinen Überlegungen wirklich geht, hängen sie ihm gierig an den Lippen und sind bereit, alles zu tun, was er von ihnen verlangt.«

Der sehnsüchtig erwartete Gast hatte sich direkt vor den Damen am Kamin aufgebaut. Lou war erstaunt, wie alterslos er mit der hohen Stirn und den wachen dunklen Augen wirkte. In seinem schwarzen Anzug mit der hochgeschlossenen Weste und dem priesterhaft anmutenden Hemdkragen trat er wie ein religiöser Prediger auf. Obwohl er mit leiser Stimme sprach, lauschten ihm die teils sitzenden, teils stehenden Anwesenden tatsächlich derart hingerissen, dass sich eine nahezu heilige Stille über die Versammelten legte. Auch Lou versank nach wenigen Worten überraschend schnell im Zuhören. Weitschweifig, aber dennoch packend ließ Schuler sich über versunkene Kulturen, die Erhabenheit altheidnischer Riten und Mysterien sowie die Bedeutung der »Blutleuchte« und der »Swastika« für die Wiedergewinnung des verlorenen Seelenheils aus. So kompliziert die Themen waren, so gut verstand er sich darauf, die Einzelheiten derart beiläufig zu schildern, als plauderte er über so harmlose Dinge wie das Wetter oder die letzte Opernaufführung.

»Der Abend hat sich wirklich gelohnt«, resümierte Hilde, als sie weit nach Mitternacht mit Lou und Ernst im Salon in der Föhringer Allee zusammensaß. Ernst hatte ihnen zum Abschluss des Abends ein Glas Rheinwein eingeschenkt. Ganz im Anblick des goldschimmernden Getränks versunken, fläzte er mit lässig übereinandergeschlagenen Beinen in einem der schweren Lederfauteuils und machte keinerlei Anstalten, etwas zu erwidern. Nach einem kurzen Hochziehen der Augenbrauen fuhr sie fort: »Luise konnte heute Abend wieder sehr viel Neues lernen. Damit meine ich übrigens nicht allein Schulers spannenden Vortrag, der sicherlich ihren kleinen Horizont bestens erweitert hat.«

»Nein?«, entfuhr es Ernst desinteressiert, während er das Glas gegen das Licht hob und den Wein darin schwenkte.

In Lou begann es zu brodeln. Hilde schien das zu bemerken und erklärte zweideutig lächelnd: »Edgar Hombach scheint mir ein sehr angenehmer junger Mann. Wir sollten ihn unbedingt im Auge behalten. Das wäre ganz im Sinn von Luises verstorbenem Vater. Immerhin hast du ihm versprochen, an seiner statt für sie zu sorgen. Was läge da näher, als eine gute Partie für sie zu suchen? Es ist an der Zeit, dass wir die Hombachs zum Abendessen einladen. Wir sollten die Familie näher kennenlernen.«

Lou starrte Ernst an. Der verlor sich weiterhin in seinem Wein und schien weit davon entfernt, seiner Frau zu antworten oder gar Position gegen dieses haarsträubende Ansinnen zu beziehen. Einige Sekunden gab sie ihm noch, drehte den Weinkelch ungeduldig in den Händen, um Hildes Blick auszuweichen, der sich, wie sie meinte, triumphierend an ihr festsaugte.

»Verzeiht, ich bin müde«, erklärte sie schließlich und erhob sich. Allmählich schwante ihr, warum Hilde auf die Farce von wegen »unschuldiger Tochter eines alten Kriegskameraden beistehen« noch eingegangen war: nicht nur der Bewunderung für ihre selbstlose Wohltat wegen, sondern auch, weil sie sich durch geschicktes Verkuppeln mehr Einfluss sichern wollte. Wie schade für sie, dass ausgerechnet die Ehe der

Dombergs kinderlos war. Aus ihrer Sicht wäre das gewiss die beste Partie gewesen. Hombach besaß zwar sowohl politisch wie auch wirtschaftlich ebenfalls eine aussichtsreiche Zukunft, war aber dennoch nur die zweite Wahl. Lou wurde speiübel, wenn sie an den selbstgefälligen Vater und den vertrottelten Sohn dachte. Um sich den Ärger vom Leib zu waschen, stellte sie sich in ihrem Bad unter die heiße Brause und schrubbte sich ausgiebig, bis die Haut tiefrot war. Anschließend tapste sie nackt in ihr Zimmer.

»Geht es dir jetzt besser?« Auf der Récamiere hatte sich Ernst ausgestreckt. Smoking, Hemd und Fliege hatte er gegen seinen dunkelgrünen Hausrock eingetauscht. Darunter blitzte der Kragen seines grau-weiß gestreiften Pyjamas hervor. Lou schnappte sich schweigend das auf dem aufgeschlagenen Bett bereitliegende Seidennachthemd und verschwand abermals im Bad. Als sie damit bekleidet zurückkehrte, stand Ernst neben dem Bett.

»Du gehst wohl besser zu deiner Frau.« Mit vor der Brust verschränkten Armen blieb sie in der offenen Badezimmertür stehen, die Schulter an den Türpfosten gelehnt.

»Schade.« Er stellte sich nah vor sie, hob ihr Kinn mit dem Zeigefinger sanft an und suchte ihren Blick. »Ich verstehe, wie enttäuscht du nach dem Abend bei Dombergs bist. Mach dir wegen Hildes Phantasien zu Edgar Hombach keine Gedanken. Da habe ich immer noch ein Wörtchen mitzureden.«

»Bist du dir da sicher?«

Irritiert von ihrem Widerspruch, flackerten seine Augenlider, dann trat ein spöttischer Ausdruck auf sein charismatisches Gesicht. »Soweit ich weiß, findet sich im letzten Willen meines tapferen Kriegskameraden die ausdrückliche Bitte, sein armes Töchterchen keinesfalls vor Erreichen der Großjährigkeit in die Hände eines lüsternen Jünglings zu geben, am liebsten eigentlich zeit ihres Lebens vor solchem Ansinnen zu bewahren. Niemand soll der unschuldigen Seele etwas zuleide tun.«

»Wahrscheinlich wollte er sie ins Kloster schicken«, ging Lou auf seinen scherzhaften Ton ein.

»Das endgültig zu entscheiden bleiben uns zum Glück noch zweieinhalb Jahre.« Er hauchte ihr einen Kuss aufs feuchte Haar. »Bis dahin wird uns etwas einfallen, um Hildes Heiratskandidaten abzuwimmeln.«

»Je eher uns etwas einfällt, desto besser.«

»Es wird eine Lösung geben. Vertrau mir. Schließlich ist es mir auch gelungen, Hilde zu überreden, dich bei uns im Haus aufzunehmen. Weißt du eigentlich, wie glücklich ich bin, seitdem du jeden Tag bei mir bist?«

Für einen Moment lag ein verräterischer Schimmer in seinen Augen. Sie meinte, die Narbe an seiner rechten Schläfe würde anschwellen. Er fasste nach ihren Händen und hielt sie fest, versenkte seinen Blick in den ihren.

»Wir haben nie darüber gesprochen«, fuhr er heiser fort. »Ich muss dir kaum sagen, was war, bevor wir uns begegnet sind. Die Narbe hier erzählt genug.« Er wies auf die rauhe Haut an seiner rechten Schläfe. »Niemand ist aus diesem Krieg unversehrt zurückgekehrt, weder von der Westfront noch von der Heimatfront. Den einen sieht man die Verletzung sofort an, die anderen sind nur am verlorenen Blick zu erkennen, mit dem sie verzweifelt ihren Platz in der Welt suchen. Hilde hat mich nie danach gefragt, was war, und wird das auch nie tun. Genauso wenig erzählt sie mir davon, was sie in den vier Jahren durchmachen musste. Wir beide können einfach nicht darüber reden.« Für einen Moment wirkte er völlig entrückt, bevor er mit entschlossener Stimme fortfuhr: »Mit dir könnte ich das. Du verstehst, was mich umtreibt. In deinen jungen Jahren hast du schon so viel Schlimmes erlebt, wofür andere achtzig Jahre alt werden müssen, wenn ihnen überhaupt je so viel Leid widerfährt, bis sie begreifen.«

Kaum waren seine Worte verklungen, spürte sie, wie sich ihre Tränen Bahn brachen. Er schlang die Arme um sie. Eine ganze Weile standen sie schweigend. Darüber versiegten ihre Tränen wieder.

»Mein liebes Fräulein Lou«, erklärte Ernst feierlich, »du hast die Dämonen in meinem Kopf zum Schweigen gebracht und mir wieder Hoffnung geschenkt. Dafür bin ich dir unendlich dankbar. Endlich weiß ich wieder, was Glück im Leben heißt.«

Darauf wusste sie keine andere Antwort, als ihm von neuem um den Hals zu fallen und den Tränen abermals freien Lauf zu lassen, dieses Mal allerdings nicht vor Trauer, sondern vor Freude.

»Hilde weiß, was gespielt wird«, sagte er, sobald sie sich etwas beruhigt hatte. »Die Geschichte mit Hombach junior und die Idee, dich bald unter die Haube zu bringen, ist ihre Art, es uns zu zeigen. Solange wir die Fassade wahren, wird sie uns keine Steine in den Weg legen. Schließlich erntet sie für ihr Verhalten nicht nur die Bewunderung ihrer Freunde. Ihr ist auch klar, wie wichtig du für mich bist, um die bösen Geister aus den Kriegsjahren in Schach zu halten. Davon hängt für sie weitaus mehr ab, als du vermutest.«

Spitzbübisch grinste er. Auf einmal war er wieder ganz der siegreiche Cäsar, der es verstand, alle Widrigkeiten des Lebens mit Bravour zu meistern. Und sie konnte einem geliebten Menschen tatsächlich auch einmal Glück statt Unglück bringen. Er war der beste Beweis. In seinen Armen wusste sie sich damit nicht mehr nur vor Hildes Drängen auf eine Verlobung, sondern ebenso vor den bösen Dämonen beschützt, die auch ihr so lang schon das Leben schwergemacht hatten. Nur zu gern gab sie sich ihm hin und spürte erleichtert, wie das ewige Schuldgefühl von ihr abfiel.

15

Was für ein Tag! Nicht allein vom vielen Sekt fühlte Lou sich berauscht. Mit dem Ausflug an den Chiemsee war Ernst eine wunderbare Geburtstagsüberraschung gelungen. Für einen ganzen Tag waren sie Hildes Obhut entflohen und frönten dem unbeschwerten Vergnügen. Zu Lous Erstaunen hatte Hilde wenig Wert darauf gelegt, mit ihr Geburtstag zu feiern. Martha Domberg hatte für denselben Tag eine intime Zusammenkunft mit Alfred Schuler arrangiert. Ganz beseelt von der Aussicht, zu dem handverlesenen Kreis der Auserwählten zu gehören, hatte Hilde kaum mehr zugehört, als Ernst ihr von seinen Plänen zu Lous Ehrentag erzählte. Selbst das Damoklesschwert einer baldigen Verlobung mit einem »vielversprechenden jungen Mann aus der Münchner Gesellschaft«, das nach wie vor über Lous Kopf schwebte, geriet darüber für eine Weile in Vergessenheit. Hilde hatte derzeit anderes im Sinn, als Kandidaten zu sichten, nachdem Edgar Hombach sie zu Lous heimlicher Freude bislang noch nicht so recht überzeugt hatte.

Lou war danach, die ganze Welt zu umarmen. Übermütig warf sie den Kopf in den Nacken, ließ den Blick über die sanfte Hügellandschaft des Voralpenlands schweifen. Der eben noch strahlend weiß-blaue Himmel verfärbte sich nach Westen hin allmählich goldorange. Bald würde sich die Sonne ganz hinter den Riegel des nahen Waldes zurückziehen und den silbern funkelnden See in einem tristen grauen Gewand zurücklassen. Aufgeregt schnatternd, flüchtete eine Handvoll Enten vor einer Schar Wildgänse in ein nahes Schilffeld.

Fasziniert verfolgte Lou das Schauspiel. Für den achtzehnten Oktober war das ebenso ungewöhnlich wie die spätsommerlichen Temperaturen, die zwar nur noch ein Abklatsch der Hitzewelle der vorangegangenen Monate waren, aber nach wie vor vom Jahrhundertsommer 1921 zeugten. Das Laub war allerdings schon viel zu früh bunt geworden, und die Felder zeigten sich von der langen Trockenheit ausgedorrt. Der breite Kiesstrand am Ufer erzählte davon, wie sehr auch der See nach frischem Wasser lechzte.

»Zeit, aufzubrechen.« Mit ihrer Bemerkung schreckte Frida die kleine, schläfrig gewordene Gesellschaft auf und begann die leeren Teller, Gläser und Schüsseln auf der Picknickdecke in den Korb zu räumen. Lou freute sich, die Freundin an diesem Tag an ihrer Seite zu haben. Die Zwangseinquartierung der beiden Lehmanns vor mehr als einem Jahr hatte ihr mehr Freiheit verschafft, wusste sie Franzi seither auch tagsüber in der eigenen Wohnung bestens versorgt. Zu ihrem Großvater Prantl ging das Kind nur noch zweimal in der Woche.

Unter lautem Schnaufen schickte sich der rundliche Kommerzienrat an, Frida zu helfen. Der dicke Siegelring an der rechten Hand direkt neben dem fehlenden Zeigefinger glitzerte in den letzten Strahlen der untergehenden Sonne.

»Diesen besonderen Tag im Leben unserer lieben Freundin sollten wir noch nicht so früh beenden.« Zärtlich legte Ernst Lou den Arm um die Schultern und küsste sie auf die Stirn. Um seine grauen Augen fächerten sich muntere Fältchen auf.

»Wie wäre es mit einem königlichen Abschluss in der *Schlosswirtschaft Wildenwart?*«

»Was für eine schöne Idee, in direkter Nachbarschaft zu den Wittelsbachern zu Abend zu essen!«, rief Frida begeistert.

»Soweit ich weiß, weilt der alte König derzeit in Ungarn«, stellte Ernst klar.

»Trotzdem wird unser Besuch in der Schlosswirtschaft der gebührende Abschluss des heutigen Tages«, erklärte der Kommerzienrat.

»Wohl eher für den alten Ludwig als für Lou«, erwiderte Frida und zwickte Lou neckend in die Wange. »In diesem wunderschönen Sommerkleid siehst du noch bezaubernder aus als sonst. Die blühende Jugend! Ach, wäre ich doch auch noch einmal einundzwanzig.«

»Lou sieht immer bezaubernd aus.« Ernst bot Lou die Hand, um ihr aufzuhelfen. Dabei raunte er ihr ins Ohr: »Wenn du lieber woanders hinwillst, sag es ruhig. Es gibt noch weitere exzellente Gasthäuser in der Gegend.«

»Aber nur eine Schlosswirtschaft.« Der Kommerzienrat hatte seine Worte gehört. Er stand ebenfalls auf und klopfte sich den Staub aus den hellen Hosen.

Lou zögerte, in die Freude der anderen einzustimmen. Plötzlich hatte sie Curd vor Augen, wie er fröhlich mit ihr durchs Leben getanzt war. Zu ihrem einundzwanzigsten Geburtstag hätte er gewiss etwas anderes mit ihr unternommen als diese drei älteren Herrschaften, die nun ihre engsten Freunde waren. Auf einmal hörte sie die Dämonen doch hämisch kichern. Den Triumph aber wollte sie ihnen nicht gönnen, nicht nach so langer Zeit und erst recht nicht an ihrem einundzwanzigsten Geburtstag. Sie strich den fliederfarbenen Plisseerock glatt, atmete tief durch und verkündete mit fester

Stimme: »Natürlich geht es jetzt noch nach Wildenwart! Die Knödel dort sollen exzellent sein. Lasst uns gleich losfahren, mir knurrt schon der Magen.«

Sie lief zum Wagen. Dort angekommen, ließ sie die Augen noch einmal über das Bergpanorama wandern. Das rötliche Licht der untergehenden Sonne verwandelte die erhabene Kulisse in ein Paradies. Der Ausflug mit Ernst an den Starnberger See kam ihr in den Sinn. Auch dort hatte sie sich dem Paradies nahe gefühlt. Also gelang es Ernst trotz seines Alters doch, ihr unvergessliche Momente zu bescheren. Das Tanzen mit Curd war ohnehin für alle Zeit vorbei. Sie musste erwachsen werden und sich das Glück dann greifen, wenn es sich ihr bot.

Als die drei anderen, schwer bepackt mit Picknickkorb, Decken und Badesachen, zum Auto kamen, strahlte sie ihnen übers ganze Gesicht entgegen. »Wie gut, dass Ernst das neue Auto hat. Damit kommen wir blitzschnell nach Wildenwart.«

Auf der kurzen, äußerst kurvenreichen Strecke zeigte Ernst, was in dem Wagen steckte. Er hatte den cognacfarbenen Pierce Arrow eigens aus den Vereinigten Staaten einführen lassen und vor wenigen Tagen persönlich im Hamburger Hafen abgeholt. Insgeheim freute Lou sich auf den Moment, in dem er Hilde das gute Stück präsentierte. Weder die luxuriöse Ausstattung noch die feudalen schwarzen Ledersitze oder gar die Motorstärke würden sie beeindrucken, vom sicherlich astronomischen Kaufpreis in harten Dollars ganz zu schweigen. Dafür aber würde es sie umso mehr aufregen, dass Ernst sich kein deutsches, sondern ein amerikanisches Auto gegönnt hatte. Womöglich hatte er es vor allem aus diesem Grund gekauft.

Als sie von der Hauptstraße die schmale Straße zur Schlosswirtschaft hinunterfuhren, erregte das schnittige Automobil

Aufmerksamkeit. Obwohl die Kinder dank des Wittelsbacher Schlosses in der Dorfmitte ungewöhnlichen Besuch gewohnt waren, liefen sie aufgeregt neben dem Fahrzeug her. Zu ihrer Freude hupte Ernst fröhlich, und Lou wie auch Frida und der Kommerzienrat winkten ihnen. Direkt vor dem Eingang des Wirtshauses parkte Ernst den Wagen und beauftragte den größten der Burschen, gut auf ihn achtzugeben. Mit stolzgeschwellter Brust nickte der etwa Zwölfjährige und versprach, sein Bestes zu tun. Gleich gab er den anderen Kindern durch einen warnenden Blick zu verstehen, dass er der Auserwählte für den besonderen Auftrag war und alle auf seine Anweisungen zu hören hatten.

Zwischen den ausladenden Kastanien des Wirtsgartens waren an einer Leine bunte Lampions aufgespannt. Trotz fortgeschrittener Dämmerung waren sie noch nicht entzündet. Stattdessen flackerten am Rande des Grundstücks zwei dicke Kerzen in großen Laternen.

Im letzten Abendlicht ragte das nahe Schloss mit seinen markanten Zwiebeltürmen und der weiß-gelb getünchten Fassade zwischen dem bunten Laub hervor. Andächtig betrachtete Lou das Gemäuer, versank von neuem in Gedanken. Was tat ein Monarch, wenn er nicht mehr auf dem Thron saß? Vor mehr als zwei Jahren war die Königin gestorben. Ganz der Theaterdramaturg, hatte Max ihnen damals ausgemalt, wie einsam die letzten Jahre des abgesetzten Monarchen fernab der Münchner Residenz aussehen mussten.

»Gut, dass Sie endlich da sind.« Mit großen Schritten kam der Wirt auf sie zu. Die kastanienbraunen Augen zwinkerten leicht. »Wir können das Essen heute Abend leider nicht draußen servieren.«

»Was spricht dagegen? Wie ich sehe, sind wir die einzigen Gäste.« Streng sah Ernst den stämmigen Mann in Lederhosen und grauer Strickjacke an. »Wir haben das doch gestern erst ausführlich telefonisch …«

»Ich weiß, ich weiß«, ging der Wirt in seinem tiefen Bass dazwischen. »Es tut mir leid. Vor einer Stunde kam ein Anruf aus Ungarn. Seine königliche Hoheit ist heute Mittag unerwartet verstorben.«

Betreten schwieg Ernst.

»Was sagen Sie da? Der König ist tot?« Frida und der Kommerzienrat näherten sich.

»Keine Sorge«, beschwichtigte der Wirt, dabei rollte er das R weitaus stärker als nötig. »Natürlich lassen wir Sie nicht hungrig fort. Bis München sind es schließlich noch gut zwei Stunden. Ich muss Sie allerdings ins Haus bitten. Sie werden verstehen, dass wir unter diesen Umständen direkt neben dem Schloss keine lustige Gesellschaft veranstalten. Das verbietet der Respekt vor Seiner Königlichen Hoheit.«

»Natürlich«, pflichtete Ernst eine Spur zu unterwürfig bei. Leicht verbeugte er sich dabei sogar. Auch der Kommerzienrat wirkte betroffen. »Das ginge wirklich nicht an.«

Frida schaute Lou unschlüssig an. Offenbar fehlte ihnen beiden der Sinn für das Tragische an der Nachricht, dass derjenige, der für die alten, rückschrittlichen Zeiten des Landes stand, nun für immer abgedankt hatte.

»Ich habe Ihnen in der Gaststube einen Tisch gerichtet«, sagte der Wirt. »Es sitzt nur noch eine andere Gesellschaft aus der Stadt dabei, aber die wird Sie nicht lang stören. Die Herrschaften müssen nachher zur Bahn nach Prien. Dann sind Sie ganz für sich.«

Mit ausholenden Schritten ging er ihnen zum Eingang voraus. In der mit dunklem Holz getäfelten Gaststube wartete

zumute ist, soll dir das diesen besonderen Tag nicht verderben.«

Auf einen Wink von Ernst brachte der Wirt einen Sektkühler mit einer großen Flasche Schaumwein aus dem Rheingau. Ernst ließ es sich nicht nehmen, die Flasche eigenhändig zu öffnen und einzuschenken.

»Bringen Sie Nachschub, schnell«, raunte er dem Wirt zu, als der Sekt zur Neige ging. »Unser Fräulein Lou darf heute ganz gewiss nicht darben. Großjährig zu werden ist schließlich ein entscheidender Schritt im Leben.«

Damit reichte er ihr das erste Glas und prostete ihr zu. Zeit für einen innigen Moment blieb ihnen allerdings keine. Bald hielten alle ein gefülltes Glas in Händen und stießen mit ihr an. Sogar Richard kam aus seiner Ecke heraus und hob mit einem zweideutigen Lächeln das Glas auf sie.

Wieder sorgte Max dafür, als Letzter in der Reihe dranzukommen, umarmte sie noch einmal und wisperte ihr ins Ohr: »Wie schön, dass ich diesen Tag mit dir feiern darf. Ich hatte schon befürchtet, dich nie mehr wiederzusehen.«

»Fast wäre es wohl auch so ausgegangen.« Die Souffleuse Traudl hatte trotz Max' Flüstern alles gehört und fügte vorlaut hinzu: »Weiß Lou eigentlich schon von deinen Plänen mit Berlin?«

»Welche Pläne? Und wieso Berlin?« Lou schob ihn von sich und ignorierte Ernsts Versuch, ihre Aufmerksamkeit wieder für sich zu gewinnen. Um ihrem Blick auszuweichen, beschäftigte sich Max mit der Suche nach dem Zigarettenetui in den Taschen seines beigefarbenen Sommersakkos.

»Es stimmt also«, sagte sie leise. »Du gehst nach Berlin. Für wie lange?«

Er vermied weiterhin den Blickkontakt zu ihr, als er ebenso leise erwiderte: »Für immer.«

»Was?« Sie meinte sich verhört zu haben. Da er jedoch schwieg, begriff sie. Anders als bei seinem Engagement in Hamburg würde er München ganz verlassen, und fast wäre er gegangen, ohne sich von ihr zu verabschieden. Plötzlich sehnte sie sich danach, ihm die Hand an die Wange zu legen, noch einmal die vertrauten Linien in seinem Gesicht nachzufahren, sein Lachen zu hören und mit ihm so unbeschwert zu scherzen und ihn zu küssen, wie sie es früher getan hatten. Viel zu lang hatte sie das verdrängt, weil sie sich davor gefürchtet hatte, in ihm nur die Erinnerung an Curd zu suchen und zugleich Curds Liebe zu verraten, wenn sie sich ausgerechnet seinem besten Freund zuwandte. Vom Unglück, das sie allen Männern, die sie liebte, mit Ausnahme von Ernst brachte, ganz zu schweigen.

Von weit her hörte sie Fridas Stimme. Auf die Freundin war Verlass. Geschickt verstrickte sie Ernst wie auch den Kommerzienrat in ein angeregtes Gespräch über den am Mittag verstorbenen König und die daraus resultierenden Folgen für Bayern. Zum Glück mischte sich auch der Wirt ein, so dass die vier von Lou und Max abgelenkt waren.

»Der erste Nachkriegsfrühling ist lange vorbei«, begann Max umständlich, klappte das silberne Etui auf und steckte sich eine Zigarette zwischen die Lippen, zündete sie an. »Die Ereignisse der letzten Monate lassen mir keine Wahl.«

Es rührte Lou zu sehen, wie er mit sich rang, um seinen Entschluss zu rechtfertigen. Kaum inhalierte er die ersten Züge, fiel die Anspannung von ihm ab. Das beruhigte sie. Sie hatte kein Recht, von ihm etwas zu verlangen, was sie sich selbst lange schon verwehrte: weiter auf ihre Liebe zueinander zu hoffen. Sie war diejenige gewesen, die sich dagegen entschieden hatte. Ihm stand das selbstverständlich genauso zu.

Langsam nahm er die Zigarette aus dem Mund und wies im Kreis der Anwesenden umher. »Du, ich, wir alle haben uns verändert. Jeder von uns geht seinen Weg. Deiner führt dich in die Gesellschaft angesehener Münchner Bürger, meiner führt mich nach Berlin.«

Von neuem zog er an der Zigarette, sah Lou beim Rauchen fest an. Sie nickte zustimmend.

»Es war wohl nur eine Frage der Zeit, bis auch Max geht«, mischte sich Traudl ein. »Max Reinhardt holt sich nach und nach die besten Talente aus Falckenbergs Umfeld in die Hauptstadt. Erst war es Friedrich Märker, dann der liebenswürdige Otto Zoff, jetzt also ist es unser guter Max. Ach, wäre ich nur zehn Jahre jünger, ich ginge auch sofort mit nach Berlin. Wie soll das hier nur ohne euch werden?«

»Es wird so weitergehen wie bisher«, beruhigte Max sie, die vom Alter her besser zu Ernst, Frida und dem Kommerzienrat passte als zu den anderen Theaterleuten. »Ständig kommen interessante Leute nach. Falckenberg versteht es immer wieder, die wichtigsten Stimmen der Zeit an die Kammerspiele zu binden. Denk nur daran, wie er schon vor einigen Jahren neben Heinrich Mann auch Hanns Johst und Alfred Kerr für die Programmhefte gewonnen hat. Mit Otto Reigbert ist ihm fürs Bühnenbild ein guter Fang gelungen, über den man in den nächsten Jahren noch sprechen wird. Auch die Herrschaften der sogenannten besseren Gesellschaft werden früher oder später begreifen, wie viel zukunftsweisender es ist, sich im Theater mit den modernen, jungen Stimmen auseinanderzusetzen, als in ihren edlen, reich ausgestatteten Salons den abstrusen und längst überholten Theorien der Kosmiker zu lauschen.«

»Und was ist mit diesem Hitler, der neuerdings jede Woche Hunderte in den *Bürgerbräukeller* oder ins *Hofbräuhaus* lockt, um sie gegen die Republik und die angeblich jüdische Weltverschwörung aufzuwiegeln?« Traudls Stimme überschlug sich. Längst ging es ihr weniger um Max' Abschied aus München als vielmehr um die allgemeine Lage an der Isar, die seit von Kahrs Beschwörung der »Ordnungszelle Bayern« für Freigeister wie Künstler höchst ungemütlich geworden war. »Hast du schon einmal seine immer brutaler werdenden Schlägertrupps erlebt, die sich neuerdings ›Sturmabteilung‹ nennen?«, erregte sie sich weiter. »Trotz des Verbots der Siegermächte haben Zigtausende der Einwohnerwehr ihre Waffen behalten. Du kannst sicher sein, dass die sich früher oder später dieser ungehobelten Schlägerbande von Hitler anschließen und auf den Münchner Straßen für Aufruhr sorgen. Am Ende werden sie frech behaupten, sie allein müssten an die Macht, um die Ordnung wiederherzustellen, die sie vorher selbst zerstört haben.«

»Von uns Theaterleuten werden die sich wohl kaum in Zaum halten lassen«, erwiderte Max schmunzelnd, um gleich, als Traudl empört aufschnaubte, in beschwichtigendem Ton nachzusetzen: »Die Sturmtrupps der Rechten sind nicht die Einzigen, die Chaos anrichten. Das weißt du genauso gut wie ich. Die Roten haben auch rauhe Burschen zur Hand, die auf ihren Versammlungen angeblich für Ordnung sorgen und in Wahrheit einfach nur gern wild drauflosprügeln.«

»Aber die Hitlerschen sind die Schlimmsten!«, beharrte Traudl.

»Gewiss«, pflichtete Max ihr bei. »Trotzdem bin ich sicher, dass dieser aufgeblasene österreichische Möchtegernredner bald schon vergessen sein wird. Die Münchner werden kapieren, was für ein armseliger Lump er in Wahrheit ist. Außerhalb Münchens hat er sowieso keine Chance, weil ihn niemand ernst nimmt. Seinem heiseren Krakeelen wird bald die Puste ausgehen, vor allem, wenn ihm nichts Besseres einfällt, als immer nur gegen die Republik in Berlin zu wettern und über die jüdischen Parasiten herzuziehen. An seiner Stelle wird der nächste Messias auftauchen und, von den bierseligen Massen bejubelt, derbe Reden schwingen. Hitler wird sich dann wieder als schmieriger Postkartenmaler in Schwabing verdingen. Bei den einflussreichen Kreisen in der Politik und vor allem bei den Herrschaften mit den dicken Geldbeuteln, die die Politik letztlich bestimmen, findet er sowieso kein Gehör. Seine plumpe Art passt denen nicht.«

»Manchmal bist du erstaunlich naiv«, stellte Traudl trocken fest. »Hitler wird schneller Unterstützer in den Kreisen finden, die ›die Politik bestimmen‹, als du dir vorstellen kannst. Es wundert mich, wie hoch deine Meinung von den einschlägigen Kreisen tatsächlich ist. Frag mal unseren galanten Richard. Der hat in den letzten Monaten einige der besagten Damen mit den dicken Geldbeuteln näher kennengelernt. Oder noch besser: Sprich mit unserer lieben Lou. Seit Monaten hockt sie an der Seite eines der bessergestellten Herren mittendrin in diesen Kreisen.«

Empört wollte Lou widersprechen und sie über Ernst wie auch Frida und den Kommerzienrat aufklären. Von hinten aber legte Richard ihr den Arm um die Schultern und bedeutete ihr mit dem Zeigefinger über den Lippen sowie einem eindringlichen »Scht!«, das besser zu lassen.

Stattdessen ergriff Max noch einmal das Wort. »Mag sein, dass ich in deinen Augen naiv bin, liebe Traudl. Mag auch sein, dass ich mir über die reichen Herrschaften in München Illusionen mache. Ich bin allerdings nur Theaterdramaturg und kein Politiker. Deshalb diskutiere ich lieber über das Für und Wider einer weiteren Shakespeare-Inszenierung oder über das Desinteresse des Publikums an expressionistischen Bühnenbildern als über den Rücktritt von Ritter von Kahr als Ministerpräsident und über Hitlers neue Sturmabteilung und seine möglichen Geldgeber oder Wegbereiter. Diese Dinge kommen und gehen, das Theater und die Kunst aber bleiben, wie man nicht nur an den Erfolgen jeder neuen Klassikeraufführung sieht.«

Er hielt inne, zog genüsslich an seiner Zigarette und lauschte dem Klang der eigenen Worte nach. Traudl nutzte die Pause, um abermals verächtlich zu schnauben und verständnislos den Kopf schüttelnd »Dein Wort in Gottes Ohr!« zu murmeln. Das entlockte Max ein schiefes Grinsen. Wieder schob er die Zigarette in den Mundwinkel, legte den Arm um die Souffleuse und erklärte ihr geduldig: »Keine Sorge, meine Liebe. Völlig weltfremd bin ich nicht. Die Zeichen der Zeit weiß ich durchaus zu deuten. Sehr wohl kann ich einschätzen, was es heißt, wenn sich gute Freunde von mir lieber mit den etablierten Kreisen der bürgerlichen Gesellschaft als mit uns Künstlern abgeben. Aber wahrscheinlich habe ich selbst meinen Teil dazu beigetragen. Wie alle, die ihre Jugend in den letzten sinnlosen Schlachten an der Westfront oder im Chaos der Revolutionsjahre vergeudet haben, sehne ich mich nämlich vor allem danach, die Greuel der Vergangenheit endlich vergessen und einfach nur noch leben zu dürfen. Die einen tun dies, indem sie sich ins Vergnügen stürzen, die anderen, indem sie verstaubte Klassiker und aufrührerische Theaterstücke aufführen, wieder andere suchen Ablenkung im puren

Luxusdasein oder fressen sich einfach nur einmal nach Herzenslust satt. Was ist so schlimm oder gar naiv daran, nach allem, was uns widerfahren ist? Wenigstens für einige Jahre wollen wir unsere Ruhe haben und tun und lassen, wonach uns der Sinn steht. Deshalb werde ich jetzt den Teufel tun, meine liebe Traudl, und Lou und Richard mit blöden Fragen behelligen. Im Gegenteil. Von Herzen gönne ich ihnen, dass sie endlich einen Weg gefunden haben, wie sie sich ihren Anteil vom Glück verschaffen, das eigentlich uns allen zusteht. Ich habe mich ja auch entschieden, das zu tun, indem ich meine Karriere als Dramaturg in Berlin fortsetze, statt hier in München weiter gegen die ignoranten Herrschaften mit den dicken Geldbeuteln anzukämpfen.«

Aufmunternd klopfte er Richard auf die Schulter und umarmte Lou. Dabei hielt er sie etwas länger fest als nötig und flüsterte ihr mit belegter Stimme zu: »Pass auf dich auf, Lou. Dein reicher Kavalier meint es zwar gut mit dir, aber mir ist so, als könnte er dir nicht auf ewig beistehen.«

»Pass du lieber auf dich auf«, erwiderte sie. »Nur weil du dich nach Berlin davonmachst, heißt das nicht, dass du damit endgültig aus dem Schussfeld bist und einfach dein Leben nach eigenem Gutdünken leben kannst.«

16

Der Haken saß. Völlig überrascht von der Wucht des Treffers, taumelte Judith nach hinten, prallte gegen die Absperrleinen des Boxrings, suchte mit den Füßen vergeblich Halt. Matt sank sie zu Boden. Einen solch gezielten Treffer hätte sie dem kleinen, dicken SA-Mann niemals zugetraut. Offenbar stimmte das Gerücht, dass Hitler seine Schlägertrupps inzwischen von einem Meisterboxer trainieren ließ.

Sie schloss die Augen, versank für eine Weile ganz in dem Sternengewitter, das hinter den Lidern explodierte. Wie aus weiter Ferne drang das wilde Brüllen an ihr Ohr, mit dem die dumpfen Nazischergen ihren Überfall auf den Boxklub Isarvorstadt begleiteten. Es waren zwar nur drei Schläger und ein Anführer in langem schwarzem Mantel, aber sie machten Lärm für zehn. Dazwischen ertönten Nathan Tausendschöns empörte Aufschreie. Judith sah wieder hin. Todesmutig warf sich der Trainer gerade den feigen Angreifern entgegen, die einem fairen Kampf Mann gegen Mann von vornherein ausgewichen waren. Nicht ohne Grund waren sie ausgerechnet am Sonntagmittag in der Halle aufgetaucht, als nur Judith und Lore unter Tausendschöns Anleitung trainierten. Nachdem der kleine Dicke mit den wulstigen Lippen Judith schachmatt gesetzt hatte, nahmen sie nun zu dritt den Damentrainer in die Mangel, angefeuert von den wüsten Befehlen ihres Anführers, der hinter den Seilen des Boxrings Judiths Trainingspartnerin Lore Hufnagel im Schwitzkasten hielt. Auch das war alles andere als eine Ruhmestat, überragte er die zierliche Frau doch um mindestens zwei Kopflängen und brachte leicht das Dreifache an Gewicht auf die Waage. Die zwanzigjährige Lore war nur noch zu heiseren Protestschreien in der Lage.

Judith wagte kaum, genauer hinzusehen. Es hörte sich furchtbar an, was um sie herum geschah. Fäuste schlugen in menschliche Leiber, Knochen knackten. Ein Körper schlug auf den Boden. Tausendschön stöhnte, seine Peiniger gaben tierähnliche Laute von sich. Unbarmherzig traten sie mit den Stiefeln weiter auf den bereits auf der Matte Liegenden ein. Judith zitterte am ganzen Leib, murmelte längst vergessen geglaubte Gebete. Lore Hufnagel verlegte sich aufs Flehen. »Aufhören, bitte! Sie bringen ihn um.«

»Halt's Maul, dreckige Judenhure.« Der Schrankmann verstärkte den Griff um ihren Hals, was sie aufschreien ließ.

»Das Judenschwein hat noch lang nicht genug.« Ein weiteres Mal holte der kleine Dicke, der Judith außer Gefecht gesetzt hatte, mit dem Fuß aus, um Tausendschön in die Eingeweide zu treten. »Wir bestimmen, wann Schluss ist.« Auch der lange Dürre verstand Lores Flehen als Aufforderung, noch brutaler vorzugehen. Lediglich der dritte Schläger, dessen bartloses Gesicht seine Jugend verriet, hielt inne und schien einen Moment lang zu überlegen, seine Kameraden zum Aufhören zu bewegen. Dann aber versetzte der Dicke ihm einen mahnenden Stoß in die Seite, und schon begann auch er wieder loszuwüten.

»Genug!« Mit aller Kraft versuchte Judith, sich aufzurappeln. Der lange, dürre SA-Mann sah das und verpasste ihr einen Hieb in die Magengrube. Wieder sackte sie zu Boden. Lore dagegen schien aufzugeben. Auch Tausendschöns Wehklagen wurde leiser. Die Tritte aber gingen unerbittlich weiter, bis ein schriller Pfiff von der anderen Seite der Trennwand erklang, wo sonst die männlichen Mitglieder des Boxklubs ihre Haken, Geraden und Jabs austauschten. Schwere Stiefelschritte dröhnten über den Steinboden. Verwundert beobachtete Judith, wie die drei Schläger Haltung annahmen. Der Mann an der Seite ließ Lore los, versetzte ihr allerdings noch einen Stoß in den Hintern, um sie zu Fall zu bringen. Wie die drei anderen knallte er die Stiefel zusammen und streckte den rechten Arm nach vorn, um den Neuankömmling zu begrüßen.

»Kameraden!«, dröhnte dessen Stimme befehlsgewohnt durch die leere Halle. »Gut gemacht. Das Schwein ist erledigt, seine beiden Schlampen könnt ihr vergessen.«

Breitbeinig stellte sich der Mann hin. Auch er brachte einige Pfunde zu viel auf die Waage, kaschierte den gewaltigen Bauch mit einem dicken Gürtel, in dessen Schlaufen er die wurstigen Finger einhakte. Schlagstock und Pistole an der Seite sollten ihm wohl zusätzlich Respekt verschaffen. Sein glattrasiertes Gesicht wirkte feist, auf der hohen Stirn glänzte der Schweiß. Die hellen, kleinen Augen wanderten zufrieden über das, was er vor sich sah.

»Sollen wir hier nicht noch ein bisschen mehr für Ordnung sorgen?«, meldete sich einer der eben noch wüst brüllenden Männer erstaunlich untertänig zu Wort.

»Es langt. Dem schmierigen Juden habt ihr die verdiente Abreibung verpasst, den zwei Weibern ordentlich Angst eingejagt. Die Halle brauchen wir noch. Meister Heymann wird hier demnächst mit den Besten von uns trainieren. Dann werden wir es den Roten endgültig zeigen. Los jetzt. Abmarsch!«

»Zu Befehl!« Die vier knallten abermals die Hacken zusammen und marschierten im Gleichschritt davon. Der feiste Anführer verharrte dagegen noch einen Moment am Boxring, maß erst Tausendschön, der sich stöhnend auf dem Boden zusammengeigelt hatte, dann Lore und zuletzt Judith eindringlich mit seinen winzigen Schweinsaugen.

Sosehr das Kinn schmerzte und die Übelkeit ihr zu schaffen machte, bemühte Judith sich dennoch, seinem Blick standzuhalten.

»Glotz nicht so blöd!«, zischte der SA-Mann und machte einen Schritt auf sie zu. Sie setzte sich aufrechter hin, hob die Hände in den dicken Boxhandschuhen abwehrbereit vor ihr Gesicht. Jäh blieb er stehen, überlegte eine Sekunde lang. Dann spuckte er verächtlich auf den Boden. »Ich schlag doch kein Weib«, grummelte er und schickte sich an, in großen, lauten Schritten seinen Mannen zu folgen. In der Tür drehte er sich noch einmal um und brüllte: »Fort mit euch, dreckiges Judenpack! Ab sofort ist das unsere Halle. Zehn Minuten habt ihr, dann will ich keinen von euch mehr hier sehen. Meine Männer stehen draußen und passen auf. Verstanden?«

»Judith?« Kaum war er endlich verschwunden, kroch Lore auf allen vieren in den Boxring. »Ist bei dir alles in Ordnung?«

»Geht schon.« Judith zog die Boxhandschuhe aus, tastete übers Kinn. Vorsichtig öffnete sie den Mund, bewegte den Unterkiefer hin und her. Es tat zwar höllisch weh, gebrochen war jedoch nichts. Sogar die Zähne waren heil geblieben, und die Zunge war auch unverletzt.

»Um Tausendschön müssen wir uns kümmern. Ihn hat es übel erwischt.«

Sie nickte zu dem armseligen Bündel aus Mensch und Klamotten in der anderen Ecke des Boxrings. Es hatte so gar nichts mehr mit dem eitlen Gecken zu tun, der sonst in hellen Kleidern und mit einem halben Pfund Pomade im Haar nicht nur die Damenriege im eigenen Klub zu beeindrucken pflegte.

»Wir brauchen unbedingt einen Arzt.«

Tausendschön regte sich. Zwei-, dreimal stöhnte er, dann kratzte er sämtliche in seinem arg lädierten Leib noch vorhandenen Kräfte zusammen und richtete sich auf. Kaum war jedoch sein blutüberströmtes, von den Schlägen und Wunden verformtes Gesicht zu sehen, drohte er bereits wieder nach vorn zu kippen. Lore eilte zu ihm, fing ihn im letzten Moment auf und stützte ihn. Judith brauchte etwas länger, bis sie bei ihm war. Die ersten Schritte lösten Schwindel aus, auch die Beine wollten zunächst nicht gehorchen.

»Lassen Sie mich.« Nathan Tausendschön wand sich nicht nur in Schmerz, sondern auch in größter Verlegenheit, derart derangiert vor ihnen zu liegen. Seine Hose war ebenso wie das Hemd an mehreren Stellen zerrissen. Die Tritte der SA-Schergen hatten schmutzige Abdrücke auf dem hellen Stoff hinterlassen. So gut es ging, versuchte er das vor ihnen zu verbergen. Dabei rieb er mit den aufgeschürften Händen nur weitere Blut- und Schmutzschlieren darauf.

»Bitte helfen Sie mir in die Umkleide. Ich werde mich waschen und frische Kleidung anziehen«, bat er in schwerfälligem Tonfall. Lore und Judith wechselten ratlose Blicke.

»Was ist denn hier passiert?« Wie aus dem Nichts tauchte Gege auf. Sobald sie die drei in der Ecke des Boxrings entdeckte, weiteten sich ihre grünen Katzenaugen vor Entsetzen. »Um Gottes willen! Waren die SA-Schläger etwa schon hier?«

»Woher weißt du, dass die SA hier war?«, fragte Judith.

»Weil sie draußen im Hof gerade kräftig vermöbelt werden«, antwortete Gege mit stolzem Unterton und stemmte die Hände auf die Hüften. »Allerdings hatte ich die Hoffnung, damit wäre die Sache erledigt. Drei von unseren Jungs leisten ganze Arbeit und zeigen Hitlers Möchtegernboxern, wie echte Männer kämpfen. Jetzt winseln die fünf Burschen nicht eben heldenhaft um Gnade und wünschen sich wohl nichts sehnlicher, als nie hierhergekommen zu sein.«

»Das wird ihnen hoffentlich eine Lehre sein. Zu dritt sind sie vorhin auf Tausendschön los«, erwiderte Judith, und Lore ergänzte: »Vorher haben sie Judith mit einem Kinnhaken außer Gefecht gesetzt.«

»Ich rufe sofort einen Arzt und die Polizei. Die sollen die Schläger verhaften.« Gege wollte auf dem Absatz kehrtmachen, als Tausendschön überraschend deutlich »Nein!« rief.

Erschrocken blieb sie stehen und sah ebenso verwundert wie Judith und Lore auf den Trainer. Inzwischen war es ihm gelungen, den Rücken an den Eckpfosten zu lehnen und das Blut auf seinem Gesicht mit seinem schwarzen Seidenhalstuch etwas abzutupfen. Seine Nase sah gefährlich schief aus und war dick angeschwollen. Auf den aufgeplatzten Lippen bildete sich bereits Schorf.

»Keine Polizei«, fügte er schwer atmend hinzu. »Die hilft uns eh nicht. Wenn Hirschberg kommt, langt das.«

»Da haben Sie wohl leider recht«, stimmte Judith ihm nachdenklich zu. »Die Polizei wird wenig erfreut sein, von Mitgliedern eines jüdischen Boxklubs eine Anzeige gegen die Sturmabteilung der NSDAP aufzunehmen. Erstens hätte sie wohl viel zu tun, wenn sie derzeit alle Klagen gegen die angeblich so tapferen Vorkämpfer für die gerechte deutsche Sache tatsächlich mit allen erforderlichen Mitteln verfolgen würde, und zweitens freut sie sich insgeheim, dass wir jüdischen ›Parasiten‹ endlich einmal ordentlich eins aufs Maul kriegen.«

»Also rufe ich wirklich besser nur Doktor Hirschberg an«, pflichtete Gege bei. »Zum Glück wohnt er nicht weit weg und kann schnell da sein. Lore, hol in der Zwischenzeit kaltes Wasser und wasch Tausendschön. Judith, du ziehst dir am besten etwas Warmes an.«

Sie hakte sich bei Judith unter, um sie zur Umkleide zu begleiten. Judith wehrte ihre Hilfe ab. Besorgt erkundigte sich Gege: »Kommst du wirklich allein klar?«

»Mir ist nicht viel passiert«, erwiderte Judith und versuchte sich in einem Lächeln. »So einen lächerlichen Haken stecke ich doch leicht weg.«

»Hoffentlich.« Gege klang wenig überzeugt, ließ sie allerdings in Ruhe, um im Büro, das durch eine Glaswand von der Halle abgetrennt war, nach dem Arzt aus der Herzog-Heinrich-Straße zu telefonieren.

In der Umkleide spritzte sich Judith über dem Waschbecken eiskaltes Wasser ins Gesicht. Zwar war es schon zu spät, um die Schwellung am Kinn zu verhindern, trotzdem tat die Kälte gut. Als sie wenig später komplett angezogen in die Halle zurückkehrte, war Doktor Hirschberg bereits eingetroffen. Auch die drei Herren vom Boxklub, die laut Geges Bericht den SA-Leuten im Hof die verdiente Abreibung verpasst hatten, umstanden aufgebracht diskutierend den Boxring. Kaum einem von ihnen war viel von der Prügelei anzusehen. Stattdessen erzählten ihre grimmigen Mienen von der Wut, die sie ob des feigen Überfalls empfanden.

»Die sollen sich ruhig noch einmal herwagen«, knurrte der kahlköpfige Leonhard Epstein und schlug immer wieder die rechte Faust in die linke Hand. Der achtzehnjährige Walter Frombach reckte die Faust in die Luft und rief mit piepsiger Stimme: »Feige Hunde! Die wagen sich nur her, wenn zwei Frauen allein trainieren.« Das schmale Gesicht von Hubert Gieswein war wutverzerrt, als er hinzufügte: »Zu dritt auf Tausendschön losgehen, das schaffen sie noch. Sobald es aber Mann gegen Mann geht, haben die Feiglinge die Hosen voll.«

»Die beiden Anführer waren die Ersten, die die Beine in die Hand genommen haben und getürmt sind«, ergänzte Hirschberg mit einem süffisanten Grinsen auf dem faltigen Altherrengesicht. »Kein Wunder, so fett und untrainiert, wie die waren, können die nur einen Maßkrug stemmen.«

»Sind sie wirklich weg?«, nutzte Judith die kurze Pause, in der der Doktor sich wieder über den inzwischen flach auf dem Rücken liegenden Tausendschön beugte und die drei anderen Boxer besorgt verfolgten, was das Abtasten des Verwundeten ergab. Der Kopf des Damentrainers ruhte auf Lores Knien, die ihm immer wieder die Stirn mit einem nassen Handtuch tupfte.

»Für heute schon«, antwortete Gege. Die Arme vor der Brust verschränkt, schüttelte sie den dunklen Lockenkopf nach hinten. »Aber nur, um morgen oder spätestens übermorgen mit mindestens zwanzig Mann zurückzukommen. Die wollen die Halle haben und uns von hier vertreiben. Wenn du mich fragst, ist das offener Krieg.«

»Wir sollten die Polizei alarmieren und sie anzeigen. Es wird Zeit, dass wir uns gegen diese tumben Schläger zur Wehr setzen und unsere Rechte einklagen«, erklärte Gieswein. Er war Anwalt.

»Sie wissen doch, wie das ausgeht«, widersprach Judith. »Auf dem rechten Auge sind die blind.«

»Deshalb müssen wir das jetzt selbst regeln«, keuchte Tausendschön mühsam.

»Genug Männer haben wir«, ergänzte Frombach aufgeregt. »Ab sofort schieben wir rund um die Uhr Wache. Unsere Freunde vom Arbeiterverein aus Giesing und die Jungs aus der Au helfen uns bestimmt. Die Burschen vom Bar Kochba werden uns sowieso beistehen. Die freuen sich alle, den Dumpfbacken von der SA eine Abreibung zu verpassen.«

»Ich frag auch mal bei den Vereinen in Harlaching.« Epsteins Gesicht rötete sich vor Eifer. »Die Hitlerleute werden sich noch wundern, wie viele wir zusammenbringen.«

»Unsere Halle kriegen die jedenfalls nicht.« Frombachs Stimme überschlug sich, so sehr erfasste ihn die Begeisterung ob des Vorhabens. »Lasst uns die Männer zusammentrommeln.«

»Wollen wir nicht noch abwarten, bis wir wissen, was mit Tausendschön ist?«, warf Gieswein vorsichtig ein.

»Geht nur gleich los«, meldete sich der Trainer vom Boden her zu Wort. Die Aussicht, dass die feigen SA-Schergen in die Schranken gewiesen würden, wirkte Wunder. Seine Stimme klang bereits fast wieder so fest wie sonst. Hirschberg musste ihm mahnend die Hand auf die Brust legen. Am liebsten wäre er wohl vom Boden aufgesprungen und hätte sich den anderen angeschlossen, um eigenhändig einen Trupp gegen die SA-Schläger zusammenzustellen.

»Sie hören es«, stellte der Doktor fest. »Ihr Klubkamerad befindet sich bereits auf dem Weg der Besserung. Wenn ich Glück habe, darf ich ihm noch einen Verband anlegen und die Wunden mit Jod desinfizieren, bevor er gleich mit Ihnen zum Rachefeldzug aufbricht.«

»Das lässt er mal schön bleiben.« Energisch schaute Gieswein zu Tausendschön hinunter. »Am besten unterstützen Sie uns, indem Sie schnell wieder ganz gesund werden.«

»Und uns bis dahin mit klugen Hinweisen zur Taktik beistehen«, ergänzte Frombach und ballte die Faust in der Luft. »Los jetzt! Höchste Zeit, dass wir die Angelegenheit selbst in die Hand nehmen.«

»Genau«, pflichtete Epstein eifrig bei. »Die SA-Trupps sollen kapieren, dass sie sich mit uns besser nicht anlegen.«

Gieswein zögerte noch. Als Anwalt konnte er das Vorhaben zur Selbstjustiz keinesfalls gutheißen, als Klubkamerad aber wollte er sich den beiden nur zu gerne anschließen, um den Boxklub zu verteidigen.

»Worauf wartest du noch?« Frombach stieß ihn in die Seite, Epstein sah ihn erwartungsvoll an.

»Also gut«, erklärte er und verabschiedete sich mit einem Nicken in die Runde.

»Vielleicht haben die drei wirklich recht, die Sache selbst in die Hand zu nehmen.« Hirschberg nickte nachdenklich. »Die Polizei wird wohl kaum viel gegen die braunen Lümmel tun.«

»Leider«, murmelte Judith leise, woraufhin Gege verstimmt die Augenbraue nach oben zog.

»Ich werde Sie jetzt nach Hause bringen«, fuhr der Arzt fort. »Haben Sie dort jemanden, der Ihnen in den nächsten Tagen ein wenig beisteht?«

»Ich komme mit«, kam Lore der Antwort des Trainers zuvor. »Ich kann so lange bei ihm bleiben, wie er meine Hilfe braucht.«

Daraufhin musste Judith nun doch ein wenig schmunzeln. Die zierliche Blonde, die Lou nicht nur verdammt ähnlich sah, sondern auch viel von ihrem Wesen hatte, himmelte den Trainer schon lange an. Ihn die nächsten Tage zu pflegen war die große Chance für sie, ihm endlich nahezukommen. Gege schien Ähnliches zu denken, wie ihr vergnügtes Augenzwinkern verriet.

»Was ist mit Ihnen, Fräulein Lichtblau?« Prüfend sah der Doktor Judith ins Gesicht. »Kann ich für Sie noch etwas tun?«

»Danke, sehr liebenswürdig«, erwiderte sie. »Aber das ist nicht der erste Kinnhaken, den ich einstecke. Ich bin bestens versorgt. Ich fahre jetzt nach Hause und gönne mir ein erholsames Bad.«

»Eine hervorragende Idee«, stimmte Hirschberg zu. »Sie sollten Ihr Kinn gut kühlen und eine beruhigende Salbe auftragen, damit es nicht dicker wird. Passen Sie gut auf sich auf.«

»Das werde ich, darauf können Sie Gift nehmen.« Judith reichte ihm die Hand, bevor sie Lore zuwinkte und Tausendschön gute Besserung wünschte. Gege verstand das als Aufforderung, sie zu begleiten.

Im Hinterhof schlug ihnen beißende Kälte ins Gesicht. Trotz des bevorstehenden Frühlingsbeginns schien der Winter ungebeten eine Verlängerungsrunde einzulegen. Seit Wochen war der Boden von einer gefrorenen, stark angeschmutzten Schneeschicht bedeckt. Ein umgekippter Eimer, einige zerbrochene Holzlatten sowie tiefe Stiefelabdrücke und dünne Blutspuren zeugten von der Schlägerei, die in dem ummauerten Geviert stattgefunden hatte. Weder Judith noch Gege schenkten dem Beachtung. Dick eingepackt in Mantel, Schal und Mütze, stapften sie schweigend zur Lindwurmstraße. Nur zu gut spürte Judith, dass Gege darauf brannte, ihr etwas zu erzählen. Deshalb war sie wohl überhaupt im Boxklub aufgetaucht. Immerhin wusste sie ganz genau, dass Judith seit einiger Zeit sonntagmittags mit Lore für einen Wettkampf gegen die Damenriege aus der Auenstraße trainierte. Aus unerfindlichen Gründen bereitete es Judith jedoch Spaß, so zu tun, als würde sie nichts von Geges Ungeduld bemerken.

»Wollen wir auf die Elektrische warten oder uns nach einer Kraftdroschke umsehen?«, erkundigte sie sich beiläufig und sah bereits suchend die Straße entlang. In dem grauen Winterwetter war kaum jemand unterwegs. Selbst an der Haltestelle der 26 stand niemand. Wahrscheinlich würde man eher festfrieren, bevor eine Tram heranruckelte. Vom Sendlinger Berg näherte sich erfreulicherweise ein Auto, das sich beim Näherkommen als Mietdroschke entpuppte. Judith winkte. Direkt vor ihren Füßen kam der schwarze Wagen zum Stehen, allerdings blieb der Chauffeur sitzen, ließ den Motor knattern und öffnete ihnen von innen den Verschlag.

»Zur Amalienstraße«, wies ihn Judith an, nachdem sie hinter Gege auf die Rückbank geklettert war.

Im Innenraum des Wagens war es kaum wärmer als draußen, wie die Dunstwolken verrieten, die ihr Sprechen begleiteten. Der Fahrer hatte sich eine dicke Decke um die Beine geschlungen und die Hände in riesige Fellhandschuhe gepackt. Ein Wunder, dass er damit überhaupt lenken und schalten konnte. Wortlos fuhr er an.

Kaum kam der Goetheplatz in Sicht, hielt Gege es nicht mehr aus und plapperte los. »Ganz schön fahrlässig von dir, auf Hirschbergs Hilfe zu verzichten. Spätestens morgen früh hast du ein blaues Ei am Kinn. Als Reporterin kannst du natürlich so unter die Leute gehen. Eine Schauspielerin wie ich könnte sich das niemals erlauben.«

»Deshalb hast du das Boxen ja auch an den Nagel gehängt«, erwiderte Judith und schaute durchs Seitenfenster, hinter dem die Hausfassaden vorüberzogen, bis sich die Straße zum Sendlinger-Tor-Platz öffnete. Selbst dort, wo sich die Trambahnen aus allen vier Himmelsrichtungen zwei der wichtigsten Verkehrsadern der Stadt kreuzten, herrschte an diesem eisigen Wintertag gähnende Leere.

»Morgen Mittag habe ich einen Termin in Geiselgasteig«, fuhr Gege fort, als sie durch das rote Backsteintor fuhren und nordwärts auf den Marienplatz zuhielten. Trotz des beiläufigen Tons, den sie ihrer Stimme zu geben versuchte, war herauszuhören, wie stolz sie darauf war.

»So?« Judith tat desinteressiert und betrachtete weiter die Gegend. Vereinzelt führten dick eingepackte Gestalten ihre Zamperl Gassi oder eilten ins Wirtshaus. In Höhe der Asamkirche trat ein von der Last des Lebens gebeugtes Mütterlein unvermittelt auf die Straße. Hätte der Fahrer nicht plötzlich gehupt und abrupt abgebremst, wäre das übel ausgegangen. »Narrische Amsel, schaugst, wo'st hinrennst, sonst g'hörst der Katz!«, wetterte der Mann am Steuer.

Von der Wucht des Bremsens wurden Judith und Gege nach vorn geschleudert. Gege schlug sich die Stirn am Vordersitz an. »Verflixt!« Sofort presste sie die Hand auf die schmerzende Stelle. Sie rang um Fassung, während sie in weinerlichem Ton fortfuhr: »Hoffentlich gibt das keine Beule. Das wäre eine Katastrophe. Ausgerechnet jetzt, wo ich kurz vor dem Durchbruch stehe.«

Das Bremsmanöver hatte den Motor abgewürgt. Unter weiteren, wenig salontauglichen Flüchen kletterte der Chauffeur aus dem Wagen, um den Motor wieder anzukurbeln. Es dauerte einige Minuten, bis das Knattern gleichmäßig ertönte und die Fahrt weitergehen konnte.

»Lass sehen.« Währenddessen untersuchte Judith die lädierte Stelle an Geges Stirn. Die Haut oberhalb der rechten Augenbraue war gerötet, der Abdruck der Kante gut zu erkennen. »Halb so schlimm. Morgen früh sieht keiner mehr was davon.«

»Gott sei Dank!« Erleichtert ließ Gege sich in die Rückbank sinken. Der Fahrer saß wieder hinter dem Lenkrad und fuhr an. »Es wäre mir zu peinlich gewesen, Friedbert Poloni zu enttäuschen. Erinnerst du dich an ihn? Das war der elegante Herr mit der Halbglatze, der mir letzte Nacht in den *Blumensälen* kurz vor Mitternacht den Champagner gereicht hat.«

Judith verdrehte die Augen. Natürlich hatte sie den besagten Herrn gleich vor Augen, immerhin übersah Gege die winzige Kleinigkeit, dass sie ihn ihr selbst vorgestellt hatte. Den Filmmann kannte sie dank eines Berichts für die Wiener *Arbeiter-Zeitung* seit letztem Silvester, als sich halb München erst in den Sälen des *Luitpold* und später auf dem Marienplatz einen so rauschenden Jahreswechsel wie zu besten Bohemezeiten gegönnt hatte.

»Poloni besetzt gerade die Rollen für seinen neuen Film«, sprudelte es weiter aus Gege heraus. »Stell dir vor: Letzte Nacht bin ich ihm auf Anhieb aufgefallen, dabei waren Hunderte Frauen im Saal. Auf den ersten Blick hat er mein Schauspieltalent erkannt. Zum Glück hatte ich das blassblaue Taftkleid an. Darin sehe ich einfach umwerfend aus. Die Aigrette im Haar hat meinem Auftritt den besonderen Pfiff verliehen. Morgen in den Studios werde ich Poloni zeigen, was ich draufhabe. Das ist meine große Chance, Judith. Ich kann es kaum fassen. Die winzigen Rollen, die mir in den Kammerspielen angeboten wurden, kann ich jetzt absagen. Dazu ist mein Talent einfach zu schade.«

Sie hielt inne, sah Judith erwartungsvoll an. Judith blickte stur weiter nach draußen, wo die gusseisernen Löwen vor der

Residenz geduldig Wache hielten, die goldglänzend polierten Nasen würdevoll in die Luft reckend. Am liebsten hätte Judith den Fahrer gebeten, kurz anzuhalten, damit sie aussteigen und jeder der vier Figuren über die Nase streichen konnte. In Zeiten wie diesen konnte es nicht schaden, alle Glücksbringer auf einmal einzusetzen, um dem drohenden Unheil die Stirn zu bieten. Mit einem Mal fühlte sie sich schrecklich allein. Seit mehr als fünf Monaten war Max in Berlin, seit knapp zwei Jahren stand Lou unter Ernsts Obhut, und jetzt ging also auch noch Gege ihre eigenen Wege. Der Überfall der SA im Boxklub war erst der Anfang. Noch größeres Unglück lag in der Luft, das spürte sie. Sie musste sich etwas überlegen, um nicht im Strudel der Ereignisse unterzugehen.

»Von Max war es natürlich gut gemeint, mich damals Falckenberg vorzustellen«, fuhr Gege unterdessen munter fort. »Leider war er selbst nicht fest in der Augustenstraße engagiert und hatte nur wenig Einfluss auf die Besetzungslisten. Seit er im letzten Herbst nach Berlin gegangen ist, habe ich jegliche Rückendeckung verloren. Niemals hat mir einer die Gelegenheit gegeben, zu beweisen, dass mehr in mir steckt als nur das Zimmermädchen, das in fünf Akten einen einzigen lächerlichen, stummen Auftritt hat, oder die törichte Geliebte, die im ersten Akt zwei halbe Sätze sprechen darf. Von dem Ohnmachtsanfall als Haustochter kurz vor dem letzten Vorhang ganz zu schweigen, ebenso von der Szene, in der ich als Straßendirne zwei Akte lang halbnackt, aber stumm unter einer Laterne ausharren musste. Wie soll ich unter diesen Voraussetzungen je irgendwem meine wahre Begabung beweisen? Poloni hat natürlich recht. Die liegt eigentlich beim Film. Da werde ich mich jetzt richtig entfalten. Wie gut, dass wir uns begegnet sind. Das war Vorsehung! Meine besten Jahre hätte ich doch nur weiter sinnlos vergeudet, immer in der blöden Hoffnung, einer von den Kammerspielleuten würde mir eines fernen Tages vielleicht doch noch eine Chance geben.«

Sie passierten die Staatsbibliothek, vor der die vier antiken Philosophen mit steinerner Miene stoisch dem Frost trotzten. Kurz darauf bog die Kraftdroschke in die Schellingstraße. Judith atmete auf. Gleich war sie zu Hause und konnte sich von der Zimmerwirtin ein heißes Bad einlaufen lassen.

»Warum sagst du eigentlich nichts dazu?«, wollte Gege endlich wissen. »Freust du dich denn gar nicht für mich? Sei kein Spielverderber! Nur weil dein Freund Max mich damals an die Kammerspiele gebracht hat, bin ich denen nicht für den Rest meines Lebens verpflichtet. Oder bist du etwa eifersüchtig? Wir beide bleiben sowieso beste Freundinnen. Daran ändert weder der schicke Poloni noch mein künftiges Engagement in Geiselgasteig etwas. So weit solltest du mir vertrauen.«

»Natürlich freue ich mich für dich«, erwiderte Judith, als der Wagen auf ihre Anweisung vor der Akademischen Buchhandlung in der Amalienstraße zum Stehen kam. Rasch beglich sie beim Fahrer die Tour und stieg aus. Gege folgte ihr dicht auf den Fersen. Vor der Haustür kramte Judith in ihrer Tasche nach dem Schlüssel. Erst als sie ihn gefunden und ins Schloss gesteckt hatte, drehte sie sich noch einmal zu Gege um. Sie hatte einen ersten Entschluss gefasst.

»Ich bin ab Ende März bei Max in Berlin. Da ist es gut zu wissen, dass du hier ohne mich klarkommst.«

»Du fährst nach Berlin? Schon in drei Wochen? Etwa für länger? Warum erzählst du mir das erst jetzt?« Gege wollte hinter ihr in den Hausflur schlüpfen. Judith aber verspürte keine Lust, sich das Geplapper noch länger anzuhören, zumal sie ahnte, worauf es hinauslaufen würde: dass Gege sie überredete, sie mit nach Berlin zu nehmen. Gegen die Ufa in Babelsberg war die Emelka in Geiselgasteig eben doch nur ein kleiner Fisch. Da konnte Poloni noch so viel davon erzählen, welch gigantische Chancen in seinen Studios auf Gege warteten. Letztlich war das alles nichts gegen das, was sich in der Berliner Filmbranche abspielte.

»Lass uns morgen darüber reden. Ich bin müde und muss mich ausruhen.« Sacht, aber bestimmt schob Judith Gege zurück auf die Straße und schloss die Tür.

Für diesen Tag hatte sie genug eingesteckt. Nicht einmal den sonntäglichen Besuch an Curds Grab würde sie schaffen. Lou würde dort ohne sie tanzen müssen. Hoffentlich war die kleine Franzi da, um sie zu unterstützen. Judith brauchte Ruhe, um darüber nachzudenken, wie sie es am geschicktesten anstellte, bis Ende des Monats tatsächlich in Berlin zu sein. Noch hatte sie weder einen Auftrag, mit dem sie das nötige Geld dafür verdiente, noch eine Bleibe. Nach dem Überfall in der Zenettistraße hielt es sie allerdings nicht mehr länger in München, noch dazu, da Max ihr seit Monaten mindestens einmal pro Woche davon schrieb, wie aufregend das Leben in Berlin sei, wen man dort alles träfe und welche Chancen sich dort jedem, der wollte, eröffneten.

17

Viel zu lange war Lou nicht mehr auf dem Ostfriedhof gewesen. Hilde belegte sie immer öfter auch tagsüber ganz mit Beschlag, um sie in den einschlägigen gesellschaftlichen Kreisen zu präsentieren, damit sie für ihre selbstlose Wohltäterschaft Bewunderung einheimste. Außerdem drängte sie zunehmend ungeduldiger darauf, Lou bei aussichtsreichen Heiratskandidaten ins Gespräch zu bringen, als fürchtete sie, bald schon könnte es zu spät dafür sein. Gelegentlich gelang es Ernst allerdings doch, Lou Hildes Gesellschaft für einen Ausflug ins Münchner Umland oder für einige wenige kostbare Stunden in der Pension am Englischen Garten zu entreißen. Gerade die Zeit im Februar, während der Hilde allein nach Garmisch gereist war, hatten sie für sich genutzt. Sogar für die Wochenenden hatte er wichtige Geschäftstermine vorschieben können, um die Fahrt ins *Grandhotel Sonnenbichl* ausfallen zu lassen. Stattdessen hatte er Lou nach Salzburg eingeladen. Eigentlich verwunderlich, dass Hilde weiterhin sogar ihnen gegenüber die Unbedarfte mimte. Solang der Schein nach außen gewahrt blieb, spielte sie kommentarlos mit.

Lou nahm den buntverzierten Rucksack von der Schulter, klemmte ihn vor die Brust und schmunzelte versonnen. Ernst zeigte ihr bei jeder Gelegenheit, wie glücklich er mit ihr war. Das hatte sie endlich von den quälenden Schuldgefühlen befreit und mit dem Leben sowie vor allem mit sich selbst ausgesöhnt. Sogar an Max dachte sie kaum mehr.

»Stell dir vor«, erzählte sie Curd leise mit Blick auf das Grab zu ihren Füßen, »endlich kann ich wieder das kleine Glück des Alltags genießen, ohne zu fürchten, jemand anderem Unglück zu bringen. Wer weiß, ob das große Glück überhaupt noch einmal zu mir kommt? Mit dir jedenfalls habe ich es einst erlebt, und diese Erinnerung kann mir niemand mehr nehmen.«

Sie küsste die Stickerei auf dem Leder ihres Rucksacks und dachte an die unbeschwerten Stunden mit Curd. Wie so oft behielt sie dabei die goldgelben Lettern auf dem Holzkreuz genau im Blick. *Curd Walther 17.3.1895 Wien – 4.5.1919 München.* Kaum zu fassen, dass seit jenem traurigen Frühlingsbeginn schon fast drei Jahre vergangen waren. Curd war ihr nach wie vor sehr nah. Sie stellte den Rucksack auf den Boden und wartete. Als es nach wenigen Atemzügen wie gewohnt in ihren Füßen zuckte und sie vorsichtig die ersten Schritte auf dem harten Schnee setzte, meinte sie sein übermütiges Lachen zu hören.

Nach der ersten Runde ums Grab hatte sie die unwirtliche Kälte vergessen, die die Stadt selbst fünf Tage nach dem offiziellen Frühlingsbeginn fest im Griff hielt. Still und einsam lagen die Gräber unter graugewordenem Schnee da. Eine Krähe thronte in einer Baumkrone, rief mit ihrem Krächzen einen Artgenossen herbei. Eine Kohlmeise gesellte sich nur wenige Äste entfernt von ihnen dazu. Lou schienen sie wie Zuschauer, die gebannt ihr Tanzen beobachteten. Das verlockte sie zum ersten Mal seit Monaten wieder zum leisen Summen der Melodie, die sie um das Geviert auf dem Boden herumführte. *»Links geht der Ferdinand und rechts Luise«*, intonierte sie zu ihrer eigenen Überraschung ein Lied, mit dem Curd sie gern geneckt hatte. Mit geschlossenen Augen gab sie sich dem Rausch hin, der sie bei der Erinnerung an die unbeschwerten Stunden mit dem verstorbenen Geliebten ergriff.

»Warte, ich tanze mit!«, hörte sie Franzis aufgeregte Kinderstimme. Erfreut hielt sie inne. Der frostige Schnee knirschte, als die Kleine zu ihr lief. Dick vermummt mit Mütze, Schal und Mantel, war ihr Gesicht kaum zu erkennen. Dennoch sah Lou ebenfalls, wie ihre dunklen Augen vor Freude strahlten.

»Schön, dass du wieder einmal hier bist«, rief die Kleine atemlos und griff mit ihren behandschuhten Händen nach Lous Fingern, zog sie in schwungvollen Schritten um das Grab und bestimmte fortan sowohl Tempo wie auch Rhythmus ihrer Schritte. »Wir haben eine ganze Menge nachzuholen.«

»Die nächsten fünf Runden gehen ganz zu Ehren deines Papas«, erwiderte Lou und änderte abrupt die Richtung.

»Einverstanden.« Zu Lous Verwunderung begann Franzi *»Am Prater blühn wieder die Bäume«* zu singen. Ehe sie sie fragen konnte, wie sie ausgerechnet auf diesen österreichischen Walzer kam, um ihres im Krieg gefallenen bayerischen Vaters zu gedenken, hielt sie jemand am Arm fest. Verärgert drehte sie sich um. Die Beschwerde schluckte sie gern hinunter, sobald sie Judith vor sich erblickte.

»Du kommst gerade recht. Tanz einfach mit!«

»Es geht nicht«, schüttelte Judith den Kopf. »Zum Tanzen ist mir leider gar nicht zumute.«

»Ist etwas passiert?« Besorgt musterte Lou die etwa gleich große Freundin. Wie so oft bewunderte sie die natürliche Eleganz, die in der gebürtigen Wienerin steckte. Selbst den dicken Wollschal verstand sie so adrett um den Hals zu schlingen, dass man darüber den eigentlichen Grund für dieses

Accessoire vergaß. Als sie das Kinn ein wenig über den Rand des Schals reckte, stach Lou daran eine leicht geschwollene, gelblich gefärbte Stelle ins Auge. Der Puder, mit dem Judith den Makel kaschieren wollte, war vom Mantelkragen verwischt. Judith zog hastig den Schal darüber und rang sich zu einem Lächeln durch.

»Was hast du da?«, fragte Lou dennoch.

»Nichts«, erwiderte die Freundin und wandte sich ab, sah über die Reihen der Marterl, Steinfiguren und Holzkreuze, die zwischen den Stämmen der winterkahlen Kastanien aufragten.

Lou wurde unruhig. Sie nahm Judith in den Arm, wiegte sie eine Weile und meinte, sie an ihrer Schulter schluchzen zu hören. Auf Armlänge schob sie die Freundin von sich und sah ihr forschend ins Gesicht. »Wenn es nichts ist, warum weinst du dann?«

»Das ist eine lange Geschichte.« Verschämt wischte Judith sich die Augenwinkel. »Lass uns im *Luitpold* eine heiße Schokolade trinken, dann erzählt es sich leichter.«

»Vorher würde ich trotzdem gern mit dir um Curds Grab tanzen. Das hilft immer, um auf andere Gedanken zu kommen.«

Judith zögerte einen Moment, dann reichte sie ihr die Hand in dem klobigen Fellhandschuh. Es war ein Fäustling ähnlich einem Boxhandschuh und passte ebenso wenig zum Rest ihrer adretten Erscheinung wie der gelbe Fleck am Kinn. Auf einmal erschien sie Lou sehr verletzlich. Sie musste einen schweren Schlag eingesteckt haben. Dabei waren es sonst immer Judiths Gegnerinnen und nicht sie selbst, die in einem Wettkampf einzustecken hatten. Lou war gespannt, was sie nachher im Café erzählen würde.

»Ich weiß nicht, ob es mir heute wirklich gelingt.« Judith hörte sich ungewohnt zaghaft an. »Andererseits sollte so ein allerletztes Mal wohl unbedingt sein.«

»›Ein allerletztes Mal‹ – das klingt ja, als ginge morgen die Welt unter.« Lou versuchte zu lachen.

»Das tut sie zum Glück nicht, aber ich bin ab morgen nicht mehr da, um mit dir und Franzi hier zu tanzen.«

»Wieso?«

»Ich fahre nach Berlin.«

»Zu Max?« Lou horchte auf, auch Franzi schaute Judith neugierig an. Lou legte dem Mädchen den Arm um die Schultern, um sich an jemandem festhalten zu können. Gegen ihren Willen wurde sie eifersüchtig, dabei war sie selbst es doch gewesen, die Max immer wieder zurückgewiesen hatte. Seit er in Berlin war, hatte er sich kein einziges Mal bei ihr gemeldet. Sie hatte nicht einmal seine Adresse, geschweige denn, dass sie wusste, was er dort inzwischen überhaupt tat. Judith dagegen schien nach wie vor eng mit ihm in Kontakt zu stehen, erzählt aber hatte sie bislang nichts davon. Das alte Wiener Kleeblatt hielt eben weiterhin zusammen – genau wie zu Curds Zeiten. »Grüß ihn von mir«, fügte sie leise hinzu. »Wenn du wieder da bist, finden wir bestimmt …«

»Du willst mich nicht verstehen, oder?«, fiel Judith ihr ins Wort. »Ich fahre nicht auf einen Besuch nach Berlin, ich gehe für immer dorthin. Genau wie Max und die anderen.«

Lou brauchte etwas, bis der Sinn der Worte zu ihr durchgedrungen war.

»Dann wird das jetzt so eine Art Abschiedswalzer?« Ihre Stimme bebte. »Verzeih, aber zum Tanzen ist jetzt *mir* nicht mehr zumute.«

»Aber *ich* will mit euch beiden noch einmal tanzen.« Franzi stampfte mit dem Fuß auf. »Für den toten Curd und meinen toten Papa. Ihr könnt doch nicht einfach weggehen, ohne wenigstens eine Runde …«

»Du hast recht«, stimmte Lou zu. »Ein allerletztes Mal sollten wir drei das hinkriegen. Dann bringen wir dich heim und gehen ins *Luitpold,* um zu reden.«

»Aber ihr dürft euch nicht streiten«, mahnte Franzi und setzte ihren vertraut altklugen Blick auf.

»Versprochen«, antworteten Lou und Judith wie aus einem Mund. Franzi nutzte die Gelegenheit, um von neuem *»Im Prater blühn wieder die Bäume«* anzustimmen. Wider Erwarten gelangen ihnen die Runden erst für Curd links herum, dann für den unbekannten Franz Prantl rechts herum tatsächlich einigermaßen gut. Zufrieden nickte Franzi am Ende.

Lou warf sich den Rucksack über die Schulter, hakte sich bei den anderen beiden unter und ging mit ihnen zum Ausgang. Die Elektrische fuhr gleich ab. Es wurde eine schweigsame Fahrt den Nockherberg hinunter über die Isar. Selbst Franzi blieb still und reichte Lou und Judith an der Haltestelle zur Baaderstraße lediglich kurz die Hand. »Fahrt ruhig weiter, ich geh allein nach Hause«, erklärte sie, bevor sie aufstehen und mit ihr aussteigen konnten. »Lehmanns sind ja da und werden sich um mich kümmern.«

»Grüß deine Mama von mir«, rief Judith ihr nach.

»Kommen Sie nur schnell herein, meine Damen«, empfing der einäugige Ober Ferdinand Lou und Judith an der Tür des *Luitpold*, als hätte er den ganzen Nachmittag auf sie gewartet. Dichtes Schneetreiben hatte sie inzwischen von Kopf bis Fuß durchnässt. Trotz der pelzgefütterten Stiefel waren Lous Zehen steifgefroren. Dienstbeflissen nahm Ferdinand ihnen die nassen Mäntel, Schals und Hüte ab, bevor er sie unter Verbeugungen zu Judiths Stammplatz geleitete.

»Wie immer?«, erkundigte er sich und rückte einhändig die Stühle zurecht.

»Nein«, widersprach Judith. »Heute bitte zwei heiße Schokoladen mit einer ordentlichen Portion Schlagobers und zwei sehr große Stücke Torte.«

»Sehr gern, die Damen.« Über Herrn Ferdinands Antlitz huschte ein glückliches Lächeln. Als er Lous Verwunderung bemerkte, schwärmte er: »Fräulein Lichtblau ist einer meiner letzten Gäste, die trotz der schwindelerregenden Preise noch bestellen, worauf sie Lust haben. Erschreckend, wer inzwischen alles aufs Geld schauen muss. Bald herrschen bei uns Zustände wie im *Stefanie,* und die meisten Stammgäste halten sich den ganzen Nachmittag an einem einzigen Mokka fest, während sie über dem Schachbrett grübeln. Wer hätte gedacht, dass eines Tages sogar für diejenigen ein süßes Hörnchen ein Luxus ist, die früher mittags schon den Champagner auf dem Tisch hatten und die sich abends bei Kaviar, Austern und noch mehr Champagner im *Tabarin* die Seele aus dem Leib getanzt haben.«

»Da bedauern Sie am Ende vielleicht doch die Falschen«, warf Judith verärgert ein, um, als Herr Ferdinand die Mundwinkel nach unten zog, hastig hinzuzufügen: »Immerhin können diese Herrschaften sich in Zeiten, in denen das Pfund Butter bereits mehr als dreißig Mark kostet, nach wie vor noch ihren täglichen Besuch im Kaffeehaus leisten. Andere müssen da schon ganz anders knapsen. Davon abgesehen finden sich genügend andere hier ein, die einen großen Vorteil von der leidigen Verteuerung haben. Schauen Sie doch nur die Herrschaften dort drüben an.« Sie wies mit dem Kopf in den hinteren Teil des Cafés, wo fünf junge Herren an einem Tisch zusammensaßen. Gekleidet in maßgeschneiderte Anzüge, dicke Ringe an den Fingern und noch dickere Zigarren im Mund, dazu ein blasierter Blick auf den glattrasierten, geschichtslosen Gesichtern, prosteten sie sich übermütig mit den Sektkelchen zu. »Das sind solche Krisengewinnler, die sich jetzt Champagner und Hummer zum ersten Frühstück gönnen. Für Sie als Ober bleibt es sich letztlich also gleich. Gäste, die ordentlich zechen, haben Sie nach wie vor genug, nur sind die eben von einem anderen Schlag als früher.«

»Das mag sein.« Herr Ferdinand wand sich. »Es sind halt immer ganz bestimmte Kreise, die von solch einer Entwicklung profitieren. Die anständigen Münchner leiden derzeit arg. Kostet erst einmal das Bier entsprechend, gibt es gewiss einen Aufstand. Bislang haben die Münchner schließlich noch immer aufbegehrt, wenn es ans Eingemachte gegangen ist.«

»Schade, dass die Münchner erst auf höhere Bierpreise warten, bevor sie revoltieren. Vor drei Jahren war das noch anders. Dabei wäre es auch jetzt schon höchste Zeit, auf die Barrikaden zu steigen.« Judiths Miene verfinsterte sich. Der gelbe Fleck am Kinn begann zu leuchten. Besorgt wollte Lou ihr die Hand auf den Arm legen, aber Judith wies sie ab.

»Verzeihung, Fräulein Lichtblau.« Herr Ferdinand wurde sichtlich unbehaglich. Die nassen Mäntel, die er über dem linken Arm trug, tropften. »Die Münchner haben guten Grund, nicht mehr gleich wegen allem und jedem auf die Barrikaden zu gehen. Das mit der Revolution ist nach dem Krieg ja übel ausgegangen. Wie gut, dass es endlich wieder eine starke Ordnung im Land gibt, auf die man sich verlassen kann. Da haben wir es hier in Bayern weitaus besser als die in Berlin.«

»Solange die starke Ordnung also dafür sorgt, dass die astronomischen Bierpreise ins Lot kommen, ist für Sie die Sache geregelt.« Judiths Ton wurde scharf. Von neuem wollte Lou sie bremsen, doch Judith ignorierte sie.

Herr Ferdinand stutzte ob der Wendung, die das so harmlos begonnene Gespräch genommen hatte. Empört zog er die Augenbraue über dem gesunden Auge nach oben, spitzte die schmalen Lippen, bevor er ungewohnt knapp die Order »zwei heiße Schokoladen mit Schlagobers und Torte für die Damen« wiederholte, um sich mit einer angedeuteten Verbeugung zu empfehlen.

»Musste das sein?«, erkundigte sich Lou, sobald er außer Hörweite war, und stellte den Rucksack ab. Judiths Stimmungsumschwung beunruhigte sie. Eben auf dem Friedhof hatte sie noch kraftlos und niedergeschmettert gewirkt, jetzt griff sie ausgerechnet ihren geliebten Herrn Ferdinand an. »Seit Jahren tut er alles für dich, versorgt dich mit dem allerneuesten Tratsch aus der ganzen Stadt. Warum fängst du ausgerechnet mit ihm an deinem letzten Tag in München einen so heftigen Disput an? Er kann doch nichts dafür, dass die falschen Leute ihren Schnitt mit der horrenden Preissteigerung machen und die Leute hier nicht mehr offen in den Straßen revoltieren.«

»Mein armes Tschapperl. Du begreifst es genauso wenig wie er.« Gereizt schrappte Judith den Kaffeehausstuhl über den Parkettboden. Das nervenaufreibende Quietschen brachte sie noch mehr in Rage. »Genau deshalb muss ich weg, sonst ersticke ich an der Kunst der gemütlichen Münchner, im entscheidenden Moment einfach die Augen zuzukneifen. Statt aufzubegehren, freuen sie sich brav, dass es endlich wieder ein Oktoberfest oder einen Fasching gibt. Das ist für sie Beweis genug, dass die gute alte Ordnung wiederhergestellt ist. Unterdessen machen allerdings die Falschen ihren Schnitt bei der Sache, und die Münchner wachen erst auf, wenn es längst zu spät ist. Die wahren Profiteure sind nämlich nicht einmal die Gecken da hinten am Tisch, die großspurig im Kaffeehaus prassen. Solche findest du mittlerweile überall in Deutschland. Das wahre Übel liegt hier in München ganz woanders. Dazu musst du nur einmal in die Bierkeller gehen und dir diesen schreienden Österreicher an der Spitze der NSDAP anhören. Mit seinen wild um sich schlagenden Sturmtrupps mischt er hintenrum die Straßen auf, während er sich nach vorn als Heilsbringer und Ordnungshüter gibt. Unfassbar, dass man ihm das abnimmt. Eines Tages wird es ein böses Erwachen geben. Und dann ist es zu spät, glaub mir.«

»Dass ausgerechnet du als Wienerin so auf einen Österreicher schimpfst.« Verständnislos schüttelte Lou den Kopf. »Dieser Hitler mag die bierseligen Dickschädel im *Hofbräuhaus* begeistern, die meisten Münchner aber halten nichts von ihm.«

»Behauptet das dein kluger Ernst?« In Judiths Stimme schwang Hohn mit. »Ältere Herren neigen gern dazu, jungen Fräuleins die Welt zu erklären. Wir leben allerdings in einer temporeichen Zeit. Oft übersehen diese älteren Herren, dass sie nicht mehr schnell genug denken, um die rasante Entwicklung genau mitverfolgen und erklären zu können.«

»Jetzt reicht es.« Wütend schlug Lou auf den Tisch. Wie schon Traudl Wallner im letzten Herbst so warf ihr jetzt also auch Judith die Beziehung zu Ernst vor. Dabei wusste keine von ihnen Genaueres über ihn, noch hatte sich je eine darum gekümmert, wie Lou zu ihm stand und was er für sie tat. Schon spielte sie mit dem Gedanken, aufzuspringen und zu gehen, da erschien Herr Ferdinand mit der heißen Schokolade, die unter einer riesigen Haube Schlagsahne derart verlockend dampfte, dass sie sich um des lieben Friedens willen zusammenriss. Schied Judith im Streit von ihr, wäre das unerträglich. »Lass uns damit aufhören. So dürfen wir nicht auseinandergehen.«

Judith wandte den Blick nach draußen. In der Fensterscheibe spiegelte sich ihr Antlitz. Mühsam rang sie um ein Lächeln.

»Du hast recht«, erwiderte sie und bot Lou quer über den Tisch die Hand. »Unsere Freundschaft ist wichtiger als alles andere, gerade in Zeiten wie diesen.«

Gerührt umarmte Lou sie. Als sie Judith wieder losließ, berührte sie sacht ihr verfärbtes Kinn. »Gehst du deshalb weg? Sag endlich, was passiert ist. Deshalb sind wir doch hierhergegangen.«

Mit wachsendem Entsetzen hörte sie zu, wie Judith ihr vom Überfall fünf feiger SA-Leute auf ihren Boxklub vor zwei Wochen berichtete. »Warum habt ihr nicht die Polizei gerufen?«, war ihre erste Reaktion, sobald Judith geendet hatte, um sich gleich selbst die Antwort zu geben: »Aber die hätte wahrscheinlich nichts unternommen. Das hört man in der letzten Zeit leider immer öfter.«

»Sagt dir das dein lieber Ernst?«, fragte Judith wieder mit leicht provozierendem Unterton.

»Nicht nur er«, erwiderte Lou. »Auch Frida und der Kommerzienrat reden oft davon. Sogar die Lehmanns, die bei Frida wohnen, haben bereits ähnliche Erfahrungen gemacht. Doch lassen wir das lieber. Wir wollten uns nicht mehr streiten. Es ist schlimm genug, dass du aus München weggehst. Was hast du vor in Berlin?« Eigentlich lag ihr noch eine ganz andere Frage auf der Seele. Obwohl ihr das Herz in

Wahrheit bis zum Hals schlug, fügte sie so beiläufig wie möglich hinzu: »Was sagt eigentlich Max dazu, dass du an die Spree kommst?«

Um ihre Ungeduld zu verbergen, schob sie sich ein großes Stück Torte in den Mund.

Judith nahm einen Schluck von der heißen Schokolade und musste sich danach erst einmal aufreizend lange die Sahne von den Lippen tupfen, bevor sie antwortete:

»Natürlich freut er sich. Noch mehr würde er sich freuen, wenn du auch mitkämst.«

»Das glaube ich kaum.« Lou biss sich auf die Lippen.

»Komm schon.« Judith griff nach ihrer Hand und suchte ihren Blick. »Was hält dich noch hier? Curd ist tot, Max und ich sind weg. Bei Frida und Franzi sieht man dich selten. Früher oder später wird dein lieber Ernst vor seiner strengen Hilde einknicken und das Abenteuer Adoption aufgeben. Oder sie hat genug von der Komödie und wirft dich raus. In Berlin könntest du dagegen …«

»Hör auf!« Mit einem Ruck entzog Lou Judith ihre Hand. »Du weißt genau, wie viel Ernst mir bedeutet. Er bietet mir Sicherheit und ein Zuhause. Genau das brauche ich jetzt. In Berlin würde ich das nie haben.«

Sie wagte nicht, Judith anzuschauen. Stattdessen glitten ihre Augen über die Gesichter der Kaffee schlürfenden, Kuchen verspeisenden und Tratsch austauschenden Gäste im *Luitpold*. Am Tisch mit den unsympathischen Krisenprofiteuren blieb sie hängen. Stutzte. War das ein Wink des Schicksals? Mitten in der Runde thronte der blonde, blauäugige Richard Lönsheim, der einst in den Kammerspielen unter Curds Anweisungen Kulissen bepinselt hatte. Drehte er einem seiner Kumpane das Antlitz zu, blitzten die riesigen Ohren aus der pomadisierten Haartolle heraus. Um sie besser zu bedecken, strich er immer wieder eine Strähne nach hinten.

Jäh schoss ihr ein kühner Gedanke durch den Kopf. Richard war vom Äußeren her genau der Typ, den Hilde als Bräutigam favorisierte! Fehlte nur noch der entsprechende Hintergrund mit einflussreicher, wohlhabender Verwandtschaft, und schon wäre sie Feuer und Flamme. Doch um die nötige familiäre Abstammung glaubhaft vorzutäuschen, war er schließlich an den Kammerspielen gewesen. Auch wenn er nur als Helfer beim Bühnenbild fungiert hatte, hatte er sicherlich einiges von den Schauspielern aufgeschnappt, um für Hilde etwas zu mimen. Ernst würde schon dafür sorgen, dass sie es ihm abnahm. Ohnehin freute er sich bestimmt über die Idee, Richard als Heiratskandidaten zu engagieren, um sie noch eine Weile hinzuhalten. Lou wunderte sich, dass sie nicht eher daraufgekommen war. Im letzten Herbst in Wildenwart war Richard ähnlich adrett aufgetreten. Wahrscheinlich aber waren sie da beide mit ganz anderen Dingen beschäftigt gewesen.

Als hätte Richard ihren grübelnden Blick gespürt, schaute er im nächsten Moment auf und verzog den feingeschnittenen Mund zu einem breiten Grinsen. Sie lächelte. Er sagte etwas zu seinem Sitznachbarn, bevor er sich erhob und mit weit ausgebreiteten Armen zu ihnen an den Tisch trat.

»Welch angenehme Überraschung, dich hier zu treffen, Lou.« Galant verbeugte er sich und hauchte ihr einen Kuss auf die Hand. Eine atemberaubende Wolke teuren Rasierwassers umhüllte ihn. Moschus und Patschuli waren in jedem Fall dabei, die anderen Inhaltsstoffe vermochte Lou nicht zu unterscheiden. In jedem Fall passte es zu seinem maßgeschneiderten Anzug aus feinstem englischem Twill und dem modischen Seidenhemd. Statt einer Krawatte hatte er ein in warmen Erdfarben buntgemustertes Tuch um den Hals gebunden, das einen Fingerbreit aus dem hohen Kragen herausragte. Weder als Kunststudent noch als Aushilfsbühnenarbeiter beim Theater könnte er sich das wohl leisten.

Aus dem Augenwinkel sah sie, wie Judith sie beobachtete. Richard fiel das ebenfalls auf, und er beeilte sich, sie zu begrüßen. »Wie schön, dich auch noch einmal wiederzusehen, Judith. Man sagt, du gingest nach Berlin? Wie kannst du uns das antun? Uns hier so schmählich im Stich zu lassen ist nicht gerade die feine Art.«

»Du bist wahrscheinlich der Letzte, der mir eine Träne nachweint«, stellte Judith klar, konnte ihr Schmunzeln jedoch nur schlecht verbergen.

Richard verstand das als Sieg. Flink rückte er sich einen Stuhl heran und setzte sich zu ihnen an den Tisch.

»Ertappt!«, tat er zerknirscht und schlug sich die rechte Hand auf die Brust. »Zum Schauspieler bin ich eben leider nicht geboren.«

»Da wäre ich mir gar nicht so sicher.«

Zu Lous Verwunderung erblasste Richard ob Judiths lapidarer Feststellung. Verlegen räusperte er sich, nestelte an dem Seidenschal, bevor er sich Lou zuwandte. »Wer hätte das gedacht? So wie es aussieht, sind wir die Letzten aus der Runde, die auf dem sinkenden Schiff übrig bleiben.«

»Du solltest es tatsächlich einmal auf der Bühne versuchen«, mischte sich Judith ein. »Dein Hang zum Melodramatischen ist unübersehbar.«

»Was machst du im *Luitpold?*«, überging Lou den Einwurf, weil sie fürchtete, Richard mache sich Judiths Bissigkeit wegen gleich wieder davon.

»Stimmt, eigentlich gehört unser Freund zur Stammbesetzung des *Stefanie*«, konnte Judith sich nicht verkneifen. »Hier in der Brienner Straße ist gar nicht sein Revier. Im *Luitpold* verkehren zu viele seiner Art.«

»Dich sieht man hier ebenfalls selten, liebe Lou.« Dieses Mal war es Richard, der Judiths Bemerkung ignorierte. »Überhaupt sieht man dich seit Monaten viel zu selten in der Stadt. Deine reichen Freunde nehmen dich wohl völlig in Beschlag.«

»Das ließe sich ändern.«

»Wie?«, kam es zeitgleich aus Judiths wie auch Richards Mund. Lou dachte nach. Viel zu schnell war ihr das entschlüpft. Je länger sie Richard so nah bei sich hatte, desto mehr verlor sich das eisig Stechende in seinem Blick. Sie verdrängte sogar, in ihm den Unglücksboten vor sich zu haben, der ihr die Nachricht von Curds Tod überbracht hatte. Wahrscheinlich lag es daran, wie schroff Judith sich ihm gegenüber verhielt, so dass er ihr mit einem Mal als Rettungsanker erschien, um Hildes Heiratsplänen vorübergehend zu entfliehen. Gewinnend lächelte sie ihn an. »Gerade jetzt, da auch noch Judith das Weite sucht, sollten wir beide enger zusammenrücken. Was hältst du davon, mich gelegentlich auszuführen?«

»Eine hervorragende Idee.« Triumphierend schielte Richard zu Judith, der das eindeutig nicht behagte.

»Sagen wir morgen um acht im *Annast* am Hofgarten?«, schlug Lou vor.

»Ich werde voller Ungeduld auf dich warten.« Mit einem Handkuss für sie und einem breiten Grinsen für Judith verabschiedete er sich.

»Das ist eine schlechte Idee«, knurrte Judith und sah ihm kopfschüttelnd nach, wie er zu seinen Gefährten zurückschlenderte. »Du weißt, wie Richard sich mittlerweile durchbringt.«

»Und du weißt, wie ich mich seit Monaten durchbringe«, erwiderte Lou. »Um zu Eis zu erstarren, fühle ich mich noch zu jung. Es wird Zeit, dass ich wieder Leben in mir spüre und mit Gleichaltrigen tanze. Sonst ist das Leben schneller vorbei, als mir lieb ist.«

»Du musst wissen, was du tust.« Judith blieb verstimmt. »Wie willst du es überhaupt anstellen, deinen Wachhunden im Herzogpark zu entkommen? Nächtliche Ausflüge mit jungen Herren werden wohl weder Hilde noch Ernst besonders zusagen, wenn auch aus jeweils anderen Gründen. Oder habe ich etwas verpasst, und sie halten dich neuerdings an der langen Leine?«

»Das lass mal meine Sorge sein«, erwiderte Lou und sah auf die Uhr. »Leider muss ich gehen.« Sie stand auf, winkte Herrn Ferdinand, damit er ihre Garderobe brachte. Als sie in den wadenlangen Kamelhaarmantel geschlüpft war, den Rucksack bereits geschultert hatte, hielt sie Hut und Handschuhe noch einen Moment unschlüssig in der Hand, sah Judith an. Wie sollte sie von ihr Abschied nehmen?

In Judith regte sich ebenfalls etwas. Jäh sprang sie vom Stuhl auf und fiel ihr um den Hals. Lou drückte sie fest an sich.

»Pass gut auf dich auf, mein süßes Tschapperl«, flüsterte Judith ihr ins Ohr. Ihrer Stimme war anzuhören, wie sie um Fassung rang.

Behutsam löste sich Lou aus der Umarmung, die sie allzu sehr an das Abschiednehmen von Max erinnerte. Ein dicker Kloß steckte ihr im Hals. Sie räusperte sich. »Dasselbe gilt für dich. Grüß mir Max, wenn du ihn triffst, und lasst bei Gelegenheit von euch hören. Ich will nicht, dass das ein Abschied für immer ist.«

»So etwas darfst du gar nicht erst denken!« Streng sah Judith sie an. »Max mag ein schreibfauler Hund sein, aber das gilt keineswegs für mich. Du gehörst doch schon lange zu meinem Leben dazu. Außerdem gebe ich die Hoffnung nicht auf, dass du eines Tages nachkommst und wir in Berlin unsere Zukunft feiern.«

»Du gibst wohl nie auf«, erwiderte Lou mit einem Lächeln.

18

Lou fühlte sich bestens. Wie im Rausch bewegte sie die Füße in den glitzernden Goldsandalen über das Parkett, wackelte schwungvoll mit Hüfte und Po. Munter wippten die Fransen und Perlenschnüre an ihrem kirschroten Kleid im Rhythmus der Musik. Auch den kastanienfarbenen Bubikopf, den ein strassbesetztes Band mit der unverzichtbaren Aigrette zierte, schüttelte sie im Stil des neuesten Schlagers nach hinten. Kaum zu fassen, dass sie wieder so ausgelassen tanzen konnte! Das war doch etwas ganz anderes als ein Tango mit Ernst, selbst wenn der noch so voller Leidenschaft steckte. Beim Shimmy fühlte sie sich wunderbar leicht und jung, ähnlich wie damals mit Curd und Max. Jäh erschrak sie, dachte an weit zurückliegende Zeiten, besann sich aber gleich wieder. Curd war tot, und Max hatte sie entsagt. Das Leben ging weiter, und mit jedem Jahr wurde es besser, genau wie Frida einst prophezeit hatte. Zwar vermisste sie Judith stärker, als sie es für möglich gehalten hätte, aber ihre wöchentlichen Briefe über das Berliner Leben und vor allem die Menschen dort hielten sie so amüsant auf dem Laufenden, dass sie fast meinte, selbst daran teilzuhaben. Außerdem tat Richard sein Bestes, um sie auf andere Gedanken zu bringen. Er war ein wunderbarer Gesellschafter und hielt sie derart in Atem, dass kaum Zeit für Trübsal blieb. Vom Kopf bis zu den

Füßen bebte ihr Körper im Rhythmus der verrückten Musik. Übermütig warf sie die Arme in die Luft und jauchzte vor Freude.

Richard strahlte. Gleich beschleunigte er seine Bewegungen, tanzte wilder als jeder andere auf dem Parkett. Auf seiner Oberlippe perlte der Schweiß, auch Stirn und Schläfen glänzten feucht. Dennoch forderte er lachend »Weiter!«, sobald die Musik kurzzeitig stoppte. Auch die anderen Gäste, die sich dicht an dicht auf der ovalen Tanzfläche im legendären *Luitpold Tabarin* drängten, verlangten lautstark nach einer raschen Fortsetzung des ungestümen Tanzens.

Auf den Shimmy folgte jedoch erst einmal ein Foxtrott, der die Paare von ihrem angestammten Platz fortbewegte. Richard umfasste mit der Linken ihre Taille, reichte ihr die Rechte, und schon glitten sie im Viervierteltakt Hüfte an Hüfte zwei Schritte vor und seitwärts, umrundeten das Parkett, legten an der Stirnseite in Höhe des Orchesters eine rasante Drehung hin, der gleich eine Girlande weiterer Drehungen folgte, und tanzten an den sich im Halbrund aneinanderreihenden Tischen entlang. Über der Mitte der Tanzfläche streute ein üppiger Kristalllüster funkelnde Lichtreflexe, ein Relikt der legendären *Prinzensäle,* die einstmals im ersten Stock des berühmten *Palastcafés* an der Brienner Straße für Furore gesorgt hatten. Die kunstvoll ausgemalte Decke, die an die barocke Theaterszenerie des französischen Namensgebers Jean Salomon Tabarin erinnerte, tat ein Übriges, die Gäste des mondänen Etablissements in eine andere Welt zu versetzen.

Lou genoss es, sich ganz der Musik und Richards Gegenwart anzuvertrauen. Schwerelos schwebten sie dahin. Viel zu schnell war der Foxtrott vorüber, und es folgte ein weiterer ausgelassener Shimmy, der sie wieder auseinanderriss. Unermüdlich spornten sie einander an, Füße und Arme immer schneller durch die Luft zu wirbeln.

»Ich verdurste«, rief Lou endlich atemlos und zwängte sich durch zwei Paare hindurch, um zu ihrem Tisch an der weit ausladenden Fensterseite zu gelangen.

Hinter den bodentiefen Glasscheiben dräute die laue Sommernacht. Ein beleuchteter Springbrunnen im Hof verhieß angenehme Kühle. Richard folgte Lou dicht auf den Fersen, um ihr von dem eisgekühlten Champagner nachzuschenken. Noch im Stehen trank sie aus, fächelte sich Luft zu.

»Wollen wir das Lokal wechseln, Prinzessin?«, erkundigte sich Richard augenzwinkernd. Lou zwinkerte zurück. Das Spiel spielten sie seit mehr als drei Monaten, wenn sie einmal pro Woche gemeinsam durch die angesagten Lokale der Maxvorstadt zogen. Längst wusste er, wonach Lou verlangte, wenn sie gegen Mitternacht zu tanzen aufhörte und den Champagner leerte.

»Was schlägst du vor?«

»*Blumensäle, Deutsches Theater* oder *Kolosseum* fallen wohl nach wie vor flach«, antwortete er in gewohnter Manier. »Deiner Freundin Frida und ihrem Kommerzienrat willst du sicher aus dem Weg gehen.«

»Keinesfalls darf ich sie in Verlegenheit bringen. Schließlich deckt sie mich Ernst gegenüber.«

»Deine Frida möchte ich wirklich einmal kennenlernen. Sie muss eine famose Frau sein. Aber vorerst ziehe ich am liebsten allein mit dir durch die Stadt«, erwiderte Richard und umschlang ihre Taille, beugte sein Antlitz über ihres, spitzte die Lippen zum Kuss.

»Auf zu den Volkssängern im *Apollo-Theater*«, wich sie ihm aus. Die Münchner Brettl-Kunst war ihm zuwider, wie sie wusste. Schmunzelnd setzte sie nach: »Oder einfach nur über die Straße ins *Odeon Kasino*? Heute Nacht glühen mir die Sohlen. Ich bin wohl dazu verdammt, auf ewig zu tanzen.«

»Wenn das die Hölle ist, komme ich freiwillig mit.«

Er winkte dem Ober, um zu zahlen. Zufrieden betrachtete sie ihn. Mit jedem Abend, den sie miteinander verbrachten, gefiel er ihr besser. Natürlich war er weder Curd noch Max, besaß aber eine ähnliche Leichtigkeit, das Leben zu leben. Und danach verlangte es sie jetzt, wo sie allein mit Frida, Ernst und den anderen älteren Herrschaften in München zurückgeblieben war. An den stechenden Ausdruck von Richards Augen hatte sie sich gewöhnt, fand die großen Ohren unter dem blonden Haarschopf inzwischen rührend unperfekt inmitten eines ansonsten perfekten Auftritts. In seiner stets beherrschten, majestätischen Art hatte Ernst sie vergessen gelehrt, mit seinem unbekümmerten, jugendlichen Charme ließ Richard sie dagegen vor Übermut jauchzen. Das war umso erstaunlicher, war er doch der Unglücksbote jenes Maisonntags vor drei Jahren, der die Nachricht von Curds Tod überbracht hatte. Wie gut, dass sie vor vielen Wochen im *Luitpold* ihrem Bauchgefühl vertraut und sich auf Richards Gesellschaft eingelassen hatte. Ernst dafür mindestens einmal pro Woche zu belügen, rechtfertigte sie vor sich selbst damit, gelegentlich eben einfach junges Blut um sich haben zu müssen. Seither ertrug sie nicht nur Hildes Sticheleien weitaus gelassener, sondern wusste auch die endlosen Abendeinladungen geduldiger zu ertragen, bei denen ihr langweilige Heiratskandidaten wie Edgar Hombach und Konsorten präsentiert wurden.

Bei dem Gedanken an den fülligen, halbkahlen Fünfundzwanzigjährigen mit den grauen Froschaugen hinter den fingerdicken Brillengläsern musste sie leise auflachen. Sie nahm ihren mit bunten Glasperlen bestickten Pompadour, eine ihrer neuesten Kreationen, holte ein zartes, rosenwassergetränktes Taschentuch heraus und tupfte sich die erhitzte Stirn. Wieder betrachtete sie Richard. Er war ein ganz anderes Kaliber als diese reichen, hässlichen Trottel.

Auf einmal war die Idee wieder da, die ihr bei ihrem ersten Wiedersehen Ende März im *Luitpold* bereits im Kopf herumgespukt war und in die sie Ernst schon längst hatte einweihen wollen: Mit seinem geschliffenen Auftreten, dem blonden Haar und den kalten Augen war Richard genau der Typ, der Hilde als Bräutigam gefallen würde. Unbedingt sollte sie ein Treffen zwischen Ernst und ihm arrangieren, um den Plan endlich in die Tat umzusetzen.

»Mich wundert, wie gut wir bislang den Bekannten deines lieben Ernsts aus dem Weg gegangen sind.« Richard verstaute seine Brieftasche in der Innentasche seines Smokings. »Dabei heißt es doch, München wäre ein Dorf und man würde ständig denselben Menschen begegnen.«

»Solange man sich an die schlichte Regel hält, dass der Mensch ein Gewohnheitstier ist und immer wieder dieselben Lokalitäten aufsucht, kann man der Gefahr leicht entgehen. Ernst selbst hat damit immer vermieden, dass wir Hilde und ihren Freunden einmal unverhofft begegneten.«

Sie reichte Richard die Hand, damit er ihr den Weg durch den kleinen Saal mit der amerikanischen Bar zum Treppenhaus bahnte. Grazil schritt sie an seiner Seite die breiten Stufen hinunter. Im Vorbeigehen begutachtete sie sich in einem der mannshohen, goldgerahmten Spiegel, die in dem stuckverzierten und mit weißem Marmor ausgekleideten Aufgang hingen. Hilde musste einfach begeistert sein, wenn sie Richard kennenlernte. Sie gaben ein äußerst attraktives Paar ab. Er überragte sie fast um Haupteslänge und wirkte damit wie der ideale Begleiter. Sein maßgeschneiderter Smoking saß tadellos. Trotz der fortgeschrittenen Stunde glänzten die Spitzen seiner schwarzen Lackschuhe im künstlichen Licht. Außerdem waren seine Manieren ausgezeichnet. Selbst in der heikelsten Situation wusste er sich zu benehmen, was man von Edgar Hombach sicher nicht behaupten konnte.

Zufrieden überprüfte sie schnell noch ihr eigenes Aussehen. Das wilde Shimmytanzen hatte bei ihr ebenso wenig sichtbare Spuren hinterlassen wie bei ihm. Ihr leichtes rotes Seidenhängerchen mit den goldenen Fransen und Perlenschnüren, ein weiteres Fundstück aus Fridas unerschöpflichem Vorrat jener rätselhaften Freundin, über die sie nie sprach, wippte beim Treppengehen aufreizend um ihre Beine, der kastanienfarbene Bubikopf schwang fröhlich um ihren Kopf. Dank der guten Versorgung durch Hildes Köchin Kreszenz hatte sie in den letzten Monaten weiblichere Formen angesetzt. Die neue Ausstrahlung hatte sie mit dunkelumrahmten Augen und tiefrotgeschminkten Lippen unterstrichen. Übermütig warf sie sich im letzten Spiegel vor dem Ausgang selbst eine Kusshand zu.

Sie fanden sich auf der Salvatorstraße wieder. Auf der gegenüberliegenden Seite ragte das mehrstöckige Schulhaus imposant in der Dunkelheit auf. Kurz nur streifte Lou die wild übereinandergeklebten Plakate an der Hauswand. Auf dem halb heruntergerissenen Papier war noch die Ankündigung einer NSDAP-Versammlung im *Hofbräuhaus* zu erkennen. Quer darübergeklebt, aber ebenfalls schon wieder zerfetzt, flatterten im trägen Sommernachtswind die Aufrufe der SPD und der Kommunisten gegen Hitlers Judenhetze.

Lou blieb direkt neben dem Eingang stehen. Auf dieser Seite des Luitpoldblocks war erstaunlich wenig von dem Getümmel der Nachtschwärmer zu spüren, die das Viertel zwischen Hofgarten und Maximiliansplatz um diese späte Stunde bevölkerten. Es herrschte eine anheimelnde Ruhe. Schützend spannte der klare Sternenhimmel sein Zeltdach über die Stadt. Lou legte den Kopf in den Nacken und versank in der Tiefe des Nachthimmels, konnte sich kaum sattsehen an dem unüberschaubaren Strahlen der Sterne.

Behutsam legte Richard ihr den Arm um die Schulter. Sie schmiegte sich an seine Seite. Ein stillschweigendes Einverständnis umfing sie beim gemeinsamen Hinaufschauen in die Unendlichkeit des Firmaments. Ihr war, als müsste sie nur die Hand ausstrecken, um das Glück in Form eines funkelnden Sterns greifen zu können. Wie eine der glitzernden Perlen würde sie es auf ihre Tasche sticken, damit es sie nie mehr verließ.

»Ein Königreich für deine Gedanken«, sagte Richard und hauchte ihr einen Kuss aufs Haar.

Verwundert über den sehnsüchtigen Ton, der in seinen Worten mitschwang, sah sie zu ihm auf. Scharf zeichnete sich sein Profil im Lichtkegel der Straßenlaterne ab. Die Augen starr nach oben gerichtet, fuhr er fort: »Was gäbe ich darum, dir jetzt die Sterne vom Himmel zu holen und hier unten auf Erden ein aufregendes, sorgenfreies Leben zu bereiten, meine süße Prinzessin.«

»Bist du nicht gerade dabei?«

»Vom Herzen her schon, aber nach diesem Abend ist mit dem Rest bedauerlicherweise Schluss. Ich bin pleite.«

»Was?« Sie meinte sich verhört zu haben. Immerhin hatte er eben erst in gewohnter Lässigkeit dem Ober ein halbes

Vermögen für Champagner, Austern und Hummer hingeblättert. Mit eigenen Augen hatte sie seine prallgefüllte Brieftasche gesehen. Aber was hieß das schon in Zeiten, in denen man für ein Trambahnbillett ein Bündel Geldscheine bereithalten musste?

»Tut mir leid, dich enttäuschen zu müssen. Solche Offenbarungen bist du wohl nicht mehr gewohnt. Dein lieber Hofoldinger hat natürlich stets das nötige Kleingeld, um dich bei Laune zu halten. Mir aber wirst du jetzt leider zu teuer.«

Sein Ton wurde bitter. In seine Augen kehrte das Stechende zurück, das sie von früher kannte und in den letzten Monaten so beharrlich verdrängt hatte. Besänftigend wollte sie ihm die Hand an die Wange legen. Plötzlich aber hatte er wieder den leicht blasierten Zug um den Mund, mit dem er vornehmlich die älteren Damen in Entzücken versetzte, wenn er ihnen in seinem eleganten Smoking gegenübertrat.

»Genug gejammert!«, rief er und fasste ihre Hand. »Lass uns lieber ins *Odeon Kasino* gehen und die letzten, zauberhaften Stunden auskosten, die ich noch bezahlen kann. Was morgen aus mir wird, kann einer so wunderschönen Prinzessin wie dir von Herzen egal sein.«

Er wollte loslaufen, sie aber hielt ihn zurück. »Warte!«

»Willst du lieber gleich nach Hause?« Er grinste. »Kein Problem. Ich kann dich verstehen. Jetzt reicht es in jedem Fall noch für die Kraftdroschke zum Herzogpark. Wer weiß, wie das in zwei Stunden aussieht. Am Ende müsstest du zu Fuß gehen.«

»Es gibt eine Möglichkeit, wie du schnell wieder zu Geld kommst und wir uns noch viele gemeinsame schöne Nächte leisten können.«

»So?«

»Ich brauche einen Verlobten«, erklärte sie. »Ernsts Frau will mich spätestens an meinem einundzwanzigsten Geburtstag im Herbst nächsten Jahres verloben. In Wahrheit ist das allerdings schon mein dreiundzwanzigster Geburtstag, was die Sache noch heikler macht. Bislang haben Ernst und ich alles getan, um eine Verlobung zu verhindern. Hildes Kandidaten sind einfach grauenhaft, aber auf Dauer wird sie sich kaum hinhalten lassen.«

»Hat die gute Dame also immer noch nicht kapiert, welches Spiel ihr mit ihr spielt? Mein Kompliment!« Richards Grinsen wurde noch breiter. Er fingerte seine silberne, mit Initialen versehene Zigarettendose aus der Brusttasche, steckte sich eine Batschari an und nahm einige tiefe Züge.

»So richtig zu durchschauen ist sie nicht«, entgegnete Lou. »Manchmal bin ich mir sicher, sie weiß es, aber dann scheint sie wieder steif und fest an die Geschichte mit Ernsts wackerem Kriegskameraden und dessen armer Tochter zu glauben.«

»Der Mensch glaubt eben, was er glauben will.« Richard blies den Rauch in die Nacht. »Jedenfalls bin ich sehr gespannt, wem sie deine Hand reicht. Der Mann, der würdig wäre, dein Bräutigam zu sein, muss nämlich erst erfunden werden, Prinzessin.«

»Es gab ihn einmal.« Sie senkte den Blick.

»Verzeih.« Richard warf die Zigarette weg und legte ihr die Hand auf die Schulter. Die Ernsthaftigkeit, mit der er das tat, überraschte sie. Unter Tränen lächelte sie ihn an, zog das Taschentuch aus ihrem Pompadour, während er bestürzt bekannte: »Wie hätte ich unseren lieben Curd je vergessen können? An ihn reicht wahrlich kein anderer heran.«

Er wartete, bis sie sich die Augenwinkel gewischt und die Nase geschneuzt hatte, dann hakte er nach: »Wenn ich dich eben richtig verstanden habe, willst du darauf hinaus, ich sollte vor Ernsts Frau deinen Bräutigam mimen?«

»Genau.«

»Und dein guter Ernst soll mich dafür entlohnen?«

Sie nickte. Aus seinem Mund hörte sich das erschreckend geschäftlich an, aber letztlich war es auch nichts anderes als ein Geschäft. Jemanden wie Richard wirklich zu lieben war unvorstellbar.

»Wie weit werden wir mit der Komödie gehen? Werden wir tatsächlich vor dem Traualtar landen und eines Tages als altes, vor Enttäuschung dem Suff verfallenes Ehepaar enden?«

Sie erschrak. So weit hatte sie die Idee noch nicht ausgesponnen.

»Keine Angst.« Richard grinste. »Uns wird rechtzeitig etwas einfallen, wie wir diesem Schicksal entgehen. Zunächst einmal ist es ein hervorragender Plan, der uns beiden aus der Patsche hilft. Alles Weitere ergibt sich. Dein Verlobter zu werden ist übrigens eine wunderbare Vorstellung, Prinzessin. So kann ich dir wohl doch noch die Sterne vom Himmel holen. Ich schätze mal, deinem lieben Ernst wird es einiges wert sein, dich gut unter die Haube zu bringen.«

So erleichtert Lou war, wie schnell er sich auf das Spiel einließ, so sehr störte sie genau das. Hätte er nicht wenigstens der Form halber etwas entsetzter sein und das Angebot, Geld für diesen Freundschaftsdienst zu erhalten, erst einmal zurückweisen müssen?

»Darauf hätten wir schon viel früher kommen können«, fuhr er vergnügt fort. »Abgesehen von den finanziellen Vorteilen hätte uns das die ganze Lügerei mit deiner Freundin Frida erspart, auf deren Tochter du angeblich aufpasst, wenn wir uns treffen. Als dein Verlobter darf ich künftig ganz offiziell mit Zustimmung deines Hausdrachens aus der Föhringer Allee die Nächte mit dir durchtanzen. Auf, lass uns gleich im *Odeon Kasino* ausprobieren, wie es sich als Braut und Bräutigam beim Shimmy übers Parkett hüpfen lässt. Ich bin sicher, das verleiht uns einen ganz neuen Schwung.«

Mit einem übertrieben tiefen Diener reichte er ihr den Arm. Sie zögerte einen Moment, plötzlich im Zweifel, ob sie wirklich das Richtige tat. Als sie Richards entschlossenen Blick bemerkte, wusste sie, dass es längst zu spät war, den Schritt zu bereuen. Die Würfel waren gefallen. Sie selbst hatte sie auf das Spielfeld geworfen.

19

Ernst hielt es für die beste Lösung, Richard zu sich ins Büro der Druckerei zu bitten, um die Details der Verlobung auszuhandeln. »Das gibt dem Ganzen die Note, die ihm zukommt. Letztlich ist und bleibt es eine geschäftliche Vereinbarung«, erklärte er.

Lou kannte ihn inzwischen gut genug, um aus seinen Worten einen Anflug von Angst herauszuhören, für sie könne mehr dahinterstecken als nur ein Geschäft. Immerhin war Richard im selben Alter wie sie und damit ein ernsthafter Konkurrent für ihn. Umso mehr überraschte es sie, wie schnell er trotzdem Feuer und Flamme für den Vorschlag gewesen war, Richard bei Hilde als Heiratskandidaten auszugeben. Die Aussicht, sie auf diese Weise noch einige Monate, wenn nicht gar Jahre um sich zu wissen, hatte letztlich seine Bedenken zerstreut. Sonderlich viel wollte er gar nicht über Richard wissen. Es genügte ihm der Hinweis, sie würden sich von den Kammerspielen kennen. Als sie an diesem regnerisch-kühlen Julimorgen gemeinsam unter dem Vorwand aus der Villa aufbrachen, Ernst wolle Lou endlich einmal die Druckerei zeigen, wusste sie nicht, wer von ihnen beiden aufgeregter war: Ernst oder sie.

Die Druckerei Hoffoldinger befand sich in der Ramersdorfer Straße gleich hinter dem Ostbahnhof in Haidhausen. Auf

Lou wirkte sie ernüchternd. Das große, trutzige Backsteingebäude passte so gar nicht zu dem, was sie sich als Ernsts Unternehmen vorgestellt hatte. Zwar lag sein Büro in der oberen Etage des Verwaltungstrakts, dennoch war bis dort hinauf noch das stete Rattern der Rotationsmaschinen zu vernehmen. Selbst die dick gepolsterte Doppeltür richtete wenig dagegen aus. Obwohl die Einrichtung des quadratischen Raums in jedem einzelnen Stück Ernsts Sinn für klassische Formen atmete, drangen Staub und Druckerschwärze bis in den letzten Winkel und verliehen auch noch der bronzenen Büste eines römischen Feldherrn im Regal einen Grauschleier. Lou wunderte sich, wie es Ernst in dieser Umgebung aushielt. Eigentlich war er ein Schöngeist. Womöglich war das Grau-Nüchterne genau das, was er zur Entfaltung seiner Tatkraft brauchte.

Schweigend saß er an seinem ausladenden Schreibtisch in schwarzgebeiztem Eichenholz vor dem zweiten Doppelfenster und studierte Unterlagen. Rund um ihn türmten sich Mappen und lose Papiere. Ein großer schwarzer Telefonapparat thronte an der Stirnseite des Tisches. Wo Richard nur blieb?

Zum hundertsten Mal hatte sie schon die Druckgrafik neben der Tür studiert, kannte längst jeden einzelnen Federstrich des antiken Kastells, das darauf abgebildet war. Auch die Titel der Bücher im Regal daneben waren ihr bereits geläufig. Es handelte sich hauptsächlich um Reiseschilderungen aus dem letzten Jahrhundert, die Ernsts Druckerei in kostspieligen Prachtausgaben produziert hatte. Dieselben Luxusausgaben zierten die in altdeutscher Manier eingerichtete Bibliothek in der Föhringer Allee. Unruhig sprang sie von dem schwarzen Ledersessel auf und trat ans Fenster, sah in den Hof hinunter.

Zwei große Lieferwagen wurden gerade mit schweren Kisten beladen. Der eine war in einfallslosem Grau gehalten und mit dem weißen, schlichten Schriftzug von Ernsts Druckerei markiert, der zweite dagegen war knallrot und mit Emil Hombachs berüchtigtem Werbeslogan *Willst du die Sachen schnell verschicken, musst du nur gleich den Hombach bitten* in verschnörkelten Lettern verziert. Neugierig versuchte Lou herauszufinden, was in den Kisten steckte. In den letzten Wochen hatte sie des Öfteren einige Stichworte zwischen Ernst und Hilde aufgeschnappt, die darauf hindeuteten, dass die Druckerei Hoffoldinger einen besonders lukrativen Auftrag an Land gezogen hatte. Ob es sich dabei um das Drucken von Geldscheinen handelte, die nach Rathenaus Ermordung im Juni nahezu täglich in immer größeren Werten in Umlauf kamen? Lou presste die Nase gegen die kalte Scheibe. Trotz des unwirtlichen Nieselregens ackerten die Männer ordentlich. Die Kisten schienen sehr schwer zu sein. So viel konnten Geldscheine doch gar nicht wiegen? Andererseits wäre es enttäuschend, sollte der rätselhafte Auftrag lediglich im Drucken von Büchern bestehen.

»Einen wunderschönen guten Morgen.« Schwungvoll wurde die Tür aufgestoßen. Lou fuhr herum. In großen Schritten rauschte Richard ins Büro. Verzweifelt versuchte Ernsts Sekretärin, ihn zurückzuhalten, damit sie ihn ordentlich anmelden konnte, er aber beachtete sie gar nicht. Mit breit lächelndem Gesicht und zum Gruß vorgestreckter Hand eilte er auf Ernst zu. Er trug einen ähnlich dunkelblauen Anzug wie Ernst, einen ebenso hohen weißen Hemdkragen und fast die gleiche dunkle Krawatte. Äußerlich hatte er sich ganz auf seine neue Rolle eingestellt.

»Freut mich sehr, Herr Lönsheim, dass Sie es einrichten konnten, zu kommen.« Langsam erhob sich Ernst hinter seinem Schreibtisch, knöpfte das Sakko zu und reichte ihm ebenfalls die Hand. Mit abschätzendem Blick maßen sie einander.

Keiner von beiden ließ sich anmerken, ob er sich noch an die Begegnung im letzten Herbst in Wildenwart erinnerte. Wüsste Lou es nicht besser, hätte sie die zwei in diesem Moment tatsächlich für Geschäftspartner gehalten, derart distanziert-höflich gingen sie miteinander um. Wenn sie der Wahrheit ins Auge sah, waren sie auch nichts anderes. Gleich würden sie die Verlobung wie jede andere geschäftliche Abmachung unter Männern mit einem festen Händedruck besiegeln.

»Setzen wir uns.« Einladend wies Ernst auf die Sitzgruppe vor dem Bücherregal. »Tee oder Kaffee? Oder lieber einen Cognac?«

Ohne Richards Antwort abzuwarten, eilte er ins Vorzimmer, um die Getränke zu ordern.

»Das sieht doch gut aus«, raunte Richard ihr zu, während sie zu den dunklen Sesseln gingen. »Ich wette, er ist ohne Abstriche mit allem einverstanden.«

»Du willst doch nicht ernsthaft mit ihm um mich schachern?«

Er entging einer Antwort, weil Ernst zurückkehrte und sich zwischen sie beide setzte.

»Zigarette oder Zigarre?«, erkundigte er sich und angelte nach der verschnörkelten Holzkiste auf dem Tisch. Mit Kennerblick griff Richard nach einer dicken Zigarre, dabei stach ein schwerer, goldener Siegelring an seinem rechten kleinen Finger hervor. Lou sah ihn zum ersten Mal. Ebenso blitzten eine auffallend teure Uhr und neue Manschettenknöpfe an seinen Handgelenken auf. Erst als sie den Blick hob, um ihn fragend anzusehen, bemerkte sie zudem die diamantene Krawattennadel. Zumindest hatte er sich bis ins letzte Detail Mühe gegeben, Ernst zu beeindrucken.

Ernst schien zunächst nichts von dem Schmuck zu bemerken. Zu sehr war er mit der Auswahl seiner Zigarre beschäftigt. Im stillen Einvernehmen brauchten sie beide aufreizend lange, die Banderole zu entfernen, das Ende der Zigarre mit dem Zigarrenschneider abzuzwicken und sich gegenseitig Feuer zu geben. Dabei runzelte Ernst kaum sichtbar die Stirn, schenkte Lou einen knappen, fragenden Blick. Offenbar hatte er gerade das viele Gold an Richard entdeckt. Er steckte sich die Zigarre zwischen die Lippen. Zum ersten Mal, seit Lou ihn kannte, rauchte er in ihrer Gegenwart.

»Sie sind also bereit, für eine gewisse Zeit den Verlobten an Lous Seite zu geben?« Nach einigen tiefen Zügen und dem ausgiebigen Ausstoßen von kleinen Rauchkringeln lehnte er sich im Sessel nach hinten, schlug die langen Beine übereinander und sah Richard aufmerksam an. Lou war überrascht, dass er ohne weitere Umschweife zur Sache kam. Ihm lag wohl daran, das Gespräch rasch hinter sich zu bringen.

»Es kommt ganz auf Ihr Angebot an«, erwiderte Richard nach einer betont langen Pause genauso kühl, wie seine blauen Augen schauten. Lou kannte diesen Blick. Nicht zum ersten Mal ließ er ihr das Blut in den Adern stocken. Um seine Mundwinkel lag ein siegesgewisser Zug, für den sie ihn am liebsten geohrfeigt hätte. Wo war der romantische Richard, der ihr letztens noch die Sterne vom Himmel hatte holen wollen? Langsam schob auch er sich im Sessel nach hinten und nahm dieselbe lässige Haltung ein wie Ernst.

»Ach, der Kaffee«, begrüßte Ernst eine Spur freudiger als nötig das geräuschlose Auftauchen seiner untersetzten Vorzimmerdame, deren Haare, Haut und Kostüm so farblos waren, als hätte die Druckerei schon seit Jahren ihren Staub auf sie abgeladen. Betont sorgfältig goss sie den Kaffee ein, rückte das silberne Milchkännchen wie auch die Zuckerdose zurecht und verharrte mit dem Tablett vor der Brust abwartend neben Ernst. Erst als er sich mehrfach geräuspert hatte, verschwand sie ebenso lautlos, wie sie gekommen war, und schloss die dick gepolsterte Tür leise hinter sich.

»Ich versichere Ihnen, Sie werden keinen Moment zögern, mein Angebot anzunehmen«, griff Ernst nach einem Schluck Kaffee und einem weiteren Zug an der Zigarre das Gespräch wieder auf. »Immerhin gilt es, Sie so überzeugend auszustatten, dass meine Frau nicht den geringsten Zweifel hegt, aus welchen Kreisen Sie stammen.«

Dem letzten Satz verlieh er eine leicht ironische Betonung. Abermals maß er Richard vom Scheitel bis zur Sohle, blieb dabei einige Atemzüge lang an dem dicken Siegelring haften und zog die rechte Augenbraue nach oben. Dieses Mal war es Richard, der darüber unruhig wurde und sich im Sessel räkelte, um eine bequemere Position einzunehmen. Lou amüsierte das. Trotz Richards eleganter Aufmachung schien Ernst auf Anhieb durchschaut zu haben, womit er sein Dasein fristete. Das war letztlich auch unschwer zu erraten. Warum sonst zog er überhaupt in Erwägung, für die Komödie mit der Verlobung Geld zu nehmen?

»Dazu wird sie keinerlei Anlass finden.« Richard rutschte an die Kante des Sessels, aschte die Zigarre ab. »Sie können sich voll und ganz darauf verlassen, dass ich mich auf meine Rolle bestens verstehe.«

»Nichts anderes habe ich erwartet.« Auch Ernst beugte sich nach vorn, um die Asche von der Zigarre abzuklopfen, allerdings tat er das weitaus gemächlicher als Richard.

»Sie erhalten einen angemessenen monatlichen Wechsel, außerdem finanziere ich Ihnen die Anmietung einer entsprechenden Wohnung. Ein guter Freund hat mir gerade eine geeignete Adresse verschafft. Sie kennen ja die Frauen vom Alter meiner Gattin.« Er zwinkerte Richard wissend zu, der bei diesen Worten zusammenzuckte. »Früher oder später wird sie Sie unter einem Vorwand zu Hause belästigen, um sich höchstpersönlich einen Eindruck von Ihren Verhältnissen zu verschaffen. Da können Sie sich schlecht als Opfer der Wohnungsnot präsentieren und den armen Untermieter in einer überfüllten Absteige geben.«

Damit erhob er sich, richtete sein Jackett und hielt Richard die Hand hin. Verdutzt über das abrupte Ende der Unterhaltung beeilte sich Richard, ebenfalls aufzustehen und seine Hand zu schütteln. Ernst war und blieb eben doch ein Cäsar, vor allem im Geschäftlichen. Schon ängstigte Lou sich ein wenig um Richard, der gelegentlich vielleicht doch etwas traumwandlerisch durchs Leben tanzte.

»Wir sollten die Sache trotzdem langsam angehen«, erklärte Ernst aufgeräumt, während er Richard zum Schreibtisch geleitete. »Überlassen Sie es mir, den Zeitpunkt zu bestimmen, an dem Sie offiziell in Lous Leben treten. Bald wird sich ein geeigneter Moment ergeben.«

Er ging um den Schreibtisch herum, setzte sich und kramte ein Kuvert aus der Schublade, schraubte einen dicken Füllfederhalter auf und schrieb einen Wechsel aus. Lou konnte an Richards größer werdenden Augen ablesen, dass die Summe seine Erwartung bei weitem übertraf.

»Sie gefallen mir«, erklärte Ernst überraschend, als er Richard an der offenen Tür ein letztes Mal die Hand gab. Erstaunt schaute Richard ihn an. Ernst klopfte ihm auf die

Schulter, ließ die Hand einen Moment darauf liegen. »Sie haben eine große Zukunft vor sich. Lassen Sie uns gelegentlich ausführlicher darüber sprechen. Meine Sekretärin nennt Ihnen jetzt die Adresse der Wohnung in Schwabing, die mir passend für Sie erscheint. Auf Wiedersehen.«

Galant schob er ihn ins Vorzimmer. Auch wenn Richard Lou kaum mehr als ein kurzes Nicken zum Abschied schenkte, erhaschte sie dennoch einen aufschlussreichen Blick in seinen Augen. Darin schimmerte etwas, was sie beunruhigte. Eins stand jedenfalls fest: Ihre Sorge von eben, Richard habe dem geschäftstüchtigen Ernst in seiner Entschlossenheit wenig entgegenzusetzen, war unbegründet.

»Dein Freund ist mit allen Wassern gewaschen.« Kaum waren sie wieder allein, fiel das Geschäftsmäßige von Ernst ab. Sanft legte er ihr den Arm um die Schultern, trat mit ihr zum Fenster und sah eine Weile ziellos in das Regengrau.

»Es ist ihm kaum zu verdenken«, wandte er sich ihr nach einer Weile wieder zu. »Eure Generation wurde viel zu früh mit der rauhen Wirklichkeit konfrontiert. Daran tragen wir Älteren eine kaum je wiedergutzumachende Schuld.«

Von neuem hielt er inne, gab sich sehr nachdenklich, bevor er sie anstrahlte. »Zumindest ergibt sich gelegentlich die Chance, ein wenig davon abzutragen. Ich bin mir sicher, dass wir mit Richard genau den richtigen Kandidaten gefunden haben, der Hildes Herz auf Anhieb erobert. Groß, blond, blauäugig und noch dazu von tadellosen Manieren – genauso stellt sie sich den Mann vor, den du heiraten sollst. Ihre Freundinnen und Freunde werden ihr dafür wieder einmal bewundernd zu Füßen liegen.«

»Und was ist mit dir?« Gespannt musterte Lou sein fein gezeichnetes Gesicht. Er verschränkte die Hände hinter dem

Rücken, reckte Kinn und Habichtsnase einige Zentimeter höher, um über ihren Kopf hinweg ein Ziel zu fixieren.

Mehr dorthin als zu ihr erklärte er: »Ich habe ein Geschäft mit ihm abgeschlossen. Dabei gelten klare Abmachungen, sonst ist es nichtig. Das allein zählt.«

Erst nach einigen Atemzügen wurde seine Mimik weicher, und er gestattete seinen grauen Augen in den ihren zur Ruhe zu kommen. »Dein Freund gefällt mir tatsächlich. Gern nutze ich die Chance, ihm die Steigbügel zu halten. Das ist meine Generation deiner schuldig, findest du nicht?«

Ihr wurde unbehaglich. Richard und Ernst waren einander ähnlicher, als sie dachten, auch wenn sie mehr als zwei Jahrzehnte trennten und sie völlig andere Erfahrungen hinter sich hatten. Letztlich aber dachte jeder, den anderen so lenken zu können, wie es zu seinem eigenen Vorteil war. Wenn sie sich da mal nur nicht selbst überschätzten oder den anderen unterschätzten!

»Und wie steht es mit dir, Fräulein Lou?«

»Für mich gilt das Gleiche«, beeilte sie sich zu versichern. Allerdings wusste sie im selben Augenblick, dass er ihr das nicht so recht abnahm.

20

Der verregnete, kühle Sommer schickte sich an, in einen unerwartet milden September überzugehen. Seit Monatsanfang wurde man an der Isar mit strahlend blauem Himmel und angenehmen Temperaturen für die Unbill der vorangegangenen Wochen entschädigt. Lou saß allein an dem viel zu großen Frühstückstisch im Gartenzimmer und studierte die *Münchner Neuesten Nachrichten.* Die Stimmung in der Stadt war auf dem Tiefpunkt. Angesichts der davongaloppierenden Preise wurde das Oktoberfest für dieses Jahr abgesagt. Im Vorjahr hatte es wenigstens noch eine Art Behelfs-Wiesn gegeben. Wer aber würde jetzt noch fünfzig Mark für eine Maß Bier und fünfhundert Mark für ein Hendl aufbringen? Noch dazu hätte wohl kaum jemand Zeit, statt in der Schlange beim Bäcker für einen Laib Brot beim Schichtl für das traditionelle Zersägen der Jungfrau anzustehen. Neben dieser tristen Mitteilung fand sich ein Bericht über eine Wirtshausschlägerei in der Au. Wieder einmal waren braune und rote Schlägertrupps aneinandergeraten. Fast hätte Lou darüber die winzige Meldung von der Auflösung des *Boxklubs Isarvorstadt* überlesen. Nach dem Weggang von Trainer Tausendschön habe man keinen Ersatz gefunden und deshalb die Übungsstätte an einen Verein namens *Neue Jugend München* übergeben. Lou war sich sicher, dass es sich dabei um eine Vereinigung aus dem

Umfeld der NSDAP handelte. Nicht zum ersten Mal fiele damit ein von jüdischen Bürgern gegründeter Verein an Hitlers Schergen. Was waren das nur für Zeiten? In ihrem nächsten Brief würde sie Judith davon berichten. Nachdenklich ließ sie den Blick nach draußen schweifen.

Der Altweibersommer passte so gar nicht zu den trüben Aussichten. Verführerisch schien die Sonne durch die weit offen stehenden Terrassentüren herein. Das Laub begann sich zu verfärben. Plötzlich hatte sie ebenso bunte Taschen vor Augen. Aus einfachen, günstigen Materialien gefertigt, passten sie gut in die Zeit. Sie sollte sich dem gleich unten in der Werkstatt widmen.

Das Auftauchen der missmutigen Kathi riss sie aus den Überlegungen. Auf einem Silbertablett brachte das Mädchen ein Telegramm von Hilde. Mit dem Lesen der knappen Nachricht schwand ihre gute Laune. Anfang August war Hilde mit einer Freundin in der Hoffnung ins Oberengadin gereist, für einige Wochen im *Waldhaus Sils* dem verregneten Münchner Sommer zu entfliehen. Nachdem sie nun vom Wetterumschwung an der Isar erfahren hatte, würde sie schon am Abend wieder mit dem Zug in München eintreffen, wie sie telegraphierte. Damit fand Lous unbeschwertes Dasein mit Ernst ein abruptes Ende.

»Ich fahre gleich in die Druckerei und bringe Herrn Hoffoldinger das Telegramm persönlich«, beschloss Lou.

»Reicht es nicht, den gnädigen Herrn anzurufen?«, erdreistete sich Kathi zu widersprechen.

»Nein«, lautete Lous knappe Antwort. Sich dem Hausmädchen gegenüber auf kurze, klare Antworten zu beschränken, hatte sie von Hilde gelernt. Seither erschien ihr der argwöhnische Blick der spindeldürren Kathi eine Spur weniger lauernd. Gelegentlich meinte sie sogar den Ansatz eines ersten Lächelns um ihre schmale Lippen zu entdecken. Lou faltete die Zeitung zusammen, schnappte sich das Telegramm und ging nach oben, um sich ausgehfertig anzuziehen.

»Herr Direktor Hoffoldinger befindet sich außer Haus zu einer Besprechung«, erklärte die graue Vorzimmerdame über den Rand ihrer kleinen, runden Brille hinweg, als Lou eine halbe Stunde später im ersten Stock des Druckereigebäudes am Ostbahnhof auftauchte. Lou entschied, in Ernsts Büro zu warten. Die Sekretärin servierte ihr frisch gebrühten Kaffee und legte die Zeitung daneben. Lou machte es sich in einem der Sessel bequem und las da weiter, wo sie vorhin in der Föhringer Allee aufgehört hatte.

Über der Lektüre merkte sie gar nicht, wie lange sie gewartet hatte. Mit einem Ruck öffnete sich die dick gepolsterte Tür, und Ernst rauschte herein, dicht gefolgt von Richard. Erstaunt sah sie ihn an.

»Lou, mein Engel, welch angenehme Überraschung.« Ernst kam mit ausgebreiteten Armen auf sie zu, küsste sie flüchtig auf die Wangen, bevor er die Tür zum Vorzimmer wieder schloss. Er wirkte gehetzt und nicht sonderlich erfreut über ihr Auftauchen. »Was ist los?«

»Hilde kommt heute Abend zurück.« Sie reichte ihm das Telegramm. Er überflog die Zeilen. Zu ihrer Verwunderung schien es seine Laune erheblich aufzuhellen. Geradezu erfreut verkündete er: »Das trifft sich gut. Damit ist Hilde genau zum richtigen Zeitpunkt wieder in der Stadt.«

Er strahlte Richard, nicht Lou an.

»Dein junger Freund und ich haben uns eben bei einem Frühstück im *Bayerischen Hof* auf unser weiteres Vorgehen geeinigt. Am nächsten Mittwoch findet im Haus der Dombergs eine Soiree statt. Das ist eine günstige Gelegenheit, Richard bei unseren Bekannten einzuführen. Eine Einladung habe ich ihm schon besorgt. Martha Domberg brennt geradezu darauf, unseren jungen Freund kennenzulernen. Ich habe ihn ihr als einen jungen Mann aus meinem geschäftlichen Umfeld vorgestellt, von dem ich mir sehr viel verspreche. Da sie es liebt, Amor zu spielen, bin ich mir sicher, sie wird ihn mit dir bekannt machen – und natürlich mit Hilde. Seit du bei uns lebst, versucht sie, dir einen Bräutigam zu vermitteln. Schließlich kennt sie Hildes Vorliebe für gutaussehende, blonde Söhne aus vermeintlich bestem Haus. Nach dem Abend heißt es für uns drei nur noch geduldig abzuwarten, wie sich alles entwickelt. In jedem Fall sind die Weichen gestellt. Martha Domberg und Hilde werden von Richard begeistert sein.«

Zufrieden rieb er sich die Hände, schaute zwischen ihnen beiden hin und her, verharrte dabei einen Atemzug länger als nötig auf Richards glattrasiertem Antlitz. »Ich bin mir sicher, meine Frau wird entzückt sein, Ihre Bekanntschaft zu machen, Richard. Noch mehr wird es sie begeistern, wie Sie sich um Lou bemühen. Im Handstreich werden wir sie für die Verlobungspläne gewinnen. Und damit, mein süßer Engel«, besitzergreifend umfasste er Lous Taille, »gewinnen wir beide noch einige Monate, wenn nicht gar Jahre unter meinem Dach, die wir in vollen Zügen miteinander genießen können.«

Hastiger als nötig löste er sich von Lou und trat an seinen Schreibtisch, fischte aus den Unterlagen einen großen Umschlag und wedelte damit durch die Luft. »Das, mein lieber Richard, enthält die nächste Rate unserer Abmachung. Ich hoffe, Sie nutzen die Vorteile, die Ihnen meine monatlichen Wechsel verschaffen. Die eben vereinbarte Investition in Ihr neues Projekt ist davon natürlich völlig unabhängig. Machen Sie das Beste daraus.«

Lou meinte, ihren Ohren nicht zu trauen. Was war das für ein Schmierentheater, das Ernst da gerade aufführte? Von wegen »wir gewinnen noch einige Monate, wenn nicht Jahre miteinander«! Aus seinem Mund klang das mit einem Mal seelenlos. Ein böser Verdacht beschlich sie: Ernst interessierte an der verabredeten Scheinverlobung zwischen Richard und ihr zusehends weniger die Zeit, die er dadurch mit ihr gewann. Inzwischen ging es ihm mehr um Richard und die Möglichkeiten, die er ihm für neue Investitionen und Geschäftsverbindungen eröffnete. Hatte er nicht schon beim ersten Zusammentreffen einen Narren an Richard und seiner Gerissenheit gefressen? Wahrscheinlich träumte Ernst davon, aus ihm einen erfolgreichen Geschäftsmann ganz nach seinen Vorstellungen zu formen. Sie äugte zwischen den beiden hin und her. Keiner von ihnen schien auch nur im Entferntesten daran zu denken, sie in das, was sie da eben bei einem gemütlichen Frühstück vereinbart hatten, einzuweihen. Ernst gab wieder ganz den Cäsar, war bis in die letzte Faser der überlegene, vernunftgesteuerte Geschäftsmann, der sich mit keiner Regung anmerken ließ, was wirklich in ihm vorging, und Richard stand ihm darin in nichts nach. Ihre vage Vermutung gewann an Nahrung.

Richard wartete gelassen darauf, den Umschlag mit der nächsten Geldanweisung zu erhalten. Seit zwei Monaten lebte er von Ernsts Wechseln. Auch wenn er sie mit großzügigen Einladungen ins *Tabarin*, *Odeon Kasino* und inzwischen auch in die *Blumensäle* und das *Kolosseum* an dem Geldsegen teilhaben ließ, wusste Lou nur zu gut, dass er das bequeme Dandyleben auf Ernsts Kosten mit noch ganz anderen Gefährten genoss. Herr Ferdinand aus dem *Luitpold* hielt sie getreulich auf dem Laufenden. Als Ernst ihm das Kuvert überreichte, steckte Richard es mit einer knappen Verbeugung in die Innentasche seines Jacketts.

»Dann sehen wir uns nächsten Mittwoch bei den Dombergs am Karolinenplatz. Ich freue mich.« Er verabschiedete sich mit einem Handkuss von Lou, nickte Ernst zu und ging.

»Ich komme mit!« Einer Eingebung folgend, schnappte sie sich ihren Rucksack und lief ihm in den düsteren, kahlen Flur hinterher. Zwar entging ihr weder Ernsts verdutztes Gesicht noch das Stirnrunzeln seiner Vorzimmerdame, dennoch hielt sie es für das Beste, Richard zu folgen. Wenn einer von beiden ihr etwas preisgeben würde, was sie außer der Verlobung noch ausheckten, dann er.

»Was soll das?« Abrupt blieb Richard stehen und sah ihr entgegen. Trotz des schlechten Lichts konnte sie den Unmut auf seinem Gesicht erkennen. So gut er sich bei Ernst hielt, gab er in ihrer Gegenwart einen schlechten Schauspieler ab. Das war ihre Chance, mehr über die besonderen Abmachungen zwischen Ernst und ihm herauszufinden.

»Wir beide haben noch einiges miteinander zu klären.« Sie verlangsamte ihre Schritte, bemühte sich um einen unbedarften Gesichtsausdruck.

»Und du denkst, jetzt wäre eine gute Gelegenheit dafür?« Ein Lächeln stahl sich ihm aufs Gesicht. »Wie wäre es mit einem Ausflug zur Galopprennbahn? Mir scheint, du bist heute bestens dafür gerüstet.«

Er deutete auf ihre sportliche Kleidung. Zum wahrscheinlich letzten Mal in diesem Sommer hatte sie sich für leichte sandfarbene Breeches entschieden. Die vanillefarbene Seidenbluse und die weiche Kaschmirstrickjacke in dem warmen Cognacton verliehen dem Ganzen einen burschikosen Schliff, zu dem ihr Lieblingsstück, der abgegriffene, auf der Lasche bunt verzierte Lederrucksack, bestens passte.

»Du wohl auch«, erwiderte sie und tippte ihm auf die Brust. Verräterisch knisterte der dicke Umschlag in der Innentasche.

»Lediglich an meinem Äußern sollte ich noch etwas ändern, sonst kann ich kaum mit dir mithalten«, überging er die Anspielung grinsend. Galant bot er ihr den Arm. Sie lehnte ab, um Ernsts Angestellte nicht auf falsche Gedanken zu bringen, wenn sie zu vertraulich miteinander die Druckerei verließen. Seite an Seite schlenderten sie zum Orleansplatz und bestiegen die Elektrische Richtung Schwabing, damit Richard sich in seiner Wohnung umkleiden konnte.

Die gesamte Trambahnfahrt schwieg er, sah mit undurchdringlicher Miene durchs Fenster. Lous Blick schweifte ebenfalls nach draußen. Auf dem ersten Teil der Strecke rechts der Isar wurde die blanke Not der Nachkriegszeit an den vor Kummer gebeugten Passanten deutlich. Im ehemaligen Arbeiterviertel Haidhausen hatte der bürgerliche Glanz der Vorkriegsjahre nur kurze Zeit gewährt. Lärmend querte in Höhe des Johannisplatzes ein Trupp SA-Leute die Straße. Die grassierende Not trieb den Hitlerschen immer mehr Anhänger in die Arme. Mit Schrecken dachte Lou an ihre Zeitungslektüre, an die Auflösung von Judiths jüdischem Boxklub zugunsten eines rechtsstehenden Vereins. Die Tram passierte die Maximiliansbrücke. Links der Isar waren Elend und politischer Aufruhr bislang nahezu unsichtbar. Dafür zeigte sich der luxuriöse Überfluss der Krisenprofiteure in den protzigen Läden der Maximilianstraße umso aufdringlicher.

Das letzte Stück von der Haltestelle am Hohenzollernplatz bis zur Jakob-Klar-Straße legten Lou und Richard zu Fuß zurück. Den von prächtigen Jahrhundertwendebauten gesäumten Straßen Schwabings waren die mageren Zeiten erst auf den zweiten Blick anzusehen. Auf den Ladenschildern wuchsen den Preisen zwar ebenso rasant die Nullen wie andernorts, noch aber tat man im früheren Boheme-Viertel so, als diente das vor allem der Belustigung der Bevölkerung und nicht der rauhen Wirklichkeit. Auch schienen die braunen Horden hier erst wenige Anhänger gefunden zu haben. Verlegen verdrückte sich gerade ein blasser Jüngling in dem wohlbekannten Hemd in einen schummrigen Hauseingang. Wahrscheinlich wollte er so auch dem kräftigen Kerl entgehen, der zwei Häuser weiter Flugblätter der Sozialdemokraten in die Briefkästen stopfte.

Richards Wohnung befand sich nahe der Hohenzollernstraße. Beim Anblick des schlichten Hinterhauses war Lou überrascht. Es passte weder zu Richards großspurigem Auftreten noch zu dem, was er sich mit Ernsts Wechseln hätte leisten können. Andererseits waren Wohnungen seit Kriegsende Mangelware, erst recht für Alleinstehende. Gewiss hatte Ernst eine hohe Summe an den angeblichen Freund für die Vermittlung gezahlt, damit Richard überhaupt ein eigenes Dach über dem Kopf hatte. Lou dachte an Fridas vor zwei Jahren zwangseinquartiertes Ehepaar. Oft schon hatte der Kommerzienrat angeboten, ihnen mit Geld zu helfen, eine eigene Bleibe zu finden. Empört hatte Frida dagegen protestiert. Längst waren die Lehmanns Franzi und ihr ans Herz gewachsen.

Drei Treppen mussten Richard und sie nach oben steigen. Erstaunlicherweise verfügte die Wohnung über ein eigenes Bad und ein separates Wasserklosett, eine geräumige Wohnküche sowie ein großzügiges Wohn- und ein etwas kleineres Schlafzimmer. Stolz führte Richard Lou herum. Die Hauptattraktion im Wohnzimmer bestand in einem Tischgrammophon mit weit ausladendem Schalltrichter. Aus dem hohen Stapel Platten sprach Richards Vorliebe für Schlager der aktuellen Saison.

»Gefällt es dir?«, wollte Richard wissen, als sie sich ans Fenster stellte, den Rucksack zu Boden gleiten ließ und in den engen Hof hinunterschaute.

»Muss es mir gefallen?« Langsam drehte sie sich wieder zu ihm um, verschränkte die Arme vor der Brust.

»Du wolltest doch wissen, was ich mit dem Geld deines Geliebten mache. Bestimmt wirst du ihm nachher brav Bericht erstatten.«

Breitbeinig baute er sich vor ihr auf. Ihre Blicke begegneten sich. In seinem lag etwas Abschätziges. Lange schauten sie einander an. Erstaunt durchzuckte Lou ein seltsamer Gedanke: Sooft und so wild sie sich in den letzten Monaten miteinander vergnügt, so viel sie dabei auch getrunken hatten, war nie mehr als ein harmloser Kuss oder eine kameradschaftliche Umarmung zwischen ihnen gewesen. Nicht ein einziges Mal hatte er die Situation ausgenutzt, um sie zu verführen. Auch jetzt schien er nicht im Entferntesten daran zu denken. Sein Antlitz wurde regelrecht abweisend, der Blick seiner Augen so kalt und unergründlich, wie sie es von früher kannte. Was ging in ihm vor? Was plante er mit Ernst und ihr? Als er die Hand hob, schlug sie sie blitzschnell fort.

»Bist du verrückt geworden?« Verblüfft starrte er sie an.

»Verzeih.« Das war die Gelegenheit, schoss ihr durch den Kopf. Beherzt fasste sie an das Revers seines Jacketts und griff sich aus der Innentasche den dicken Umschlag, den Ernst ihm vorhin gegeben hatte. Richard ließ sie gewähren. Mit zitternden Händen entnahm sie dem Kuvert die maschinengetippten Seiten und faltete sie auseinander.

Eine Geldanweisung fiel heraus, segelte langsam zu Boden. Lou hob sie auf, nahm flüchtig die erschreckend große Summe darauf zur Kenntnis, widmete sich dann von neuem den Unterlagen, überflog ihren Inhalt.

Mehrmals musste sie lesen, was in den Papieren stand, bis sie begriff. Es handelte sich um einen Vertrag zwischen Ernst Hoffoldinger und Richard Lönsheim über eine langfristige Investition in eine Filmproduktion in Schwabing, deren Inhaber Richard selbst war. Das also war das, was Ernst eben »eine Abmachung, die nur uns beide angeht« genannt hatte.

»Du hast mich völlig missverstanden.« Richard legte ihr die Hand auf die Schulter. Sie zuckte zusammen. Sie musste so vertieft ins Lesen gewesen sein, dass sie gar nicht mehr auf ihn geachtet hatte. Er schenkte ihr einen treuherzigen, fast schon unterwürfigen Blick. »Ich würde dir niemals zu nahe treten, Prinzessin. Du bist und bleibst für mich Curds Verlobte. So gut solltest du mich kennen.«

Von neuem hob er die Hand, fuhr sich durchs blonde Haar, zupfte es über die abstehenden Ohren und grinste breit.

»Ich weiß leider nicht mehr, wie gut ich dich kenne.« Ihre Finger krallten sich um die Papiere. »Ob ich dich überhaupt je gekannt habe.«

»Schade. Dabei gibt es für dein Misstrauen nicht den geringsten Grund.«

»Das hier scheint mir ein sehr guter Grund zu sein, findest du nicht?« Sie hielt ihm den Vertrag unter die Nase. »Kein Wort hast du mir davon verraten. Warum tut ihr so geheimnisvoll damit? Was steckt dahinter, was ihr unbedingt vor mir verbergen wollt?«

Richard schob die Hände in die Hosentaschen, zuckte mit den Schultern und sah an ihr vorbei durchs Fenster. »Erinnerst du dich, wie wir beide an diesem heißen Juliabend verschwitzt und überdreht vom vielen Tanzen und Champagnertrinken im *Tabarin* auf der Straße gestanden haben? Damals habe ich dir versprochen, dir die Sterne vom Himmel zu holen.«

»Bleib bitte beim Thema.«

»Was waren wir nur für einfältige Kindsköpfe!« Lachend schüttelte er den Kopf. »Das ganz große Geschäft wollten wir mit der Verlobung machen. Und jetzt?« Er drehte sich zu ihr um, betrachtete sie einige Sekunden lang schweigend. »Mit Ernsts Hilfe wollten wir die steile Leiter zum Himmel schneller erklimmen. Auf Anhieb aber hat er uns durchschaut. So charmant er sich dir gegenüber gibt, so gerissen ist er mir gegenüber. Er ist eben ein mit allen Wassern gewaschener Geschäftsmann und versteht sich darauf, aus etwas Geld noch mehr Geld, ja sogar richtig viel Geld zu machen und dabei andere rücksichtslos für seine Ziele einzuspannen.«

»Du wirkst nicht so, als wäre das für dich von Nachteil. Davon abgesehen bist du genauso wie ich freiwillig auf sein Angebot eingegangen«, stellte sie fest. »Im Gegensatz zu dir wollte ich mit der Verlobung allerdings nie ein Geschäft machen. Ich wollte lediglich die Zeit, die ich mit Ernst habe, verlängern und Hildes Heiratsbemühungen einen Riegel vorschieben. Das war übrigens auch Ernsts Absicht.«

»Eine der beiden«, warf er ein und legte abermals eine Pause ein, schien zu überlegen, bevor er weiterredete: »Es tut mir leid, dir deine Träume zu zerstören, aber einmal muss ich es dir sagen. Ernst ist vor allem Geschäftsmann. Vergiss das nie, wenn du mit ihm zu tun hast. Glaub mir, ich weiß, wovon ich spreche. Ich habe gerade eine sehr aufschlussreiche Stunde mit ihm beim Frühstück verbracht.«

»Was ein weiterer Beweis dafür ist, wie sehr gerade du von der Abmachung profitierst. Dank seiner äußerst großzügigen

Wechsel führst du derzeit ein sehr angenehmes Leben, und außerdem«, sie wedelte mit dem Vertrag durch die Luft, »ziehst du noch einen höchst lukrativen zweiten Nutzen aus der Sache. Erzähl mir also bitte nichts von wegen, Ernst wäre vor allem nur der gerissene Geschäftsmann, der gleich zwei Fliegen mit einer Klappe schlagen will, und du wärst der einfältige Kindskopf, der sich von ihm über den Tisch ziehen lässt.«

»Genau wie Ernst und du muss ich immer auch an meine Zukunft denken«, entgegnete er. »Wir beide werden uns zwar demnächst mit dem Segen von Ernst und seiner Frau offiziell verloben, aber letztlich wollen wir nicht wirklich heiraten. Das heißt, ich muss in nicht allzu ferner Zukunft wieder auf eigenen Füßen stehen, genau wie du im Übrigen auch.«

»Um mich mach dir mal keine Sorgen, ich schaffe das schon. Ernst wird mich nicht im Stich lassen. Außerdem habe ich etwas Ordentliches gelernt. Du bist früher übrigens auch schon einmal bestens allein klargekommen.« Sie lächelte spöttisch. »All die vielen Damen, die so gern junges Blut um sich haben wollen …«

»… sind inzwischen leider ganz von der Bildfläche verschwunden, weil ihnen die Inflation das Kleingeld gefressen hat oder aber ihre Ehemänner ihnen auf die Schliche gekommen sind.«

»Wie schade! An neuen Ideen, wie du dir stattdessen dein Einkommen sichern könntest, fehlt es dir allerdings nicht, wie euer Vertrag beweist. Womit wir wieder bei unserem eigentlichen Thema sind. Erzähl mir doch ein wenig mehr von deinem neuen Projekt, das du mit Ernsts Geld planst. Irgendwie fühle ich mich dem sehr verbunden. Immerhin habe ich dich überhaupt erst mit Ernst bekannt gemacht.«

»Nach dem Lesen des Vertrags weißt du schon das Wichtigste. In einer Filmproduktion liegt die Zukunft. Damit kann man sich wirklich die Sterne vom Himmel holen.«

»Greifst du da nicht ein bisschen hoch? Nur weil die Emelka in Geiselgasteig ...«

»Mit Curds Tod ist wohl dein ganzer Sinn für die Kunst gestorben«, spottete er.

»Lass Curd aus dem Spiel.«

»Tut mir leid. Aber gib zu, es fällt dir schwer, dir einzugestehen, dass du nicht die Einzige bist, die das angenehme Leben mit Ernsts Geld nutzt, um im Keller neue Ideen auszubrüten. In den letzten Jahren habe ich eben auch nicht nur Shimmy getanzt und reiche, einsame Damen in die *Odeon Bar* begleitet. Jede Gelegenheit habe ich dabei ergriffen, um meine Fühler Richtung Film auszustrecken. Das kommt mir jetzt zugute. Ich habe einen ausgezeichneten Dramaturgen an der Hand, außerdem einige einfallsreiche Autoren, von meinen eigenen Ideen ganz zu schweigen. Der Rest der Mannschaft wird noch angeheuert, und schon drehen wir unseren ersten Film. Die Vorbereitungen laufen auf Hochtouren. Ernst spendet uns sozusagen nur das nötige Kleingeld, das uns zuletzt noch gefehlt hat.«

In seine eisblauen Augen kam Leben, seine Wangen glühten.

»Das ist die Zukunft, Prinzessin«, fuhr er fort, als sie nicht auf seine Begeisterung einstieg. Zu sehr hatte sie der Hinweis auf den Dramaturgen irritiert. Judith hatte in einem ihrer letzten Briefe von Max' neuer Arbeit als Filmdramaturg geschwärmt. Warum kreisten alle ihre Freunde immer um dieselben Töpfe?

»Überall in der Stadt sprießen die Lichtspiele aus dem Boden.« Richard steigerte sich weiter in seine Begeisterung. »Die verlangen nach immer neuem Stoff, um die Menschen einen Abend lang mit schönen Bildern und zauberhaften Geschichten aus dem verfluchten Alltag zu erlösen. Dazu brauchen wir hier in München weder Berlin noch die Ufa. Das können wir selbst. Du wirst sehen, ich werde Ostermayr und seine Emelka bald übertrumpfen.«

Ein seltsames Leuchten breitete sich auf seinem Antlitz aus. Er schien zu allem entschlossen. Sie dachte an Ernst, der ihm nach ihrer ersten Begegnung im Juli »eine große Zukunft« prophezeit hatte. Damals schon hatte sie geahnt, wie ähnlich die beiden einander waren. Binnen kürzester Zeit hatte Richard tatsächlich nicht nur viel von ihm gelernt, sondern gleich auch die erstbeste Chance ergriffen, das Gelernte umzusetzen. Das gefiel Ernst. Kein Wunder, dass er vorhin kein Auge für sie und die romantische Seite der Abmachung gehabt hatte. Sie würde Sorge dafür tragen müssen, von der weiteren Entwicklung nicht überrollt zu werden. Ernst allerdings auch. Immerhin war Richard ein überaus gelehriger Schüler, der seinem Lehrer in nichts nachstand. Früher oder später würde er sie beide nicht mehr brauchen. Hoffentlich gelang die Geschichte mit der Verlobung noch rechtzeitig.

»Warten wir lieber erst einmal ab«, sagte sie kühl. »Du siehst dich wohl etwas zu schnell auf dem richtigen Weg, um dir die Sterne vom Himmel zu holen.«

»Nach all dem Schlamassel der letzten Jahre bin ich endlich auch einmal dran, findest du nicht?«

»Trotzdem solltest du nie vergessen, dass du bei weitem nicht der Einzige bist, der jetzt zum Zug kommen will.«

»Solange ich in der ersten Reihe stehe, gönne ich es allen anderen auch und dir sowieso zuallererst, Prinzessin.«

Sie sparte sich eine Erwiderung und bat ihn stattdessen, sie zur Elektrischen zu bringen. Die Lust auf einen Besuch der Galopprennbahn war ihr vergangen.

21

Es war erstaunlich, was knapp sechs Monate ausmachten. Judith meinte in ein völlig anderes Universum zurückzukehren, als sie sich nach dem ersten halben Jahr in Berlin an diesem Mittwochabend Mitte September in München einfand. Mit staunenden Augen betrachtete sie die Gäste in Martha Dombergs mit Blumenrabatten, Koniferen, Springbrunnen und Marmorfiguren pompös arrangiertem Garten nahe dem Karolinenplatz. Zwar kannte sie die meisten Gesichter noch aus der Zeit, in der sie im *Luitpold* das Treiben der Münchner Gesellschaft beobachtet hatte, um daraus bitterböse Glossen für die Wiener *Arbeiter-Zeitung* zu verfassen, auf einmal aber schienen sie ihr alle merkwürdig verändert. Die zunehmende wirtschaftliche Not war allerdings nicht der Grund. Nahezu alle Gäste an diesem ungewöhnlich lauen Septemberabend gehörten zu den Kreisen, denen die davongaloppierenden Preise höchstens ein gelangweiltes Stirnrunzeln wert waren, weil die Köchin nach immer größeren Taschen verlangte, um das Wirtschaftsgeld für den Einkauf auf dem Viktualienmarkt zu transportieren. Verwundert studierte Judith die Mienen. Auch wenn sie den wahren Grund der Veränderung nicht so leicht feststellen konnte, fand sie auf dieser Soiree zumindest ausreichend Stoff, um die von einer Berliner Illustrierten verlangte Reportage über die derzeitige Lage in der bayerischen Hauptstadt lebensnah zu schildern.

»Sie fühlen sich hoffentlich wohl bei uns, Fräulein Lichtblau«, kam die Gastgeberin zuvorkommend lächelnd auf sie zu. In ihrem silbernen, aufwendig toupierten Haar funkelte ein zartes Strassdiadem. Das violette, weich fallende Ensemble umspielte zeltartig ihre füllige Figur.

»Haben Sie sich schon mit einigen anderen Gästen bekannt gemacht? Sehen Sie nur, gerade treffen Hilde und Ernst Hofoldinger ein. Die beiden müssen Sie kennenlernen. Denken Sie nur: Die gute Hilde hat vor zwei Jahren völlig selbstlos die fast erwachsene Tochter eines Kriegskameraden ihres Mannes bei sich aufgenommen. Seither sorgt sie für das junge Fräulein wie für eine eigene Tochter. Wäre das nicht eine rührende Geschichte für Ihre Zeitung? Ich kann Ihnen gern noch einige weitere Details verraten.«

Zielstrebig zog sie Judith zur Terrasse, auf der Lou an der Seite von Ernst und seiner Gattin stand. Alle drei ließen ihre Blicke über den Garten schweifen. Judith musterte Lous Begleiter interessiert. Solange sie noch in München gelebt hatte, war sie Ernst lediglich einmal flüchtig auf einem Faschingsfest und Hilde nie begegnet. Der erste Eindruck entsprach exakt der Vorstellung, die sie sich von ihnen gemacht hatte. Ernst verkörperte auch im modischen Smoking den Typus des römischen Cäsaren, seine Frau war dagegen ganz die blaublütige Gutsherrentochter aus dem Westfälischen. Inwieweit sie die Komödie von Lou und ihrem Gatten tatsächlich durchschaute, war auf den ersten Blick schwer zu erkennen. Der Auftritt der drei wirkte sehr harmonisch. Hildes eindrucksvolles Gebaren wie auch ihre elegante Abendrobe, ein mohnrotes, knöchellanges Seidenkleid, geschmückt mit einer langen, weißen Perlenkette, passten perfekt zu »Cäsar« Ernst.

»Raten Sie einmal, wen ich Ihnen hier mitgebracht habe«, flötete Martha und drängte Judith förmlich zu Hilde hin. »Fräulein Lichtblau stammt zwar ursprünglich aus Wien, besucht uns jetzt aber aus Berlin. Sie schreibt für eine der großen Illustrierten und ist heute eigens angereist, um auf der Gesellschaftsseite über meine bescheidene Soiree zu berichten.«

In ihrem perlenden Lachen schwang der Stolz der Auserwählten mit. Amüsiert schüttelte Judith erst Hilde, dann Ernst die Hand. Zuletzt wandte sie sich an Lou und erklärte zum Erstaunen der drei anderen: »Wie schön, dich wiederzusehen. Vielleicht sollten wir kurz sagen, dass wir beide uns schon seit langem kennen.«

Hilde zog die Augenbraue hoch, Ernst schaute leicht erschreckt. Lou dagegen wollte widersprechen, doch Judith kam ihr zuvor und schilderte in wenigen Worten ihre erste Begegnung in jenem frostigen November gleich nach dem Waffenstillstand '18, als der letzte Wittelsbacher die Residenz am Max-Joseph-Platz hatte verlassen müssen. Im Revolutionschaos war Lou dem Wiener Kleeblatt buchstäblich in die Arme gefallen. Was sich aus Letzterem entwickelt hatte, verschwieg sie allerdings, um Hilde und Martha gegenüber die Mär von der Tochter des tapferen Kriegshelden aufrechtzuerhalten.

»Wie schade, dass wir uns nicht schon eher begegnet sind«, säuselte Hilde. Ernst aber wurde unruhig. An seinem fragenden Blick las Judith ab, dass er sicher war, sie schon einmal gesehen zu haben, aber nicht mehr genau wusste, wo. Natürlich würde sie den Teufel tun und ihn ausgerechnet jetzt auf das Atelierfest vor zweieinhalb Jahren ansprechen.

»Sicherlich werden Sie nicht hier sein, um ausgerechnet über uns zu berichten«, versuchte er sich in einem lockeren Plauderton.

»Sie haben es erraten«, platzte Martha Domberg mit einem triumphierenden Lächeln auf dem grell geschminkten Vollmondgesicht dazwischen. »Sosehr ich Sie als Gast in meinem bescheidenen Heim schätze, muss ich Ihnen noch einen weiteren, ganz besonderen Gast ankündigen, über den Fräulein Lichtblau später ausführlich schreiben wird.«

Über ihren Worten schien sie regelrecht zu wachsen. Hilde schenkte ihr einen abschätzigen Blick, während Ernst ein leises Seufzen kaum zu unterdrücken vermochte. Lediglich Lou reagierte gleichgültig. Sie gab Judith ein verstecktes Zeichen, sie möglichst bald unter vier Augen sprechen zu wollen, was Judith mit einem knappen Nicken beantwortete.

»Spannen Sie uns bitte nicht auf die Folter und verraten uns lieber gleich, wem wir heute Abend noch begegnen«, tat Hilde ungeduldig, woraufhin Ernst erst recht die Stirn runzelte. Beide schienen zu ahnen, um wen es sich bei dem geheimnisvollen Gast handelte. Sofort fühlte sich die Gastgeberin gezwungen, dem avisierten Besuch noch mehr Gewicht zu verleihen.

»Ich muss Sie enttäuschen. Es ist nicht der, den Sie vermuten.« Höchst zufrieden, Hilde mit dieser Erklärung doch noch ins Grübeln gebracht zu haben, faltete Martha Domberg die Hände vor dem ausladenden Leib und legte eine Kunstpause ein. Gerade als sie Gefahr lief, Hildes Geduld zu sehr zu strapazieren, erlöste sie sie: »Für den heutigen Abend konnte ich Adolf Hitler gewinnen, meine Soiree zu bereichern.«

»Nein!«, entfuhr es Hilde sichtlich beeindruckt. Ernst räusperte sich vernehmlich in die Faust, und Lou suchte erschrocken Judiths Blick.

Judith biss sich auf die Lippen. Zwar war sie genau aus dem Grund angereist, Hitler im Kreis seiner neuen, gesellschaftlich wie finanziell gutgestellten Gönner zu erleben, um darüber nach Berlin zu berichten. An der Spree hielt man ihn zu ihrer Verzweiflung nach wie vor nur für ein vorübergehendes Ärgernis. Trotzdem schauderte sie bei der Vorstellung, gleich mit eigenen Augen zu sehen, was sie längst wusste: dass der unberechenbare Österreicher, der bis vor kurzem noch die tumben Massen in den Bierkellern gegen die Republik aufgehetzt und sogar einen Pakt mit den Kommunisten erwogen hatte, um die verhasste Republik in Berlin in die Knie zu zwingen, inzwischen auf dem besten Weg war, die gutbetuchten Kreise der bayerischen Landeshauptstadt zu erobern. Von ihnen würde er letztlich weitaus gewinnbringender unterstützt werden als von den armen, ob der wirtschaftlichen Not verzweifelten Schlucker aus den niederen Schichten.

»Hitler stößt auf immer breitere Zustimmung«, plapperte Martha Domberg weiter. »Putzi Hanfstaengl hat ihn unlängst mit meinem Mann und mir bekannt gemacht. Wir hatten zudem das Vergnügen, ihn kurz darauf auf einer von Helene Bechsteins Gesellschaften im *Bayerischen Hof* zu erleben.«

Bedeutungsschwanger hielt sie inne, beobachtete aufmerksam, welche Wirkung das Erwähnen der Namen Hanfstaengl und Bechstein auf Hilde machte. Judith erkannte nur zu leicht die Eifersucht auf ihrem Antlitz, was sie insgeheim mit leichter Schadenfreude registrierte.

»Hitler besitzt ein schier unglaubliches Talent, die Massen zu überzeugen und selbst die größten Zweifler im Handumdrehen mitzureißen«, fuhr Martha Domberg zufrieden fort. »Wer will, kann das bei seinen vielen Auftritten vor Tausenden im *Zirkus Krone*, im *Hofbräuhaus* oder im *Bürgerbräu-*

keller erleben. Umso erstaunlicher ist es, ihn bei privaten Einladungen von einer ganz anderen Seite kennenzulernen. Unglaublich, wie dieser Mann sich verwandeln kann! Noch jetzt stockt mir der Atem, wenn ich daran denke, wie er mir letzte Woche in Helene Bechsteins Suite quasi unter vier Augen von seiner Beziehung zu Wagners Musik erzählt hat. Sie ahnen nicht, wie klug er darüber zu sprechen versteht. Ich war hingerissen. Er ist einfach, natürlich, ritterlich und hellen Auges.«

»Dann werden wir nachher hoffentlich auch in den Genuss kommen, ihn vom *Ring* schwärmen zu hören«, schaltete sich Ernst zu Judiths Vergnügen ein. So viel Witz hätte sie ihm gar nicht zugetraut.

»Ich bin gespannt, was er zur diesjährigen Inszenierung in Bayreuth sagt«, fuhr er fort. »Wenn er ein so großer Verehrer Wagners ist, war er sicherlich dort. Die Türen zu Wagners Familie werden ihm dank der Bekanntschaft mit den Bruckmanns weit offen gestanden haben.«

»Wo denken Sie hin?« Martha Domberg war pikiert. »Ich habe Hitler doch nicht eingeladen, damit er uns heute Abend von Musik spricht! Einen Vortrag über seine politischen Ziele soll er uns halten. In meinem bescheidenen Heim haben sich einige der respektabelsten Vertreter der Münchner Wirtschaft eingefunden. Die brennen alle darauf, aus seinem Mund zu hören, was er über die jüdischen Parasiten zu sagen hat, die unser Volk unterwandern und unsere Wirtschaft schädigen. Angesichts der derzeitigen Lage ist das weitaus wichtiger als der Austausch über die Feinheiten von Bayreuth, finden Sie nicht?«

Sie warf Ernst einen Blick zu, der mehr als ihre Worte verriet, wie entsetzt sie über sein Desinteresse an Hitlers politischen Ideen war. Er kommentierte das mit einem kurzen Hochziehen der Augenbrauen. Hilde rettete die Situation, indem sie sich bei Martha unterhakte und sich in leichtem Plauderton nach den sonstigen Höhepunkten erkundigte, die an diesem Septemberabend noch in ihrem mit bunten Lampions festlich beleuchteten Anwesen zu erwarten waren. Nur zu gern ließ Martha sich ablenken und steuerte zielsicher auf einen schlanken, auffällig blonden jungen Herrn zu, der neben dem von Fackeln umkränzten Springbrunnen inmitten der anderen Gäste etwas verloren wirkte.

Als Judith in ihm Richard Lönsheim erkannte, musste sie auf einmal doch schmunzeln. Das versprach in der Tat ein überaus amüsanter Abend zu werden. Schon juckte es sie in den Fingern, das Notizbuch zu zücken und sich einige Stichworte aufzuschreiben. Vor allem, als sie Marthas Ankündigung vernahm – »Das ist übrigens Richard Lönsheim. Ein junger Mann aus bestem Haus und mit allerbesten Aussichten. Den müssen Sie unbedingt mit Ihrer Ziehtochter bekannt machen« –, wusste sie, dass sie nach diesem Abend Stoff für mehr als nur einen Artikel zusammenhaben würde.

»Wieso hast du mir nicht Bescheid gegeben, dass du nach München kommst?«, unterbrach Lou sie in ihren Gedanken. Offenbar hatte sie Richard noch nicht entdeckt. »Wir hätten uns verabreden und in Ruhe über alte Zeiten unterhalten können.«

»Die beiden Fräulein wollen sicher allein sein.« Ernst entschuldigte sich mit dem Hinweis: »Dort entdecke ich gerade einen wichtigen Geschäftspartner. Wir sehen uns später.«

Geduldig wartete Judith, bis er weit genug weg war. »Spätestens morgen hätte ich mich gemeldet. Da ich mir nicht sicher bin, ob Hilde meine Briefe an dich wirklich ungeöffnet lässt, war ich lieber vorsichtig. Ich soll dich übrigens von Max grüßen. Er vermisst dich ebenso wie ich.«

»Sag jetzt nicht das Falsche«, raunte Lou ihr zu. »Richard und ich sehen uns jetzt gleich zum ersten Mal. Vergiss das nicht!«

Verwundert sah Judith sie an und registrierte erstaunt, welche Wandlung auf dem Gesicht der Freundin vorging. Die Sommersprossen auf der keck nach oben gerichteten Nase funkelten im Licht der Lampions und Fackeln, als sie Richard erwartungsvoll entgegensah.

Richard hatte sich besser im Griff. Er besaß tatsächlich schauspielerisches Talent. Auf seinem hellen Antlitz lag der zuvorkommend neugierige Blick eines Mannes, der gerade zum ersten Mal im Leben der Frau gegenübertritt, für die er bald in leidenschaftlicher Liebe entbrennen würde. Zufrieden beobachtete Martha Domberg die beiden, während Hilde noch deutlich zwischen Eifersucht und Zustimmung schwankte. Richard schien ihr auf Anhieb ausnehmend gut zu gefallen.

»Fräulein Lou«, setzte Martha Domberg im Kupplerton an, wie er älteren Damen der Gesellschaft eigen war. »Sehen Sie nur, wen wir Ihnen hier bringen. Dieser junge Mann ist heute Abend zum ersten Mal mein Gast und erkundigte sich eben bei mir ganz schüchtern nach Ihnen. Offenbar sind Sie ihm sofort aufgefallen. Da muss ich doch gleich etwas Schicksal spielen und Sie beide miteinander bekannt machen.«

»Gestatten, Richard Lönsheim.« Zu Judiths Verwunderung gelang ihm nicht nur der verlegene Ton aufs beste, er zauberte sogar eine leichte Röte auf seine glattrasierten Wangen, als er Lou mit einer tiefen Verbeugung die Hand hinstreckte.

»Angenehm«, erwiderte sie knapp.

»Wen haben wir denn da?«, schoss Ernst Hoffoldinger viel zu hastig aus dem Kreis seiner Geschäftsfreunde zu ihnen herüber. Allein Hildes und Marthas sichtlicher Begeisterung für Richard war es zu verdanken, dass die beiden Damen das Schmierentheater nicht durchschauten, das nun folgte. Ganz gebannt hingen sie an Richards feinen Lippen, als er sich vorgeblich verlegen zu Ernst umdrehte.

»Verzeihung, ich wollte … also, ich dachte … vielleicht erlauben Sie«, stammelte er und tat, als könnte er dem imposanten Herrn kaum in die Augen sehen.

»Jetzt haben Sie den Ärmsten vollends verwirrt«, konstatierte Martha mitleidig, während Hilde die Lippen spitzte und ihrem Mann erklärte: »Du solltest etwas weniger direkt sein, mein Lieber. Die jungen Leute von heute sind sehr feinfühlig.«

»Dann lassen wir sie vielleicht besser eine Weile allein. Ich hatte mit Herrn Lönsheim bereits geschäftlich das Vergnügen. Deshalb freut es mich, ihn hier wiederzutreffen«, erklärte Ernst seiner Gattin und suchte mit den Augen Judiths Einverständnis, bevor er nachsetzte: »Fräulein Lichtblau wird uns gewiss den Gefallen tun und bei beiden die Anstandsdame geben. Wir sollten uns derweil mit Elsa und Hugo Bruckmann unterhalten, die ich gerade in den Garten habe kommen sehen.«

»Eine gute Idee«, stimmte Martha Domberg zu. »Ein Verleger und ein Druckereibesitzer haben in Zeiten wie diesen immer viel miteinander zu bereden.«

»Die Damen werden sich unterdessen bestimmt gern über den neuen Liebling der Münchner Salons austauschen«, parierte Ernst den versteckten Tadel mit einem süffisanten Schmunzeln. »Wie man hört, hat Elsa Bruckmann Herrn Hitler ebenfalls schon ganz hoch oben auf der Einladungsliste stehen. Helene Bechstein will sie gewiss ebenso wenig nachstehen wie Ihnen, meine teure Martha.«

»Was du schon wieder alles weißt«, zischte Hilde und packte die etwas verdutzt aussehende Martha am Arm, um mit ihr Richtung Haus zu verschwinden. Das Einsetzen von zarten Klaviertönen kündigte einen weiteren Programmpunkt an.

»Wie hast du es nur geschafft, hier aufzutauchen?«, wandte Judith sich an Richard, als sie mit einem Glas Moselwein in der Hand etwas abseits der übrigen Gäste Gelegenheit fanden, sich zu dritt zu unterhalten. »Den Coup, Martha Domberg davon zu überzeugen, dich bei den Hoffoldingers als aussichtsreichen Heiratskandidaten für Lou ins Spiel zu bringen, hätte ich dir gar nicht zugetraut. Aber das ist wohl eher auf Lous und Ernsts Mist gewachsen, weil sonst Hilde aktiv geworden wäre und einen der aussichtsreichen jungen Herren aus ihren Kreisen als Heiratskandidaten angeschleppt hätte.«

»Wie immer hast du den Nagel auf den Kopf getroffen«, nahm Richard ihr den Wind aus den Segeln.

»Damit ist uns allen geholfen«, warf Lou ein.

»Dein Wort in Gottes Ohr«, kommentierte Judith und flüsterte Lou zu: »Du kennst Richard und weißt, woran du bei ihm bist. Bleib auf der Hut!«

»Die gute alte Judith.« Richard hatte sie belustigt beobachtet. »Auch sechs Monate in der Hauptstadt halten dich nicht davon ab, in München weiterhin die Gouvernante zu geben. Statt als Gesellschaftsreporterin solltest du besser als Erzieherin arbeiten. Das beherrschst du einfach aus dem Effeff.«

»Vielen Dank für deine Einschätzung«, entgegnete sie. »Pass du lieber auf, was du tust, wenn du keinen Ärger mit mir haben willst.«

»Ich gebe mir Mühe.« Er tippte sich an die Stirn, als hätte er gehorsam einen Befehl entgegengenommen.

»Ach Judith, du siehst mal wieder überall Gespenster«, entfuhr es Lou. Judith hatte das Gefühl, als müsste sich Lou damit vor allem selbst überzeugen, Richard zu vertrauen. Fahrig strich Lou das tannengrüne, mit silbernen Pailletten verzierte Hängerkleid glatt und sortierte das kastanienfarbene Haar. An ihrem Handgelenk baumelte eine winzige silberne Paillettentasche, bestimmt ein neues Stück aus ihrer eigenen Werkstatt. Zumindest bei der Beschäftigung mit Damentaschen blieb sie sich treu.

»Wir wissen alle selbst, was wir tun«, setzte sie noch nach, als sie Judiths musternden Blick gewahrte.

Judith wollte etwas erwidern, wurde allerdings von Ernst abgehalten, der in langen Schritten von der Terrasse auf sie zueilte und schon aus fünf Schritten Entfernung rief: »Kommen Sie nur schnell in den Salon, meine Lieben. Auch wenn man geteilter Meinung über das Talent eines gewissen Gastes aus Österreich sein mag, sollte man es sich nicht entgehen lassen, ihn einmal aus nächster Nähe zu erleben. Dazu bietet sich jetzt die beste Gelegenheit.«

Gleich fasste er Lou an der Hand und nötigte Richard und Judith, ihnen zu folgen.

»Von Politik verstehe ich leider gar nichts.« Lou klang wenig begeistert.

»Von Politik musst du in diesem Fall auch gar nichts verstehen. Das tut hier wohl kaum einer, am allerwenigsten dieses vielbeschworene Redetalent aus dem Bierkeller, das uns gleich seine angeblich so gewaltige Begabung vorführt. Viel wichtiger ist es, etwas von den Menschen zu verstehen, die ihm zuhören. Voller Sehnsucht nach Erlösung werden sie gleich an seinen Lippen hängen. Du wirst dich wundern, wie leicht Menschen zu blenden sind, gerade solche, die sich für besonders klug und abgeklärt halten.«

»Damit haben Sie wohl leider recht.« Judith schenkte Ernst ein anerkennendes Lächeln. Nur zu gut erinnerte sie sich daran, wie sie vor einem halben Jahr noch Lou gegenüber behauptet hatte, er gehöre zu dem einfältigen Zirkel, der die Gefahr, die mit Hitler verbunden war, leichtfertig unterschätze. Anscheinend hatte sie in Wahrheit Ernst unterschätzt. Aus dem Augenwinkel sah sie, wie widerwillig Richard der Aufforderung folgte. Auf seinem Gesicht lag Ekel, als sie den Salon betraten.

Natürlich kamen sie viel zu spät. Es hatte sich bereits eine ansehnliche Traube Neugieriger um den Neuankömmling versammelt. Wider Erwarten erhielten sie dennoch die Chance, die von Ernst empfohlenen Studien in aller Ruhe zu absolvieren. Es gelang ihm, für sie guten Beobachterposten neben dem inzwischen geschlossenen Konzertflügel zu ergattern. Von dort hatten sie sowohl die Zuhörer wie auch Hitler selbst bestens im Blick.

Als Judith die Runde der Anwesenden musterte, stutzte sie. Kaum zwei Meter von ihr entfernt, auf der anderen Seite des Flügels, stand Gege! Die ehemalige Geliebte schien sie im selben Moment ebenfalls zu entdecken. Kurz nur huschte Erschrecken über ihr Gesicht, dann lächelte sie und hakte sich bei dem neben ihr stehenden, hochaufgeschossenen Blonden mit dem von Sommersprossen übersäten Gesicht ein. Der nächste Blick, den sie Judith zuwarf, war bereits triumphierend. Offenbar verlief ihre Karriere in Geiselgasteig genau so, wie sie sich das im Frühjahr erhofft hatte. Einen neuen Kavalier schien sie ebenfalls gefunden zu haben. Sie wusste eben jede Chance zu nutzen.

Judith kam nicht dazu, länger darüber zu grübeln. Der Kreis um Hitler lichtete sich. In angemessenem Abstand zu den gebannt Lauschenden sollte der von allen so heiß Ersehnte endlich seine Rede beginnen.

Im ersten Moment war Judith überrascht, wie klein und unscheinbar der österreichische Landsmann wirkte. Anders als die anderen Herren steckte er nicht in Frack oder Smoking, sondern trug einen fast bodenlangen gelben Gummimantel, den er der hohen Temperaturen in dem geschlossenen Raum zum Trotz nur ungern abzulegen bereit war. Als er es widerstrebend doch tat, wurden darunter ein schlichter grauer Straßenanzug sowie ein echter Revolver sichtbar. Niemand störte sich an der Waffe, ebenso wenig zollte jemand der Reitpeitsche sonderlich Beachtung, die Hitler die ganze Zeit in der rechten Hand hielt und sichtlich nervös immerfort gegen seinen Oberschenkel schlug. Da er seinen Hut tief ins Gesicht gezogen hatte, war von seiner Mimik zunächst wenig erkennbar. Erst auf die ausdrückliche Aufforderung der Gastgeberin hin entledigte er sich dessen, wobei Judith der merkwürdig verkniffene Gesichtsausdruck, die strenge Falte an der Nasenwurzel sowie der schmale Bart auf der Oberlippe ins Auge stachen.

Als er zu reden anhob, klangen seine ersten Worte atemlos und unsicher. Er sprach in abgehackten, kurzen Sätzen, zunächst sehr leise, wodurch die Zuhörer gezwungen waren, ihm ihre volle Aufmerksamkeit zu widmen. Sobald er sich sicher war, dass ihm alle zuhörten, wurde er lauter. Bald unterstrich er seine Worte gestenreich mit übertrieben weit ausholenden Armen, fixierte mit seinem stechenden Blick immer wieder einen der Gäste.

Von dem, was er sagte, bekam Judith kaum etwas mit. Zu fasziniert war sie von der Wirkung, die seine Worte auf die

Zuhörenden ausübten. Ernst hatte recht, darin lag das eigentlich Interessante des Abends. Darüber musste sie in ihrem Artikel berichten. Ob Hitler in Berlin einen ähnlichen Erfolg haben würde oder ob er doch nur ein Münchner Unikum war, wenn auch ein recht gefährliches, darüber wagte sie kaum länger nachzudenken. Ihr Blick wanderte stattdessen neugierig umher.

Zusammen mit der Gastgeberin Martha Domberg und zwei anderen Damen aus ihrem Kreis thronte Hilde in der vordersten Reihe, nur etwas mehr als eine Handbreit von Hitler entfernt. Erstaunt registrierte Judith, wie die stolze Frau, immerhin eine geborene Freiin von Knapphausen, die selbst den cäsarenhaften Ernst wie eine willige Marionette zu lenken verstand, nun wie ihre Freundinnen geradezu hypnotisiert an Hitlers Lippen hing. Von unten her sahen sie andächtig zu ihm auf, verfolgten jede seiner Bewegungen mit den Augen. Sogar der Hausherr Albert Domberg, ein bedeutender Verleger kunst- und kulturhistorischer Literatur, war völlig eingenommen von dem, was Judith in Satzfetzen wie »Nachwirkungen des Schanddiktats der Siegermächte«, »blinder Gehorsam der Erfüllungspolitiker«, »gefährliche Verschwörung der Juden und Kommunisten« sowie »dringend notwendige Stärkung der arischen Rasse« und »völliges Versagen der absolut unfähigen Berliner Regierung« aufschnappte. Ihr war schleierhaft, was Hitler sich da zusammenreimte. Es schien alles willkürlich und ohne tieferen Sinn aneinandergereiht. Umso unverständlicher empfand sie, wie er damit den großen Kreis der zumeist akademisch gebildeten Gäste eine Stunde lang in Atem hielt.

Je erstaunter ihre Augen über die Anwesenden schweiften, umso deutlicher wurde ihr, was sie kurz nach ihrer Ankunft unbewusst bereits als Veränderung an den einst so vertrauten Gesichtern wahrgenommen hatte: In den ersten Jahren nach dem Krieg hatten sie vorübergehend die Übersicht verloren und seltsam teilnahmslos die Ereignisse verfolgt. Kaiser und König hatten abgedankt, das blutige Ende der Räterepublik hatte sie in ihren Grundfesten erschüttert und sie eine lähmende Angst vor allem Roten, Revolutionären entwickeln lassen. Die Republik, die aus dem fernen Berlin nach Bayern wehte, schien dem aus ihrer Sicht nicht Herr werden zu können. Nun aber gab es wieder jemanden, der ihnen den rechten Weg durch das Dickicht der Zeit zu weisen und die ersehnte Erlösung aus dem Sumpf der Orientierungslosigkeit zu garantieren versprach: Hitler. Seine abstrusen Thesen von der verlogenen Berliner Republik, der jüdischen Weltverschwörung und der Vorherrschaft der arischen Rasse wirkten auf sie wie eine Offenbarung. Ergriffen lauschten die Dombergschen Gäste dem zeternden Österreicher. Judith fröstelte trotz der Hitze im Salon.

»War das nicht großartig?« Selbst gegen Mitternacht noch, als Hitler das Haus der Dombergs lange schon verlassen hatte, schwärmte Hilde mit leuchtenden Augen weiter von diesem angeblich so beeindruckenden Menschen. Er sei ein wahres Geschenk des Himmels, um Deutschland aus der Schockstarre der düsteren Nachkriegsjahre zu befreien.

»Ich weiß genau, warum du schweigst«, hielt sie ihrem Mann ungeachtet der Anwesenheit von Lou, Judith und Richard vor. »Es missfällt dir, was er sagt. Dabei ist es die reine Wahrheit. Ich bin sicher, eines Tages wirst auch du das begreifen, und dir werden endlich die Augen aufgehen, was deinen ominösen Freund, den Kommerzienrat, anbetrifft. Immerhin gehört auch er zu dem besagten Parasitenvolk.«

Als sie Ernsts Freund erwähnte, horchte Judith auf. Lou erblasste. Ernst hielt seinen strengen Cäsarenblick stur nach vorn gerichtet. Die Flügel seiner großen, gebogenen Nase zitterten kaum merklich. Judith entging nicht, wie angestrengt es hinter seiner hohen Stirn arbeitete. Nichts würde er wohl gerade lieber tun, als Hilde entschieden über den Mund zu fahren. Wohl aus Rücksicht auf die übrigen Anwesenden hielt er sich zurück.

»Lange bevor ich mich mit den Theorien über Rasse und Ariertum beschäftigt habe, habe ich gewusst, was von deinem Kommerzienrat zu halten ist«, fuhr Hilde unbeirrt fort. »Der Name Rosendahl sagt schon alles. Das große Unglück von uns Deutschen sind und bleiben nun einmal die Juden. Das haben wir zwar schon vor Hitler gewusst, er aber spricht es endlich offen aus. Auf niederträchtigste Weise ist es ihnen gelungen, uns dank des Netzes, das sie über die ganze Welt gesponnen haben, in die Knie zu zwingen. Zum Glück versteht es Hitler, auch den letzten noch Zaudernden im Land die Augen zu öffnen. Wie gut, dass wir ihn gerade jetzt hier in München erleben dürfen. Martha und Albert Domberg haben es sich glücklicherweise zur Aufgabe gemacht, ihm die Türen zu den wichtigen Herrschaften im Land aufzustoßen. Auch sonst werden sie ihm jede erdenkliche Unterstützung zuteilwerden lassen. Ich werde mein Möglichstes tun, ihnen dabei zur Seite zu stehen.«

»Mich und vor allem meine Druckerei wirst du dabei außen vor lassen müssen.« Ernsts Stimme klang gepresst. Nach wie vor wich er ihrem Blick aus. Hilde studierte sein Profil, schwieg verkniffen. Judith war es unbehaglich, auch Lou und Richard schauten betreten zu Boden.

Gerade als Judith es wagen wollte, mit einer unverfänglichen Bemerkung über den Klavierspieler die Stimmung aufzulockern, kam Hilde ihr zuvor. Gefährlich leise, aber sehr bestimmt sagte sie zu Ernst: »Hast du dich eigentlich jemals genauer mit deinen eigenen Vorfahren beschäftigt? Je länger ich deine Nase betrachte, desto zwingender erscheint mir das. Natürlich kann man sie als römisch bezeichnen, aber irgendwie erinnert mich diese Form noch an etwas anderes. Sieh nur, wie fein dagegen das Profil unseres neuen Freundes Richard Lönsheim aussieht. Ein Musterbeispiel reinen Ariertums.«

Richard erblasste, Judith biss sich auf die Lippen. Hoffentlich erfuhr Hilde nicht so schnell, wie sehr sie sich ausgerechnet bei dem Sohn eines Straßburger Rabbiners in ihrer neuen Lehre täuschte.

»Sie sind ebenfalls ein Geschenk des Himmels, mein Lieber. Ich freue mich sehr, heute Abend Ihre Bekanntschaft gemacht zu haben«, wandte Hilde sich an Richard. »Unbedingt müssen Sie uns in unserem Haus im Herzogpark besuchen. Lou wird sich über Ihre Gesellschaft sehr freuen. Junges Blut im Haus zu haben belebt uns alle.«

»Es ist spät geworden. Erst einmal müssen wir uns von diesem aufregenden Abend ausruhen.« Ohne ihre Zustimmung abzuwarten, verabschiedete sich Ernst und zog Lou mit sich. Hilde folgte ihnen mit zwei Schritten Abstand.

Judith sah ihnen nach, wie sie im hellerleuchteten Salon verschwanden. Richard lief ihnen hinterher, um von Hilde einen genauen Termin für seinen Besuch zu erbitten.

Auf einmal wurde Judith das alles zu viel. Obwohl sie mitten im Garten stand und den sternenklaren Nachthimmel über sich hatte, bekam sie keine Luft mehr. In München wurde es ihr zu eng. Nichts sehnte sie mehr herbei als das Ende dieses Besuchs in der langen dunklen Münchner Nacht. Am liebsten würde sie am nächsten Morgen schon nach Berlin zurück und Lou mitnehmen. Zu düster schienen ihr die Aussichten, die die Freundin sowohl mit Richard als auch im Hause von Ernst und Hilde zu erwarten hatte.

22

Lou genoss die Bergluft und das Eislaufen in vollen Zügen. Darüber vergaß sie alles andere. Seit Jahren hatte sie keine Kufen mehr unter den Füßen gehabt, dennoch gelangen ihr bereits nach kürzester Zeit wieder die ersten Pirouetten. Vor Begeisterung drehte sie eine nach der anderen, bis ihr schwindelig wurde. Sie stoppte, wechselte die Laufrichtung und preschte den Gefährten in tollkühnem Tempo entgegen. Runde um Runde drehten die etwa ein Dutzend jungen Münchner auf dem zugefrorenen See zu Füßen des imposanten Hotelkomplexes am Nordrand von Garmisch. Zwar machte der grauverhangene Himmel dem *Sonnenbichl* an diesem Februarnachmittag keine große Ehre, doch daran nahm niemand Anstoß. Dick verpackt in Pelzmützen, Schals, Anoraks und langen Hosen, trotzten sie sogar dem eisigen Wind, der von Osten her über die Eisfläche fegte und bald die ersten weißen Flocken aus den Wolken rieseln ließ. Als das Schneetreiben so stark wurde, dass man kaum mehr die eigene Hand vor den Augen sah, brachen die Sportskanonen den Spaß jedoch früher ab als geplant.

»Zeit für den Tanztee!«, rief ein etwas schwerfällig aussehender, als Tänzer jedoch sehr gewandter, breitschultriger Mann fröhlich, dessen Namen Lou zu ihrem Bedauern vergessen hatte. Zu viele neue Bekanntschaften hatte sie seit ihrer

Ankunft in Hildes Garmischer Lieblingshotel am letzten Wochenende bereits geschlossen. Dunkel meinte sie sich zu erinnern, dass er angehender Chirurg war.

»Ich reserviere mir den ersten Tango mit dir, Ludwig. Lou war gestern schon dran«, erklärte Gege. Zu Lous Überraschung war die Schauspielerin und frühere Freundin von Judith der unangefochtene Mittelpunkt des Kreises, der sich vorwiegend aus jungen Freunden Martha Dombergs rekrutierte. Ehe sie sich versah, hakte sich Gege bei ihr unter und leitete sie zielstrebig zum Rand der Eisfläche, wo sie die Schlittschuhe aus- und die pelzgefütterten Winterstiefel anzogen. Ganz selbstverständlich fühlte sie sich bei Lou als die geborene Vertreterin Judiths und hatte – bewusst oder unbewusst – damit auch gleich die Rolle der älteren, treusorgenden Schwester übernommen.

»Wenn Gege sich mit Ludwig vergnügt, bleibt mir endlich die Chance, Lou einmal als Erster aufzufordern.« In einem gekonnten Schwung stoppte Hans Faber direkt vor Lous Füßen und strahlte sie an. Sein grobgezeichnetes, von unzähligen Sommersprossen übersätes Gesicht mit der knolligen Nase und den weit auseinanderstehenden Augen unter dem rotblonden, von Schneeflocken bedeckten Haarschopf glühte trotz Kälte. Insgeheim seufzte Lou. Sie mochte den etwas vorlauten jungen Rechtsanwalt nicht nur wegen seines unvorteilhaften Aussehens nicht sonderlich. Er war immer eine Spur zu laut und zu direkt. Zudem war er ein enger Freund von Edgar Hombach, der weitaus weniger sicher als die anderen über das Eis zu ihnen herüberschlitterte. Gerade wollte er sie ebenfalls auffordern, da kam ihr Ludwig überraschend zu Hilfe: »Dann hätte ich gern den zweiten Tanz mit Lou.«

»Wie gut, dass Richard Lönsheim nicht hier ist, sonst hättet ihr alle bei Lou keine Chance«, stellte Gege amüsiert fest, woraufhin sich Edgars Miene noch mehr verfinsterte.

»Schnell, schnell ins Hotel«, drängte eine zierliche Brünette, von der kaum mehr als die rotgefrorene schmale Nase, die lustigen grünen Augen und ein paar Haarsträhnen zu erkennen waren. »Wir müssen uns schließlich noch umziehen. Bestimmt ist es schon wieder voll im Foyer.«

»Keine Sorge, Ilse«, beruhigte Hans sie und bot ihr den Arm, damit sie einen großen Schritt vom Eis in den Schnee treten und ihre Schlittschuhe ausziehen konnte. »Natürlich haben wir wieder unseren Tisch gleich vorn neben der Kapelle.«

»Martha Domberg wird schon dafür sorgen, dass sich keiner dorthin setzt, ohne von ihr zuvor auf echte Gesellschaftstauglichkeit geprüft zu werden«, stellte Gege fest.

»Wir sollten ihr dankbar sein«, warf Hans ein. »Immerhin passt sie auf, dass uns keine Langweiler belästigen.«

»Zumindest keine anderen als die, die uns eh schon auf die Pelle gerückt sind«, ergänzte Gege leise an Lou gewandt und nickte zu Edgar Hombach. Zum Glück hörte er ebenso schlecht, wie er durch seine dicken, runden Brillengläser sah. »Du Ärmste! Obwohl Richard seit Monaten kaum freiwillig von deiner Seite weicht, macht er sich wohl nach wie vor Hoffnungen. Sag mal«, sie rückte noch näher zu ihr, »hat er dir eigentlich schon einen Antrag gemacht?«

»Sei nicht so neugierig«, wisperte Lou zurück und freute sich an Geges verzweifeltem Augenrollen. Nur zu gut wusste sie, dass Gege insgeheim selbst für Richard schwärmte. Dass sie einmal Frauen geliebt hatte, schien sie völlig verdrängt zu haben. Wahrscheinlich liebte sie immer nur die, die ihr bei ihrer Karriere behilflich waren. Immerhin hatte sie inzwischen die ersten Filmerfolge aufzuweisen. Rasch verbat sich Lou den Gedanken. In Garmisch wollte sie Spaß haben und keine Gespenster aus der Vergangenheit heraufbeschwören.

Bestens gelaunt stapften sie wenig später, die Schlittschuhe lässig über die Schultern geworfen, die Oberkörper gegen das zunehmend kräftiger werdende Schneegestöber nach vorn gebeugt, bergan zum Hotel. In der Halle schüttelten sie sich den Schnee von Mützen und Mänteln, bevor sie lautstark für eine halbe Stunde voneinander Abschied nahmen, um sich zum Tanztee umzuziehen.

»So jung müsste man noch einmal sein«, entfuhr es Martha Domberg mit einem neidischen Blick auf Lou, Gege und die anderen aus der Clique, die nahezu gleichzeitig um halb fünf in lässig-schicken Tanzteekleidern den festlich ausgeleuchteten Saal stürmten. Unter dem Kristalllüster tummelten sich bereits die ersten Paare zum langsamen Walzer, den die Kapelle unter Leitung des glatzköpfigen Kapellmeisters intoniert hatte. Mindestens fünf Damen beanspruchten die Dienste der vom Hotel engagierten Eintänzer. Auf Anhieb erkennbar an ihrer tadellosen Haltung, dem nichtssagenden Blick über die Schulter der Tanzpartnerin hinweg ins Leere und den exakt sitzenden Anzügen, zogen sie im Auftrag des Ehemanns oder Begleiters mit den Damen ihre Runden. Sobald der Kapellmeister die jungen Leute bemerkte, nickte er erfreut und stimmte als Nächstes einen Tango an.

Wie auf dem Eis angekündigt, verlangte Gege den Tanzenthusiasten Ludwig als Partner, und der grobschlächtige Hans beeilte sich, vor Lou parat zu stehen. Enttäuscht wandte sich Edgar Hombach an die zierliche Brünette. Aus dem Augenwinkel beobachtete Lou überrascht, wie erfreut die

Kleine ihn dafür anstrahlte. Besitzergreifend zog Hans Lou nah an seine Brust. Es behagte ihr ganz und gar nicht, ausgerechnet mit ihm die auf Körpernähe ausgerichteten Schritte zu setzen. Bei jedem Blick in sein Gesicht wurde sie des Schmisses gewahr, der seine rechte Wange zierte. An den Abenden zuvor hatte er ihr stolz von seiner Zeit in einer Studentenverbindung erzählt. Jedes Mal aufs Neue hatte sie sich gewundert, wie jemand, der wie er als Schulabgänger noch einige Monate an der Front gekämpft hatte, anschließend freiwillig an Mensuren teilnehmen konnte. Offenbar hatte er auf den wüsten Schlachtfeldern in Frankreich im wahrsten Sinn Blut geleckt. Es schauderte sie bei der Vorstellung, er könne nach der Rückkehr als Freikorpsler weitergekämpft haben und an der grausamen Niederschlagung der Räteregierung beteiligt gewesen sein. Deutlich hatte sie plötzlich wieder den entsetzlichen Nachmittag im Mai 19 vor Augen, als sie in einer endlosen Schlange mit anderen verzweifelten Verlobten, Ehefrauen und Müttern im Schlachthof angestanden hatte, um an den Hunderten von Erschossenen und Massakrierten vorbeizuziehen. Erst danach war Curds Leiche zur Beerdigung freigegeben worden.

»Schenken Sie mir bitte noch den nächsten Tango«, riss Hans sie aus den Erinnerungen und hielt sie nach der letzten Drehung so fest, als ahnte er ihren Wunsch, vor ihm davonzurennen. Sie zuckte zusammen, erstaunt, wie sie trotz allem mechanisch mit ihm weitergetanzt hatte.

»Gerstlhuber wird sich sicher gern noch eine weitere Runde mit Gege vergnügen«, verkündete er und wollte mit Einsetzen des ersten Taktes loslegen, da tippte ihm jemand von hinten auf die Schultern.

»Sie gestatten?«

Gewinnend lächelte Richard. Lou atmete auf. Hans aber gab sie nicht frei. »Zu spät, Lönsheim. Beim nächsten Mal können Sie Ihr Glück gern noch einmal versuchen.«

Damit wirbelte er Lou herum und schritt mit ihr in die andere Richtung aus. Ratlos sah Lou zu Richard. Der zuckte die Schultern, lächelte aber, während er unverrichteter Dinge zu dem reservierten Tisch neben der Kapelle ging und sich allein dorthin setzte. Lässig schlug er die langen Beinen übereinander und verfolgte ihr Tanzen aufmerksam.

»Lackaffe!«, kommentierte Hans und suchte Lous Blick, nachdem er sie nach einer Pirouette wieder zu sich herangezogen hatte. Obwohl sie die nächsten Schritte parallel zueinander hätten setzen müssen, hielt er sie fester als nötig und blieb dann abrupt stehen.

»Sehen Sie sich vor, Lou, dieser Mensch ist ein Lump. Auch wenn er groß, blond und blauäugig ist, hat er etwas an sich, was mich sehr an das Judenpack erinnert, vor dessen Gerissenheit uns Deutschen jetzt endlich die Augen aufgehen.«

»Was reden Sie da!« Verärgert riss Lou sich los und ließ ihn mitten auf der Tanzfläche stehen. Einige der umstehenden Paare murrten, weil er ihnen im Weg war. Lou kümmerte sich nicht darum, dass sie einige Tänzer anrempelte, als sie zu dem reservierten Tisch hinübereilte.

»Gut, dass du gekommen bist«, rief sie Richard zu und bedeutete ihm, ihr nach draußen zu folgen. Missbilligend blickte Hilde ihr von ihrem Tisch nahe der Tür zu, während Martha Domberg neben ihr amüsiert die Lippen spitzte. Der kleine Eklat war ganz nach ihrem Geschmack. Damit hatte sie später beim Abendessen ein aufregendes neues Thema. Immerhin war Hans Faber nicht irgendwer, sondern Sozius in einer der bekanntesten Anwaltskanzleien Münchens.

»Was hast du?«, fragte Richard, sobald sie im Foyer allein voreinander standen.

»Kennst du diesen Hans Faber, der eben mit mir Tango getanzt hat?«

»Den kennt doch jeder.«

»Dann weißt du auch, was er von dir hält?«

»Hat er wieder einmal vermutet, unter meinem schönen, echt arischen Aussehen verberge sich Ahasver, der ewige Jude?« Grinsend steckte sich Richard eine Zigarette zwischen die Lippen, entzündete ein Streichholz und nahm aufreizend langsam die ersten Züge. »Wenn er wüsste, wie recht er damit hat, würde er das wohl kaum so laut herausposaunen.«

»Wie kannst du das nur so leichtnehmen?« In Lou kochte Empörung hoch. »Denk bloß an Hilde und ihre Begeisterung für Hitler. Inzwischen vergeht kaum ein Tag, an dem sie Ernst nicht seine angeblich verräterische Nasenform vorhält. Wenn sie auch nur den geringsten Verdacht hegt, du wärst tatsächlich Jude, können wir unsere Verlobung schon vergessen, ehe wir sie überhaupt verkündet haben.«

»Mach dir da mal keine allzu großen Sorgen. Ernst und ich sind uns einiger denn je. Er wird Hilde sofort den Marsch blasen, sollte sie ihm damit kommen.«

»Da kennst du die wahren Verhältnisse in der Föhringer Allee aber schlecht«, entfuhr es Lou. Ungern dachte sie daran, wie kleinlaut Ernst Hilde gegenüber wurde, sobald niemand außer ihr dabei war. Der »gerissene Geschäftsmann«, als den ihn Richard gern bezeichnete, verschwand zu Hause allzu schnell von der Bildfläche. Doch Richards beiläufiger Hinweis auf die traute Einigkeit zwischen ihnen beiden beunruhigte sie fast noch mehr als Hildes Heimmacht über Ernst. Seit Richard und Lou offiziell die Verliebten geben durften, hatte sie fast vergessen, was ihr wenige Wochen nach Abschluss der Vereinbarung zwischen Richard, Ernst und ihr schon aufgefallen war: wie sehr die beiden Männer sie letztlich für ihre geschäftlichen Interessen nutzten und sie selbst dabei außen vor ließen. Offenbar hatte diese Seite der Abmachung in der letzten Zeit an Gewicht gewonnen und beide Männer noch enger zusammengeschweißt.

»Hans Faber muss schon ein wenig früher aufstehen, wenn er mich in die Pfanne hauen will«, fuhr Richard fort. »Wer im Glashaus sitzt, sollte nicht ...«

»Heißt das, Faber ist selbst ...?« Lou merkte, wie ihre Empörung in Belustigung umschlug. Nur zu gern ließ sie sich mit solchem Tratsch von ihren Befürchtungen ablenken.

»Natürlich tut er alles, um das zu verheimlichen. Seine Mutter ist Jüdin und hat sich vor der Heirat mit seinem Vater katholisch taufen lassen. Der gute Faber senior war seinerzeit reichlich knapp bei Kasse. Die Bekanntschaft mit der jungen Ruth Goldstein und vor allem die Begegnung mit ihrer enormen Mitgift kamen ihm also gerade recht. Übrigens stammt Ruth aus Frankfurt, was es leichter macht, das in München zu vertuschen.«

»Woher weißt du das alles?«

»Vor einigen Jahren habe ich regen Kontakt zu den feinen, etwas vereinsamten Damen der Gesellschaft unterhalten, wie du weißt«, erwiderte er augenzwinkernd. »Dabei erfährt man das eine oder andere, was niemand gern an die große Glocke hängt. Daran siehst du: Alles, was man im Leben tut, erhält irgendwann einen Sinn. Den charmanten Ludwig Gerstlhuber beispielsweise sollten wir mit Vorsicht genießen. Er ist eng mit den Hanfstaengls und Bechsteins befreundet. Durch sie hat er sogar einen neuen Kameraden gefunden, den du ebenfalls schon kennst.«

»So?« Fieberhaft überlegte Lou. Ludwig Gerstlhuber war ihr vor diesem Besuch in Garmisch noch nie begegnet, ein Wunder eigentlich bei Hildes riesigem Bekanntenkreis. Allerdings war er Arzt und entsprang damit wohl nicht ganz dem Fundus, aus dem sie ihre Gesellschaft gemeinhin zu requirieren pflegte.

»Hitler«, gab Richard selbst die Antwort. »Frag mich nicht, warum, aber es scheint, er hat einen Narren an dem verrückten Österreicher gefressen.«

»Dabei wirkt Ludwig so charmant und intelligent«, dachte Lou laut.

»Man sollte sich nie auf den ersten Eindruck verlassen, gerade was die zunehmende Begeisterung bestimmter Kreise für Hitler und seine NSDAP betrifft. Oft genügt ein winziger Vorfall, um jemanden diesem neuen Heiland in die Arme zu treiben. Im Falle von Ludwig Gerstlhuber war es wohl so, dass er nach dem Krieg einige Zeit auf seinen Studienplatz hat warten müssen. Seither macht er die Juden dafür verantwortlich. Das ist auch logisch, weil viele Mediziner Juden sind.«

»Von wem kennst du eigentlich noch alles ähnlich interessante Geheimnisse?«

»Das, meine süße Prinzessin, binde ich dir besser nicht auf die Nase. Das ist schließlich mein Kapital.«

»Ernst hat recht. Du bist wirklich mit allen Wassern gewaschen«, erwiderte sie lachend.

»Sagt er das?« Jetzt war es an Richard, irritiert zu sein. Einen Moment hielt er im Rauchen inne, sah sich etwas gehetzt im Foyer um, bevor die gute Laune auf sein Antlitz zurückkehrte. »Dann wollen wir doch endlich einmal Nägel mit Köpfen machen, Prinzessin.«

Er drückte die Zigarettenkippe im Aschenbecher aus, sank abrupt vor ihr auf die Knie, griff nach ihrer Hand und schaute schwärmerisch-verzückt zu ihr auf. »Willst du mich heiraten?«

Fast hätte sie ihm das Falsche geantwortet. Gerade noch rechtzeitig entdeckte sie Edgar Hombach, der halb verdeckt von der Säule links von ihnen aufgetaucht war und mit offenem Mund und nervös blinzelnden Augen hinter den Brillengläsern zu ihnen herübersah. Zum Glück war er leicht schwerhörig und hatte wohl kaum etwas von ihrem Gespräch aufgeschnappt. Die zierliche Brünette an seiner Seite legte ihm beschwörend die Hand auf den Arm. Rasch ging Lou auf die Komödie ein, senkte die Augen und hauchte Richard ein leises »Ja!« entgegen. Daraufhin sprang er auf und fiel ihr stürmisch um den Hals, bedeckte ihre Wangen mit schmatzenden Küssen.

Begeistert hörte Lou die Brünette in die Hände klatschen. Sie forderte Edgar auf, es ihr nachzutun. Daraufhin wurden weitere Gäste im Foyer auf die Szene aufmerksam und stimmten in den Beifall ein.

»Ein Hoch auf das junge Glück!«, rief Gege, die plötzlich neben Edgar und der Brünetten auftauchte, den stämmigen Ludwig im Schlepptau.

Die Kapelle im Saal hatte gerade eine Pause eingelegt, damit die Tanzenden zu ihren Tischen zurückkehren und sich bei einem Kaffeegedeck erfrischen konnten. Neugierig schlenderten sie nun alle ins Foyer und bauten sich im Halbkreis um Lou und Richard auf.

Lou wurde die Szene trotz des erreichten Erfolgs peinlich. Verlegen sah sie sich um. Nicht weit von ihr entfernt entdeckte sie jemanden, den sie am allerwenigsten dabeihaben wollte: Karl! War er das wirklich? Sie kniff die Augen zusammen, um besser zu sehen, wurde unsicher. Das konnte eigentlich nicht sein. Wieso sollte der Bruder nach all den Jahren, in denen sie einander nicht gesehen und kaum brieflich miteinander in Kontakt gestanden hatten, auf einmal in Garmisch auftauchen? Noch dazu ausgerechnet im *Sonnenbichl?* Das wäre viel zu viel des Zufalls. Sie wollte zu dem Fremden gehen, um sich letzte Gewissheit zu verschaffen. Richard aber hielt sie fest im Arm, strahlte übers ganze Gesicht und küsste sie unter dem Beifall der Gäste noch einmal leidenschaftlich auf den Mund. Als er wieder von ihr abließ, war der Mann, den sie für Karl gehalten hatte, verschwunden.

»Haben wir etwas verpasst?« Hilde kämpfte sich ehrfurchtgebietend durch die Reihen der Neugierigen und tippte Richard auf die Schulter. Er tat zutiefst erschrocken. Sogar sein glattrasiertes Gesicht lief puterrot an. Mehrmals räusperte er sich, tat, als könnte er Hilde gar nicht in die Augen sehen, und murmelte leise: »Verzeihen Sie, gnädige Frau, aber ich habe Ihrer Ziehtochter Lou soeben einen Antrag gemacht.«

»Was?« Hilde lachte auf, fächelte sich mit der Hand Luft zu. Lou wurde es unbehaglich. Wieder einmal fragte sie sich, was Hilde wirklich über sie und ihre Geschichte dachte. Gut möglich, dass Ernst das immer noch völlig falsch einschätzte.

»Sie sind mir aber ein ganz Rasanter«, stellte Hilde zu ihrer Erleichterung fest. »Hätten Sie nicht lieber erst mit meinem Mann und mir sprechen sollen? Unsere liebe *Luise*«, wieder einmal genoss sie es, Lou bei dem verhassten Taufnamen zu nennen, »ist uns, wie Sie wissen, von einem tapferen Kriegskameraden meines Gatten anvertraut worden. Wir müssen streng darauf achten, sie ganz seinem letzten Wunsch entsprechend zu betreuen. Zumindest, bis sie volljährig ist.«

Die letzte Bemerkung begleitete sie mit einem bedeutungsschwangeren Augenaufschlag an Lou gewandt, was ihr Herz zum Rasen brachte.

»Aber meine teure Hilde«, mischte sich Martha Domberg ein, nachdem sie sich schwer atmend ebenfalls durch die Reihen der Neugierigen nach vorn gekämpft hatte. Von der Anstrengung und wahrscheinlich auch vor Aufregung bebte ihr gewaltiger Busen unter dem geblümten Seidenkleid. »Sie werden dem jungen Glück doch nicht Steine in den Weg legen wollen? Da ich für mich in Anspruch nehmen darf, die beiden auf meiner Soiree im letzten September miteinander bekannt gemacht zu haben, fühle ich mich geradezu verpflichtet, jetzt auch für sie einzutreten und Sie flehentlich zu bitten, Ihren Mann ebenfalls zu überzeugen. Ich sehe es übrigens als sehr gutes Zeichen«, sie hielt inne, sah sich Aufmerksamkeit heischend im Halbkreis um, »dass an jenem Mittwoch im September ein Gast in meinem Haus zu uns gesprochen hat, den wir alle am morgigen Sonntag in Partenkirchen im *Gasthof Rassen* erneut bei seinen aufwühlenden Reden bewundern dürfen.«

»Nein!«, entfuhr es Hilde, und ebenso wie sie gerieten noch einige andere Herrschaften im Foyer von neuem in hellste Begeisterung. Immerhin waren sie zum Großteil damals ebenfalls bei den Dombergs zu Gast gewesen.

»*Er* kommt tatsächlich morgen?«

»Da müssen wir hin!«

»Wir sollten alle zusammen hinfahren.«

Plötzlich redeten alle wild durcheinander. So verzückt sie eben noch auf Richards Antrag reagiert hatten, so aufgeregt stürzten sie sich nun auf Martha Dombergs Ankündigung von Hitlers morgigem Auftritt im Nachbarort. Sogleich bildete sich eine Traube um die untersetzte Verlegersgattin. Hilde hatte trotz ihrer Größe Mühe, ihren Platz neben der Freundin zu verteidigen.

»Wer hätte das gedacht«, raunte Richard Lou ins Ohr und zog sie von den anderen weg, »da wird uns dieser Adolf Hitler künftig wohl noch öfter durchs Leben begleiten. Anscheinend steht er in direkter Verbindung mit uns.«

»So wie Martha Domberg und Hilde das sehen, können wir froh sein, wenn sie ihn morgen nicht gleich bitten, unser Trauzeuge zu werden«, wisperte Lou zurück.

»Das werde ich mit allen Mitteln zu verhindern wissen«, pflichtete Ernst bei. Unerwartet stand er plötzlich neben ihnen.

»Du?«, begrüßte ihn Lou erstaunt. »Ich dachte, du kommst dieses Wochenende nicht, weil du wichtige Termine in München hast.«

»Wie gut, dass sie sich schneller erledigt haben als vermutet, sonst hätte ich hier in Garmisch noch weitaus wichtigere Termine verpasst«, erwiderte Ernst und sah Richard vorwurfsvoll an. »Wenn ich mich recht erinnere, hatten wir eine klare Abmachung.«

»Nichts lag mir ferner, als Sie zu überrumpeln«, erwiderte Richard. »Sofern es die Umstände jedoch erfordern, muss man eine Abmachung gelegentlich etwas flexibler auslegen als verabredet. Übrigens drängt noch eine andere Sache, über die ich gern mit Ihnen unter vier Augen sprechen würde.«

Er warf Lou einen entschuldigenden Blick zu. Sie ärgerte sich trotzdem. Deutlicher hätte er ihr nicht zeigen können, dass es letztlich um das reine Geschäft ging, auch wenn sie nach außen noch so verliebt taten.

»Haben Sie Neuigkeiten, was unsere gemeinsamen Investitionen anbetrifft?« Sogleich war Ernst wieder ganz Cäsar. Das brachte Lou noch mehr auf. Ernst ging es ebenfalls zunehmend mehr um diesen Teil der Abmachung. Traute Stunden zu zweit oder gar heimliche Ausflüge in ihre verschwiegene Pension am Englischen Garten hatte es seit letztem Herbst kaum mehr gegeben. Fast war es, als betrachtete Ernst sie inzwischen tatsächlich vor allem als Verlobte des Mannes, von dem er sich lukrative Geschäftsperspektiven erhoffte. Die beiden ähnelten einander wirklich erschreckend.

»Sehr aufregende Neuigkeiten sogar, die schnelles Handeln erfordern«, verkündete Richard über Ernsts Ungeduld und Lous Missstimmung hinweg.

»Trotz allem bestehe ich darauf, dass wir in puncto Verlobung das einst Verabredete strikt einhalten.« Entschlossen reckte Ernst das Kinn. »Der letzte Wunsch meines verstorbenen Kriegskameraden war es, seine Tochter frühestens bei Erreichen der gesetzlichen Volljährigkeit zu verloben.«

Lou erschrak über die Lautstärke, mit der er plötzlich sprach. Als sie sich umblickte, erkannte sie jedoch sofort den Grund: Die Menge um Martha und Hilde hatte sich gelichtet, das Thema Hitler war vorerst erledigt, nun wandten sich alle wieder den frisch Verlobten zu. Rechtzeitig hatte Ernst das bemerkt und entsprechend reagiert.

»Mir fällt ein Stein vom Herzen«, verkündete Hilde und eilte beseelt auf den neu eingetroffenen Gatten zu, um ihn vor den Augen der Gäste mit zwei Wangenküssen und einer festen Umarmung aufs herzlichste willkommen zu heißen. »Vor ihrem einundzwanzigsten Geburtstag im nächsten Oktober kann und will ich unsere Luise nicht aus der Hand geben. Am liebsten ist mir, dass wir danach auf einer mindestens einjährigen Verlobungszeit bestehen. Das wäre doch ganz im Sinn deines verstorbenen Kameraden?«

Sie schenkte Ernst ein mehrdeutiges Lächeln und warf auch Lou und Richard einen Blick zu, der Lou zutiefst beunruhigte.

»Ich hoffe, wir werden alle zu dem großen Fest eingeladen«, ertönte die Stimme Hans Fabers. Edgar Hombach schaute ihn geradezu erschrocken an.

»Sie werden es uns nachsehen«, antwortete Ernst mit einem vielsagenden Lächeln, »dass meine Frau und ich zunächst einmal vor allem zutiefst gerührt sind. Gestatten Sie uns, dieses wichtige Fest in aller Ruhe vorzubereiten. Dafür bleiben uns glücklicherweise noch einige Monate Zeit. So viel aber sei Ihnen schon jetzt versichert: Die Gästeliste ist noch nicht einmal eröffnet.«

Als Lou ihn so sprechen hörte, schwante ihr, wie folgenreich diese einst so lax beschlossene Geschichte war. So leicht kamen weder sie noch Richard noch Ernst da wieder heraus. Ihr Blick wanderte über die Gesichter der Umstehenden, versuchte, auch die entlegensten Winkel zu erfassen. Karl, oder der, den sie dafür gehalten hatte, war und blieb verschwunden. Was gäbe sie darum, dem Bruder die genaueren Umstände zu erklären, sich seinen Rat einzuholen. Wahrscheinlich war es ohnehin besser, dass es nicht Karl gewesen war, der das Spektakel gerade miterlebt hatte.

23

Auf der Treppe nach unten überkam Lou eine unerwartete Festtagsstimmung, ohne dass sie dafür eine Erklärung wusste. An diesem Oktobermorgen lag etwas Besonderes in der Luft, auch wenn die Welt vor den Fenstern grau und trostlos aussah. Trotz der milden Temperaturen regnete es seit Tagen. Das ehedem bunte Herbstlaub verfaulte auf Straßen und Trottoirs zu einer glitschigen, dunklen Masse. Lou kümmerte das wenig. Zeit für einen ausgedehnten Spaziergang am Isarufer hatte sie derzeit ohnehin wenig. Je näher ihr »offizieller« einundzwanzigster Geburtstag rückte, desto mehr nahmen sie die von Hilde mit Verve betriebenen Verlobungsvorbereitungen in Anspruch. Erstaunlicherweise fand sie selbst inzwischen Spaß daran, insbesondere, wenn sie mitbekam, wie teuer das Ganze für Ernst wurde. Rechnete man die monatlichen Wechsel für Richard dazu, musste er schon mit sehr großen Gewinnen aus den gemeinsamen Investitionen im Filmgeschäft rechnen, um das wieder wettzumachen. Der einstmals erhoffte Gewinn an weiteren verliebten Monaten mit Lou jedenfalls schien ihn sichtlich weniger zu erfreuen. Immer seltener erübrigte er Zeit dafür. Dafür fand Lou wachsendes Vergnügen an den Unternehmungen mit Richard. Gut gelaunt summte sie eine Melodie aus dem Film *Scheich von Arabien* mit Rudolph Valentino vor sich hin, den sie am

Abend zuvor mit Richard in den Lichtspielen am Sendlinger Tor gesehen hatte. Was für ein Film! Und vor allem: was für ein schöner Mann! Darin war sie sich mit Gege und der zierlichen Brünetten namens Ilse einig gewesen, woraufhin Hans Faber und Ludwig Gerstlhuber sich überraschend empört gezeigt hatten. Die beiden vertrugen es schlecht, wenn man in ihrem Beisein von anderen Männern, noch dazu von einem so hinreißend verführerischen Italiener schwärmte. Zum Glück hatte Richard den Abend mit einigen witzigen Bemerkungen über die Absonderlichkeiten eines Stummfilmstars wie Valentino retten können. Als sie sich später im *Tabarin* die Seele aus dem Leib getanzt hatten, hatte Ludwig derart aufgedreht, dass er beim Gassenhauer *Scheich* ebenso übermütig mitgesummt hatte wie jetzt Lou.

»Einen wunderschönen guten Morgen«, flötete sie fröhlich und betrat das Gartenzimmer.

»Wie schön, dich bester Laune zu wissen«, erwiderte Hilde und nahm einen Schluck aus der Teetasse, bevor sie mit dem Zeigefinger auf die halb aufgeschlagene Zeitung neben ihrem Teller deutete. »Heute musst du dein Frühstücksei ganz besonders genießen. Wann kannst du schon einmal behaupten, auf einen Schlag Millionen verspeist zu haben?«

Geduldig wartete sie ab, bis Lou sich am Büfett bedient und mit dem vollen Teller zu ihrer Rechten niedergelassen hatte. »Eine einzige von diesen Semmeln hat uns heute früh fünf Millionen Mark gekostet. Doch damit nicht genug! Unsere gute Köchin Kreszenz erzählte mir eben, dass der Bäcker ab Donnerstag für ein Pfund Brot vierzig Millionen verlangt. Die Bäckerinnung hat ihn dazu verpflichtet. Am besten nehmen wir nachher, wenn wir mit der Elektrischen in die Stadt fahren, einen Bollerwagen mit, um die Geldscheine für die

Billetts zu transportieren. Leider besitze ich keine ausreichend große Handtasche mehr, in der ich das Papiergeld unterbringen könne. Längst sind die Scheine so groß wie eine Zeitung, von ihrem Gewicht ganz zu schweigen. Wie sollen wir Frauen die nur stemmen?«

Sie schüttelte den Kopf, griff nach dem Ei und kappte es mit einem gezielten Schlag. Während sie es auslöffelte, redete sie munter weiter. »Ich möchte gar nicht wissen, was uns das Essen zu deiner Verlobung in zwei Wochen kosten wird. Solch immense Summen haben wir noch nie in Händen gehalten, geschweige denn, dass wir die richtigen Begriffe dafür parat haben. Schade, dass uns der Druckauftrag für das Münchner Notgeld in Ernsts Druckerei nicht sonderlich weiterhilft. Es wäre so praktisch, wenn er uns abends aus dem Büro einfach mal ein Bündel frischen Geldes mitbringen könnte. Aber die Herren Polizisten, die die Druckerei überwachen, sind zu kiebig. Die schrecken nicht einmal davor zurück, die Taschen des Generaldirektors zu inspizieren. Dabei sind die abends durchgeschleusten Milliarden am nächsten Tag kaum mehr einen Pfifferling wert.«

Sie lachte, trank den letzten Rest Tee und schnippte mit dem Finger, um Kathi auf sich aufmerksam zu machen. Beflissen eilte das dürre Mädchen herbei. »Hast du unseren Kaffee vergessen? So viel Milliarden werden wir wohl noch im Keller haben, um uns den leisten zu können.«

Kathi errötete. »Es hat heute früh keine Kaffeebohnen gegeben. Grieshaber sagt, es lohne sich nicht mehr, welche in seinem Geschäft anzubieten. Selbst die Kundschaft hier im Herzogpark kann sich den nicht mehr leisten.«

»Das soll wohl ein Witz sein!« Hildes Laune drohte zu kippen. Verärgert schlug sie mit der flachen Hand auf den Tisch.

»Mag sein, dass sich die edlen Literaten aus dem Hause Mann und Konsorten inzwischen Muckefuck in die Tassen gießen. Deswegen hungert doch nicht gleich der ganze Herzogpark! Fahr zum Dallmayr in die Stadt und schau, dass du mir bis Mittag echten Kaffee auftreibst. Schick mir außerdem sofort Kreszenz nach oben. Nicht, dass sie sich einbildet, bei der großen Verlobungsfeier übernächste Woche mit Grieshaber gemeinsame Sache zu machen. Die beste Münchner Gesellschaft wird an diesem Abend hier sein. Das Fest muss großartig werden. Den Gästen darf es an nichts fehlen. Selbst wenn ein schäbiges Frühstücksei bis dahin eine Billion Mark kostet, wird es Eier satt und echten Bohnenkaffee literweise geben. Der Champagner wird ebenso fließen wie der Moselwein. Mir ist es lieber, den Gästen wird von den riesigen Massen an Hummer schlecht, als dass auch nur einer den Verdacht hegt, wir müssten sparen. Ist das klar?«

Sie maß das eingeschüchterte Hausmädchen mit einem strengen Blick. Wie ein geprügelter Hund schlich Kathi davon.

Kaum hatte sich die Tür hinter ihr geschlossen, wandte Hilde sich an Lou. Ungewohnt zärtlich legte sie ihr die Hand auf den Arm und lächelte sie zuvorkommend an. »Ich kann es noch immer kaum glauben. Ein Märchen wird wahr!«

Sosehr sie sich auch bemühte, meinte Lou aus jeder Silbe Bissigkeit herauszuhören, dabei wirkte Hildes Blick ehrlich.

»In zwei Wochen feiern wir also offiziell deine und Richards Verlobung«, fuhr sie fort. »So romantisch sein Antrag im letzten März in Garmisch auch war, mussten wir den letzten Willen deines tapferen Vaters unbedingt respektieren und bis zum Oktober warten. Das hat allerdings den Vorteil, dass mit deiner Großjährigkeit die langwierige Sache mit der Adoption ad acta gelegt ist. Natürlich werden Ernst und ich nach wie vor wie Eltern für dich sein, aber dein zauberhafter Bräutigam steht wirtschaftlich so gut da, dass du auf unsere bescheidene Unterstützung in Zukunft getrost verzichten kannst.«

Das Lächeln auf den schmalen, dezent geschminkten Lippen wurde breiter. Kurz blitzten die strahlend weißen Zähne auf. »Was für ein famoser Mensch Richard doch ist! Bevor ich ihn bei den Dombergs kennengelernt habe, war die Filmindustrie ein Buch mit sieben Siegeln für mich. Nie im Leben hätte ich gedacht, dass man damit tatsächlich Geld verdienen kann. Und das auch noch hier in München. Angesichts der Berliner Konkurrenz hält man unsere Stadt ja gern für hoffnungslose Provinz. Wie gut, dass Richard mich eines Besseren belehrt hat. Er ist wohl genau zum richtigen Zeitpunkt in das Geschäft eingestiegen. Welch glückliche Fügung für dich, ihm ausgerechnet in diesem Moment begegnet zu sein. Euch steht gewiss eine wunderbare Zukunft bevor.«

Erneut hielt sie inne, schaute versonnen auf den Herbststrauß in der Tischmitte. Dann fuhr sie fort: »Wahre Liebe ist wirklich schön. Nur zu gern erinnere ich mich an jenen Septemberabend vor einem Jahr, als ihr beide euch bei den Dombergs zum ersten Mal begegnet seid. Geradezu in Liebe entflammt ist Richard bei deinem Anblick. Ach, das Leben schreibt eben doch die schönsten Geschichten. Er muss sich schon sehr anstrengen, in seinen Filmen etwas ähnlich Berührendes hinzukriegen. Deine Geschichte gäbe sicher eine gelungene Vorlage für einen Film ab. Ein modernes Aschenputtel sozusagen, findest du nicht auch?«

»Vielleicht solltest du ihm das vorschlagen.«

Irritiert sah Hilde sie an. Lou war froh, den Moment nutzen zu können, um ihr sacht den Arm zu entziehen.

»Was hast du heute so vor?«, wechselte Hilde das Thema.

»Ich will eine Brieftasche für Richard nähen.« Lou griff nach dem Perlmuttlöffel und klopfte das millionenteure Ei weitaus feinfühliger auf als vorhin Hilde. »Ich habe ein besonders feines Stück Leder aufgetrieben. Nachher muss ich mich gleich daransetzen, damit sie rechtzeitig fertig wird.«

»Wie romantisch! Was hätte ich darum gegeben, meinem lieben Ernst damals ein ebenso persönliches Verlobungsgeschenk machen zu können. Was das betrifft, habe ich leider zwei linke Hände. Ach, da kommt er ja.«

Sie hob den Zeigefinger, lauschte. Vor der Einfahrt war ein Wagen vorgefahren. Das Knattern ließ auf Ernsts amerikanisches Modell schließen, ebenso das Zuschlagen der Wagentür. Auf dem Kies knirschten eilige Schritte. Zielstrebig näherten sie sich der Terrasse vor dem Frühstückszimmer, das zur Föhringer Allee hin auf der Ostseite des Hauses neben dem Eingang lag. Lou sprang auf und öffnete ihm eine der Terrassentüren.

»Es ist aus. Ich bin ruiniert«, erklärte Ernst ohne Umschweife und eilte grußlos an ihr vorbei nach drinnen. »Am besten erschieße ich mich.«

Achtlos warf er den Hut auf den Tisch und sank noch im Mantel auf den nächstbesten Stuhl, schlug die Hände vors Gesicht und schwieg. Noch nie hatte sein Auftreten so wenig mit dem heroischen Cäsar gemein gehabt wie in diesem Moment. Lou erschrak, Hilde schaute ihn indigniert an.

»Was redest du da für einen Unsinn? Was ist in dich gefahren, hier so hereinzuplatzen?«

Langsam richtete Ernst sich auf und erklärte tonlos: »Die Beteiligung an Richards Filmgeschäft ist geplatzt. Das ganze Geld ist weg.«

»Nein!«, riefen Hilde und Lou gleichzeitig.

Mit angewidertem Gesichtsausdruck maß Hilde ihren Gemahl. Lou dagegen ballte die Hände zu Fäusten, bis ihr die Fingerknöchel weh taten. Solange sie nichts Genaueres wusste, galt es Ruhe zu bewahren, auch wenn ihre Gedanken rasten. Das Schlimmste war die Angst vor dem, was das Geschehene letztlich bedeutete. War Ernst am Ende? Was würde er nun tun? Und wie steckte Richard da mit drin? War er ebenso ruiniert wie Ernst? Gestern Abend noch hatte er in bester Laune neben ihr im Filmtheater gesessen, den Arm vertraulich um sie gelegt, und den Verliebten gegeben, genauso wie all die Monate zuvor. War seine wilde Schwärmerei für den *Scheich* nicht doch eine Spur zu aufgesetzt gewesen? Hatte er nicht ein wenig zu laut und aufgekratzt vor den anderen davon phantasiert, bald ähnlich große Filme zu produzieren? Ihr wurde übel. Sie durfte sich nichts vormachen. Richard und Ernst waren in den letzten Monaten immer enger zusammengerückt, hatten immer vertraulicher ihre Geschäfte miteinander abgewickelt. Nach allem, wie sich die beiden verhalten hatten, musste Richard in die Geschichte ähnlich involviert sein wie Ernst, vor allem, da es um die Beteiligung an dem von ihm eingefädelten Geschäft ging. Das hieß nichts anderes, als dass er gestern Abend schon Bescheid gewusst und sich mit Bedacht für die Rolle des Unwissenden entschieden hatte. Einmal mehr hatte er sie bewusst hintergangen. Sie sank auf ihren Stuhl und wagte kaum, Ernst anzuschauen.

Reglos saß er da, den Blick stur auf den Tisch gerichtet, machte nicht die geringste Geste, um ihr ein vertrauliches Zeichen zu geben. War auch zwischen ihnen damit alles aus und vorbei? Sie biss sich auf die Lippen, sah angestrengt auf das weiße Tischtuch. Eine lang verdrängte Dämonenstimme in ihrem Kopf begann zu frohlocken.

Sie hätte es besser wissen müssen. Viel zu oft schon hatte es in den letzten Monaten Hinweise gegeben, dass es mit Ernst und Richard als Geschäftspartner nicht gutgehen konnte. Allein die Gier in Richards Augen, wenn er davon sprach, sich mit dem Griff nach Ernsts Brieftasche eine selbständige Zukunft aufzubauen! Andererseits Ernsts Genugtuung, wenn er sich nach einem Gespräch mit Richard zufrieden die Hände rieb, weil er dachte, seinem gelehrigen Schüler an Gerissenheit um Längen überlegen zu sein. Am Ende hatten sie sich wohl beide ineinander getäuscht. Oder sich gegenseitig reinzulegen versucht und einem Dritten ein zufriedenes Lachen über seinen unverdienten Sieg beschert.

»Was sagt Richard dazu?«, fragte sie tonlos.

»Nichts.« Ernst hob nicht einmal den Kopf. »Der Schlawiner ist einfach abgehauen.«

»Was?«

»Genug!« Hilde hatte sich als Erste gefasst. Aufreizend langsam schenkte sie sich Tee nach, nahm einen tiefen Schluck, stellte die Tasse ab und betrachtete zunächst ihren Mann, dann Lou, tätschelte ihr die Hand. »Lasst uns diese unselige Geschichte vergessen. Lasst uns vor allem diesen elenden Lumpen vergessen. So schlimm es auf den ersten Blick scheint, wird sich alles schneller einrenken, als wir uns das jetzt vorstellen können. In einem Jahr lachen wir darüber. Wer, bitte schön, ist Richard Lönsheim? Ein windiger Möchtegernfilmproduzent, wie es zwischen München und Berlin derzeit mehr als ein Dutzend gibt. Für einen wie ihn findet sich rasch Ersatz. Ebenso lassen sich die Verluste abschreiben. Immerhin haben wir die Druckerei mit ihrem lukrativen Regierungsauftrag. Auf die Filmgeschäfte sind wir doch gar nicht angewiesen.«

Sie nahm die steife Damastserviette und tupfte sich die Mundwinkel ab.

»Wenn es nur darum ginge, dass der Bursche einfach abgehauen ist, wäre alles bestens«, erwiderte Ernst.

»Ist es das nicht?« Hilde war irritiert. »Ärgert es dich etwa, deswegen das große Fest in zwei Wochen abzusagen? Ich finde übrigens die Rechnung über mehrere Billionen Mark, die Dallmayr uns heute früh geschickt hat, sehr amüsant. Eines Tages werden wir über die unglaublichen Summen staunen, die zum Bezahlen von einem Pfund Butter und drei Laib Brot nach einem Papier in Querformat verlangt haben.«

Ernst sparte sich eine Erwiderung. Lou fand es eine Farce, an welch abstruse Dinge Hilde in diesem Moment denken konnte.

»Am besten bestellen wir Hombachs knallrote Lieferwagen, um Dallmayr das Geld zu schicken«, fuhr Hilde betont munter fort. »Wie wirbt er doch so schön? *Willst du die Sachen schnell verschicken, musst du nur gleich den Hombach bitten* – das passt derzeit besser denn je.« Sie verstieg sich zu einem albernen Kichern, hielt allerdings jäh inne, legte den Finger über die Lippen, bevor sie mit einem Blitzen in den hellen Augen sagte: »Das ist überhaupt die Lösung! Darauf hätten wir gleich kommen können. Wir müssen das Fest gar nicht absagen. Richard ist weg, doch es gibt schon Ersatz. Edgar Hombach befindet sich nach wie vor in Wartestellung, um Lous Herz zu erobern. Vierzehn Tage sind ausreichend Zeit, um ihn als Ersatzbräutigam zu instruieren. Emil Hombach wird beglückt sein, dass die Verbindung zwischen unseren Kindern doch noch zustande kommt. Auch dich muss das freuen, Ernst. Damit übergeben wir Luise ganz im Sinne deines verstorbenen Kriegskameraden in verantwortungsvolle Hände.«

»Nein!«, rief Lou entsetzt. Weder Hilde noch Ernst schenkten ihr Beachtung. Sie wollten nur ihr Gesicht und vor allem ihren gesellschaftlichen Einfluss wahren.

»Es geht nicht darum, wie wir die Verlobung retten können«, setzte Ernst zögernd an. Ein letztes Mal schöpfte Lou Hoffnung. Ein Blick zu ihm genügte jedoch, um ihr alle Illusionen zu nehmen. Plötzlich begriff sie. Wie schon länger befürchtet, kam ihr in seinen Augen bei der Angelegenheit nur noch eine Nebenrolle zu, die ihn nicht sonderlich kümmerte. Weitaus Wichtigeres trieb ihn seit Monaten um, und das war allein die geschäftliche Seite der Abmachung mit Richard. Wie aus weiter Ferne hörte sie, was er zu Hilde sagte. »Richard ist nicht nur weg, er hat mich komplett ruiniert.«

»Wie sollte das einem dahergelaufenen Lumpen wie ihm gelingen?« Hilde lachte nervös auf, bevor sie weitaus ernster hinzufügte: »Hast du etwa vergessen, wer du bist? Ernst Hoffoldinger, angesehener Münchner Druckereibesitzer in der dritten Generation! Wer dagegen ist bitte schön Richard Lönsheim? Wie sollte es einem wie ihm gelingen, dich aus der Reserve zu locken?« Von neuem erklang ihr albernes Lachen, bevor sich ihr Antlitz verfinsterte und sie schrill hinzufügte: »Oder willst du mir damit sagen, dass du ihm unsere gesamten Devisenreserven …«

»Ja«, erwiderte Ernst erstaunlich ruhig. »Alles Geld, das ich noch irgendwo flüssig machen konnte, habe ich in Richards Filmproduktion gesteckt. Es schien eine absolut sichere Sache, um an richtig viel Geld zu kommen. Die ersten Beteiligungen, die er mir bei anderen Filmfirmen vermittelt hatte, haben sensationell hohe Gewinne eingefahren. Es gab also keinerlei Grund, ihm ausgerechnet bei seinem eigenen Projekt zu misstrauen. Noch dazu, wo Ostermayr von der

Emelka sowie zwei, drei Herren aus dem Umfeld der Ufa und noch einige amerikanische Geldgeber ebenfalls einsteigen wollten. Gerade jetzt, da einem angesichts der Milliarden und Billionen schwindelig wird, mit denen schon die schäbigste Standlfrau auf dem Viktualienmarkt beim Salatverkauf jongliert, klang das nach einer krisensicheren Sache. Harte Dollars statt wertlose Mark als Gewinn, das schien eine Gelegenheit, wie sie sich derzeit viel zu selten bietet. Dafür sollte es sich lohnen, sämtliche Mittel flüssig zu machen.«

»Heißt das, du hast sogar …«

Wieder hing Hildes Frage unvollendet im Raum. Dieses Mal beschränkte Ernst sich auf ein müdes Nicken. Erst als Hilde »Großer Gott! Das war alles, was ich von meiner Familie noch besaß« murmelte, brauste er regelrecht auf. »Woher sonst hätte ich das Geld nehmen sollen? Du hast doch keine Ahnung, wie es inzwischen zugeht!«

Lou rang mit sich, ob sie ihren Posten als einsame Zuschauerin der schlechten Komödie verlassen oder bis zum bitteren Ende bleiben sollte. Den beiden wäre das egal. Hilde sah durch sie hindurch, Ernst hatte sie bereits vergessen. Verzweifelt raufte er sich das Haar. Scharf zeichnete sich sein Profil im Licht des herbstgrauen Oktobervormittags ab. Ein letztes Mal spürte sie die Versuchung, ihm beschwichtigend über die Wange zu streichen. Sein grimmiger Gesichtsausdruck konfrontierte sie allerdings jäh mit der Wahrheit: Für ihn war sie bereits Luft.

»Was glaubst du, wie viel Geld es verschlingt, wie wir hier leben?«, fuhr er Hilde an. »Ein Fest hier, ein neues Kleid da und dort vielleicht noch schnell eine Woche in Garmisch oder bei den Festspielen in Bayreuth – du kriegst nie genug. In keinem Fall willst du bei den Dombergs oder anderen Bekannten in den Verdacht geraten, aufs Geld schauen zu müssen. Dabei wäre das seit langem dringend notwendig! Seit Jahren müssen die Druckerei mitsamt dem Gebäude am Ostbahnhof wie auch die Villa dafür herhalten, den laufenden Betrieb zu finanzieren. Nach dem Krieg ist das Geld auf unseren Konten schneller dahingeschmolzen als der Schnee im Frühjahr in den Bergen. Immer habe ich in der Hoffnung gewirtschaftet, dass über kurz oder lang wieder bessere Zeiten anbrechen. Der große Regierungsauftrag im letzten Jahr schien das ersehnte Zeichen. Nur eine Handvoll Druckereien im ganzen Reich dürfen Notgeld drucken. Und wenn an einem immer neuer Bedarf da ist, dann ist das an den frisch gedruckten Geldscheinen, die unsere Druckerei Tag für Tag ausspuckt. Trotzdem ist das nicht das ersehnte dicke Geschäft. Leider werde ich dafür nämlich mit genau denselben wertlosen Papiergeldbergen bezahlt wie alle anderen. Das Konto mit den Schweizer Franken war deshalb das allerletzte von Wert, das uns noch geblieben ist. Bis auf den letzten Rappen habe ich das alles geradewegs nach Hollywood transferieren lassen. Dort reibt sich jetzt wahrscheinlich irgendein windiger Freund von Richard Lönsheim die Hände und erfreut sich an meiner Dämlichkeit, wenn er nicht gar Richard selbst schamlos über den Tisch gezogen hat.«

»Ich fasse es nicht.« Hilde schleuderte die Serviette, die sie die ganze Zeit in der Hand zusammengeknüllt hatte, wütend auf den Tisch. »Wie konntest du nur so naiv sein? Ein erfahrener Geschäftsmann wie du! Ausgerechnet auf so einen aufgeblasenen Elsässer, der kaum trocken hinter den Ohren ist, fällst du herein? Noch dazu mit dem billigsten Trick, den man sich vorstellen kann: amerikanische Geldgeber mit einem Konto im fernen Hollywood! Das ist einfach absurd!«

Sie schüttelte den Kopf, starrte auf den leeren Teller, als verrieten ihr die Krümel darauf das nächste Stichwort. Langsam hob sie das Antlitz und fügte mit bösem Unterton hinzu: »Bist du sicher, dass in Wahrheit nicht dein angeblich bester Freund, dieser kleine, dicke Kommerzienrat, dahintersteckt? Immerhin ist er Jude. Seiner Rasse liegt das Betrügen im Blut. Vielleicht hat er sich Richard …«

»Es langt!« Ernst schlug mit der Faust so fest auf den Tisch, dass Geschirr und Besteck gefährlich klirrten. Sofort hatte Hilde Angst um ihr Meißener Porzellan. Einige Atemzüge lang sahen sie einander hasserfüllt an. Dann verzog sich Hildes Mund zu einem bösen Grinsen. »Einen Trost gibt es für dich.«

»Was?«, fragte Ernst verwirrt.

»Wenn Richard fort ist, kannst du dir in einem zumindest wieder sicher sein.«

»Wovon redest du?« Zu Hildes Amüsement schien Ernst noch immer nicht zu begreifen. Sie spannte ihn noch etwas auf die Folter, beschäftigte sich enervierend langsam damit, die eben zusammengeknüllte Serviette sorgfältig glatt zu streichen und ordentlich zusammenzulegen, um dann übertrieben beiläufig nachzusetzen: »Zumindest deine Lou hast du jetzt wieder ganz für dich allein. Es spricht doch Bände, dass der gute Richard längst über alle Berge ist, seine kleine Prinzessin aber ganz allein hier bei uns zurückgelassen hat, findest du nicht? Sie hat er also genauso an der Nase herumgeführt wie dich.«

Lou blieb die Luft weg. Hilde hatte also tatsächlich Bescheid gewusst. Sie äugte zu Ernst, wartete. Selbst jetzt schwieg er, schenkte ihr nicht einmal einen entschuldigenden Blick. In ihr zerplatzte etwas. Sie sprang auf, fegte mit einem einzigen Wisch Teller, Tasse und Untertasse zu Boden. Entsetzt schrie Hilde auf. Die Wut auf Lous Gesicht aber hieß sie innehalten. Endlich schenkte ihr auch Ernst Beachtung.

»Keine Sorge, den Rest des Geschirrs verschone ich«, erklärte sie mit bebender Stimme. »Freut euch daran, und vor allem freut euch aneinander. Auf meine Gegenwart müsst ihr künftig leider verzichten. Doch vermissen werdet ihr sowieso höchstens die Gelegenheit, mit den Hombachs familiäre Bande zu knüpfen.«

Sie machte auf dem Absatz kehrt und verließ Türen schlagend das Gartenzimmer. Als sie die Treppe nach oben lief, erinnerte sie sich flüchtig der guten Stimmung, mit der sie vor kaum mehr als einer Stunde dieselben Stufen nach unten gelaufen war. Unfassbar, wie schnell sich alles zum Schlechten gewendet hatte. Eben war sie himmelhoch jauchzend gewesen – und jetzt?

Wenig später betrachtete sie sich in dem goldgerahmten Spiegel über dem Waschtisch. Sie war vor allem wütend. Erstaunlicherweise weniger wütend auf Richard, Ernst oder Hilde als vielmehr auf sich selbst. Über Monate hatte sie bei dem Spiel mitgemischt, dessen unrühmliches Ende von Anfang an zu ahnen gewesen war. Sie hatte das nicht wahrhaben wollen, sich immer wieder selbst belogen, weil das Leben an Ernsts Seite so angenehm und sorglos schien, sie von allen Widrigkeiten fernhielt. Sie schnitt sich eine gehässige Fratze, bevor sie sich vornüberbeugte und eiskaltes Wasser ins Gesicht spritzte. Langsam wurde ihr Kopf klarer. Wenigstens in einem hatte sie ihr morgendliches Gefühl nicht getrogen. An diesem trüben Herbsttag lag etwas Besonderes in der Luft – wenn auch nichts Angenehmes, wie sie sich das vorhin noch ausgemalt hatte.

Entschlossen holte sie den alten Koffer vom Schrank, mit dem sie zweimal schon Hals über Kopf aufgebrochen war, packte die wichtigsten Sachen zusammen, legte Curds Foto in dem Silberrahmen obenauf, warf den Deckel zu. Als Nächstes schnappte sie sich den Rucksack mit der bunten Lasche, sah sich ein letztes Mal im Zimmer um. Schweren Herzens musste sie vorerst Curds rotes Koffergrammophon mitsamt den Platten und ebenso die Werkzeuge und Musterstücke aus dem Keller zurücklassen. Auf einem Zettel vermerkte sie Fridas Adresse, damit jemand die Sachen dorthin schickte. Den Pack Notizhefte mit den Entwürfen der letzten Jahre steckte sie noch ein, bevor sie das Anwesen in der Föhringer Allee mit dem festen Vorsatz verließ, nie mehr dorthin zurückzukehren.

24

Die Fahrt nach Schwabing hätte sie sich sparen können. Natürlich öffnete ihr niemand in Richards Wohnung.

»Gleich in der Früh ist der Herr Lönsheim mit ganz einem schweren Koffer wegganga«, erklärte eine Nachbarin aus dem zweiten Stockwerk wichtigtuerisch, als Lou langsam die Treppe nach unten stieg und sie ansprach. »Ganz schlecht hat er ausg'schaut. Es wird doch hoffentlich nix mit eahm sei? Da war scho a Herr da, der wo nach eahm gfragt hat.«

»Nein, nein«, beeilte Lou sich zu versichern und schickte sich an, weiteren Nachfragen durch schnelles Weglaufen zu entfliehen. Ernst war also schon vor ihr da gewesen, um nach Richard zu suchen, und war ebenso erfolglos gewesen wie sie. Enttäuscht rannte sie zur Hohenzollernstraße.

Der graue Herbsttag hatte sich in einen düsteren Regentag verwandelt. »Preußischer Landregen« hatten sie zu Hause den ungemütlichen Schnürlregen genannt, der dank seiner Beharrlichkeit auf Dauer mindestens so stark einnässte wie ein kräftiger Schauer. Er passte zu Lous Stimmung. Den Koffer zwischen den Beinen, den Rucksack auf dem Schoß, kauerte sie wenig später in der Elektrischen Richtung Innenstadt. Von ihrem Hut tropfte es auf ihre Schultern, die dünnen Lederschuhe waren pitschnass. Fröstelnd zog sie den leichten Übergangsmantel mit den klammen Fingern vor der Brust zusammen. Die von Hilde gekaufte Kleidung hatte sie in der Föhringer Allee zurückgelassen, nur ihre eigenen, alten Sachen eingepackt. Wenigstens hatte sie noch daran gedacht, sich den roten Wollschal um den Hals zu schlingen, den Curd ihr einst geschenkt hatte. Was hätte er zu dem ganzen Schlamassel gesagt? Sehnlichst wünschte sie sich sein unbekümmertes Lachen herbei, mit dem er allen Widrigkeiten begegnet war. Gewiss würde er sie jetzt an den Händen fassen und erst einmal eine lustige Polka oder einen beschwingten Walzer mit ihr tanzen. Darüber verlor vieles seinen Schrecken oder geriet ganz in Vergessenheit.

Ihre Finger strichen über die Lasche des Rucksacks, blieben an einer Unebenheit hängen. Zwei Applikationen hatte sie dort nicht ganz sauber aneinandergesetzt. Jäh hatte sie jenen Maimorgen vor Augen, an dem sie daran gesessen hatte. Damals war das Unglück noch ungeschehen gewesen. Nie im Leben hätte sie sich ausgemalt, wie erbarmungslos wenige Stunden später ihr Glück zerbrechen und welche Lawine das bis zu diesem Tag lostreten würde.

Die Signalglocke schrillte. Durch den Wagen schallte es: »Karlsplatz – Stachus. Umsteigemöglichkeit Richtung Hauptbahnhof und Marienplatz.« Eine rundliche Dame wollte sich auf den Platz neben sie setzen. Abrupt sprang Lou auf, drängte sie mit ihrem Koffer beiseite und zwängte sich zum Ärger der anderen Fahrgäste kurz vor Abfahrt der Tram gerade noch nach draußen. »Passen S' gefälligst auf, Fräulein!«, rief ihr der Schaffner nach.

Auf dem Bahnsteig herrschte reges Gedränge. Jeder bemühte sich ohne Rücksicht auf die anderen Passanten, sich mit Schirm oder Hut vor dem Regen zu schützen. Lou war versucht, einfach quer über die Straße zum Wagen der Linie

11 zu stürzen, der vom Karlstor her die Haltestelle erreichte. Warum nicht einfach am Bahnhof in den erstbesten Zug steigen und sich überraschen lassen, wo man landete? Davon hatte Ernst bei ihrer ersten Begegnung vor mehr als drei Jahren verträumt gesprochen. Wie sehr hatte sich ihr Bild von ihm seither geändert! Im Kopf überschlug sie das Geld, das sie bei sich trug. Auch wenn es sich nach einer gewaltigen Summe anhörte, reichte es in Wahrheit wohl kaum für die Bahnsteigkarte. Sie sollte zu Frida fahren und sie bitten, ihr etwas zu leihen.

»Aus dem Weg!«, brüllte sie von hinten jemand an, ein anderer packte sie bereits am Arm und stieß sie fort. Instinktiv umklammerte sie den Griff ihres Koffers, klemmte sich den Rucksack unter den zweiten Arm. Stehlen aber wollte niemand etwas. »Elendes Judenpack!«, hörte sie stattdessen schimpfen. Entsetzt fuhr sie herum und sah, wie vier Männer in brauner Uniform einen alten Mann in schwarzem, bodenlangem Kaftan mit Spitzhut, grauem Bart und Schläfenlocken vor sich hertrieben. Ein mittelalter, gutgekleideter Mann mit Nickelbrille wollte ihm zu Hilfe eilen, doch die SA-Leute schlugen ihn mit Schlagstöcken zu Boden. Von allen Seiten traten sie mit ihren Stiefeln auf ihn ein. »Scher dich zum Teufel! Bist wohl selber eine verdammte Judensau!« Lous Blick schweifte hilfesuchend umher. Die anderen Passanten hatten sich weggedreht. Sie entdeckte einen Schandi, wollte zu ihm laufen, da wandte auch er sich ostentativ ab und tat, als müsse er auf schnellstem Weg zur Neuhauser Straße hinüber. Im nächsten Moment erkannte sie, warum: Von der Schützenstraße näherte sich eine Handvoll junger, muskulöser Burschen, der Kleidung nach Arbeiter. Sie tippte auf Kommunisten. Auch die SA-Leute entdeckten sie, ließen von dem Mann am Boden ab und wollten wie der Schandi das Weite suchen. Die Burschen aber erwischten sie trotzdem noch. Als vom Lenbachplatz eine Tram heranrumpelte, war die Schlägerei bereits in vollem Gang. Der Schandi aber war spurlos verschwunden. Lou entschied sich wie die anderen Leute, Zuflucht in der Elektrischen zu suchen.

Verstört kauerte sie sich auf die Bank hinter dem alten Juden, der alles daransetzte, niemandem aufzufallen. Je länger sie die geprügelte Gestalt von hinten betrachtete, desto klarer wusste sie: Es war Zeit, München zu verlassen. Hier wurde es nicht nur dank Hilde und Ernst ungemütlich. Judith lag ihr sowieso schon in jedem ihrer Briefe damit in den Ohren. Natürlich blieb nur Berlin als Alternative. Dort hatte man nicht nur Ruhe vor Hitler und seinen Konsorten aus den oberen und niederen Kreisen, dort boten sich auch viel bessere Chancen für Lous Ideen als Täschnerin. Immerhin galt Berlin als das aufstrebende Modezentrum. Wofür sonst hatte sie in den letzten Jahren an ihren Entwürfen gefeilt? Auf einmal freute sie sich auf Judiths Gesicht, wenn sie demnächst bei ihr vor der Tür stand.

Ein kleines Teufelchen in ihrem Kopf flüsterte ihr Max' Namen zu. Ihm nach der Geschichte mit Ernst und Richard gegenüberzutreten würde ihr schon etwas schwerer fallen. Trotzdem wusste sie auf einmal, dass dieser Tag doch noch etwas Besonderes bereitgehalten hatte.

»Wie schön, dass du endlich da bist«, empfing Frida sie kurz darauf in der Aventinstraße. »Wir haben schon auf dich gewartet.«

»Wer ist wir?«, erkundigte sich Lou. »Und wieso habt ihr auf mich gewartet?«

»Zuallererst brauchst du einen heißen Tee und trockene Strümpfe«, überging Frida die Fragen und deutete auf die

Pfütze, die sich um ihre Füße gebildet hatte. »Stell dein Gepäck zu den anderen Sachen.«

Überrascht entdeckte Lou neben der Kommode im Flur das rote Koffergrammophon und den großen Korbkoffer mit Curds Kleidung. Obenauf türmten sich das Nähross und eine große Kiste mit Täschnerwerkzeugen, Lederresten, Stoffen und Garnen sowie die Musterstücke, die sie in den letzten Monaten angefertigt hatte. Hilde und Ernst hatten es also sehr eilig gehabt, sich sämtliche Erinnerungen an sie vom Hals zu schaffen. Lou atmete tief durch und zog vorsichtig die durchnässte Toque wie den Mantel und die Schuhe aus. Laute Männerstimmen aus dem Salon ließen sie aufhorchen. Die Tür war nur flüchtig zugezogen. Sie konnte Beine in schwarzen Hosen und glänzenden Lackschuhen erkennen.

»Der Kommerzienrat ist bei dir? Dann warte ich besser in der Küche.« Schon wollte sie auf die gegenüberliegende Seite des Flurs verschwinden, da stellte sich ihr Frida in den Weg. »Geh ruhig rein. Wir wissen, was passiert ist. Ernst hat heute Morgen sofort nach dem Hörer gegriffen und seinen Freund angerufen. Das muss noch gewesen sein, bevor er zu seiner Frau und dir nach Hause gefahren ist.«

Lou war Frida dankbar, dass diese sich jeden Kommentar verkniff. Sie hatte Richard noch nie gemocht und den Plan mit der Verlobung von Anfang an für einen Fehler gehalten. Dass die Geschichte jetzt so übel ausgegangen war, musste Wasser auf ihre Mühlen sein. Trotzdem triumphierte sie nicht.

»Wie sagt deine Freundin Judith immer so schön?«, fragte sie stattdessen. »Mein armes, süßes Tschapperl.«

Sie umarmte Lou herzlich und strich ihr tröstend übers Haar. Als sie sie wieder freigab, hielt sie sie an der Hand fest und zwang sie, sie direkt anzusehen. »Du bist aber auch ein

Unglücksrabe! Dass Richard ein Lump ist, habe ich leider immer schon geahnt. Auch der Kommerzienrat hat alles getan, um seinen Freund Hoffoldinger vor ihm zu warnen. Uns war klar, wie das mit den beiden enden musste. Sie waren einander einfach zu ähnlich in ihrer Gier nach Geld und der Lust, den anderen dabei zu übervorteilen. Letztlich sind sie beide wohl gleichermaßen auf diesen amerikanischen Gangster reingefallen. Das hier kam übrigens für dich mit der Nachmittagspost. Wenigstens weiß Richard, dass er dich künftig nicht mehr in der Föhringer Allee erreicht.«

Sie gab Lou ein Telegramm. Ungeduldig riss sie es auf, überflog die dürren Sätze: *»Nicht böse sein. In Zukunft musst du dir einfach selbst die Sterne vom Himmel holen. R.«*

Wenn der wüsste! Sie knüllte das Papier zusammen und schleuderte es ins hinterste Eck des Flurs.

»Gut gemacht!«, lobte Frida. »Und jetzt in den Salon mit dir. So übel ist der Tag vielleicht doch nicht.«

»Lou!« Noch ehe der Kommerzienrat sie begrüßen konnte, rappelte sich Karl mit seinem Holzbein vom Kanapee hoch und eilte ihr entgegen, umarmte sie herzlich. »Wie gut, dass du wieder hier bist.«

»Was für eine Überraschung!« Erfreut musterte sie ihn. Er sah gut aus, wenn auch der Anzug schäbig und der Kragen zerschlissen war.

»So ein Schuft«, erklärte er, ohne zu verdeutlichen, wen er damit meinte: Richard oder Ernst. »Am liebsten würde ich ihm …«

»Das lassen wir besser«, mischte sich der Kommerzienrat ein und trat ebenfalls zu ihnen, klopfte erst Lou, dann Karl aufmunternd auf die Schulter. »Das bringt Ihnen nur unnötigen Ärger ein, junger Freund, und Ihrer Schwester nutzt es gar nichts.«

»Was machst du hier?«, fragte Lou Karl.

»Dasselbe wie du«, erwiderte er mit einem verlegenen Lächeln. »Mir ist das Geld ausgegangen. Leider ist vom Verkauf des Ladens in Augsburg nichts mehr da, sonst hätte ich dir jetzt deinen Anteil ausgezahlt. Zuletzt habe ich mir nicht einmal mehr eine frische Semmel davon leisten können.«

»Aber wenigstens sein Jurastudium hat er abgeschlossen und Aussicht auf eine Referendarstelle«, schaltete sich der Kommerzienrat abermals ein.

»Dank Ihrer Unterstützung«, fügte Karl hinzu.

»Es liegt allein an Ihnen, das Beste daraus zu machen.« Dem Kommerzienrat war die Dankesbekundung sichtlich peinlich.

»Gratuliere.« Lou fiel dem Bruder abermals um den Hals. »Woher kennt ihr euch überhaupt?«

»Eigentlich wollte ich dir im März deinen Anteil von unserer Erbschaft aus Augsburg bringen«, begann er zu erzählen, nachdem sie sich um den Sofatisch gesetzt hatten. »Auf dem Konto schmolz das Geld zu schnell dahin, deshalb wollte ich es dir geben, bevor es völlig wertlos war. Von Frida habe ich erfahren, dass du nach Garmisch gefahren bist. Im *Sonnenbichl* habe ich mich allerdings nicht getraut, dich anzusprechen. Du warst damals …«

»Schon gut.« Ausgerechnet jetzt wollte Lou am allerwenigsten an die Verlobungsfarce im Hotelfoyer erinnert werden. Zumindest hatte sie sich damals doch nicht getäuscht, und Karl hatte tatsächlich hinter der Säule gestanden.

»Nachdem du so gut versorgt schienst, habe ich beschlossen, mit dem Geld erst einmal mein Examen zu machen. Natürlich werde ich es dir eines Tages zurückzahlen.«

»Das wird sich zeigen. Hauptsache, du hast deinen Abschluss.« Sie tätschelte ihm den Oberschenkel, fühlte erschrocken, dass sie das Holzbein erwischt hatte, und zog die Hand verlegen fort.

»Ab sofort wird Karl in deinem Zimmer wohnen«, schaltete sich Frida ein, der die ganzen Erzählungen zu lang wurden.

»Was ist mit den Lehmanns?« Überrascht sah Lou sie an.

»Die sind Hals über Kopf zu Verwandten nach Hamburg«, erzählte Frida, wobei die Enttäuschung über die abrupte Abreise der ehemals Zwangseinquartierten nicht zu überhören war. »Wahrscheinlich nennt sich so etwas eine glückliche Fügung. Das heißt …« Erschrocken schaute sie zu Karl, dann zu Lou. »Was machen wir jetzt mit dir?«

»Ich werde mir natürlich etwas anderes suchen«, beeilte sich Karl zu sagen.

Lou aber schüttelte den Kopf. »Du bleibst. Ich will sowieso weg aus München.«

»Was?« Alle drei sahen sie verblüfft an.

»Ich will nach Berlin und dort noch einmal von vorn anfangen. Hier drinnen«, sie klopfte auf die Lasche des Rucksacks, den sie neben dem Kanapee abgestellt hatte, »habe ich einen dicken Stapel Skizzen für die verschiedensten Taschen, in der Kiste draußen im Flur außerdem einige Muster. In Berlin gibt es sehr viele Konfektions- und Warenhäuser. Irgendwer wird sich dafür interessieren. Und bis dahin arbeite ich wieder als Täschnerin oder Verkäuferin, oder was auch immer sich findet.«

»Das klingt großartig!« Begeistert klatschte der Kommerzienrat Beifall. Karl schaute etwas begriffsstutzig, und Frida lächelte verschmitzt. »Wusste ich es doch. Allein mit dem Ausbessern von Lederhosen wirst du dein Dasein nicht fristen.« Sie stand auf und verließ das Zimmer.

»Wegen Ernst dürfen Sie sich keine Vorwürfe machen«, fühlte sich der Kommerzienrat plötzlich bemüßigt zu erklären. Eindringlich suchte er Lous Blick. »Ich kenne ihn schon lange. In den letzten Monaten hat er die Kontrolle verloren. Die riesigen Geldsummen, mit denen wir alle inzwischen täglich jonglieren, sind ihm völlig entglitten. Wäre er nicht so gierig gewesen, immer noch mehr Gewinn ...«

»Seine Frau hat ihm letztlich keine Wahl gelassen«, versuchte Lou sich an einer Ehrenrettung. Immerhin war Ernst ihr gegenüber nicht nur stets sehr großzügig, sondern auch sehr liebenswürdig gewesen. Letztlich hatte er sie auf seine Art wohl wirklich geliebt. Eine Träne stahl sich in ihr Auge. Vielleicht hätte sie ihn vor Hilde verteidigen müssen. Andererseits schien er darauf keinerlei Wert gelegt zu haben. Ein Schauder erfasste sie, wenn sie sich an den fremden Ausdruck auf seinem Gesicht erinnerte.

»Als verantwortungsvoller Kaufmann hätte er durchaus rechtzeitig ... Ach, lassen wir das«, winkte der Kommerzienrat ab. »Ich hoffe nur, das treibt ihn nicht vollends in die Ecke, in die seine Frau schon lange drängt.«

»Sie meinen die Dombergs und ihren neuen Schützling?« Lou wurde verlegen. Auch wenn sie nach dem Garmisch-Aufenthalt im Frühjahr Leuten wie Ludwig Gerstlhuber und Hans Faber sowie der zielstrebigen Gege möglichst aus dem Weg gegangen war, schämte sie sich vor dem Kommerzienrat, einmal so viel mit diesen Hitler-Verehrern zu tun gehabt zu haben.

»Sie, Fräulein Lou, hat die Geschichte hoffentlich nicht allzu hart getroffen«, fuhr er unterdessen fort. »Mein Freund Hoffoldinger ist trotz allem ein Gentleman. Seine Gefühle für Sie waren immer aufrichtig, das müssen Sie mir glauben. Erlauben Sie mir deshalb, Ihnen quasi in Vertretung für ihn für den Neubeginn in Berlin …«

»Das kann ich nicht annehmen«, wehrte Lou entschieden ab. »In keinster Weise dürfen Sie sich für Ihren Freund verantwortlich fühlen. Außerdem haben Sie schon meinem Bruder …«

»Das ist etwas völlig anderes und hat nichts damit zu tun.« Der Kommerzienrat klang brüsk. Verblüfft sah sie ihn an. Er war ein feiner Mensch. Ernst wusste das hoffentlich zu schätzen und suchte bald wieder das Gespräch mit ihm. Das könnte ihn zur Besinnung bringen.

»Sie müssen das annehmen, Fräulein Lou«, insistierte der Kommerzienrat und legte ihr beschwörend die Hand auf den Arm. Mehr denn je stach ihr der fehlende Zeigefinger daran ins Auge. Trotz des Makels hatte der Kommerzienrat es geschafft, seinen Weg unbeirrbar weiterzugehen. Das sollte sie sich zum Vorbild nehmen.

»Ich werde es Ihnen auf Heller und Pfennig und selbstverständlich mit Zinsen zurückzahlen. Darauf können Sie sich verlassen.«

»Nichts anderes habe ich erwartet.« Verschmitzt lächelnd hielt er ihr die Hand hin, sie schlug ein. Karl nickte zustimmend.

»Habe ich etwas verpasst?« Frida tauchte wieder auf, einen Zettel in der einen Hand haltend, an der anderen Franzi.

»Lou, endlich!« Freudestrahlend fiel ihr die Kleine um den Hals. »Wo bist du nur gewesen? Wir müssen unbedingt zum Ostfriedhof.«

»Heute ist Freitag.«

»Wir haben mindestens ein halbes Dutzend Sonntagnachmittagstänze nachzuholen«, mahnte Franzi mit ernstem Augenaufschlag.

»Was soll das heißen?« Verwundert sah Karl zwischen ihnen hin und her.

»Das ist ein Brauch von Franzi und mir, eigentlich auch von Judith«, sagte Lou und beschloss, ihm nicht auch noch von der Verlobung mit Curd zu erzählen, die die einzig wahre in ihrem Leben gewesen war. Das würde ihn nur noch mehr verwirren. »Aber das ist eine ganz andere Geschichte.«

Sie sprang auf und wollte mit Franzi nach draußen, da hielt Frida sie fest. »Versprich mir, vorerst bei mir zu wohnen. Du kannst hier im Salon auf dem Kanapee schlafen. Bevor du nach Berlin gehst, will ich einer alten Freundin schreiben und ihr deinen Besuch ankündigen. Vielleicht kann sie dir ein wenig unter die Arme greifen. Sie ist Täschnerin, so wie du.«

Franzi zerrte Lou ungeduldig am Arm. »Komm endlich, sonst wird es draußen dunkel, und dann habe ich Angst auf dem Friedhof.«

»Wer weiß, welche Geister dann um die Gräber tanzen«, pflichtete Karl ihr bei.

Lou warf ihm einen erstaunten Blick zu. Verschmitzt grinste er.

»Du hast recht«, stimmte sie zu. »Franzi und ich sollten uns wirklich beeilen, damit wir die bösen Geister vertreiben.«

25

Die stundenlange Fahrt im vollbesetzten Zug hatte Lou erschöpft. Zu nachtschlafender Zeit war sie in München aufgebrochen. Als sie Berlin erreichte, versank die Welt um sie herum bereits von neuem in abendlicher Dunkelheit. Müdigkeit aber war am allerwenigsten geeignet, um dieser Stadt die Stirn zu bieten. Das merkte Lou sofort, als sie hinter ihren mit Koffern und Taschen bepackten Mitreisenden auf den Perron des Anhalter Bahnhofs sprang. Noch nie hatte sie so viele Menschen auf einmal gesehen. Dicht an dicht drängten sich elegant Gekleidete ebenso wie in Lumpen Gehüllte, gut Behütete wie Barhäuptige, Frauen wie Männer, munter hüpfende Kinder wie auf Stöcke gestützte Greise. »Willkommen in Berlin!« Jemand zupfte sie am Ärmel. Ehe sie sich umdrehen konnte, fiel ihr Judith stürmisch um den Hals. Fast hätte sie den Koffer fallen lassen. Zum Glück trug sie den Rucksack mit ihren kostbaren Notizheften fest über der Schulter.

»Achtense mal lieber jut uff Ihr Jepäck, junget Frollein«, tadelte sie ein Mann im Vorbeigehen kopfschüttelnd.

»Er hat recht.« Judith ließ sie los, wollte nach dem Koffer greifen, doch Lou war schneller. Sie trug ihn lieber selbst. »Auch wenn an allen Ecken Schupos stehen, bist du dein Hab und Gut hier schneller los, als du bis drei zählen kannst.« Judith deutete auf einen blauuniformierten Wachtmeister, der sich direkt neben der Sperre postiert hatte und streng über das Gedränge blickte. »Lass uns schnell zu mir fahren, dann ist wenigstens dein Koffer in Sicherheit.«

Flugs hakte sie sich bei Lou unter und schob sie zielsicher durch die vollgedrängte Bahnhofshalle auf einen riesigen Platz. Lärm, Gestank und unüberschaubares Gewusel setzten sich auf dem Vorplatz in noch größerem Ausmaß fort. Ein böig auffrischender Ostwind sorgte für unwirtliche Kälte. Lou schlug den Mantelkragen hoch, vergrub die freie Hand tief in der Tasche.

Während sie sich in dem Trubel zurechtfinden wollte, dämmerte ihr, warum Judith darauf bestanden hatte, sie bei ihrer Ankunft persönlich in Empfang zu nehmen. Hatte sie gemeint, nach ihrer Flucht aus Augsburg in München in einer Großstadt gelebt zu haben, so fehlten ihr für das, was sie in Berlin erwartete, zunächst die Worte. Blinkende Leuchtreklamen und scheinbar ziellos umherschweifende Scheinwerfer verwandelten den dunklen Novemberabendhimmel trotz angeblich unbezahlbarer Elektrizität in lichten Tag. Es dauerte, bis ihre Augen sich an das Lichtermeer gewöhnt hatten. »Achtung!« Energisch riss Judith sie am Arm. Von links zockelte eine Straßenbahn heran, von rechts näherte sich ein doppelstöckiges Ungetüm, das Judith als Omnibus bezeichnete. Aus sämtlichen Himmelsrichtungen kommend, kreuzten Autos den Platz. Energisches Hupen übertönte das Knattern der Motoren. Vor und hinter den Blechkisten stürzten sich Fußgänger todesmutig in den Verkehr. Judith tat es ihnen nach, um eine Kraftdroschke anzuhalten. Lou hatte Mühe, ihr zu folgen.

»Zur Feier des Tages gönnen wir uns ein Taxi.« Lächelnd hielt Judith ihr den Wagenschlag auf, während der Fahrer den

Koffer verstaute. Lou verkniff sich den Hinweis auf den astronomischen Fahrpreis, für dessen unendliche Zahlenreihe das Taxometer gar nicht breit genug war. Judith machte den Eindruck, als ob es ihr nichts ausmachte, vom Fahrer womöglich um einige Billionen zu viel geprellt zu werden. Ihre Mitarbeit bei der *Berliner Illustrirten* schien sich weitaus besser auszuzahlen als ihre früheren Kolumnen für die Wiener *Arbeiter-Zeitung*. Verlegen zupfte Lou den roten Schal über das Revers ihres abgetragenen Wintermantels und verbarg die abgestoßenen Stiefelspitzen unter dem Saum des wadenlangen Wollrocks. Müde sank sie ins weiche Leder der Rückbank.

Die am Autofenster vorbeiziehenden Lichter verschwammen zu einem unsteten, grellen Streifen. In unglaublicher Geschwindigkeit flitzten die Menschen auf den Trottoirs vorbei. Ohne große Anstrengung überholten sie die Fahrzeuge, die sich auf der Straße stauten. Verärgert hupte der Chauffeur, bremste, fluchte und fuhr wieder an, bis er nach wenigen Metern erneut ins Stocken geriet. In tollkühnen Manövern schlängelten sich die Radfahrer zwischen den Automobilen durch, nötigten selbst die riesigen Doppeldeckerbusse zu jähen Bremsmanövern. »Olle Flitzpiepe!«, schimpfte der Fahrer, als er wegen eines hinter einem dreirädrigen Lieferwagen hervorspringenden Passanten jäh auf die Bremse treten musste. Der Mann hob nicht einmal den Blick, sondern rannte einfach weiter.

Wie aus weiter Ferne drang Judiths Stimme an Lous Ohr, um sie auf Sehenswürdigkeiten rechts und links der Strecke hinzuweisen. Ob sie einen riesigen Platz passierten, auf dem sich noch mehr Autos, Straßenbahnen und Omnibusse stauten, oder an einem berühmten Café oder Hotel vorbeikamen oder ob sie mitten durch ein gigantisches Tor und anschließend am Rand einer riesigen, dunkel dräuenden Parkanlage entlangfuhren: Vor Lous Augen verzerrte sich alles zu einem faszinierend bunten, rasant drehenden Karussell. Am liebsten wäre sie aufgesprungen, um mittendrin dabei zu sein.

»Da wären wir.« Kurz nachdem sie unter der Stadtbahn durchgefahren und auf einen nach Westen führenden, mehrspurigen Boulevard eingebogen waren, hielt der Chauffeur auf Judiths Anweisung am Seitenrand. Als färbte die vornehme Gegend ab, sprang er beflissen heraus, öffnete mit einer tiefen Verbeugung den Wagenschlag und kümmerte sich um den Koffer. Lou blickte vom überbreiten, sorgfältig gefegten Trottoir in die bis zum Horizont grell aufleuchtende Reklame. Erst auf den zweiten Blick fiel ihr auf, dass dazwischen nur jede zweite, gelegentlich sogar nur jede dritte Straßenlaterne brannte. Ebenso täuschten die aufwendig dekorierten Schaufenster in den palastartigen Häusern entlang des Boulevards darüber hinweg, dass die darin vorgeführte Warenwelt für Normalsterbliche derzeit schier unerschwinglich war.

In knappen Worten wies Judith den Fahrer an, ihnen mit dem Koffer zu folgen, und eilte durch einen mit antik anmutenden Wandmosaiken verzierten Gang in einen achteckigen Innenhof voraus. Ihre Wohnung befand sich in der vierten Etage des Hinterhauses und somit direkt unter dem Dach. Beim Erklimmen der Treppenstufen fluchte der Chauffeur weniger vornehm. Als Judith ihn für seine Mühe statt mit einem dicken Pack wertloser Geldscheine mit einigen der begehrten Dollars entlohnte, strahlte er jedoch wieder. Im Lichtkegel der flackernden Dielenlampe verzichtete er sogar aufs Nachzählen und empfahl sich stattdessen mit einer abermals übertrieben tiefen Verbeugung.

Nach diesem Intermezzo enttäuschte Judiths neues Domizil. Lou ließ den Rucksack von der Schulter gleiten und startete ihren Rundgang. Zwar war Judith vorausgeeilt und hatte sämtliche Lichtschalter angedreht, dennoch blieb der Wohnung jeglicher vornehme Glanz verwehrt. Vom engen Flur zweigten drei Türen ab. Die rechter Hand führte in einen kleinen quadratischen Raum, der zum Innenhof zeigte. Außer einem Bett, einem Schrank und einem Sessel fand neben dem Ofen lediglich ein mannshohes, grobgezimmertes, übervolles Bücherregal Platz. Links vom Flur ging es in einen großzügigen Raum, der sich dank der Höhe und des über die gesamte rückwärtige Längsseite reichenden Nordfensters als Atelier entpuppte.

Die Einrichtung war karg. Nicht einmal ein Teppich bedeckte die blanken Holzdielen. Als Lou eintrat, hallten ihre Schritte durch den Raum. Dennoch wirkte er nicht unwohnlich, was wahrscheinlich an dem großen Gemälde lag, das lässig an der Seitenwand lehnte. Geschickt hatte Judith es mit zwei Stehlampen rechts und links ausgeleuchtet, damit die quirlige Kaffeehausszene in grotesk verzerrter Perspektive umso besser ins Licht gerückt wurde. Ein von vier Herren in Smoking beherrschter Tisch bildete das Zentrum. Monokel in den Augen, dicke Zigarren in den Mundwinkeln, funkelnde Siegelringe an den Fingern, schauten die Männer blasiert aus dem Bild. Die beiden Frauen, die sich in obszöner Pose bei zwei von ihnen auf den Schoß gesetzt hatten, wirkten gelangweilt. Aus den Gesichtern der anderen Gäste im Bildhintergrund blitzte Gier.

»Gefällt es dir?« Judith war nicht entgangen, wie gebannt Lou das Gemälde betrachtete. Nachdem sie den Ofen in der linken Ateliercke angeheizt hatte, stellte sie sich neben sie. »Meine Nachbarin hat es gemalt. Es könnte von Curd sein, findest du nicht? Ich musste es einfach haben.«

»Es ist gut« war alles, was Lou herausbrachte, und sie verschwieg, dass sie dasselbe gedacht hatte. Hastig wandte sie sich ab. Das Waschbecken neben der Tür irritierte sie.

»Es gibt keine Küche«, erklärte Judith beiläufig. »Doch einen Tee kann ich uns trotzdem kochen. Leg ab und mach es dir gemütlich.« Sie wies auf ein breites Sofa an der zweiten Längswand, nahm einen Stapel Zeitschriften von der Sitzfläche und bettete ihn auf einen der wackligen Bücher- und Zeitungstürme vor dem Fenster.

»Ich brauche dringend einen größeren Tisch«, stellte sie fest, sobald sie den Stapel austariert hatte. Erst auf diese Bemerkung hin entdeckte Lou den winzigen Schreibtisch in der äußersten Ecke des Fensters. Er reichte gerade für die Schreibmaschine. Ein Telefon ruhte ihm zu Füßen inmitten weiterer Bücher und Notizhefte.

»Das Atelier ließe sich gut als privater Ballsaal nutzen.« Lou plazierte den Rucksack neben dem Sofa.

»Eine hervorragende Idee! Sobald Curds Grammophon und die Platten aus München eingetroffen sind, können wir loslegen.« Vergnügt zwinkerte Judith ihr zu, hängte Hut und Mantel an einen Haken neben der Tür und bückte sich vor die winzige Kommode rechts neben dem Waschbecken. Obenauf thronte ein Gaskocher, auf den sie den Wasserkessel stellte. Sie zauberte noch eine bauchige Teekanne und zwei Tassen aus dem winzigen Schrank und stellte sie wie zum Picknick auf dem Boden vor dem Sofa auf.

»Natürlich wohne ich hier sehr einfach«, erklärte sie beim Aufgießen des Tees. »Dafür liegt es direkt am Ku'damm. Der Westen ist derzeit die beste Gegend in Berlin. Deshalb habe ich sofort zugegriffen, als mir das Atelier angeboten wurde. Essen tue ich sowieso auswärts.«

Das klang, als kümmerte sie der ganze Wahnsinn mit dem Geld nicht. Verblüfft musterte Lou die Freundin. In der Tat war ihr Auftreten noch eine Spur eleganter und weltstädtischer geworden als in München. Im matten Schein der Stehlampe glänzte ihr kinnlanges schwarzes Haar, die Brauen waren akkurat über den smaragdgrünen Augen gezupft und die Lippen mit einem sinnlichen Rot betont. Seit ihrer letzten Begegnung hatte sie das Parfum gewechselt. Das Patschuli darin drang schwerer und aufdringlicher als früher durch.

»Lass uns endlich von dir reden.« Judith goss Tee ein und reichte ihr eine Tasse. »Ich bin sehr froh, dich endlich in Berlin zu haben. Schade, dass dich erst Ernsts Ruin hergebracht hat. Nach allem, was aus München zu hören ist, war es höchste Eisenbahn, die Koffer zu packen und herzukommen. Hitlers Umsturz letzte Woche wurde zwar gerade noch einmal vereitelt, trotzdem fürchte ich, dass es nicht das Letzte war, was man von diesem Unglücksmenschen mit der krächzenden Stimme gehört hat.«

»Vorerst sitzt er im Gefängnis«, erwiderte Lou, insgeheim beruhigt, dass Judith sich mehr für die allgemeine Lage als für ihre Erlebnisse mit Ernst und Richard interessierte.

»Ob das von langer Dauer ist?« Judith wurde nachdenklich. »Bestimmt gibt es eine Menge Leute, die ihm helfen werden, schnell wieder auf freien Fuß zu gelangen. Denk nur an den Abend bei den Dombergs vor einem Jahr. Mich schaudert bis heute, wie ergriffen die Damen der sogenannten besseren Gesellschaft ihm gelauscht haben. Nur zu gern wüsste ich, was sie jetzt über ihn denken.«

»Hitler wurde am Staffelsee im Landhaus der Hanfstaengls verhaftet.«

»Was sage ich dir!« Judith schüttelte den Kopf. »Sie unterstützen ihn also nach wie vor.«

»Wahrscheinlich macht ihn dieser gescheiterte Putsch überhaupt erst so richtig interessant für sie.« Schnell nahm Lou einen weiteren Schluck Tee, um die Erinnerung an Hans Faber und Ludwig Gerstlhuber zu verdrängen. Deren Begeisterung für Hitler und seine Hetze gegen Juden erschien ihr inzwischen ebenso unerträglich wie Hildes Schwärmerei für den ungehobelten, kleinen Kerl im gelben Gummimantel.

»Leider neigt man in München dazu, diese Bestie gefährlich zu unterschätzen«, ergänzte Judith.

»Die meisten Münchner sind allerdings froh, dass die Nationalsozialisten jetzt erst einmal verboten wurden. In den letzten Wochen gab es einfach viel zu viel Krawall. Kaum ein Tag ohne eine Schlacht zwischen den Roten und den Braunhemden. Wenn du nicht aufgepasst hast, bist du selbst plötzlich mittendrin gewesen.« Lou dachte an den Vorfall am Stachus, der sie letztlich überzeugt hatte, München zu verlassen.

»Das ist doch alles nicht neu«, empörte sich Judith. »Jeder weiß, wie sehr Regierung und Behörden von Anfang an darauf bedacht gewesen sind, Hitler und seine Leute zu schonen. Die Roten haben sie dafür stets umso härter bestraft, natürlich angeblich immer nur, um die Republik vor einem neuerlichen Umsturz zu schützen. Von Kahr hat letztlich offenen Auges zugesehen, wie sich in Wahrheit Hitler für den Putsch gerüstet hat. Aber was rege ich mich auf? Wir alle haben uns bislang leider viel zu wenig für diese Dinge interessiert und noch weniger etwas dagegen unternommen, dass Hitler und seine Leute so erfolgreich werden konnten.«

Lou nippte am Tee. Ihre Gedanken schweiften ab zu ihrem einundzwanzigsten Geburtstag in der *Schlosswirtschaft Wil-*

denwart. Damals schon hatte Traudl Wallner, die Souffleuse von den Kammerspielen, die Entwicklung richtig vorausgesagt wie auch das Schweigen der Mehrheit angeprangert. Wie oft hatte Lou es seither selbst erlebt, sogar selbst mitgeschwiegen und weggesehen? Ein Schauer lief ihr über den Rücken, wenn sie an die Soireen bei den Dombergs und ihren Umgang mit Gerstlhuber und Faber in Garmisch dachte. Ob es Traudl freute, recht behalten zu haben? Seinerzeit hatte Max das Desinteresse der meisten ihrer Generation am politischen Geschehen damit gerechtfertigt, dass sie nach all den schlimmen Erlebnissen während der Kriegs- und Revolutionsjahre ein Recht auf Ruhe, Vergnügen und Glück hätten, um endlich das zu tun, was sie tun wollten. Ob er noch immer so dachte? Sie spürte, wie sie sich nach einem Wiedersehen mit ihm sehnte. Zugleich fürchtete sie sich davor, weil sie nicht wusste, ob sie inzwischen stark genug war, der Versuchung durch ihn wirklich zu widerstehen.

»Zumindest gehört dein guter Ernst zu den wenigen aus den gutbetuchten Münchner Kreisen, die Hitler nach wie vor nicht fördern«, redete Judith unterdessen weiter.

»Er ist nicht mehr ›mein guter Ernst‹.« Lou spürte, dass sie sich weniger über Judith als vielmehr über sich selbst ärgerte, traf die Freundin damit doch nach wie vor einen wunden Punkt bei ihr. Sie stellte die Tasse zu Boden und flüchtete sich mit angezogenen Knien in die Sofaecke.

»Egal, was sonst war, musst du deshalb sehr stolz auf ihn sein.«

»Ausgerechnet du verteidigst ihn? Dabei hast du ihm vor kurzem nicht einmal mehr zugetraut, die Ereignisse überhaupt noch aufmerksam zu verfolgen, geschweige denn, sie richtig einzuschätzen.«

»Die Begegnung bei den Dombergs hat mir gezeigt, dass ich ihn unterschätzt habe. Es hat mich beeindruckt, wie entschlossen er seiner Hilde damals erklärt hat, Hitler niemals zu unterstützen.«

»Hoffentlich bleibt es dabei. Außerdem wäre es schön gewesen, wenn er ihr auch bei anderen Gelegenheiten ähnlich energisch widersprochen hätte.«

»Ärgere dich nicht, mein süßes Tschapperl. Wenigstens ist es dir gelungen, den beiden endlich Paroli zu bieten und dich aus dem goldenen Käfig zu befreien.«

»So ganz freiwillig ist das leider nicht passiert.«

»Spielt das eine Rolle?«

Lou sparte sich die Antwort.

»Wie gut, dass Frida dir so tatkräftig beigestanden hat.«

»Ich dachte, du magst sie nicht.« Lou horchte auf, neugierig, welche Überraschungen da noch aus Judiths Mund zu hören waren.

»Meinungen kann man ändern.« Judith tat, als müsste sie sich einem hartnäckigen Fussel auf ihrem Rock widmen. Erst dann schaute sie wieder auf und erklärte leichthin: »Nach allem, was du in deinen Briefen angedeutet hast, bleibt mir doch gar keine andere Wahl, als Frida zu mögen. Erzähl bitte endlich, was genau in den letzten Wochen passiert ist. In den Briefen hatten wir immer zu viel Praktisches zu regeln, um ausführlicher darauf einzugehen.«

»Das stimmt.« Gern gab Lou der Bitte nach. Versonnen lächelnd, schloss sie den Bericht mit der Feststellung: »Der Kommerzienrat ist eine Seele von Mensch. Ohne ihn säße ich nicht hier. Meinem Bruder hat er übrigens auch sehr geholfen.«

»Für Frida gilt das wohl genauso«, lobte Judith zu Lous Überraschung Frida noch ein weiteres Mal.

»Sie hat mir sogar die Adresse einer alten Bekannten gegeben, die mir bei meinen Plänen mit der eigenen Taschenkollektion behilflich sein kann«, fügte Lou hinzu, um Frida noch besser dastehen zu lassen.

»Es wäre toll, wenn sie das täte. Auch hier herrschen gelegentlich leider auch schon alles andere als rosige Zustände.«

»Es muss einfach klappen. Ich will dem Kommerzienrat das Geld, das er mir vorgestreckt hat, so schnell wie möglich zurückzahlen. Morgen früh stelle ich mich bei Fridas Freundin vor. Je eher ich wieder anfangen kann zu arbeiten, desto schneller geht es voran.«

»Schön, dass du endlich wieder auf einem guten Weg bist. Arbeit hat dir immer geholfen zu vergessen.«

Auch wenn Judith es nicht offen aussprach, war klar, dass sie damit auf die Geschichte mit Ernst und Richard anspielte. Wenigstens ritt sie nicht länger als nötig darauf herum. Schon in den Briefen hatte sie es vorgezogen, die Sache eher zu umgehen, als sie offen anzuprangern. »Vergiss die beiden«, hatte der einzige Kommentar gelautet, den sie sich einmal dazu hatte entlocken lassen. Lou war das recht, wenn es sie auch ein wenig wunderte. Vornehme Zurückhaltung war nicht gerade eine von Judiths Stärken. Im Gegenteil mischte sie sich sonst für ihren Geschmack viel zu oft in ihr Leben ein. Oder hing es damit zusammen, dass Lou einmal doch der Hinweis auf Gege und ihre neuen Freunde entschlüpft war? Nie war Judith darauf eingegangen.

»Du wirst deine Pläne rasch verwirklichen, davon bin ich überzeugt«, setzte Judith laut nach. »Je eher du München vergisst, desto besser. Die Aufbruchsstimmung in Berlin wird dich inspirieren. Max und ich sind hier binnen Wochen viel schneller vorangekommen als all die Jahre in München. Nicht einmal die horrende Inflation hat uns viel ausgemacht.«

Sie schlang die Arme um Lou und raunte ihr ins Ohr: »Du wirst es schaffen, das weiß ich. Curd wäre stolz auf dich.«

Lou senkte den Blick. Nichts wünschte sie sich sehnlicher. Zutiefst bedauerte sie, dass sein Grab so weit weg lag. Jetzt musste Franzi dort sonntags allein tanzen.

»Bevor du dich morgen ins Arbeitsleben stürzt, werde ich dir die Stadt zeigen. In der Nacht beginnt hier das wahre Leben.«

Unternehmungslustig sprang Judith auf. Lou fühlte sich einerseits zwar entsetzlich müde, andererseits aber brannte sie darauf, eine erste Fahrt auf dem bunten Karussell des Berliner Lebens zu drehen.

»Du hast recht. Der schnöde Alltag beginnt früh genug. Vorher sollten wir unser Wiedersehen feiern.«

»Das ist genau die richtige Einstellung für Berlin.«

»Deshalb bin ich hergekommen.«

26

Die Nacht war lang gewesen und der Schlaf viel zu kurz. Lou meinte, einen Kopf von gigantischen Ausmaßen und von immensem Gewicht auf den schmalen Schultern zu balancieren. Kaum konnte sie aus den Augen schauen, so weh tat ihr alles. Sicherlich hatte das unbequeme Liegen auf dem Sofa in Judiths Atelier seinen Teil zu ihrem lädierten Zustand beigetragen. Als sie vor dem Spiegel stand, erschrak sie über den eigenen Anblick. So konnte sie sich unmöglich bei Fridas Bekannter vorstellen.

»Das haben wir gleich.« Judiths Stimme klang erstaunlich wach, als sie ihr Gesicht neben dem von Lou in den Spiegel streckte. Trotz der Kälte in dem riesigen Raum hatte sie lediglich ein dünnes Seidennegligé über das Hemdchen geworfen und patschte mit bloßen Füßen über den kalten Holzboden. Lou dagegen war bereits angezogen. Die dicken grauen Strümpfe unter dem wadenlangen Wollrock erschienen ihr nach den Eindrücken der letzten Nacht mitsamt der schlichten Bluse zwar viel zu bieder für ihr neues Leben, doch sie kam nicht dazu, sich lang darüber zu grämen. Judith hatte bereits ein schmuckes Täschchen parat, aus dem Puderdose, Lippenstift und noch einige andere Wundermittel der erfahrenen Nachtschwärmerin herauslugten. Ehe Lou sich wehren konnte, hatte Judith sie am Kinn gefasst und ihr Antlitz sanft zu sich gezogen. Ein kritischer Blick aus der Nähe, bei dem sie Lou eine nicht sonderlich gut riechende Wolke aus Zigarettendunst, Alkohol und Erinnerungen an einen viel zu späten und deftigen Imbiss entgegenhauchte, veranlasste sie, zunächst eine dicke Schicht Puder auf Lous Wangen zu stäuben. Die Partie direkt unter den Augen erhielt anschließend eine besonders intensive Behandlung.

»Wie hat dir der erste Ausflug ins Nachtleben deiner neuen Heimat gefallen?«, erkundigte sie sich dabei, als läge ein kurzer Sonntagsspaziergang hinter ihnen. Lou war unfähig zu antworten. Irgendwann zwischen Mitternacht und erster Morgendämmerung musste sie ihre Stimme verloren haben.

»Natürlich ist es ganz anders als München«, plapperte Judith weiter. »Es war eine gute Idee, zuerst bei *Aschinger* in der Friedrichstraße mit der Erbsensuppe für eine ordentliche Grundlage zu sorgen. Bei *Aschinger* wirst du immer für wenig Geld etwas Ordentliches in den Bauch kriegen. Den gibt es an allen wichtigen Plätzen und Straßen. Schrippen darfst du dir zur Suppe übrigens immer so viele nehmen, wie du magst. Das hat schon so manchen über das Schlimmste hinweggerettet. Die großen Bierhallen helfen natürlich auch gegen Heimweh. So ein bisschen haben sie doch was von den Bierkellern in München, zum Glück allerdings ohne Hitler und seine ungehobelten Kumpane. Hoffentlich schmoren die Bastarde auf alle Ewigkeit im Kerker.«

Sie beendete das Pudern mit einem letzten, kräftigen Quastenstupser auf Lous Nase, dann holte sie einen Kajalstift heraus und widmete sich den Augen. Während sie den Lidstrich nachzog und mit der Fingerkuppe verwischte, spitzte die Zungenspitze vor Anstrengung zwischen den Lippen hervor. Das brachte Lou zum Schmunzeln.

»Na siehste, geht doch«, kommentierte Judith und trat einen Schritt zurück, um ihr Werk aus der Distanz zu würdigen.

Durch das große Nordfenster fiel graues Novemberlicht herein. Über den Dächern hing der übliche Großstadtdunst aus Kaminrauch, Autoabgasen und Herbstnebel. Viel heller würde es wohl kaum werden, weshalb die Stehlampen rechts und links des Gemäldes für zusätzliches Licht sorgten.

»Die Friedrichstraße ist längst nicht mehr das, was sie früher einmal war«, fuhr Judith fort, nachdem sie einen Lippenstift aus ihrem Täschchen gekramt hatte und sich Lous Mund zuwandte. »Inzwischen vergnügen sich da vor allem die Fremden. Solang unser Geld nichts wert ist, ist es für den Rest der Welt bei uns richtig billig. Gegen ein paar harte Dollars oder sogar schon für wenige holländische Gulden bekommst du jedes erdenkliche Vergnügen, vor allem das zu Hause verbotene.«

Über ihrem unablässigen Reden hatte sie Lous Lippen geschminkt und einige Unsauberkeiten mit der angefeuchteten Daumenkuppe weggewischt. »Voilà!« Sie packte Lou an den Schultern und drehte sie zurück zum Spiegel. »So kannste dich sehen lassen, Kleene!«

Erstaunt über das kleine Wunder, das Judith vollbracht hatte, betrachtete Lou ihr Spiegelbild. Die dunklen Ringe unter den Augen waren tatsächlich verschwunden, die Wangen hatten das erschreckende Grau abgelegt, und selbst die Lippen hatten Farbe bekommen. Dennoch sah sie nicht übertrieben geschminkt aus. Jetzt musste nur der dicke Kopf abschwellen und sie sich zum Reden in der Lage fühlen, dann konnte der neue Tag beginnen.

»Der Zionskirchplatz liegt am Rand des Scheunenviertels«, fuhr Judith fort, während sie sich vor den Ofen kniete, um ihn anzuheizen. »Nicht eben eine besonders vornehme Gegend. Anfang des Monats hat es da üble Ausschreitungen gegeben. Auch hier müssen die vielen Juden, vor allem die aus dem Osten, als Sündenböcke für zu hohe Brotpreise oder was auch immer herhalten. Letztens hat sich der Zorn mal wieder an denen aus Galizien entladen. Die sollen schuld sein, dass beim Arbeitsamt in der Gormannstraße kein Geld mehr ausgezahlt wird. Jetzt herrscht zwar wieder Ruhe, aber unter der Oberfläche brodelt es weiter, wenn auch die Münchner Braunhemden hier noch keinen Fuß in der Tür haben. Zum Glück fehlen bislang auch die sogenannten feinen Herrschaften, die einen krakeelenden Österreicher zum allein seligmachenden Erlöser hochjubeln. Rund ums Scheunenviertel hätten sie ohnehin nichts zu sagen. Da läuft jeder, der zu vornehm tut, ebenso Gefahr, verprügelt zu werden, wie jemand in Kaftan und Spitzhut. Sei also froh über deinen alten Mantel und die ausgetretenen Stiefel. Die passen gut in die Ecke. Mit den teuren Klamotten, die dein lieber Ernst dir spendiert hat, würdest du nur unangenehm aufgefallen.«

Zu Lous Überraschung brühte sie ihr einen echten Bohnenkaffee auf und reichte ihr auf einem angeschlagenen Teller steinharte Kekse. »So, wie du aussiehst, hättest du wohl eher einen Salzhering und eine saure Gurke vertragen, aber damit kann ich leider nicht dienen. Auch eine Stulle für mittags kann ich dir nicht schmieren. Dafür findest du spätestens am Alex wieder einen *Aschinger*.«

»Mit Gratisschrippen und einer Fassbrause werde ich mich schon über den Tag retten«, war das Erste, was Lou unter Mühen an diesem Morgen krächzen konnte.

»Gib acht auf dich«, verabschiedete Judith sie wenig später an der Wohnungstür. »Berlin ist etwas größer als München.

Ein so hübsches Kind wie du kann hier leicht unter die Räder geraten.«

»Zum Glück habe ich dich, um auf mich aufzupassen«, erwiderte Lou und warf sich den Rucksack über. Schnell hastete sie die Treppen nach unten.

Wenn sie Judith richtig verstanden hatte, musste sie erst mit der Stadtbahn zum Alexanderplatz und von dort zwei Stationen mit der Untergrundbahn fahren. Es graute ihr davor, mit einem schnellen Zug tief unter den Häusern und Straßen unterwegs zu sein. Zumindest den Weg von Judiths Wohnung zur Station am Savignyplatz kannte sie dank ihrer nächtlichen Tour schon. Es tat gut, den dröhnenden Kopf durch die kalte Luft zu tragen. Alles, was sie für ihre Vorstellung bei Fridas Bekannter brauchte, befand sich im Rucksack, den sie lässig über der linken Schulter trug. So konnte sie ihn halb unter den Arm klemmen, um Langfingern zu trotzen, und hatte trotzdem die Hände frei, um sie tief in den Manteltaschen zu vergraben. Zügig schritt sie aus, passte ihr Tempo den neuen Verhältnissen an und erwischte auf Anhieb sogar den richtigen Bahnsteig am Savignyplatz. Nach einigem Gerangel ergatterte sie im Zug einen der begehrten Fensterplätze im Abteil der dritten Klasse.

Ziellos wanderte ihr Blick über die müden Gesichter der anderen Fahrgäste nach draußen. Die Nebelsuppe hatte sich aufgelöst. Das helle Wolkengemisch am Himmel verlieh dem Novembertag fast schon einen fröhlichen Anstrich. Während die hässlichen Rückseiten der riesigen Wohnblocks hinter den Fensterscheiben vorbeirauschten, sich das eine oder andere imposante Gebäude dazwischenschob und gelegentlich die Aussicht auf eine Grünfläche oder gar einen Park mit einem Gewässer frei wurde, ließ Lou die vergangene Nacht Revue passieren. Der Einkehr bei *Aschinger* hatten sie einen Bummel über die Friedrichstraße folgen lassen. Ein ganzes Heer erbarmungswürdiger Stricher hatte die Straße gesäumt, zu allem bereit, solang sie nur mit richtigem Geld bezahlt wurden. Die übertrieben geschminkten Gesichter hatten eine eindeutige Geschlechtszuordnung meist vereitelt. Auch die für den fortgeschrittenen Herbst viel zu offenherzige Kleidung war wenig aufschlussreich gewesen. Einzig, dass die Puppenjungs kaum der Schulbank entflohen waren und ihre schmächtigen Körper als Verdienstquelle nutzten, war auf Anhieb klar gewesen. Zumindest das Durchschnittsalter des Publikums war in den Bars im Bayerischen Viertel, durch das Judith sie anschließend geschleppt hatte, eindeutig höher gewesen. Alle sonstigen Eindrücke von der nächtlichen Tour um den Nollendorfplatz verschwammen zu der Erkenntnis, viel zu viel geraucht und noch mehr getrunken zu haben. Erst im Nachhinein fiel ihr auf, vor allem Frauen und keinen einzigen Mann geküsst zu haben. Judith musste sich köstlich amüsiert haben.

Beim Umsteigen am Alexanderplatz beschloss Lou, in den nächsten Nächten mehr zu schlafen und weniger zu trinken, vor allem noch weniger zu rauchen. Müde blinzelte sie auf die Schilder, die ihr im morgendlichen Trubel den Weg zur Zentrumslinie wiesen. Rücksichtslos stießen die anderen Passanten sie beiseite. Sie klemmte den Rucksack unter den Arm und fand endlich den richtigen Weg.

Als sie nach zwei Stationen am Senefelderplatz an die Oberfläche zurückkehrte, war sie froh, wieder frische Luft zu atmen. Neugierig machte sie sich zu Fuß auf das letzte Stück Weg.

So groß und eindrucksvoll die Häuser in dieser Ecke im Vergleich zu München auch waren, so stark unterschieden sie sich doch von der Pracht rund um den Kurfürstendamm und im Bayerischen Viertel. Ohnehin waren die Straßen enger und gewundener, die Trottoirs schmäler. Sonderlich viele Automobile und Kraftdroschken verirrten sich nicht in die Gegend, dafür gab es gemächlich vorbeizockelnde Pferdefuhrwerke. Gelegentlich transportierte ein Schreiner sein Holz sogar auf einem großen, zweirädrigen Handkarren. Auch Fahrräder mit Lastanhängern kreuzten umher. Das wie auch die eher zerschlissene, abgetragene Kleidung der meisten Passanten erinnerte Lou an die Münchner Isarvorstadt. Schon bei Judiths Hinweis auf die vorwiegend ostjüdische Bevölkerung hatte sie daran denken müssen.

Die Auslagen in den kleinen Geschäften fielen ebenfalls weitaus bescheidener aus als im Westen. Ohnehin handelte es sich um ganz alltägliche Läden wie Bäcker, Metzger, Schuhmacher oder Schneider, dazwischen immer wieder Altwarenhändler und Büchereien. An mancher Tür baumelte ein handgeschriebenes Schild mit dem Hinweis *Vorübergehend geschlossen*. Solange selbst eine Semmel mehr wert war als die Milliarden, die man dafür auf den Tresen blätterte, lohnte es sich kaum, überhaupt noch etwas zu verkaufen.

Das Geschäft von Fridas Bekannter Wilma Hensdorf befand sich in einem mehrgeschossigen Mietshaus vis-à-vis der roten Backsteinkirche am gleichnamigen Zionskirchplatz. Nach all der Tristesse im Viertel erschien es Lou wie eine Oase. Die hölzerne Eingangstür wie auch die Rahmen der Schaufenster waren weiß gestrichen, ebenso sorgten die weißen Regale für eine helle, freundliche Atmosphäre. Was Lou aber besonders gefiel, war die Art, wie die Taschen, Börsen, Mappen und Gürtel präsentiert wurden. Nur wenige Stücke beherrschten die Auslage, auch im Ladeninnern fand sich lediglich eine kleine Auswahl verschiedener Modelle. Vor allem handelte es sich nicht ausschließlich um Lederwaren wie bei Prantl. Das aber schien keinesfalls der Inflation geschuldet. Die freundliche, saubere Atmosphäre wie auch die hervorragende Qualität der Waren ließen eher vermuten, dass hier eine besonders zahlungskräftige, verwöhnte Kundschaft angesprochen wurde. Frida hatte recht gehabt. Das war ganz nach Lous Geschmack. Wenn ihr einer helfen konnte, ihre Idee einer eigenen Kollektion umzusetzen, dann vermutlich Wilma Hensdorf.

Statt einer Ladenglocke kündigte ein melodiöses Windspiel Lous Eintreten an. Im Innern des Ladenlokals herrschte eine angenehme Wärme, die einem himmelblauen Kachelofen in der linken Ecke zu verdanken war. Gleich tauchte aus der Hintertür eine zierliche Frau auf, deren schwarzes, zu einem altmodischen Dutt frisiertes Haar von grauen Strähnen durchzogen war. Die Falten um Augen- und Mundpartie ließen auf ein fortgeschrittenes Alter schließen. Der wache Blick und die aufrechte Haltung passten allerdings weniger dazu, ebenso die elegante, moderne Kleidung. Das musste Wilma Hensdorf sein. Lou schwante, dass sie diejenige war, von der die schönen Kleider in den kleinen Größen aus Fridas Schrank stammten. Bestimmt waren sie für Franzi gedacht. Gerade wollte Lou zu einem »Grüß Gott« ansetzen, da bremste sie sich selbst und sagte schlicht »Guten Tag«.

Wilma bemerkte ihr Stutzen. Ebenso hatte sie schon den Zustand ihres Mantels und der Schuhe registriert. Judith hatte sich wohl getäuscht. Für das Viertel mochte Abgetragenes angemessen sein, für ein Vorsprechen bei Wilma Hensdorf jedoch nicht. Ihr eben noch feines Lächeln gefror zu einer Maske. »Sie müssen die junge Dame sein, deren Ankunft Frida Richter mir angekündigt hat.«

Lou staunte. Fridas Mädchennamen hatte sie noch nie gehört. Es wunderte sie, dass Wilma ihn nach wie vor verwendete.

»Ausgerechnet hier in Berlin wollen Sie jetzt Ihr Glück versuchen?«, kam Wilma gleich auf den Punkt, als Lou sich kurz vorgestellt hatte. »Frida hat mir geschrieben, dass Sie bei ihrem Schwiegervater vor allem Ledersachen ausgebessert haben. Damit wir uns richtig verstehen: Solche Aufträge nehme ich gar nicht erst an.«

Wie zufällig machte sie einen Schritt auf eines der Regale zu, rückte eine dort stehende Perlentasche zurecht. Lou sparte sich einen genaueren Blick darauf. Gleich beim Eintreten war ihr aufgefallen, dass es sich sowohl, was die verwendeten Perlen, als auch, was die Form und Verarbeitung betraf, um ein höchst extravagantes Modell handelte. Wahrscheinlich hatte Wilma es für eine besondere Kundin gefertigt. Der Preis musste astronomisch sein. Bedächtig nahm sie den Rucksack mit der bestickten Lasche von der Schulter und tat, als suchte sie nach einem geeigneten Platz, um ihn abzustellen.

Wie beabsichtigt, lenkte das Wilmas Aufmerksamkeit darauf. Sosehr sie versuchte, sich nicht das geringste Zucken anmerken zu lassen, so hatte Lou doch genau beobachtet, wie sie einen Moment überrascht die linke Augenbraue nach oben zog. Er gefiel ihr. Einen Atemzug später hatte sie sich wieder im Griff.

»Von Ihnen? Nun, eins kann ich Ihnen versichern: Mit bayerischer Tracht werden Sie hier keinen Blumentopf gewinnen. Mit dem bierdümpelnden Gewese aus dem Süden will sich keiner gemein machen. Gerade konnte man ja sehen, zu was das führt.«

»Nicht alles, was aus München kommt, ist dumpf und krachledern. Aber das zu erkennen erfordert natürlich etwas

Weitblick.« Lou hob den Rucksack an den Riemen an, strich die Lasche glatt, wodurch das Muster darauf umso besser zur Geltung kam. Mit Tracht und Volkstümelei hatte es nicht das Geringste gemein, dafür umso mehr mit den klaren Mustern und Farben, wie sie zunehmend die Mode bestimmten und wie Wilma sie offenkundig selbst für ihre Taschen gern verwendete.

»Schade, dass Sie Frida nicht gleich Bescheid gegeben haben. Den Weg hierher hätte ich mir wohl besser gespart.«

»Wer sagt denn, dass Sie umsonst gekommen sind? Anscheinend können Sie mehr, als alte Lederhosen flicken. Sie müssen nur auf den richtigen Geschmack kommen. Sie sehen ja, dass ich ganz besondere Taschen verkaufe. Meine Kundinnen haben sehr spezielle Wünsche. Selbst die Herrschaften vom Hausvogteiplatz wie auch die aus den Hackeschen Höfen machen sich extra auf den Weg zu mir, um bei mir das Außergewöhnliche, passend zu ihren neuen Konfektionen, zu ordern. Vielleicht fällt gelegentlich ein kleiner Auftrag für Sie ab. Haben Sie einige Skizzen oder Muster dabei? Dann kann ich dem einen oder anderen schon etwas zeigen.«

»Ich kann Ihnen einen Pompadour, eine Damengeldbörse sowie einige meiner Skizzen vorlegen, damit Sie einen ersten Eindruck gewinnen.« Lou öffnete den Rucksack und holte die Musterstücke, die sie in der Werkstatt in Ernsts Keller angefertigt hatte, sowie die schwarzeingeschlagenen Notizhefte heraus. Dabei entging ihr nicht, wie ungeduldig Wilma mit den Fingern auf den Tresen trommelte. Kein Zweifel, sie hatte Blut geleckt. Mit einem Lächeln überreichte Lou ihr die angekündigten Sachen.

Zuerst besah sich Wilma betont desinteressiert die Geldbörse und den Pompadour, legte sie schnell beiseite. Ebenso blätterte sie hastig durch die Hefte, tat, als begutachtete sie die Entwürfe darin lediglich oberflächlich. Mehr und mehr aber zogen einzelne Motive für Stickereien und Perlenarbeiten sowie Verschlüsse, Riemen und Tragegriffe ihre Aufmerksamkeit auf sich. Ihr Blättern wurde langsamer, ab und an schlug sie sogar eine Seite zurück, dann wieder eine vor, fuhr mit den Fingern über eine Skizze, verglich sie mit einer zweiten, studierte mit hochgezogenen Augenbrauen die Details einer dritten, überflog die nächsten Zeichnungen wieder etwas schneller, um von neuem an einem Entwurf hängenzubleiben.

So ging es Heft für Heft. Langsam stahl sich ein Lächeln auf ihre strenge Miene. Gelegentlich entfuhr ihr gar ein verzückter Aufschrei. Als sie endlich durch war und das letzte Notizheft zuschlug, lag Genugtuung in ihrer Miene.

»Frida hat recht. Sie besitzen Talent. Natürlich besteht ein großer Unterschied zwischen den ersten Entwürfen und den fertigen Modellen, wie man an Ihren Musterstücken sieht. Um zu beweisen, dass Sie das auch im Griff haben, sollten Sie noch einige weitere Muster ausarbeiten. Ich rate zu der Pochette aus weichem schwarzem Leder, die Sie im ersten Heft mit diesem auffälligen Verschluss aus Strass versehen haben. Außerdem würde ich je eine Petit-Point-Tasche sowie eine dieser Perlentaschen fertigen, auch eine der praktischen, schlichten Lederhandtaschen kann nicht schaden, vielleicht sogar noch etwas in der Art wie Ihr Rucksack, den Sie vermutlich behalten möchten. Der hat Potenzial, glauben Sie mir. Sehen Sie sich außerdem auf den Berliner Straßen um, studieren Sie Zeitschriften, gehen Sie in die Kaufhäuser. An jeder Ecke warten Anregungen, die Sie gebrauchen können. Kommen Sie an Material? Haben Sie das nötige Werkzeug? Besser, ich gebe Ihnen gleich einiges mit.«

Ohne Lous Antwort abzuwarten, verschwand sie durch die Tür nach hinten. Lou beschloss, das als Einladung zu verstehen. Durch einen kurzen Flur, der mit deckenhohen Regalen voller Kisten versehen war, gelangte sie in die Werkstatt, die ähnlich penibel aufgeräumt war wie das Geschäft. Wilma war bereits dabei, aus verschiedenen Schubladen und Kästen Lederstücke, Stramin, Garne sowie Perlen und Strasssteine herauszusuchen. Das eine oder andere Stück drehte sie nachdenklich in der Hand, knetete es durch, besah es von neuem, um letztlich nach einem anderen Teil zu suchen. Als Lou die unermesslichen Schätze auf dem Arbeitstisch sah, gingen ihr die Augen über. Selbstverständlich handelte es sich nur um allerbeste Qualität.

»Das wird fürs Erste reichen«, erklärte Wilma, während sie alles sorgfältig in festes braunes Packpapier einschlug und mit einer Kordel verschnürte. Die Perlen und Strasssteine verstaute sie in einem separaten Leinenbeutel und überreichte Lou beides. »Im Vertrauen darauf, dass Sie daraus das Beste machen, und natürlich in alter Verbundenheit mit Frida Richter.«

»Sie geben mir das mit? Aber ich kann doch nicht einfach …«

»Doch, Sie können! Haben Sie ausreichend Werkzeug?«

»Fürs Erste reicht es wohl.«

»Fein«, erwiderte Wilma. »Geben Sie mir Ihre Berliner Adresse und kommen Sie so schnell wie möglich mit den neuen Mustern wieder.«

Aus einer Schublade des Arbeitstisches kramte sie Papier und Bleistift. Lou zögerte einen Moment. Wilmas Auftreten verwirrte sie. Zuerst hatte sie sich so ablehnend gegeben, nun drängte sie ihr die teuren Materialien geradezu auf. Gewiss hatte Frida sich etwas dabei gedacht, sie zu ihr zu schicken. Also legte sie das Paket beiseite, um Judiths Anschrift aufzuschreiben.

»Am Ku'damm wohnen Sie?« Abermals zog Wilma die Augenbraue hoch. »Vornehm geht die Welt zugrunde, was? Zumindest sind Sie da gleich an Ort und Stelle, um die besten Ideen aufzuschnappen.«

Sie schenkte Lou zum ersten Mal ein verschwörerisches Augenzwinkern. Lou reckte das Kinn und war plötzlich froh über die dezent geschminkten Lippen. Im selben Moment nämlich fielen sie auch Wilma auf. Von neuem überzog ein feines Lächeln ihr Gesicht.

»Danke für die Chance, die Sie mir geben«, verabschiedete sich Lou an der Ladentür.

»Ich hoffe, Sie nutzen sie.«

»Darauf können Sie sich verlassen.«

27

Es war wie ein Fieber, von dem Lou befallen war. Nach Berlin zu gehen war die richtige Entscheidung gewesen. Hier fand sie nicht nur den nötigen Abstand zu der leidigen Geschichte mit Richard und Ernst. Hier bot sich ihr außerdem endlich eine echte Chance, den Traum der eigenen Taschenkreationen zu verwirklichen. In den nächsten Tagen kauerte sie stundenlang in Judiths Atelier auf dem Boden und blätterte durch Modezeitschriften und Zeitungen, dazwischen arbeitete sie, wie von Wilma empfohlen, an den ersten Modellen. Zum Glück hatte sie die wichtigsten Werkzeuge schon mitgebracht. Nähross und Nähmaschine würde sie anschaffen, sobald sie das erste Geld verdient hatte. Unaufgefordert sorgte Judith bei jedem Gang in den Verlag für frischen Nachschub an Illustrierten. Ohnehin schien sie sich mit demselben Virus wie Lou infiziert zu haben. Statt auszugehen, hockte sie sich nach ihrer Arbeit im Verlag abends neben Lou auf den Boden und studierte ebenfalls die Zeichnungen und Fotos, wies sie auf Beobachtungen hin, die sie tagsüber gemacht hatte, erzählte von Gesprächen, die sie mit Kolleginnen aus den Moderedaktionen geführt hatte.

»Wenn du so weitermachst, bist du bald pleite«, warnte Lou. »Du sitzt kaum mehr an deiner Schreibmaschine und arbeitest an deinen Artikeln. Stattdessen beschäftigst du dich ständig mit meinen Entwürfen. Wie willst du so Geld verdienen?«

»Hast du Angst, ich könnte mir dich bald nicht mehr leisten?« Judith hatte sich eine Zigarette angezündet und lehnte sich gegen das Sofa. Anders als in München rauchte sie inzwischen. »Dabei spare ich eine Menge Geld, wenn wir abends nicht mehr ausgehen.«

»Sparen ist derzeit genau das Falsche. Was du heute nicht ausgibst, ist morgen nichts mehr wert.«

»Du hast deine Lektion gut gelernt.«

»Schließlich bin ich schon eine Woche in Berlin.«

»Und hast leider immer noch zu wenig von der Stadt gesehen.«

»Vielleicht nicht das, was dir vorschwebt, doch ich komme ganz gut herum. Heute war ich schon im Kaufhaus Tietz am Alexanderplatz ...«

»Und davor wahrscheinlich bei Wertheim am Leipziger Platz ...«, fiel Judith lächelnd ein.

»Vergiss den Tietz in der Leipziger Straße und das KaDeWe am Wittenbergplatz nicht.« Lou schmunzelte. »Falls es dich beruhigt: Außer in den Luxustempeln habe ich mich eifrig auf den Straßen herumgetrieben und fleißig Taschen angeguckt.«

»Eine eigenartige Methode, die Stadt kennenzulernen.« Judith drückte die Zigarette im Aschenbecher aus und erhob sich. »Ich wüsste noch eine. Kommst du mit?«

»Solange ich noch nicht weiß, ob und wie ich demnächst mein Geld verdiene, verzichte ich besser auf nächtliche Erkundungstouren. Ich kann mir weder das Ausgehen noch den schweren Kopf am nächsten Morgen leisten.«

»Wenn du nicht aufpasst, wirst du bald entsetzlich langweilig. Darüber verpasst du am Ende wirklich die besten Ideen.

Deshalb sollten wir schnell etwas dagegen unternehmen.« Judith nahm die Mäntel vom Haken, warf ihr die Toque zu und schlüpfte in die Schuhe. »Ich habe übrigens auch nicht vor, heute Abend abzustürzen. Die letzte Cognac-Polonaise im *Topp-Keller* steckt mir noch arg in den Knochen. Ich will nur rasch Geld wechseln. Vorhin gab es im Verlag außer der Reihe ein ganz, ganz dickes Bündel Scheine. Nach allem, was man hört, wird demnächst tatsächlich neues Geld eingeführt. Ob man dem trauen kann, wage ich zu bezweifeln. Deshalb trage ich jetzt lieber gleich einen Großteil meines Honorars zu einem der bewährten Dollarhäuschen und hoffe, wenn schon keine echten Dollars, dann doch wenigstens einige Goldmünzen dafür zu kriegen. Von dem Gewinn, den ich bis morgen damit mache, spendiere ich uns Karten fürs Lichtspiel. Noch kriege ich den heutigen Kurs. Leih mir am besten deinen praktischen Rucksack, damit ich die dicken Packen Geld verstauen kann.«

»Gute Idee. Dort kann ich bestimmt auch wunderbare Taschenstudien betreiben.« Lou sprang auf und schnappte sich den Rucksack. Bevor sie ihn Judith für die Geldbündel reichte, stopfte sie noch schnell ein Notizheft und Stifte hinein. »Nur für den Fall der Fälle.«

Arm in Arm liefen sie wenig später durch den kühlen Novemberabend. Erstaunt stellte Lou fest, wie sehr sie sich schon an das wütende Gehupe auf der Straße wie auch an das eilige Tempo auf dem Trottoir gewöhnt hatte. Vor den Eingängen der großen Kinopaläste rund um die Gedächtniskirche priesen riesige Plakate die neuesten Filme und ihre Stars an, vor den Kassen hatten sich lange Schlangen gebildet.

Natürlich waren sie nicht die Einzigen, die vor dem Kinobesuch das wertlose Papiergeld am Dollarhäuschen tauschen wollten. Eine dichte Menschentraube drängte sich bereits davor. Es wurde wild geschubst und gedrängelt. Jemand beschwerte sich lautstark, der Kurs wäre gerade verschlechtert worden. »Betrug!«, »Schiebung!« waren noch die harmlosesten Worte, die Lou aufschnappte. Unerschrocken behauptete sich Judith in dem Gerangel.

»Wenn es wieder richtiges Geld gibt, bin ich die Letzte, die diese Dollarhäuschen vermissen wird«, erklärte sie nach dem geglückten Geldwechsel und zog Lou Richtung Ufa-Palast. Auch dort stauten sich die Wartenden vor den Kassen. »Die Billetts sind schon wieder teurer als gestern«, hörte Lou einen gutgekleideten Herrn schimpfen, während er ungeduldig auf das Wechselgeld wartete. Allein das Aussprechen der Milliarden und Billionen für die Preise brauchte seine Zeit. Endlich waren Judith und Lou an der Reihe.

»Zweimal Loge, aber bitte unbedingt die mittlere«, verlangte Judith zu Lous Verwunderung und bemerkte beim Betreten des festlich ausgeleuchteten Foyers: »Wenn schon Lichtspiel, dann nur auf den besten Plätzen.«

Lou beschloss, die Einladung zu genießen, immerhin besuchten sie eines der elegantesten Filmtheater der Stadt. Frauen in schicken Abendroben und Männer im Smoking ließen keinen Zweifel daran, dass für sie der Kinobesuch nur der Auftakt für eine lange, aufregende Nacht war. Trotzdem fielen Judith und sie in ihren einfachen Tageskleidern nicht auf. Es gab genügend andere Gäste, die ähnlich schlicht angezogen waren. Neugierig musterte Lou sie, verharrte immer wieder bei den Taschen der Frauen. Manche hatten schmale Pochettes unter den Arm geklemmt, bei anderen baumelten glitzernde Kettentaschen am Handgelenk, wieder andere trugen Ledermodelle, die eindeutig aus Vorkriegszeiten stammten, oder führten die unlängst wieder in Mode gekommenen Pompadours aus.

»Darf ich den Damen die Mäntel abnehmen?«

Sie erstarrte, klammerte sich instinktiv ans Revers des wenn auch abgewetzten Mantels, als gälte es, einen Schatz zu verteidigen. Früher oder später hatte es so weit kommen müssen. Wie hatte sie so naiv sein und den Gedanken daran komplett verdrängen können? Jetzt erlebte sie das seit zwei Jahren trotz bester Vorsätze insgeheim doch immer sehnlichst herbeigewünschte Wiedersehen mit Max völlig unvorbereitet. Klopfenden Herzens drehte sie sich um.

Auf den ersten Blick hatte er sich nicht verändert. Den Hut trug er auf seine unverkennbare Art nach wie vor schief in die Stirn gezogen, ebenso typisch klemmte die Zigarette im Mundwinkel. Sein dunkler Abendanzug wie der Ulster verrieten den bescheidenen Wohlstand, zu dem er zwischenzeitlich trotz Inflation gekommen sein musste. Das Engagement im Filmgeschäft schien sich auszuzahlen. Sogleich verdrängte Lou jeden Gedanken an Richard und dessen gescheiterte Filmproduktion. Er durfte ihr das Wiedersehen mit Max nicht verderben.

»Wie schön, dich endlich in Berlin zu haben, Lou.« Max schnippte die Zigarette in den nächsten Aschenbecher. Dann umarmte er sie so selbstverständlich, als hätten sie einander nicht zwei Jahre, sondern höchstens einige Tage lang nicht gesehen.

Sie kämpfte mit sich, ob sie sich freuen und es einfach geschehen lassen oder sich nach der langen Zeit doch ein wenig zieren sollte. Allein schon der Geruch seines Rasierwassers erinnerte sie schmerzlich an frühere Zeiten. Über seine Schulter hinweg sah sie in Judiths Gesicht und begriff, dass das Zusammentreffen kein Zufall war.

»Lange nichts von dir gehört.« Mühsam befreite sie sich.

»Das kann ich auch von dir sagen.« Max hängte sich lässig die Mäntel über den Arm, was ihn für einen Moment davon entband, sie direkt anzusehen. Als er den Blick wieder hob, lag der vertraute, leicht verwegene Ausdruck in seinen graublauen Augen. »Jetzt bist du also endlich auch in Berlin. Damit ist unser Kleeblatt fast wieder komplett. Wir sollten unser Wiedersehen unbedingt feiern, findest du nicht?«

Lou erstarrte. Das Kleeblatt waren Curd, Max und Judith gewesen. Seit Curds Tod war es damit vorbei, und jeder von ihnen war seiner eigenen Wege gegangen.

»Er freut sich wirklich, dass du wieder bei uns bist«, raunte Judith ihr zu, als Max zur Garderobe verschwand.

»Warum hast du nicht einfach gesagt, dass wir ihn heute Abend treffen?«

Judith entging der Antwort durch Max' Rückkehr. Allerdings kam er nicht allein, sondern in Begleitung einer großen, schlanken Frau. Schon an der Art, wie sie sich bewegte, war abzulesen, dass es sich um eine Schauspielerin handeln musste. Es haftete ihr eine Selbstverständlichkeit an, Aufmerksamkeit zu erregen und diese zu genießen. Das erinnerte Lou von neuem an Richard, was sie sowohl amüsierte wie auch erschreckte. Lächelnd umarmte die Fremde die gut einen Kopf kleinere Judith, küsste sie rechts und links auf die Wangen. Zumindest dieser Teil des Kinobesuchs war vorher nicht zwischen Judith und Max abgestimmt worden, wie Lou aus der verdutzten Reaktion der Freundin schloss.

»Welch Überraschung, dich zu treffen, Judith.« Die Stimme der Schönen war ungewöhnlich dunkel, der leicht rauchige Beiklang rührte gewiss von vielen Zigaretten. Das rollende R ließ einen slawischen Hintergrund vermuten und erinnerte Lou an Leo Pasetti, den früheren Bühnenbildner der Münchner Kammerspiele, mit dem Curd zusammengearbeitet hatte.

»Was hast du da für eine schicke Tasche? Die ist ja ganz außergewöhnlich.« Sie nahm Lous Rucksack in die Hände, den Judith immer noch trug, strich mit den langen Fingern über die verzierte Lasche, musterte ihn von allen Seiten.

»Der stammt von Lou«, erklärte Judith und wies auf Lou.

»Freut mich sehr, Sie kennenzulernen.« Sie reichte Lou die Hand. »Ich bin Ilka Konrády.«

Der Druck ihrer schlanken Hand war fest, aber dennoch herzlich. Lou fiel es schwer, Ilka nicht immerfort anzustarren. Sie schien ihr der Inbegriff der Makellosigkeit. Das blonde Haar war exakt kinnlang, um die grünen Augen lag der obligatorische dunkle, leicht verwischte Kajalstrich, die herzförmigen Lippen waren in perfektem Rot geschminkt. Einzig die schmale Nase war leicht schief, was angesichts des tadellosen Sonstigen umso stärker auffiel. Ihr einnehmendes Äußeres wurde durch ein schlichtes dunkelgrünes Taftkleid vervollständigt, das in genau der richtigen Länge um die perfekt geformten Beine schwang. Eine lange, bunte Glasperlenkette verriet ihren leicht exzentrischen Geschmack.

»Ihr seht euch die *Tragödie der Liebe* an?«, erkundigte sich Ilka. »Ein Meisterwerk! Joe May beschreitet damit völlig neue Wege. Am besten sichert ihr euch gleich die Billetts für die nächsten Abende, um alle vier Teile zu sehen. Ihr müsst einfach wissen, wie es mit der betörenden Mia May als Gräfin Manon weitergeht. Wenn ich nur an die dunklen Augen von Wladimir Gaidarow denke, der den geheimnisvollen Rabatin mit wahrer Inbrunst spielt, läuft es mir eiskalt den Rücken hinunter.«

»Hör lieber auf, meine Liebe«, schaltete sich Judith lachend ein. »Du verrätst uns noch zu viel. Dabei wollen wir noch mit Mia May mitfiebern.«

»Und am Ende reichlich Tränen vergießen, obwohl wir genau wissen, wie solche Geschichten funktionieren.« Max grinste.

»Du kannst einem wirklich den ganzen Spaß verderben. Wir wollen uns doch einfach von Herzen amüsieren!« Judith hakte sich bei Ilka unter und warf Max einen triumphierenden Blick zu.

»Ich bin nur neugierig auf den Film«, mischte Lou sich ein. »Im Gegensatz zu euch habe ich keine Ahnung von Dramaturgie.«

»Dann wünsche ich euch viel Vergnügen.« Überraschend verabschiedete sich Ilka.

»Sie kommen nicht mit?« Erstaunt sah Lou sie an.

»Meine Bekannten und ich sehen uns im Saal nebenan *Die Straße* von Karl Grune an. Hat mich sehr gefreut, Sie kennenzulernen. Hoffentlich auf bald.«

Sie reichte ihr die Hand, hauchte Judith und Max je zwei flüchtige Küsse auf die Wangen und verschwand Richtung Garderobe. Lou beobachtete, wie sie sich dort vertraut an einen älteren Herrn mit buschigen Augenbrauen und Monokel hängte. Ein weiteres Paar in auffälliger Abendgarderobe gesellte sich dazu. Judith bemerkte die Gruppe ebenfalls und runzelte die Stirn. Max gab dem Herrn mit dem Monokel ein Zeichen, woraufhin der nickte. Erleichtert atmete Max auf, wie Lou verwundert registrierte.

»Ilka ist wie ein Schmetterling«, stellte Judith fest. »Jeden interessanten Menschen umflattert sie, lässt sich aber bei keinem auf Dauer nieder.«

»Lasst uns in den Saal gehen, sonst versäumen wir den Anfang«, überging Max die Bemerkung und führte sie zu den Plätzen in der Mittelloge, für die er ebenfalls ein Billett gekauft hatte.

»Ist Ilka Schauspielerin?«, erkundigte sich Lou.

»Bislang zwar nur auf der Bühne, doch wie alle in Berlin wartet sie auf den großen Durchbruch beim Film«, erwiderte Judith.

»Was demnächst wahrscheinlich eintreffen wird«, ergänzte Max. »Hat Judith dir noch nichts von den aufregenden Neuigkeiten erzählt?«

»Was gibt es denn so Aufregendes?«

»Demnächst werde ich mit Ilka in der Hauptrolle meinen ersten Film drehen«, erzählte Max.

Im selben Moment erlosch die Saalbeleuchtung. Dennoch entging Lou der Stolz auf seinem Gesicht nicht.

»Großartig!«, versuchte sie Begeisterung zu heucheln. Der Vorhang öffnete sich, die Musik setzte ein.

»Nachher erwarte ich einen ausführlichen Bericht«, wisperte sie den Freunden zu, während die ersten Bilder der *Wochenschau* auf der Leinwand aufblitzten und die Musik einsetzte. »Pst!« Ein Herr aus der Reihe vor ihnen drehte sich um und legte mahnend den Zeigefinger auf die Lippen.

Sosehr Lou sich auf den Film gefreut hatte, so ungeduldig sehnte sie nun dessen Ende herbei. Nach fast anderthalb Stunden wurde sie erlöst. Während Judith sich verstohlen die Augenwinkel wischte, weil Gräfin Manons Schicksal sie derart mitgenommen hatte, platzte Max gleich heraus: »Echt knorke! Ilka hat recht. Ein Meisterwerk! Nach den Detektiv- und Abenteuerfilmen hätte ich Joe May eine solche Tragödie gar nicht zugetraut. Man kann es tatsächlich kaum abwarten, morgen Abend den nächsten Teil anzuschauen.«

»Machst du mit ihm deinen Film?«, wollte Lou wissen.

»Das wäre wirklich eine Wucht.« Max schmunzelte. »Immerhin hat Joe May schon Fritz Lang zum Erfolg verholfen. Doch leider bin ich noch nicht bis zu ihm vorgedrungen.«

»Dafür hast du eine kleine Produktionsfirma gefunden, die dein Projekt mit großer Leidenschaft unterstützt«, schaltete sich Judith ein. Sie hatte die Tränenspuren auf ihren Wangen beseitigt und lotste Max und Lou zielsicher ins Foyer. »Außerdem kennst du inzwischen Gott und die Welt bei den Zeitungen. Die werden sich bestimmt alle wohlwollend mit deinem Film beschäftigen. Du kannst dir also berechtigte Hoffnungen auf einen ersten Erfolg machen.«

»Ihr spannt mich ganz schön auf die Folter.« Lou versuchte die Vorstellung zu verdrängen, wie eng der Film Ilka mit Max verbinden würde.

»Um Weiteres zu bereden, sollten wir noch etwas trinken gehen. Wohin darf ich die Damen ausführen?«

»Eigentlich wollten wir früh ins Bett«, erwiderte Lou. »Andererseits knurrt mir der Magen.«

»Angesichts unserer Kleidung sollten wir es schlicht halten«, ergänzte Judith. »Hol die Mäntel und lass es uns bei *Schwannecke* versuchen. Noch sind wir früh genug dran, um vom lieben Jonny eingelassen zu werden.«

»Eine gute Idee.« Max grinste. »Ich wäre sehr unglücklich gewesen, wenn ihr tatsächlich sofort nach Hause gewollt hättet. Früh schlafen gehen könnt ihr noch, wenn ihr alt seid. Jetzt ist die Zeit dafür zu kostbar.«

Das kurze Stück vom Ufa-Palast zum Restaurant in der Rankestraße legten sie zu Fuß zurück. Lou staunte über die Prozession, die vom Filmtheater dasselbe Ziel ansteuerte. Aus den anderen Kinos schlossen sich weitere Gäste an. Vor dem

Eingang des Lokals mussten alle ohne Ansehen der Person geduldig warten. Ein sanfter Sprühregen hatte eingesetzt, benetzte Gesichter und Mäntel mit Feuchtigkeit. Der von Judith erwähnte Jonny kam seiner Aufgabe am Eingang mit großer Sorgfalt nach und ließ sich von nichts und niemandem aus der Ruhe bringen. Umso verblüffter war Lou, als sie sein rundes Babygesicht erspähte. Er mochte kaum zwanzig sein, begrüßte die Neuankömmlinge allerdings mit einer Souveränität, als ginge er seiner Tätigkeit seit mindestens ebenso vielen Jahren schon nach.

»Jonny ist ein Original«, raunte Max ihr zu. »Hier verkehren vor allem Stammgäste aus der Theater- und Filmszene. Du musst dich hier gelegentlich blicken lassen, wenn du in der Branche Erfolg haben willst.«

Endlich waren sie an der Reihe. Jonny begrüßte Judith und Max überaus herzlich und gab Lou das Gefühl, nicht zum ersten Mal da zu sein. In dem überraschend kleinen Lokal wunderte sie sich über die weißgedeckten Tische und die eleganten Ober, die mit den Tabletts geschickt dazwischen herumlavierten. Von wegen schlicht und einfach. Trotz allem spielte es offenbar jedoch tatsächlich keine Rolle, wie man gekleidet war. Das Einzige, was zählte, war das Interesse für Theater und Film, selbst die Ober gaben fachmännische Kommentare ab. Ansonsten wurde jeder zuvorkommend bedient, ob in Abendgarderobe oder Straßenkleidung.

»Hallo!«, rief eine dunkle, rauchige Stimme.

»Sicherlich wollen Sie bei Fräulein Konrády sitzen«, schaltete sich Jonny ein, bevor Judith oder Max reagieren konnten, und machte eine abrupte Drehung, um sie, statt wie ursprünglich geplant, nach links, nach rechts zu einem Tisch in der hinteren Ecke zu führen.

Ilka Konrády winkte ihnen fröhlich zu. Neben ihr saßen der Herr mit dem Monokel und den buschigen Augenbrauen aus dem Ufa-Palast sowie zwei Unbekannte. Dafür fehlte das Paar aus der Garderobe.

»So schnell sieht man sich wieder.« Von neuem umarmte Ilka Judith herzlich. Max dagegen nickte ihr nur kurz zu und wandte sich gleich den drei Herren zu. Offenbar waren sie der Grund gewesen, warum er zu *Schwannecke* gewollt hatte.

»Die *B.Z.* und der *Börsen-Courier* an einem Tisch mit Ilka Konrády und Oskar Horwitz. Das macht mir wirklich Hoffnung, dass sich euer Projekt auf einem guten Weg befindet«, stellte Judith fest und zwinkerte Max zu. Er grinste und rückte sich einen Stuhl zurecht, um mit den Herren an einem Ende des Tisches die Köpfe zusammenzustecken. Ilka und Judith nahmen Lou am anderen Eck des Tisches in ihre Mitte.

»Horwitz ist der Produzent von Max' Film, Feldkamp schreibt für die *B.Z.* und Weishäupl für den *Börsen-Courier*«, erklärte Judith. »Wenn es gelingt, sie schon jetzt für das Projekt zu begeistern, stehen die Sterne gut.«

»Deshalb haben Oskar und ich die beiden hierhergeschleppt.« Ilka lächelte. »Nur das Ehepaar Hardenberg wollte nicht mit. Aber die kriegen wir auch noch, vor allem ihr Geld. Wartet nur ab.«

»Das glaube ich dir aufs Wort.« Judith nickte, bevor sie sich Lou zuwandte. »Schade nur, dass damit dein Wiedersehen mit Max etwas zu kurz kommt.«

»Es wäre viel schlimmer, wenn er meinetwegen seine große Chance verpasst.« Lou bemühte sich um einen unbekümmerten Ton.

»Bestimmt habt ihr Hunger«, wechselte Ilka das Thema. »Mir ist schon ganz blümerant. Wie wäre es mit Kalbssteak au four?«

Sie wartete Judiths und Lous Zustimmung gar nicht erst ab, sondern gab dem Ober ein Zeichen, um die Bestellung aufzugeben.

»Zur Feier des Tages trinken wir dazu einen süffigen Pfälzer«, entschied Judith. »Oder willst du lieber ein Münchner Bier, um dein Heimweh zu bekämpfen, Lou?«

»Sie stammen aus München?« Interessiert sah Ilka sie an. »Kennen Sie Max von den Kammerspielen her? Sie müssen mir alles erzählen. Ich brenne vor Neugier.«

Vertraulich rückte sie näher zu ihr. Der Ober servierte den Wein. Sobald er eingeschenkt hatte, hob Ilka das Glas. »Eigentlich sollten wir gleich zum Du übergehen.«

Die Art, wie sie sie damit überrumpelte und küsste, erinnerte Lou an Frida. Bevor der Gedanke sie sentimental werden ließ, begann sie lieber zu reden und fasste für Ilka in wenigen Sätzen ihre bisherige Geschichte zusammen. Als sie Curds tragischen Tod erwähnte, legte Ilka ihr tröstend die Hand auf den Arm. Zum Glück wurde in diesem Moment serviert. Froh über die Unterbrechung, widmete Lou sich dem Essen.

»Wirst du hier in Berlin auch als Täschnerin arbeiten?«, griff Ilka den Faden von Lous Erzählung wieder auf, sobald sie aufgegessen und das Besteck beiseitegelegt hatte. In einer beiläufigen Bewegung nahm sie die gestärkte Serviette und tupfte sich die Mundwinkel ab. »Dieser Rucksack ist wirklich großartig. Du musst mir auch so einen nähen. Ich sehe schon die neidischen Blicke, wenn ich damit in den Studios auftauche. Der wird Furore machen.«

»Tut mir leid, aber den gibt es nur ein einziges Mal«, winkte Lou ab. Judith nutzte die Gelegenheit, sich mit einem entschuldigenden Lächeln den Herren am anderen Tischende zuzuwenden. Die hatten ebenfalls ihr Essen beendet und vertieften sich wieder in ein anregendes Gespräch.

»Ich habe allerdings noch viele andere Entwürfe, die ich dir gern einmal zeige«, schlug Lou Ilka vor. »Bestimmt findest du etwas anderes darunter, was dir gefällt. Oder du sagst mir, was dir vorschwebt, und ich entwerfe dir etwas ganz Neues.«

»Eine tolle Idee!« Gleich war Ilka Feuer und Flamme. »Du solltest dich wirklich auf Sonderanfertigungen nach dem Geschmack deiner Kundschaft spezialisieren. Ich kenne Kolleginnen, die viel Wert auf solche persönlichen Accessoires legen. Gerade wir Schauspielerinnen müssen uns von der Masse abheben. Bestimmt kann ich da einiges arrangieren, um dich ins Gespräch zu bringen.«

»Aber du kennst meine Entwürfe doch noch gar nicht.«

»Das lässt sich ändern. Wir sollten uns bald treffen, damit du sie mir zeigen kannst. Ich bin sicher, wir werden gut zusammenarbeiten.«

Ilka hob das Glas. Einige Sekunden zögerte Lou, dann stieß sie mit ihr an. Auch vom anderen Ende des Tisches erklang munteres Gläserklirren. Die Herren schienen etwas zu feiern, wie die strahlenden Gesichter von Max und seinem Produzenten Oskar Horwitz verrieten.

»Feiert ihr etwa schon den Erfolg des Films?«, wollte Ilka wissen. »Allzu große Vorfreude bringt Unglück.«

»Erst einmal stoßen wir darauf an, dass sowohl der *Börsen-Courier* wie auch die *B.Z.* in Kürze ein Porträt von Ilka Konrády bringen, dem neuen Stern am Firmament der Berliner Filmwelt«, erklärte Max und lachte ihr quer über den Tisch zu. »Ich hoffe, dass du darüber nie vergisst, wer dir die erste Filmrolle angeboten hat.«

»Wie sollte ich?«, erwiderte sie mit ihrer dunklen, geheimnisvollen Stimme und schenkte ihm ein Lächeln, das Lou für einen Moment den Atem nahm.

Beim Stichwort Stern musste sie von neuem an Richard denken. Noch einmal schaute sie zu Ilka. Wie hatte sie das erst jetzt bemerken können? Kein Zweifel: Ilka war aus demselben Holz geschnitzt wie er. Auch sie verstand es, die Menschen für sich einzunehmen und für ihre Ziele einzuspannen.

So schnell Lou Richard vergessen wollte, so sehr freute sie sich auf einmal, Ilka demnächst allein zu treffen. Trotz aller Enttäuschung hatte sie etwas Wichtiges von ihm gelernt, was sie an Ilka ausprobieren wollte. Eine erste Idee, mit welcher Tasche Ilka beim Interview mit den Zeitungsleuten erscheinen konnte, hatte sie nämlich schon. Damit würde sie Aufsehen erregen, was wiederum Lou half. Das tagelange Studium der Illustrierten zahlte sich schneller aus, als sie es sich in ihren kühnsten Träumen erhofft hatte.

28

Bereits durch die geschlossene Wohnungstür war das gleichmäßige Rattern von Lous Sattlernähmaschine zu hören. Für Judiths Ohren war es inzwischen die reinste Musik. Lauschend lehnte sie sich gegen das Türblatt und schmunzelte. Wie oft hatte sie in den letzten Wochen im Rhythmus der Nähmaschine ihre Texte auf der Schreibmaschine getippt? Dabei hatte sie zunächst gedacht, bei diesem Krach keine einzige Zeile aufs Papier zu bringen. Nun fürchtete sie den Moment, in dem sie wieder ohne Begleitmusik würde arbeiten müssen. Es war schön, nach einem anstrengenden Tag in eine belebte Wohnung heimzukehren. Sie schloss auf, stapfte noch auf der Matte den Februarschnee von den Stiefeln und betrat voller Vorfreude den engen Flur. An diesem Abend hatte sie eine Überraschung für Lou parat.

Ein knapper Blick ins Atelier genügte. Wie üblich saß Lou, ganz in ihre Arbeit versunken, an der Nähmaschine, die seit Wochen in der Mitte vor dem Atelierfenster stand, und bemerkte ihr Eintreffen gar nicht. Während Judith Mantel, Schal und Hut an die Garderobe hängte, atmete sie den Geruch nach gegerbtem Leder ein, der im letzten November mit Lou in die Wohnung eingezogen war. Auf Strümpfen schlich sie ins Atelier.

Gemütlich bollerte der Ofen in der Ecke, jede verfügbare Lampe war eingeschaltet und tauchte den hohen Raum in ein gleißendes Licht. Judiths Blick wanderte über die zahlreichen Kisten, die kreuz und quer im einstmals so leeren Atelier herumstanden. Leder- und Stoffstücke sowie bestickter Stramin verschiedenster Größen und Formen quollen heraus, auch einige fertige und halbfertige Taschen aus den verschiedensten Materialien fanden sich zerstreut auf dem ganzen Boden. Dazwischen lagen immer wieder Blätter mit Skizzen und Notizen sowie ein Nähkolben, Schachteln mit Perlen und Strasssteinen und unzählige Rollen Garn in allen denkbaren Farben. Ein wahres Tohuwabohu. Mittendrin ragte ein Nähross auf. Seit Lou für Wilma Hensdorf sowie zwei, drei weitere Täschner und außerdem für mindestens ein halbes Dutzend Schauspielerinnen aus Ilkas Freundeskreis Taschen fertigte, nahmen ihre Utensilien im Atelier überhand. Jeden Tag drängten sie Judiths Bücher- und Zeitschriftenstapel weiter zurück. Lediglich das mannsgroße Kaffeehausgemälde ihrer Künstlernachbarin, das auch Lou so gern mochte, behauptete sich an seinem angestammten Platz. Die gelangweilten Damen und die lüsternen Herren an dem verzerrten Tisch hielten Wache über Lous Treiben, wenn Judith unterwegs war. Gerade die vielen Stunden, die sie in letzter Zeit allein mit Ilka im Atelier verbrachte, behagten Judith wenig, auch wenn beide immer wieder betonten, es drehe sich einzig und allein um das neueste Taschenmodell, mit dem Ilka als aufstrebende Filmschauspielerin für Furore sorgen würde. Judith traute Ilka nicht über den Weg und fürchtete insgeheim, sie könnte Lou auf falsche Gedanken bringen, die sie von ihrem Ziel ablenkten. Nach wie vor kämpfte Judith mit dem schlechten Gewissen, Lou entgegen ihrem Versprechen an den sterbenden Curd in München alleingelassen und nicht verhindert zu haben, dass die Freundin so unbedarft in die unsägliche Geschichte mit Richard und Ernst hineingeschlittert war. Auch wenn sie letztlich eher Nutzen denn Schaden davon gehabt hatte, wollte Judith ihr ähnliche Erlebnisse in Zukunft ersparen.

»Immer noch so fleißig, meine Liebe?«, rief sie betont fröhlich, als das Rattern der Nähmaschine eine Pause einlegte. Überrascht fuhr Lou herum.

»Für heute solltest du es gut sein lassen. Ich habe eine Überraschung.«

»Das ist lieb, aber ich muss unbedingt noch diese Mappe für einen von Wilmas Kunden …«

»Keine Sorge. Wilma wird einverstanden sein, wenn du sie erst morgen fertig hast.«

»Woher willst du das wissen? Du kennst sie doch gar nicht.«

»Noch nicht, aber das wird sich gleich ändern.«

Triumphierend kostete Judith Lous weit aufgerissene Augen aus. Auf diesen Moment freute sie sich seit gut zwei Stunden. »Wilma, du und ich werden den Abend miteinander verbringen.«

»Was?«

»Schau nicht so entsetzt. Das ist doch eine gute Idee. Immerhin ist Sonnabend, und der Berliner liebt es, am Sonnabend etwas Besonderes zu unternehmen. Wir drei fahren heute Abend zum Sportpalast und gehen zum Sechstagerennen. Hier sind unsere Billetts.«

Sie kramte drei Karten aus ihrer schwarzen Handtasche, natürlich ebenfalls eine Sonderanfertigung von Lou, und wedelte sie durch die Luft.

»Du ahnst nicht, wie hart ich um sie kämpfen musste«, fuhr sie fort, als Lou einfach nicht begreifen wollte, welcher Coup ihr da gelungen war. »Für den echten Berliner ist das Sechstagerennen Fasching, Karneval, Oktoberfest und Heuriger in einem, besonders am Sonnabend. Mit Engelszungen habe ich auf den Redakteur des Sportressorts eingeredet, sie mir zu überlassen. Mein besonderer Wiener Charme, oder sollte ich besser sagen, weiblicher Charme«, kokett raffte sie den Rock und stellte ein Bein aufreizend vor das andere, »hat ihn letztlich überzeugt, sie mir zu schenken.«

»Wie kommst du dazu, Wilma einzuladen?« Lou klang noch immer nicht begeistert.

»Warum nicht?« Judith ging zum Sofa, schob einige Musterhefte beiseite und ließ sich mit einem Seufzer der Erleichterung in der freien Ecke nieder, bettete die Füße auf einen Stapel Bücher. Natürlich würde sie den Teufel tun und Lou gegenüber zugeben, dass sie es in Berlin besser als in München machen und das Umfeld der Freundin frühzeitig sondieren wollte. »Es wurmt mich einfach, dass du seit Monaten immer mehr für sie arbeitest, sogar wochenlang mit ihr durch die Grenadier- und Weinmeisterstraße gezogen bist, um bei den Altwarenhändlern dein restliches Werkzeug aufzutreiben, und du sie mir trotzdem bis zum heutigen Tag nicht vorgestellt hast. Man könnte glatt meinen, du wolltest partout nicht, dass wir uns kennenlernen. Am Ende wirst du noch ganz in ihre Ecke im Osten der Stadt ziehen, und dann ist die allerletzte Chance für mich vertan. Deshalb habe ich eben in der Redaktion zum Telefon gegriffen und mich mit ihr verbinden lassen. Wie jede ordentliche Geschäftsfrau besitzt sie einen Anschluss. Als echte Berlinerin war sie übrigens hocherfreut, auf diese Weise zu einem der begehrten Billetts für das Sechstagerennen zu kommen. Zieh dich rasch um, und dann fahren wir los. Wir sollten sie nicht warten lassen.«

Der Hinweis auf Wilmas Begeisterung wirkte Wunder, was einen neuerlichen Anflug von Eifersucht in Judith aufkeimen ließ. Beunruhigt beobachtete sie, wie Lou im Handumdrehen ihre Sachen aufräumte.

»Was zieht die echte Berlinerin denn am Sonnabend zum Rennen im Sportpalast an?«, erkundigte sie sich und lief an Judith vorbei ins Vorderzimmer, wo sie sich mittlerweile den Schrank und die Kommode schwesterlich teilten. Judiths Missstimmung verflog, sobald sie an Lous Seite ein Kleid nach dem anderen durchprobierte.

»Schick muss es sein, aber auch sportlich, schlicht und doch elegant, eben genau so, dass man sich auf den ersten Blick in uns verliebt«, fasste sie zusammen, wonach sie suchten, während sie sich schließlich ein violettes Kleid mit tief angesetzter Taille und keck auf der Hüfte zu bindender Schleife überstreifte. Für Lou fanden sie ein ähnliches Kleid in Dunkelblau.

»Dazu noch eine lange, funkelnde Kette, und du eroberst die Herzen des gesamten Heubodens.« Gleich hatte Judith noch den passenden Schmuck für Lou parat. Wenig später drängten sie sich Wange an Wange vor dem winzigen Spiegel über dem Waschbecken, um mit Hilfe von Kajal, Puder und Lippenstift aus den bleichen Wintergesichtern verrufene Nachteulenmienen zu zaubern. Vergnügt summte Judith auf der Treppe nach unten den *Sportpalastwalzer* vor sich hin. Selbst das einsetzende Schneegestöber konnte ihr die gute Laune nicht verderben. Mutig sprang sie auf die Fahrbahn des Kurfürstendamms, um einer Kraftdroschke zu winken.

Als sie vor dem Eingang des imposanten Sportpalasts in der Potsdamer Straße eintrafen, herrschte dichtes Gedränge. In drei Schichten zu acht Stunden wurden die Billetts ausgegeben, sämtliche Vorstellungen waren ausverkauft. Laute Musik, wildes Anfeuern waren zu hören, und eine gewaltige Dunstwolke aus Alkohol, Schweiß, Bockwürsten, Zigarren und Parfum wehte mit einer unglaublichen Hitze von den Eingangstüren nach draußen. Lou hielt nach Wilma Ausschau, reckte den Hals, stellte sich auf die Zehenspitzen.

»Da ist sie!«, rief sie und tauchte in der Menge unter.

»Warte!«, rief Judith, doch schon war die Freundin wie vom Erdboden verschluckt. Sie hatte Mühe, Lous Spur inmitten der Herren mit breiten Rücken und breitkrempigen Hüten zu verfolgen, die von Damen mit Pelzmänteln und ebenfalls hutbedeckten Köpfen begleitet wurden. Endlich hatte sie sich bis zum äußersten Rand der Menge durchgeboxt. Außer Atem blieb sie stehen und entdeckte Lou beim äußersten linken Eingang neben einer zierlichen Frau unbestimmten Alters. Außer dem dunklen Mantel mit einem auffallenden Fuchskragen, der das Gesicht bis zur Nasenspitze umhüllte, und einem tief in die Stirn gezogenen Hut war wenig von der Fremden zu erkennen. Judith zwängte sich durch das Gedränge zu den beiden hinüber.

»Wie schön, Sie endlich persönlich kennenzulernen.« Sie reichte Wilma die Hand und versuchte vergeblich, ein wenig mehr von ihrem Gesicht zu erspähen.

Wilmas Händedruck war überraschend fest und wenig damenhaft. Vielleicht lag es an der täglichen Arbeit mit hartem Leder. Sobald Wilma die Handschuhe ausgezogen hatte, warf Judith einen flüchtigen Blick auf ihre Hände. Zu ihrem Erstaunen war ihnen nicht im Geringsten anzusehen, welch anstrengende Arbeit sie verrichteten. Stattdessen waren sie aufs sorgfältigste manikürt, wie man es bei einer Dame erwartete.

Wilma schien Judiths Gedanken zu erraten und spitzte amüsiert die rotgeschminkten Lippen. Dabei traten die feinen

Falten um die Mundwinkel hervor. Auch um die mandelförmigen Augen wurde Judith auffallend vieler Fältchen gewahr. Wilma musste um einige Jahre älter sein, als sie im ersten Moment wirkte.

»Es freut mich, dank Ihrer Einladung wieder einmal zum Sechstagerennen zu kommen.« Wilma nahm den Hut ab. In ihrem dunklen, zu einem Dutt geknoteten Haar blitzten silberne Strähnen auf, die Judith überraschend sympathisch fand. »Seit dem Krieg war ich kein einziges Mal mehr hier.«

»Dann haben Sie Krücke noch gar nicht den berühmten *Sportpalastwalzer* pfeifen hören?« Judith sonnte sich in dem zarten Lächeln, das sich in Wilmas Augen spiegelte.

»Wer ist denn Krücke?«, wollte Lou wissen, nachdem sie durch das Nadelöhr am Eingang durchgeschlüpft waren und sich in der Vorhalle der riesigen Haupthalle wiederfanden. Der Lärm steigerte sich ins Unerträgliche.

»Krücke ist ein Berliner Original.« Um sich verständlich zu machen, beugte Judith sich nah zu ihrem Ohr und schrie regelrecht hinein. Trotzdem achtete sie darauf, dass auch Wilma sie hörte. »Er ist bei jedem Rennen von der ersten bis zur letzten Minute dabei und heizt die Stimmung von der Galerie aus an. Eigentlich wollte er selbst einmal Sportler werden. In jungen Jahren geriet er allerdings unter die Elektrische. Seitdem hat er ein Holzbein, was ihm seinen Spitznamen eingebracht hat. Wenn er pfeift und die Fahrer anfeuert, tobt der ganze Sportpalast.«

Bei der Erwähnung von Krückes Missgeschick huschte ein Schatten über Lous Gesicht. Judith stockte. Über dem Versuch, Wilma zu gefallen, hatte sie Lous Wohl völlig vergessen. Natürlich erinnerte sie die Geschichte an ihren Bruder. Um das wettzumachen, fügte Judith hinzu: »Krücke ist das perfekte Beispiel, dass das Leben auch einbeinig Spaß macht. Am besten schreibst du Karl davon. Das wird ihm gefallen.«

»Da hast du recht.«

»Schlag ihm vor, er soll uns mal besuchen, um Krücke zu erleben.«

»Eine gute Idee, wenn du uns wieder die Karten besorgst.« Lou zwinkerte ihr zu.

»Wo wollen wir denn hin?« Wilma tat, als hätte sie nicht das Geringste von ihrer Unterhaltung mitbekommen, ein Resultat ihrer vornehmen Kinderstube, vermutete Judith.

»Lasst uns zuerst einen Rundgang unternehmen«, schlug sie vor und zeigte auf die schmale Brücke, die über die Rennbahn ins Parkett führte. »Einmal sollte man mit eigenen Augen sehen, wie geschickt die Miezen ihren Liebsten die Thermoskannen mit heißem Kaffee, saure Gurken und Butterstullen aufs Rad hinüberreichen, während die an ihnen vorbeiflitzen.«

»Sie haben recht.« Wilma nickte lächelnd. »Das ist ein Kunststück für sich. Kein Wunder, dass die Masse auf den Stehplätzen vor Begeisterung tobt.«

»Anschließend schlendern wir durch den ersten Rang. Den pompösen Einzug der ›Haute Folante‹, wie der Berliner so schön sagt, dürfen wir uns keinesfalls entgehen lassen. Danach spendier ich uns Bockwurst mit Brot und ein ordentliches Bier. Vom Heuboden aus können wir uns dann zusammen mit Krücke, Schüttelfranz, dem Kurvenbaron und den tausend anderen das Rennen ansehen.«

»Sie hören sich wie eine echte Berlinerin an«, stellte Wilma fest und schenkte Judith einen merkwürdigen Blick, der zwischen hellem Erstaunen und aufrichtiger Bewunderung schwankte. »Dabei dachte ich, Sie stammten aus Wien?«

»Richtig.« Verlegen sortierte Judith ihre Handschuhe, bevor sie Wilma direkt in die Augen sah. »Seit anderthalb Jahren lebe ich schon hier und schreibe Kolumnen für Berliner Zeitungen. Deshalb muss ich wissen, was in der Stadt passiert.«

»Davon hat mir Lou gar nichts erzählt.«

Obwohl sie einander die ganze Zeit mehr ins Ohr geschrien als in normaler Lautstärke geredet hatten, krächzte Wilmas Stimme nicht im Geringsten. Sie rückte näher zu ihr, suchte interessiert ihren Blick, was Judith sehr gefiel. So gern sie allerdings die Gelegenheit genutzt und ihr mehr von sich und ihrer Arbeit erzählte hätte, brachte sie plötzlich keinen Ton mehr heraus. Die dicke Luft und das angestrengte Reden hatten ihr den Hals ausgetrocknet. Wilma drückte ihr verständnisvoll den Arm. Die vertrauliche Berührung versetzte Judith einen angenehmen Stromschlag. Über Wilmas Gesicht huschte ein Lächeln.

Ehe Judith verzückt darin eintauchen konnte, drängte Lou zu dem versprochenen Rundgang.

»Was ist denn nun mit den akrobatisch begabten Frauen der Radler? Lasst uns endlich ins Parkett gehen.«

Sie waren nicht die Einzigen, die sich unter die Menge der Freundinnen und Betreuer mischen wollten. Zu sehen gab es außer den breiten Rücken und Hüten der vor ihnen Stehenden jedoch kaum etwas. Bis zu den vorderen Reihen oder gar direkt an die Bande vorzudringen erwies sich als aussichtslos. Enttäuscht kämpften sie sich über die Brücke zurück in den ersten Rang, öffneten die Mäntel, fächelten sich Luft zu. Selbst auf den teuren Plätzen war inzwischen jede Ecke besetzt. In den schmalen Gängen zwischen den festlich eingedeckten Tischen gab es kaum ein Durchkommen. Die Mitglieder der besseren Gesellschaft, leicht erkennbar an den maßgeschneiderten Smokings und den auserlesenen Pelzstolen, unter denen dicke Brillanten mit dem Strahlen der Damen um die Wette funkelten, waren sich nicht zu schade, stehend und grölend ihre Begeisterung kundzutun. Dazwischen gaben sich attraktive Fräuleins mit falschen Pelzen und billigem Modeschmuck den Anschein, als gehörten sie dazu, um die eine oder andere lohnende Herrenbekanntschaft an Land zu ziehen. Mit nachsichtigem Lächeln nahmen die echten Damen das zur Kenntnis, während ihre vornehmen Begleiter wie die Gäste auf den Stehplätzen im Heuboden auf Krückes Kommando hin den legendären *Sportpalastwalzer* pfiffen.

»Ich brauche dringend was zu trinken«, krächzte Judith, als die Treppe zur Galerie in Sicht kam. »Geht ihr schon einmal rauf und sichert uns gute Plätze. Ich besorge uns Bier.«

»Eine hervorragende Idee«, stimmte Wilma zu und hakte Lou unter, um sie nach oben zu führen. Seltsam berührt von dem Anblick der beiden, sah Judith ihnen nach, bevor sie sich zur Bar umwandte. Auch dort herrschte Hochbetrieb.

»Langsam, langsam, junget Frollein!«, protestierte ein dicker Mann mit Brille und grauem Spitzbart, als sie sich ins Gewühl stürzte. Die Krawatte war ihm längst verrutscht, der dunkle Abendanzug hatte den letzten Glanz verloren, und sein rotes Schweinsgesicht glänzte schweißnass. Schon umklammerte er Judiths Arm und wollte sie wegziehen, da erhielt sie Beistand von der anderen Seite. »Lassen Sie die Dame los!« Das klang so bestimmt, dass der Dicke sofort von ihr abließ, um ihr den Vortritt zu gewähren.

»Sehr nett von Ihnen«, erwiderte sie mit heiserer Stimme über die erneut einsetzende Musik hinweg.

Dankbar sah sie ihren Retter an. Er hatte etwas von einem Filmstar. Das gewinnende Lächeln unter dem schmalen schwarzen Oberlippenbart sowie das Funkeln in den dunklen Augen schienen ihr einen Moment zu einstudiert, um echt zu sein. Fieberhaft begann es in ihrem Kopf zu arbeiten, um wen es sich handeln könnte. Ihr fiel jedoch kein Name ein.

»Darf ich für Sie bestellen?«, schlug er vor. Sie nickte, brachte von neuem nur ein heiseres Krächzen hervor und gestikulierte mit den Fingern, um ihm drei Bier zu signalisieren. Als sie ihm das Geld reichen wollte, winkte er ab. »Es ist mir eine Ehre, Sie und Ihre Begleiter einzuladen, das heißt, wahrscheinlich sind es zwei weitere ebenso charmante Damen wie Sie. Ein echter Gentleman würde Ihnen wohl kaum zumuten, sich an die Bar zu begeben.«

Ihre Wangen röteten sich. Diesem Herrn gelang binnen kürzester Zeit, was selten einem männlichen Wesen glückte: sie in Verlegenheit zu bringen. Das weckte erst recht ihre Lust, herauszufinden, wer er war. Unauffällig betrachtete sie ihn, wie er am Tresen beim Barmann für sich selbst einen Krug Bier bestellte. Ehe sie protestieren konnte, nahm er alle vier Krüge in die Hand und ebnete ihr galant den Weg durch die Menge. Erst kurz vor der Treppe blieb er stehen. Gerade wollte sie ihm das Bier abnehmen und sich von neuem bedanken, da schallte Wilmas Stimme von einigen Stufen weiter oben laut und klar zu ihnen herunter. »Da sind Sie ja, Judith! Wir wollten schon eine Vermisstenmeldung aufgeben.«

»Wie schön, auf diese Weise Ihren Namen zu erfahren, Judith.« Der Fremde schmunzelte. Zum ersten Mal wurde sie seines leichten Akzents gewahr, und auf einmal war ihr klar, dass er nur Franzose sein konnte. Das schwarze, nach hinten pomadisierte Haar wie auch sein eleganter Abendanzug bestätigten die Vermutung.

»Ich wünsche Ihnen und Ihrer Begleitung noch viel Spaß. Erheben Sie bitte einmal mit den anderen Damen den Krug auf mein Wohl. Es wäre mir eine große Ehre.«

»Merci, monsieur. C'est très gentil de vous.«

»De rien, madame. Au revoir.«

Er verneigte sich und verschwand viel zu schnell im Gedränge. Sein dunkler Haarschopf und die Art, sich zu bewegen, hoben ihn aus der Menge heraus. Er hielt auf einen der Tische in der vordersten Reihe an der Brüstung zu. Ein junger, blonder Herr mit einer Augenklappe hatte sich dort halb vom Stuhl erhoben und winkte ihm zu. Neben ihm saßen zwei attraktive Frauen sowie eine weißhaarige Dame in altmodischer, aber dennoch nicht minder eleganter Kleidung.

»Kennen Sie die Herrschaften?«, schrie Wilma ihr ins Ohr. Judith schreckte auf. Offenbar hatte sie viel zu auffällig auf die Gruppe gestarrt. Verneinend schüttelte sie den Kopf und brüllte zurück: »Aber Sie?«

»Natürlich! Der schwarzhaarige Kavalier, der Ihnen die Bierkrüge getragen hat, ist der Fotograf Robert Beck.« Sie sprach den Vornamen französisch aus. »Haben Sie noch nie von ihm gehört? Unlängst gab es am Zoo eine Ausstellung mit seinen neuesten Aufnahmen aus Ägypten.«

Bedauernd schüttelte Judith den Kopf. Fotografie war bislang nicht ihr Thema. Das sollte sie ändern. Wilma schien etwas davon zu verstehen.

»Die große, schöne Dame neben ihm ist die Schriftstellerin Selma Rosenbaum«, fügte Wilma hinzu.

»Selma Rosenbaum?« Langsam erwachte Judith wieder zum Leben. »Eine Schande, dass ich sie nicht gleich erkannt habe. Ich liebe ihre Romane. Sie hat eine unverwechselbare Art, die Dinge, die uns Frauen beschäftigen, auf den Punkt zu bringen.«

»Da haben wir wohl etwas gemeinsam.« Wilma zwinkerte ihr zu. »Die beiden anderen am Tisch sind Selmas Bruder Grischa und seine Gattin Constanze. Er war im Krieg Kampfflieger und hat kurz vor Kriegsende ein Auge verloren. Trotz aller Tragik war das wohl sein großes Glück. Letztlich hat er dadurch zu seiner wahren Berufung gefunden. Seine Frau ist Ingenieurin wie er, und gemeinsam führen sie eines der erfolgreichsten Maschinenbauunternehmen der Stadt. Wahrscheinlich schreiben Sie auf einer Schreibmaschine der Marke *Weißkirchner*.«

Für einen Moment brachte Judith Wilmas Lächeln aus dem Konzept. Endlich wollte sie das mit der Schreibmaschine bejahen, schätzte sie die praktische Reiseschreibmaschine mit dem schlichten Namen *Meta* doch seit Jahren, da fuhr Wilma fort: »Die alte Dame wird Ihnen auch bekannt sein. Meta Kayserberg hat ebenso wie Sie jahrzehntelang Zeitungskolumnen verfasst.«

»Das ist Meta Kayserberg?« Noch einmal reckte Judith den Kopf, um einen Blick auf den Tisch zu erhaschen. Seit frühester Jugend verschlang sie die Schriften dieser aufrechten Vorkämpferin für die Emanzipation der Frau. Ihr kompromissloser Einsatz für Pazifismus und Völkerverständigung inmitten der Kriegswirren war ihr ebenso zum Leitbild geworden wie Metas kluge Haltung nach 1918, als sie sich zugunsten der jüngeren Generation aus dem aktiven Kampf um Gleichberechtigung zurückgezogen hatte. Am liebsten hätte sie die Gelegenheit genutzt und wäre zu ihr gestürzt, um sie ihrer Bewunderung zu versichern. Wilma hielt sie indes am Arm fest.

»Heute ist es ungünstig, mit den Herrschaften zu sprechen. Bei dem Lärm werden Sie sie anbrüllen müssen, was weder Ihrer Stimme noch Ihrem Auftreten guttun wird. Ich kann Sie bei besserer Gelegenheit mit den Damen bekannt machen. Selma Rosenbaum trägt nur Taschen von mir und demnächst vielleicht auch eine von Lou.«

»Danke« war alles, was Judith herausbrachte. In ihrem Hirn begann es fieberhaft zu arbeiten. Darüber bekam sie gar nicht mit, dass Wilma sie noch etwas fragte. Erst als sie sie am Arm zupfte und ihr die Frage ein zweites Mal ins Ohr schrie, begriff sie. Wilma schlug vor, mit dem Bier zu Lou zurückzukehren. Das Bier war schal, der Schaum zusammengesunken. Lou fragte sich sicherlich schon, wo sie blieben.

Judith warf einen letzten Blick zu dem Tisch, an dem Robert Beck ein angeregtes Gespräch mit den Rosenbaums und Meta Kayserberg führte. Dann sah sie zu Wilma. Ihre Blicke trafen sich. Auf einmal wusste Judith, dass sie sie nicht allein des Kontakts zu den Rosenbaums wegen so bald als möglich besuchen würde. Wie es schien, teilten sie weitaus mehr als nur die Freundschaft und Fürsorge für Lou, trotz des gewiss nicht unbeträchtlichen Altersunterschieds.

29

Die Holzdielen vibrierten unter ihren stampfenden Füßen. Wie von Sinnen tanzten Lou, Judith und Max in dem halbleeren Zimmer einen Shimmy, grölten den Refrain *»Ausgerechnet Bananen / Bananen verlangt sie von mir …«* lauthals mit. War der Song zu Ende, stürzte Max zum roten Koffergrammophon auf der Kommode, kurbelte es abermals an, und die Platte begann von vorn. Nach der sechsten oder siebten Wiederholung hörte Lou auf zu zählen. Längst kannte sie jede einzelne Textzeile, jede Note des Schlagers, der seit Monaten aus sämtlichen Lautsprechern zwischen Kurfürstendamm und Alexanderplatz schallte, allen Fuhrmännern und Ladenmädchen von früh bis spät auf den Lippen lag. Ganz Berlin war süchtig nach diesem Lied, insbesondere seit Claire Waldoff es mit ihrer unverwechselbaren Stimme von jedem Plattenteller quäkte.

Als Judith mit einem »Genug, Kinder, genug!« aufs Sofa sank, hielt Lou ebenfalls inne, stemmte die Hände in die Seiten und pustete eine Haarsträhne aus der verschwitzten Stirn. So viel Spaß hatten sie drei schon lange nicht mehr miteinander gehabt.

Max tanzte allein weiter. Lou konnte ihn kaum aus den Augen lassen. Auch wenn das Lied erst seit einigen Monaten in aller Munde war, schienen ihr die letzten Jahre plötzlich ausgelöscht, und sie fühlte sich zurückversetzt in die ersten

Nachkriegsmonate in München. Abend für Abend hatten Judith, Max und sie damals mit Curd durch die Mansarde in der Kaulbachstraße getanzt. Curd wäre Feuer und Flamme für den Bananensong gewesen. Viel fehlte nicht, und sie sähe ihn auf einmal leibhaftig auf sich zukommen und sie zur nächsten Runde auffordern. Allerdings war es nicht das ungestüme Bananenlied, sondern eine viel zartere Melodie: *Frühling in Wien*, eines von Curds Lieblingsliedern.

»Die Platte war das richtige Geschenk zu deinem Einzug«, riss Judith sie aus ihren Gedanken. »Unser wildes Affengestampfe ist der beste Einstand für deine neue Wohnung.«

Ungläubig starrte Lou sie an, brauchte einen Moment, um in die Wirklichkeit zurückzufinden. Wieder einmal war sie dem Trugbild aufgesessen und hatte Max nur zu gern für Curd gehalten oder hatte sich das zumindest eingeredet, um sich ihre Gefühle für ihn nicht eingestehen zu müssen. Die Musik war verklungen. Max stand dicht vor ihr. Sie nahm sich vor, ihn auf Abstand zu halten – in ihrer beider Interesse.

»Deine Nachbarn werden sich bestimmt freuen, dich kennenzulernen«, sagte Judith. »Das Trampeln über ihren Köpfen muss ihnen einfach gefallen.«

»Das sind anständige Leute.« Max schlenderte zum Grammophon, um in der Kiste mit Curds einstigen Schätzen nach einer anderen Platte zu suchen. »Es ist mitten am Tag. Um diese Zeit sind sie brav in der Arbeit, sonst hätten sie sich längst gerührt.«

Nach einigem Wühlen hatte er gefunden, was er wollte, und tauschte die Schellackplatten aus. Lou war gespannt, welche Musik gleich aus dem Gerät tönen würde, schloss die Augen, lauschte in das erste Knistern hinein. Konnte das sein? Anscheinend hatte er an dasselbe gedacht wie sie. Ganz selbstverständlich fand sie sich wenig später im Dreivierteltakt des *Frühlings in Wien* in seinen Armen, wirbelte schwungvoll unter seiner Führung umher. Von neuem träumte sie sich fort in die Enge ihres einstigen Dachjuchhes, wo Curd sie zur selben Musik herumgeschwenkt hatte, und vergaß darüber nur zu gern die frisch gefassten Vorsätze.

Viel zu schnell war der Walzer vorbei. Max gab sie trotzdem nicht frei, sondern zog sie zu sich heran und schlang beide Arme um sie, als wollte er sie für alle Ewigkeit halten. Auch das war wie früher. Oft hatten ihre Tänze damit geendet, dass sie einander umarmt und geküsst hatten, Lou und Curd, Curd und Judith, Judith und Max, Max und Lou. Sie lehnte den Kopf gegen seine Schulter. Längst war ihr klar, dass sie nicht Curd vor sich hatte. Mit Max fühlte es sich allerdings genauso wunderbar an. Warum sollte sie sich nicht endlich wieder ihren Gefühlen hingeben?

Ein lang vergessener Winterabend in München stand ihr plötzlich vor Augen. Sie war mit Franzi auf dem Heimweg gewesen, hatte mit Max einige Takte auf der Straße getanzt. Warum hatte sie sich nicht damals schon ehrlich eingestanden, was sie für ihn empfand? Damit hätte sie sich und anderen großen Kummer erspart. Bald atmeten Max und sie im selben Rhythmus, rührten sich nicht. Ein lang vermisstes Gefühl von Glück stieg in ihr auf.

»Kinder, wie die Zeit vergeht!« Laut klatschte Judith in die Hände. Lou zuckte zusammen, auch Max fuhr jäh auf. Verlegen traten sie auseinander. Judith tat, als wäre nichts geschehen. Flugs sprang sie vom Sofa. »Lass uns gehen, Max. Lou muss arbeiten.«

Lou fand in die Gegenwart zurück. Noch war es taghell. Durch die beiden Fenster zur Straße fiel fahles Aprillicht.

Plötzlich wusste sie wieder, wo sie sich befand: in ihrer ersten eigenen Wohnung in Berlin! Viel schneller als in München war es ihr in der riesigen Stadt gelungen, auf eigenen Füßen zu stehen. Voller Stolz drehte sie sich einmal um sich selbst, breitete die Arme aus und jauchzte vor Glück. Max klatschte Beifall. Das zärtliche Lächeln, das er ihr zuwarf, ließ sie innehalten. Kurz versanken ihre Blicke ineinander. Ihr Herz machte einen Freudensprung. Judith räusperte sich vernehmlich. Max wandte sich ab. Lou folgte seinem Blick durch die Wohnung. Es kam ihr vor, als wollte er sich jede Einzelheit genau einprägen.

Ihr kleines Reich umfasste ein großes und ein kleines Durchgangszimmer, eine Kochecke im Flur sowie als besonderen Luxus ein eigenes Bad mit Wanne und Wasserklosett. Dank Wilma hatte sie die Wohnung im dritten Stock eines Mietshauses in der Schwedter Straße gefunden. Ihr Koffer, die Nähmaschine, das Nähross sowie die beiden Kisten mit Material standen im vorderen, kleineren Zimmer bereit. Das würde ihre Werkstatt werden. Das hintere, größere Zimmer, durch das sie gerade getanzt waren, hatte sie als Wohn- und Schlafraum vorgesehen. Es wirkte bereits recht gemütlich. Bei einem Altwarenhändler in der nahen Schönhauser Allee hatte sie ein durchgesessenes Sofa sowie eine Kommode und einen Tisch erstanden. Dank der neuen Währung hatten einige Groschen Aufpreis genügt, damit der Tandler die Möbel mit Hilfe seines Sohnes auf einem Handkarren herübergefahren und über die engen Stiegen nach oben geschleppt hatte. Einen einfachen Schrank und zwei Stühle würden sie am nächsten Tag nachliefern. Fürs Erste hatte Lou also alles, was sie benötigte. Das Wichtigste, Curds rotes Koffergrammophon, thronte mitsamt der Plattenkiste schon auf der Kommode. Frida hatte

Wort gehalten und ihr beides noch vor Weihnachten aus München geschickt. Die Musik schenkte ihr an jedem Ort ein Stück Geborgenheit und hielt die Erinnerung an die schönsten Stunden ihres Lebens wach. Vom Foto aus dem Silberrahmen neben dem Grammophon schaute Curd ihr beim Weiterleben zu.

»Ich danke euch fürs Helfen«, wandte sie sich an die Freunde. »Judith hat recht. Ich sollte schleunigst an die Nähmaschine. Wilma erwartet morgen zwei aufwendige Handtaschen von mir. Daran habe ich noch einiges zu tun, schließlich will ich sie nicht enttäuschen. Wenn alles glattläuft, bekomme ich von einem ihrer wichtigsten Auftraggeber weitere Bestellungen. Meine Entwürfe haben ihm gefallen.«

»Dann hast du es endlich geschafft? Das ist großartig!« Judith fiel ihr um den Hals.

»Noch ist zwar alles in der Schwebe, aber die Chancen stehen gut.« Behutsam löste sich Lou aus der Umarmung. »Wilma hat viel für mich getan.«

»Ich dachte, Ilka habe dir die Tore zu deinen wichtigsten Kundinnen geöffnet.« Verwirrt sah Max sie an.

»Für Ilka und ihre Freundinnen fertige ich nach ihren Wünschen Einzelmodelle, deshalb kommt sie so oft zu mir«, erklärte Lou leicht gereizt. Es ärgerte sie, dass Max Ilkas Hilfe derart überschätzte. Das klang fast, als wäre ihm Ilka doch wichtiger als sie. »Die Konfektionäre, die Wilma mir vermittelt, wollen dagegen Entwürfe für Taschen, die sie in großer Stückzahl produzieren. Damit kann ich langfristig mehr verdienen und in der Branche Fuß fassen.«

»Mir schwärmt Ilka ständig vor, wie viele ihrer Freundinnen und Kolleginnen schon auf eine Tasche von dir warten«, insistierte Max. »Sie selbst geht schon gar nicht mehr ohne die rote Pochette aus dem Haus, die du ihr extra für das Porträt in der *Berliner Illustrirten* genäht hast. Dabei ist die furchtbar unpraktisch, hat weder Griff noch Gurt. Sogar bei der Premiere hat Ilka sie allen unter die Nase gehalten, als wäre ihr die wichtiger als der ganze Film.«

Am liebsten hätte Lou sich die Ohren zugehalten. Warum redete er so viel von Ilka? Eben noch war er ihr so nahe gekommen wie früher, und jetzt hatte er nur noch Ilka im Sinn!

»Von Mode wirst du als Mann nie etwas verstehen.« Lachend tätschelte Judith ihm die Schulter. »Da geht es nicht um die Frage, wie praktisch etwas ist, sondern einzig und allein darum, wie gut es aussieht. Das sollte Ilka dir längst beigebracht haben.«

Der letzte Satz bestätigte Lous ärgste Befürchtung. Auf einmal hatte sie wieder das Gefühl, Ilka ähnele Richard sehr. Wie er so hatte auch sie Lous Vertrauen gewonnen, während sie zugleich einen ihr nahestehenden Menschen für ihre Zwecke einspannte. Lou haderte mit sich, ob sie sich mehr davor fürchtete, Ilka würde Max ähnlich übel mitspielen, wie Richard es mit Ernst getan hatte, und ihn dann schnöde im Stich lassen, oder ob sie größere Angst davor hatte, Ilka meinte es tatsächlich ernst mit Max, und Lou würde ihn am Ende ganz an sie verlieren.

»Lass uns gehen«, mahnte Judith Max erneut.

»Also gut.« Er packte die Platte weg und schloss den Grammophonkoffer, bevor er nah an Lou vorbei, jedoch ohne sie anzusehen, durch das vordere Zimmer in den dunklen Flur ging. Lou sah ihm zu, wie er Hut und Mantel anzog. Viel zu schnell stand er bereits an der Tür, lediglich bereit, ihr zuzuwinken, statt sie wie sonst zum Abschied noch einmal zu umarmen und auf die Wangen zu küssen. Offenbar hatte er es auf einmal sehr eilig. Entgegen ihrer Aufforderung war es plötzlich Judith, die auf sich warten ließ. Ganz in Gedanken wanderte sie durch die beiden Zimmer, als wollte sie den Moment hinausschieben, da sie Lou allein lassen musste.

»Pass auf dich auf, Liebes.« Zum Abschied schlang Judith noch einmal die Arme um sie. »Zu mir kannst du jederzeit kommen, ganz egal, was ist.«

Bevor Lou etwas erwidern konnte, schnappte sie sich Hut und Mantel und schob Max aus der Wohnung. »Denk dran: Wir sehen uns am Sonntag zum Frühstück bei *Josty* am Potsdamer Platz.«

Sobald sich die Tür hinter den beiden geschlossen hatte, machte sich Lou an die Arbeit. Entschlossen rückte sie die Sattlernähmaschine vors Fenster und kramte die halbfertige Unterarmtasche aus der Kiste. Arbeiten war schon immer die beste Medizin gewesen, um quälende Gedanken zu verscheuchen.

Das gleichmäßige Rattern der Maschine und die Aufmerksamkeit, die das Füttern der Tasche erforderte, lenkten sie in der Tat rasch ab. Als sie dazu überging, das Futter einzupassen und die Nähte zwischen Taft und Leder zu verschließen, war sie bereits wieder gut aufgelegt. Wie hatte sie beim Tanzen nur so naiv sein und sich wieder einmal dem Trugbild mit Max hingeben können? Er war nicht Curd, würde auch nie dessen Platz in ihrem Herzen einnehmen. Curd war unersetzbar und die Zeit des trauten Wiener Kleeblatts ein für alle Mal vorbei. Ebenso verhielt es sich mit Ilka völlig anders als mit Richard. Er hatte ihr die Sterne vom Himmel holen wollen, sie aber in Wahrheit benutzt, um mit Ernst Geschäfte zu machen. Ilka dagegen tat wirklich viel für sie, schleppte unermüdlich Freundinnen wie Kolleginnen an, die eine Tasche von ihr haben wollten, und ließ keine Gelegenheit aus, sich mit einem ihrer Modelle für die Zeitungen ablichten zu lassen, was zunehmend die Konfektionäre beeindruckte. Dafür sollte sie ihr dankbar sein. Mit Max hatte das nichts zu tun. Wenn er und Ilka einander wirklich liebten, sollte sie sich freuen, zwei gute Freunde miteinander glücklich zu wissen. Viele Jahre schon hatte sie sich selbst erlaubt, in den Armen anderer Vergessen zu finden. Das sollte sie Max ebenfalls zugestehen.

Ehe sie sich versah, begann sie über dem Vorschieben der Leder- und Futterstücke unter dem Nähfuß fröhlich ein Lied zu trällern. Erst nach einigen Wiederholungen und mehrfachem Wenden der Teile wurde ihr bewusst, dass es sich um das Bananenlied handelte, auf das sie vorhin wild getanzt hatten. Zeitgleich zur letzten Refrainzeile – *nicht Erbsen, nicht Bohnen, auch keine Melonen* – war auch die letzte Naht geschlossen. Lou zog das Leder aus der Maschine, schnitt den Faden ab und verknotete ihn ordentlich. Als sie die Handtasche, streng genommen war es eine langgestreckte, überschmale Pochette, auf die rechte Seite wendete, das Futter ordentlich hineinstopfte und die letzte Lücke mit einigen Stichen per Hand verschloss, hörte sie auf zu singen. Zur Begutachtung hielt sie die Tasche mit ausgestreckten Armen von sich weg.

Sie war bestens gelungen. Zufrieden strich Lou über das feine Leder. Es war eine Sonderanfertigung für eine von Wilmas anspruchsvollsten Kundinnen. Eine Schriftstellerin, wie Lou sich dunkel erinnerte, die viel von Mode verstand und schon seit Jahren eine Vorliebe für französische Kreationen besaß. Nur ein Mal hatte sie sie flüchtig gesehen, dabei auf Anhieb große Sympathie für die hochgewachsene, bis in die

Fingerspitzen elegant wirkende Frau empfunden. Wilma hatte Lou einen ihrer Romane mitgegeben, den sie demnächst unbedingt lesen wollte.

Als wäre das ein Ansporn, begutachtete sie ihr Werk noch einmal von allen Seiten. Das schwarze Leder war von hervorragender Qualität. Sie klappte die Lasche um. Die Kundin wünschte keinen besonderen Verschluss, wollte die Tasche lediglich wie eine Mappe umschlagen. Lou mochte es nicht, wenn es keine Möglichkeit gab, eine Tasche ordentlich zu verschließen. Andererseits würde ein Knopf oder eine Schnalle das Leder beschädigen und den eleganten Gesamteindruck stören.

Lou schlug die Lasche wieder zurück, untersuchte das Innere. Eine vage Idee keimte in ihr. Wenn sie entlang der offenen Längskante eine Möglichkeit fände, einen Verschluss ins Futter einzuarbeiten, wäre das ideal. Von außen wäre nichts zu sehen, und dennoch wäre die Sicherheit eines Verschlusses gegeben. Sie legte die Tasche beiseite. Sie sollte noch ein wenig Luft schnappen und Eindrücke auf der Straße sammeln. Dabei käme ihr gewiss ein guter Einfall. Wenig später staunte Lou über sich selbst, wie zielsicher sie vor dem Haupteingang des riesigen Kaufhauses *Wertheim* am Leipziger Platz gelandet war. Wo, wenn nicht in der dortigen Leder- und Kurzwarenabteilung, würde sie die besten Anregungen zur Lösung ihres Problems finden?

Oft genug war sie in den letzten Monaten schon durch die riesigen Rundbogeneingänge geschritten, um in der überdimensionalen Eingangshalle mit dem gewölbten Glasdach und dem offenen Treppenhaus nicht mehr vor Ehrfurcht zu erstarren. Auch das schier endlose Warenangebot, das diensteifrige Verkäuferinnen und Verkäufer der geschätzten Kundschaft vorlegten, konnte Lou nicht mehr sonderlich beeindrucken.

Neugierig schlenderte sie umher. Die Stabilisierung des Geldes in den letzten Wochen zeigte allmählich Wirkung. Die Preisschilder waren wieder kleiner geworden, die darauf befindlichen Zahlen mit einem Blick zu erfassen. Lou liebte es, sich durch die Lederwarenabteilung treiben zu lassen. Im Vorbeigehen zogen die unterschiedlichsten Taschen und Materialien an ihr vorbei. Was zufällig an Eindrücken hängenblieb, waren diejenigen, die am meisten lohnten, später überdacht zu werden. Spätestens beim ziellosen Schlendern durch die Abteilung für Nähbedarf, wenn sie Stoffe befühlte, neue Farbkombinationen bestaunte oder in den Kisten mit Knöpfen und Verschlüssen wühlte, verfestigten sich die zunächst nur schemenhaft wahrgenommenen Anregungen zu richtigen Ideen.

Das Kunststück glückte ihr auch heute. Taschen mussten entweder üppig glitzern, funkeln und blitzen oder sich streng geometrisch und absolut schlicht geben, um zur aktuellen Mode zu passen. Schon wollte sie sich damit zufriedengeben, da entdeckte sie etwas völlig Neues.

An einem Vorführtisch zeigte ein Verkäufer im typischen grauen Angestelltenanzug einer Dame einen Verschluss, der eine Kombination aus Stoff und Metall war und eine sehr lange Öffnung schließen konnte. Das war genau das, wonach sie gesucht hatte! Fasziniert sah Lou der Dame über die Schulter. Unverkennbar handelte es sich bei ihr um eine Schneiderin oder Modistin vom Hausvogteiplatz. Lou hatte in den letzten Wochen oft genug dort zu tun gehabt und erkannte sie trotz der betont unauffälligen Aufmachung. Ihre gezielten Fragen an den Verkäufer über die Funktionsweise, die Haltbarkeit des Materials sowie die mögliche Verfügbarkeit in größerer Stückzahl bestätigten die Vermutung.

»Und wie nennt man das nun?« Noch klang die Dame wenig überzeugt, als sie das seltsame Teil selbst in die Hand nahm und mit kritischer Miene begutachtete.

»Das ist ein Reißverschluss der Firma *RiRi* aus Wuppertal, gnädige Frau«, antwortete der ausgezehrt wirkende Mann im nasalen Verkäuferton und bedachte die Kundin mit einem blasierten Blick. Scheinbar geduldig, in Wahrheit jedoch deutlich enerviert, wiederholte er das wohl schon mehrfach Erklärte noch einmal und demonstrierte die Technik des Reißverschlusses. »Dieser Schieber verschließt die Rippen beim Entlangfahren, so dass sie sich ineinander verhaken. Das feste Band können Sie an die Stoffteile nähen. Eine ungewöhnlich lange Öffnung wird damit quasi wie eine Naht verschlossen und lässt sich mittels des Schiebers jederzeit leicht wieder öffnen.«

»Darf ich?«, fragte Lou und nahm das Wunderding ebenfalls einmal in die Hand, versuchte sich selbst am Öffnen und Schließen, während der Verkäufer die weiteren Details lieferte. »Hergestellt wird der *RiRi* in einer Kombination aus festem Band und Metall, was seine Haltbarkeit garantiert. Über uns können Sie den Verschluss selbstverständlich gern in größeren Mengen beziehen. Wir ordern in Ihrem Auftrag direkt beim Hersteller und garantieren Ihnen somit den besten Preis sowie ab einer gewissen Stückzahl eine Anfertigung ganz nach Ihren Wünschen.«

»Das ist großartig!« Lou fiel es schwer, ihre Begeisterung zu zügeln. »Haben Sie das Band auch in anderen Farben?«

»Sehr wohl, gnädige Frau.« Offensichtlich froh, einer weitaus aufgeschlosseneren Kundin gegenüberzustehen, begann er in den Schubladen unter dem Verkaufstisch nach weiteren Mustern zu suchen. Die Modistin warf Lou einen vernichtenden Blick zu.

»Man wird sehen, ob sich das wirklich durchsetzt.«

Unverrichteter Dinge ging sie fort. Lou freute sich, den Verkäufer und das Wunderding für sich allein zu haben. Er präsentierte ihr eine erstaunlich große Auswahl an Farben und Längen. Nach einigem Überlegen entschied sie sich für fünf verschiedene Reißverschlüsse, davon einen mit einem ockerfarbenen Band, der ihrer Schätzung nach von der Länge her zu der schwarzen Pochette passte, an der sie gerade arbeitete. Die anderen würde sie für weitere Entwürfe verwenden. Die ersten Ideen schwirrten ihr bereits durch den Kopf. Erfreut, eine so interessierte Kundin zufriedengestellt zu haben, packte der Verkäufer ihr die *RiRis,* wie er sie immerzu nannte, ein und geleitete sie unter vielen Verbeugungen zur Kasse.

Wieder summte Lou das Bananenlied vor sich hin, als sie das *Wertheim* verließ. Inzwischen dämmerte es. Die Geschäfte würden bald schließen. Regenwolken zogen auf. Erste Tropfen kündeten einen Schauer an. Die Menschen hatten es auf einmal eilig, den Potsdamer Platz zu überqueren. Es hupte und schimpfte aus allen Ecken. Der Mann auf dem Verkehrsturm tat sein Bestes, des Chaos Herr zu werden. Lou ließ sich in einem der Ströme mitreißen, der zum *Aschinger* im Erdgeschoss des *Fürstenhofs* führte.

Die Stehtische im vorderen Teil waren bereits gut gefüllt, an den Tischen im rückwärtigen Teil gab es dagegen noch reichlich freie Plätze. Lou wählte einen blankpolierten Tisch an der Wand, legte Hut und Mantel ab, postierte den Rucksack mit den frisch erworbenen *RiRis* neben sich auf der Bank und orderte übermütig von der Karte eine Portion »Frischen

Schweinebraten mit Rotkohl und Kartoffeln« zu einer Mark fünfundzwanzig sowie einen halben Liter Bier. Voller Vorfreude auf das Festmahl lehnte sie sich zurück, ließ den Blick durch das rustikal eingerichtete Lokal gleiten.

Der Geruch nach dicker Suppe, geschmortem Fleisch und abgestandenem Bier, vermischt mit kaltem Zigarren- und Zigarettendunst, stieg ihr in die Nase. Im dämmrigen Licht erkannte sie das bunte Volk, das sich um diese frühe Abendstunde in sämtlichen *Aschingers* quer durch die Stadt zu versammeln pflegte: an den Stehtischen einfache Büroangestellte beim ersten Feierabendbier, an den besetzten Tischen sowohl gutgekleidete Herrschaften aus den umliegenden Kanzleien wie auch in abgetragenen Anzügen steckende Lebenskünstler, die weniger an feste Arbeitszeiten gebunden schienen. Darunter mischten sich die Ersten in Abendrobe, die sich mit einer kräftigen Suppe für den langen Streifzug durch die Berliner Nacht rüsteten.

Der Kellner brachte den Teller mit dem verführerisch duftenden Essen. Hungrig stürzte Lou sich darauf. Judiths Prophezeiung von ihrem ersten Abend in Berlin ging ihr durch den Kopf. Bei *Aschinger* fand sie in der Tat immer eine bezahlbare Anlaufstelle sowie ein kleines Stückchen Heimat im riesigen Moloch Berlin. Wehmütig tunkte sie die kostbare Fleischsoße mit den zerdrückten Kartoffelspalten auf. Überhaupt hatte Judith in vielem recht gehabt: Seit sie nach Berlin gekommen war, schien sie tatsächlich endlich auf dem richtigen Weg zu sein. Fünf Monate waren seither vergangen. Inzwischen hatte sie eine eigene Wohnung mit Bad, Warmwasserheizung sowie zwei Zimmern, dazu ein ordentlich gefülltes Auftragsbuch und soeben eine spektakuläre Idee, die ihr gewiss noch mehr lukrative Einkünfte bescherte. Berlin hatte ihr eine Zukunft eröffnet. Wenn sie jetzt tanzte, dann tat sie das nicht mehr, um die Dämonen zum Schweigen zu bringen und das Unglück zu vergessen. Jetzt tanzte sie zu ihrem eigenen Vergnügen, wie sie überhaupt endlich ihr eigener Herr geworden war. Nur Curd fehlte, sonst wäre ihr Glück wieder vollkommen. Das Leben in Berlin mit all den Chancen, die es einem bot, hätte ihm behagt. Sie wischte sich die feuchten Augenwinkel, sah genau vor sich, wie sie beide sich einst im Walzertakt gewiegt hatten. Bestimmt saß er oben im Himmel auf einem Logenplatz, um ihren weiteren Lebensweg mitzuverfolgen. Wenn er sie jetzt so sah, musste er einfach stolz auf sie sein. Was wollte sie mehr?

30

Judith wiederholte ihr Klopfen gegen das Türblatt, Max klingelte Sturm. Trotzdem blieb hinter Lous Wohnungstür alles still.

»Sie ist wohl ausgeflogen.« Max setzte den Hut auf und wandte sich zum Gehen. »Wir hätten unseren Besuch eben doch ankündigen sollen.«

»Es ist mitten in der Woche.« Judith verharrte vor der Tür. »Wo soll sie sein, wenn nicht zu Hause bei der Arbeit?«

»Da gibt es wohl noch weitere Möglichkeiten, immerhin ist sie eine vielbeschäftigte junge Dame.« Er war bereits zwei Stufen hinuntergegangen und grinste sie von unten herauf an. »Du willst dir einfach nicht vorstellen, dass Lou ein eigenständiges Leben führt und dir über ihr Tun nicht ständig Rechenschaft ablegt, was? Erst hast du geflucht, dass sie sich so lang mit Sack und Pack bei dir eingenistet hat, und jetzt kannst du es nicht ertragen, dass sie wieder ausgezogen ist. Wann begreifst du endlich, dass sie ein eigenständiger Mensch ist? Sie kann und wird ihr Leben auch ohne dich meistern.«

»Das letzte Mal, als Lou das in München versucht hat, ist es gründlich schiefgegangen.«

»Da nagt wohl immer noch das schlechte Gewissen an dir. Hör auf, dich immerzu für Lou verantwortlich zu fühlen. Ich weiß, dass du Curd versprochen hast, sie nicht aus den Augen zu lassen. Aber das willst du doch nicht dein ganzes Leben lang so halten? Er wäre der Letzte, der das verlangt hätte! Noch dazu, wo Lou auf dem besten Weg ist, es dieses Mal aus eigener Kraft zu schaffen. Soweit ich weiß, hat sie Fridas Kommerzienrat sogar schon das geliehene Geld zurückgezahlt. Und diesen Hoffoldinger hat sie gewiss längst vergessen, jedenfalls erwähnt sie ihn nie.«

»Du hast ja recht«, lenkte Judith ein. »Sie ist auf einem guten Weg. Eine eigene Wohnung ist dabei wirklich wichtig gewesen, aber musste die gleich am anderen Ende der Stadt liegen, noch dazu ausgerechnet am Rand des Scheunenviertels?«

Statt einer weiteren Erwiderung schüttelte er nur den Kopf, zog den Hut tiefer in die Stirn und lief nach unten. Sie folgte ihm langsamer.

»Lass uns ein Stück zu Fuß gehen«, schlug Max unternehmungslustig vor, als sie durch den düsteren Hausflur auf die Straße traten.

»Wie ich dich kenne, willst du mir nur beweisen, dass das hier eine ganz normale Gegend ist und ich mir um Lou keine Sorgen machen muss.«

»Du hast mich durchschaut.« Max tastete seine Manteltaschen nach Zigarettenetui und Streichhölzern ab. Als er beides gefunden hatte, bot er Judith eine Zigarette an. Dankbar ließ sie sich Feuer geben.

»Es ist schon seltsam, dass ausgerechnet du als österreichische Jüdin deine deutsche Freundin vor dem Scheunenviertel warnst.« Max zog ein letztes Mal an der Zigarette, dann warf er sie achtlos zu Boden und trat sie aus.

»Du hast mich völlig falsch verstanden«, widersprach Judith und rauchte weiter, insgeheim erfreut, dass Max glaubte, nur deshalb würde ihr Lous Umzug nicht behagen. »Niemals würde ich meine jüdischen Wurzeln verleugnen. Ich habe Lou auch nicht der vielen Juden im Viertel wegen gewarnt, sondern weil der Mob in jüngster Zeit in dieser Gegend gern ausfällig wird. Deshalb ist Wachsamkeit geboten. Die üblen Parolen aus München schwappen leider immer lauter bis an die Spree herüber.«

»Trainierst du deshalb wieder in einem Boxklub?«

»Nicht nur, aber es gibt mir schon mehr Sicherheit.«

»Ich sehe eigentlich in den zwielichtigen Gestalten rund um die Weinmeisterstraße eine viel größere Gefahr für unsere süße, kleine Lou.« Max setzte wieder sein Grinsen auf, um dem Gespräch den Ernst zu nehmen.

»In der Ecke sorgen wenigstens die Ringvereine dafür, dass die kleinen Ganoven die Regeln beachten«, griff Judith seinen scherzhaften Ton auf. Endlich hatte auch sie zu Ende geraucht und schnippte die Kippe beiseite. Sofort stürzte sich ein kleiner, schmutziger Junge von höchstens acht Jahren darauf. Bedächtig hob er den Rest auf und legte ihn in eine Blechdose, in der sich schon ein Dutzend weiterer Kippen befand.

»Lass uns mit eigenen Augen anschauen, wie verrufen Lous neue Heimat wirklich ist«, lenkte Max ihre Aufmerksamkeit davon ab.

»Wer weiß« – verschwörerisch zwinkerte sie ihm zu, war ihr doch nicht entgangen, wie sehr ihn die kleine Szene mit dem Jungen und der Zigarettenkippe berührt hatte – »vielleicht stößt du auf unserem Spaziergang auf neue Ideen für deinen nächsten Film. Nachdem deinem ersten Werk mit unserer lieben Ilka nicht ganz der erhoffte Erfolg beschieden war, solltest du dir rasch etwas Originelles dafür ausdenken, sonst wird dein blonder Star noch der Liebling eines anderen Regisseurs.«

»Gib zu, in Wahrheit bist du selbst neugierig geworden, auf welche Geschichten du hier stoßen könntest. Immerhin musst du mindestens einmal wöchentlich eine Kolumne für die Zeitung abliefern, um dich über Wasser zu halten.«

»Ich hatte schon härtere Zeiten. Also lass uns einfach gemeinsam Ausschau nach neuen Geschichten halten.«

Arm in Arm stiefelten sie los. Je näher sie dem Schönhauser Tor und den von dort abzweigenden Straßen kamen, desto dichter wurde die Masse der Handkarren und Fuhrwerke am Straßenrand, auf denen Männer in abgetragener Kluft nicht minder abgetragene Waren anboten. An vielen Hauseingängen hing eine kaum überschaubare Menge an Schildern, die auf »Einkaufsbüros«, »Leihbibliotheken«, »Gelegenheitskäufe aller Art« und dergleichen verwiesen. Dazwischen drängten sich Bettler, fromme Juden mit Schläfenlocken, finster aussehende Händler, verzweifelt wirkende Arbeiter. Ein Zeitungsmann trug ein großes Schild vor der Brust: »Einmal reinlesen nur fünf Pfennige«. Judith überlegte ernsthaft, den westlichen Berlinern einmal ausführlich von dieser östlichen Welt inmitten ihrer eigenen Stadt zu berichten.

Zum Bülowplatz weitete sich die Szene wieder. Doch der seit Vorkriegszeiten im Umbau befindliche Platz war alles andere als eine Oase. Einerseits verhieß der klobige Bau der Volksbühne Aufbruch in eine bessere, kulturell interessierte Zeit, andererseits erinnerten die zahlreichen Bretterbuden und der zum provisorischen Lagerplatz für Alteisen, Bauschutt und grobgehauene Steine umfunktionierte Platz daran, wie schnell der erhoffte Aufbruch in die Moderne auf halber Strecke steckengeblieben war. Zwar hatte man vor dem Krieg die alten, verwinkelten Häuser ringsum abgerissen, die avisierten Neubauten aber verharrten noch immer im Zustand irrealer Traumgebilde. Dem pompösen Theaterbau inmitten der Ödnis schenkte Max nur einen flüchtigen Blick. Judith verkniff sich die Frage, ob er dort je wieder als Dramaturg arbeiten wollte. Ausgerechnet durch die Vermittlung des damaligen Direktors war er zum Film gekommen. Der schien ihn inzwischen mehr zu erfüllen, und je mehr sie von den Möglichkeiten des neuen Mediums mitbekam, desto besser verstand sie das.

Max beschleunigte seine Schritte. Sie musste sich beeilen, um mitzuhalten. Zielstrebig führte er sie durch die düstere, im Kleinhandel und »Gelegenheitskauf« versunkene Grenadierstraße. Die vielen Menschen, die sich dort tummelten, verständigten sich größtenteils auf Jiddisch, trugen bodenlange Mäntel, Schläfenlocken und dunkle Hüte. Auf den Schildern fanden sich fast ausnahmslos hebräische Inschriften. Diese Ecke war in der Tat eher ein galizisches Schtetl denn eine Berliner Gegend. Bald luden Theater, Kinos und Cafés zur Unterhaltung ein, ebenso versuchten Jongleure, Leierkastenmänner und Ausrufer die Aufmerksamkeit der Passanten zu erregen. In der verrufenen Weinmeisterstraße nahm die Zahl der finster aussehenden Gestalten rapide zu, dafür verschwanden die Kaftane und Spitzhüte zusehends. Zur Rosenthaler Straße war es nicht weit. Vis-à-vis dem Hackeschen Markt lag die Börse, von wo Judith und Max die Stadtbahn Richtung Westen nehmen konnten.

»Genug gesehen für heute, was?« Schmunzelnd sank Max auf die Holzbank der dritten Klasse. »Dabei liegt hier der Stoff für spannende Geschichten quasi auf der Straße.«

»Was willst du mit ihnen erzählen? Die traurigen Geschichten von Menschen, die ihre Heimat verlassen haben, aber in der neuen niemals wirklich angekommen sind?« Judith fühlte Wut in sich aufsteigen. »Glaub mir, es wird ein böses Ende nehmen, wenn all die verschiedenen Welten noch lange auf so engem Raum nebeneinander existieren müssen.«

»Sieh doch nicht überall gleich die Apokalypse aufziehen! Du hast doch gerade selbst erlebt, wie friedlich die Kulturen im Scheunenviertel nebeneinander bestehen. Das kann noch ewig so weitergehen.«

»Letzten November hat man gesehen, wie schnell diese Ewigkeit an ihr Ende gelangt.«

»Seither ist es ruhig geblieben. Ein gutes Zeichen. Jeder, der hier lebt, hat eine interessante Geschichte zu erzählen, warum er von zu Hause weg ist und wie er sich seine Zukunft in Berlin sichern will. Das werde ich völlig neu erzählen.«

»Viel Spaß damit, das ausgerechnet mit der blonden Ilka in der Hauptrolle zu verfilmen«, konnte Judith sich nicht verkneifen anzumerken. Um sich wieder zu beruhigen, sah sie aus dem Fenster, vor dem die Hinterhöfe der viel zu schnell gewachsenen Großstadt vorüberzogen.

»Was hältst du von einer Stärkung bei *Mutzbauer?*«, versuchte sich Max in einer Versöhnung.

»Du meinst, nach unserem Ausflug nach Klein-Galizien haben wir uns ein echtes Wiener Schnitzel oder einen Tafelspitz mit Apfelkren und Röstkartoffeln verdient?« Judith rang sich zu einem Lächeln durch. »Ich verstehe das als Einladung und warne dich. Mit einem einfachen Essen kommst du heute nicht davon. Ich brauche einen sehr guten Wein, um die Erlebnisse von eben zu verkraften.«

Für das Stammpublikum aus Film- und Theaterleuten waren sie zwar viel zu früh dran, doch in dem erst vor kurzem eröffneten Lokal in der Marburger Straße herrschte auch am frühen Abend schon eine angenehme, an ihre alte Wiener Heimat erinnernde Gelassenheit.

»Das darf nicht wahr sein«, entfuhr es Judith, sobald sie an einem Tisch nahe dem Fenster Platz genommen hatte.

»Was denn?« Max schaute verwundert von der Karte auf.

»Zwick mich bitte einmal. Entweder haben wir vorhin zu viel über alte Geschichten und neue Hoffnungen gesprochen, oder ich träume gerade und muss dringend aufwachen.«

»Wovon redest du?«

»Schau bitte unauffällig zu dem mittleren Tisch an der Wand. Täusche ich mich, oder sitzt dort unsere liebe Ilka bei einem traulichen Tête-à-Tête mit Richard Lönsheim?«

»Ilka mit wem?« Ungläubig verzog er das Gesicht.

»Richard Lönsheim, du weißt schon, der schöne blonde Elsässer mit den eiskalten Augen, der seinerzeit im Malatelier der Kammerspiele bei Curd Kulissen gepinselt und sich wenig später als Gigolo bei der Münchner Damenwelt durchgeschlagen hat …«

»… bis er bei unserer lieben Lou den Verlobten mimte, um kurz darauf mit den harten Dollars ihres steinreichen Gönners auf Nimmerwiedersehen aus München zu verschwinden«, fiel er ihr amüsiert ins Wort. »Du musst dich täuschen und die beiden verwechseln. Was sollte Ilka hier im *Mutzbauer?* Noch dazu mit Richard Lönsheim, der längst mit dem Geld von Lous gelackmeiertem Liebhaber in Hollywood seine Filme produziert?«

Langsam drehte er sich zu dem besagten Tisch um und wurde im nächsten Moment bleich wie eine Leinwand.

»Du meinst wohl, was sollte Ilka ausgerechnet hier, bei deinem geliebten *Mutzbauer,* ohne dich und noch dazu mit einem Hallodri wie Richard.« Judith legte die Karte beiseite. »Ich habe da schon so eine Vermutung, wie das alles zustande kommt. Sie wird dir allerdings nicht gefallen.«

Ehe er etwas einwenden konnte, erhob sie sich und ging zu dem Tisch an der Wand.

»Einen wunderschönen guten Abend«, säuselte sie und sonnte sich in dem Erschrecken, das ihr Auftauchen auf den Mienen der beiden auslöste. »So klein ist die Welt! Ausgerechnet im *Mutzbauer* trifft man sich wieder. Dabei seid ihr beide doch gar keine Österreicher. Das Heimweh hat euch also kaum hergeführt. Was mich noch mehr erstaunt, ist, dass ihr einander überhaupt kennt.«

»Judith, welch Überraschung! Wir haben uns eine Ewigkeit nicht mehr gesehen.« Richard tat erfreut und stand auf, um ihr zur Begrüßung zwei Küsse auf die Wangen zu hauchen. Er trug einen maßgeschneiderten Anzug und war bis in die Haarspitzen tadellos gepflegt. Ernsts Ruin hatte ihm auf den ersten Blick wohl kaum geschadet.

»Übertreib bitte nicht. Anderthalb Jahre sind es gerade einmal«, erwiderte sie zuckersüß, während er sie auf Armlänge von sich hielt und ausgiebig musterte. »Nach grauen Haaren brauchst du deshalb noch nicht zu suchen. Die habe ich seither glücklicherweise nicht bekommen, dabei hätte der Gedanke an dich sie schon von allein eifrig sprießen lassen.«

»Max, du bist ja auch da«, schaltete sich Ilka ein und beeilte sich, ihn mit einer herzlichen Umarmung willkommen zu heißen. Es schien sie nicht im mindesten zu stören, dass er das völlig steif über sich ergehen ließ.

»Gerade eben haben wir von dir gesprochen, als Richard seine Zeit an den Kammerspielen erwähnte«, fuhr sie munter fort.

Richard verfolgte ihr Plappern mit Unbehagen, wie Judith bemerkte. Das machte das unerwartete Zusammentreffen erst recht interessant. Beiläufig glitt ihr Blick über die große, blonde Ilka, die das R wieder einmal deutlicher als nötig rollte, um ihren Akzent zu unterstreichen. Sie trug zwar ein schlichtes, dunkles Kleid, doch die lange Perlenkette wie auch die Lackschuhe machten es ausgehtauglich. Vermutlich hatte sie mehr als nur ein Abendessen mit Richard geplant.

»Judith hat recht. Die Welt ist erstaunlich klein, gerade die des Films.« Richard versuchte sich in einem ungezwungenen Lachen. »Früher oder später landet jeder aus der Branche einmal in Berlin. Gerade jetzt, da es in München für unsereins immer ungemütlicher wird. Eigentlich hätten wir uns schon längst in irgendeinem Studio treffen müssen.«

»Es hätte aber genauso gut noch einige Jahre dauern können«, widersprach Max. »Immerhin gibt es Hunderte Produktionsfirmen und zigtausend Beschäftigte in der Filmindustrie, von den gut ein Dutzend Glashäusern und unzähligen Filmateliers ganz zu schweigen. Gerade in Babelsberg und Tempelhof werden die Hallen immer unübersichtlicher. Sich in Berlin also ausgerechnet beim Film zufällig über den Weg zu laufen grenzt an ein Wunder.«

»Dann lasst uns auf dieses Wunder anstoßen«, schlug Ilka vor, entschlossen, das Eis zwischen den Männern wieder zu brechen. »Setzt euch zu uns. Bestimmt wollt ihr drei in Erinnerungen schwelgen. Tut euch keinen Zwang an. Ich höre gern zu, wenn ihr Münchner Zeiten heraufbeschwört.«

»Das sollten wir vielleicht verschieben, um auch …«, setzte Max an, doch Judith fiel ihm ins Wort, um zu verhindern, dass er Richard gegenüber Lou erwähnte. Ihre innere Stimme riet ihr dazu. Richard war bestimmt der Letzte, den Lou in Berlin wiedersehen wollte. »Eine gute Idee! Habt ihr schon bestellt? Wie so oft schwanke ich zwischen Schnitzel und Tafelspitz. Nach beidem ruft mein Wiener Herz. In jedem Fall will ich einen Grünen Veltliner trinken. Ach, wie schön, dass es den *Mutzbauer* in Berlin gibt. Ein echtes Stück Heimat für uns Österreicher!«

Ehe Max protestieren konnte, rutschte sie zu Ilka auf die Bank. Max und Richard blieb nichts anderes übrig, als sich auf die beiden Stühle ihnen gegenüber zu setzen.

»Bevor ihr in vergangenen Zeiten versinkt, muss ich noch etwas ganz Aufregendes loswerden«, überspielte Ilka das peinliche Schweigen, das sich nach der Bestellung beim Ober auszubreiten drohte. Sie rückte auf die Kante der Bank, faltete die hellen, manikürten Hände auf dem weißen Tischtuch und spitzte den kirschrot geschminkten Mund. »Stell dir vor, Max, Richard kennt sogar unseren guten Oskar Horwitz und seine *Jupiterfilm AG*. Ist das nicht ein weiterer, ganz verrückter Zufall?«

»Was?« Max stand das Entsetzen ins Gesicht geschrieben, auch Richard wirkte nicht sonderlich erfreut. Das weckte Judiths Neugier. Unter dem Tisch versetzte sie Max einen mahnenden Tritt gegen das Schienbein. Er sollte Ilka erst einmal zuhören. Judith brannte darauf, mehr über Richards Berliner Pläne zu erfahren, von denen er Ilka offenbar schon so einiges berichtet hatte. Aufmunternd zwinkerte sie Ilka zu. »Die Welt rückt tatsächlich enger zusammen, gerade die Filmwelt. Erzähl uns doch einfach, wo Richard und du euch kennengelernt habt.«

»Wo wohl?« Hell lachte Ilka auf. »Natürlich auf einer von Betty Sterns Donnerstagssoireen! Richard stand etwas verloren vor dem bunt zusammengewürfelten Büfett. Ihr wisst schon, zu Betty bringt jeder mit, was er eben mitbringen kann. Ich hatte eine Platte mit gefüllten Eiern dabei und rückte sie gerade zwischen den anderen Köstlichkeiten zurecht. Ihm war es peinlich, nichts beizusteuern, weil ihm das niemand vorher gesagt hatte. Aber dann hat sich herausgestellt, dass er demnächst weitaus mehr zur Berliner Filmbranche beisteuern wird als so manch anderer im ganzen Leben. Er ist nämlich hergekommen, um das Terrain für seine amerikanischen Geschäftspartner zu sondieren. Die wollen jetzt ganz groß in den deutschen Film einsteigen.«

»Hat Horwitz dich angespitzt, deswegen mit Richard auszugehen?« Max klang alles andere als begeistert. Judith warf ihm einen mahnenden Blick zu, doch Ilka schenkte ihm ein nachsichtiges Lächeln. »Was du immer gleich denkst! Ich bin doch nicht Horwitz' Geldauftreiber.«

»Das zu hören beruhigt mich geradezu.« Max lehnte sich zurück, damit der Ober den Wein einschenken konnte. Froh über die kurze Unterbrechung, hob Ilka sogleich das Glas. »Auf euer unverhofftes Wiedersehen, meine Lieben!«

Sie prosteten einander zu. Selbst Max und Richard gelang es, sich dabei in die Augen zu sehen.

»Natürlich wäre Horwitz an einer solchen Kooperation mit ausländischen Geldgebern interessiert. Das könnte ihm zum Beispiel die Entscheidung für deinen nächsten Film entscheidend erleichtern«, wandte Ilka sich direkt an Max, sobald sie das Glas wieder abgestellt hatte. »Aus unerfindlichen Gründen aber will der gute Richard noch nicht so recht anbeißen. Es scheint, als hätte er ausgerechnet gegen eine Zusammenarbeit mit Horwitz und seiner *Jupiterfilm AG* Vorbehalte, im Speziellen gegen eine Investition in einen Film von dir, Max. Das verstehe ich nicht, gerade jetzt, da ich erfahren habe, dass ihr alte Freunde seid.«

Judith horchte auf, sah zu Richard. Zum ersten Mal an diesem Abend erwiderte er offen ihren Blick. Das überraschte sie ebenso wie die Tatsache, dass er zumindest den Anstand besaß, Max außen vor lassen zu wollen. Das sprach für sein schlechtes Gewissen oder dafür, dass er so viel Größe besaß, sich nach der Sache mit Lou auch von Max fernzuhalten, um ihm nicht zu schaden.

»Also los, mein Lieber«, forderte Ilka Max betont munter auf, »hilf mir, Richard die Projekte der *Jupiterfilm AG* und vor allem dein eigenes schmackhaft zu machen. Immerhin ist das deine Chance, den Film schnellstmöglich zu verwirklichen, und zwar gleich fürs internationale Publikum.« Max zog die linke Augenbraue nach oben, holte sein Zigarettenetui aus der Tasche, zündete erst ein Streichholz, dann die Zigarette an und nahm den ersten Zug. Judith hielt ob Ilkas Ansinnen insgeheim die Luft an. Ihr war klar, was das bedeutete: Lou würde sich empfindlich vor den Kopf gestoßen fühlen, sobald sie davon Wind bekäme. Zwar war nach wie vor offen, inwieweit Richard tatsächlich Mitschuld an Ernsts Ruin trug, dennoch stand fest, dass Lou mit ihm nichts mehr zu tun haben wollte. Nie und nimmer würde es ihr gefallen, wenn ausgerechnet Max mit ihm ins Geschäft kam. Diese Überlegungen mussten ihm ebenfalls gerade durch den Kopf gehen, wie Judith aus seiner angestrengten Mimik ablas.

Auf Ilkas ebenmäßigem Gesicht lag dagegen ein professionelles Lächeln, das schwer zu deuten war. Sie schien zu spüren, wie schwer sich Max damit tat, um Richards Unterstützung zu werben – trotz der unverhofften Chance, seinen nächsten Film in bester Ausstattung für ein großes Publikum zu drehen. Doch Ilka hatte die Sache für sich längst entschieden, wie das Funkeln in ihren grünen Augen verriet. Um jeden Preis wollte sie ein Filmstar werden, ganz gleich, ob das ihre Freundschaft zu Max kostete oder nicht. Max war schließlich nicht der Einzige, der ihr dabei helfen konnte. Dafür war Richard in ihren Augen derzeit anscheinend der Einzige, der das nötige Geld aufbrachte, um Horwitz für weitere Filme mit ihr zu gewinnen. Sanft legte sie Max die Hand auf den Arm, schenkte ihm einen tiefen Blick. Gebannt wartete Judith auf seine Reaktion.

»Also gut.« Natürlich hatte er den dezenten Wink verstanden. Viel zu fest drückte er die Zigarette im schweren Bleikristallaschenbecher aus, bevor er sich mit einem schiefen Lächeln an Ilka wandte: »Dann werde ich dir zuliebe mein Bestes geben, um Richard für mein Projekt zu gewinnen. Morgen früh bin ich übrigens um elf bei Horwitz. Wenn du magst, Richard«, damit wandte er sich ihm zu, »kannst du gern mitkommen und dir anhören, was wir besprechen. Mein nächstes Projekt wird dir gefallen. Ilka wird darin ihren ganz großen Auftritt haben, wie sie dir gewiss schon erzählt hat. Aber nicht nur deswegen wird der Film ein Renner. Für deine amerikanischen Partner wäre er genau der richtige Einstieg in deutsche Filme.«

»Und für euch beide der beste Start für eine aussichtsreiche Zusammenarbeit«, fügte Ilka rasch hinzu, kaum dass Max geendet hatte. Mit einem gewinnenden Lächeln hob sie das Glas und prostete beiden zu. »Auf unseren neuen Film!«

Zu Judiths Genugtuung zögerte Richard einen Moment, darauf einzugehen. Erst als Max ihm ebenfalls das Glas hinhielt und dabei aufmunternd nickte, stieß er mit an.

»Noch ist nichts entschieden«, erklärte er salomonisch. »Aber anhören werde ich mir die Sache morgen Vormittag gern.«

»Das klingt, als wärst du ein bisschen erwachsener geworden«, raunte Judith ihm quer über den Tisch zu, als der Ober das Essen brachte und Ilka wie auch Max von dem appetitlich angerichteten Tafelspitz abgelenkt waren.

»Es überrascht mich, das aus deinem Mund zu hören«, erwiderte er ebenso leise.

»Vielleicht haben wir beide in den letzten Monaten dazugelernt«, gab sie zurück und prostete ihm noch einmal zu.

31

Mit klopfendem Herzen stand Lou neben der Modistin. Ludwiga Herz galt derzeit als die tonangebende Größe in der Konfektionsbranche rund um den Hausvogteiplatz, auch wenn ihr schlichtes graues Kleid und die unauffällige Frisur das nicht eben vermuten ließen. Es war ein gewaltiger Erfolg für Lou gewesen, von ihr empfangen zu werden. Noch mehr aber erhoffte sie sich davon, dass Ludwiga bereits eine ganze Weile aufmerksam durch ihre Entwürfe blätterte. Immer wieder wanderte ihr Blick dabei zu der Perlentasche in satten Grüntönen, die Lou kühn auf dem Tisch plaziert hatte. Passenderweise befand sich der Tisch mitten auf der Bühne des theatersaalartigen Vorführraums der Firma *Samuel Kopp & Söhne,* was der Präsentation der Tasche eine besondere Note verlieh. Noch dazu handelte es sich bei den grünen Glasperlen um besonders klare Exemplare, die dem mit goldenen und silbernen Perlen versetzten Muster den gewissen Reiz verliehen. So wurde aus der schlichten, rechteckigen Tasche mit Schulterriemen eine atemberaubend funkelnde Abendtasche. Das Einzigartige daran aber war der Verschluss. Die Tasche besaß an der oberen Längskante keine Lasche mit Knopf oder Schnalle, sondern einen ebenfalls dank der silbernen Metallteile im Licht auffällig blitzenden Reißverschluss der Marke *RiRi.*

Lou wusste, dass genau das es war, was Ludwiga so faszinierte, und weshalb es ihr weniger um die Skizzen in dem Notizheft als vielmehr um dieses außerordentliche Taschenmuster ging. So aufwendig die Tasche wirkte, so einfach und günstig war sie herzustellen. Genau das Richtige, um als bezahlbare Abendtasche mit dem gewissen Etwas – eben dem neuartigen Reißverschluss – in Serienfertigung zu gehen.

»Also gut, wir schließen einen Vertrag mit Ihnen.« Endlich klappte Ludwiga das Heft zu, nahm die kleine, runde Brille von der spitzen Nase und sah Lou aus wässrigen Augen streng an. So tonangebend sie in der Berliner Modewelt war, so unscheinbar kam sie selbst daher. Nicht die geringste Spur von Kajal, Puder und Lippenstift legte sie auf. Auf den ersten Blick ging sie damit glatt als einfallslose graue Bürodame durch. Lou schätzte sich glücklich, sie dennoch gleich durchschaut und auf die richtige Weise für ihre Neuschöpfung begeistert zu haben. Die Reißverschlusstasche mit Ludwiga und der angesehenen Firma *Samuel Kopp & Söhne* zu produzieren, das würde ihr ersehnter Durchbruch an der Spree werden. Ilka und ihre Freundinnen mussten sich bald wieder bei Wilma auf die Warteliste setzen lassen, um an besondere Taschen zu kommen. Bis auf weiteres würde Lou mit Aufträgen vom Hausvogteiplatz und anderen Konfektionären ausgebucht sein.

»Allerdings wollen wir die Reißverschlusstasche exklusiv«, setzte Ludwiga nach und beendete Lous ersten Höhenflug harsch. Lou stutzte, fasste sich aber schneller als erwartet. Das lief zwar anders als beabsichtigt, aber auch daraus ließ sich Kapital schlagen.

»Wenn Sie die Tasche exklusiv möchten, dann müssen Sie mir die ganze Serie abkaufen. Entweder die gesamte Kollektion exklusiv oder nur die eine und dann nicht exklusiv.«

Lou war stolz auf sich. Ludwiga verschränkte die Arme vor der Brust, kaute auf dem Brillenbügel und schien angestrengt nachzudenken. Die Modistin war noch eine Handbreit kleiner und weitaus zierlicher als sie selbst, so dass sie sich neben ihr wie ein Elefant fühlte. Zum Glück hatte sie bei der heutigen Auswahl der Garderobe darauf geachtet, besonders feine und der Figur schmeichelnde Farben und Schnitte zu wählen. In der hellen Seidenbluse mit der breiten Schluppe wie auch dem geraden, wadenlangen Rock in sattem Bordeaux wirkte sie schlank und dennoch sportlich, was die flachen Schnürschuhe unterstrichen. Bei Ludwiga stieß sie damit auf Wohlgefallen, wie ihr kurzes Nicken nach dem prüfenden Blick auf ihre Kleidung verraten hatte.

»Außerdem bestehe ich darauf, die Kollektion im Rahmen der ersten *Mode und Heim* Ende September im Sportpalast vorzustellen. Auf der Messe können Lizenzen für andere Konfektionäre oder gar ins Ausland verkauft werden. Davon haben Sie dann auch einen Gewinn.«

Ludwiga nahm den Bügel aus dem Mund, schürzte die Lippen. Die Falte zwischen den Augenbrauen wurde noch tiefer.

»Also gut«, knurrte sie erstaunlich tief. »Gehen wir zum Junior und machen Nägel mit Köpfen.«

Sie packte Lous Notizheft mit den Entwürfen einer ganzen Taschenserie mit Reißverschlüssen, die von der Abend- über eine Hand- und Schultertasche bis hin zu einer Mappe fürs Büro und einer beutelartigen großen Umhängetasche reichte. Damit war jede Frau für alle Anlässe gerüstet und jederzeit mit dem praktischen Verschluss vor Dieben sicher. Die Wahl der Materialien war ebenfalls weit gespannt von verschiedenen Lederarten über bestickte Stoffe bis zu den besagten Perlenstickereien. In der neuen Sommerkollektion von *Samuel*

Kopp & Söhne gab es gewiss eine Vielzahl an Kleidern, zu denen diese Taschen passten. Das hatte Ludwiga auf Anhieb erkannt. Gleich schnappte sie sich auch die grüne Perlentasche, um dem Firmeninhaber das Muster vorzuführen. Lou blieb nichts anderes, als ihr mit leeren Händen zu folgen.

Als sie zwei Stunden später vor der Haustür in der Schwedter Straße anlangte, konnte sie ihr Glück noch immer kaum fassen. Der ganz große Traum war in Erfüllung gegangen! Sie hatte für ihre Reißverschlusstaschen einen Exklusivvertrag mit einem der größten etablierten Konfektionäre der Stadt. Einen Moment verspürte sie die Versuchung, Hilde eine Kopie davon anfertigen zu lassen und nach München zu schicken. Ob Ernst sich traute, seiner Frau gegenüber seine Freude über ihren Erfolg zu zeigen? Rasch schob sie die schmerzlichen Erinnerungen beiseite. Was zählte, war allein, dass sie es aus eigener Kraft geschafft hatte, ihren Traum zu verwirklichen. Dazu brauchte sie weder Ernsts Anerkennung noch Hildes verspätete Zustimmung. Voller Stolz sah sie auf das Papier in ihrer Hand, überflog es noch auf dem Trottoir wieder und wieder, als fürchtete sie, die Buchstaben und damit auch der abgeschlossene Auftrag würden sich doch in Luft auflösen, wenn sie es zusammenfaltete und in die Tasche steckte. Aber auch nach dem x-ten Mal Hinschauen war da nach wie vor schwarz auf weiß zu lesen, dass die Firma *Samuel Kopp & Söhne* mit Sitz am Berliner Hausvogteiplatz künftig die von ihr entworfenen Damentaschen mit Reißverschluss in großer Stückzahl fertigen würde. Vorsichtig faltete sie das Papier zusammen und packte es in den Rucksack. Dann holte sie den Schlüssel heraus, öffnete die schwere Eingangstür, drehte im Durchgang das Licht an und lief zur Treppe.

Reichlich müde, aber sehr glücklich über diesen ausgezeichneten Start in die neue, zweite Maiwoche erklomm sie die Stufen zum dritten Stock. Durch die Fenster zum engen Hof fiel mit jeder Etage mehr Sonnenlicht. Azurblau wölbte sich der Himmel über der Stadt. Wie im Bilderbuch hatte der sonnige Mai den launischen April abgelöst. Das ausgelassene Zwitschern der Spatzen drang durch die gekippten Oberlichter, auf den Fensterbänken reckte sich das erste Grün von Gewürzen und Blumen aus den Blumentöpfen dem warmen Sonnenlicht entgegen. Der Duft von Frühling und Aufbruch hing in der Luft. Lou wagte kaum, die Erinnerungen an vergangene Maitage aufzufrischen. Am gestrigen vierten Mai hatte sich Curds Todestag zum fünften Mal gejährt. Über der Begeisterung für die Idee mit den Reißverschlusstaschen war ihr das zum ersten Mal entgangen, und das ausgerechnet in dem Jahr, in dem Wochentag und Datum wieder mit damals übereingestimmt hatten! Wie angewurzelt blieb sie mitten auf der Treppe stehen. Dann aber gab sie sich einen Ruck. Das musste sie als gutes Zeichen nehmen. Fünf Jahre hatte sie gebraucht, um sich nach Curds schrecklichem Tod ein eigenes Leben aufzubauen. Wer, wenn nicht er, hätte sie jetzt in den Arm genommen und fröhlich übers Parkett gewirbelt, weil sie endlich vergessen konnte? Gleich oben in der Wohnung würde sie aus den Platten seinen Lieblingswalzer heraussuchen und ihm zu Ehren den *Frühling in Wien* tanzen. Vom Foto neben dem Grammophon aus konnte er ihr dabei zuschauen.

Übermütig lief sie die letzten Stufen hinauf. Als sie den obersten Absatz erreichte, blieb sie verwundert stehen. Vor der Tür ihrer Wohnung wartete ein kleines Paket auf sie. Auf dem braunen Packpapier erkannte sie Fridas Handschrift. Sie bückte sich und hob es auf. Es war nicht sonderlich schwer. Neugierig, was ihr die Münchner Freundin schickte, wo sie doch wohl kaum Curds gestrigen Todestag im Sinn gehabt haben mochte und es bis zu ihrem Geburtstag noch fast ein halbes Jahr hin war, schloss Lou die Tür auf. Drinnen drehte sie das Licht im dunklen Flur an und begann ungeduldig das Paket aufzureißen, noch während sie den Rucksack zur Seite warf und ins hinterste Zimmer lief. Einhändig öffnete sie eines der Fenster, um die milde Frühlingsluft in den stickigen Raum zu lassen.

Als sie sich aufs Sofa fallen ließ, hatte sie die erste Schicht Papier um das Päckchen bereits abgelöst. Darunter fand sie ein weiteres, in grobes Papier eingeschlagenes kleineres Päckchen, das an ihre frühere Anschrift in der Münchner Kaulbachstraße adressiert war. An *Fräulein Louise Seybold* war es gerichtet. Sie musste nicht erst das verhasste, irrtümlich mit ou geschriebene *Luise* lesen, um zu ahnen, wer es ihr geschickt hatte. Ein Blick auf die österreichische Briefmarke und den Wiener Poststempel bestätigte ihr die Vermutung: Curds Vater!

Als sie das braune Packpapier zusammengeknüllt auf den Tisch legen wollte, fiel ihr eine Karte in die Hand. Frida hatte ihr eine kurze Nachricht beigefügt: *Das Päckchen kommt von Deiner früheren Vermieterin aus der Kaulbachstraße. Welch Wunder, dass sie meine Anschrift noch wusste! Ich hoffe, es enthält nur Gutes. Eilige Grüße und bis bald, Deine Frida. PS: Franzi geht es gut. Sie tanzt wie versprochen jeden Sonntag, soll ich Dir ausrichten.*

Lous Herz schlug schneller, als sie sich daranmachte, das Päckchen aus Wien zu öffnen. Was schickte ihr Curds Vater nach all den Jahren, in denen sie nie wieder von ihm gehört hatte? Wie Judith damals vorausgesagt hatte, war es ihm wohl doch zu teuer gewesen, Curds sterbliche Überreste nach Wien zu holen. Ebenso hatte er auch nie die Übersendung seiner kargen Hinterlassenschaft angemahnt, wie er sich überhaupt seit dem Sommer 1919 kein einziges Mal mehr gemeldet hatte. Auch Judith und Max hatten keine Nachricht mehr von ihm erhalten. Umso verwunderlicher, dass er ihr nun seinerseits freiwillig etwas schickte, das wohl mit Curd zu tun hatte. Neugierig riss sie die letzte Papierschicht auf, scherte sich nicht darum, den Absender dabei zu zerstören, so dass sie sich schwertun würde, sich bei Curds Vater zu bedanken.

Eine Handvoll Fotos sowie ein Bündel Briefbögen ohne Umschläge mit Adressen fielen heraus, dazwischen schienen sich gepresste Blumen befunden zu haben, die zu Staub zerbröselten. Lou legte die Briefe erst einmal beiseite, hielt die Fotos ins Licht, das durch die beiden Nordfenster, großzügig gespiegelt von der weißen Fassade des gegenüberliegenden Hauses, ins Zimmer fiel.

Die erste Aufnahme zeigte eine junge, schöne Frau. Der Kleidung nach datierte das Foto aus der Kriegszeit. Auf dem zweiten war dieselbe Frau zu sehen, dieses Mal mit einem Kleinkind auf den Armen, offensichtlich ein Mädchen, wie die langen, dunklen Locken und die riesige Schleife auf dem Kopf nahelegten. Auf der dritten Aufnahme lächelte an ihrer und des Kindes Seite unverkennbar Curd der Kamera entgegen. Lou schnappte nach Luft. Was hatte das zu bedeuten?

Mit zittrigen Händen legte sie die Fotos auf den Tisch und wandte sich den Briefen zu, faltete einen nach dem anderen auseinander. Sie waren aus zartem rosarotem Papier, vermutlich von einer Frau geschrieben, wie die Akkuratesse der einzelnen Buchstaben, ihre exakt gleichen Ober- und Unterlängen sowie vor allem die schwungvoll dahingeworfene Anrede »Mein Liebster!« verrieten. Hastig überflog Lou die Zeilen, nahm das Datum unter einem Schleier wahr, drehte die Seiten, las den Namen unter den Briefen. Mit »Deine Vera« waren sie unterzeichnet, wobei das verschnörkelte V ins Auge stach. Lou ließ die Briefe sinken. Nie hatte Curd je diese Frau erwähnt.

Mit einem dicken Kloß im Hals nahm Lou sich die Briefe erneut vor. Natürlich ging es um Liebe, die Bitterkeit des Krieges, der die Liebenden grausam auseinandergerissen hatte, um die Angst vor dem Tod im Schützengraben, das Bangen der Daheimgebliebenen, die unstillbare Sehnsucht und die Pläne für eine gemeinsame Zukunft. Immer hastiger und immer ungläubiger las Lou weiter, starrte auf die Buchstaben, die bald vor ihren Augen zu tanzen begannen und sich zu einer neuen, ihr bislang völlig unbekannten Geschichte aus Curds Vergangenheit zusammenfügten.

Kein Wort hatte er je darüber verloren, dass er schon einmal geliebt, mit der Geliebten sogar ein Kind gezeugt hatte. Selbst Judith und Max hatten nach seinem Tod nichts dergleichen erwähnt. Sie schloss die Augen, biss sich fest auf die Lippen. Das alles half nichts. Auch wenn sie sich weit weg vom Münchner Ostfriedhof befand und schon lange nicht mehr gegen die bösen Geister um Curds Grab angetanzt hatte, so waren die Dämonen auf einmal doch wieder deutlich zu hören. Dieselben Stimmen, die sie früher schon vernommen hatte, lachten sie höhnisch aus. Eine wie sie fand eben niemals das große Glück, weder in der Liebe noch sonst im Leben.

Lou öffnete die Augen wieder. Nach wie vor befand sie sich in ihrer Berliner Wohnung und hielt die Briefe in der Hand. Ungläubig starrte sie sie an. Um sie herum begann sich alles zu drehen, die Buchstaben und Zeilen auf dem Papier tanzten munter auf und ab so wie früher die Schrift auf dem Holzkreuz von Curds Grab. Sie ließ die Briefe fallen, presste sich die Hände auf die Ohren. Es nutzte nichts. Die Dämonen lachten weiter, alles drehte sich noch schneller um sie herum. Wie hatte sie nur hoffen können, die bösen Geister wären für immer verstummt und das Glück hätte endlich seinen Weg zu ihr zurückgefunden, noch dazu ausgerechnet einen Tag nach Curds fünftem Todestag?

32

Sie musste eingeschlafen sein. Als Lou die Augen wieder öffnete, lag das Zimmer im Dämmerlicht des anbrechenden Abends. Verwundert richtete sie sich auf. Ihr tat alles weh. Mitten auf den harten Holzdielen hatte sie gelegen und tief und fest geschlafen. Sie rieb sich die Augen und streckte vorsichtig die steif gewordenen Arme und Beine von sich. Es war kühl geworden. Noch immer stand eines der Fenster weit offen.

Im letzten Tageslicht erkannte Lou die Briefe sowie die Fotos, die mit den Resten von getrockneten Rosenblättern über den ganzen Boden zerstreut lagen. Auf einen Schlag fiel ihr alles wieder ein. Bevor die Dämonen erneut erwachten und zu lachen begannen, raffte sie die Blätter zusammen, legte die Fotos obenauf und verschnürte alles mit einer der herumliegenden Kordeln zu einem kleinen Packen. Dann stand sie auf, ging zur Kommode, um den Packen in der Schublade mit den dicken Winterstrümpfen zu verstauen. Mit einem energischen Ruck schob sie die Schublade wieder zu.

Ihr Blick fiel auf die Plattenkiste neben dem Grammophon. Ganz vorn steckte Curds Lieblingsaufnahme vom *Frühling in Wien*. Im nächsten Moment fegte sie die Kiste wie auch den Bilderrahmen mit Curds Foto zu Boden, trampelte wie von Sinnen auf den Platten herum, bis der schwarze Schellack ebenso zerbröselt war wie die Rosenblätter aus den Briefen. Erst als sie auf einem größeren Rest glatten Schellacks auszurutschen drohte, hielt sie inne. Was tat sie da eigentlich?

Noch einmal zerrte sie die Schublade auf, wühlte in den Wollstrümpfen nach den Briefen und holte das Bündel wieder heraus. Als sie auf dem Foto obenauf in Curds geliebtes Gesicht sah, schossen ihr Tränen in die Augen. Sie lief nach nebenan, schnappte sich den Rucksack und wollte das Bündel Briefe gerade darin verstauen, da schaute sie noch einmal auf das Bild, das Curd mit Frau und Kind zeigte. Es musste etwa aus derselben Zeit stammen wie jenes, auf dem sie eben herumgetrampelt war. Je länger sie darauf starrte, desto mehr verzerrte sich Curds Gesicht zu einer hässlichen Fratze. Ein böses Lachen hallte durch die Wohnung. Blindlings stopfte sie den Packen in den Rucksack, verschloss die Lasche, schnappte sich den dünnen Mantel vom Stuhl und stürzte aus der Wohnung. Sie musste Judith die Briefe und Fotos unter die Nase halten, wollte aus ihrem Mund hören, was sie dazu zu sagen hatte.

So schnell war sie noch nie zur Untergrundbahn am Senefelderplatz gerannt. Selbst mit dem Umsteigen in die Stadtbahn am Alex erreichte sie den Savignyplatz in Rekordzeit. Wie von Sinnen stürmte sie die Treppen an der Station hinunter, ignorierte den lautstarken Protest eines Mannes, als sie ihn mit dem Rucksack über der Schulter so heftig anrempelte, dass ihm die Melone vom Kopf fiel. Das rasante Tempo behielt sie die gesamte Knesebeckstraße hinunter bei. Erst auf dem Kurfürstendamm verlangsamte sie ihre Schritte. Der frühe Abend war die ungünstigste Zeit, um es dort eilig zu haben. Ähnlich wie die Tauentzienstraße und die Gegend um die Gedächtniskirche verwandelte sich der breite Boulevard um diese Zeit zu einer

Art Freiluftlaufsteg. Die einen peilten die ersten Etappenziele ihres bevorstehenden nächtlichen Streifzugs durch teure Restaurants, Varietés und Bars an, die anderen suchten ihr kostenloses Abendvergnügen im Flanieren zwischen ebendiesen aufwendig herausgeputzten Nachtschwärmern. Die Musik zu diesem Irrsinn lieferte das wilde Hupen der Autos auf der verstopften vierspurigen Fahrstraße.

Nach einigen weiteren Schlenkern und Ausweichmanövern erreichte Lou das Wohnhaus zwischen Uhland- und Fasanenstraße. Auf den Treppen im Hinterhaus nahm sie immer gleich zwei Stufen auf einmal, erreichte außer Atem die vierte Etage, läutete Sturm an Judiths Tür. Sie hatte Glück. Schon nach wenigen Augenblicken regte sich drinnen etwas. Dabei war Judith sonst um diese Zeit gern unterwegs, beobachtete Leute im *Café Bauer*, lästerte im *Romanischen Café* über Schwimmer und Nichtschwimmer oder stärkte sich mit Erbsensuppe in einem der vielen *Aschinger*, um sich später in einem Klub oder Kabarett die Nacht um die Ohren zu schlagen, natürlich alles immer auf der Suche nach Stoff für ihre Kolumne.

»Lou, du?« Als sich die Wohnungstür einen Spalt öffnete, erspähte Lou das erstaunte Gesicht einer völlig verschlafen aussehenden Judith. Verlegen raffte sie mit der freien Hand das Revers ihres dunkelvioletten Seidenmorgenrocks über dem nackten Busen zusammen, pustete sich eine Strähne ihres zerzausten Haars aus der Stirn.

»Ich muss dich dringend sprechen. Lass mich rein.« Entschlossen stieß Lou die Tür auf und trat in den Flur.

Judith musste gar nicht erst darauf hinweisen, wie ungelegen ihr der Besuch kam. Es war offensichtlich, dass sie nicht allein in der Wohnung war. Ein aufdringlicher Geruch nach Moschus und Alkohol schlug Lou entgegen. Kurz schweifte ihr Blick in das von Kerzen erleuchtete Atelier. Zwischen den auf den Holzdielen festgewachsten Kerzenstumpen entdeckte sie unordentlich ausgezogene Frauenkleider, über der Lehne des Sofas hingen malerisch kunstseidene Damenstrümpfe, aus einer mit Räucherwerk gefüllten Schale auf dem Gaskocher stieg verräterischer Qualm. Zwei Sektflöten sowie eine umgedrehte Flasche im Eiskübel deuteten auf ein kleines Gelage hin. Lou wandte sich nach rechts zum Schlafzimmer. Gerade wollte Judith die Tür schließen, da zwängte sich eine kleine, zarte Frauengestalt in einem schlichten Seidenhemd an ihr vorbei in den Flur.

Lou erstarrte. Zwar irritierte sie im ersten Moment das offen über die schmächtigen Schultern wallende dunkle Haar, dann aber gewahrte sie die Silbersträhnen darin. Die Art, wie sie das Haar mit den fein manikürten Fingern aus dem Gesicht strich, ließ keinen Zweifel mehr zu.

»Wie schön, dich zu sehen, Lou.« Mit dem typischen Lächeln, das sämtliche Falten um Mund- und Augenpartie zum Strahlen brachte, sah Wilma sie ganz selbstverständlich an.

Das war eindeutig zu viel. Als hätte ihr jemand eine schallende Ohrfeige verpasst, schreckte Lou zurück und stammelte verwirrt: »D-d-d-das ist j-j-j-jetzt nicht w-w-w-wahr!«

Fassungslos schaute sie zwischen Wilma und Judith hin und her. Judith wich ihr verlegen aus, während Wilma ihr weiterhin ganz offen entgegenblickte. Lou geriet ins Taumeln, tastete rücklings nach einem Halt und klammerte sich am Türstock des Ateliers fest. Erst die entsetzlichen Briefe aus Wien, die Curd als Betrüger entlarvten, weil er bereits Frau und Kind gehabt hatte, und nun auch noch Judith und Wilma als Liebespaar. Warum all diese Heimlichtuerei? Warum hatten sie ihr nie etwas davon erzählt?

Judith hatte sich wieder gefasst. Leise flüsterte sie Wilma etwas ins Ohr. Die nickte und verschwand im Schlafzimmer. Die selbstverständliche Vertrautheit zwischen den beiden brachte Lou noch mehr auf.

»Es tut mir leid, dass du es auf diese Weise erfährst. Wir hätten es dir gern in Ruhe erzählt.« Judith versuchte sich an einem entschuldigenden Lächeln.

»So?« Lou versuchte, ihre Gedanken zu sammeln. Sie nahm den Rucksack von der Schulter, presste ihn wie einen Schutzschild vor die Brust.

»Was hast du nur? Du wusstest doch, dass ich …«, setzte Judith noch einmal an.

»Warum muss es ausgerechnet Wilma sein?«, fuhr Lou ihr über den Mund. »Wie lang geht das schon zwischen euch? Warum habt ihr nichts gesagt?«

»Willst du einen Tee?«, fragte Judith. »Du bist doch gekommen, weil du etwas auf dem Herzen hast. Lass uns in Ruhe miteinander reden.«

»Mit dir kann ich nicht mehr in Ruhe reden. Du lügst mich doch nur an oder verschweigst mir das Wichtigste, weil du denkst, ich könnte die Wahrheit nicht vertragen.« Schon hatte Lou wieder das Foto von Curd vor Augen, wie er mit der fremden Frau und dem kleinen Mädchen in die Kamera lächelte. Judith musste davon gewusst haben, anders konnte sie sich das nicht vorstellen. Trotzdem hatte sie ihr nie eine Silbe davon gesagt, wie sie ihr überhaupt nie das erzählte, was wirklich wichtig war. Sie schob sich den Rucksack wieder auf die linke Schulter und wandte sich zum Gehen.

»Warte!« Judith wollte sie aufhalten. Sie aber schlüpfte schnell aus der Tür und rannte die Treppe hinunter. Judith folgte ihr auf bloßen Füßen. Lou aber hielt nicht an. Nach zwei Treppen gab Judith auf. Lou hörte, wie sie ins Atelier zurückkehrte und die Tür schloss. Sie verlangsamte das Tempo, durchquerte erstaunlich ruhig den achteckigen Hof, in dem sich das erste, zarte Frühlingsgrün regte, und trat wieder auf den Kurfürstendamm. Im Sog des abendlichen Trubels ließ sie sich treiben.

Sie fühlte sich schrecklich allein. Die laute, lärmende Stadt, in der niemals Ruhe einkehrte, erschien ihr wie ein undurchdringlicher Moloch. Kaum zu glauben, dass erst wenige Stunden vergangen waren, seit sie gemeint hatte, endlich auf der Sonnenseite des Lebens angekommen zu sein. Was gäbe sie jetzt darum, wieder in München zu sein und einfach in die nächste Tram zum Ostfriedhof zu steigen, um an Curds Grab zu tanzen. Kaum sah sie die schlichte Ruhestätte vor sich, wurde ihr klar, dass ihr auch diese Zuflucht fortan versagt war. Nie mehr würde sie an Curds Grab und an das Glück mit ihm denken können. Für alle Ewigkeit stand er dank der Briefe als Lügner vor ihr.

Schrilles Quietschen von Autoreifen und empörte Rufe schreckten sie auf. Ohne auf den Verkehr zu achten, war sie an der Ecke zur Joachimsthaler Straße auf die Fahrbahn getreten. Wie in Trance entriss sie sich den Händen eines Herrn, der sie zurückhalten wollte, und schlängelte sich flink zwischen den Wagen auf die andere Seite, um bis zur Rankestraße zu gelangen. Vor dem *Schwannecke* fand sich die übliche Traube geduldig Wartender, die auf die Gnade des Türstehers Jonny hofften, um Einlass in den Künstlertreff zu finden. Rasch wollte Lou sich auch an ihnen vorbeischieben, da packte sie von neuem jemand am Mantelärmel und hielt sie fest.

»Lou?«

Erstaunt hob sie den Blick. Ilka lächelte sie an und redete sogleich mit ihrer rauchigen, das R so überbetont rollenden Stimme weiter. »Du wirst dich doch nicht einfach so an uns vorbeimogeln wollen? Das kannst du mir nicht antun. Jedenfalls nicht heute, da wir einen so großen Erfolg zu feiern haben. Was sagt ihr dazu?«

Sie wandte sich an ihre Begleiter, die mit den Rücken zu ihnen standen. Es handelte sich wenig überraschend um Max und seinen Produzenten Oskar Horwitz. Ehe Lou die beiden begrüßen konnte, hatte Ilka noch einen dritten Mann auf der anderen Seite genötigt, sich ebenfalls zu ihr umzudrehen, und wollte sie gerade miteinander bekannt machen. Lous weit aufgerissene Augen aber hielten sie davon ab. Lou brauchte keine Vorstellung. Den Mann kannte sie besser, als ihr lieb war. Hatte sich alle Welt gegen sie verschworen? Warum sonst stand jetzt ausgerechnet Richard Lönsheim vor ihr? Noch dazu in trauter Einigkeit mit Max und Ilka. Richards blonder Haarschopf war zwar von einem bis tief zu den abstehenden Ohren heruntergezogenen Hut verdeckt, der Blick seiner eisblauen Augen aber drang ihr dennoch unbarmherzig ins Herz. Ihr wurde übel.

»Lou!«, rief er nach einer viel zu langen Schrecksekunde ungläubig aus, während sich auf Max' Miene in rasanter Folge die verschiedensten Regungen abwechselten. Dabei sah er keinesfalls sonderlich glücklich aus. Oskar Horwitz dagegen verfolgte das Geschehen zwischen ihnen dreien ebenso verständnislos wie Ilka.

»Ich wusste gar nicht, dass du auch in Berlin bist«, fügte Richard hinzu. »Davon haben mir Judith und Max kein Sterbenswort verraten.« Das war der nächste schwere Schlag an diesem Abend. Sie wartete gar nicht erst ab, bis Max zur Besinnung kam und eine überflüssige Erklärung stammelte. Sie wusste genug. In diesem Punkt hatten Judith und Max sie also ebenso hintergangen wie mit Curds Vorgeschichte. Dabei wussten beide nur zu gut, was für ein windiger Hund Richard war. Kurz überlegte sie, ob sie ihm mitten auf der Straße eine kräftige Ohrfeige verpassen sollte. Was aber würde das ändern? Matt drehte sie sich um. Von neuem hielt Ilka sie fest und lief mit ihrem schauspielerischen Talent zur Höchstform auf, tat einfach so, als wären Richard und sie sich gerade in inniger Wiedersehensfreude um den Hals gefallen.

»Wenn du auch eine alte Freundin von Richard bist, dann musst du jetzt erst recht mit uns feiern. Stell dir vor: Er hat seine Geschäftspartner aus Amerika davon überzeugt, in Oskars *Jupiterfilm* einzusteigen und mit ihm zusammen Max' neuen Film zu produzieren. Somit arbeiten die alten Münchner Freunde endlich einmal wieder zusammen, und das sogar für das erste internationale Projekt der *Jupiterfilm*. Ist das nicht großartig? Darauf müssen wir anstoßen, noch dazu, wo ihr euch alle schon so lange aus München kennt. Judith sollte auch bald da sein. Ich habe sie heute Nachmittag extra angerufen, damit sie kommt.«

»Sie wird sich verspäten«, erwiderte Lou zu ihrem eigenen Erstaunen. »Eben hatte sie noch Besuch. Aber lasst euch nicht aufhalten. Ich glaube, ihr seid an der Reihe. Jonny schaut schon ganz ungeduldig her. Viel Spaß und viel Erfolg mit euren Projekten.«

Horwitz folgte nur zu gern Jonnys Aufforderung nach drinnen. Schnell schloss sich ihm Richard an. Ilka dagegen zögerte einen Moment, sah zwischen Max und ihr verwundert hin und her. Es war Lou, als wägte sie verschiedene Möglichkeiten gegeneinander ab. Sobald sie gewahr wurde, dass

Max weiter schwieg, warf sie Lou mit einer Kusshand ein »Dann auf ein anderes Mal!« zu und verschwand ebenfalls im Lokal.

»Lou, ich weiß«, setzte Max halbherzig an, doch Lou winkte ab. »Spar dir die Erklärungen. Ich habe verstanden. Das Geschäft geht eben vor. Richard ermöglicht dir eine riesige Chance, gleich auf internationaler Bühne deinen nächsten Film zu präsentieren. Ilka wird das Ihre dazu beigetragen haben, dass dir keine Wahl geblieben ist. Pass bitte gut auf dich auf. Manche Chancen zerplatzen schnell wie Seifenblasen.«

»Begreif doch«, setzte er erneut an. »Die Inflation ist vorbei. Damit besteht kein Anlass mehr zur Sorge, noch dazu, wo Richard die Geldgeber selbst aufgetrieben hat. Von mir steckt kein Pfennig in der Geschichte. Seine Geschäfte laufen gut. Wahrscheinlich hat er auch deinem Ernst das verlorene Geld längst zurückgezahlt. Du solltest ihn einfach anrufen und fragen. Übrigens war es auch gar nicht Richards Schuld, dass im Chaos der galoppierenden Geldentwertung das eingesetzte Kapital …«

»Vor mir musst du dich nicht rechtfertigen«, unterbrach Lou ihn abermals. »Ich hoffe, du weißt, was du tust. Viel Glück dabei! Ilka soll endlich ihren Durchbruch erleben. Sie hat es verdient. Dann kann sie sich bald ganz andere als meine Taschen leisten.«

Zum Glück war es dämmrig, so dass er die Tränen auf ihren Wangen nicht sehen konnte. Hastig drehte sie sich um und lief weg. Die erste Abendvorstellung in den umliegenden Filmtheatern war zu Ende. So war es ein Leichtes, in der Menschenmasse um die Gedächtniskirche unterzutauchen.

33

Wie so oft versuchte Lou es erst einmal mit arbeiten, um sich auf andere Gedanken zu bringen. Schließlich hatte sie einen großen Auftrag und feste Termine, an die sie sich halten musste. Wollte sie den erhofften Erfolg mit der Kollektion der Reißverschlusstaschen bei *Samuel Kopp & Söhne* nicht aufs Spiel setzen, dann gab es mehr als genug zu tun. Von früh bis spät würde sie beschäftigt sein. Die Entwürfe waren in Mustertaschen umzusetzen, damit die Konfektionäre die serielle Fertigung in den Fabriken in Auftrag geben konnten.

Das war auch Judith, Wilma und Max Begründung genug, sie nach mehrmaligen Versuchen, mit ihr über das Geschehene zu reden, vorerst in Ruhe zu lassen. Ilka dagegen hatte das Abholen einer bestellten Tasche für eine Kollegin gar nicht erst als windigen Vorwand benutzt, um sie auf die verpatzte Begegnung mit Richard anzusprechen. Wahrscheinlich hatte sie gleich begriffen, dass sie nur schlafende Hunde weckte, wenn sie an der unglückseligen Geschichte zwischen Richard und ihr rührte. Deshalb hatte sie einfach so getan, als wäre nichts gewesen, sich seither aber auch nicht mehr blicken lassen, was Lou nur recht war.

Und doch wollte es ihr nicht gelingen, im Rhythmus des Arbeitens der unerfreulichen Wirklichkeit zu entfliehen. Jeden Morgen setzte sie sich zwar brav an die Nähmaschine und trat aufs Pedal, doch nach wenigen Stichen hielt sie meist verzweifelt inne und legte das begonnene Stück lieber beiseite, bevor sie riskierte, das teure Leder durch Unachtsamkeit mit einer schiefen Naht oder zu festen Stichen zu ruinieren. Stattdessen probierte sie es mit dem Zuschnitt von Stramin, um, sobald das in falsch ausgemessenen oder zu knapp geschnittenen Teilen zu enden drohte, zu Nadel, Faden und Perlen zu greifen. Schließlich gab es auch einige Stoffe von Hand zu besticken. Aber selbst dabei unterlief ihr ein Fehlgriff nach dem anderen, so dass sie bald fürchtete, mit dem veranschlagten Material nicht auszukommen.

Darüber fiel ihr ein, dass sie dringend zu *Wertheim* fahren und sich nach der ausstehenden Lieferung der *RiRis* erkundigen musste. Seit mehr als zwei Tagen war die überfällig. Wieder einmal verfluchte sie die immensen Kosten für ein Telefon. Könnte sie sich einen Apparat leisten, würde ihr das die Fahrt zum Leipziger Platz ersparen. Andererseits würde der Gang an der frischen Luft guttun. Ihr Blick fiel aus dem Fenster. Es hatte nicht den Anschein, als würde das schlechte Wetter allzu bald seinen bevorzugten Platz über Berlin aufgeben.

Lou trat vor den Schrank im benachbarten Zimmer, um den leichten Mantel wie auch Schirm und Hut herauszuholen. Ihr Blick fiel auf die traurigen Überreste von Curds Schallplatten. Zwar hatte sie die schwarzglänzenden Splitter mit Schaufel und Besen zu einem ordentlichen Haufen in der hintersten Ecke zwischen Kommode und Wand zusammengefegt. Noch aber hatte sie sich nicht dazu aufraffen können, sie dem Mülleimer zu überantworten. Wie durch ein Wunder hatten einige Platten den Wutausbruch heil überstanden. Die hatte sie wie auch die vom Herumtrampeln arg zerknitterte

Fotografie zurück in die Kiste gepackt und auf dem Schrank verstaut. Das Grammophon hatte sie ebenfalls weggeräumt, damit sie es nicht mehr ständig vor Augen hatte. Vielleicht würde sie das alles doch noch zusammenpacken und zu Curds Vater nach Wien schicken. Ohne Absender allerdings, damit er das »Fräulein Louise« nicht noch einmal kontaktierte. Sie zog Mantel und Hut an, griff sich den Regenschirm und warf sich den Rucksack über die Schulter.

Als sie am Potsdamer Platz aus den Tiefen der Untergrundbahn an die Oberfläche zurückkehrte, hatte der Regen aufgehört. Erste blaue Lichtflecke kämpften sich durch das Grau am Himmel. Die eilig den Platz querenden Fahrzeuge spritzten Dreckwasser aus den Pfützen hoch.

In der Kurzwarenabteilung bei *Wertheim* hielt Lou vergebens Ausschau nach dem blasierten Verkäufer, der ihr die Ri-Ris beim Hersteller in Wuppertal hatte ordern wollen. Sein Kollege blätterte mit angefeuchteten Fingerkuppen im Auftragsbuch und zeigte sich untröstlich, keinen Eintrag zu finden. Enerviert von dem übertriebenen Buckeln des untersetzten, stark schwitzenden Mannes, der seine Finger auch nach dem Blättern ständig leckte, gab Lou die Bestellung ein zweites Mal auf, beharrte dabei auf dem schnellstmöglichen Liefertermin.

»Der Service bei *Wertheim* hat erschreckend nachgelassen. Man sollte sich glatt bei der Geschäftsleitung beschweren, finden Sie nicht auch?«

Überrascht sah Lou zu der Frau, die wohl schon eine Weile neben ihr stand. Amüsiert zwinkerte sie Lou zu. Lou lächelte zurück. Der Verkäufer indes wurde blass, beeilte sich sofort, sie zu beruhigen: »Das kann alles nur ein Missverständnis gewesen sein, gnädige Frau, eine Verkettung unglücklicher Umstände. Ich werde mich sofort um alles kümmern. Es besteht gar nicht die Notwendigkeit, sich höheren Ortes ...«

»Lassen Sie uns einen Kaffee miteinander trinken«, überging die Fremde seine Bemühungen an Lou gewandt. »Das wird uns über den Ärger hinwegtrösten.«

Ehe Lou sich versah, hatte die Fremde sich nach dem Rucksack gebückt, den sie vorhin zu ihren Füßen abgestellt hatte, und reichte ihn ihr. Vergnügt hakte sie sich bei ihr ein und stolzierte so selbstverständlich neben ihr den langen Gang zur Haupttreppe hinunter, als wären sie schon lange beste Freundinnen. Der dicke Verkäufer folgte ihnen noch zwei Verkaufstresen entlang, versuchte dabei immer wieder, die Situation zu erklären. Erst am Treppenabsatz erkannte er, dass sie ihn gar nicht mehr beachteten, und ließ sie ziehen.

Während sie majestätisch die Stufen hinunterstiegen, musterte Lou verstohlen ihre Begleiterin aus dem Augenwinkel. Sie mochte kaum älter sein als sie selbst, war von ähnlich zierlicher Figur und steckte in einem sportlichen hellblauen Kleid mit langem, geradem Oberteil und tief sitzender Taille, an der der plissierte, wadenlange Rock unter einer dunkelblauen Satinschärpe angesetzt war. Darüber trug sie einen beigefarbenen Gummimantel und auf dem glatten braunen Bubikopf einen schlichten Regenhut. So vornehm sie tat, stammte das kunstseidene Kleid dennoch von der Stange und saß an den Hüften und über dem flachen Busen nicht richtig. Ebenso war die Perlenkette falsch und die Pochette unter dem linken Arm aus schlechtem Lederimitat, von dem ausgebeulten Mantel ganz zu schweigen. Die schmalen Sportschuhe lechzten nach besseren Tagen. Trotzdem strahlte sie eine charmante Weltläufigkeit aus.

Kaum hatten sie das Kaufhaus verlassen, gab sie Lous Arm wieder frei. »Das wäre wieder einmal geschafft. Besten Dank.«

Vor Lous verblüfftem Gesicht zog sie drei Seidentücher und einige kunstvolle Strassbroschen nebst Ansteckblumen aus den Mantelinnentaschen, öffnete die Pochette und ließ das Diebesgut hineingleiten. Noch während Lou ob der Dreistigkeit die Luft anhielt, fasste die andere nach ihrem Rucksack und entnahm ihm zu Lous Entsetzen zwei glitzernde Abendkleider. Die aber hielt sie nur einmal kurz hoch, begutachtete sie rasch, bevor sie sie wieder in den Rucksack stopfte und ihn Lou hinhielt.

»Was fällt Ihnen ein? Wie kommen Sie dazu, das in meinen Rucksack …« Lou fehlten die Worte. Fieberhaft fragte sie sich, wie die Fremde es überhaupt angestellt hatte, die Kleider in ihren Rucksack zu schmuggeln. Sie hatte ihn doch die ganze Zeit bei sich getragen.

»Du solltest deinen Rucksack niemals zu deinen Füßen abstellen«, erwiderte die Fremde, als könnte sie Gedanken lesen. »Es war ein Kinderspiel. Als du dich mit dem Verkäufer über das Auftragsbuch gebeugt hast, hätte ich dir sogar Geld und Schlüssel daraus entwenden können, ohne dass es dir aufgefallen wäre.«

»Und was sollen die Kleider jetzt darin?«

»Darin tragen sie sich einfach besser«, erwiderte die Fremde und reckte schmunzelnd die von Sommersprossen besprenkelten Wangen dem nach wie vor milchig-trüben Maihimmel entgegen. »Was machen wir jetzt? Nehmen wir vorn an der Ecke das *Josty* für unseren Kaffee? Ich liebe es, von der Terrasse aus dem täglichen Wahnsinn auf dem Potsdamer Platz zuzuschauen. Der arme Kerl auf dem Verkehrsturm dort sieht aus wie ein verzweifelter Hampelmann. Unter den Linden kann man jetzt allerdings angenehmer sitzen.«

»Dann lass uns dorthin fahren. Ich war schon eine Ewigkeit nicht mehr im Café«, erwiderte Lou, überrascht von sich selbst, wie schnell sie auf das Spiel der anderen einging. Statt ihr die Beute in die Arme zu drücken und sich empört abzuwenden, war nun sie es, die nach ihrem Arm griff. Die Leichtigkeit, die von der Fremden ausging, behagte ihr. Seit der Zeit mit Richard in München war ihr Ähnliches nicht mehr begegnet. Auch wenn sämtliche Alarmglocken schrillten, war es zu verlockend, einmal wieder nach Herzenslust unvernünftig zu sein und Spaß zu haben.

»Ich bin übrigens Jette.« Die Fremde streckte ihr die Hand entgegen. Lou schlug ein und nannte ebenfalls ihren Namen.

»Sieh nur, da kommt schon gleich die richtige Linie.« Ehe Lou sich versah, hatte Jette sie zu dem Doppeldecker gezerrt, der an der nächsten Straßenecke hielt. Flink sprangen sie auf. Jette gelang es durch geschickte Manöver, sich dem Schaffner zu entziehen, so dass sie die gesamte Fahrt bis zum Kranzlereck ohne Billetts hinter sich brachten.

Trotz des weiterhin drohenden Regens waren die Tische vor den Cafés in der Straße Unter den Linden erstaunlich gut besetzt. Im Zweifelsfall würden die ausgezogenen Markisen Schutz vor der Nässe bieten. Noch während sie vor dem *Café Bauer* nach freien Plätzen Ausschau hielten, erhob sich ein jüngerer Herr mit Brille und Halbglatze, aber erstaunlich jungenhaftem Gesicht. »Jette! Wie schön, Sie zu sehen. Noch dazu in Begleitung einer so charmanten jungen Dame. Darf ich die beiden Fräulein zu uns an den Tisch bitten?«

Einladend wies er auf die beiden freien Stühle an dem kleinen, runden Tisch, an dem ein zweiter, ähnlich junger Mann mit flammend roten Haaren saß. Auch der stand halb auf und nickte ihnen galant zu.

»Wusste ich doch, dass ich Sie um diese Zeit hier treffe«, erwiderte Jette und schenkte Lou ein triumphierendes Grinsen. »Wie gut, dass Sie bereits einen Tisch besetzt haben. So können meine Freundin und ich wenigstens draußen sitzen.« Schon flitzte ein Kellner mit langer weißer Schürze herbei und nahm ihre Bestellung auf. Lou schloss sich Jette an, die einen Schokoladenkuchen sowie eine heiße Schokolade orderte. »Und noch eine Fassbrause zur Erfrischung!«, rief Jette dem bereits davoneilenden Kellner nach und bedeutete ihm mit den Fingern, dass sie davon selbstverständlich auch gleich zwei haben wollten.

»Was führt zwei so reizende junge Damen wie Sie bei diesem launischen Wetter nach draußen?«, begann der Mann mit Brille, der sich Lou schnell noch als »Karl Friedrich« vorstellte, wobei offenblieb, ob es sich dabei um zwei Vor- oder um Vor- und Nachnamen handelte. Sein Gefährte dagegen hieß Theodor Volck, »mit ck«, wie er verschmitzt hinzufügte. Auch Lou nannte ihren Namen.

»Wir sind beide glücklicherweise nicht aus Zucker und laufen nicht Gefahr, bei einem kräftigen Guss dahinzuschmelzen«, erwiderte Jette.

»Abgesehen davon macht Mairegen schön«, fügte Lou übermütig hinzu.

»Noch schöner können Sie schwerlich werden, meine Teure.« Galant hauchte Theodor ihr einen Kuss auf die Hand, was Karl Friedrich mit einem Stirnrunzeln hinnahm.

»Vor allem ist uns nach echtem Vergnügen«, überging Jette das Geplänkel. »Es ist Frühling, wir sind jung und leben mitten in Berlin. Das sollte man in vollen Zügen auskosten.«

»Das ist die richtige Einstellung.« Der rothaarige Theodor klappte sein Zigarettenetui auf und bot ihnen zu rauchen an.

Jette griff ohne Umschweife zu, Lou lehnte ab, was Jette ein spöttisches Grinsen entlockte.

»Darauf sollten wir anstoßen«, rief Theodor und orderte beim Kellner, der gerade Kuchen, Schokolade und Fassbrause brachte, noch ein Glas Sekt für alle.

Karl Friedrich putzte sich die Brillengläser, bevor er sich erkundigte: »Haben die Damen schon konkrete Pläne?«

»Das klingt wie eine Einladung. Was schlagen Sie vor?« Sofort war Jette Feuer und Flamme.

»Wenn wir schon zwei so reizende Fräulein am Tisch sitzen haben, gibt es darauf nur eine Antwort: Tanzen natürlich!«

Theodor verteilte die Sektgläser, die der Kellner auf einem silbernen Tablett balancierte. Sie prosteten einander zu.

»Noch sind wir zeitig genug dran für den Fünfuhrtee.« Karl Friedrich hatte kurz auf seine goldene Armbanduhr gesehen.

»Wie wäre es mit dem *Excelsior?*« Voller Übermut strahlte Jette ihn an.

Lou entging nicht, wie Karl Friedrich und Theodor kurze Blicke wechselten. Sie wollte gerade einwerfen, dazu wohl kaum die passende Garderobe zu tragen, da kam Karl Friedrich ihr zuvor: »Angesichts unserer Kleidung sollten wir lieber eine Nummer kleiner beginnen. In der *Königin* am Ku'damm geht es nachmittags weniger streng zu, trotzdem besitzt es einen ganz eigenen Charme.«

Damit waren die beiden anderen sofort einverstanden. In atemberaubendem Tempo verputzte Jette die Schokoladentorte, während die Herren den Sekt genossen und rauchten, schließlich mit einer lässigen Geste die Rechnung verlangten. Auch wenn Lou zunächst noch zögerte, sich ihnen anzuschließen, blieb ihr letztlich keine Wahl. Die drei gaben sich als eingespieltes Team, was das Sich-Hals-über-Kopf-ins-Vergnügen-Stürzen betraf, dem bislang die Vierte im Bund gefehlt hatte.

»Sich dünnemachen gilt nicht«, raunte Jette ihr ins Ohr. »Die beiden sind ein guter Fang, wie du noch merken wirst. Zu viert macht es außerdem viel mehr Spaß.«

Die *Königin* am Kurfürstendamm entpuppte sich als gemütliches Lokal mit gelassener Atmosphäre, in der sowohl gediegene wie eher einfach gekleidete Paare zur Musik der fünfköpfigen Kapelle übers Parkett schwebten. Es gab Walzer wie auch Tango und gegen Ende der Veranstaltung sogar noch einige ausgelassene Runden Shimmy und Foxtrott. Karl Friedrich und Theodor ließen keinen Tanz aus. Kaum kamen sie dazu, das obligatorische Gedeck aus Tee, Kaffee, Kuchen und Sandwiches zu drei Mark pro Person zu verspeisen. Dennoch zahlten die beiden Herren, ohne mit der Wimper zu zucken, die Rechnung für alle.

»Eigentlich ist es noch viel zu früh, um schon nach Hause zu gehen«, entfuhr es Jette, als sie kurz nach sieben wieder auf die Straße traten. Am Abendhimmel kämpfte sich die Sonne durch lila, blaue und rote Farbspiele, um für das triste Regengrau des Tages zu entschädigen. Golden spiegelten sich ihre letzten Strahlen in den Fenstern der obersten Etagen wider. Der laue Frühlingswind ließ hoffen, dass die Wolkenreste am nächsten Morgen ganz gen Westen davongesegelt waren.

»Es wäre sehr bedauerlich, Ihre geschätzte Gesellschaft so schnell schon wieder missen zu müssen«, erklärte Theodor. »Oder haben Sie vergessen, liebe Jette, dass Sie uns letzten Freitag in Aussicht gestellt haben, einmal einen ganzen Abend mit uns zu verbringen? Ich dachte, Ihr Auftauchen im *Café Bauer* wäre Zustimmung genug.«

»Dem habe ich wohl nichts entgegenzusetzen.« Jette lachte.

»Wunderbar, meine Damen. Dann mal rein ins nächste Vergnügen.« Übermütig strahlte Theodor von einem Ohr zum anderen.

»Exzellent!« Karl Friedrich verstieg sich gar dazu, den Hut in einer schwungvollen Bewegung vom Kopf zu nehmen und sich mit einem Kratzfuß tief vor ihnen zu verbeugen.

»Sollten wir uns für den Abend nicht schicker herrichten?«, flüsterte Lou Jette zu, als die beiden Herren sich zum Gehen wandten. Karl Friedrich und Theodor trugen zumindest dunkle Straßenanzüge sowie Schuhe im nach sieben Uhr abends obligatorischen Schwarz. Ihre schlichten Tageskleider unter den leichten Sommermänteln waren dagegen für den Abend indiskutabel. Lediglich die hellen Schnallenschuhe waren einigermaßen akzeptabel.

»Das haben wir gleich«, erklärte Jette, wisperte Theodor etwas ins Ohr und zerrte Lou in den Seitengang eines nahe gelegenen Geschäfts. Es handelte sich um einen Herrenausstatter, dessen grell beleuchtete Schaufenster sich noch ein Stück weit in den tiefen Hauseingang fortsetzten. An einer der Säulen befand sich gar ein Spiegel, worauf Jette Lou mit einem Augenzwinkern aufmerksam machte.

»Dann wollen wir mal ein wenig Toilette machen«, erklärte sie, griff sich Lous Rucksack und nahm die bei *Wertheim* entwendeten Abendkleider heraus. Beim Anblick der duftigen, ärmellosen Stücke, an denen Perlen und Strasssteine glitzerten, verschlug es Lou für einen Moment die Sprache. Jette hatte bereits ihren Mantel ausgezogen und mit zur Seite ausgestreckten Armen zu einer Art Umkleidekabine umfunktioniert. »Wenn ich bitten darf, gnädiges Fräulein?« Einmal war keinmal, entschied Lou nach kurzem Zögern. Außerdem war es zu verlockend, mit Jette und ihren Kavalieren endlich mehr als nur Judiths bevorzugte Frauenklubs um den Nollendorfplatz oder Max' Stammlokalitäten der Film- und Theaterleute im Schatten der Gedächtniskirche kennenzulernen. Kurz entschlossen wählte sie das kirschrote Kleid aus echter Seide und ließ das bequeme Tageskleid wie eine lästige Hülle fallen, um es im Rucksack zu verstauen. Beim Überstreifen des duftigen Seidenkleids war ihr, als verwandelte sie sich auf einen Schlag in die lebensfrohe Lou, die einst mit Ernst, Frida und dem Kommerzienrat durch die Münchner Nacht gezogen war. Berlin hatte zum Glück noch weitaus mehr als *Kolosseum* und *Blumensäle* zu bieten, und auf ältere Kavaliere wie Ernst, die sie Hals über Kopf für ein Geschäft im Stich ließen, fiel sie sowieso nicht mehr herein.

Während Lou den Mantel hielt, schlüpfte Jette in das tannengrüne Kleid. Aus den ebenfalls bei *Wertheim* stibitzten Schnallen und Schmuckstücken zauberte sie im Handumdrehen die passenden Accessoires für Hals und Haar. Dann holte sie Lippen- und Kajalstift aus der Tasche, zog erst sich, dann Lou die Linien um Augen und Mund nach und vollendete ihre Abendtoilette mit einem kräftigen Hauch Puder, den sie ebenfalls aus ihrer kleinen Unterarmtasche hervorzauberte. Lou hegte keinen Zweifel, dass es sich dabei um ein weiteres Beutestück ihres nachmittäglichen Kaufhausbummels handelte.

»Pikant!«, lobte Theodor, als sie kaum eine Viertelstunde später Arm in Arm vor ihren Begleitern auf und ab stolzierten. *»Très charmante!«*, ergänzte Karl Friedrich.

Bester Laune schlenderten sie den Kurfürstendamm zum Auguste-Viktoria-Platz hinunter. In der Gegend um die Gedächtniskirche fanden sich nicht nur die derzeit angesagtesten Restaurants, sondern auch die größte Auswahl an Amüsement. Beim Überqueren der Rankestraße versteifte sich Lou für einige Sekunden, hielt vorsichtig Ausschau nach der Traube vor dem *Schwannecke*. Zum Glück schienen Karl Friedrich und Theodor nicht zum Kreis der Leute zu gehören, die dort regelmäßig verkehrten. Ohne die Warteschlange zu beachten, liefen sie weiter. In jedem Haus der Gegend schien es mindestens ein Restaurant im Erdgeschoss, ein Kabarett im Keller oder einen speziellen Klub in der ersten Etage zu geben. Vor dem Etablissement *Himmel und Hölle* priesen Plakate die Schau »Das nackte Weib im Spiegel der Kunst« in fünfundzwanzig Bildern an. Eine Tür weiter lockte ein Schild zum »Tanz der Jungfrauen nach der Natur«, und schließlich wurde in einem Kellerlokal eine »Sensationelle Nacht- und Nacktrevue nach Mitternacht« versprochen.

Lous Begleiter schienen indes ein besonderes Ziel anzusteuern: das *Kakadu*. Schon von weitem hoben sich die markanten Leuchtbuchstaben über der Eingangstür von den wild blinkenden Schriftzügen in der Nachbarschaft ab. Lou machte große Augen. Judith hatte ihr schon von der eigenwilligen Bar vorgeschwärmt. Längst sprengte sie alle Rekorde der Stadt, insbesondere das Essen in dem dazugehörigen vegetarischen Restaurant genoss einen sensationellen Ruf. Das Beste aber sollten die lebenden Kakadus sein, die in Käfigen über den Tischen schaukelten und auf Antippen des Glases hin die Ober herbeizitierten. Man müsse nur gut darauf achten, seinen Teller oder das Glas nicht direkt darunter zu postieren, hieß es, sonst landete Ungewolltes von oben darin.

Gebannt folgte Lou den anderen nach drinnen. Die Südseeatmosphäre nahm sie sofort gefangen. So musste es auf Tahiti oder Samoa zugehen. Unter Palmen entdeckte sie kleine Tische und Polstersessel, rote Lampen tauchten alles in ein geheimnisvolles Licht. Schwere Brokatvorhänge und dicke Teppiche verbreiteten gemütliche Salonstimmung. In einem Seitentrakt prasselte ein Kaminfeuer, in verschwiegenen Nischen hatten sich Paare zurückgezogen, die den Abend abgeschirmt vom Rest der Gäste verbringen wollten, was dem Ganzen einen verruchten Touch verlieh. Lous Blick fiel auf einen überlangen blau-goldenen Tresen im hinteren Bereich. Im Rhythmus der Jazzkapelle wirbelten weißgewandete Kellner die silbernen Cocktailshaker durch die Luft. Spärlich bekleidete Schönheiten mimten Bardamen, die alleinstehende Gäste becircten. Die Reihe der Flaschen hinter der Bar stellte die legendäre *Odeon Bar* in München locker in den Schatten.

Ein Kellner führte sie zu einem gedeckten Tisch im Restaurantbereich, von dem aus der Blick auf die Bühne bequem möglich war. Das Kabarettprogramm war bereits in vollem Gang. Gerade verneigte sich ein Komiker unter dem Applaus der Gäste. Zwischen den Nummern spielte die Kapelle Tanzmusik. Theodor übernahm es, für sie alle zu bestellen, während ein Zeichenkünstler neben ihnen Platz nahm und mit flinken Strichen Porträts von Jette und Lou fertigte. »Gut getroffen«, kommentierte Karl Friedrich, steckte dem Mann einen Schein zu und rollte die Bilder achtlos zusammen. Gern hätte Lou einen Blick darauf geworfen, doch die dampfende Suppe, die serviert wurde, lenkte sie sofort ab. Sie duftete verführerisch nach Süße und Schärfe zugleich. Als Lou kostete, entlud sich in ihrem Mund ein wahres Feuerwerk an Geschmackseindrücken. »Das ist allemal besser als Buletten und Schweinebraten«, verkündete Theodor und stürzte sich voller Appetit darauf. Die nächsten Gänge steigerten den fremden, aber erstaunlich wohltuenden Geschmack. Lou konnte kaum unterscheiden, ob es scharf, süß oder sauer war. Meist war es alles zugleich.

Sie hätte die ganze Nacht in den Genüssen schwelgen können, doch Theodor forderte sie ungeduldig zum Tanzen auf. Nach einem kurzen Blick auf Jette und Karl Friedrich, die sich beim letzten Gang schon neckend gegenseitig die süßen Früchte in den Mund geschoben und dabei so manches Mal wie zufällig geküsst hatten, folgte sie ihm nur zu gern.

»Ausgerechnet Bananen …«, setzte der allgegenwärtige Shimmy ein, der Theodor noch auf Abstand zu ihr hielt. Beim folgenden Foxtrott griff er ihr jedoch fester als nötig um die Taille. »Höchste Zeit, dass wir uns näherkommen.« Triumphierend grinste er. Sie versuchte, ihn von sich wegzuschieben, doch der Alkohol zeigte seine Wirkung, und so fiel ihr Protest zu schwach aus.

Sobald die ersten Takte eines Tangos erklangen, stieß Karl Friedrich seinen Freund brüsk zur Seite und blitzte sie fordernd aus seinen brillenverstärkten Augen an. Ehe Lou sich versah, fühlte sie sich von ihm so eng gegen seine Hüfte gepresst, dass es ihr für einen Moment den Atem nahm. Jedes Beinekreuzen nutzte er, um ihr noch mehr auf den Leib zu rücken, bei den Drehungen dagegen stieß er sie schwungvoll weg. Zog er sie wieder zu sich heran, hörte sie seinen keuchenden Atem, roch sein Rasierwasser und spürte die Hitze, die seinen Körper erfasst hatte. Immer drängender wurden seine Bewegungen, immer heftiger versuchte sie sich loszureißen. Das schien er erst recht als Aufforderung zu verstehen, noch zudringlicher zu werden. Erst nach einer halben Ewigkeit und viel zu vielen engen Tänzen verließen sie das Parkett.

Leider waren Jette und Theodor vom Tisch verschwunden und auch unter den Tanzenden nicht zu entdecken, so dass Lou mit Karl Friedrich allein war.

»Die beiden nehmen sicherlich eine Erfrischung an der Bar«, erklärte er mit einem anzüglichen Grinsen und lud sie ebenfalls dorthin ein. Schon fürchtete Lou, er wollte den Abstecher über den schummrigen Kaminbereich nehmen. Zu ihrer Erleichterung aber ging er direkt zum blau-goldenen Tresen, von wo aus ihnen Jette und Theodor tatsächlich erwartungsvoll entgegensahen. Jette kicherte ohne Unterlass. Theodors Wangen glühten im Licht der glitzernden Glaskugel über dem Tresen mit seinen roten Haaren um die Wette, seine Augen versprühten einen seltsamen Glanz. Karl Friedrich schob sich ungeduldig an den Freund heran, tauschte unauffällig etwas mit ihm aus.

»Das solltest du auch probieren«, flüsterte Jette Lou ins Ohr. »So haben wir alle noch mehr von dieser wahnsinnig schönen Nacht.«

Lou fühlte sich zwar vom Alkohol und Tanzen reichlich benommen, trotzdem war ihr Kopf noch klar genug, um das weiße Pulver zu erkennen, das Jette ihr auf einem Taschenspiegel offen auf dem Tresen präsentierte.

»Komm schon, sei keine Spaßverderberin! Wir alle haben es intus. Die Nacht ist noch lang, und eine Stärkung zwischendrin tut einfach gut.«

Sanft legte Jette ihr den Arm um die Schultern. Lou atmete den Duft von Thai-Thai ein, einem exotischen Parfum, das besonders gut ins *Kakadu* und zu Jette passte. Sie schwankte, äugte zu Karl Friedrich. Der nestelte bereits an seiner Nase herum, hatte also die erste Prise schon geschnupft. Erleichtert hob er den Kopf, lächelte ihr zu. Auch Theodor sah sie aufmunternd an.

Sie zögerte. Aus den beiden Männern wurde sie nicht schlau. Auf den ersten Blick wirkten sie recht bieder. Über ihre wahre Identität hatten sie keine Silbe verloren. Allein die elegante Aufmachung, die dicken Brieftaschen und die guten Manieren bedeuteten jedoch nichts. Jettes Verdorbenheit dagegen sprang sofort ins Auge, wie die dreisten Diebstähle im *Wertheim* bewiesen hatten. Dennoch hatte Lou sie auf Anhieb gemocht. Ein bisschen war es wie im Münchner Fasching. Sie trugen Kleider und Schmuck, die ihnen nicht gehörten, und gaben vor, eine andere zu sein, als die, die sie eigentlich waren. Eine winzige Fingerspitze von dem Pulver würde das Ihre dazu beitragen, den Spaß noch ein wenig auszudehnen. Was war schon dabei? Selbst Judith hatte im Fasching zu Koks gegriffen. Hatte sie sich nicht köstlich amüsiert? Lou beugte sich über den Spiegel, sog den weißen Staub ins Nasenloch ein.

»Bravo!«, lobte Jette und küsste sie auf die Wange. Auch Karl Friedrich und Theodor herzten sie überschwenglich. Ihr Herz begann zu rasen. Zugleich schien ihr das Licht über der Bar weitaus greller als zuvor. Die Musik dröhnte ihr lauter denn je in den Ohren. Dennoch fühlte sie sich wohl, unbeschreiblich wohl. Eine große Lust, etwas ganz Unsinniges zu tun, erfasste sie.

»Auf ins *Chéri*«, rief Jette. Die anderen nickten begeistert.

Nach dem exotischen *Kakadu* wirkte die Bar in der Fasanenstraße recht nüchtern. Das weibliche Publikum war allerdings ähnlich auffällig mit viel zu viel Federschmuck, Pelz, funkelnden Steinen und glitzernden Stoffen geschmückt wie im *Kakadu*, ebenso wild flatterten die Fransen und Perlenschnüre bei jeder Bewegung durch die Luft. Auch der Champagner floss in Strömen, und die Cocktails trugen verwegene

Namen. Die Einrichtung mit edlen Hölzern, vielen Spiegeln und versteckten Lampen erinnerte Lou an Münchner Zeiten. Die Band war jedoch um Klassen besser und verstand sich vor allem auf atemlos machenden Jazz. Bald war Lou froh, sich zuvor eine Stärkung gegönnt zu haben, sonst hätte sie kaum so lang durchgehalten.

»Ich brauche dringend einen Ortswechsel«, schrie Karl Friedrich ihr ins Ohr. Die Nähe, die er ihr noch im *Kakadu* aufgezwungen hatte, vermisste sie beinahe schon, so viel Shimmy hatten sie in der letzten Stunde miteinander getanzt. Die heftigen Bewegungen wie auch die stickige Luft in dem überfüllten Raum hatten seine Brillengläser beschlagen. Noch völlig außer Atem polierte er sie mit einem Taschentuch, dabei blinzelten seine kurzsichtigen Augen sie an. Benommen von der Hitze und erschöpft vom Tanzen, klammerte sie sich an seinen Arm, als sie zu den anderen an den Tisch zurückkehrten.

»Lass uns die Damen noch auf einen Drink ins *Casanova* entführen.« Auch Theodor war nach einer neuerlichen Abwechslung zumute.

»Eigentlich sollte ich nach Hause«, sagte Lou. »Morgen muss ich wieder arbeiten.«

»Ach was«, winkte Jette lachend ab, dabei war auch ihr anzusehen, wie müde sie inzwischen war. »Einen letzten Drink können wir den beiden schlecht abschlagen, noch dazu, wenn es ins *Casanova* geht.«

Insgeheim gab Lou ihr recht, trotzdem fürchtete sie, es würde nicht bei dem einen Drink bleiben. In die mondäne *Casanova Bar* in der Lutherstraße hatte sie allerdings schon immer gewollt. Dort verkehrten die wirklich Reichen und Berühmten der Stadt, zu denen weder Judith noch Max gehörten. Ohne größeren Widerstand siegte wieder einmal die Neugier über die Vernunft.

Als sie die Bar betraten, waren die letzten Reste von Erschöpfung wie weggeblasen. Lou konnte gar nicht anders, als die wunderschönen Damen in den strassbestickten, von langen Perlenschnüren, glitzernden Fransen und üppigen Straußenfedern überladenden Kleidern zu bewundern und sich in den einen oder anderen der tadellos in Smoking oder Cutaway gewandeten Gentlemen zu vergucken. Mehr als einmal meinte sie zwischen ihnen Richards blonden Haarschopf über den abstehenden Ohren auftauchen zu sehen. Sein stechender Blick würde so manche der Damen in den Bann ziehen. Fast sehnte sie sich danach, ihn jetzt neben sich zu wissen. Bestimmt würde er ihr die Sterne vom Himmel holen, damit sie ebenso wie die Damen ringsum ihren kostbaren Zobel lässig über die Stuhllehne drapierte und leicht gelangweilt an einem Cocktail nippte, während die Crème de la Crème der Theater- und Filmbranche an ihr vorbeidefilierte und der eine oder andere Bankdirektor sich artig vor ihr verneigte.

»Was meinst du dazu?« Jette rüttelte sie am Arm.

»Was?« Erstaunt stellte sie fest, dass alle drei sie gebannt ansahen. Bevor jedoch ein weiterer Vorschlag kam, wohin man noch gehen konnte, erklärte sie mit schwerer Zunge: »Ich muss nach Hause.«

»Das Schöne am Morgen ist, dass es danach eine nächste Nacht gibt«, erklärte Theodor, während sie auf der Straße auf einen Wagen warteten. Unausgesprochen schien abgemacht, dass sie auch diese wieder miteinander verbringen würden, natürlich auf Einladung der beiden Herren. Geld schien sie nicht zu kümmern. Das erinnerte Lou erneut an Ernst und den Kommerzienrat, ebenso die vornehme Zurückhaltung, mit der sie ihnen nach dem Rausch im *Kakadu* in den letzten Stunden begegneten. Günstige Gelegenheiten, über Jette und sie herzufallen, hätte es mehr als genug gegeben. Lou ahnte, dem letztlich nichts entgegensetzen zu können. Fast schon sehnte sie sich mit einem Mal danach, von Theodor, besser noch von Karl Friedrich in den Arm genommen zu werden wie beim Tango im *Kakadu*. Viel zu lange schon hatte kein Mann sie mehr leidenschaftlich geküsst, vor allem keiner, der vom Alter her zu ihr passte.

»Morgen wenden wir uns den etwas verschwiegeneren Lokalitäten zu«, kündigte Theodor grinsend an. »Wenn die Damen gleich in Abendgarderobe erscheinen, habe ich schon so manch interessante Adresse im Sinn.«

»Hervorragend, mein Bester!« Karl Friedrich schenkte Lou ein amüsiertes Augenzwinkern, als hätte er ihre Gedanken erraten. Sie errötete. Wie selbstverständlich legte er ihr den Arm um die Schultern und zog sie eng an seine Seite. »Lasst uns zur Einstimmung ganz klassisch mit dem Kabarett im *Storchennest* beginnen, damit die Damen erst einmal etwas Kultur genießen. Anschließend sollten wir uns von der Oranienburger Straße aus in Richtung Osten vorarbeiten. Mir wurden letztens einige Tipps zugeflüstert, wo wir bestimmt auf unsere Kosten kommen.«

»Also bis morgen!«, verabschiedete sich Lou, als sie in der Schwedter Straße als Erste aus der Kraftdroschke kletterte. Weder Theodor noch Karl Friedrich machten Anstalten, sie weiter als bis zur Haustür zu begleiten.

Oben in der Wohnung angekommen, wagte sie nicht, auf die Uhr zu sehen. Ebenso versuchte sie die im Durchgangszimmer ausgebreiteten Arbeitsstücke zu ignorieren. Ein schlechtes Gewissen der liegengebliebenen Arbeit wegen würde sie nur am Einschlafen hindern. Und Schlaf hatte sie nötiger denn je.

Rasch richtete sie sich ihr Bettzeug auf dem Sofa, erledigte im Bad nur aufs notwendigste Zähneputzen und Waschen. Als sie sich in das Federbett kuschelte und zur Wand drehte, waren ihre letzten Gedanken, dass sie in den nächsten Wochen wohl noch häufiger die unerledigte Arbeit übersehen und viel zu spät in der Nacht einschlafen würde. Dafür aber war ihr auf einmal nichts ferner als die Erinnerung an die Briefe aus Curds Vergangenheit und die Enttäuschung über Judith, Wilma und Max. Auch wenn sie außer den Vornamen und ihrem Hang zum Vergnügen noch immer nichts weiter von Jette und den beiden Herren wusste, so wusste sie zumindest, dass sie so schnell nicht mehr auf ihre Gesellschaft verzichten wollte. Und auf das feine weiße Pulver, das den Spaß erst so richtig rund hatte werden lassen.

Eine angenehme Stille legte sich um sie. Die Dämonen waren verstummt, das Tanzen, um zu vergessen, geglückt. Nur zu gern gab sie sich den Träumen von den nächsten Abenden in der *Casanova Bar* und im *Kakadu* hin.

34

Nach dem siebten Foxtrott in Folge bedeutete Judith Wilma, eine Pause zu benötigen. Erhitzt kehrten sie zu ihren Plätzen auf der rechten Seite des nahezu quadratischen Saales in *Bühlers Ballhaus* zurück. Erschöpft sank Judith auf den Stuhl, wedelte sich mit einer Hand Luft zu, griff mit der anderen nach dem Weinglas. Während sie durstig trank, schweifte ihr Blick umher. Eine solche Pracht hatte sie nie und nimmer in dem unscheinbaren Hinterhaus in der Auguststraße vermutet. Der Spiegelsaal im ersten Stock brauchte die Konkurrenz im feinen Westen nicht zu fürchten. Rundum waren die Wände mit goldgerahmten Spiegeln versehen, in denen sich das Licht des fulminanten Kristalllüsters in der Mitte des Saales mehrfach brach, was dem Raum eine unendliche Tiefe verlieh. Von einer Balkonloge links oberhalb des Eingangs spielte das Orchester. Die quadratische Tanzfläche war von weiß eingedeckten Tischen umsäumt. Gerade drehten sich die Tanzpaare im Dreivierteltakt eines Walzers. Es handelte sich bei weitem nicht nur um Witwen älteren Jahrgangs. Erstaunlich viele Fräuleins vom Amt oder aus dem Büro hatten sich daruntergemischt, alle zwar in Kleidern von der Stange, aber dennoch fein herausgeputzt. Zwischen ihnen fanden sich einige an Vorkriegsfräcken und betont steifer Haltung erkennbare Berufsoffiziere. Vom Militärdienst ausgemustert, verdingten sie sich als Eintänzer, damit die eine oder andere Frau doch noch am Arm eines kundigen Herrn über das Parkett schweben konnte. Witwenball hin oder her – es ertrug eben nicht jede, mit einer Frau zu tanzen.

»Es war eine tolle Idee, hierherzukommen«, sagte Judith zu Wilma. »So langsam fühle ich mich im Scheunenviertel immer wohler. Und ein Thema für meine nächste Kolumne habe ich auch schon.«

»Schön, dass es dir hier gefällt.« Wilma lächelte stolz. Wie so oft verlangte es Judith danach, jede einzelne Falte um ihre Mundwinkel zu küssen. Wilma war trotz der fünfzehn Jahre, die sie älter war als sie, noch immer eine atemberaubend schöne Frau.

»*Clärchens Ballhaus* ist ein Stück Heimat für mich. In der Gegend fühle ich mich überhaupt sehr gut aufgehoben. Der ›Witwenball der Tugendrose‹ ist aber erst recht etwas Besonderes«, fuhr Wilma mit ihrer angenehm melodiösen Stimme fort. »In gewisser Weise bin ich Witwe, komme also mit allergrößtem Recht hierher.«

Sie zwinkerte Judith zu. Die Anspielung verstand sie inzwischen, hatte doch Wilma ihr längst ihre nicht eben glückliche Jugend als Geliebte eines adeligen Offiziers geschildert, und das als Tochter aus ebenfalls adeligem Elternhaus. Die Familie hatte des Skandals wegen mit ihr gebrochen, und sie hatte seither das noble »von« in ihrem Namen abgelegt. Dass ihr Galan einige Jahre später im Weltkrieg schon nach wenigen Tagen an der Front gefallen war, wie sie zufällig erfuhr, verstand sie als gerechte Strafe für die Totgeburt und all die andere Schmach, die sie seinetwegen erlitten hatte. »Zumindest bin ich auf diese Weise Frida begegnet und habe bei ihrem Vater einen anständigen Beruf erlernt, der mich auf ehrliche Weise ernährt«, pflegte sie die Geschichte abzuschließen. Frida war daher in Judiths Achtung noch höher gestiegen.

Auf den Walzer folgte von neuem ein flotter Foxtrott. Begeistert sprang Wilma auf und reichte Judith die Hand. »Keine Müdigkeit vortäuschen.« Wie selbstverständlich übernahm Wilma dieses Mal souverän die Herrenschritte. *»Mach dir doch 'nen Bubikopf! / Wer trägt heut noch Engelszopf?«*, intonierte der Sänger, und bald stimmte der Saal in den Refrain ein, während es auf der Tanzfläche zwar immer enger, aber nie unübersichtlich wurde.

»Das war ein wunderschöner Abend«, bedankte sich Judith, als sie nach unzähligen weiteren Tanzrunden kurz vor Mitternacht aufbrachen. Der Saal leerte sich überraschend schnell. Vor der Garderobe und auf der engen Treppe zum Erdgeschoss stauten sich die Gäste.

»Natürlich kann *Clärchen* nicht mit dem vornehmen *Casanova* oder dem eleganten *Adlon* mithalten, aber vergnügen kann man sich hier immer.« Wilma stand bereits eine Stufe unter Judith und rief ihr das über die Schulter nach oben zu.

»Wilma, sind Sie das?«, rief eine Frau hinter Judith und versuchte sie im engen Treppenhaus beiseitezudrängen, um zu Wilma zu gelangen.

»Ludwiga, welche Überraschung!« Freudig begrüßte Wilma die Grauhaarige, der es tatsächlich gelungen war, zu ihr zu gelangen.

»Wie gut, Sie zu treffen. Ich wollte mich schon bei Ihnen melden. Unlängst war eine junge Kollegin bei mir, die einen sehr guten Eindruck auf mich machte und vielversprechende Entwürfe vorlegte. Auf der Liste ihrer Kundschaft las ich auch Ihren Namen.«

»So?« Erstaunt sah Wilma sie an, dann fiel der Groschen. »Das muss Lou Seybold gewesen sein.«

»So hieß sie. Allerdings habe ich inzwischen leider schlechte Erfahrungen mit ihr gemacht. Was halten Sie von dem jungen Fräulein?«

»Sie haben schlechte Erfahrungen mit Lou gemacht? Das wundert mich. Sie ist eine hervorragende Täschnerin. In den letzten Monaten hat sie einige Aufträge von mir bekommen, hat auf meine Empfehlung auch für einige meiner Geschäftspartner gearbeitet. Alles immer zur vollsten Zufriedenheit aller Beteiligten. Was haben Sie an ihr auszusetzen?«

Inzwischen hatten sie den Ausgang erreicht. Judith versuchte, in dem hell erleuchteten Hof nah bei den beiden zu bleiben. Unbedingt musste sie hören, was die Dame über Lou zu sagen hatte. Zum Glück hatten die anderen Gäste es eilig, durch den schmalen Torweg auf die Auguststraße zu gelangen. Wilma, Ludwiga und Judith blieben im Schein einer Lampe nah vor dem Durchgang stehen, halfen sich gegenseitig in die leichten Mäntel, setzten die Hüte auf. Wilma nutzte die Gelegenheit, Judith und Ludwiga miteinander bekannt zu machen.

»Sie kennen Lou Seybold also noch länger als Wilma?« Erwartungsvoll sah Ludwiga Judith aus ihren kleinen grauen Augen hinter den runden Brillengläsern an. »Sicher können Sie mir verraten, ob es wirklich ihre Art ist, andere hängenzulassen. Und ob sie schon öfter abgesprochene Termine versäumt und Zusagen nicht eingehalten hat.«

»Das klingt überhaupt nicht nach Lou.« Judith wurde unruhig. Beschämt musste sie sich eingestehen, Lou nach dem seltsamen Auftritt Anfang Mai weder gesehen noch eine Nachricht von ihr erhalten zu haben. Mehr als drei Wochen waren seither vergangen. In der Zeit konnte Lou sonst etwas zugestoßen sein. Wie hatte sie nur so säumig sein und sich nicht um sie kümmern können? Voller düsterer Befürchtungen schaute sie zu Wilma. Die spürte, was in ihr vorging, und erklärte an Ludwiga gewandt: »Das ist ganz und gar nicht Lous Art. Wir werden uns sofort darum kümmern.«

»Es tut mir leid, Sie erschreckt zu haben. Ich würde uns allen wünschen, es klärt sich rasch und bedeutet nichts Arges. Aber Sie müssen wissen, dass *Samuel Kopp & Söhne* auf mein Drängen hin einen Exklusivvertrag mit Ihrer Bekannten abgeschlossen haben. Der könnte für sie wie für uns ein sensationeller Erfolg werden. Wenn sie die Termine nicht einhält, wird es natürlich eine Katastrophe. Kopp junior macht mir jetzt schon die Hölle heiß.« Ludwiga knöpfte ihren Mantel zu. »Geben Sie mir unbedingt Bescheid, wenn Sie etwas herausgefunden haben. Einen schönen Abend.«

Sie reichte ihnen die Hand, dann verschwand sie in die milde Nacht.

»Lass uns zu Lous Wohnung gehen«, drängte Judith. »Zum Glück ist es nicht weit. Ich muss wissen, was mit ihr ist.«

Ohne Wilmas Zustimmung abzuwarten, lief sie los. Von der Auguststraße war es kaum mehr als eine Viertelstunde Fußweg. Die mondhelle, lauwarme Juninacht verlieh selbst den Straßen des Scheunenviertels etwas Heimeliges, doch Judith stand der Sinn nicht danach. Eilig schritt sie aus, war froh, Wilma bei sich zu wissen, auch wenn sie kein Wort miteinander redeten, bis sie in der Schwedter Straße eintrafen. Die Fenster des Hauses waren dunkel, die Tür ordentlich versperrt. Entschlossen klingelte Judith beim Hauswart.

»Bist du verrückt? Du kannst den armen Mann doch nicht mitten in der Nacht aus dem Bett holen«, protestierte Wilma.

»Natürlich kann ich das. Es geht um Lou. Seit Wochen hat niemand etwas von ihr gehört. Wer weiß, was passiert ist?«

Erst nach nochmaligem Klingeln tat sich etwas. Ein Fenster links neben der Tür wurde geöffnet, ein zerzauster, dunkler Haarschopf schob sich heraus. »Was'n los?«, schimpfte der Mann. »Ham Se Ihre Schlüssel vergessen?« Als Judith und Wilma aufs Trottoir zurücktraten, erkannte er, dass sie keine Hausbewohnerinnen waren. Das steigerte seine Freundlichkeit nicht eben sonderlich. »Watt wollen Se?«

»Wir sind Freundinnen von Fräulein Seybold aus dem dritten Stock. Sie hat sich seit längerer Zeit nicht gemeldet, und deshalb machen wir uns Sorgen«, erklärte Judith betont freundlich. »Können Sie uns bitte reinlassen, damit wir bei ihr nachsehen?«

»Watt is?« Ein blonder Frauenkopf zwängte sich neben dem missmutigen Hauswart durch die Fensteröffnung. Neugierig musterte sie Judith und Wilma, bevor sie mit hämischem Gesichtsausdruck preisgab, über alles im Bilde zu sein, und wichtigtuerisch hinzufügte: »Die Seybold aus'm dritten Stock kommt neuerdings selten vor fünfe oder sechse morgens heim. Wenn überhaupt. Kommen Se dann noch ma und hören Se uff, anständ'je Leute wie uns zu belästijen. Arbeiten ham Leute wie Sie wohl nich nötig. Wie auch, wenn Se sich die Nächte um de Ohren schlajen?«

Energisch zog sie ihren Mann zurück ins Zimmer, warf das Fenster zu. Die Scheiben klirrten. Das Licht dahinter erlosch sofort. Weiteres Klingeln wäre sinnlos.

»Was jetzt?« Ratlos schaute Wilma Judith an. »Bis morgen früh um fünf oder sechs können wir schlecht hier Wache schieben. Außerdem weißt du nicht, ob Lou dann wirklich kommt.«

»Das gefällt mir nicht. Das klingt so gar nicht nach ihr.« Judith schüttelte den Kopf.

»Sie ist eine erwachsene Frau. Sie kann tun und lassen, was ihr gefällt. Berlin ist eben ein anderes Pflaster als München, das wird sie einmal auskosten wollen. Das musst du akzeptieren.«

»Ich hätte mich schon viel eher um sie kümmern müssen. Mehr als drei Wochen habe ich nichts von ihr gehört. Das hätte mich längst alarmieren müssen. Wer weiß, warum sie das alles tut?«

»Du denkst, weil sie uns beide damals bei dir im Atelier …?« Viel zu spät begriff Wilma, weshalb Judith sich Vorwürfe machte. »Das ist absurd! Sie ist eine erwachsene Frau, genau wie du und ich. Jede von uns kann tun und lassen, was sie will, ob es der anderen gefällt oder nicht. Auch alte Freundinnen müssen sich das zugestehen.«

»Aber ich habe Curd damals versprochen, mich um sie …«

»Du bist nicht dein Leben lang für sie verantwortlich.«

»Doch!«, widersprach Judith trotzig. »Seinetwegen bin ich das. Du hast ja keine Ahnung, was er für mich getan hat und weshalb ich ihm das mit Lou damals versprochen habe.«

»Nein, das habe ich nicht. Bislang hast du mir nichts davon erzählt.« Wilma klang mit einem Mal rührend besorgt. »Dennoch sollten wir jetzt zu mir nach Hause gehen und schlafen. Morgen früh kannst du immer noch genug tun, um deine Verpflichtungen zu erfüllen. Natürlich begleite ich dich wieder hierher. Ich bin sicher, es wird sich alles aufklären.«

Entschlossen hakte sie sich bei Judith unter und ging mit ihr durch die spärlich beleuchteten, menschenleeren Straßen zum Zionskirchplatz. Einzig der Mond schien ihnen ein stiller, treuer Begleiter. Wenig später erreichten sie das Haus vis-à-vis der Backsteinkirche. Im ersten Stock über dem Laden befand sich Wilmas Wohnung. Genauso schweigend, wie sie dorthin gelaufen waren, machten sie sich bettfertig.

Judith war sich sicher, dass Wilma ebenso wenig schlief wie sie, dennoch kehrten sie einander im Bett die Rücken zu und starrten jede für sich schweigend ins Dunkel der Nacht. Ein silberner Lichtstreif fiel durch einen Schlitz zwischen den Vorhängen, als wollte der Mond sie seiner Gegenwart weiter versichern. Ein trauriger Abschluss für einen Abend, der so stimmungsvoll mit dem lustigen Witwenball bei *Clärchen* begonnen hatte.

Früh am nächsten Morgen fanden sie sich wieder vor dem Haus in der Schwedter Straße ein. Der Morgendunst hing noch über der Stadt, räumte der vorwitzigen Sonne nur zögernd das Feld. Dennoch waren die Vorboten eines strahlend schönen Sommertages deutlich am Himmel erkennbar. Munter zwitscherten die Spatzen ihr erstes Lied, schlaftrunken machten sich die Arbeiter und Angestellten auf den Weg zur Arbeit. Der Hauswart zeigte sich dieses Mal gnädig, als sie bei ihm klingelten.

»Kommen Sie bitte mit nach oben und sperren die Tür auf«, verlangte Judith, sobald sie die Treppe erreicht hatten. »Vielleicht ist ihr etwas zugestoßen, und sie liegt hilflos in der Wohnung.«

Der Hauswart, der über seiner abgetragenen Hose und dem karierten, kragenlosen Hemd einen grauen Kittel trug, schüttelte zwar wieder den Kopf, holte trotzdem seinen großen Schlüsselbund und folgte ihnen. Oft stieg er die Treppen wohl kaum hinauf, wie sein heftiges Schnaufen verriet. An Lous Tür im dritten Stock klingelten und klopften sie mehrmals, lauschten, ob sich drinnen etwas tat. Auf Judiths Nicken hin schloss der Hauswart auf. »Reingehen müssen Se alleene«, erklärte er, als er die Tür aufstieß.

»Sie warten trotzdem«, mahnte Wilma, während Judith eintrat.

Die Luft in der Wohnung war stickig, die Fenster trotz des milden Frühlingswetters geschlossen. Auf dem Küchenschrank lag ein halber Laib Brot, daneben stand die Butterdose ohne Deckel, was Judith gleich irritierte. Ebenso erfasste sie auf einen Blick das Durcheinander im ersten Zimmer. Kein Zweifel: Gearbeitet hatte Lou schon längere Zeit nicht mehr. An der langen Sattlernähmaschine, auf dem Boden und in den Kisten lagen kreuz und quer halb angefangene Stücke, dazwischen Blätter mit Entwürfen. Normalerweise herrschte penible Ordnung in Lous Sachen. Beunruhigt betrat Judith das angrenzende Zimmer und fuhr zurück.

»Was hast du?«, fragte Wilma und kam neugierig näher.

Stumm wies Judith mit dem Kinn Richtung Sofa.

Auf der Liegefläche fläzte Lou nackt auf dem Bauch, lediglich ein dünnes Laken über dem Unterleib. Auf dem Boden davor bauschte sich das Federbett und bedeckte eine zweite, ebenfalls nackte weibliche Gestalt. Beide schienen fest zu schlafen. Die unordentlich über den Fußboden verstreuten Abendkleider, Seidenstrümpfe und Federboas verrieten, wie eilig sie es nach einer offensichtlichen Tour durch Bars und Klubs gehabt hatten, sie abzustreifen. Den weiteren Verlauf der kurzen Nacht konnten sich Judith und Wilma nach einem einvernehmlichen Blickwechsel bestens vorstellen. Hilflos in der Wohnung gelegen hatte sicherlich weder Lou noch ihre Besucherin.

»Watt is denn nu?«, meldete sich der Hauswart vom Flur her barsch und machte Anstalten, zu ihnen zu kommen. Geistesgegenwärtig stürzte Wilma ihm entgegen. Es reichte, was er oder vielmehr seine Frau von Lou dachte. Durch die Szene auf dem Sofa musste er nicht noch weitere Munition erhalten. »Alles in bester Ordnung. Fräulein Seybold schläft seelenruhig. Da haben wir Sie wohl wirklich unnötig aufgeschreckt. Vielen Dank für Ihre Hilfe.«

Judith lauschte mit einem Ohr, wie Wilma ihn aus der Wohnung komplimentierte. Offenbar hatte das Tempo, mit dem sie ihn loswerden wollte, seine Neugier erst recht geweckt. Trotzdem gelang es Wilma, ihn wegzuschicken.

Unterdessen war Lou aufgewacht, richtete sich augenreibend auf und starrte sie verwundert an. »Judith, du?«

Davon wurde auch das Fräulein auf dem Boden wach, setzte sich ebenfalls auf. Auf den ersten Blick wirkte sie sympathisch, wie Judith sich eingestehen musste. Das glatte braune Haar hing unordentlich um den runden Kopf, die lustigen Sommersprossen, die sich über das ganze Gesicht verteilten, verliehen ihr das gewisse Etwas. Erst auf Judiths offensichtliches Starren hin zog sie sich das Federbett über die winzigen, apfelförmigen Brüste und lehnte sich ans Sofa.

»Das mit uns ist nicht so, wie du jetzt denkst«, stellte Lou barsch fest und drapierte sich im Aufstehen das Leintuch um den um die Hüften etwas füllig gewordenen Leib. »Jette und ich sind zwei ganz normale Freundinnen.«

»Wie schön«, erklang Wilmas angenehme Stimme vom Zimmer nebenan. Sie musste dort etwas gefunden haben, wie der zögerliche Ton ihrer Stimme verriet. Nach wenigen Schritten stand sie allerdings schon wieder neben Judith und lächelte Lou an. »Dann wird deine ganz normale Freundin jetzt sicher nichts dagegen haben, sich rasch anzuziehen und sich von dir zu verabschieden. Wir müssen nämlich dringend allein mit dir reden.«

»Wer sind die zwei?«, meldete sich Jette vom Boden her zu Wort. »Deine Mutter und deine große Schwester?«

»So ähnlich«, erwiderte Lou knapp. »Hättest du etwas dagegen, jetzt …?«

»Kein Problem.« Mit einem Satz sprang Jette auf, drehte sich einmal splitternackt um die eigene Achse, um sich einen Überblick über den Verbleib ihrer Garderobe zu verschaffen. Dann überlegte sie es sich anders und stolzierte aufreizend langsam und aufdringlich nah an Judith und Wilma vorbei zur Kommode. Den Blick schmunzelnd auf sie beide gerichtet, öffnete sie die oberste Schublade, klaubte sich Unterwäsche und Strümpfe von Lou heraus, schnappte sich von der Stuhllehne ein blasslila Kleid und ging leise vor sich hin summend zwischen ihnen durch ins Bad. Wie zufällig stieß sie dabei mit der bloßen Hüfte erst gegen Wilma, dann gegen Judith. Kein Zweifel, sie hatte begriffen, wie sie beide zueinander standen.

»Wo ist das Grammophon?«, hörte Judith sich fragen, als gäbe es zunächst nichts Wichtigeres zu klären. Noch während sie auf die Antwort wartete, entdeckte sie die zusammengekehrten Reste der Platten. »Das ist ja wohl nicht wahr! Hast du etwa Curds …?«

»Das Grammophon und die restlichen Platten stehen oben auf dem Schrank. Bedien dich, wenn du sie haben willst«, entgegnete Lou. Schon stand sie vor dem Schrank, ließ das Leintuch fallen und reckte sich nach den besagten Dingen. Behutsam trug sie das rote Koffergrammophon zum Tisch, kehrte noch einmal, nackt, wie sie war, zum Schrank zurück und holte auch die Kiste herunter. Unter lautem Poltern ließ sie diese unsanft auf die Tischplatte knallen. Gleich wühlte sie zwischen den Platten etwas heraus. Es handelte sich um einen mit Paketschnur grob verschnürten Stapel Briefe aus zartrosa Papier.

»Das nimmst du am besten auch gleich mit.«

Lou warf ihr den Packen entgegen. Judith schnappte danach, bemerkte im selben Moment das Foto, das obenauf lag. Neugierig löste sie die Schnur und betrachtete es. Es zeigte Curd mit Vera und Helene, wie sie auf Anhieb erkannte. Vera und Helene? Kaum dachte sie die Namen, fiel es ihr wie Schuppen von den Augen.

»Wer hat dir das geschickt?«, fragte sie, musste sich dabei mehrmals räuspern, so heiser war sie auf einmal. Unglaublich, wie gründlich sie das alles verdrängt hatte. Dafür wurde sie jetzt umso grausamer daran erinnert.

»Ich gehe dann jetzt«, ertönte vom Flur her Jettes fröhliche Stimme. Alle drei drehten sich wie auf Kommando zu ihr um. Fertig angezogen mit Gummimantel und Hut auf dem Kopf, stand sie dort, lächelte ihnen unschuldig entgegen. »Wir sehen uns wie immer heute Nachmittag um vier im *Café Bauer.*«

Schelmisch grinsend warf sie Lou eine Kusshand zu, bevor ihr Gesicht betont ernst wurde und sie an Judith und Wilma gewandt eine Art Knicks machte. Dabei fassten ihre Finger an die Aufschläge ihres Mantels und hielten sie gespreizt von sich. »Auf Wiedersehen, die Damen, hat mich sehr gefreut, Ihre geschätzte Bekanntschaft gemacht zu haben, wenn ich auch immer noch nicht weiß, wer Sie sind.«

Fröhlich winkend verschwand sie nach draußen.

Durch die Tür klang ihr tadelndes »Na aber, Herr Hauswart! Sie werden doch nicht etwa an der Tür gelauscht haben?«, woraufhin der besagte Mann mit einem lauten Brummen antwortete. Das gleichmäßige Trappeln ihrer leichten sowie das behäbige Poltern seiner schweren Schritte verrieten, dass sie beide die Stiegen nach unten gingen.

Langsam fasste Judith sich wieder, betrachtete noch einmal den Packen in ihrer Hand, bevor sie Lou abermals fragte: »Hast du das aus Wien? Etwa von Curds Vater?«

»Was fragst du mich, wenn du sowieso schon wieder über alles Bescheid weißt?« Gereizt versetzte Lou der Kiste auf dem Tisch einen Stoß, so dass sie über das glatte Holz gefährlich nah zur Kante schlitterte. Wilma gelang es, sie im letzten Augenblick aufzufangen und in die Tischmitte zurückzuschieben.

»Ich weiß zwar nicht, worum es da geht«, schaltete sie sich ein und deutete auf die Briefe in Judiths Hand, »aber ich vermute mal, das ist der Grund, warum du dich um so wichtige Dinge wie diese hier«, damit hielt sie ein maschinenbeschriebenes, offiziell aussehendes Papier in die Höhe, »in letzter Zeit wenig bis gar nicht gekümmert hast.«

»Was schnüffelst du in meinen Sachen herum?«, fuhr Lou sie an und wollte ihr das Papier entreißen, doch Wilma entzog sich dem geschickt, packte stattdessen Lou am Arm.

»Ist das der Vertrag, von dem Ludwiga gesprochen hat?« Interessiert nahm Judith Wilma das Blatt aus der Hand.

»Ihr habt mit Ludwiga gesprochen?« Mit einem Ruck befreite sich Lou von Wilmas Hand, bückte sich nach einem Hemd und streifte es über. Ihre Gänsehaut verriet, wie sehr es sie fror. »Gibt es eigentlich irgendetwas in meinem Leben, das ihr noch nicht wisst?«

Judith hatte den Vertrag studiert und hob den Blick, sah Lou eindringlich an. Den Packen mit den Briefen und Curds Foto presste sie eng gegen die Brust, als wollte sie das Bild damit vor Lou verbergen. »Ist es das wert, dass du dafür deine Zukunft aufs Spiel setzt?«

»Das wirst du besser wissen als ich«, erwiderte Lou leise, verschränkte die Arme abwehrend vor der Brust und hielt ihrem Blick trotzig stand.

Wilma schaltete sich ein. »Judith hat recht. Deine Zukunft sollte dir wichtiger sein als irgendwelche Briefe aus der Vergangenheit. Vergiss sie einfach, zieh dich an und komm mit nach nebenan. Wir bringen erst einmal Ordnung in dein Chaos. Wenn wir beide tüchtig anpacken, haben wir bis Ende der Woche den Rückstand aufgeholt. Ludwiga wird sich wundern, wenn du ihr die versprochenen Muster doch noch rechtzeitig bringst.«

Sie ging ins Vorderzimmer. Das bald einsetzende Rascheln verriet, dass sie ihre Ankündigung sofort in die Tat umsetzte. Es dauerte gewiss nicht mehr lang, und sie brachte die Nähmaschine in Gang. Dennoch blieben Judith und Lou weiterhin schweigend voreinander stehen.

Nach einer halben Ewigkeit betrachtete Judith noch einmal das Foto, hielt es Lou schließlich mitsamt den Briefen hin. »Der Einzige, der dir die Wahrheit sagen kann, ist Max. Ich weiß nur, dass die Frau Vera und das Mädchen Helene heißt, weil ich sie einige Male getroffen habe. Über Weiteres hat sich Curd mir gegenüber leider ausgeschwiegen. Am besten, du fährst gleich zu Max und zeigst ihm das alles. Danach hast du Gewissheit. Doch egal, was er dir erzählt, eins steht fest: Curd hat dich über alles geliebt, und er wäre mit dir sehr glücklich geworden.«

Die letzten Worte sprach sie mit tränenerstickter Stimme. Wilma musste von nebenan alles verfolgt haben. Gleich war sie bei ihr, legte ihr tröstend die Arme um die Schultern. Dankbar schmiegte sie sich an ihre Seite.

Lou dagegen begann am ganzen Leib zu beben. Sie ballte drohend die Fäuste und schrie plötzlich: »Du hast doch gar keine Ahnung! Hau endlich ab aus meinem Leben und lass mich ein für alle Mal in Ruhe!«

Mit wutverzerrtem Gesicht wollte sie sich auf sie stürzen. Gerade noch rechtzeitig gelang es Judith, ihr auszuweichen.

»Lass uns gehen!« Energisch zog Wilma sie weg. »Ich fürchte, Lou will sich nicht helfen lassen.«

Obwohl Judith ihr zustimmen musste, sträubte sich alles in ihr, Lou allein zu lassen. Noch einmal drehte sie sich zu ihr um. Doch als sie deren nach wie vor wütende Miene gewahrte, lenkte sie widerwillig ein. »Wahrscheinlich hast du recht.«

»Ganz bestimmt hat sie das. Ich brauche deine Hilfe nicht. Kapier das endlich!«, knurrte Lou böse, hatte zumindest aber wieder die Fäuste sinken lassen.

»Wie du meinst.« Unter Tränen zwang sich Judith zu einem Lächeln, dann suchte sie auf dem Tisch im Durchgangszimmer nach einem Platz, um den Vertrag mit *Samuel Kopp & Söhne* abzulegen. Zufällig entdeckte sie dabei ein Tütchen Stanniolpapier. Sie erkannte sogleich, worum es sich handelte, hatte sie das weiße Pulver doch selbst mehr als einmal ausprobiert. Ehe Wilma es sah, steckte sie es in ihre Tasche. Mehr konnte sie für Lou im Moment nicht tun.

35

Bislang hatte Lou die verstaubte, an alte Kaiserzeiten erinnernde Atmosphäre im *Storchennest* in der Oranienburger Straße immer sehr genossen. An diesem Juniabend aber wurde sie bereits während der zweiten Darbietung, in der eine pummelige Schwarzhaarige einen frechen Text in den halbvollen Zuschauerraum plärrte, furchtbar unruhig. Sie rutschte auf dem harten Kaffeehausstuhl herum, fächelte sich Luft zu, ließ die Augen durch das karg eingerichtete Etablissement wandern. Ein stiernackiger Mann in viel zu engem Anzug fummelte am Nachbartisch mit gierigen Fingern an einer flachbrüstigen Blonden herum, die kaum der Schulpflicht entwachsen sein durfte. Die dicke Rothaarige auf dem Stuhl daneben nickte zustimmend, als verdiente sie an dem Gegrapsche ordentlich mit. In jedem Fall hatte sie dem Lüstling bereits die Brieftasche geleert, wie Lou gelangweilt aus dem Augenwinkel mitverfolgt hatte. Wenn er noch länger mit der Blonden zugange war, würde er auch die goldene Taschenuhr und den Ehering einbüßen, so gut kannte Lou inzwischen die Gepflogenheiten in der schummrigen Bar. Sosehr sie das sonst amüsierte und sie es als festen Programmpunkt des Kabaretts begriff, so sehr regte es sie an diesem Abend auf.

»Sollen wir gehen?«, flüsterte ihr Theodor ins Ohr. Dabei streiften seine Lippen wie zufällig ihre Wange.

»Ich muss nach Hause«, wisperte Lou zurück. »Heute bin ich zu gar nichts aufgelegt.«

»Ach komm schon, das wird bald wieder«, schaltete sich Jette ein und gab den anderen zu verstehen, dass sie das Lokal verlassen sollten.

»Wahrscheinlich braucht Lou heute Abend ganz besonders viel Flimmer und Luxus. Champagner in Strömen wird sie wohl auf andere Gedanken bringen. Vorher sollten wir uns eine kleine Stärkung gönnen.«

Noch an der Tür sah Jette ihre beiden Begleiter augenzwinkernd an. Karl Friedrich begriff, zog sie in einen dämmrigen Hauseingang und hielt ihnen die bewährten Tütchen aus schimmerndem Stanniolpapier unter die Nase. Voller Vorfreude griffen Jette und Theodor zu, schnupften das weiße Pulver hastig von den bloßen Fingerkuppen.

»Wie wäre es mit einem Ausflug in den *Blauen Strumpf* oder zu *Hundejustav*?« Bei Jette zeigte das Koks als Erster Wirkung. Ihre Augen sprühten vor Unternehmungslust. »Wenn Lou sich heute schon im *Storchennest* langweilt, sollten wir ihr mal was Neues bieten. Vielleicht hilft ihr der bayerische Volkssänger in der *Roten Mühle* gegen das Heimweh? Oberkellner Erich hat außerdem Nachschub für uns, falls wir unseren Nasen noch mehr Gutes tun wollen. Sein Pulver ist wirklich lupenrein. Direkt vom Feinsten, viel besser als der billige Schnee hier.« Mit dem Fuß kickte sie verächtlich das zu Boden gefallene Silberpapier weg.

»Du kriegst wohl gar nicht mehr genug!« Angewidert wandte Lou sich ab. Das war genau das, was sie an den anderen auf einmal so störte. Immer schneller verlangten sie nach Koks, um in Stimmung zu kommen, immer mehr Alkohol musste ihre Kehlen hinunterfließen, um bei Laune zu bleiben, und immer ausgefallener sollten die Lokale sein, in denen sie sich überhaupt noch amüsieren konnten. Der Ausklang der nächtlichen Eskapaden war ohnehin vorhersehbar: Irgendwann im ersten Morgengrauen chauffierte sie eine Kraftdroschke zu Karl Friedrichs todschicker Wohnung nahe dem Charlottenburger Schloss. Angespornt vom lüsternen Treiben in der Oranienburger oder der Mühlenstraße beim Schlesischen Tor, fielen sie meist noch an der Wohnungstür übereinander her, um am nächsten Morgen mit einem übel brummenden Kopf und einem schalen Geschmack im Mund verwundert und verlegen zugleich nackt nebeneinander aufzuwachen. Während Karl Friedrich und Theodor sich beeilen mussten, um nach überstürzter Katzenwäsche als einigermaßen respektabel wirkende junge Herren das Haus zu verlassen, pflegten Jette und Lou den Großteil des Tages im angenehmen Luxus von Karl Friedrichs Marmorbad zu schwelgen und seine Vorräte an Essen, Trinken wie auch an Bargeld zu plündern. Von diesem längst schon absehbar gewordenen Flapper-Dasein hatte sie mit einem Mal genug.

»Ich gehe nach Hause. Ich muss allein sein«, erklärte sie und wandte sich ab, um an der prächtigen Synagoge vorbei die Oranienburger Straße hinunterzulaufen.

»Warte!«, rief Jette und wollte ihr folgen, aber die beiden anderen hielten sie zurück. Lou drehte sich noch einmal um und sah, wie sie auf die Freundin einredeten, eine Kraftdroschke anhielten und einstiegen. Erleichtert, dass es so einfach gewesen war, sie loszuwerden, atmete sie tief durch.

Die Juninacht war viel zu warm, um nach der stickigen Luft im *Storchennest* erfrischende Abkühlung zu bieten. Lou wischte sich den Schweiß von der Stirn. Zwar war es bereits spät am Abend, dennoch machten auch in diesem Teil der

Stadt die Vergnügungssüchtigen die Nacht zum Tag. Die schlechtsitzenden Anzüge der Männer wie auch die billigen und übertrieben funkelnden Toiletten der Frauen verrieten allerdings, wie viel zwielichtiger es rund um das Oranienburger Tor zuging als im Westen der Stadt. Die schaulustigen Fremden trauten sich höchstens in ortskundiger Begleitung her. Dennoch fühlte Lou sich in der Gegend sicher. Ein schlechtrasierter Lümmel mit Zigarettenkippe im Mundwinkel wollte sie gerade schräg ansprechen, da genügten ein entschlossener Tritt gegen sein Schienbein und ihr stures Weitergehen, um ihn zu vergraulen.

Erst als sie die Station der Untergrundbahn am Oranienburger Tor betrat und erleichtert feststellte, dass die Züge noch verkehrten, wurde ihr bewusst, was sie eigentlich vorhatte: nicht in die Schwedter Straße zurückzukehren, wo sie die nach wie vor unerledigt herumliegende Arbeit wie auch die Kiste mit den Resten von Curds Platten und sein Grammophon an das Gespräch mit Judith und Wilma erinnerten, sondern in die Lützowstraße zu Max zu fahren. Seit Tagen kreisten ihre Gedanken um Judiths Bemerkung, er allein könne ihr die Wahrheit sagen. Auf einmal hielt sie es nicht mehr aus. Sie musste einfach alles wissen. Warum sonst hatte sie das Foto von Curd, Vera und Helene eingesteckt?

Um zur Lützowstraße zu gelangen, wechselte sie an der Friedrichstraße die Linie und ging das letzte Stück vom Nollendorfplatz zu Fuß. Angestrengt versuchte sie, das wild kreisende Gedankenkarussell im Kopf abzustellen, sonst würde sie am Ende doch noch umkehren.

Schneller als erwartet stand sie vor dem villenartigen Doppelhaus im Landhausstil, in dem Max seit Anfang des Jahres das großzügig ausgebaute Dachgeschoss bewohnte. An der

Tür atmete sie ein letztes Mal tief durch, drückte energisch die blankpolierte Messingklingel. Ein kurzer Blick die Hausfassade hinauf hatte ihr bestätigt, dass Max zu Hause sein musste. Sämtliche Fenster der Wohnung waren hell erleuchtet. Dennoch dauerte es unerträglich lang, bis der elektrische Türsummer ertönte. Mit aller Kraft lehnte sie sich gegen die schwere Eichentür, um sie aufzustoßen. Über weiße Marmortreppen ging es in die dritte Etage hinauf.

»Du?« Max empfing sie im Seidenkimono an der nur einen Spaltbreit geöffneten Tür und musterte sie verwundert. Lou wusste allerdings auch so, dass sie gerade wenig Staat machte. Das kirschrote Seidenhängerchen war reichlich zerknittert, die dunkelroten Lackpumps versteckten ihren letzten Glanz unter einer dicken Schicht Straßenstaub. Viel zu schnell war sie die Treppen nach oben gehastet, so dass ihr der Schweiß auf der Stirn stand und gewiss auch längst den ehedem so sorgfältig gezogenen Lidstrich verwischt hatte.

Das schien Max nicht sonderlich zu stören. Sie kam ihm aus einem anderen Grund ungelegen. Zwar hauchte er ihr zwei flüchtige Küsse auf die Wangen, machte ansonsten aber keine Anstalten, sie hereinzubitten. Aus dem Innern der Wohnung drang leise Musik. Lou vermutete, dass er Besuch hatte, Damenbesuch, allerdings sehr vertrauten Damenbesuch, denn unter dem Kimono schien er wenig mehr als eine flüchtig hochgezogene Hose zu tragen. Selbst die Füße waren nackt.

»Ich muss dich sprechen.«

»Weißt du, wie spät es ist? Ich will gerade schlafen gehen.« Zur Bestätigung fuhr er sich durch das dicke dunkelblonde Haar und gähnte herzhaft. »Wollen wir uns nicht lieber morgen früh um neun auf der Terrasse des *Josty* treffen? Fühl dich herzlich eingeladen. Das Frühstück ist dort kaiserlich. Aber jetzt entschuldige mich bitte. Ich hatte einen anstrengenden Tag beim Dreh und bin furchtbar müde.«

Er wollte die Tür schließen. Flink schob sie den Fuß dazwischen, hielt sie mit dem Ellbogen auf. »Bis morgen früh kann ich nicht warten.«

»So?« Er sah sie mit vertraut spöttischem Blick an. »Dafür hast du aber erstaunlich viele Wochen verstreichen lassen. Was brennt dir denn so plötzlich auf den Nägeln? Brauchst du Geld?«

Diese Frage ausgerechnet aus seinem Mund zu hören verletzte Lou. Sie musste ihn völlig entgeistert angestarrt haben, denn mit einem Mal änderte sich seine Haltung. »Verzeih, das war nicht so gemeint. Ich bin einfach müde. In letzter Zeit habe ich wahnsinnig viel gearbeitet. Horwitz und die Amerikaner sitzen mir im Nacken, da weiß ich einfach nicht mehr … Ach, komm einfach her.«

Er zog sie an seine Brust, drückte sie fest und vergrub das Gesicht in ihrem Haar. Auch wenn sie das zuallerletzt beabsichtigt hatte, genoss sie es, sich einige Sekunden der trügerischen Illusion hinzugeben, alles wäre wieder so wie früher. War es das nicht auch? Sie schloss die Augen, hörte ganz leise Musik, wiegte sich mit Max in ihrem Rhythmus. Gleich würde Curd kommen, sie lauthals lachend auseinanderreißen, Max würde sich Judith schnappen, Curd Lou, und zu viert würden sie durch die Enge der Mansarde tanzen, bis ihnen die Füße schmerzten und die Luft wegblieb.

Als die Musik endete, war Curd noch immer nicht gekommen. Max wollte sie trotzdem loslassen, doch sie klammerte sich wie eine Ertrinkende an ihm fest. Er strich ihr übers Haar, hauchte einen Kuss darauf und flüsterte ihr ins Ohr: »Alles ist gut, Liebes.«

»Wer ist denn an der Tür, Darling?« Ilkas unverkennbar rollendes R riss sie unsanft auseinander. Erstaunlich laut patschten ihre nackten Fußsohlen beim Näherkommen übers Parkett. Als hätte man sie bei einem verbotenen Streich ertappt, verharrten Lou und Max gesenkten Blickes voreinander, bis Ilka bei ihnen stand. Erst da hoben sie beide den Kopf.

Ilka trug kaum mehr als ein duftiges Negligé. Vermutlich war sie gerade Max' Bett entstiegen. Der Geruch nach männlicher Zärtlichkeit entströmte jeder Faser ihres Leibes. Sie gab sich keinerlei Mühe, das zu kaschieren. Einen Lidschlag lang blitzte Triumph in ihren Augen auf, als sie Lou erkannte, bevor sie sich im nächsten Moment besorgt gab. »Was ist denn mit dir los? Komm rein! Ich brühe dir einen Tee auf. Du siehst entsetzlich aus. Wie kannst du die Ärmste nur so lang an der Tür stehen lassen, Max?«

Kopfschüttelnd fasste sie Lou am Arm und führte sie behutsam wie eine Kranke in ein saalartiges, in sachlichem Stil eingerichtetes Wohnzimmer. Zwei Deckenfluter sorgten für eine Art Filmbeleuchtung beidseits eines schwarzen Ledersofas. Die Musik war verstummt. Lou entdeckte das Grammophon an der rechten Längswand, wo auch ein tiefschwarzer, auf Hochglanz polierter Flügel stand.

Behutsam wollte Ilka Lou auf das Sofa drücken. Ihr wurde das Getue jedoch zu viel. »Lass mich!«, rief sie und riss sich los. »Ich muss mit Max sprechen. Dringend. Und ganz allein«, fügte sie hinzu.

Wieder brauchte Ilka zwei, drei Atemzüge, bis ihre schauspielerischen Fähigkeiten das missbilligende Stirnrunzeln überdeckten. Sie schenkte ihr ein nachsichtiges Lächeln, richtete das verrutschte Revers ihres Negligés und verabschiedete sich mit einem knappen »Aber natürlich« in das angrenzende Schlafzimmer.

»Du tust wirklich sehr geheimnisvoll«, versuchte Max sich in lockerem Ton, sobald sich die Tür hinter Ilka geschlossen hatte. »Darf ich dir erst etwas zur Stärkung anbieten? Einen Likör oder etwas Härteres?«

Lou folgte seinem suchenden Blick über den niedrigen Tisch, auf dem ein Eiskübel mit einer leeren Champagnerflasche sowie zwei Bleikristallkelche von einem gemütlichen Abend zu zweit erzählten, zu einem Beistellwagen aus kühlem Chrom neben dem Sofa. Darauf fanden sich Flaschen mit diversen Alkoholika und verrieten die gediegen-vornehme Existenz, die Max inzwischen führte. Kurz blitzte die Erinnerung an seine schlichte Schwabinger Wohnung in ihr auf, in der es noch muffig-staubig nach Monarchie und überholten Vorkriegsträumen für die Theaterbühne gerochen hatte. Ihr Blick streifte eine Pistole, die zwischen den Flaschen steckte.

»Das ist nur eine Requisite für den nächsten Film«, beeilte er sich zu erklären und grinste. »Damit wird Ilka auf einen verflossenen Liebhaber losgehen. Vorhin haben wir das geprobt. Du ahnst nicht, wie schwer eine solche Szene … Ach, genug davon!«, unterbrach er sich selbst, rieb sich verlegen das Kinn, bevor er sich jäh aufrichtete und eine Spur zu ungeduldig fragte: »Was kann ich also mitten in der Nacht so Dringendes für dich tun?«

Sie zuckte zusammen. Schlagartig war alles Vertraute an ihm verflogen. Seine Frage von vorhin schoss ihr durch den Kopf, als er ihr Geld hatte anbieten wollen. Geld, der nächste Film und Ilka waren wohl alles, was ihn noch interessierte. Dafür hatte er sich sogar mit Richard eingelassen, wie er letztens vor dem *Schwannecke* selbst zugegeben hatte. Ein bitterer Geschmack breitete sich in ihrem Mund aus. Es ergab keinen Sinn mehr, ihm das Foto von Curd und dieser Vera zu zeigen. All die Jahre hatte er darüber geschwiegen. Warum sollte er ausgerechnet jetzt reden?

»Es hat sich erledigt«, murmelte sie, packte die schwarze Pochette mit dem auffälligen Strassverschluss, in der sie das Bild wie eine glühende Klinge wusste, enger unter den Arm und wollte gehen.

»Was soll das?« Zornig brauste Max auf. »Erst klingelst du mich mitten in der Nacht aus dem Bett, bestehst darauf, mich unbedingt zu sprechen, verjagst Ilka aus meinem Wohnzimmer, und dann ist es dir auf einmal doch nicht mehr so wichtig?«

»Verzeih, aber mir ist gerade klargeworden, dass es dir vermutlich egal ist, was ich von dir wissen wollte«, erwiderte sie leise.

»Egal? Was sollte mir egal sein, was dich betrifft?« Er riss sie so heftig am Arm herum, dass ihr die Pochette aus der Hand rutschte, zu Boden fiel und sich öffnete. Neben Geldbörse, Kamm, Lippenstift und Spiegel rutschte auch das Foto von Curd, Vera und Helene heraus.

Lou wollte sich danach bücken, doch Max kam ihr zuvor, griff nach dem Bild und hob es auf, betrachtete es gedankenverloren.

Mit klopfendem Herzen sah sie ihn an, wagte kaum, sich zu rühren. Über sein Gesicht zog erst ein ungläubiges Staunen, dann ein erfreutes Wiedererkennen, bevor sich ein wehmütiges Lächeln darauf ausbreitete.

»Woher hast du das?«, fragte er mit heiserer Stimme und richtete sich wieder auf. Auch sie erhob sich, zuckte scheinbar gleichgültig mit den Schultern. »Spielt das eine Rolle?«

»Ich denke schon.« Er ließ das Foto sinken, suchte ihren Blick. Sie presste die Lippen zusammen, inständig hoffend, er würde sie erlösen und ihr endlich die bittere Wahrheit über Curd und Vera erzählen. Stattdessen legte er das Foto beiseite und ging zu dem Wagen mit den Getränken. »Willst du auch einen?«, fragte er über die Schulter, während er sich und offenbar auch ihr einen Cognac eingoss.

»Sag mir lieber, wer das ist.« Seine Ruhe brachte sie auf. Sie schlug ihm das Glas aus der Hand, das er ihr hatte reichen wollen. »Ich muss wissen, was es mit dem Foto auf sich hat. Ein ganzer Stapel Liebesbriefe auf zartrosa Papier war ebenfalls dabei. Wer ist Vera? Hat Curd sie geliebt? Ist Helene sein Kind? Warum habt ihr mir nie von ihnen erzählt?«

»Dann hat dir Curds Vater das alles geschickt?« Nervenaufreibend langsam trank er den Cognac, überlegte, bevor er nachsetzte: »Und mit Judith hast du sicher auch schon gesprochen, sonst wüsstest du kaum die Namen.«

Er stellte das Glas auf den Tisch, verschränkte die Arme vor der Brust und sah an ihr vorbei zu einem der bodentiefen Panoramafenster hinaus. Im Widerschein der Lampen zeichneten sich seine und ihre Kontur unscharf auf den doppelten Scheiben ab. Rabenschwarz war die Nacht dahinter am Himmel aufgezogen. Die Stadt schlief trotzdem nicht, wie das Blinken und Blitzen des unendlichen Lichtermeers verrieten. Lou spürte eine nie gekannte Wut in sich aufsteigen. Max' Gelassenheit brachte sie zur Weißglut. Oder war es, weil ihr Jettes weißes Wunderpulver fehlte? War sie schon derart davon abhängig, dass sie ohne Koks gleich die Nerven verlor? Immerhin hatte sie in den letzten Wochen viel zu oft davon geschnupft. Ihre Finger zitterten. Sie konnte die Pochette kaum mehr halten. Verzweifelt klammerte sie sich daran fest, zwang sich zur Ruhe. Das Zittern erfasste bald ihren ganzen Körper. Sie fror. Vielleicht half doch ein Cognac. Sie ließ die Tasche fallen, trat zum Wagen, wollte nach der Flasche greifen und hielt auf einmal die Pistole in der Hand. Ihr Gewicht überraschte sie. Noch während sie sie unentschlossen in der Hand wog, sprang Max dazu und rief aufgeregt: »Vorsicht! Leg sie weg! Das ist kein Spielzeug.«

Lou fuhr herum, richtete die Pistole auf ihn und sprach frech grinsend in sein entsetztes Gesicht: »Was regst du dich auf? Das ist doch nur eine Requisite. Lass uns ein wenig damit spielen. Was hältst du davon, wenn ich jetzt so tue, als würde ich dich bedrohen, und du erzählst mir endlich alles von Curd, Vera und Helene?«

Unwillkürlich hatte Max die Arme hochgerissen, bis ihm wohl bewusst wurde, wie absurd das war. Langsam ließ er sie wieder sinken, versuchte, Lou anzulächeln, doch das misslang. Sein Antlitz schien ihr seltsam schief.

»Das ist lächerlich, Lou. Du willst mich doch nicht etwa wegen dieser alten Geschichte mit einer Waffe bedrohen?«

»Wieso redest du immerzu von Bedrohen? Ich tue dir nichts. Das ist doch nur ein Spielzeug vom Theater.«

»Ach, Lou, Liebes!« Er machte einen Schritt auf sie zu. Unwillkürlich wich sie zurück, stolperte. Ein Schuss löste sich, hallte erschreckend laut durch die Stille des kahlen Wohnzimmers.

»Lou!«, rief Max noch einmal, fasste sich mit einem überraschten Blick an die linke Brust und sackte zu Boden.

»Hör auf, Max!«, rief sie. »Die ist doch nicht echt.«

Verblüfft starrte sie auf ihn hinunter.

Flach auf dem Bauch ausgestreckt, lag er auf dem Parkett und rührte sich nicht. Aus seiner Brust pulsierte Blut, floss in eine im dämmrigen Licht auf dem hellen Holz fein glänzende Lache zusammen. Verwundert hob Lou die Pistole, musterte sie ungläubig.

»Was ist passiert?« Ilka stürmte aus dem Nebenzimmer herüber, sah sich verwirrt um, entdeckte die Waffe in Lous Hand und blieb wie angewurzelt stehen, reckte die Arme in die Luft. Suchend wanderte ihr Blick weiter umher, landete auf dem Boden, wo Max lag.

»Nein!«, schrie sie und stürzte zu ihm, weder auf Lou noch auf die Pistole achtend. Als sie sich über ihn warf, der dünne Stoff ihres Negligés in das schimmernde Blut eintauchte und sich vollsog, erwachte Lou endlich aus der Betäubung. Ein hämisches Kichern hallte in ihren Ohren. Angeekelt schleuderte sie die Waffe weg und floh aus der Wohnung.

Noch auf der Treppe hörte sie Ilkas verzweifeltes Schreien. Es kämpfte gegen das böse Lachen in ihrem Kopf an. Sie rannte weiter, stolperte auf der letzten Stufe fast über die eigenen Füße, fing sich im letzten Moment mit einem beherzten Griff am Geländer, öffnete die schwere Tür mit beiden Händen und rannte auf die nachtleere Straße hinaus, über den nahen Lützowplatz auf die Brücke, die den Landwehrkanal querte.

Erst in der Mitte der Brücke, im Schutz des auf seinem Podest zu Stein erstarrten Herkules, blieb sie stehen und rang nach Atem. Schweiß perlte ihr auf der Stirn, ihre Lippen zitterten, ihr Herz raste, ihr Leib schlotterte. Sie meinte, ersticken zu müssen an dem Schrei, der ihr in der Kehle steckte und nicht herauskam. Immer noch das Dröhnen des Schusses im Ohr, das hämische Lachen im Kopf, sah sie Max' erstaunte Miene vor sich, wie er zu Boden ging und in seinem Blut reglos liegen blieb.

Alles um sie herum begann sich wild zu drehen. Sie raufte sich verzweifelt das Haar. Ihr Blick streifte die muskulöse Steinskulptur. Ohne nachzudenken, kletterte sie auf das gemauerte Geländer, hielt sich an Herkules' muskulöser Wade fest, blickte auf das im Mondschein geheimnisvoll schimmernde Wasser zu ihren Füßen. Wie ein glatter Spiegel lag es da. Nichts dort unten bewegte sich, nichts kicherte oder lachte sie böse aus. Lou schwankte. Bestimmt war das Wasser eiskalt. Das würde guttun. Ihr selbst war mit einem Mal viel zu heiß. Langsam beugte sie sich nach vorn, spürte einen angenehmen Lufthauch und ließ los. Fröhlich lächelnd streckte Curd dort unten die Arme nach ihr aus.

36

Lou träumte immer wieder den gleichen Traum. Sie versank in kaltem Wasser. Über ihrem Kopf schlossen sich die Fluten, während sie tiefer und tiefer eintauchte. Ihr Körper wurde von einer wohltuenden Leichtigkeit erfasst. Schwerelos schwebend, begann sie zu tanzen, sich zu drehen, versuchte, Curd näher zu kommen. Er aber wich fröhlich lachend immer weiter zurück. So dauerte der Tanz des Vergessens, den sie für ihn tanzte, bis in alle Ewigkeit.

»Aufwachen, Fräulein, hören Sie mich?« Jemand strich ihr das schweißnasse Haar aus dem Gesicht, tupfte ihr die Stirn, berührte sie zart an der Wange. Ein anheimelnder Duft nach Veilchen, Kamille und verheißungsvoller Frühlingsfrische drang zu ihr durch. Der war Lou zutiefst vertraut. Die Mutter hatte so gerochen. Sollte sie endlich wieder bei ihr sein? Wie sehr hatte sie sie vermisst! Beseelt von der Idee, zu Hause zu sein, schmiegte sich Lou an die warmen, sanften Finger und fühlte sich so geborgen wie lange nicht mehr.

»Sie müssen aufwachen und etwas trinken, Fräulein.« Wieder hörte sie aus nebulöser Ferne die sympathische Stimme, ein wenig drängender jetzt. Jemand schob ihr eine Hand in den Nacken, richtete sie sanft, aber bestimmt auf und setzte ihr etwas Kaltes an die Lippen. Wasser! Durst hatte sie tatsächlich, fühlte sich auf einmal wie ausgetrocknet. Sie öffnete den Mund und begann zu trinken, gierig zu trinken, bis sie sich vor lauter Hast verschluckte, hustete und prustete.

»Genug!«, verkündete die Stimme, nahm das Glas von ihren Lippen und bettete sie behutsam zurück ins Kissen. Erschöpft gab sie sich von neuem dem Schlaf hin, genoss es, wieder ganz in den Traum einzutauchen und in der angenehmen Unendlichkeit zu versinken, um ihren Tanz weiterzutanzen, dem sich davonmachenden Curd hinterherzutanzen.

Beim nächsten Trinken hielt sie die Augen für längere Zeit offen und drehte den Kopf zu der angenehmen Stimme, die so geduldig zu ihr sprach. Ihre Mutter war es nicht, konnte es nicht sein. Sie war schon viele Jahre tot und hatte auch ganz anders ausgesehen. Der altmodische Dutt, mit dem das schwarze, von grauen Strähnen durchzogene Haar im Nacken gehalten wurde, der neugierige Blick, die vielen Falten um Augen und Mund, all das hatte etwas mit Wilma gemein. Dann aber gewahrte Lou eine gewisse Entschiedenheit auf dem Antlitz der Fremden, die Wilma nie so offen preisgeben würde. Zudem war die Frau mindestens zehn Jahre älter, und ihre Kleidung gehorchte mehr dem Anspruch der reinen Zweckmäßigkeit als der unaufdringlichen Eleganz, die Wilma eigen war. Dennoch strahlte sie eine angenehme Wärme aus, die Lou ganz für sie einnahm. Sofort war sie bereit, alles zu tun, um diese Frau lächeln zu sehen.

»Geht es besser?«, wollte die Fremde wissen.

»Wo bin ich?«, gab Lou statt einer Antwort zurück.

»In Sicherheit«, erwiderte die Frau. Lou war ihr zutiefst dankbar für diese wundervollen Worte, die sie nur zu gern glaubte, bevor sie wieder im Traum des ewigen Tanzes mit Curd versank.

Erst allmählich lichtete sich der Dunstschleier um sie herum, und die Umgebung zeichnete sich deutlicher ab. Sie lag in einem Zimmer voller Bücher. Die Regale ringsum reichten vom Boden bis zur Decke. Überall waren Bücher, dicht aneinandergereiht, quer übereinander, in jeden freien Spalt gezwängt. Lediglich auf der Seite rechts vom Bett trennten zwei schmale Fenster mit duftigen weißen Gardinen die Bücherflut. Davor saß die Frau, den Kopf durch das einfallende Sonnenlicht mit einem geheimnisvollen Schleier umhüllt. Draußen musste es warm sein. Die Oberlichter waren gekippt. Der eindringende Lufthauch bauschte die Gardinen, verlieh der Fremden Engelsflügel. Wieder glitt Lou davon in eine Welt, in der sie schwerelos schwebte und auf ewig tanzen durfte, um niemals mehr irgendwo ankommen zu müssen außer bei Curd.

»Schlafen Sie sich nur tüchtig aus. Früher oder später werden Sie genug geschlafen haben und wieder zu uns zurückkehren«, hörte sie die Frau in ihrer angenehm weichen, leisen Art reden. Die duftende Hand legte sich ihr sacht auf die Wange. Als sie über das gestärkte Leinen der Bettdecke strich, gab es einen singenden Ton. Mit geschlossenen Augen lauschte Lou ihm nach. Viel zu schnell war er verklungen, um darin eine Melodie zu erkennen. Dafür fuhr die angenehme Stimme fort zu sprechen. Aus den Worten formten sich allmählich Sätze. Nach und nach verstand Lou, wovon sie erzählten. Nur zu gern hörte sie zu, entführte der angenehme Klang der Stimme sie doch ebenfalls fort in eine Welt, die sie weiter im Schweben hielt, ähnlich wie das ewige Tanzen.

»Meine Helma hat auch viel geschlafen«, sagte die Frau, »noch mehr geschlafen als Sie, bis sie schließlich gar nicht mehr wach geworden ist. Ganz langsam ist sie weggedämmert, regelrecht davongedämmert in eine Welt, in der sie nun auf ewig schläft. Anders als Sie aber hat sie sich dagegen gewehrt, mit aller Kraft versucht, wach zu bleiben, nur nicht einzuschlafen.

Sie ist noch so jung gewesen, gut eine Handvoll Jahre jünger als Sie. Das heißt, jetzt wäre sie im gleichen Alter wie Sie. Natürlich wollte sie nicht schlafen, vor allem nicht so lange schlafen, schon für alle Ewigkeit einschlafen, aber sie hat es einfach nicht geschafft, die Augen offen zu halten und sich dem Sog entgegenzustellen. Viel lieber wollte sie für alle Zeit wach bleiben, endlich mittendrin sein im Leben, von dem wir ihr immer erzählt haben. Schließlich hat sie noch gar nicht so viel davon gehabt. Immer nur Krieg ist für sie gewesen, immer nur Hunger und Angst und Not hat sie kennengelernt, mehr nicht.«

Die Fremde hielt inne. Lou musste nicht die Augen öffnen, um zu wissen, dass ihr Tränen über die Wangen rannen. Auch Lou wurden die Augen feucht. Fester noch als vorhin kniff sie die Lider zusammen, um das Dunkel um sich herum zu behalten und nicht aufwachen zu müssen. Anders als diese Helma hatte sie genug vom Leben gehabt, auch wenn sie bislang ebenfalls vor allem Krieg, Hunger, Not und Leid kennengelernt hatte. Das Glück hatte sie nur ein-, zweimal flüchtig gestreift. Doch da war noch etwas anderes, woran sie nicht mehr denken und weshalb sie nicht mehr leben wollte, was sie allerdings ebenso davon abhielt, sich für immer davonzumachen. Wahrscheinlich war das auch der Grund, warum Curd ihr beim Tanzen in der Unendlichkeit im letzten Moment immer wieder entwischte.

»Vor allem als sie unseren Horst im letzten Kriegssommer gleich nach dem Abitur doch noch an die Front eingezogen haben, ist es für Helma schlimm geworden«, fuhr die Frau nach einer Weile fort. »Auch er hat schließlich nicht viel vom Leben gehabt. Der arme Junge war noch wie Helma ganz am Anfang, lange bevor es richtig losgeht mit dem Leben. Eigentlich hat er bis dahin immer nur gelernt, und wir haben ihm erzählt, wie wichtig das ist, damit er eines Tages etwas anzufangen weiß mit seinem Leben. Dann aber ist sein Leben zu Ende gewesen, bevor er überhaupt erfahren hat, was er mit all dem Gelernten darin anfangen könnte. Dabei hätte er es so gern gewusst.«

Sie seufzte, beugte sich zu Lou und schenkte ihren geschlossenen Augen keinerlei Beachtung. »Bei Ihnen ist es wohl genau umgekehrt, Fräulein. Sie wollen schlafen, immer nur und für alle Ewigkeit schlafen, weil Sie glauben, trotz Ihrer jungen Jahre schon viel zu viel vom Leben gehabt zu haben, vor allem von dem, was weniger angenehm daran ist.«

Abermals legte sie eine Pause ein, schien einem Gedanken nachzuhängen. Lou blinzelte durch die halb geöffneten Lider, sah, wie sich die Silhouette der Frau gegen das Licht, das durch das Fenster in den Raum fiel, abzeichnete.

Die Sonne vor dem Fenster schwand. Es wurde dämmriger, die Schatten wurden dunkler. Das Antlitz der Frau war kaum mehr zu erkennen, nur die scharfen Umrisse ihrer aufrecht sitzenden Gestalt. Lou begann zu zittern. Tief in ihrem Innern ahnte sie, wie nah die Fremde der Wahrheit kam, jener Wahrheit, die sie selbst nicht ertrug und vor der sie für immer die Augen verschließen wollte, die sie aber dennoch nicht losließ.

»Doch so einfach ist das nicht«, erklärte die Frau weiter. Jede Silbe tat Lou auf einmal weh, doch sie kam den Worten nicht aus. »Es fragt einen niemand, ob man genug vom Leben hat oder nicht, ob man noch weiterleben will oder nicht. So wie niemand meine Kinder gefragt hat, ob es für sie der richtige Zeitpunkt gewesen ist zu gehen oder nicht. Mittendrin sind sie geholt worden, viel zu früh, wie ich finde, aber aus irgendeinem Grund hat es wohl doch genau zu diesem Zeitpunkt sein müssen. Mein Fritz und ich haben da auch gehen wollen, doch es hat nicht funktioniert. Das Leben war noch nicht fertig mit uns und hat uns einfach dabehalten. Genauso ist es wohl mit Ihnen. Das Leben hält Sie noch fest, weil Ihre Geschichte noch nicht zu Ende ist. Es hilft nichts, sich dagegen zu stemmen. Nutzen Sie Ihre Kraft lieber für das, was das Leben für Sie noch bereithält. Wer weiß, wozu das am Ende gut ist.«

Von neuem legte sie eine Pause ein, zupfte die Bettdecke gerade, wandte sich so rasch um, dass Lou ihrem Blick nicht entkam. Zum ersten Mal sah sie ihr in die Augen.

Wie gern würde Lou die Lider einfach wieder schließen und so tun, als würde sie weiterschlafen, um dieser Stimme weiter zu lauschen. Es tat unendlich gut, die Frau reden zu hören. Es besaß etwas Tröstliches, auch wenn Lou immer noch nicht so recht wusste, warum sie sich so sehr nach diesem Trost sehnte und zugleich danach lechzte, auf ewig in diesem Traum vom Versinken im Wasser zu verharren, wenngleich sie damit Curd niemals erreichte.

Doch auf einmal ging es nicht mehr. Sie konnte die Augen nicht mehr zumachen und weiter nur zuhören und schlafen. Sie musste wach bleiben und die Frau ansehen. Dabei wurde die Ahnung zur Gewissheit, wie wenig sie den Zuspruch und das Verständnis der Frau verdiente. Je wacher sie wurde, desto deutlicher ahnte sie, dass sie etwas Schreckliches getan hatte, was es schier unmöglich machte, bei diesem guten Menschen und überhaupt mitten im Leben zu bleiben. Was sie aber auch davon abhielt, endlich ihren Frieden bei Curd zu finden. Die Frau sprach weiter, jetzt mitten in ihre offenen Augen hinein: »Sie werden ebenso einen guten Grund dafür gehabt haben, ins Wasser zu springen, wie es einen guten Grund dafür gibt, dass mein Fritz im selben Moment dort entlangkam und Sie herausgezogen hat.«

Sie beugte sich vor und griff nach Lous Hand, drückte sie fest. Dabei sah sie sie eindringlich an. »Nur wer das Unglück kennt, weiß, was das Glück überhaupt ist. Wahres Glück erlebt man immer nur durch wahres Unglück.«

»Hören Sie auf!« Jäh riss Lou sich los, presste sich die Hände auf die Ohren und meinte, ihr Kopf müsse platzen.

Einen Moment schien die Frau irritiert, dann verzog sich ihr Mund zu einem milden, alles verstehenden Lächeln. »Sie dürfen sich nicht aufregen. Alles ist in bester Ordnung.«

»Gar nichts ist in bester Ordnung«, schrie Lou. »Nie mehr ist wieder irgendetwas je in bester Ordnung für mich.«

Die letzten Worte gingen im Schluchzen unter, das Lou mit einem Mal erfasste. Vorsichtig streckte die Frau die Hand nach ihr aus, doch Lou schlug sie weg, raffte die Decke bis unters Kinn und flüchtete sich in die hinterste Ecke des Bettes.

Wenn sie die Augen schloss, konnte sie nicht mehr eintauchen in den Traum des ewigen Tanzes in der alles umhüllenden Dunkelheit. Stattdessen färbte sich alles rot, blutrot, und ein Schuss hallte immerzu in ihren Ohren wider. Max lag da und regte sich nicht, Ilka stand vor ihr und starrte sie mit vor Entsetzen weit aufgerissenen Augen an. Curd war für immer verschwunden. Lou warf sich herum, zog die Decke über den Kopf, doch sie entkam den Bildern nicht.

»Ruhig, ganz ruhig«, hörte sie die Stimme der Frau nah an ihrem Ohr, spürte ihre Hand warm und sanft auf ihrem Kopf. Sie wusste, es stand ihr nicht zu, den Trost zu spüren, doch es tat unendlich gut, sich ihm hinzugeben. Allmählich schwand das Beben, langsam verblasste das Blut vor ihren Augen, und ganz vorsichtig konnte sie die Lider wieder öffnen.

Die Frau war nicht mehr allein. Neben ihr stand ein Mann, hatte ihr die Hand auf die Schulter gelegt, sah ebenso wie sie auf Lou hinunter.

»Sie dürfen sich nicht so aufregen«, sagte er. Seine Stimme war tief, ähnlich angenehm und doch ganz anders als die der Frau.

Lou schwieg.

Auch die beiden schwiegen.

Die Zeit verrann.

Im Zimmer wurde es dunkler, die beiden vor Lous Bett waren nur mehr schwarze Schatten. Durch die Fenster fiel ab und an ein Lichtschein.

»Wer sind Sie?« Lou staunte selbst, als sie sich reden hörte. Vorsichtig schälte sie sich aus der Decke, setzte sich in den Kissen auf, musterte den Mann und die Frau, so gut das in dem schwachen Licht möglich war. Irgendwo tief in ihrem Innern dämmerte ihr, dass die beiden, so wenig sie ihren Trost verdiente, doch die Einzigen waren, die ihr überhaupt Trost zu spenden vermochten. Wenn sie sich schon nicht aus dem Leben davonmachen und auch Curd nie mehr erreichen konnte, sollte sie ihre Schlüsse daraus ziehen. Wie hatte die Frau gesagt? »Das Leben hält Sie noch fest, weil Ihre Geschichte noch nicht zu Ende ist.« Vielleicht stimmte das. Es gab noch etwas, was sie zu Ende bringen musste. Sie sollte anfangen, darüber nachzudenken. Je eher sie darauf kam, desto eher wäre sie erlöst.

»Mein Name ist Fritz Rankl, und das ist meine Frau Gertrud.« Bei diesen Worten ihres Mannes streifte Gertrud seinen Handrücken mit dem Kinn und schloss einen Atemhauch lang die Lider. In dieser Geste lag ein beneidenswertes Einverständnis. Es erzählte von der Liebe, die die beiden aneinander band wie selten zwei Menschen.

»Ich habe Sie aus dem Kanal gefischt. Weiß der Teufel, warum Sie mitten in der Nacht gemeint haben, von der Herkulesbrücke springen zu müssen. Zum Glück habe ich das gesehen und Sie sofort wieder herausgezogen.«

»Dann sind Sie meinetwegen …«

»Keine Sorge, es war eine warme Juninacht. Im Gegensatz zu Ihnen hat mir die kleine Erfrischung nichts ausgemacht. Aber Sie hat ein heftiges Fieber gepackt. Wie gut, dass meine Frau Krankenschwester ist. Sie hat sofort gewusst, was zu tun ist. Ins Krankenhaus wollten Sie nämlich nicht.«

»Wer mitten in der Nacht in den Landwehrkanal springt, tut das auch nicht, um in der Charité zu landen«, stellte Gertrud trocken fest.

Lou wandte sich von den beiden ab, richtete den Blick auf die Decke. Abermals fiel der Lichtstreif eines Scheinwerfers durch die Fenster. Der Verlauf des Stucks verriet, dass das Zimmer einmal Teil eines größeren gewesen sein musste. Die Lampe hing zwar in der Mitte der Decke, aber nicht in der Mitte des Musters. Je länger Lou darauf starrte, um das zu begreifen, desto näher rückte sie an die Ereignisse jener Nacht heran. Das kreisförmige Muster, das der Stuck verfolgte, erinnerte sie an das Wasser zu ihren Füßen. Da war dieser Sog nach unten gewesen, und da war …

»Nein!« Sie schrie auf. Ein Knall vor den Fenstern hatte ihr jäh vor Augen geführt, was geschehen war: Sie hatte Max erschossen!

»Der Krumbiegl, der alte Lump! Türen muss er immer laut zuwerfen, selbst an seinem Lastauto.« Kopfschüttelnd stand Fritz Rankl am Fenster, schob die Gardinen eine Handbreit auseinander, um nach unten zu schauen.

Starr saugten sich Lous Augen auf seinem Rücken fest, um Gertrud nicht anschauen zu müssen. Nach allem, was sie getan hatte, durfte sie die Gutmütigkeit dieser beiden Engel nicht länger ausnutzen.

»Ich muss gehen«, hörte sie sich auch schon sagen. Sie wollte sich aufsetzen und die Beine über die Bettkante schwingen, doch dazu fehlte ihr die Kraft.

»Langsam!«, mahnte Gertrud und drückte sie zurück in die Kissen, deckte sie wieder zu, knipste die kleine Nachttischlampe an. Auf ihrem Gesicht lag wieder das selbstverständliche Lächeln, das Lou so gut gefiel. »Erst einmal hole ich Ihnen etwas zu essen. Wenn Sie etwas kräftiger sind, versuchen wir es ganz vorsichtig mit dem Aufstehen.«

»Aber ich kann nicht …«

»Natürlich können Sie nicht.« Wieder strich Gertrud ihr mit dieser nach Kindheit duftenden Hand über die Stirn, ließ sie einen Moment auf ihrer Wange liegen, dann richtete sie das Federbett um ihren Leib. »Sie sind zu schwach. Bleiben Sie die nächsten Tage bei uns. Wenn wir jemanden benachrichtigen sollen, sagen Sie es uns. Im Antiquariat haben wir ein Telefon und können jederzeit von dort für Sie telefonieren.«

»Aber Sie wissen gar nicht, wer ich bin«, setzte Lou leise an. Der Blick dieser grauen Augen hielt sie gefangen. Darin schimmerte eine Herzenswärme, die sie kaum aushalten konnte.

»Sie werden es uns schon noch erzählen«, erwiderte Gertrud und erhob sich von ihrem Stuhl. Da erst wurde Lou gewahr, dass sie wohl tatsächlich wie eine besorgte Mutter bei ihrem fieberkranken Kind über Stunden und Tage neben ihr Wache gehalten hatte. Beschämt biss sie sich auf die Lippen, senkte den Blick, damit Gertrud ihre Tränen nicht sah.

»Weinen Sie nur, das tut gut, glauben Sie mir.« Ein letztes Mal streichelte Gertrud ihr über die Wange, zog Fritz an der Hand aus dem Zimmer und schloss leise die Tür. Lou drehte sich zur Wand, knüllte sich den Zipfel des Federbetts vors Gesicht und weinte.

Was hatte sie nur getan? Wie sollte sie weiterleben, wenn sie Max getötet hatte? Das war so unfassbar, dass darüber nicht einmal mehr die Dämonen lachten, wie sie unter heftigem Schluchzen feststellte. Nie mehr würde sie gegen sie antanzen, nie mehr vergessen können. Für immer und ewig musste sie mit der Schuld leben, die weitaus schlimmer war als alles andere zuvor. Es schien ihr so lächerlich, warum sie Curd überhaupt gezürnt hatte. Was auch immer mit dieser Vera gewesen war, in jedem Fall war es vor ihrer gemeinsamen Zeit gewesen. Die letzten Wochen bis zu seinem Tod hatte Curd sie geliebt und niemand anderen. Nach allem, was geschehen war, durfte sie dennoch nie mehr vor seinem Grab stehen und um ihn trauern. So schnell wie möglich musste sie zurück an die Brücke und noch einmal in den Kanal springen. Oder sollte sie zu einem der Bahnhöfe laufen und sich vor einen Zug werfen? In jedem Fall musste sie verhindern, dass jemand wie Fritz in der Nähe war und sie im letzten Moment dem Tod entriss.

Lou blieb. Zwar haderte sie jeden Tag, jede Stunde und jede Minute mit sich, war sie doch Gertruds und Fritz' Güte nicht würdig, aber sie schaffte es auch nicht, sich ihnen zu entziehen. Mehr und mehr nahm Gertruds Lächeln sie gefangen, schlug Fritz' selbstverständliche Zuneigung sie in Bann. Das wurde ihr umso unbegreiflicher, je mehr sie vom harten Schicksal der beiden erfuhr. Der Krieg hatte ihnen kurz vor Ende tatsächlich den kaum erwachsenen Sohn, die Spanische Grippe wenige Monate später auch noch die halbwüchsige Tochter von der Seite gerissen. Wie konnte man das nur ertragen?

»Gar nicht«, erwiderte Gertrud, als Lou sich endlich ein Herz fasste und sie danach fragte. »Den Rest unseres Lebens werden wir das weder begreifen noch vergessen. Aber der Tod wollte uns eben auch nicht haben, und so müssen wir weitermachen. Vielleicht, weil wir Sie retten mussten, vielleicht, weil noch etwas anderes kommt. Wer weiß das schon? Seit mir das klargeworden ist, weiß ich zumindest, dass es nichts nützt, ständig von neuem gegen sein Schicksal aufzubegehren. Man muss seinen Frieden mit sich und seinem Leben machen, welchen Kummer und welches Leid es einem auch zugefügt hat. Man hat nur dieses eine Leben und kann es mit niemandem tauschen. Andererseits muss man auch sehen, dass es einem trotz allem auch etwas Glück geschenkt hat. Die Größe des Glücks ermisst sich manchmal am Unglück, das einem widerfährt. Die Erinnerung an unser großes Glück mit den Kindern hält Fritz und mich aufrecht. Die kann uns nicht genommen werden, was auch immer geschieht, und die hilft uns, das Unglück, wenn schon nicht zu verstehen, so doch ein wenig besser zu ertragen.«

Sie nahm das Tablett, auf dem der leere Suppenteller stand, und wollte gehen. Lou aber hielt sie fest. »Ich habe auch einmal erlebt, wie sich das Glück anfühlt. Leider ist am selben Tag auch ein großes Unglück geschehen, das mich völlig aus der Bahn geworfen hat. Letztens habe ich gedacht, es käme nach vielen Jahren alles endlich wieder ins rechte Lot, aber das ist in Wahrheit erst der Anfang von einem noch viel größeren Unglück gewesen. Das Allerschlimmste ist, dass ich selbst Schuld an allem habe.«

Kaum gelang es ihr, die letzten Worte auszusprechen. Ein heftiges Schluchzen brach sich aus ihrem Innersten Bahn. Gertrud stellte das Tablett beiseite und schlang die Arme um sie, wiegte sie, wie eine Mutter ihr Kind wiegt, bis sie sich beruhigt hatte. Vorsichtig löste sie die Arme, tupfte ihr mit dem Schürzenzipfel die Wangen trocken und sah sie eindringlich an.

Lou konnte dem Blick nicht standhalten. Sie senkte den Kopf, bevor sie kaum hörbar weitersprach: »Ich habe auf jemanden geschossen, auf einen sehr guten Freund geschossen, ihn wohl getötet. Was soll ich nur tun?«

»Wann ist das gewesen?« Von Gertrud ging auf einmal wieder diese Entschiedenheit aus, die Lou anfangs schon aufgefallen war. Bedächtig setzte sie sich auf die Bettkante, umklammerte Lous eiskalte Hände. »In der Nacht, in der Sie ins Wasser gegangen sind? In der Nähe der Herkulesbrücke über den Landwehrkanal?«

Lou nickte nur, wagte nicht, den Blick zu heben.

»Fritz wird herausfinden, was genau geschehen ist«, erklärte Gertrud und erhob sich. »Bis dahin bleiben Sie hier und warten. Mehr können Sie nicht tun.«

Als sie die Tür hinter sich schloss, sank Lou in die Kissen zurück und drehte den Kopf zur Wand. Was sollte sie nur hoffen? Dass Fritz bald zurückkam und von Max' Tod berichtete? Was würde sie danach tun? Sich als Mörderin der Polizei stellen oder doch noch einmal davonrennen und hoffen, dieses Mal wirklich das Ende ihrer Geschichte erreicht zu haben? Ziellos glitten ihre Augen über die unzähligen Bücher, die sich im Regal aneinanderreihten, rücksichtslos übereinanderstapelten und dicht nebeneinanderzwängten. Auch das war eine Unendlichkeit, in die sie für eine Weile eintauchen konnte, hoffend, dass Fritz sie nicht so schnell wieder herauszog und Gertrud sie tröstete. Für das, was sie getan hatte, gab es ohnehin weder Rettung noch Trost. Nur ewige Verzweiflung.

37

Selbst nach mehr als einer Woche fiel es Judith schwer zu begreifen, was geschehen war. Dabei waren die Tatsachen eindeutig: Auf Max war geschossen worden, und Lou war seither wie vom Erdboden verschluckt. Nirgends fand sich die geringste Spur von ihr. Obwohl Ilka nach wie vor steif und fest behauptete, der Schuss habe sich versehentlich gelöst, als sie und Max eine Szene für den nächsten Film geprobt hätten, vermutete Judith dennoch, Lou müsse irgendwie in den Unfall verstrickt sein. Zumindest musste sie in der fraglichen Nacht in Max' Wohnung gewesen sein. Wie sonst sollten ihre schwarze Lederpochette wie auch das Foto von Curd mit Vera und der Kleinen dorthin gelangt sein?

Für einen Moment war Ilka, direkt darauf angesprochen, aus der Rolle gefallen, hatte darüber sogar vergessen, das R zu rollen, als sie trotzig behauptete: »Ich habe Lou getroffen und mir die Pochette für einige Tage geliehen. Du weißt, wie sehr ich Lous Taschen liebe. Unbedingt wollte ich diese schwarze Pochette haben, um beim Essen mit den Redakteuren von der *Berliner Illustrirten* ein wenig Furore zu machen. Der Strassverschluss passt einfach bestens zu meinem Hosenanzug. Einfach toll, dass Lou sie mir gegeben hat.«

»Natürlich mitsamt ihren Sachen darin. Die passen besonders gut zu dir.« Verärgert hatte Judith beschlossen, es aufzugeben, von Ilka etwas Hilfreiches über den Verlauf jenes schrecklichen Abends in Max' Wohnung zu erfahren. Gegenüber der Kriminalpolizei war sie steif und fest bei derselben Version geblieben, auch wenn das für sie einige unangenehme Fragen nach sich gezogen hatte. Dafür zollte Judith ihr insgeheim Respekt, auch wenn sie nach wie vor nicht begriff, wieso Ilka das für Lou auf sich nahm. Max war knapp am Tod vorbeigeschrammt und lag schwerverletzt in der Charité. Eine Aussage über den Tathergang hatte er noch nicht machen können.

Wenigstens hatte Judith die Wohnungsschlüssel aus Lous Tasche. Jeden Tag war sie seither in der Schwedter Straße gewesen, immer in der Hoffnung, Lou tauche dort so plötzlich wieder auf, wie sie verschwunden war.

Die Einzige, die nach mehr als einer Woche auftauchte, war Lous Freundin Jette. Sie sah schlecht aus. Das braune, glatte Haar hing strähnig von ihrem Kopf, die Sommersprossen wirkten farblos, und die bei ihrer ersten Begegnung so provozierenden braungelben Augen blickten Judith stumpf entgegen.

»Wo steckt Lou?«, wollte Jette wissen und machte gleich wieder kehrt, als Judith erwiderte: »Das möchte ich auch gern wissen.«

Gerade noch bekam Judith Jette am Mantelzipfel zu fassen. »Wann hast du sie zuletzt gesehen?« Entschlossen bugsierte sie Jette in Lous Wohnung und schloss die Tür hinter sich, um zu verhindern, dass sie gleich wieder türmte.

Matt sank Jette auf den Schemel vor Lous Sattlernähmaschine. Dank Wilmas Entschlossenheit herrschte in dem von Lou als Werkstatt eingerichteten Vorderzimmer wieder die gewohnte Ordnung. Sobald sie von Max' Unglück und Lous Verschwinden erfahren hatte, hatte sie sich um alles gekümmert und die angefangenen Taschen mitsamt Lous Skizzen mitgenommen, um weiter an ihnen zu arbeiten. Sie setzte alles daran, den Vertrag mit *Samuel Kopp & Söhne* für die Taschenkollektion zu erfüllen, damit Lou keine Nachteile erlitt, wenn sie wieder auftauchte. Judith war ihr dankbar dafür, wenn es sie auch wunderte, war es doch Wilma gewesen, die ihr geraten hatte, Lou nicht mehr zu helfen. Wahrscheinlich aber tat Wilma das vor allem ihr, Judith, zuliebe. Bei dem Gedanken wurde ihr warm ums Herz. In allem Unglück steckte so oft auch ein neues Glück.

Jette schenkte dem allen nicht die geringste Beachtung. Sie befand sich in einem erbärmlichen Zustand. Der Saum des beigefarbenen Gummimantels war ausgetreten. Das lavendelfarbene Kunstseidenkleid mit den silbernen Fransen darunter war zerknittert und verströmte einen unangenehmen Geruch. Überhaupt umfing Jette der Dunst des tagelangen Nichtwaschens und des Schlafens in denselben Kleidern. Am liebsten hätte Judith sie gepackt und in Lous Badezimmer verfrachtet, um sie in Seifenlauge einzuweichen.

»Kann ich für eine Weile hier schlafen?«, wollte Jette wissen, nachdem sie wohl erfasst hatte, dass Lou tatsächlich nicht da war. »Ich bin so unendlich müde. Ich muss dringend ins Bett.«

Sie wartete Judiths Zustimmung gar nicht erst ab, sondern erhob sich, um wie eine Schlafwandlerin ins Nachbarzimmer hinüberzuwanken. Kaum hatte sie sich auf dem Sofa niedergelassen, war sie bereits zur Seite gesunken und tief und fest eingeschlafen, wie das leise Schnarchen verriet. Judith war klar, dass sie vorerst nichts mehr von ihr erfahren würde. Andererseits war es schon eine wertvolle Information, Lou nicht mit ihr unterwegs zu wissen. Was auch immer die beiden die letzten Wochen miteinander getrieben hatten, gut bekommen war es Lou offenbar nicht. Aber auch Jette schien ihre Last daran zu tragen. Dem auf den Grund zu gehen, verkniff sich Judith jedoch. Derzeit gab es andere Prioritäten. Nach einem letzten Blick auf die Schlafende beschloss sie, das Wagnis einzugehen, Jette in der Wohnung allein zu lassen. Auf einem Zettel notierte sie ihre sowie Wilmas Telefonnummer und die Bitte, sich sofort zu melden, sollte Lou wieder auftauchen. Groschen für ein Telefonat legte sie dazu, ebenso die letzten Zigaretten, die sie in ihrer Tasche fand. Jette sollte gar nicht erst auf die Idee kommen, das Telefongeld dafür zu verwenden. Ein kurzer Kontrollgang durch Lous Wohnung veranlasste sie, noch einen Geldschein aus dem Portemonnaie hinzuzufügen. Das hielt Jette hoffentlich davon ab, Lous mühsam zusammengetragene Werkzeuge und Materialien zu verscherbeln. Mit mulmigem Gefühl stieg sie die Treppen hinunter.

»Die Seybold aus'm Dritten kommt wohl gar nischt mehr«, stellte sich ihr unten die Hauswartsfrau in den Weg, als sie gerade auf die Straße hinauswollte. »Wenn Se Jenaueres wissen, sajen Se Bescheid. Eine Schande isses, wenn 'ne Wohnung so lang leer steht.«

»Fräulein Seybold ist einige Zeit verreist. Die nächsten Tage wohnt eine Freundin von ihr in der Wohnung und passt darauf auf. Besten Dank für Ihre Umsicht.« Rasch schlüpfte Judith an der gedrungenen Frau in der schmuddeligen Schürze vorbei nach draußen.

Gewitterluft staute sich in den Straßen. Drohend schoben sich finstere Wolkengebirge am Himmel zusammen. Laut patschten die ersten Tropfen aufs Pflaster, woraufhin die spielenden Kinder ihre Steine und Kreidestücke einsammelten und in die nächstgelegenen Hauseingänge verschwanden. Judith spürte eine unbändige Lust, zu Wilma an den Zionskirchplatz zu gehen. In deren gemütlichem Hinterraum könnte sie sich bei einer Tasse Tee ausruhen und ihr von der Begegnung mit

Jette erzählen. Stattdessen hastete sie zur Untergrundstation am Senefelderplatz. Sie wollte Max in der Charité besuchen. Ilka war bis zum Abend beim Drehen in Horwitz' Glashaus in Halensee und konnte das angeblich nicht einmal für zwei Stunden Mittagspause unterbrechen. Judith hatte also ausreichend Gelegenheit, endlich allein mit Max zu reden.

»Sieht man dich auch mal wieder«, begrüßte er sie wenig später erstaunlich munter. Dicke Kissen im Rücken, allerdings noch sehr blass im Gesicht, thronte er in seinem blütenweißen Krankenbett, bestens bewacht von einer streng aussehenden Krankenschwester.

»Nur eine halbe Stunde und nichts mit ihm reden, was ihn aufregen könnte«, mahnte sie, bevor sie mit grimmiger Miene das Krankenzimmer verließ.

»Ein Wachhund ist nichts dagegen«, stellte Judith amüsiert fest und sah sich in dem schmalen Zimmer um. Ein wahres Blumenmeer sorgte für frische Farben und einen betörenden Duft. Erstaunlich, dass das nicht gegen die Regeln verstieß, die Patienten vor Drogeneinflüssen zu schützen. Sie meinte kaum atmen zu können, so aufdringlich war vor allem der Geruch der weißen Margeriten, die in einem dicken Strauß auf dem Tisch neben dem Besucherstuhl standen.

»Hier muss dringend frische Luft rein«, erklärte sie und öffnete die Fenster, rückte den stark riechenden Strauß davor. Der aufbrausende Wind wehte die Gardinen nach innen und riss an den Blütenblättern. Dumpfes Donnergrollen unterstrich die düstere Stimmung. Heftig trommelte der Regen auf die umliegenden Dächer und Straßen. Ein heller Blitz, gefolgt von einem dumpfen Knall, ließ keinen Zweifel daran, dass das Gewitter genau über der Stadtmitte hing und nicht so schnell von dort weichen würde.

»Das nennst du frische Luft?« Max grinste. »Da draußen braut sich wohl ganz kräftig was zusammen.«

»Das kannst du laut sagen.« Eine Weile verharrte sie noch gedankenverloren am offenen Fenster. Bald wurde der Wind zu stark, trieb den Regen in ihre Richtung. Sie schloss die Fensterflügel. Wuchtig klatschten die Regentropfen gegen die Scheiben, rannen in dicken Bächen daran herunter, sammelten sich am Rahmen zu Rinnsalen.

»Wo Lou wohl steckt? Hoffentlich hat sie einen sicheren Unterschlupf gefunden.« Langsam drehte sich Judith wieder um, rieb sich die Oberarme, die sie fröstelnd vor der Brust verschränkt hatte. Eine Jacke würde jetzt auch nicht schaden. Wo hatte sie nur ihre Gedanken gehabt, als sie am Morgen aus dem Haus gegangen war?

»Hast du noch immer nichts von ihr gehört?« Der Schalk war aus Max' Gesicht gewichen, die Erschöpfung war ihm wieder deutlich anzumerken, allerdings auch eindeutig Sorge. Judith betrachtete das als gutes Zeichen. Was auch immer in jener Nacht geschehen war, Lou zürnte er jedenfalls nicht. Oder nicht mehr.

»Sie ist wie vom Erdboden verschluckt.« Nachdenklich musterte sie ihn. Zwar hatte er Glück gehabt und nur einen Schulterdurchschuss erlitten, allerdings hatte er viel Blut verloren. Das fesselte ihn ans Bett und ließ ihn so bleich wie ein Bettlaken aussehen. Die Wangen waren leicht eingefallen, außerdem weitaus schlechter rasiert als üblich. Ein Hinweis, dass er selbst noch nicht dazu in der Lage war. Ebenso war sein dunkelblondes Haar nicht in der gewohnten Manier nach hinten gekämmt und pomadisiert. Sie besah sich seine Hände. Schmal und müde ruhten sie auf der Bettdecke.

»Willst du mir nicht doch endlich erzählen, was genau passiert ist?« Behutsam legte sie ihm die Hand auf den rechten

Arm, spürte die Hitze, die er ausstrahlte, aber auch das leichte Zittern, als er ihre Worte vernahm. Eindringlich sah sie ihn an. In seinen graublauen Augen flackerte etwas auf. Sie verstärkte den Druck auf seinen Arm, wollte nicht, dass er sich zu sehr aufregte. Dann würde die Schwester kommen und sie hinauswerfen. Andererseits musste sie endlich wissen, woran sie mit ihm, Ilka und vor allem mit Lou war. Sie konnte den Gedanken nicht ausstehen, die drei hüteten ein Geheimnis vor ihr. Ähnlich musste sich Lou gefühlt haben, als das Wiener Kleeblatt noch bestanden hatte, kam ihr plötzlich in den Sinn. Was war nur in den Jahren seither geschehen? Curds unsinniger Tod an jenem Frühlingsmorgen vor mehr als fünf Jahren hielt sie alle weiterhin fest in seinen eisernen Klauen. Noch war der Vorhang nicht gefallen, die Geschichte nicht zu Ende. Sie biss sich auf die Lippen, hob den Blick. Über dem Bett hing ein ans Kreuz genagelter Christus. Ausgerechnet bei Max, dem Wiener Juden, wachte der Heiland. Wenn das Hilde Hoffoldinger und ihre Münchner Freundinnen wüssten! Der Gedanke munterte Judith auf.

»Raus mit der Sprache!«, versuchte sie sich in einem fröhlichen Ton Max gegenüber. »Ich kann mir kaum vorstellen, dass du mit Ilka tatsächlich Räuber und Gendarm für euren nächsten Film gespielt und ihr eine geladene Pistole in die Hand gedrückt hast.«

»Hat sie das behauptet?« Max war sichtlich überrascht. »Das hat sie mir gar nicht gesagt.«

»Das ist schlecht. Bestimmt wird dich die Polizei demnächst befragen. Da solltest du annähernd dasselbe wie Ilka zu Protokoll geben.«

»Warum tut Ilka das?« Er runzelte die Stirn.

»Es stimmt also wirklich nicht?« Forschend sah sie ihn an, er wich ihr aus. »Ilka nimmt also die Schuld auf sich, weil sie hofft, die Geschichte mit dem Proben der Filmszene wäre am glaubwürdigsten. Ich wusste gar nicht, dass sie Lou so sehr mag, um derart für sie einzustehen.«

»Ilka ist weitaus uneigennütziger, als du denkst.«

»Da hast du wohl recht.« Sie schwieg, sann eine Weile nach. Ein vager Verdacht kam ihr, Ilka könnte etwas begriffen haben, wovor sie selbst, aber auch Max und Lou noch beharrlich die Augen verschlossen. »Also war es wirklich Lou, die auf dich geschossen hat. Aber warum? Was ist zwischen euch beiden vorgefallen, dass sie derart außer sich geraten ist?«

»Es war ein Unfall«, fiel er ihr ins Wort. »Sie wusste nicht, dass die Pistole echt ist. Ich selbst habe ihr gesagt, es wäre nur eine Requisite, und dann hat sie auf einmal …« Er brach ab, schlug sich die Hände vors Gesicht, schluchzte auf.

»Oh Gott, Max!«, rief Judith erschrocken aus. »Sie hat den Schuss gehört, gesehen, wie du blutend zu Boden gegangen und reglos liegen geblieben bist. Sie denkt, sie hat dich umgebracht. Wir müssen sie finden, bevor …«

»Du meinst, sie tut sich etwas an?« Jäh fuhr Max aus den Kissen hoch und packte sie an den Oberarmen, rüttelte sie. Es dauerte einen Moment, bis sie realisierte, was er da tat. Zu sehr war sie in ihren eigenen Gedanken gefangen. Er aber sackte bereits kraftlos nach vorn. Auf dem blütenweißen Laken bildete sich in Windeseile ein roter Fleck.

»Max!«, schrie Judith und starrte auf ihn hinunter, unfähig, sich zu rühren und nach Hilfe zu rufen.

»Was ist passiert?« Zum Glück hatte die Krankenschwester ihren Aufschrei trotzdem gehört. Einer Furie gleich stürzte sie ins Zimmer, stieß sie rücksichtslos beiseite und bettete Max behutsam zurück in die Kissen. Die Naht an der Schulter war von der ruckartigen Bewegung aufgeplatzt. Langsam sickerte das Blut durch den Verband und die Pyjamajacke. Kreidebleich lag Max da, die Augen stur auf Judith gerichtet. Sie schwammen in Tränen, seine Lippen bebten. Er streckte den Arm aus. Sie griff nach seiner Hand, drückte sie, auch wenn ihr das einen weiteren missmutigen Blick der Krankenschwester einbrachte.

»Ich habe doch gesagt, er darf sich keinesfalls aufregen. Gehen Sie. Ich rufe einen Arzt.«

»Nein«, widersprach Max mit erstaunlich fester Stimme. »Sie muss bleiben. Ich habe etwas Wichtiges mit ihr zu besprechen.«

»Also gut. Wenn Sie unbedingt darauf bestehen.« Noch einmal musterte die strenge Krankenschwester Judith vom Scheitel bis zur Sohle. »Aber solange der Arzt sich um die Wunde kümmert, muss sie draußen warten.«

Gehorsam nickte Judith und flüchtete beim Auftauchen des Arztes, eines kleinen, mausähnlichen Männleins im Schlepptau der stämmigen Krankenschwester, nach draußen.

Es wurde die längste Viertelstunde ihres Lebens. Unzählige Male lief sie den Flur auf und ab, inspizierte mehrfach jeden Fliegendreck an den Fenstern und jede Unebenheit an den Wänden, sah den vorbeihastenden Schwestern und den würdevoll schreitenden Ärzten hinterher, musterte die Besucher. Trotzdem behielt sie die Tür zu Max' Krankenzimmer weiter aufmerksam im Blick.

Endlich schwang sie wieder auf, und die Krankenschwester kam heraus, dicht gefolgt von dem Arzt. Mit einem gnädigen Nicken bedeutete die Schwester ihr im Vorbeigehen, dass sie wieder zu Max durfte. Scheu lächelte der Arzt sie an und gab ihr mit einem beruhigenden Wink zu verstehen, dass kein Anlass zur Sorge bestehe. Mit pochendem Herzen betrat sie das Zimmer.

»Alles ist gut«, sagte sie leise. Zutiefst erschöpft lag Max da, blickte sie aus beunruhigend leeren Augen an. »Bestimmt ist alles nur eine Verkettung unglücklicher Umstände. Lou wird bald wieder auftauchen und bester Dinge sein.«

Sie spürte selbst, wie hohl das klang. Ihr fehlte die Kraft, den Worten die nötige Zuversicht einzuhauchen.

»Wir waren nicht aufrichtig zu Lou«, sagte Max.

»Unser Wiener Kleeblatt war zu eng. Dabei hat sie von Anfang an zu uns dreien gepasst und unser Glück erst vollkommen gemacht«, pflichtete Judith ihm bei. »Das müssen wir ihr unbedingt sagen.«

»Auch das mit Vera«, fügte er hinzu. »Es ist so einfach zu erklären. Curd hat Lou über alles geliebt. Daran darf sie niemals zweifeln. Das musst du ihr unbedingt sagen.« Er richtete sich halb auf, stützte sich, so gut es ging, auf die Ellbogen und suchte flehentlich ihren Blick.

Auf einmal fiel es Judith wie Schuppen von den Augen. Ilka hatte es viel eher begriffen und deshalb Lou gedeckt. Dabei hatte auch Judith es von Anfang an geahnt, aber nie so richtig wahrhaben wollen und deshalb sämtliche Hinweise als albernes Geplänkel abgetan.

»Du liebst sie.«

Einen Moment verharrte Max noch aufrecht sitzend, dann sank er zurück ins Bett und richtete die Augen starr gegen die Decke. In seinen Wimpern hing eine dicke Träne.

»Seit unserer ersten Begegnung damals in München, mitten auf den Barrikaden der Revolution«, fuhr Judith fort. »Aber Curd hat sie auch geliebt, über alles geliebt sogar. Es ist dir schwergefallen, aber du hast es akzeptiert. Immerhin war er dein bester Freund, und du wolltest ihm um nichts in der Welt weh tun. Deine Beschäftigung in Hamburg, dein Weggang nach Berlin, selbst deine Beziehung mit Ilka, all das hast du nur getan, um dich von ihr fernzuhalten, weil du dachtest, sie würde sowieso immer nur Curd lieben, bis in alle Ewigkeit.«

Die Träne tropfte auf seine Wange, rann ganz langsam zur Seite. Eine zweite folgte. Max rührte sich nicht.

»Curd war immer so ein guter, fröhlicher, liebevoller Mensch«, fuhr sie fort. »Allen wollte er nur Sonnenschein bringen, selbst in den finstersten Zeiten.«

In Erinnerungen versunken, hielt sie inne, dachte an jenen entsetzlichen Moment zurück, in dem Curd sie kurz hinter der Front aus den Fängen jenes Lüstlings gerettet hatte, der sein Vorgesetzter gewesen war und der sich an ihr hatte vergehen wollen. Vierzehn Tage Arrest hatte es ihn gekostet, trotzdem bereute er es nie, den Lumpen niedergeschlagen zu haben, wie er ihr immer wieder versicherte. Auf einmal sah sie ihn wieder vor sich, wie er an jenem Maimorgen vor fünf Jahren auf dem Münchner Stiglmaierplatz in ihren Armen lag, sie ganz verwundert ansah, während sich sein Leben rasend schnell dem Ende zuneigte. »Pass auf Lou auf!« Mit dieser Bitte auf den Lippen war er gestorben.

»Vera ist die heimliche Verlobte seines Bruders Franz gewesen.« Max wandte ihr den Kopf zu. »Du weißt schon, der mittlere der drei Walthers, der ebenso wenig wie Leopold und Curd Architekt hatte werden wollen. Der Alte hatte ihm die Verbindung zu Vera verboten. Katholisch war sie und Tochter eines einfachen Konditors noch dazu. Das war kurz vor dem Krieg. Curd war außer sich, als Franz ihm davon erzählte.«

»Stimmt, daran erinnere ich mich.« Judith nickte, sah auf einmal wieder jenen letzten Vorkriegssommer vor sich, hörte, wie aufgebracht Curd ihnen davon berichtete, zumal der Vater wenige Monate vorher auch dem ältesten Sohn Leopold die Beziehung zu einer jungen Kommilitonin ausgeredet hatte. »In welchem Jahrhundert lebt er, dass er glaubt, uns das Heiraten verbieten zu können?«, hatte Curd kopfschüttelnd gesagt.

»Franz und Vera haben sich trotzdem verlobt.« Nach wie vor schien Max von der Geschichte beeindruckt. »Da war sie schon schwanger. Dann kam der Krieg. Sie wollten heiraten, doch es fehlten irgendwelche Papiere. Curd wollte helfen, Franz musste aber schneller an die Front als gedacht. Schon verrückt, oder? Hier in Preußen haben sie Juden wie uns erst in größter Not ins Feld geschickt, aber bei uns in Österreich war das anders. Natürlich steckte der Alte dahinter, dass Franz wegmusste, wie du dir denken kannst. Noch ehe Helene zur Welt kam, war Franz tot. Vera war verzweifelt. Curd ist es gelungen, alle Briefe, die sie an Franz geschickt hatte, abzufangen und vor seinem Vater zu verstecken. Allerdings brachte er es wohl nicht fertig, sie ihr zurückzugeben. Heimlich wies er ihr weiter Geld an, und als sie ihn bat, ein gemeinsames Foto zu machen, weil er Franz so ähnlich sah und sie Helene später wenigstens sagen könnte, so hätte ihr Vater ausgesehen, war er einverstanden.«

»Das ist alles?« Judith brauchte eine Weile, bis sie verstand. Sacht schüttelte sie den Kopf. Das klang alles so typisch nach Curd, das musste einfach stimmen. »Schade, dass ihr mir nie davon erzählt habt. Aber Curd wollte wohl auch keine große Sache daraus machen.«

»Mir hat er auch erst davon erzählt, als wir damals im Schützengraben gedacht haben, unser letztes Stündlein hätte geschlagen. In dem dröhnenden Kanonendonner haben wir uns die letzten Geheimnisse offenbart.«

»Das haben wohl viele an der Front so gemacht. Weißt du wenigstens, was aus Vera und Helene geworden ist? Hat sie je erfahren, dass Curd …«

»Ich wollte ihr schreiben, aber ich hatte keine Adresse. Curd muss sie in Wien gelassen haben, als wir im letzten Kriegssommer nach München gegangen sind.«

»Oder sie findet sich noch in seinen Hinterlassenschaften bei Lou. Er wird sie auch von München aus so lange weiter unterstützt haben, wie es ihm möglich gewesen ist. Alles andere wäre nicht Curd. Zwar wird sie es sich inzwischen gedacht haben, nachdem sie so lange nichts mehr von ihm gehört hat, aber vielleicht sollte man sie trotzdem benachrichtigen.«

Max erwiderte nichts, blickte starr zur Decke. Sicher war er müde und wollte schlafen. Sie erhob sich. »Es wird sich alles regeln. Das Wichtigste ist, dass Lou auftaucht.«

»Suchst du nach ihr?«

»Natürlich.«

Er schloss die Augen. Sie wartete, bis sie sicher war, dass er tatsächlich schlief, dann ging sie leise nach draußen.

Das Gewitter war vorbei. Langsam kämpfte sich die Sonne durch die letzten Wolken, um den Tag mit einem orangegoldenen Himmel zu beschließen. Die Luft war wieder frisch und klar. Erleichtert streckte Judith das Gesicht den letzten wärmenden Sonnenstrahlen entgegen. Curds Geheimnis um das Foto mit Vera war geklärt. Lou war seine große Liebe gewesen. Und war zugleich die von Max, seines besten Freundes. Sie hatte es gewusst, aber nicht wahrhaben wollen. Auch Curd musste es geahnt haben. Judith erinnerte sich an so manch vermeintlich harmlose Kabbelei der beiden, hinter der in Wahrheit Eifersucht gesteckt haben mochte. Lou hatte das wohl ebenfalls gespürt, war womöglich ähnlich hin- und hergerissen gewesen wie die beiden. War der Schuss auf Max letztlich also eine Folge dieser Gefühlswirren? Das ließe sich ebenso leicht bereinigen wie die Sache mit dem Foto. Hoffentlich beging Lou keine Dummheit, bevor sie sie dessen versichern konnte.

Ohne auf den Weg zu achten, hastete Judith weiter. Erst am nahen Spreeufer erwachte sie aus ihren Gedanken. Beim Blick auf das Wasser fiel ihr ein, was sie längst hätte tun sollen. Der Landwehrkanal war ähnlich nah zu Max' Wohnung wie die Spree zur Charité. Sie winkte einer Kraftdroschke und ließ sich zum Verlagshaus in der Kochstraße fahren. Kaum konnte sie die kurze Strecke im Fond ertragen, dabei herrschte trotz der frühen Abendstunde selbst auf der Friedrichstraße erstaunlich wenig Verkehr. Ungeduldig gab sie dem Chauffeur ein viel zu hohes Trinkgeld, wartete nicht einmal, bis er ihr den Schlag öffnete. Schon lief sie zur Pförtnerloge. Sie hatte Glück. Koschinski hatte Dienst. Sie nahm das als Zeichen und hastete über die leeren Flure in sein muffiges Büro. Tief über den Schreibtisch gebeugt, sichtete der behäbige Mann mit dem Seemannsbart die Polizeiberichte. Wie erhofft, fragte er nicht lang nach dem Warum, als sich Judith nach Meldungen über Selbstmorde erkundigte.

»Heute is keene im Anjebot, Verehrteste.« Er wirkte so fröhlich wie beim Verkünden der Sieger des Sechstagerennens.

»Und die letzten zehn, zwölf Tage?« Judith wagte kaum, die Frist zu benennen. Viel zu lang hatte sie mit dem Nachfragen gewartet.

»Nischt.« Koschinski schüttelte den gewaltigen Kopf, der nahtlos in die Schultern überging.

»Dafür haben Sie was bei mir gut!«, rief sie ihm zu und stürmte bereits wieder hinaus.

An der Kreuzung vor dem Verlagsgebäude lieferten sich die Straßenlaternen und Leuchtreklamen vor dem rotglühenden Abendhimmel ihren ersten Wettstreit. Die letzten Angestellten in Büroanzügen eilten vorbei, die ersten Nachtschwärmer machten sich auf den Weg. Inmitten des Trubels fühlte sich Judith verloren. Wie viele Tage und Nächte war sie noch zum zarten Hoffen und bangen Warten verdammt, bis Lou endlich wieder auftauchte? Langsam schlenderte sie zur Untergrundbahn. Als ein Zug Richtung Alexanderplatz in die Station preschte, zögerte sie kurz, ob sie zu Wilma fahren sollte. Dann wäre sie wenigstens nicht allein. Auf dem zweiten Gleis ratterte ein Zug in die Gegenrichtung heran. Unwillkürlich machte Judith kehrt, fand sich wenig später beim Umsteigen in der Friedrichstadt mit schlafwandlerischer Sicherheit zurecht und erwischte die Linie zum Kurfürstendamm.

Schon auf der letzten Treppenstufe vernahm sie das Klingeln des Telefonapparats in der Wohnung. Kaum gehorchten ihr die Finger, um die Tür aufzusperren. Atemlos hechtete sie hinein, hob ab. Zu spät. Die Verbindung war schon wieder unterbrochen.

Weinend sank sie aufs Sofa, schlug sich die Hände vors Gesicht. Sie wollte gar nicht daran denken, wie oft das Telefon in den letzten Tagen vergeblich geläutet haben mochte. Lou versuchte sie zu erreichen, davon war sie mit einem Mal fest überzeugt. Warum hatte sie nicht früher daran gedacht? Als könnte sie es erzwingen, starrte sie auf den schwarzen, schweren Apparat.

Langsam senkte sich die Dunkelheit über die Stadt. Durch das riesige Atelierfenster drangen die künstlichen Lichter der Großstadt, gaben den Sternen am Himmel kaum eine Chance, es mit ihnen aufzunehmen. Irgendwo da draußen musste Lou sein. Judith schien es auf einmal unmöglich, sie je wiederzufinden.

Erst am nächsten Mittag erlöste sie ein neuerliches Telefonläuten aus dem Warten. Tatsächlich – verzagt erkundigte sich Lou nach Max.

»Er lebt, und es geht ihm gut«, versicherte Judith. Tränen der Rührung rannen ihr über die Wangen. Viel zu hastig fügte sie hinzu: »Wo bist du? Komm zu mir, dann erzähle ich dir alles. Dir wird nichts geschehen, Ilka hat der Polizei gesagt, sie hätte …«

»Später«, erwiderte Lou und hängte ein.

Das war zu befürchten gewesen. Judith ärgerte sich über sich selbst. Sie hätte feinfühliger auf Lous Zustand eingehen müssen. Zwei Tage ließ Lou ihr Zeit, über eine bessere Strategie nachzudenken. Aus Angst, den neuerlichen Anruf zu verpassen, verzichtete Judith auf die Besuche bei Max, bat Ilka in einem knappen Telefonat um Verständnis und freute sich, dass Wilma ihren Part an Max' Krankenbett übernahm und auch regelmäßig bei Jette in der Schwedter Straße vorbeisah. Außerdem arbeitete sie fleißig weiter an Lous Taschenkollektion.

Sobald Judith endlich wieder das leise »Hier ist Lou« am anderen Ende der Leitung vernahm, waren sämtliche Überlegungen auf einen Schlag vergessen. Es sprudelte einfach aus ihr heraus. Dieses Mal blieb Lou tatsächlich am Apparat und hörte zu, was Judith über Ilkas Aussage bei der Polizei berichtete, die tatsächlich dazu geführt hatte, den Schuss als unglückseligen Unfall zu den Akten zu legen, was sie von Max' Genesungsfortschritten sowie über Curds uneigennützige Hilfe für die Verlobte seines gefallenen Bruders erzählte.

»Er hat wirklich nur dich geliebt«, betonte Judith und holte tief Luft. Dabei vernahm sie Lous lautes Atmen. Schon befürchtete sie, Lou mit ihrem Bericht zu sehr aufgeregt zu haben. Deshalb beteuerte sie erneut, dass alles mit der Polizei geklärt sei, Max sich bereits erstaunlich gut von der Verletzung erholt habe und dass sie alle darauf brannten, Lou wieder in Armen zu halten.

»Wo bist du, Lou? Geht es dir gut? Kann ich etwas für dich tun? Wann kommst du zurück?« Am Ende strömten die Fragen aus Judith heraus.

»Ich melde mich«, beendete Lou daraufhin abrupt das Gespräch. Abermals vergingen mehrere Tage, bis sie sich von neuem rührte. Jette war längst wieder aus ihrer Wohnung verschwunden. In der Hoffnung, Lou würde zu Hause auftauchen, sah Wilma nach wie vor jeden Tag dort vorbei. Inzwischen war Max aus der Charité entlassen und rief Judith nahezu stündlich an, um sich nach einem weiteren Lebenszeichen von Lou zu erkundigen. Erst als Judith ihn mahnte, er blockiere damit unnötig die Leitung, zwang er sich zu Geduld.

»Ich muss mit Max reden«, erklärte Lou dieses Mal statt einer Begrüßung.

»Er ist noch etwas wacklig auf den Beinen …«, setzte Judith zögernd an, um sofort von Lou unterbrochen zu werden: »Ich komme morgen Vormittag zu ihm in die Wohnung.«

Überrascht schnappte Judith nach Luft. Für eine Erwiderung war es zu spät. Lou hatte bereits wieder aufgelegt. Judith blieb nur, Max von dem angekündigten Besuch in Kenntnis zu setzen. Zum ersten Mal seit fast einer Woche verließ sie die Wohnung und stellte verwundert fest, wie weit der Sommer fortgeschritten war. Mit einem strahlend blauen Himmel hieß er sie willkommen.

38

Lou wunderte sich, wie gelassen sie die Herkulesbrücke überqueren konnte. Im Sonnenschein des letzten Junitags wirkte sie weitaus weniger imposant als nachts, wenn sich der helle Stein im Mondlicht aufplusterte. Ruhig saß Lou auf der Rückbank der Kraftdroschke. Gertrud drückte ihr die Hand, als sie die Steinskulptur passierten, Fritz warf ihr einen flüchtigen Blick zu. Erst als der Wagen über den Lützowplatz fuhr und nach links einbog, beschleunigte sich ihr Herzschlag. Fritz beglich die Fahrt. Lou ertappte sich bei dem Wunsch, der Fahrpreis wäre wieder so astronomisch hoch wie während der Inflation, dann hätte er nicht so schnell die Münzen abgezählt.

»Ein schönes Haus«, erklärte Gertrud und sah begeistert die Hausfassade hoch, blieb an den Fenstern des Dachgeschosses hängen, die zu Max' Wohnung gehörten. Nach wie vor hielt sie ihre Hand. »Sollen wir nicht doch mit …«

»Nein«, fiel Lou ihr ins Wort. Sie zwang sich, die blutroten Rosen in dem kleinen Vorgarten anzusehen. Wenn sie die vor der weißgetünchten Hauswand aushielt, würde sie auch Max' Anblick ertragen und nicht mehr an jenen Abend denken müssen, als er reglos vor ihr in der Blutlache auf dem Parkett gelegen hatte.

»Du wirst es schaffen«, ermutigte Fritz sie und klopfte ihr aufmunternd auf die Schulter. »Für alle Fälle sind wir hier unten, aber du wirst sehen, dass du uns gar nicht brauchst.«

»Danke.« Unwillkürlich fiel sie erst Gertrud, dann ihm um den Hals. »Ihr habt so viel für mich getan.«

Ehe sie es sich doch noch anders überlegte, eilte sie zur Haustür und klingelte, sah nicht mehr zu den beiden zurück. Es genügte zu wissen, dass sie da waren. Endlich hatte sie jemanden gefunden, der ihr wie ihre Eltern früher den Rücken stärkte. Das Glück hatte sie wohl doch noch nicht ganz verlassen.

Als der elektrische Türsummer ertönte, fuhr sie zusammen, schob mit aller Kraft die schwere Tür auf. Jetzt gab es kein Zurück mehr.

Es war wie in jener Nacht vor knapp drei Wochen. Max erwartete sie bereits an der offenen Tür. Noch auf dem letzten Treppenabsatz hätte Lou am liebsten kehrtgemacht. Anders als damals aber streckte er ihr einladend die Hand entgegen, stieß die Tür zugleich weit auf. Von drinnen klang keinerlei Musik heraus. Außerdem war Max vollständig in Anzug, Hemd, Seidentuch und Schuhe gekleidet, frisch rasiert und ordentlich gekämmt. Das vertraute schelmische Lächeln stahl sich auf sein Gesicht. Allein die Blässe und die dunklen Ringe unter den Augen verrieten, was hinter ihm lag.

»Wie schön, dich zu sehen, Lou.«

»Bist du sicher?« Zwei Schritte von ihm entfernt blieb sie stehen und wartete. Er musste doch außer sich sein! Schließlich hatte sie auf ihn geschossen und ihn fast umgebracht.

»Komm rein.« Er machte einen Schritt zur Seite. Seine Bewegungen wirkten leicht unbeholfen. Unauffällig hielt er sich am Türblatt fest.

Zögernd trat Lou ein, folgte dem einfallenden Sonnenschein in das geräumige Wohnzimmer. Ihre Knie zitterten, sie musste sich zusammenreißen, um nicht zu stolpern. Gleich stand sie wieder genau da, wo das Unglück geschehen war. Warum nur hatte sie das Wiedersehen mit Max nicht an einem anderen, unschuldigen Ort verabredet? Sie musste raus, um nicht an der Erinnerung zu ersticken. Leider war es dazu schon zu spät.

»Lou!« Mit einem Satz sprang Judith vom Sofa auf und fiel ihr um den Hals.

»Lass sie leben«, vernahm sie Wilmas weiche Stimme, während Judith sie weiter an sich drückte. Widerstrebend löste sich Judith von ihr und machte Wilma Platz. Die beschränkte sich auf eine sanfte Umarmung, die vor allem der Absicht galt, ihr hastig ins Ohr zu flüstern: »*Samuel Kopp & Söhne* lieben deine Taschen. Ludwiga ist begeistert von den Mustern. Natürlich habe ich mich strikt an deine Vorgaben gehalten. Bis zur Ausstellung Ende September werden wir alles hinkriegen.«

Das klang wie aus einer anderen Welt. Lou fühlte sich außerstande, etwas zu erwidern. An die Taschen und ihre Arbeit hatte sie in den letzten Wochen am allerwenigsten gedacht.

»Wir sollten jetzt wohl besser gehen«, vernahm sie Ilkas dunkle Stimme mit dem rollenden R. »Ihr habt Lou begrüßt und gesehen, wie wundervoll sie aussieht. Alles Weitere klären wir später. Max und sie haben jetzt Wichtigeres miteinander zu bereden.«

Verwirrt, das ausgerechnet aus ihrem Mund zu hören, sah Lou sie an.

»Alles ist in bester Ordnung.« Aufmunternd lächelnd kam Ilka zu ihr und umarmte sie, hauchte Max einen Luftkuss zu und scheuchte die beiden Frauen vor sich her aus der Wohnung.

»Willst du mitgehen?«, fragte Max. Sie musste den anderen sehnsüchtig nachgesehen haben, bis sich die Tür hinter ihnen geschlossen hatte.

Statt zu antworten, sank sie kraftlos aufs Sofa, schlug die Hände vors Gesicht und schwieg. Nicht einmal weinen konnte sie.

Max wartete geduldig. Als sie den Kopf hob, fiel ihr auf, dass die Sonne bereits weiter um das Haus gewandert war. Längst fiel sie vom Seitenfenster her in das riesige Wohnzimmer, brachte den schwarzen Flügel vor der weißen, kahlen Wand eindrucksvoll zur Geltung.

Langsam erhob sich Max, stakste zum Flügel, setzte sich und spielte mit zaghaftem Anschlag die ersten Takte des *Frühlings in Wien*. Sie begriff, stand ebenfalls auf und begann zu tanzen. Max schlug die Tasten nun entschlossener an und spielte schwungvoll weiter, während sie sich ganz allein im Dreivierteltakt über das Parkett drehte.

Nach einigen Wiederholungen fiel die Angst von ihr ab. Sie befand sich längst nicht mehr in Max' Wohnung, in der sie auf ihn geschossen hatte, sondern an Curds Grab auf dem Münchner Ostfriedhof und tanzte, um zu vergessen.

Max spielte den Walzer noch einige Male hintereinander, bis sie beide zu singen begannen, er vom Flügel zu ihr herüberkam und sie um die Taille fasste. Gemeinsam sangen und tanzten sie weiter, erst auf eine Armlänge Abstand, dann immer näher zusammenrückend. Endlich schmiegte sie sich vertrauensvoll an seine Brust, schloss die Augen und überließ sich ganz dem Rhythmus des Liedes und seiner Führung. Ihre Schritte wurden kleiner, ihre Umarmung enger. Schließlich bewegten sie sich nur noch auf der Stelle. Es war mehr ein Sich-miteinander-Wiegen als ein Tanzen. Lou vergrub das Gesicht an seinem Hals, er küsste sie aufs Haar.

»Kannst du mir verzeihen?«, fragte sie.

»Ich dir?« Unerwartet heftig stieß er sie von sich.

Sie erschrak. Wieder schlug ihr das Herz bis zum Hals. Dann aber hörte sie sein Lachen, zaghaft erst, dann immer lauter und vergnügter.

»Ach, Lou, mein armes Tschapperl! Eigentlich musst du mir verzeihen. Ein ganz feiger Hund bin ich. Über Jahre bin ich vor dir davongelaufen, weil ich mich nicht getraut habe, dir zu sagen, wie sehr ich dich liebe.«

Sie meinte, ihren Ohren nicht zu trauen. Wieder war da dieses Lachen, aber nicht mehr hämisch und böse, sondern einfach nur glücklich und zufrieden.

»Ich liebe dich doch auch!«, presste sie völlig überwältigt zwischen den Lippen heraus und sah für einen Moment Curd am Fenster stehen. Fröhlich lachend applaudierte er.

Sie hatte es geschafft. Gertrud hatte recht behalten. Das Leben ließ sie noch nicht gehen, weil ihre Geschichte noch nicht zu Ende war. Tatsächlich fing sie gerade erst so richtig an. Damit wusste Lou wieder, wie sich das Glück anfühlte. Und dieses Mal, das schwor sie sich, würde sie es festhalten und nie mehr gehen lassen. Nach all dem Unglück der letzten Jahre hatte sie das größte Glück der Welt verdient.

EPILOG

Der Sportpalast an der Potsdamer Straße war im Innern kaum wiederzuerkennen. Zwar herrschte am Eröffnungstag der ersten *Mode und Heim* ein ähnlicher Ansturm wie während des legendären Sechstagerennens im Winter. Allerdings fehlte mit der an den Kopfseiten zu steilen Kurven geschwungenen Rennbahn das Herzstück des Gebäudes. Ebenso schmerzlich fehlte Krückes legendäres Kommando für den *Sportpalastwalzer*. Außerdem gab es keine atemlosen Ankündigungen von Sonderpreisen und neuen Rekorden. Die Stimmung war an diesem letzten Sonntag im September eine ganz andere, wenn auch keine schlechtere oder weniger aufgeregte. Die endlosen Stuhlreihen, die man an den Längsseiten aufgestellt hatte, verwirrten allerdings beträchtlich. Wer sollte darauf in Ruhe Platz nehmen, während alle Welt eilig vorbeiströmte, um sich die aktuellen Neuheiten aus Industrie, Technik und Kunst anzusehen? Das Parkett, von dem aus sonst die Miezen den tollkühnen Fahrern Stullen und Thermoskannen in die Bahn reichten, war übersät von wahllos nebeneinander gruppierten Ausstellern. Feinste Seidenwäsche fand sich neben dicken Teppichen, Landschaftsbilder neben Töpfen und Pfannen, elegante Damen- und Herrenhüte neben elektrischen Bügeleisen und beleuchteten Zimmerspringbrunnen. Die Außenreihen wurden von Münchner

Künstlern und ihren Werken in Beschlag genommen, als gälte es, die spektakulären Errungenschaften für Haushalt, Mode und Technik ebenso wie den überflüssigen Kitsch dazwischen in die Zange zu nehmen. Dank des seit Tagen anhaltenden Dauerregens, der die Besucher mit feuchter Kleidung, tropfenden Hüten und nassen Schirmen unablässig nach drinnen spülte, herrschte zudem ein tropisches Klima. Bis auf den letzten Tribünenplatz hinauf musste man sich Luft zufächeln.

Trotz dieser schlechten Rahmenbedingungen schätzte Lou sich glücklich, mit der ersten Kollektion ihrer Reißverschlusshandtaschen bei dem etablierten Konfektionär *Samuel Kopp & Söhne* untergekommen zu sein, der an zentraler Stelle im Parkett präsentierte. Ludwiga Herz hatte eigenhändig dafür gesorgt, ihre Modelle in Sichtweite zu den phantastischen Hutkreationen der Regina Friedländer am Stand gegenüber zu rücken. Dadurch wirkten Lous Taschen wie das unverzichtbare Accessoire zu den vielbewunderten Friedländer-Hüten. Wilma quittierte den gekonnten Schachzug mit einem anerkennenden Lächeln. Niemals würde Lou ihre zupackende Hilfe je vergessen.

»Aufgeregt?« Judith hakte sich bei Lou unter. Sie und Wilma waren in ähnlich blasslila Kostüme mit dem bekennenden Veilchenstrauß der Berliner Lesben am Revers gekleidet und hatten sich selbstverständlich schmale Pochettes aus Lous Fertigung unter die Arme geklemmt.

»Natürlich.« Lou stand der Schweiß auf der Stirn, dabei trug sie ein äußerst leichtes, schlicht gehaltenes Seidenkleid in einem warmen Pastellgrün. »In wenigen Minuten entscheidet sich mein Schicksal. Ich hoffe nur, Ilka ist pünktlich. Es wäre zu peinlich, wenn ausgerechnet unsere erste Modenschau ein Reinfall würde, weil sie ihren Auftritt verpatzt. Ohne die

Vorführung beim Nachmittagstee ist alles sinnlos. In diesem Ausstellungstohuwabohu stechen meine Taschen kaum heraus. Sieh nur, wie sich die Menge durch die viel zu engen Gänge vorbeischiebt. Da hält keiner an und erkennt, wie sensationell meine Reißverschlusstaschen sind.«

»Du machst dich nur wieder selbst verrückt, mein süßes Tschapperl. Dazu besteht überhaupt kein Grund.«

»Wir müssen los«, entschied Ludwiga Herz und warf Lou durch ihre kleine, runde Brille, die auf der langen, spitzen Nase weit nach vorn gerutscht war, einen strengen Blick zu. Wie ein Wachhund wich Ludwiga ihr nicht von der Seite, führte sie dicht hinter Wilma und Judith in den kleinen Saal im ersten Stock, der genau über dem Foyer lag.

Lautes Stimmengewirr und dicke Luft schlugen ihnen entgegen. Bis auf den letzten Platz war der mit staubigem, buntem Papierlaub und falschen Plastiktrauben dekorierte Saal besetzt. Kaffeehausartig hatte man die Zuschauer an kleinen, runden Tischen gruppiert. In der Mitte zog ein Laufsteg die Aufmerksamkeit auf sich, am Kopfende spielte eine fünfköpfige Kapelle Tanzteemusik. Bang suchte Lou die Besucherreihen ab. Sie bedauerte, Max nirgendwo unter den Gästen zu wissen. Ausgerechnet an diesem für sie so wichtigen Tag hatte er einen für seine Zukunft als Filmregisseur mindestens ebenso wichtigen Termin in München. Hoffentlich war das kein schlechtes Omen. Von einem der hinteren Tische an der Wand winkten ihr Gertrud und Fritz zu, gaben Zeichen, dass sie ihr fest die Daumen drückten. Am Tisch gleich neben ihnen erspähte Lou Jette mit Karl Friedrich und Theodor. Eine schmale Schwarzhaarige mit einer langen Zigarettenspitze komplettierte ihre Runde. Die drei waren also tatsächlich gekommen, dabei interessierten sie sich nicht sonderlich für Mode, auch wenn sie dem

Anlass entsprechend stilsicher gekleidet waren. Die beiden Männer buhlten mehr darum, die unbekannte Vierte am Tisch zum Lachen zu bringen, als dass sie sich um das Programm im Saal kümmerten. Einzig Jette sah zu Lou und grinste, legte verschwörerisch den Finger über die Lippen. Niemals würde sie ein Wort über die gemeinsamen Eskapaden im Frühling verlieren. Umso höher schätzte Lou, dass sie ihr an diesem Nachmittag beistand und sogar Karl Friedrich und Theodor davon überzeugt hatte, mitzukommen.

»Wo bleiben Sie nur?« Ungeduldig zerrte Ludwiga sie am Arm, drängte sie durch die engen Stuhlreihen zu einem Tisch nahe der Kapelle, an dem bereits der kahlköpfige Junior von *Samuel Kopp & Söhne* mit seiner Frau saß. Wilma und Judith dagegen schienen wie vom Erdboden verschluckt. Die wie immer in schlichtem Grau steckende Ludwiga stellte sie der Gattin des Chefs vor, die so ganz und gar nicht aussah wie die modebewusste Ehefrau eines erfolgreichen Berliner Konfektionärs. Hätte Lou es nicht besser gewusst, hielte sie das sackartige, braungelb changierende Taftkleid, mit dem sie ihre Leibesfülle mehr schlecht als recht kaschierte, für einen schlechten Witz der Konkurrenz. Judith würde ihren Spaß daran haben, das in ihrem Bericht über die Messe in einer spöttischen Nebenbemerkung anzudeuten. Wo aber steckte sie nur?

»Wollen mal sehen, wie sich Ihre Taschen mit dem *RiRi* auf dem Laufsteg machen.« Der Junior kappte die Spitze seiner Zigarre und verschwand kurz darauf hinter einer dicken Rauchwolke. »Sind ganz ordentliche Bestellungen eingegangen, also machen wir weiter damit.«

Ludwiga atmete auf und räusperte sich vernehmlich. Lou wusste allerdings auch so, dass sie gerade die höchste Anerkennung, zu der der Konfektionär fähig war, erhalten hatte. Erleichtert nahm sie auf dem Stuhl Platz, den der Ober ihr hinschob. Wollte sie den Laufsteg sehen, müsste sie sich den Hals verdrehen, also ließ sie es lieber. Sie war ohnehin viel zu aufgeregt, um die Präsentation der Herbstneuheiten aus den Häusern *Bowert* und *Dißler* aufmerksam zu verfolgen, mit der die erste Modenschau der Messe nach einem Tusch der Kapelle und einigen launigen Begrüßungsworten des aalglatten, schwarzbefrackten Conférenciers eröffnet wurde.

Lous Taschen bildeten den letzten Programmpunkt vor der Pause. Bis dahin registrierte sie kaum, was da oben passierte. Erst als begeisterter Applaus aufbrandete und einige von den Stühlen aufstanden, um im Stehen weiterzuklatschen, drang der Erfolg allmählich zu ihr durch. Der kahlköpfige Junior ließ es sich nicht nehmen, seine Neuentdeckung auf Bitten des Conférenciers höchstpersönlich auf die Bühne zu geleiten. Lou wusste kaum, wie ihr geschah, als sie an seinem Arm die drei Stufen hinaufstieg. Mit ihrem strahlendsten Filmdivalächeln nahm Ilka sie oben in Empfang und hakte sich ebenfalls bei ihr unter. Dabei drehte sie sich so geschickt vor den Pressefotografen, dass die im Scheinwerferlicht funkelnde Tasche aus grünen, goldenen und silbernen Glasperlen mit dem sensationellen Reißverschluss noch einmal bestens in den Fokus der Kameras rückte. Zu dritt, Lou in der Mitte, links der Junior, rechts Ilka, schritten sie den Laufsteg hinunter, begleitet von den Lobeshymnen des Conférenciers, der die Reißverschlusstaschen schon am ersten Tag zum größten Schlager der noch eine Woche andauernden Messe erklärte.

»Herzlichen Glückwunsch!«, tönte es Lou vom Ausstellungsstand der Firma *Samuel Kopp & Söhne* entgegen, als sie nach endlosen Gesprächen mit begeisterten Moderedakteurinnen, neidischen Modistinnen und verblüfften Konfektionären von der Konkurrenz in die Halle zurückkehrte. Längst hatte sich auch dort eine Traube Neugieriger versammelt. Energisch bahnte Ludwiga ihr den Weg nach vorn und gab ihr Bestes, sie von den erneut von allen Seiten auf sie einprasselnden Fragen abzuschirmen.

»Ihre Bestellungen können Sie gleich vorn bei unseren Mitarbeiterinnen aufgeben«, rief sie in die Menge. »Wir werden unser Bestes tun, Sie schnellstmöglich zu beliefern.«

Daraufhin setzte ein reges Gedränge vor den beiden Tischen ein, an denen zwei Sekretärinnen des Modehauses mit gezückten Bleistiften bereitsaßen. Ein beleibter und ein schmächtiger Mitarbeiter aus der Herrenkonfektion sowie drei Saalordner mussten zu Hilfe eilen, um den einsetzenden Ansturm in geordnete Bahnen zu lenken. Um die Herrschaften der großen Warenhäuser *Wertheim*, *Tietz* und *Gerson* kümmerte sich Ludwiga Herz persönlich. Sogar der Junior tauchte mit seiner schwergewichtigen Gattin im Schlepptau auf, um sich auch am Messestand weiter als Entdecker des neuen Sterns am Berliner Modehimmel zu sonnen.

»Mein süßes Tschapperl, wir sind alle so stolz auf dich!« Hinter einem gigantischen Blumenstrauß streckte Judith Lou ihr lachendes Gesicht entgegen, Wilma fiel ihr vor Freude ausgelassen um den Hals.

»Langsam wird mir das alles zu viel«, bekannte Lou und sank dankbar auf einen Stuhl, den Ilka ihr heranrückte. Es schien ihr nicht das Geringste auszumachen, ihre frisch erworbene Schauspielerprominenz an diesem letzten Septembersonntagnachmittag völlig hintanzustellen. Dabei war der gigantische Erfolg von Max' zweitem Film mit ihr in der Hauptrolle erst wenige Tage alt.

»Schade, dass Max nicht da ist«, bekannte Lou und fügte in Gedanken noch Curd hinzu, der gewiss eine flapsige Bemerkung für die Reißverschlusstaschen parat gehabt hätte.

»Wer sagt denn, dass dein Max das nicht mitkriegt?«

Lou fuhr herum. Tatsächlich stand da Max, den Hut noch schief in die Stirn gezogen, den hellen Gummimantel über dem Arm, die glühende Zigarette im Mundwinkel. »Gratuliere! Leider musste ich sehr, sehr lange anstehen, bis ich endlich zu dir vordringen konnte.«

»Wo kommst du her? Ich dachte, du hast einen ganz wichtigen …«

»Hatte ich auch. Aber jetzt bin ich wieder da. Die neue Fluglinie von München nach Berlin macht es möglich. Sieh mal, wen ich dir noch mitgebracht habe.«

Schelmisch grinsend trat er einen Schritt beiseite. Direkt hinter ihm drängten sich einige fremde Damen und zwei Herren heran, die beglückt über die Gelegenheit, ihre Taschen direkt bei Lou ordern zu dürfen, völlig aus dem Häuschen gerieten. »Tut mir leid, die Herrschaften, aber Bestellungen nehmen nur die Fräulein dort hinten entgegen«, lotste Max sie unter Aufbietung seines Wiener Charmes zur Warteschlange hinüber. Enttäuscht zogen sie ab, dafür sprang hinter ihnen unverhofft Franzi hervor.

»Kind, bist du groß geworden!« Lou erkannte die Kleine, die inzwischen fast so groß war wie sie selbst, kaum mehr wieder. Ihre langen blonden Zöpfe hatte sie abgeschnitten und trug einen ebenso frechen Bubikopf wie Lou. Bewundernd umarmte sie sie. Schon tauchte auch Frida hinter Franzi auf, um allerdings erst einmal völlig außer sich vor Freude Wilma um den Hals zu fallen. Die beiden hatten einander Jahre nicht gesehen. Erst nach einer gefühlten Ewigkeit war Frida deshalb in der Lage, sich Lou zuzuwenden, und umarmte sie zärtlich. Der Kommerzienrat indes verharrte geduldig, bis er an die Reihe kam, Lou zu begrüßen und zu ihrem Erfolg zu beglückwünschen.

»Ist das eine Überraschung!« Gerührt tupfte sich Frida die feuchten Augenwinkel und schaute immer noch ganz verzückt zwischen Wilma und Lou hin und her. »Zum Glück kamen wir gerade noch rechtzeitig, um wenigstens von der Saaltür aus deinen Erfolg mitzuerleben. Einfach grandios, was du dir da ausgedacht hast. Dieser Reißverschluss ist eine großartige Erfindung. Langfinger haben damit keine Chance mehr, unbemerkt die Handtaschen zu plündern. Ach, Lou, du ahnst nicht, wie sehr wir uns für dich freuen. Mein Schwiegervater wird platzen vor Neid, wenn er erfährt, was in Berlin aus dir geworden ist.«

»Nein«, widersprach Franzi ihrer Mutter, »der Opa wird überall stolz rumerzählen, dass Lou einmal bei ihm gearbeitet hat.«

»Stimmt.« Der Kommerzienrat nickte. »Dazu hat er auch allen Grund.«

»Wie schön, dass ihr alle gekommen seid.« Noch immer wusste Lou nicht so recht, worüber sie sich mehr freuen sollte: über den Siegeszug ihrer Taschen oder über das unverhoffte Wiedersehen mit den Münchner Freunden, die sie fast ein Jahr nicht mehr gesehen hatte.

»Dein Bruder wäre auch gern mitgekommen«, berichtete Frida, als sich die Aufregung etwas gelegt und *Samuel Kopp & Söhne* den Besuchern zur Feier des Tages ein Glas Sekt spendiert hatte. Reihum wurde angestoßen. Die Ausgelassenheit im Parkett nahm Sechstagerennen-Ausmaße an. »Allerdings hat er sich nicht überwinden können, ins Flugzeug zu steigen.«

»Was man ihm angesichts der wackeligen Blechbüchse, mit der wir abgehoben haben, kaum verdenken kann«, mischte Max sich ein und legte Lou den Arm um die Taille. »Er lässt dich herzlich grüßen und hat versprochen, Weihnachten mit dem Zug nach Berlin zu kommen.«

»Sofern sein neuer Arbeitgeber ihm Urlaub gewährt«, ergänzte Frida augenzwinkernd.

»Dann hat er sein zweites Staatsexamen also bestanden?« Lou klatschte vor Freude in die Hände. »Nachher muss ich ihn unbedingt anrufen. Er wohnt doch noch bei dir?«

»Klar«, erwiderte Frida vergnügt. »Einer muss schließlich auf mein kostbares Telefon aufpassen, sonst benutzt es die Frau Geheimrat aus dem ersten Stock, um stundenlang auf meine Kosten mit ihrer Schwester in Nürnberg zu sprechen.«

»Bald wird sich Herr Karl gewiss eine eigene Wohnung leisten können.« Franzi schien ob der Aussicht traurig. »Der Kommerzienrat zahlt ihm nämlich ganz viel Geld, seitdem er bei ihm angefangen hat.«

»Sie haben meinen Bruder in Ihrer Firma angestellt?« Erstaunt wandte sich Lou an Fridas Begleiter.

»Ich musste mich allerdings ranhalten, sonst hätte ihn mir die Konkurrenz vor der Nase weggeschnappt. Jemand mit einem so ausgezeichneten Examen wie Ihr Bruder ist heiß begehrt als Justiziar.« Die winzigen Augen des Kommerzienrats funkelten vor Vergnügen bei dem Gedanken, leidige Mitbewerber ausgestochen zu haben. »Sogar mein lieber Freund Hoffoldinger stand schon in den Startlöchern.«

»Ernst hat seine Druckerei also gerettet?« Lou wagte kaum, den Kommerzienrat anzusehen. Seit ihrem Weggang aus München hatte sie nichts mehr von Ernst gehört und sich selbst jede Grübelei über ihn versagt.

»Er ist groß in den Druck von Filmplakaten eingestiegen«, schaltete Max sich ein. »Richard hat ihm einen lukrativen Exklusivauftrag mit der *Jupiterfilm* und ihren amerikanischen Partnern verschafft.«

»Richard und Ernst machen wieder Geschäfte miteinander, noch dazu mit amerikanischen Partnern?« Lou schwankte zwischen Erstaunen und Erschrecken.

»Keine Sorge, dieses Mal werden wir den beiden rechtzeitig auf die Finger hauen, sollten sie erneut zu gierig werden«, versprach der Kommerzienrat.

»Was sagt Hilde dazu?«

»Das dürfte Ernst wenig interessieren.« Der Kommerzienrat schmunzelte. »Zum einen ist sie viel zu sehr mit ihren Freunden beschäftigt, die sich ganz der Fürsorge für einen gewissen Häftling in Landsberg verschrieben haben, und zum anderen hat es unser lieber Freund endlich geschafft, ihr einmal die Stirn zu bieten, und ist aus der Föhringer Allee ausgezogen. Zum Glück hatte er noch eine Ausweichmöglichkeit in der Jakob-Klar-Straße in Schwabing.«

»Das freut mich zu hören.« Lou musste nun ebenfalls schmunzeln. Die kleine Wohnung für alleinstehende Herren kannte sie nur zu gut.

»Muss ich mir jetzt Gedanken machen?« Max zog sie näher zu sich heran, suchte eindringlich ihren Blick.

»Ernst ist ein sehr guter Tänzer«, entfuhr es ihr mit spitzbübischem Grinsen. »Wer weiß, ob er nicht in Berlin auftaucht und mich noch einmal auffordert? Wahrscheinlich könnte ich ihm nur schwer widerstehen.«

»Das werde ich zu verhindern wissen«, erklärte Max entschlossen. »Fortan stehst du allein unter meiner Obhut.«

»Mal schauen, ob mir das gefällt.«

»Und wie dir das gefallen wird.« Schwungvoll wirbelte er sie herum und begann mitten in der Enge der Ausstellungshalle einen Walzer mit ihr zu tanzen. »Was hältst du eigentlich von einer Reise über den Großen Teich?«

»Ausgerechnet jetzt?«

»Nur für vier bis sechs Wochen. Richards Partner aus Hollywood wollen mich gern persönlich kennenlernen. So lang werden *Samuel Kopp & Söhne* wohl auf dich verzichten können. Die nächste Kollektion ist doch erst im Frühjahr fällig. Bestimmt wird man sich auch in Amerika für deine Reißverschlusstaschen interessieren. Das wäre also eine große Chance für uns beide.« Mitten in der Pirouette hielt er abrupt an, suchte ihren Blick. »In München munkelt man, Hitlers Festungshaft in Landsberg könne weitaus schneller zu Ende gehen als gedacht. Auch wenn ich mich bislang nur wenig um Politik gekümmert habe, werde ich das Gefühl nicht los, Bayern wird den braunen Herrschaften bald zu eng werden. Die Republik haben sie noch nie gemocht.«

»Du warst wirklich viel zu lang in München bei Traudl und den anderen Schwarzsehern.« Am liebsten hätte Lou sich die Ohren zugehalten. »Einmal wenigstens will ich das Glück in vollen Zügen genießen und nicht gleich wieder das nächste Unglück heraufziehen sehen.«

»Du hast recht. Wir sollten das Glück feiern, jetzt, da es sich endlich wieder für uns zeigt.«

»Auf dass es uns ganz lang erhalten bleibe.« Sie fiel ihm um den Hals und verschloss ihm den Mund mit einem langen Kuss.

GLOSSAR

Ahle einfaches Werkzeug zum Stechen von Löchern in ein Material, v. a. von Sattlern, Täschnerinnen u. ä. Handwerkern zum Nähen des Leders verwendet

Aigrette frz. »Reiher«, büschel- oder strahlenförmig hochstehender Federschmuck, der auf einem Edelmetallring, einer Perlenschnur oder einem Turban befestigt und zur Abendgarderobe als Kopfschmuck getragen wird

Alex Kurzform für Alexanderplatz

Bar Kochba 1898 in Berlin gegründeter, seit 1911 auch in München existierender jüdischer Turn- und Sportverein, benannt nach Simon Bar Kochba, der im 2. Jh. n. Chr. den letzten großen Aufstand der Juden gegen die Römer anführte

Bechstein, Helene (1876–1951) Ehefrau des Pianofabrikanten *Edwin Bechstein,* frühe Gönnerin und Verehrerin Hitlers

Blutleuchte zentraler Begriff der Kosmiker um Alfred Schuler, der das Blut als heiliges Lebenselixier zur Wiedergewinnung des Seelenheils begriff, was durch das Leuchten des Blutes erreicht werde

Bocksbeutel bauchige Flaschenform, in der der Frankenwein abgefüllt wird

Breeches ursprünglich Reithosen, in den 1920er Jahren beliebte Hosenform mit weitem, ballonförmigem Schnitt am Oberschenkel und ab dem Knie mit eng anliegendem Verlauf

Bruckmann, Elsa (1865–1946) Gattin des Verlegers *Hugo Bruckmann* (1864–1941), unterhielt einen der angesehensten Salons in München, in dem sie Hitler mit einflussreichen Förderern aus Politik und Wirtschaft bekannt machte

Budapester Schuhform mit Lochmuster, gerader, breiter Leiste, doppelter Sohle und zweifacher Naht, die ab Ende des 19. Jh. v. a. in Budapest gefertigt wurde und wahrscheinlich daher ihren Namen hat, in Budapest selbst allerdings »Karlsbader« genannt wird

Cognac-Polonaise berühmt-berüchtigter Brauch im *Topp-Keller*, Berlin, Schwerinstraße, bei dem sich alle mit einem gefüllten Cognacglas in der Hand auf den Boden knieten, wild tanzten und dabei das Glas austranken

Cutaway vom Gehrock abgewandelter, festlicher Tagesanzug für Herren mit vom Gehrock quasi »abgeschnittenen« (deshalb »Cut«) Rockschößen

Dollarhäuschen während der Inflationszeit in Berlin an großen Straßen und Plätzen aus dem Boden sprießende Buden, in denen die schnell wertlos werdende Mark in harte Devisen (v. a. Dollar) getauscht werden konnte

Eintänzer professionelle Tänzer, die Damen ohne Tanzpartner in Hotels oder Cafés gegen Honorar »betanzten«

Einwohnerwehr nach der Niederschlagung der Räterepublik in Bayern mit Billigung der Regierung Hoffmann von Bürgern eigenständig gebildete und finanzierte, schwerbewaffnete Truppen zur Bekämpfung kommunistischer Umtriebe. 1920 gehörten 300 000 Mann dazu, davon 30 000 allein in München. Im Juni 1921 offiziell aufgelöst, da die Siegermächte bereits 1920 alle paramilitärischen Verbände verboten hatten. Die meisten Mitglieder aber behielten die Waffen und schlossen sich anderen Kampfverbänden an, u. a. der SA.

Eisner, Kurt (1867–1919) Journalist, Sozialist, erster Ministerpräsident des von ihm im November 1918 ausgerufenen »Freistaats« Bayern

Emelka abgeleitet von M.L.K. – Münchner Lichtspielkunst, Vorläufer der ab 1932 firmierenden *Bavaria Film AG*, die ab Juni 1919 auf einem Gelände in Geiselgasteig, einem Ort im Süden Münchens, ansässig war und ab 1920 als Reaktion auf die Ufa in Berlin zu einem Filmkonzern ausgebaut wurde

Falckenberg, Otto (1873–1947) von 1917 bis 1944 Direktor und künstlerischer Leiter der Münchner Kammerspiele

Fayence traditionsreiche Keramik mit weißer Lasur, die zumeist in Blau bemalt ist; der Name leitet sich von der italienischen Stadt Faenza ab

Flapper junger, neuer Frauentypus Anfang der 1920er Jahre, der mit kurzen Haaren, kurzen Röcken und frechem Benehmen gegen die Konventionen verstieß und vorrangig dem Vergnügen nachhing

Flitzpiepe berlinerisch für Dummkopf, Trottel

Gemma bairisch für »Gehen wir«

Glashaus in den 1920er Jahren in Berlin Produktionsstätten für Filme, die noch mitten in der Stadt (z. B. am Potsdamer Platz, in Halensee, Weißensee, Tempelhof) lagen

Glump Gelumpe, minderwertige Ware, Lumpenzeug

Göd (Tauf-)Pate, Patin

Grattler engstirniger, kleingeistiger Mensch

Gschwerl Pack, Gesindel, Bagage

Guaddl Bonbons, Süßigkeiten

Gummimantel Regenmantel

Hanfstaengl, Putzi, eigentlich: *Ernst* (1887–1975) Sohn des wohlhabenden Kunsthändlers und Verlegers Edgar Hanfstaengl, bekannt v. a. als früher Förderer und Unterstützer Hitlers

Hendl gebratenes Huhn

Heuboden beim Berliner Sechstagerennen die billigen Plätze auf der Galerie im Sportpalast

Jab Schlag im Boxsport, bei dem die Führhand eine abrupte Gerade schlägt

Johst, Hanns (1890–1978) Schriftsteller, Dramaturg, später Kulturfunktionär der NSDAP und ab 1935 Präsident der Reichsschrifttumskammer

Juchhe oberster Balkon im Theater, oberstes Geschoss unter dem Dach

Kahr, Gustav Ritter von (1862–1934) 1920/21 bayerischer Ministerpräsident als Führer einer rechtskonservativen Regierung, die Bayern als »Ordnungszelle des Reichs« eine Sonderrolle in der Weimarer Republik zudachte; verfügte 1920 und 1923 Ausweisungen von Juden aus Bayern, die durch Druck aus Berlin zurückgenommen werden mussten; von 26. September 1923 bis 17. Februar 1924 Generalstaatskommissar mit diktatorischen Vollmachten; verhängte in der Nacht vom 9. auf den 10. November 1923 das Verbot von NSDAP, Freikorps Oberland und Bund Reichskriegsflagge und ordnete die Verhaftung Hitlers und seiner Getreuen an, was zum Scheitern des geplanten Putschversuchs führte; im Verlauf des Röhm-Putsches im Sommer 1934 verhaftet und im KZ Dachau erschossen

Kartendame Prostituierte, die in Lokalen oder auf der Straße potenziellen Kunden ihre Karte mit Name und Anschrift zusteckt

Karyatide Skulptur in weiblicher Form mit tragender Funktion für Säulen oder Pfeiler an Portalen oder in der Fassadengliederung

Kerr, Alfred (1867–1948) Journalist, Schriftsteller und einer der wichtigsten deutschen Theaterkritiker der Weimarer Republik

Kini liebevoll für König Ludwig II., den »Märchenkönig«

Knickerbocker weite, wadenlange Hosen, ursprünglich als Kleidung für Sportler und Wanderer gedacht, in den 1920er Jahren auch als Alltagshosen populär

Kosmiker Intellektuellenkreis im München der Jahrhundertwende, der v. a. antike Religionen wiederbeleben wollte und erst in der Boheme-Szene, nach seiner eigentlichen Auflösung um 1904 bis in die frühen 1920er Jahre in bürgerlichen, v. a. rechtskonservativen Kreisen Anhänger fand

Krachlederne (abgetragene) Lederhose, die vor Abnutzung/Dreck so steht, dass es »kracht«

Kurvenbaron Kriegsinvalide, der beim Sechstagerennen zusammen mit Schüttelfranz und Krücke zum Berliner Original geworden ist

Lackl derber, grober, ungehobelter Mensch

Ladnerin Verkäuferin

Landauer, Gustav (1870–1919) Pazifist sowie einer der wichtigsten Theoretiker und Aktivisten des politischen Anarchismus; wurde am 2. Mai 1919 wegen seiner Beteiligung an der Münchner Räterepublik im Gefängnis Stadelheim ermordet

Mann, Heinrich (1871–1950) Schriftsteller und älterer Bruder von Thomas Mann

Märker, Friedrich (1893–1985) Schriftsteller und Dramaturg erst in München, ab 1918 in Berlin

Marterl Bildstock, Bildsäule

Mensur in »schlagenden« Studentenverbindungen streng geregelter Fechtkampf mit scharfen Waffen; die dabei erlittenen Verletzungen im Gesicht (»Schmiss«) galten früher als Erkennungszeichen der erfolgreich abgeleisteten Mensur

Mühsam, Erich (1878–1934) Schriftsteller, Publizist, Antimilitarist, war maßgeblich an der Räterepublik beteiligt

Muff mlat. *muffula*, frz. *moufle* – Pelzhandschuh; schlauchartig zusammengenähtes Pelz- oder Stoffstück, in das die Hände zum Aufwärmen gesteckt werden

Nähkolben i. d. R. aus Holz gefertigtes Teil mit Scharnier zum Einspannen eines Nähstücks, um beim Arbeiten beide Hände zur Verfügung zu haben, wird v. a. von Täschnern und Sattlern verwendet

Nähross kleine Sitzbank, an der Nähstücke eingespannt werden können wie beim Nähkolben

Neumann, Alfred (1895–1952) Autor historischer Romane und von 1918 bis 1920 zweiter Dramaturg an den Kammerspielen

Ordnungszelle Bayern die von konservativen Kräften unter Führung des Ministerpräsidenten von Kahr nach der blutigen Niederschlagung der Räterepublik verfolgte Politik, Bayern als »gesundes« Gegengewicht zur restlichen, angeblich von Kommunisten durchsetzten und als chaotisch bezeichneten Weimarer Republik zu etablieren

Ostermayr, Peter (1882–1967) Filmproduzent und Filmpionier, wandelte das väterliche Porträtatelier in München 1909 in das erste süddeutsche Filmatelier um. Aus dieser »Münchner Lichtspielkunst« ging 1919 die Emelka hervor, die später zur *Bavaria Filmgesellschaft* in Geiselgasteig wurde.

Pasetti, Leo (1889–1937) Bühnenbildner an den Münchner Kammerspielen

Pedell Hausmeister

Petit-Point-Tasche Tasche mit Stickerei aus dem feinen, »petit point« genannten Stickstich, meist in floralen Mustern auf Leinen; v. a. im Biedermeier und Jugendstil beliebt, in den 1920er Jahren wiederbelebt

Pfüa Gott Behüte Sie Gott! (höfliche Verabschiedung)

Pfüati legerer Abschiedsgruß (vgl. oben)

Pochette Unterarmtasche ohne Griff, heute: Clutch

Pompadour Handtasche in Beutelform aus besticktem Stoff

Puppenjunge Stricher

Radi Rettich

Reigbert, Otto (1890–1957) 1919/20 Bühnenbildner in Königsberg und Berlin, anschließend bis 1932 an den Münchner Kammerspielen als Nachfolger von Leo Pasetti

Reinhardt, Max (1873–1943) österreichischer Theater- und Filmregisseur, Begründer der Salzburger Festspiele und bis 1930 Leiter verschiedener Berliner Theater (Deutsches Theater, Theater am Schiffbauerdamm, Volksbühne u. a.)

Reventlow, Fanny Gräfin zu (1871–1918) Schriftstellerin (»Herrn Dames Aufzeichnungen«, 1913), Malerin, Übersetzerin, als »Skandalgräfin« der Schwabinger Boheme berühmt

Ringvereine kriminelle Vereinigungen Anfang 20. Jh., v. a. in Berlin; ursprünglich als Verein zur solidarischen Unterstützung von ehemaligen Strafgefangenen gedacht, entwickeln sie sich mehr und mehr zur organisierten Kriminalität mit festen Regeln und Verhaltenskodizes

saure Zipfel fränkische Spezialität: in Essigsud gegarte Bratwürste

Schandi Gendarm (in München seit dem 19. Jh. übliche Bezeichnung für uniformierte Polizisten)

Schichtl seit 1869 existierendes Theater auf dem Münchner Oktoberfest

Schlacht an der Marne Die zweite Schlacht an der Marne (15. Juli bis 6. August 1918) war eine der letzten großen deutschen Offensiven an der Westfront, wobei die deutschen Truppen nach erheblichen Verlusten ab Mitte Juli von den Alliierten auf die Linie hinter der sogenannten Frühjahrsoffensive von 1918 zurückgedrängt wurden

Schlagobers österr. für Schlagsahne

Schlawiner pfiffiger, durchtriebener Mensch

Schrippen Brötchen

Schüttelfranz behinderter Bettler aus der Potsdamer Straße, dem das Publikum beim Sechstagerennen im Sportpalast mit dem Spottgesang *Schüttelfranz, Schüttelfranz / deine Birne ist nicht ganz* gehuldigt hat

Schuler, Alfred (1865–1923) Mittelpunkt und Vordenker im Kreis der Münchner Kosmiker

Schupo Schutzpolizist

Schwemme sehr einfache, auf großen Andrang und hohen (Bier-)Ausschank ausgerichtete Gastwirtschaft

Sportpalastwalzer 1923 vom Berliner Original »Krücke« (d. i. Reinhold Franz Habisch, 1899–1964) mit vier Pfiffen umfunktionierter Walzer *Wiener Praterleben* von Siegfried Translateur aus dem Jahr 1892

Stramin gitterartiges Gewebe aus Baumwolle oder Leinen als Grundlage für (Gobelin-)Stickerei oder Knüpfarbeiten

Stulle Butterbrot

Swastika Kreuzsymbol mit abgewinkelten Armen, wie es in eurasischen Kulturen oft verwendet wird und von den Kosmikern um Alfred Schuler aufgegriffen wurde; Hitler und die NSDAP leiteten davon das angeblich arische Hakenkreuzsymbol ab

Täschner Beruf aus dem Bereich der Lederverarbeitung; fertigen v. a. Taschen, Koffer, aber auch Gürtel, Riemen, Brieftaschen u. Ä. (Letzteres v. a. Feintäschner)

Tandler Händler, Trödler

Toller, Ernst (1893–1939) Schriftsteller und Politiker mit führender Rolle in der Münchner Räterepublik

Toque eigentlich Kochmütze, hier: turbanartiger Damenhut

Tram von engl. *tramway* – Straßenbahn in München

Tschapperl (österr.) naiver, unbeholfener Mensch

Ulster wuchtiger, zweireihig geknöpfter Herrenmantel aus schwerem, dichtgewalktem und rauhem Ulsterstoff

Vertiko senkrecht ausgerichtetes Aufbewahrungsmöbel, meist mit zwei Türen und einer Schublade oben quer

viertel neun Viertel nach acht (im Bayerischen wird immer von der vollen Stunde aus vorgezählt)

Weiß Ferdl (1883–1949) eigentlich Ferdinand Weißheitinger, Volkssänger und Volksschauspieler in München (»Ein Wagen von der Linie 8«), radikaler Gegner der Räterepublik und früher Sympathisant der NSDAP

Wiesn Oktoberfest auf der Münchner Theresienwiese

Zamperl urspr. abfällig für Hund, Straßenköter, dann üblich als Bezeichnung für einen kleinen Hund, in München typischerweise v. a. der (Rauhhaar-)Dackel

Zoff, Otto (1890–1963) ab 1917 Dramaturg und Spielleiter an den Münchner Kammerspielen

Nachbemerkung

Wochen sind verstrichen, seit ich den letzten Punkt unter die Geschichte gesetzt habe, aber Lou sitzt weiter fest in meinen Gedanken. Letztlich gehören natürlich alle meine Figuren zu meiner Familie, sind für mich wie Kinder, die ich von der ersten Idee an großgezogen, denen ich zugesehen habe, wie sie die ersten Schritte in die Welt getan und letztlich ihren Weg darin gefunden haben. Sie sind die Seelen meiner Romane. Über Monate sind sie Teil meines Alltags gewesen, haben mich tagsüber auch jenseits des Schreibtischs durch alle nur erdenklichen Situationen begleitet und nachts gern in meinen Träumen besucht. Selbst nach Abschluss eines Manuskripts schauen sie gelegentlich bei mir herein. Aber bei Lou ist das dieses Mal anders. Von ihr komme ich nicht los, obwohl die nächste Geschichte mit ihren Figuren bereits an der Tür angeklopft hat und auch deren Figuren schon bei mir Platz genommen haben.

Habe ich Lou vielleicht zu viel zugemutet? Zugegeben, sie hat es übel erwischt. Anders als Selma, Constanze, Robert, Gero und Grischa aus meinem vorangegangenen Roman »Sommer der Freiheit« (2014), die vor Ausbruch des Großen Krieges 1914 schon ein wenig vom Leben geschmeckt haben, gehört Lou zu der Generation, die während des Krieges aufwächst und deren ganze Hoffnung sich darauf richtet, dass für sie mit Kriegsende das wahre Leben endlich beginnt. Wie bitter sie sich täuscht, das erlebt sie ausgerechnet am – historisch belegten – ersten Nachkriegsfrühlingstag Anfang Mai 1919, mit dem der Roman einsetzt. Danach geht es für sie und ihre Freunde vor allem darum, den Weg zurück ins Leben zu finden, zu lernen, auf der Suche nach dem großen Glück des Lebens die kleinen, alltäglichen Freuden nicht außer Acht zu lassen, auch wenn das vor dem Hintergrund der weiteren Entwicklung nicht nur in München und Bayern, sondern letztlich in ganz Deutschland alles andere als einfach ist. Mit dem Wissen der Nachgeborenen sehen wir schon die nächste Katastrophe am Horizont aufziehen, während Lou und ihre Freunde sich im Herbst 1924 endlich auf der sicheren Seite wähnen.

Wie weit die zweite Hälfte der 1920er Jahre wirklich »golden« ist und welche Schattenseiten Lous Generation noch kennenlernen wird, das ist Gegenstand eines dritten und letztlich die Epoche für mich abschließenden Romans, der, wie gesagt, schon in den Startlöchern sitzt, dem Lou aber noch nicht so richtig Platz machen will. Vielleicht ist sie eher dazu bereit, wenn ich ihr verspreche, dass sie darin noch einmal einen Auftritt haben wird, so wie Selma, Robert, Constanze, Grischa und Meta im »Tanz des Vergessens« noch einmal durchs Bild huschen durften? Mal sehen, ob Ella, die neue Hauptfigur, einverstanden ist …

Natürlich ist Lous Schicksal (und das ihrer Freunde) völlig frei erfunden, andererseits setzt es sich aus unzähligen Versatzstücken zusammen, die ich im Laufe der Recherche in Archiven, Bibliotheken und Museen aufgestöbert und mit dem vermischt habe, was ich seit Jahren über das Leben Anfang des 20. Jahrhunderts aus Romanen, Biographien, Sachbüchern, Filmen, aber auch aus Erzählungen, Fotos und Erinnerungsstücken aus dem Leben meiner Großeltern aufsauge.

Letztlich ist es ein Fotoband über die blutige Niederschlagung der Münchner Räterepublik und die Tatsache gewesen, dass in jenen ersten Maitagen 1919 in der Isarmetropole annähernd tausend Menschen gewaltsam zu Tode kamen – und darunter machte der Anteil der Kämpfer der Roten Armee nur den kleineren Teil aus –, die den entscheidenden Anstoß zum »Tanz des Vergessens« gegeben haben. In den folgenden Maitagen fanden auf den Münchner Friedhöfen, insbesondere auf dem Ostfriedhof, Beerdigungen quasi rund um die Uhr statt. Fast wie von selbst hat sich in meinem Kopf daraus Lous Geschichte gestrickt, ergänzt durch einige reale Details unter anderem aus dem Leben der Wiener Autorin und Vicki-Baum-Freundin Gina Kaus, die sich nach dem grausamen Tod ihres ersten Mannes im Großen Krieg tatsächlich von einem älteren, reichen Liebhaber adoptieren ließ, um gemeinsam mit ihm und seiner – wirklich nichtsahnenden? – Gattin unter einem Dach zu leben. Ebenso haben auch die Schilderungen der Auftritte des Kosmikers Alfred Schuler und Adolf Hitlers in den Kreisen des gutsituierten Münchner Bildungs- und Unternehmerbürgertums in den frühen 1920er Jahren einen realen Hintergrund. Damals entbrannte im Kreis vor allem der Unternehmergattinnen Hanfstaengl, Bechstein und Bruckmann ein wahrer Wettstreit, sich des ungehobelten Ex-Kunstmalers anzunehmen und aus ihm einen erfolgreichen Politiker zu machen.

Was des Weiteren im Roman wahr ist oder wahr gewesen sein könnte, das überlasse ich gern der Entdeckerlust von Ihnen, meinen geschätzten Leserinnen und Lesern. Mir hat es wieder großen Spaß gemacht, meine erfundenen Figuren und ihre Geschichten mitten in eine Welt zu setzen, die so tatsächlich existiert haben könnte, in der jene Musik möglicherweise wirklich aus den Grammophontrichtern schallte, jene Filme über die Leinwände flackerten und jene Restaurants, Bars und Vergnügungsstätten tatsächlich aufgesucht wurden – oder eben auch nicht. Nur so viel noch am Rande: Die erste Damentasche mit Reißverschluss tauchte tatsächlich Mitte der 1920er Jahre auf und war vor zwei Jahren noch einmal in der großen Taschenausstellung des Bayerischen Nationalmuseums zu bewundern. Es war – welch Zufall! – eine kleine, unauffällige Umhängetasche aus glitzernden grünen Glasperlen, an der oberen Längskante mit einem Reißverschluss – vermutlich der Marke *RiRi* – zu verschließen.

Romanschreiben ist immer ein großes Abenteuer. Der Ausgangspunkt steht fest, das grobe Ziel ebenfalls, doch was sich dazwischen ereignet, das ergibt sich oft erst im Laufe der Recherche und des Schreibprozesses. Gerade beim Recherchieren in der eigenen Stadt, aber auch in Berlin und Garmisch, habe ich dieses Mal verblüffende Überraschungen erlebt, die ich dem Austausch mit ganz besonders interessanten Mitmenschen und Kollegen verdanke. Ich hoffe, die vielfältigen Anregungen gut verwertet zu haben. Etwaige Fehler in der Darstellung gehen allein auf mein Konto, und dafür bitte ich schon jetzt um Entschuldigung.

Zur Münchner Geschichte allgemein, aber auch zu Einblicken in die Geheimnisse der Isarvorstadt kann ich die kundigen Vorträge und Stadtführungen der »Histonauten« Klaus Reichhold und Thomas Endl nur wärmstens empfehlen. Unter www.histonauten.de findet sich das reichhaltige Programm. Durch Zufall lernte ich im Rahmen eines solchen Histonauten-Stadtrundgangs Sepp Sattler und Dietmar Holzapfel kennen, denen nicht nur die geschichtsträchtige *Deutsche Eiche* im Münchner Gärtnerplatzviertel gehört, sondern die auch ein umfangreiches Wissen über die Münchner Isarvorstadt besitzen und zudem noch weitreichende Lektüretipps für mich parat hatten. Ebenso verdanke ich Martin Arz, Autor und Verleger des Hirschkäfer Verlags, viele wertvolle Tipps und dank seiner sachkundigen Bücher weiterführende Informationen zur Münchner Geschichte in den frühen 1920er Jahren. Zu den Ereignissen in Garmisch durfte ich nach einem heißen Tipp meines Kollegen Marc Ritter Franz Wörndle vom Marktarchiv Garmisch sowie dem Lokalhistoriker Alois Schwarzmüller buchstäblich Löcher in den Bauch fragen. Alois Schwarzmüller hat mir zudem eine Fülle von wertvollen Details verraten, die zusammen mit den Auskünften des Direktors vom *Grandhotel Sonnenbichl* in Garmisch das Bild jener Zeit kenntnisreich abrunden. Zu diversen historischen Informationen, aber auch zu Fragen nach Dialektausdrücken im Österreichischen, speziell Wienerischen, gilt mein besonderer Dank meinen Kolleginnen Beatrix Kramlovsky und Claudia Rossbacher. In Berlin bin ich Marion Kiesow für Informationen rund um *Clärchens Ballhaus* und die entsprechende Tanzmusik dankbar, ebenso danke ich Klaus-Peter Rimpel von der Dorotheenstädtischen Buchhandlung in Moabit für die ausführliche Beratung über lesenswerte Berlin-Literatur, desgleichen Wolfgang Weber und Sabine Zimmer für unermüdliche Hinweise zu diesem Thema. Ganz besonderen Dank schulde ich Cornelia Pastelak-Price von der Jeanne-Mammen-Gesellschaft, die mir die Lebenswelt Berliner Künstler in den 1920er Jahren nahegebracht sowie weitreichende Einblicke in ein Originalatelier aus jener Zeit ermöglicht hat. Rund um das Täschnerhandwerk hat mich Vivi Holm dankenswerterweise beraten, außerdem fand ich in der bereits erwähnten Ausstellung zur Kulturgeschichte der Taschen im Bayerischen Nationalmuseum nicht nur die erste Reißverschlusstasche, sondern auch weitere wertvolle Hintergrundinformationen.

Seit vielen Jahren sorgt Michaela Lichtblau als Herstellerin im Knaur Verlag dafür, dass aus meinen Manuskripten schön gemachte Bücher werden. Dafür dieses Mal endlich der überfällige Dank – ganz besonders, weil ich mir außerdem ihren schon lange von mir insgeheim bewunderten Nachnamen für eine meiner Figuren »ausleihen« durfte. Ebenso danke ich dem Team vom Knaur Verlag, mit dem ich jetzt schon seit einigen Jahren meine Ideen zu Büchern umsetzen darf, angefangen bei Christine Steffen-Reimann von der Programmleitung über meine sehr geduldige und sehr verständige Außenlektorin Regine Weisbrod bis hin zu Patricia Keßler für die rührige Pressearbeit und Sabine Hartl vom Veranstaltungsmanagement.

Last but not least danke ich Ingeborg Castell, Heike Fischer und Christa Schauer für das unermüdliche Vorablesen sowie meinen geschätzten Kolleginnen Gisela Albrod, Lilli Beck, Julia Fischer, Sabine Kornbichler, Beatrix Mannel und Anna Schneider für den fairen und anregenden Austausch.

Eva, Alexander und Jonas aber danke ich vor allem für die unerschöpfliche Geduld, wenn mir Lou mal wieder selbst im Urlaub und an Feiertagen durch den Kopf gegeistert ist. Und Ihnen, meine lieben Leserinnen und Leser, danke ich, dass Sie bis zur letzten Zeile meinen Ausführungen gefolgt sind.

Hoffentlich auf ein Wiederlesen im nächsten Roman,

Ihre Heidi Rehn

München, Anfang 2015

Es begann im Sommer 1913

HEIDI REHN

DER Sommer DER Freiheit

ROMAN

Selma, die Tochter eines angesehenen Zeitungsverlegers, fährt mit ihrer Familie wie jedes Jahr in die Sommerfrische nach Baden-Baden. Man genießt das elegante Ambiente, die Konzerte und Bälle. Selma hat gerade – zum Entsetzen der Mutter! – das Autofahren gelernt und wartet ungeduldig auf die Ankunft ihres Verlobten Gero. Da lernt sie bei einem Ausflug ins nahe gelegene Elsass den französischen Fotografen Robert kennen – und verliebt sich unsterblich in ihn. Doch wir schreiben das Jahr 1913, und bald wird der Geliebte zu den Feinden zählen …

Atmosphärisch, sinnlich, dramatisch – Heidi Rehn beschwört eine untergegangene Welt herauf.

KNAUR